Thomas Rosenboom (Doetinchem, 1956) debuteerde in 1983 met het verhaal 'Bedenkingen'. Hij won met *Publieke werken* als enige schrijver voor de tweede keer de Libris Literatuur Prijs. Eerder won hij deze al voor de roman *Gewassen vlees*. Zijn roman *De nieuwe man* (2003) werd genomineerd voor de AKO Literatuurprijs en de NS Publieksprijs. In de afgelopen jaren publiceerde hij het, lovend ontvangen, Boekenweekgeschenk *Spitzen* (2004), het pamflet *Denkend aan Holland* (2005) en de verhalenbundel *Hoog aan de wind* (2006).

Thomas Rosenboom

Publieke werken

Rainbow Pockets

Rainbow Pockets® worden uitgegeven door Muntinga Pockets, onderdeel van Uitgeverij Maarten Muntinga bv, Amsterdam

www.rainbow.nl

Een uitgave in samenwerking met Em. Querido's Uitgeverij bv, Amsterdam

www.querido.nl

www.thomasrosenboom.nl

© 1999 Thomas Rosenboom
Omslagontwerp: Studio Jan de Boer
Foto omslag: Stadsarchief Amsterdam
Druk: Bercker, Kevelaer
Uitgave in Rainbow Pockets februari 2008
Derde druk januari 2009
Alle rechten voorbehouden

ISBN 978 90 417 0777 2 NUR 311

INHOUD

PROLOOG

Elim

'Waar wij vandaan kwamen, daar was het graven nat. Dan
voeren we uit, beugelen uit de bok, dan vol terug, het veen
tot turf te drogen zetten. Maar omdat iedereen dat deed,
werd het water steeds dieper, het werk zwaarder; vader
kreeg de beugel al bijna niet meer binnen. De buren begonnen weg te trekken, bij ons was het mijn opa die het 't
eerste zei: "Hier is voor ons geen blijven meer."

Ik hoorde het vanuit de donkere bedstee. Zojuist wakker
geschrokken hield ik me nog stiller dan mijn slapende zusters om mij heen. Door de kier tussen de gordijnen zag ik
de hoofden van mijn vader, moeder en opa rond de lamp.
Op gedempte toon spraken zij verder, nauwelijks verstaan-
baar door de wind om de hut, de trek in de schoorsteen, of
de sneeuw die van het dak schoof. Wanneer een van de
meisjes zich kreunend omdraaide zwegen zij op slag, soms
zo lang achtereen dat ik mijn adem haast niet meer kon
inhouden. Toen eindelijk de lamp werd uitgeblazen lag ik
nog klaarwakker. Waar konden we heen? Mijn opa was
een man van studie, gaf schrijfles, aardrijkskunde en geschiedenis aan de kinderen van de wijk – wat had hij mij
ooit over ons, over het veen en over het graven verteld?

Niemand ging naar het veen, je kwam er terecht. Je
klom er niet naar op, je viel er uit een ander leven in neer,
als een afgebroken tak, en zulke takken raakten gauw hun
eigenschappen kwijt. Ze kregen allemaal dezelfde kleur,
gingen lijken op alle andere takken die er al eerder in ge-

vallen waren, daarna leken ze alleen nog maar op veen, tot ze tenslotte ook die eigenschap verloren: dan waren ze zelf veen geworden. Volgens mijn opa was het ons ook zo gegaan. Zelf leefde hij nog naar thora en traditie, hij was vroeger zelfs mohél, dat is besnijder, geweest ergens in de mediene, en alleen hij hield nog in ere dat wij Benjamin heetten; maar wij, de anderen, werden toen allang Bennemin genoemd, onze naam was met ons geloof na zoveel jaren en zoveel graven afgesleten en stomp geworden als onze veenschoppen. Opa sprak over dat alles met opstandige verbittering. Hij hield het veenleven voor al het verlies aansprakelijk, stelde het gelijk aan slavernij – en op hetzelfde moment dat ik het hem in mijn herinnering weer hoorde zeggen wist ik ook in welke richting wij zouden uittrekken.

Slaven aan boord van de vervening waren wij, onze schoppen waren onze riemen, en met elke slag door het veen verplaatsten wij dat naar de steden in het westen, onszelf echter juist in tegenovergestelde richting. Zo dan, op talloze roeiende schoppen, zag men een reusachtig galjoenschip dwars door de woeste gronden varen, almaar dieper de venen in – dat was de graafgrens die, in volmaakte tegenbeweging met de uitvoer, met alle gravers over de reeds vergraven ontginningen heen langzaam opschoof naar het oosten. Maar ook daar was een plaats eens afgeveend, de turf afgevoerd, de ondergrond verkocht. Dan trokken de gravers weer verder, volk na volk, op zoek naar nieuw werk in een nieuw veen. Eeuwenlang al ging het zo, maar ik was tien jaar, voor mij was het de eerste keer. Wat mochten wij hopen, waarmee hadden wij te rekenen? Zwetend staarde ik door de duisternis uit naar het galjoenschip, of wij aan boord waren of misschien wel hadden kunnen afmonsteren.

De volgende avond lag ik vooraan in de bedstee. Zodra

mijn zussen sliepen werd het heimelijke beraad om de lamp hervat. Opa vouwde een kaart uit op de tafel, trok met zijn vinger de graafgrens en wees toen de plaats aan die hij had uitgekozen: Hoogeveen. In de kom konden wij als gravers niet wonen, maar de peel daarachter gaf vrije vestiging onder het aloude gebruik van het vuur en rook houden. Wat dat inhield las hij voor uit een kleine almanak. *Als in de nacht ergens op het veld een hut wordt gebouwd, en er is voor zonsopgang vuur en rook in de schoorsteen, dan is er rechtens geen mogelijkheid meer de bouwer nog van die plaats te verdrijven.*

Vader zei dat hij het begreep, schudde toen het hoofd, dorst onder die voorwaarde niet vertrekken. Met heel ons bezit in de bok geladen zouden wij derwaarts moeten gaan, maar wat te doen als iemand ons de bouw wilde beletten, als wij om wat voor reden dan ook geen tijdig vuur zouden hebben? Er zou geen weg meer terug zijn.

"Maar altijd wel vooruit, Pet," zei opa, en hij herhaalde dat er voor ons hier geen blijven was, de wiede werd te diep, het werk te zwaar, de opbrengst te klein bij de huur van de hut... maar ginds was het wonen vrij! Daar groeven ze droog! Daar kon vader nog jaren mee! "En dan neemt Klein Pet het van je over..."

Bij het horen van mijn naam trok ik mij onwillekeurig terug van de kier. Toch kon ik nog zien hoe vader gelaten knikte: wij zouden gaan. Het verontrustte mij uitermate dat vader, die nog nooit gegokt had, nu toestemde in de gok van het vuur en rook houden, maar veel verontrustender nog was de geruststellende glimlach waarmee opa hem er ten laatste toe had overgehaald. Er was kennelijk geen enkele keus, en over een ander leven dan het veenleven werd niet eens gesproken. Verpletterd drukte ik mijn gezicht in het kussen. Alle hoop op afmonsteren was ijdel geweest, mijn voorstellingen van gisternacht bleken daar-

9

entegen maar al te juist: wij moesten achter de graafgrens aan, die inhalen, en ons aan de voorkant ervan vestigen, daar waar de nieuwe velden net aan snee kwamen en wij het langst zouden kunnen graven.

Voortaan spraken de groten zo avond aan avond, en roerloos naast mijn zussen luisterde ik alles af; ik deed er verkeerd mee, maar kon het al niet meer laten. Meestal begon het heel bedaard, dan laaiden de hoop en de verwachtingen langzaam op, dan smoorden die ook weer in dat ene, duistere begrip zodra het viel: vuur en rook houden. Maar het hart dat dan het meeste samenkromp was stellig het mijne, want alleen ik wist hoeveel er van het benodigde geluk reeds verspeeld was door al mijn stiekeme loeren en afluisteren. Wat ik hoorde verzweeg ik bovendien nog aan mijn zussen, uit vrees dat die voortaan ook wakker zouden blijven, en het afluisteren werd ontdekt.

De sneeuw smolt, het begon te regenen. Het vertrek was inmiddels vastgesteld voor midden maart, dadelijk na de winter, vlak voor de nieuwe campagne, en eens op een avond kwam vader laat thuis van een visite. Hij was vrolijk, had twee ooms bereid gevonden de overtocht mee te maken. Eerdaags zouden zij gedrieën het gebied gaan verkennen; misschien konden zij ter plaatse al wel enig bouwmateriaal verzamelen en verbergen, zodat zij het niet meer hoefden te zoeken in de nacht van het vuur en rook houden.

Een paar dagen later was vader in alle vroegte vertrokken, moeder zei naar familie. Toen hij 's anderendaags bij donker thuiskwam, in het gezelschap van de twee ooms, was het relaas zo opgewonden dat moeder en opa telkens waarschuwend naar het gordijn van de bedstee wezen. Ditmaal, dwars door het druisen heen, kon ik ieder woord verstaan: grootvaders inlichtingen waren alle bewaarheid;

achter Hoogeveen, voorbij de buurschap nog, lag inderdaad een woest veld dat deze campagne in ontginning zou komen; aan de overzijde daarvan gold de vrije vestiging, en aan het einde nu van een reeds getrokken dwarswijk hadden zij een zeer geschikte, droge zandkop op het bovenveen gevonden. Er waren echter al meer hutten aan dat water gebouwd, reden waarom wij niet eenvoudig met de bok naar de bouwplaats konden varen maar die van achteren zouden moeten benaderen, eerst over een grote vergraving heen en dan nog door een strook hei – zeker, het wonen was daar vrij, maar de veenschappen wilden zulke vestiging niet en hielden wachters in het veld, en ook de reeds gevestigde veldelingen konden klikken, want meer handen voor het werk betekende een lager loon; het zou dus zaak zijn het laatste stuk ongezien te blijven.

Terwijl de vijf volwassenen nog verder spraken sloot ik de ogen. Wat als padjongens het bouwmateriaal hadden weggehaald en wij in het donker geen nieuw konden vinden? Wat als wij al voor het donker verdreven waren van de nieuwe plaats? Onze vestiging zou ten beste bij gedogen zijn; niet op verkregen recht, op oud gebruik slechts moest onze hoop berusten – *wij hadden nergens voor betaald.*

De volgende ochtend dan werden wij kinderen van de aanstaande verhuizing op de hoogte gesteld. Vader zelf belastte zich ermee, neerknielend om in het gezicht van de kleinen zijn vreugde weerspiegeld te zien. Afgemat van zorg en zonde, bevend van slaapgebrek wist ik nauwelijks nog enige verrassing te tonen, maar toch was ook dit valse veinzen weer nodig om al het vorige te verhelen. De rest van de dag hielp ik met schoonmaken en inpakken. Voor mijn eigen goed had ik een zak in de aardappelschuur.

Zo verstreek de laatste week. De huur werd opgezegd, de buren kwamen afscheid nemen, bedankten opa voor de schrijfles, de aardrijkskunde en de geschiedenis, opa zelf vlocht een bijenkorf van stro, met het oog op de vele bloemen en bloesems ginds, eerst de wilg, dan de boekweit, dan de heide. Ik sliep in het geheel niet meer, zon alleen nog maar op een manier om de door mij vergramde voorzienigheid terug te winnen voor het werk van de volwassenen. Maar wat kon ik offeren? Ik bezat niets dan mijn kinderlijke onschuld. Radeloos woelde ik rond, tot ik opeens inzag dat ik ook daarvan afstand zou kunnen doen — na een eerste huiver kwam de verlichting, toen, eindelijk, de slaap.

Op de vooravond van het vertrek trad ik voor grootvader. "Opa, zal ik onderweg voor uw kistje zorgen?"

Nog zie ik zijn verbaasde gezicht voor me, maar dadelijk ook begon hij te stralen. Er was maar één kistje in huis dat geen nadere aanduiding behoefde, en zonder nog een woord liep hij naar zijn hoek om het te halen. Ik had zijn glimlach prompt beantwoord, en glimlachte nog steeds toen hij mij even later het mohélkistje overhandigde. Het was veruit het kostbaarste wat wij bezaten, onvergelijkbaar zelfs met de viool, en daarenboven van onschendbare heiligheid: ofschoon ik het slechts een enkele maal open had gezien stond de inhoud mij nog in alle scherpte voor ogen, de besnijdenisinstrumenten, de zilveren kiddoesjbeker, en het besnijdenisboekje met zijden kruisband in het deksel geborgen, alles op donkerrood fluweel.

"Ik breng het dadelijk naar mijn zak!" riep ik volijverig. "Ik zal er zeildoek om wikkelen, dat het altijd droog blijft!"

Toen ik uit de aardappelschuur terugkwam nam opa mij apart bij de deur. Op een toon die ik niet van hem kende, bijna alsof hij tegen een gelijke, een vriend sprak, begon hij te vertellen dat hij, toen hij zo oud was als ik nu, al voor bar mitswa studeerde; zou ik niet ook Hebreeuws willen leren? En om dan later de Wetsrol op te mogen heffen en aan de gemeente te tonen, dat wilde elke jongeman toch wel?

Ik boog het hoofd, zogenaamd vereerd en overweldigd, stiet toen vanbinnen een allemachtig "neen!" uit. Dat was mijn eerste aanbetaling aan de goden, en reeds popelde ik om morgen ook de rest van mijn ziel te verpanden in ruil voor zegen op het vuur en rook houden. Die avond, de laatste in de bedstee, hoorde ik mijn opa nog vrolijk rede-twisten met mijn moeder; hij stond erop zijn schoenen aan te houden, net als met Pasen, net als eens het volk in Egypte. Vader grapte dat de belangstelling van de klein-zoon het oude vuur weer deed oplaaien.

Het was nog donker toen wij de volgende ochtend de laatste spullen inlaadden. De mast werd opgericht, onze eenden snaterden in de mand, en ineens waren de twee ooms er ook. We stapten in; een zeil klapperde; nu nog wenden; we waren los! Achteraan in het oosten gloorde de dageraad: daar gingen we heen, daar moesten we morgen-ochtend precies op deze tijd vuur en rook hebben in een schoorsteen die nu nog niet bestond.

Vader hield het roer, ikzelf zat ergens in het midden, tussen de eendenmand, de grauwe balen en de kruiwagen, opa troonde met de kaart helemaal voorin, op de nieuwe bijenkorf. Het verontrustte mij zeer dat hij voor vandaag zijn hoge hoed had opgezet Zijn wapperende bakkebaar-den maakten zijn voorkomen nog buitenissiger – in de ou-de wijk was men het wel gewend, maar zouden anderen, vreemden, er geen aanstoot aan nemen? Mensen zoals wij droegen petten.

Het werd licht, het was een egaal grijze dag met vlakke wind, bakstag. Vlot gleed de bok door de vaart naar het ruimere water. Laag neerzittend zag ik het riet voorbij-schuiven boven het boord, gelijkmatig als het neuriën van moeder en de meisjes. In mijn broekzak had ik een doosje lucifers. Hadden de groten er wel aan gedacht een paar droge turven mee te nemen, voor het vuur en rook maken?

Ik had er niet naar kunnen vragen zonder mijn afluisteren te verraden.

In de trekgaten was het eerste beugelen al aan de gang. De aanblik van de overvolle bok onder zeil, beeld van het vertrek voorgoed, deed de mannen even rechtstaan om te zwaaien; terugzwaaiend wisten wij door de verte soms niet naar vrienden of vreemden. Wat later voeren wij de Belter Wijde op. Naarmate de oevers verder uiteen weken wakkerde de wind aan, bolde het zeil hoger op, nam de vaart van de bok nog toe. Ik hoorde het water bruisen aan de boeg en was nog nooit zover van huis geweest.

"Hoe vind je het?" riep opa mij van voren toe.

Ik presteerde een lach, knikte geestdriftig, en riep terug: "Een heerlijke dag... een feestdag... ik weet niet... net Pasen!"

Tegen de middag lieten wij het rietland achter ons en draaiden wij een kanaal in waar we moesten schutten. Achter de sluis strekte de vaart zich kaarsrecht uit tussen hoge wallenkanten. Er stond geen wind meer, de ooms gingen trekken, hangend in het haam over het jaagpad. Zonder het bruisende water en het killen van het zeil viel er opeens een vreemde stilte, slechts af en toe onderbroken door opa als die, opkijkend uit de kaart, naar een kerktoren wees en de naam van het dorp riep.

Nergens meer open water, alleen nog maar land, meer dan ik ooit gezien had, groene weiden eerst, daarna kale, bruine turfvelden: wij hadden de graafgrens bereikt. Terwijl opa het droge graven begon uit te leggen zag ik schuin vooruit een dikke rookdeken op de vlakte liggen.

"Ja, daar wordt weer een nieuw veld afgebrand! Dat wordt ook weer droog vergraven! Werk genoeg hier, goed werk, beter werk, nooit meer beugelen uit de bok!"

Pas toen we de scherpe rook pal opzij hadden doemden de veenbranders eruit op, de een na de ander, steeds meer, geblakerde mannen die lange stelen uithielden met aan het einde een ijzeren korf vol gloeiende turf. Zij aan zij schreden ze door de zwarte nevels, gedurig de grond aantikkend, die zij wel leken te voeren met vuur. Ik sloeg het alles schuw gade, maar nog veel angstiger was het mij een uur later te moede.

Ik schrok op uit een sluimer omdat er iets veranderd was, we gingen niet meer vooruit. Van bovenaf keek een groep kinderen op ons neer. Er klonk onderdrukt gegrinnik, een padjongen schopte zand in de boot, de ooms werd de doorgang belet. Op de wallenkant stond een lange rij keten met wasgoed ertussen. Niemand zei wat, tot opa opeens deed alsof hem iets te binnen schoot. Hij stond op, speelde dat de jongens van de douane waren, hijzelf een dominee, en nadat hij de grootste nog een munt in de hand had gedrukt mochten wij door. Zodra we weer in beweging waren boog hij zich met een knipoog naar mij toe. "Reizen is tol betalen," glimlachte hij als een echte wereldman, en het was alsof het veen voor hem niet meer bestond, alsof hij de oude tijd, toen hij poelier was, in mijn toekomst weer zag gloren. Natuurlijk glimlachte ik terug —ja, om die vreugde, die misleide verwachting, om al die jongensachtige vrolijkheid en onverdiende aandacht mij evengoed te laten welgevallen, dat was ook weer een aanbetaling, een klein voorschot op de grote som die ik nog in petto had!

Voorbij het gehucht werd het land weer langzaam groener, de graafgrens was ingehaald, het kon niet ver meer zijn.

"Even nog!" zei opa, wijzend op de kaart, en daarna, alleen tegen mij weer: "We gaan door tot we helemaal op kop liggen... Anderen zijn eerder gegaan, maar wij gaan verder!"

Na twee dorpen was het zover. Opa ging staan, keek nog

eenmaal op de kaart en wees toen met een weids gebaar uit naar de volgende kerktoren.

"Hoogeveen!"

Die naam, zo vaak gefluisterd 's avonds bij de lamp, was de naam van onze hoop geworden, en allemaal stonden wij op om te kijken. De torenspits glansde in een late zonnestraal, de overige bebouwing bleef nog onzichtbaar achter het gaas van de kale bomen. Het gaf niet, eigenlijk gezegd gingen we toch niet daar in de kom wonen, wij moesten nog tot achter de buurschap gaan. Voor het eerst kregen de kinderen nu verteld dat het nieuwe huis nog niet bestond maar vannacht door onszelf gebouwd zou worden, op een droge zandkop met het daar reeds verborgen materiaal; maar omdat er altijd mensen waren die liever geen nieuwe buren kregen zouden we daar pas vannacht mee beginnen, dat niemand ons kon zien – meer werd er over het vuur en rook houden niet gezegd, toch begon een van mijn zussen al te huilen.

We namen een dwarssloot, en in ruime bocht ging het rond de plaats. Toen opa aangaf dat we vanaf nu ongezien moesten blijven, zei niemand meer iets. De buurschap rondden wij op even grote afstand als eerder de plaats. Ook dat gehucht had nog een kerk, met een vergulde veenschop als windvaan. Nog een uur ging het voort langs wilgenbosjes en berkenbomen, toen liep de bok met een zuigend geluid vast in de modder en lagen we stil. Het was het einde van de sloot. Lachend vertelde vader dat hij hier al eerder was geweest. Vanaf deze vooraf uitgezochte schuilplaats moesten we verder lopen, maar eerst zouden we hier de nacht afwachten, nagenoeg onzichtbaar onder de lage takken – maar juist die onzichtbaarheid maakte zichtbaar wat wij in de zin hadden; hoe weerloos wij bij ontdekking zouden zijn; *dat er nergens voor was betaald.*

De ooms kwamen aan boord, iedereen kreeg een pannenkoek en het wachten begon, niet alleen op het donker, maar ook tot de laatste avondpraters naar huis zouden zijn en iedereen sliep: het was een wachten omwille van de grootst mogelijke veiligheid, maar onderwijl verliep de beschikbare bouwtijd en nam het gevaar dat wij te laat klaarkwamen met de hut en het vuur navenant toe. Tot in het merg verkleumd en verstramd kon ik mij nauwelijks nog bewegen, maar stilzitten kon ik ook niet.

Hoe verlaten het gebied ook geleken had, met het invallen van de duisternis lichtten er tussen de stammen in de verte toch nog enkele vensters op. We hadden dekens over ons heen getrokken. Mijn zussen sliepen, de wind was geheel gaan liggen, en toen ook het gefluister van de volwassenen verstomde was het nagenoeg stil. Plotseling echter, zonder enige aanleiding, begonnen de eenden te snateren in de mand. Het oorverdovende lawaai deed onze adem stokken zolang het duurde en ook daarna nog, tot opa ons kalmeerde met zijn beter begrip: verre van ons te verraden kon het geluid van zulke schuwe vogels alleen maar betekenen, voor wie het al horen zou, dat er hier in de buurt nergens mensen waren.

Nadat het eerst volkomen donker was geworden, brak ineens de maan door en werd het weer iets lichter. Steeds dichterbij scharrelden er dieren om de bok, ritselde het in het dorre blad. Al peinzend viel ik uiteindelijk toch in slaap, doortrokken van kou en zorgen. Kon het niet zijn dat wij allang ontdekt waren, dat er heel de middag een onderdrukt gegiechel met ons was meegetrokken achter de struiken, dat de padjongens alleen maar de doortocht zo vlot hadden vrijgegeven om de kostelijke aanblik van een vergeefs bouwende familie in de nacht, en dat zij hun voorpret zo lang mogelijk zouden rekken, tot precies het moment waarop wij vuur wilden gaan maken en de verdrijving het hardst aankwam? Wij zouden ons nergens op kunnen beroepen, er was niet betaald.

Toen ik wakker schrok was het uitladen al begonnen. Nergens zag ik nog een verlicht raam. Ik klom aan wal, kreeg mijn zak op de rug gebonden, de eendenmand voor mijn borst. Mijn zussen waren al op dezelfde manier bepakt, de mannen ook. Uit de ransel van vader staken de stelen van onze schoppen, de bomme bungelde eronder aan. Terwijl de allerlaatste lading nog verdeeld werd stelden wij ons in de rij op voor de afmars, vader en de ooms voorop omdat zij de weg wisten, dan moeder, met de volle kruiwagen, dan de meisjes, dan opa, en ik achteraan. Zoveel bezaten wij, wij konden het nauwelijks dragen.

Zwijgend volgden wij het pad door de ruigte. Bij elke stap voelde ik de rand van het mohélkistje tegen mijn schouderbladen. Het ijle maanlicht schoof in een nauwe kring met ons mee, dadelijk achter de takken hing het oneindige donker. Spoedig hield de begroeiing op en kwamen wij aan de rand van een onafzienbare, pikzwarte vlakte, die glinsterde als een rimpelloze zee. Aan de overkant moesten wij zijn, daar lag het bovenveen van onze bestemming, maar onzichtbaar nog – slechts een smal, blankhouten plankier wees er vanaf het einde van het pad naar uit, vernevelend in de duisternis.

Onwillekeurig waren we dichter tegen elkaar aan gaan staan, huiverend, tot vader als eerste het plankier betrad. Een voor een volgden wij hem, en zo werd de rij weer langer, zo zetten wij ons op de manier van een rups opnieuw in beweging en kwamen we uit de dekking voor de grote oversteek. Dof roffelden onze klompen op de planken, ik kon niet horen of we gevolgd werden. Na een kwartier wees opa opzij naar een stapel wild verwrongen, witte wortels, kaal en bleek als knoken.

"Kienhout," zei hij, de pas inhoudend, maar zonder over zijn schouder te kijken. "Nooit vergaan, fossiele stobben, brandt prachtig, daarom door de gravers daar op een hoop gegooid."

Nu ik stilstond was ik bang mijn evenwicht te verliezen, ik vroeg me af hoe diep je zonder trippen in het drijfnatte veen zou wegzakken, maar reeds ging het weer verder. Ik liet mijn ogen niet meer af van de vioolkist op opa's rug, zag de harige rand van het nog onvergraven bovenveen pas op het allerlaatst, en toen ik die na een korte stijging ook daadwerkelijk betrad was het of ik op een kust stapte.

Een nieuw pad, of misschien ook wel hetzelfde, bracht ons naar de andere kant van het heideveld. Bij elke bocht sprong de maan naar een ander gat tussen de wolken, na de laatste glooide de bodem omlaag naar een wijk, die precies ophield waar wij stonden. Nog een klein stuk rechtsaf door een berkenbosje; daar was de zandkop, daar stond de vliegden waaronder het materiaal verborgen was. Het lag er nog, en onmiddellijk begon het bouwen.

Ik zette mijn zak neer achter een berk, liet de eenden vrij in de wijk en keek over het water naar voren. Daar in het donker ergens moesten hutten staan. Ik rende terug. Een van de ooms was verderop al plaggen aan het steken; de andere bracht ze met de kruiwagen naar de plaats die vader aanwees. De meisjes moesten hei gaan snijden voor de tijken, ik greep een schop en begon ook verwoed plaggen te steken – voor de dakbedekking, om tot muren te stapelen!

Het werk vorderde onder zinderend zwijgen. Soms klonk er een vloek of een snik, maar niemand die antwoordde; daar was geen tijd voor, het werd niet eens opgemerkt, de haast sloeg alle gevoel plat, zoals een wolkbreuk vroeger de golven van de wiede kon neerslaan hoe hard het ook stormde.

De maan ging onder, het werd nog donkerder, nog twee uur voor de zon opkwam. Ik ging nieuwe takken zoeken;

toen ik terugkwam lag er al een heuphoge wal van zoden in het vierkant; ze waren de binten aan het stellen! Ik gooide de bussel neer, greep de kruiwagen en haalde meer plaggen op. Aanwijzingen kreeg ik niet, niemand lette nog op wat wij kinderen deden, het werk was te belangrijk, de haast te groot—ineens was er een horizon, het begon licht te worden...

Vallend, kruipend en sjorrend bleef ik doen met de kruiwagen, maar hoe ik mij ook uitputte, mijn eigenlijke aandeel in het welslagen verdween geen moment uit mijn gedachten. De gebinten werden aan elkaar gebonden, een oom zat erbovenop en nam de plaggen aan die ik en de anderen hem toestaken, vader gooide ze zomaar omhoog. Het dak werd gedekt, eronder was het al echt binnen nu, en toen ik zag hoe opa in een hoek een turf uit zijn zak haalde was mijn tijd aangebroken. Ik sloop weg naar mijn eigen zak tussen de berken, voor mijn eigen vuur en rook, voor mijn zoenvuur.

Mijn handen waren kletsnat van het zweet, ik kreeg het gladde kistje maar met moeite beet. Ik zette het tussen mijn knieën op de grond en opende het. Het zilveren gerei glom in de dageraad, zo licht was het al, maar mij ging het om het mohélboekje in het deksel. Ik nam het onder de kruisband vandaan en drukte het aan mijn borst. Alle besnijdenissen door opa verricht stonden erin aangetekend met namen en data. Die aan mij was vermoedelijk de laatste, want eenmaal in het veen werd zijn dienst niet meer gevraagd. Ik zuchtte, en spiedde slikkend naar de hut, een donkere bult nu tussen de stammen. Niemand liep er nog omheen, ze waren allemaal binnen, bij het vuur maken. Dat moest snel lukken, want wanneer er nu iemand aankwam waren wij toch nog te laat. Plotseling gehaast haalde ik de lucifers uit mijn broekzak, en het volgende moment had ik in mijn ene hand vuur, terwijl ik met mijn andere hand het boekje bij een hoek optilde. Het viel open, en tegelijk gleed er een opgevouwen papier uit. Bij het licht van de vlam las ik het bovenste, kapitale woord: *Diploma.*

Het was opa's mohéldiploma, natuurlijk, maar ik had het nog nooit gezien, het was meer dan ik had kunnen verhopen! Mijn mond werd kurkdroog, mijn slapen bonsden, maar reeds had ik het tot een prop verfrommeld en aangestoken, reeds tilde ik het besnijdenisboekje voor de tweede keer bij een hoek op en hield ik het boven het brandende diploma, net zolang tot de vlammen om mijn vingers speelden en ik het moest weggooien in de bedauwde hei. Toen het vuur uit was stopte ik nog een grote kiezel in de kaddoesjbeker alvorens het kistje te sluiten, opdat het bij overhandiging aan opa ongeveer even zwaar zou zijn als voorheen — want waarom mijzelf sparen, waarom de straf dadelijk doen plaatsvinden, zonder eerst te lijden onder de dreiging?

Zomin als eerder mijn weggaan werd nu mijn terugkomen opgemerkt. Zwijgend stond iedereen in een kring, waarboven een rookgat was opengelaten, alleen vader zat neergehurkt. Hij hield een brandende kaars aan de turf in het midden, de vlam drong juist de harige huid binnen, en niet zodra zag ik de gloed of ik voelde die ook dankbaar door mijn ziel trekken: mijn onschuld was aanvaard, mijn schuld zou ik later wel boeten, met eindeloos onbezoldigd lesgeven — wie nu uit de struiken kwam kon ons alleen nog maar begroeten.

De kring week iets uiteen. Vader blies de gloed verder aan. Het eerst kwam de rook, daarna het vuur. Ademloos keken wij omhoog, zagen wij hoe de dikke rook langzaam door het blauwe gat opkringelde naar buiten, en zich daar ontvouwde en uitwaaierde als een pas geplante vlag — ja waarlijk, wij waren gevestigd!

Hoe wonderlijk vredig en gewoon leek alles niet toen wij na het drogen van onze tranen naar buiten stapten. Iemand had de bijenkorf aan een tak gehangen, de eenden zwommen in het water, boven de horizon steeg de zon in gouden glans omhoog. Aan de andere kant achteraan viel er nu ook een andere hut te zien. Er kwam een man uit, een buurman, hij zwaaide.

Terwijl wij zo over de wijk uitkeken haalde opa een klein boekje op. Onmetelijk oud opeens las hij: "Toen kwamen zij te Elim, en daar waren twaalf waterfonteinen en zeventig palmbomen; en zij legerden zich aldaar aan de wateren."

De meisjes moesten op de zelf gesneden hei gaan liggen, ik de bomme vullen aan de wijk. Zo, met de kinderen te bed en koffie straks voor de buren, zou het lijken of wij hier altijd allang woonden, en was het vuur en rook houden nog vollediger geslaagd – maar ik hield het kistje nog achter mijn rug, dat moest ik eerst teruggeven, en met een stralend gezicht ging ik voor opa staan.

"Kijk, helemaal droog!"

HOOFDSTUK I

De Twaalf Apostelen

Hoogeveen was een vaart met aan weerszijden een strook bebouwing. Nadat de graafgrens eroverheen was geschoven bleef er enige welstand en bedrijvigheid achter, net voldoende om de aansluiting op het spoorwegnet in 1870 te rechtvaardigen. Een extra bocht in de baan had men de plaats echter niet waardig gekeurd, reden waarom het station uiteindelijk op een halfuur gaans buiten de kom kwam te liggen.

Het noordeinde van de plaats werd begrensd door turfstrooiselfabriek De Nijverheid, die met zijn hoge schoorsteen en Engelse stoommachine de vooruitgang nog wel het meest belichaamde. De belangrijkste gebouwen van daaraf zuid langs de vaart waren eerst rozenkwekerij Gratama, met een beeld van Diana in de poort, dan de kerk, dan ziekenzaal Korremorre, dan Hotel Thomas annex stalhouderij om de gasten van het station op te halen, daar dadelijk naast apotheek De Twaalf Apostelen van Christof Anijs, en dan, nog weer een stuk verder, en nu aan de overkant van het water, het gemeentehuis. Na vijf kilometer hield de bebouwing tenslotte op bij het Kruis, waar de vaart gesneden werd door een dwarskanaal. Daar rechts om de hoek bevond zich het landgoed Dalwijk van dokter Fekko Koerts Amshoff, terwijl het opgaande de andere kant op doorliep naar de buurschap, en van daaraf nog weer verder naar het armengehucht Elim. Het Kruis was het levendigste deel van de plaats, op de bruggen daar stonden altijd wel mensen te kijken naar de drukte van boten en karren.

Dokter Amshoff en apotheker Anijs, de eerste bijna zeventig, de ander ruim zestig – zij beiden droegen dus de gezondheidszorg van Hoogeveen. Naast zijn praktijk nam Amshoff ook nog, op gemeentelijk traktement, de functies waar van armdokter en opzichter van de ziekenzaal. Bovendien hield hij in Dalwijk nog een particuliere kliniek voor welgestelde dames van buiten, die hij op blote voeten over het bedauwde gazon liet lopen, met koud water begoot, en aan andere reform-behandelingen onderwierp – Maison de Santé. Anders dan de gewone heelmeester ten plattelande had jonkheer Amshoff een universitaire opleiding genoten, iets wat voor de farmacie in de tijd dat Anijs zijn diploma behaalde, onder de oude wet, nog helemaal niet bestond. Toch lag het medische en algemeen wetenschappelijke zwaartepunt van Hoogeveen niet bij de dokter, maar in de eerbiedwaardige apotheek van Christof Anijs.

Met zijn leilinden voor de gevel en hoge roederamen maakte De Twaalf Apostelen van buitenaf al een voorname indruk. Eenmaal binnen zag de bezoeker die nog versterkt door de imposante opstand dadelijk rechts achter de toonbank, die met honderden groene en bruine stopflessen opging tot het plafond aan toe. Te midden van al dat glas bevond zich, op ooghoogte, een afsluitbare lade met het opschrift *venena*, waarachter de giften werden bewaard in verzegelde flessen. Ouderwetse apothekerscuriosa als papaverbollen of een opgezet aapje ontbraken hier volledig; het interieur bestond ook voor het overige uit niets dan zaken van kennis, een kleine librije vol attestenboeken, de Bataafse farmacopee en een flora, een apart kastje met sedatieven en daarop een pot bloedzuigers, het diploma aan de wand uiteraard, en voorts, naast de kassa, een vijzel, een weegschaal, en een porseleinen inktpot in de vorm van een frenologisch hoofd. Rechts voorbij de opstand was de deur naar de kamer waar men at en zat, daartegenover was de deur naar de salon, en de deur in de achterwand gaf toegang tot de eigenlijke zetel van de farmacie. Er hing een wit, emaillen bordje aan met daarop *laboratorium,* het ornament erboven liet een kronkelende slang zien, en in de lage uitbouw achter die deur stond dan de grote recepteertafel. Daar kookte Anijs zijn stropen, daar schudde hij de kolven boven de komforen—dat recepteren was een chemistreren, soms nog laat bij het licht van de carbidlamp, en wie er een glimp van kon opvangen bleef onwillekeurig stilstaan om te kijken.

Niemand kon zich de apotheek meer voorstellen zonder tegelijk aan de apotheker te denken, zij vertegenwoordigden de farmacie als het ware op dezelfde wijze, maar deze gelijkwaardigheid had niet altijd zo bestaan. Waar De Twaalf Apostelen al generaties lang het aanzien van het publiek genoot, daar was Anijs slechts aangekomen als eenvoudige, inwonende assistent uit Assen. Zeer gretig had hij zich evenwel opgetrokken aan de toenmalige apotheker, een weduwnaar met twee dochters, die op vriendschappelijke voet omging met de eerste burgers van de stad, klassiek gevormd was, en tussen al zijn Latijnse spreuken door bijvoorbeeld ook kon opmerken dat de *Faust* van Goethe er in de vertaling van Ten Kate beslist nog iets op vooruit was gegaan. Aldus geestelijk geprikkeld behaalde Anijs zijn diploma met glans, maar niets wees er nog op dat hij de apotheek ooit zou kunnen overnemen, tot de jongste dochter naar Groningen vertrok en de apotheker ziek werd—daarna lachte het geluk hem toe en ging het snel: de oude vond goed dat hij zijn overgebleven dochter Martha huwde, stierf, en voor hij er erg in had was Anijs de nieuwe apotheker.

Hoe hoog boven zijn stand en ontwikkeling ook getrouwd, hij wist de aanvankelijke bedenkingen tegen zijn opvolging spoedig te overwinnen. Hij werkte hard, maakte dezelfde medicijnen als zijn hooggewaardeerde voorganger, en had op die zelfs voor dat zijn omgang gemakkelijker was, met name ook tegenover de dienstbaren en armen. Allengs verwierf hij het algemene vertrouwen, steeds meer ook liet hij zich gelden buiten de apotheek: hij verschafte raad en gif aan de rattenbestrijding, maakte het oudejaarsvuurwerk, en op zijn aanwijzing werden de afvalbergen begoten met in melk opgelost nieskruid, ter verdelging van de vliegen. Bij dat al ontwikkelde hij zich tot een drijvende kracht achter het verenigingsleven en de liefdadigheid; hij nam vele voorzitterschappen op zich en bleek een begaafd feestredenaar. De jaarlijkse kunstavonden van de Vereniging voor Volksvermaak kregen onder zijn leiding illustere namen als 'Bal Champêtre' of 'Café Chantant'; hij speelde kleine rollen in de stukken die hij regisseerde bij toneelvereniging Mimesis; hij ging witte vesten dragen en werd kortom een markante figuur, zwierig, werelds, ja: *artistiek*, zoals men dat in Hoogeveen niet kende, maar volstrekt vanzelfsprekend vond bij de geheimzinnigheid van zijn beroep.

Onaantastbaar troonde hij zo achter de toonbank van De Twaalf Apostelen. Volkomen op zijn gemak doorspekte hij zijn conversatie steeds rijkelijker met de Latijnse spreuken, het stopwoordje 'bene bene' bij goedkeuring, en de mythologische namen die hij zich van wijlen zijn schoonvader herinnerde, en ook al begaf hij zich daarmee op dun ijs, wanneer dat op de droge ondergrond lag van het onbegrip bij de anderen, dan kon hij er toch nooit doorheen zakken? Alleen Martha in de zijkamer, die ieder woord hoorde, begon zich eraan te storen, zoals ook aan zijn amicale gedrag. 'Je bent toch geen kapper?'

Inderdaad bleef hij zich eenvoudig opstellen tegenover de eenvoudigen, met name ook de hutbewoners van het Veld, het armengehucht nog weer achter de buurschap. Een schaapherder die voor slimruit kwam liet hij op een kruk zitten en zelf het kwik doodwrijven; anderen, bedremmeld door het decorum, kalmeerde hij met kwinkslagen, en al met al toonde hij zich meer begaan met de armen dan de armdokter, waarbij hij het er vooral op toelegde hen gerust te stellen, immers: wie niets mankeerde hoefde zich geen zorgen te maken, en had iemand wel iets, dan was het eigenlijk nog belangrijker dat hij gerustgesteld werd. Afgeschrikt door het barse, aristocratische optreden van Amshoff wendden de mensen zich steeds vaker direct met hun klachten tot hem, zonder eerst de dokter te raadplegen. Anijs stelde dan zelf de diagnose, schreef een medicijn voor en verstrekte het terstond en ter stelle, meestal een van de sedatieven uit het aparte kastje. Ook verkocht hij wel tonische, versterkte Franse rode wijn onder het etiket *Vinum Rubrum Gallicum*, en maakte hij theriac-pillen volgens het Abrahamy's receptenboek van zijn voorganger. Van kant-en-klaar verkrijgbare artikelen, de zogenoemde specialités die onder merknaam verkocht werden, moest hij niets hebben, maar toch viel die ontwikkeling niet buiten de deur te houden; eenmaal per kwartaal schommelde er een wagen van groothandel Brocades & Stheeman van Meppel naar Hoogeveen, volgeladen met dozen Hoffmans druppels, Emser pastilles en Chinabalsem.

Het kon niet uitblijven of het onbevoegd diagnosticeren van de apotheker kwam Amshoff ter ore. Zijn ergernis spande aan tot woede onder de berichten die volgden. In De Twaalf Apostelen zouden nu ook al medische handelingen worden verricht als inspuitingen in de oren, er zou een oude keelzweer bestreken zijn met een zelf vervaar-

digd plukselpenseel gedoopt in een sublimaatoplossing, en
de apotheker zou er na aan toe zijn om het eerste abces
open te snijden. Getergd dreigde Amshoff met de tucht-
commissie; Anijs, inmiddels gemeenteraadslid, riposteerde
met een brief aan Burgemeester en Wethouders, waarin
hij de armdokter beschuldigde van jammerlijke achteloosheid en onwil ten aanzien van de buitenarmen, en om in-
trekking van het traktement verzocht. De kwestie baarde
veel opzien, maar noch van de tuchtzaak, noch van het
ontslag werd nog iets vernomen.

Met het verstrijken van de jaren wortelde Anijs steeds
dieper in het leven van Hoogeveen: hij gaf mestadviezen
aan rozenkweker Gratama, maakte bronwater met een
patentfilter voor het naburige Hotel Thomas, behaalde
zijn brandmeestersdiploma, mengde de smeerolie waarmee de stoommachine van De Nijverheid onderhouden
werd, en de eerste zin van zijn toespraak bij de feestelijke
ingebruikstelling ervan had wel bijzonder veel succes: 'Zoals Venus opdook uit de zee, zo is onze Nijverheid verrezen
uit het veen.' Toch kon men niet zeggen dat hij vrienden
had – voor de middenstand was hij te hoog gestegen, terwijl de kring van de notabelen voor hem gesloten bleef, of
beter gezegd: zich langzaam gesloten had.

Aanvankelijk waren Martha's ontvangavonden nog bezocht door dezelfde gasten die voorheen bij haar vader
kwamen, te weten de toenmalige burgemeester, dominee
Festenhout en dokter Amshoff, allen met echtgenote.
Maar de burgemeester overleed en werd opgevolgd door
de jonge jurist Pottinga, daarna raakte Anijs in conflict
met Amshoff, en nog weer iets later verklaarde hij dominee Festenhout dat hij niet meer geloofde, dat zijn wetenschap hem de ruimte niet meer liet, ook al zou hij wel bij
hem blijven kerken, want hij wilde zich niet op zijn ontwikkeling laten voorstaan, zich niet van de mensen ver-

vreemden. Hiermee was ook de laatste van de oude vrienden verloren voor de ontvangavonden en werd het stil in huize Anijs, temeer ook daar zij nauwelijks familie hadden, Martha alleen maar haar zuster in Groningen, Anijs een neef in Amsterdam, de vioolbouwer Walter Vedder, en verder nog een vermoedelijk reeds lang overleden oom in Amerika.

De salon met de mahonie eettafel werd niet meer gebruikt, het zilveren servies bleef in de lade—Anijs deerde het niet, hij had zonder de medicus, de jurist en de theoloog avondbezigheden genoeg, en wilde ook van geen krenking weten: spijts de academische titels van de anderen hield hij zichzelf uiteindelijk toch voor de enige onderzoekend beoefenaar van de realistische wetenschap ter plaatse.

Martha speet het daarentegen zeer, en toen het huwelijk bovendien kinderloos bleef kreeg haar teleurstelling in het leven een bittere smaak. Eerst hadden zij nog buitengewone liefheden uitgewisseld om elkaar te troosten met het gemis, toen viel dat niet meer op te brengen en nam Anijs een snoeptafel in de zaak, opdat Martha toch kinderen zou zien. Hij leerde een paar jongetjes om te gaan met de determineertabel in zijn flora; opgewonden lieten ze zich uitzenden om steenbreek of duizendblad; en wanneer ze dan met de gevonden bermkruiden terugkwamen nam hij die, ter vergroting van de spanning, zeer plechtig als 'simplicia' in ontvangst, waarna Martha afrekende met stroopballetjes. Aan alle kinderen gaf zij graag, maar verreweg het liefst was haar toch Klein Pet, het blonde zoontje van Pet Bennemin, de onbezoldigde schrijfleraar van het armengehucht.

Er veranderde niet veel meer, zelfs de onmin tussen Anijs en Amshoff bleef sluimeren op hetzelfde niveau. Slechts een paar woorden hadden zij gewisseld toen drie jaar tevoren, in 1885, ingevolge de Wet op Besmettelijke Ziekten, een van gemeentewege aangekocht dubbel arbeidershuis in gebruik werd genomen als ziekenzaal Korremorre. Op aanwijzing van Anijs waren alle muren antiseptisch gereinigd met creosoot en daarna witgekalkt; Amshoff had een doktersjas opgehangen en was weer vertrokken. Aan hem was het opzicht opgedragen, maar zolang er geen besmettelijke ziekten uitbraken hoefde hij voor dat nieuwe traktement niets te doen.

Anijs was een corpulent man nu, bezonken in een waardigheid die gerijpt was van een verworven status tot een innerlijke eigenschap. Zijn ronde gezicht glom als een door de streling van vele handen vet geworden bol onderaan een trapleuning, en waar Amshoff zijn werkzaamheden sinds het conflict steeds meer was gaan beperken tot zijn Maison de Santé, daar consulteerde en diagnosticeerde hij nog even vrijmoedig als voordien. Die oude kwestie had zijn reputatie geenszins geschaad, integendeel: wanneer hij 's avonds wel eens bij open deur chemistreerde voor het algemeen, in het felle schijnsel van de carbidlamp, dan bleven er misschien nog wel meer wandelaars staan kijken dan vroeger. Zich badend in al dat licht, in al die blikken, en in het aanzien van zijn wetenschap, terwijl hij met de brede gebaren van de koster-organist de kolven verhitte, droomde hij er soms van om ooit nog eens een foto-inrichting te beginnen, in weerwil van zijn leeftijd, de kosten en zijn onbekendheid met de chemicaliën – de eerste van de plaats! Het elektrische licht van een Bunsenbatterij was dan ook niet ver meer – het eerste elektrische licht!

Overigens was er nog een tweede artsenijwinkel in Hoogeveen, zowat aan het Kruis. Dat was De Eenhoorn van wijlen Van der Wal, die zich bij het publiek echter nooit in hetzelfde vertrouwen had mogen verheugen als

De Twaalf Apostelen, het altijd zwaar tegen deze had te verantwoorden en in de gezondheidszorg eigenlijk geen volwaardige rol speelde. De weduwe van Van der Wal was dadelijk na de begrafenis weggetrokken, waarna De Eenhoorn een jaar lang de luiken had dichtgehouden, tot de stille heropening van vorige week. Rond de tijd van de overdracht, al veel langer geleden nu, was de nieuwe apotheker zich wel even komen voorstellen, maar daarna had Anijs hem niet meer gezien. Sinds een paar dagen gaf dat wegblijven hem een gevoel van toenemende onrust: waarom vertelde niemand hem iets over de nieuwe Eenhoorn? Waarom kwam de jonge collega niet nader kennismaken?

***

'Nee, het spijt me, een vruchtbaarheidsmedicijn kan ik je niet geven.'

Het getik van de breinaalden in de zijkamer was opgehouden, en even hoorde Anijs alleen nog maar het suizen van zijn bloed. Er waren geen andere mensen in de apotheek, alleen Johanna Bennemin.

Met diep gebogen hoofd bleef zij maar voor de toonbank staan. Zij scheen niet te bevatten dat hij haar verzoek had afgewezen en stelde haar vraag opnieuw. Op zijn herhaalde weigering begon zij te knikken, waarna zij zich eindelijk omdraaide, naar buiten liep, en wegschoot langs het raam.

Vruchtbaarheidsmedicijn voor een ongetrouwd meisje: de vraag was te vreemd zelfs voor verbazing geweest, en moest Martha pijnlijk hebben getroffen, nog bij de teleurstelling dat Klein Pet niet met zijn zuster was meegekomen. Boven de snoeptafel zoemde een vlieg, in de stal van Hotel Thomas stampte een paard. Gelaten sloot Anijs de ogen.

'Vruchtbaarheidsmedicijn... hoe oud is dat kind eigenlijk?'

De scherpe stem van Martha trof hem toch nog onverwacht. Zich vermannend duwde hij de tussendeur verder open. Zoals altijd zat zij aan het venster, de voeten op het schemeltje, 's winters op een stoof. Haar gezicht stond nog strakker dan gewoon, maar boezemde nu toch deernis in, door die kinderloosheid.

'Maar ik heb het toch niet gegeven?' vergoelijkte hij zich op verongelijkte toon.

Pas nu keek zij hem recht aan, smalend. 'Je hebt het niet gegeven, zeg je? Je hebt het niet gegeven?' Bijna leek zij in lachen uit te barsten. 'Chris, het bestáát niet! Geef mij anders maar wat...'

Hij onderging haar hoon zolang die duurde, het was het enige wat hij doen kon, en ook toen zij zich bitter begon te verdiepen in een levensverzekering ging hij nog niet dadelijk weg: zij wilde zo graag een polis, hij vond de premie te hoog.

Terug in de apotheek, met de tussendeur gesloten, zag Anijs nog even het bleke gezicht van Johanna voor zich, met de grijze ogen als twee ijzeren knikkers in een weegschaal, toen hernamen zijn gedachten hun gewone loop; er was immers niets veranderd, niets gebeurd? Langzaam kwam de oude onrust weer opzetten. Wat weerhield de nieuwe collega van een kennismakingsbezoek? Hij herinnerde zich Halink als een stille, bijna schuchtere jongeman, maar hoe nu dan deze trots? Of had hij het te druk met zijn klanten over de fotografie te vertellen? Juist de meest bedeesde figuren grepen naar zoiets als het erom ging de gunst van het onwetende publiek te winnen – misschien was hij wel daadwerkelijk bezig een fotostudio in te richten, en had daarom niemand hem nog over de nieuwe Eenhoorn durven vertellen...

Anijs wiste zich het zweet van het voorhoofd. Het was vijf uur, de meid liep met de recepten, er zou vandaag niets meer gebeuren. Plotseling beraden trok hij zijn kammetje uit de borstzak en boog hij zich naar het spiegelende glas voor het diploma aan de wand. Zou het niet vriendelijk van hem zijn wanneer hij zelf even aanliep om zijn belangstelling te tonen? Hij kamde zijn snor, vond dat hij er gedistingeerd uitzag, en greep zijn hoed – die jonge kwant had natuurlijk al wel het een en ander over hem gehoord, en hem wellicht niet in zijn menigvuldige bezigheden durven storen; het was echt zo'n afwachtend type!

De deur viel rinkelend achter hem dicht. In het voorbijgaan knikte hij naar Martha achter het raam, daarna keek hij alleen nog maar strak voor zich uit. De hitte van de nazomer hing als een waas boven de vaart, er liepen bijna geen mensen buiten, de bruggen van het Kruis vernevelden in de verte. Johanna was niet meer te zien, had zeker het achterpad terug naar het opgaande gekozen.

Doelgericht ijlde hij voort over de kade, zoals anders naar een vergadering of een zieke. Op de manier van dikke mensen leunde hij iets achterover, om tegenwicht te geven aan zijn buik, die daardoor nog pronter naar voren stak, maar minder borstig toch dan anders: wat voerde Halink in zijn schild? Wie hem zagen groetten vrijmoedig, hier een vrouw in de deuropening, daar een turfschipper aan dek; op zijn gewone wijze zwaaide hij terug, zonder de pas in te houden, altijd in haast immers, zij het nooit zo nerveus als nu: waar stuurde Halink op aan?

Telkens kwam tussen twee huizen door even het achterland te zien, reeds was hij voorbij het gemeentehuis, en opeens tekende het wit gestel van de bruggen op de viersprong zich zeer scherp af tegen het schele licht. Toen hij het volgende moment ook het uithangbord met de gouden eenhoorn zag bleef hij hijgend stilstaan. Met zijn grote, witte zakdoek wiste hij zich andermaal het zweet van het voorhoofd, als een operazanger, daarna ging het weer verder, maar langzamer nu, behoedzaam.

Zo dichtbij het Kruis was het drukker. Op de brug over de hoofdvaart stonden drie oude vrouwen. Ook hier trok zijn even opvallende als vertrouwde verschijning de aandacht, maar hij merkte het niet meer, niets drong nog tot hem door, hij had al zijn kracht nodig om nog vooruit te komen door de dikke lucht, die bij het binnenzuigen plakken bleef in zijn keel. De Eenhoorn lag vrijwel op de hoek. Hij zette de laatste passen, draaide zich om naar de etalage—en ademde uit.

Geen fotocamera, zelfs geen microscoop te zien, er was in het geheel niets veranderd, dezelfde verpakkingsdozen en flacons stonden nog achter de ruit zoals de goede Van der Wal ze indertijd had opgesteld. Zuchtend van verlichting weer liet hij zijn blik langzaam omhoog glijden, over het verbleekte fluweel en verder langs de halfhoge, melkglazen afscheiding tussen de vitrine en de donkere ruimte daarachter, toen keek hij recht in het gezicht van Halink boven de rand. Na een korte schrik verademde hij opnieuw, dieper nog: och arme, als een winkelier zonder klandizie stond de nieuwe collega naar buiten te staren! Niettemin presteerde deze een glimlach en wenkte hij hem binnen.

Ook zijn samengetrokken zinnen ontspanden zich nu, en als frisse lucht stroomde de uitgestelde omgeving het opgeheven vacuüm van zijn gemoed in. Ginds piepte de zwengel van de pomp voor het gemeentehuis, het lauwe kanaalwater rook naar vis, op de brug vlakbij bogen de drie vrouwen zich aandachtig voorover naar het schouwspel van de oude apotheker die aanging bij de jonge. Lachend zwaaide Anijs naar hen omhoog, toen trok hij de deur open. Het bordje met *Heeft U niets vergeten?* hing zelfs nog aan de binnenkant!

Inderdaad waren er verder geen klanten binnen. In plaats van hem tegemoet te komen was Halink teruggelopen tot achter de kassa, waarnaast nog altijd de oude weegschaal van Van der Wal stond. Dadelijk voelde Anijs weer de afstandelijkheid van hun eerste ontmoeting, in de tijd van de overdracht, maar bovenal herkende hij ook het oude schemerlicht en de koele geur van thee en zemen. Terwijl zij elkaar nog de hand schudden boven de toonbank zag hij al dat er ook hierbinnen niets veranderd was aan De Eenhoorn: maar verdraaid, had die jonge vent dan helemaal geen ambitie? Wist hij niet hoe snel de wetenschap voortijlde in de zich thans ontplooiende tijd?

Er waren beleefdheden uitgewisseld, Halink had zijn jonge echtgenote geroepen om kennis te maken, daarna stonden zij weer alleen tegenover elkaar, Halink de langste van de twee, met een regelmatig, maar onopvallend gezicht. Anijs vroeg naar zijn opleiding; vriendelijk, beknopt en in accentloos Nederlands vertelde Halink dat hij die in Groningen genoten had, en daar ook enige tijd provisor was geweest.

'Ah, Groningen, prachtige stad... de schouwburg!' riep Anijs op de toon van een echte wereldman, en zich vooroverbuigend vertrouwde hij de ander toe zelf ook van elders, uit een grotere stad afkomstig te zijn, uit Assen namelijk, met de trein vlakbij, zoals in feite ook Groningen of zelfs Amsterdam: een flinke Bunsen-batterij die hier op het spoor werd gedrukt kon, theoretisch gesproken, door de elektrostatische geleiding, in Parijs een gloeilamp laten branden!

'Maar past u op, dit is geen Groningen,' dempte hij nu zijn stem, 'wij hebben hier nog te maken met vele vooroordelen, stelt u zich in op een overwegend eenvoudig publiek. Natuurlijk heeft u onze dokter Amshoff al ontmoet.

Nu, u zult merken, die schrijft nog heel wat ouderwetse kookdranken voor. Een goede raad: maakt u uw stropen en tincturen niet te dun; hoe dikker en donkerder, hoe krachtiger, vindt men hier. Begin ook altijd een praatje, *maart guur, volle schuur*, dat soort dingen, zo wint u het vertrouwen van de mensen! De meest bedremmelde turfgraver uit het armengehucht, die bijna geen woord durft uit te brengen, laat zich door een kwinkslag nog wel op zijn gemak stellen! U weet dat wij achter de buurschap nog een armengehucht in de gemeente hebben?'

Luisterend, met ernstige glimlach, sloeg Halink de armen over elkaar, kennelijk bang hem te onderbreken nu het gesprek terzake kwam. Toch ging Anijs niet dadelijk verder—weer droop het zweet hem in de nek, weer greep hij naar zijn zakdoek, en zich de hals uitvegend wierp hij weer een schielijke blik in het rond. Heel het oude assortiment van borstels, Arabisch krachtmeel, zepen en zemen vulde nog de schappen; nog steeds leek De Eenhoorn meer op een drogisterij dan op een apotheek! De bijkeuken zou zeer geschikt zijn voor chemische experimenten, maar de volière van wijlen Van der Wal was nog achter de open deur te zien...

Volkomen op zijn gemak nu legde Anijs zijn hoed op de toonbank. Hij tekende met zijn vinger de onderlinge ligging van plaats, buurschap en armengehucht, schatte de grootste afstand op anderhalf uur lopen, en legde uit dat de buurschap meestal de buitenbuurt werd genoemd, het gehucht eenvoudigweg het Veld, omdat het aan de rand van een heideveld lag, en zijn bewoners derhalve Veldelingen of Veldegaansen. Ook over de zich nog immer verschuivende graafgrens vertelde hij, en dat de Veldelingen daar het meest onder leden.

'Naar mijn mening, waarde collega, dient onze zorg zich met name dus ook over hen uit te strekken. Helaas schijnt onze oude Amshoff daar anders over te denken, want ook al geniet hij een traktement als armdokter, en heeft hij indertijd een bed achterin zijn landauer laten timmeren om zich bij nacht slapend naar het Veld te kunnen laten vervoeren, hij laat zich er nooit meer zien. Omdat de buitenarmen ook niet naar hem durven richten zij zich vaak direct tot mij, en in de toekomst stellig ook tot u. Is het dan verkeerd, dat ikzelf de diagnose stel, en de medicijnen voorschrijf? Moeten die mensen dan maar aan hun lot worden overgelaten? Over deze kwestie heb ik met Amshoff een hooglopend conflict gehad...'

Halink, onbeweeglijk nog achter de kassa, schraapte de keel, maar nog voor hij iets kon zeggen bevrijdde Anijs hem met een beslist handgebaar uit de verlegenheid: 'Nee, nee, zegt u niets! Ik heb u maar één kant van de zaak gegeven, en uw persoonlijke mening gaat mij niets aan – ik vertel het u alleen maar, omdat u er toch over zou horen!'

Halink knikte, ging op een ander been staan en bleef zwijgen. Het was zo stil in de zaak, Anijs twijfelde niet meer of het eerste kind moest nog geboren worden.

'Maar nu wilt u meer weten over Hoogeveen,' vervolgde hij na een diepe zucht. 'Vooropgesteld dient, dat alles hier bepaald wordt door het veen – wie dat niet begrijpt, begrijpt niets, de geschiedenis noch de volksaard of de nosogonie. Maar hoe zou dat ook anders zijn, bij een zo afwijkende, en in vele opzichten moeilijke ondergrond... was het niet Tacitus, die zei: "Veen is land dat niet te belopen, en water dat niet te bevaren is"? Neem alleen al onze meest voorkomende kwalen, jicht in de winter en gekloven vingers tijdens de campagne: volkomen tellurisch bepaald allebei! Maar denkt u nu niet dat wij uitsluitend onze ziektes aan het veen te danken hebben, het heeft ons ook een moderne industrie opgeleverd. Kracht en tractie? Bezichtigt u turfstrooiselfabriek De Nijverheid maar eens

–op die ene stoommachine draaien drie persen, een zeef, en een elevator! Eveneens dankzij het veen hebben wij hier ook, in tegenstelling tot de zanddorpen, een opvallend heterogene bevolking, van overal vandaan immers als het schuim meegekomen op de golf van de graafgrens: dat is een kwaliteit die Hoogeveen gemeen heeft met een stad als Amsterdam, met een staat als Amerika! Maar het aardigste van een kleine plaats als deze ligt voor mij persoonlijk toch in het rijke verenigingsleven... daar zou u nog van op kunnen kijken!'

Het geluid dat Halink nu maakte klonk verbaasd en vragend tegelijk; bereidwillig nam Anijs hem op overdrachtelijke wijze aan de arm mee langs alle verenigingen die Hoogeveen telde, de liefdadigheidsverenigingen, de verenigingen voor het algemeen belang, en tenslotte de kunstverenigingen, muziekkorps Valerius en toneelvereniging Mimesis. Waar van toepassing noemde hij zichzelf als voorzitter, en met betrekking tot de toneelvereniging voegde hij daaraan toe dat hij meestal ook de regie op zich nam, en bovendien ook nog wel eens een klein rolletje; het publiek vond dat natuurlijk kostelijk, de apotheker die gewoon meespeelde – met goedmoedige zelfspot meende hij zelfs, kloppend op zijn buik, dat er over zijn Falstaff hier en daar nog wel eens een grapje werd gemaakt.

'Jawel, jawel, je kunt mij gerust een kleurrijke figuur noemen,' gaf hij gemoedelijk toe, 'maar met die aardigheden versterk je toch ook de algemene gezondheid? *Mens sana in corpore sano*! Onder dat motto ben ik ook voorzitter geworden van de Vereniging voor Volksvermaak, kortbondig de vvv. Zeker, die naam klinkt weinig pretentieus, maar toch zou het niveau u nog verbazen. We houden historische optochten en iedere zomer een groot feest, soms in de buitenlucht, soms in een tent. Vraagt u maar eens iemand naar het "Bal Champêtre" of het "Café Chantant"!

Ach, dat artistieke, die ruimdenkendheid... dat is iets, dat zit in je bloed of niet... in Amsterdam woont een neef van mij die vioolbouwer is, die zit daar midden tussen dat vrolijke muziekvolkje. Nu, mijn zegen heeft hij, *hodie mihi, cras tibi,* of nee: *carpe diem!* Ik zei u toch al dat mijn horizon ruimer is dan alleen Hoogeveen? En dan heb ik ook nog verre familie in Amerika—wat zegt u, is dat verre familie of niet? Ha, ha! Ziet u wel, met zulke grapjes stelt u de mensen op hun gemak...!'

Voor het eerst lachte Halink nu hardop: hij had gevoel voor humor! Dadelijk sloeg hij de ogen echter weer af, bedeesder nog dan voorheen. Nee, het was zeker niet zo iemand die zich met snoeverij over allerlei nieuwigheden op de voorgrond trachtte te plaatsen, Anijs mocht hem wel, en ineens stelde hij zich voor hoe het zijn zou wanneer de nieuwe collega eens met zijn echtgenote op avondvisite kwam, ja verheugde hij zich op de gezelligheid, vooral ook voor Martha: de salon zou baden in kaarslicht, de gordijnen bleven open, iedereen mocht zien dat zij bezoek hadden! Intussen viel zijn oude onrust niet meer te begrijpen: hoe had hij zich zo kunnen bekreunen, en waarom eigenlijk?

'Eens kijken, ik geloof dat ik nu alleen de Vereniging Tegen Bedelarij nog vergeten ben. Hoe kan dat openbare kwaad beter bestreden worden dan door werkverschaffing? *Labor improbus vincit,* zeggen de ouden. De loods is achter de Waag, loopt u er gerust eens binnen. Als je die arme drommels daar ziet bezembinden of stoelen matten, dan hoef je waarachtig geen socialist te zijn om je hart warm te voelen kloppen... nee, nee, geeft u maar geen antwoord, over politiek zullen wij later nog wel eens praten, als we de borreltafel hebben opgezet! Wel moet ik er nog op wijzen dat u wat betreft de financiën coulant kunt zijn tegenover de buitenarmen, dankzij onze onvolprezen Gezond-

39

heidscommissie; blijft een nota onbetaald, dan wordt die alsnog uit haar kas voldaan. Is het nog nodig te vermelden wie de secretaris van deze commissie is? Ha, ha! U merkt wel, wij kunnen elkaar niet ontlopen, maar waarom zouden we ook? Als ruimdenkende mensen zullen wij vast nog heel wat gesprekken voeren. Farmacie, filantropie, filosofie: ziedaar de driepoot waaraan deze buikige ketel boven het vuur van zijn idealen hangt!'

Afwisselend boog hij zich vertrouwelijk voorover en richtte hij zich orerend weer op. Zoals hij sprak, met milde zelfspot weer, steeds bloemiger, gedurig latinerend ook, krachtig en zacht tegelijk, krachtig voor de echtgenote in de achterkamer, zacht om geen opdringerige indruk te maken—ontegenzeggelijk had hij zijn volle redenaarsvermogen hervonden. Toch boog hij zich het volgende moment weer over de toonbank, dieper nog, zich steunend op zijn ellebogen.

'Nu dan, ruimdenkendheid is goed,' filosofeerde hij vaderlijk verder, 'maar dat betekent niet dat bij mij in de apotheek alles mogelijk is. Het liefste wend ik mijn artsenij aan ten behoeve van het nieuwe leven, misschien wel omdat de kinderzegen nooit aan mijn vrouw en mij beschoren was, mogelijk ook omdat wij farmaceuten toch meestal onder de schaduw van het *memento mori* werken, hoe dan ook: zeer gaarne verstrek ik tepelbroodjes als de speen te diep ligt, en dan later bittere stille, om de kleine juist weer van de speen af te wennen, maar wanneer een jonge vrouw mij vraagt om vruchtbaarheidsmedicijn, zoals vanmiddag nog is gebeurd, dan wordt er een grens overschreden. Alleen de natuur, of zo u wilt de Here, zal over zulke zaken beschikken, de apotheker blijft daarbuiten—zo zie ik het althans. Nee, nee, u hoeft niets te zeggen, bepaalt u uw eigen opvatting... Misschien is zij trouwens nog wel hier geweest, nadat zij bij mij bot ving? Een meisje van het veld, Johanna Bennemin, een jaar of twintig, bleek, opvallend grijze ogen? Haar vader zult u ongetwijfeld nog wel leren kennen, dat is de enige ontwikkelde man aldaar, turfsteker maar tevens leraar voor de kinderen, de enige ook die niet meer in een hut woont maar zich uiteindelijk een stenen huisje heeft gebouwd, met opkamer en al.'

Halink knikte belangstellend op deze laatste inlichtingen, maar deed alsof hij de vraag over Johanna al vergeten was en liet niets blijken. Even nog bleef Anijs hem met verdraaide hals vanonder aanzien, toen strekte hij zijn armen en richtte hij zich andermaal op.

'U zegt niets, voortreffelijk, u zwijgt!' zei hij stralend. 'Heel goed, die deontologie bevalt mij! Staan wij apothekers niet evenzeer onder de eed van Hippocrates als de heren medici? Maar laat u zich niet beetnemen wanneer u straks voor de omgekeerde casus staat: dan komen zij om het vruchtafdrijvende zevenboom; zij zien u aarzelen, en dan zeggen zij: het is voor de geit. Weet u wat ik dan antwoord? Als het voor de geit is, zoek dan maar een veearts! Over al deze zaken zult u uw eigen opvattingen moeten ontwikkelen, denkt u er rustig over na, praat er met uw vrouw over, en heb intussen niet de indruk dat blinde geloofsijver mij zo doet spreken – onder ons gezegd en gezwegen: geloven doe ik allang niet meer, al zult u mij nog wel zien kerken, aangezien een openlijk atheïsme, maar al te vaak gedragen als een zijden foulard, om mee te pronken, in mijn geval ook nog eens onbedoeld de indruk zou kunnen wekken dat er tegen de godsdienst bepaalde, wetenschappelijke argumenten zijn gevonden – terwijl de theologie helemaal geen wetenschap is, al heeft onze goede Festenhout er nog zo hard voor aan de hogeschool geleerd! Overigens wil ik met mijn openhartigheden beslist geen recht doen gelden op uw persoonlijke geloofsovertuiging, daar zullen we het later nog wel eens over hebben, u heeft het veel te druk nu, terwijl ik u maar van uw werk sta af te houden...'

Als om aanstalten te maken schoof hij zijn hoed naar zich toe. Er was nog steeds niemand binnengekomen, terwijl hij Halink ook al met de armen over elkaar had aangetroffen.

'De namiddag is altijd stil, bij mij ook,' zei hij op geruststellende toon. 'Maakt u zich geen zorgen, Amshoff stuurt de lijders omstreeks het Kruis naar De Eenhoorn, die van Noord zijn voor mij, en de rest wijst zich vanzelf—zo is het hier altijd goed gegaan! Het is een zaak van langzaam opbouwen, ook ik heb in het begin bepaalde weerstanden en vooroordelen moeten overwinnen. Als u wilt kunnen wij gezamenlijk inkopen bij Brocades & Stheeman te Meppel; ik heb dat ook met uw voorganger Van der Wal gedaan, en dat levert dan weer een aardige korting op—begrijpt u wat ik bedoel? Als u door uw voorraden heen bent komt u maar met uw bestellijst naar mij toe. En bedenkt u ook maar eens hoe oud ik ben! Vorig jaar, op mijn zestigste, ben ik al uit de gemeenteraad teruggetreden, en ook als farmaceut heb ik niet het eeuwige leven—en dan zult u mijn positie overnemen, dan bent u de eerste apotheker hier, dan zult u misschien wel een fotostudio openen... niet voor het vermaak, maar met een wetenschappelijk oogmerk, om geschakelde serie-opnames te maken en te analyseren... in navolging van de Amerikaan Muybridge! Is het niet verbluffend, dat pas door hem definitief is vastgesteld dat het dravende paard op enig moment met alle vier de hoeven tegelijk van de grond komt—terwijl de draf zich al eeuwenlang, *ad oculos*, aan het blote oog heeft vertoond! Wij zien de draf, maar kunnen de vraag wat wij zien, of het paard loskomt van de grond, niet beantwoorden: wij zijn ziende blind!'

Zo lijdzaam glimlachend als de jongeman nog steeds tegenover hem stond, zonder zelfs maar te laten merken of hij hem begreep of niet (misschien kon hij wel niet filoso-feren!)—om hem te sterken voor de toekomst zou hij hem wel stevig op de schouder willen kloppen, of vaderlijk door elkaar schudden, maar het moest zo aanstonds blijven bij een handdruk. Dralend tikte hij nog even tegen Van der Wals oude weegschaal. Nooit was die weegschaal weten-schappelijk gebruikt, alleen maar voor het vullen van de zakjes.

'Voortreffelijke weegschaal,' prees hij, hoewel in ge-moede nu bijna volschietend van deernis, 'heel wat nauw-keuriger dan die van Vrouwe Justitia in het kantonge-recht, wat dunkt u! Maar zijn wij farmaceuten ook niet veel meer wetenschapper dan juristen, al hebben zij een bul van de universiteit? Burgemeester Pottinga is een bes-te man, kan ook heel aardig over de volkskunde van Dren-the vertellen, maar zijn kennis staat natuurlijk geheel bui-ten de roemrijke, zich gedurig versnellende traditie van het experiment. Over dominee Festenhout hoeven wij het niet meer te hebben. Nee, hier ter plaatse zie ik alleen dokter Amshoff met ons aan de troon van Minerva liggen, naar opleiding misschien een trede hoger, maar die ver-houding heeft zich allang omgekeerd, immers: waar wij de realistische wetenschap onderzoekend blijven beoefenen, daar doet zo'n dokter toch eigenlijk niets anders meer dan de hele dag naar de klachten van zijn patiënten luisteren, waar hij vervolgens dan de naam van de ziekte bij zoekt— om de bijbehorende medicatie uiteindelijk toch aan de farmaceut te moeten overlaten? Ach, zo'n Amshoff, met zijn koudwaterbegietingen en reform: in wezen is hij bang voor de *materia medica*; uit angst dat er iemand aan zijn recepten bezwijkt schrijft hij het liefste maar slaapdrank-jes voor, dat zult u nog wel merken—maar intussen eist hij wel de diagnose op...! Waar zijn de ongebroken tijden van een Hippocrates, een Avicenna, toen het voorschrijven en de bereiding der geneesmiddelen nog in één hand lagen? Ik bedoel: wanneer wij ons daaraan spiegelen, staan wij als diagnosticerend farmaceut dan niet veel dichter bij de befaamde medici der aloudheid dan een man als Amshoff, al heeft die honderdmaal aan de universiteit gestudeerd? Diagnosticeren, waarde collega, dat is *primo* observeren, *secundo* inquireren, en ten derde decideren. Let op: u kijkt eerst wat iemand scheelt, dan vraagt u bijvoorbeeld of het 't meeste pijn doet als hij staat of als hij ligt, en dan, bij twijfel, dient u een kalmerend middel toe – dacht u dat Amshoff het anders deed? Ik zou haast zeggen: gelukkig voor zijn patiënten niet!'

Voor de tweede keer lachte Halink even luidop. De weldadige bijval eindelijk verzadigde Anijs tot kalmte; zo sterk stond hij nu in zijn meerderheid dat hij zich heel wat bescheidenheid kon permitteren zonder die nog in gevaar te brengen, en na een korte stilte concludeerde hij dat het apothekersvak in Hoogeveen beslist niet moeilijk was.

'Men hoeft toch ook geen zeekapitein te zijn om hier door de hoofdvaart te varen? Wat betreft de kalmerings-middelen moet u maar eens naar mijn verzameling seda-tieven komen kijken. Onder het etiket *Vinum Rubrum Gallicum* verstrek ik ook wel rode wijn, driemaal daags een lepel – *mundus vult decipi*, nietwaar? Maar de theriac bereid ikzelf, met veel opium naar Abrahamy's recepten-boek. Als u wilt kunt u ook mijn andere boeken inzien... en dan tevens mijn vrouw leren kennen, een echte dame, hoor!'

Halink knikte met hernomen, effen mimiek, maar Anijs had zijn lach gezien en kon zich de jongeman voorstellen als een zeer plezierige gast, met humor niet alleen maar ook met een helder, kritisch oordeel over de medische stand. Toen hij dan daadwerkelijk zijn hoed greep stortte een vreemd gevoel van vriendschap zich in hem uit.

'Ik moet echt gaan nu,' zei hij, bevreesd ineens dat hij door te lang te blijven de kennismaking alsnog bederven zou. 'Komt u gerust eens kortavonden, met uw echtgenote... Ik ben heel blij zo'n jonge, flinke collega te hebben gekregen, dan sta ik er hier niet meer zo alleen voor. U heeft geen idee hoeveel chemie zo'n kleine plaats toch nog vraagt, van bijzondere feestlikeuren tot vuurwerk, en met alle respect, maar uw voorganger blonk daar niet bepaald in uit! Enfin, het leven zal u hier zeker bevallen, ook buiten de apotheek: nieuwe bestuursleden zijn in elke vereniging welkom, werkende leden ook, u laat het maar weten, misschien voelt uw echtgenote er wel voor om bij Dorcas voor de armen te breien? Mijn vrouw kan daar alles over vertellen...'

Gemoedelijk draaide hij zich half om en wierp hij nog een laatste blik in het rond. Het opgezette aapje was verdwenen, maar de kast met zaagvistanden en een struisvogelei stond er nog, en zelfs hing op dezelfde plaats waar altijd het oude diploma van Van der Wal had gehangen — zelfs hing daar in diezelfde schemerige hoek nu een lijst met ongetwijfeld het diploma van Halink, vlak boven een plank met twee strooppotten op de uiteinden. Vertederd liep hij erheen, de hoed achter de rug, maar bij een krukje halverwege bleef hij stilstaan. Er lag een tijdschrift op, hij nam het in de hand, het was een vakblad waar hij nog nooit van had gehoord.

'Kijk aan, heel goed, u wilt bijblijven, de wetenschap raast voort,' prees hij, maar opeens liep hem een koude rilling over de rug. Hij legde het blad terug, zag Halink roerloos en rijzig achter de toonbank staan, en zette toen gejaagd de laatste passen naar het diploma. In de stilte klonk de roffel op van een rijtuig dat naderde over de kade.

Zijn kin kwam tot juist boven de plank. Uit alle macht duwde hij zijn gezicht in de dikke lucht tussen de strooppotten. Zijn schaduw viel over het spiegelende glas, de tekst erachter werd leesbaar, en terwijl de roffel krachtig aanzwol spelde hij de zwart-gouden stempeling die niet alleen het getuigschrift bekroonde, maar ook degeen die het ontvangen had: *Doctor Pharmaceuticus.* Het was een bul van promotie.

Op hetzelfde moment dat het feit Anijs trof als een kaakslag hield buiten het oorverdovend aangezwollen geraas ineens op, kwam er voor de deur een koets tot stilstand. Verweesd bleef hij maar naar de bul staren, ofschoon zonder enige verbazing meer. Hoe zou de jonge collega ook niet aan de universiteit hebben gestudeerd? Zelf had hij zijn diploma zowat dertig jaar geleden behaald, bij de Provinciale Commissie van Geneeskundig Toeverzicht te Assen, maar bij de wetswijziging van 1865, zeven jaar nadien, was de farmacieopleiding opgestoten tot een academische studie—hij wist het wel, maar had er nooit meer aan gedacht, omdat het er in Hoogeveen niet toe deed. De Commissie van Toeverzicht bestond waarschijnlijk niet meer. Terwijl hij zich steunde aan de plank viel het oude begrip van Halink als een natte fondant in hem uiteen; stralend rees dezelve vernieuwd weer op uit de zilveren korrels—zijn graad was zijn naam geworden, zijn titel zijn wezen, zijn apotheek een faculteit!

Toen hij zich tenslotte toch lostrok van het spiegelende glas kostte dat zoveel kracht dat zijn gezicht wel als een afgescheurd vel op de plank leek achter te blijven, slap en dun als het fijnste zeemleer. Beneveld van pijn draaide hij zich nog eenmaal naar Halink terug door de taaie schemering.

'U hebt veel van Van der Wal overgenomen,' bracht hij hees uit. 'Hebt u misschien ook zijn boeken overgenomen?'

Het was een vraag tegen beter weten in, zodat hijzelf al ontkennend het hoofd schudde nog voordat Halink daarmee begon, zwijgend, glimlachend, en met de armen over elkaar gevouwen als steeds, alleen nu nog iets rijziger achter de toonbank.

'Ik heb eigen boeken,' klonk het eindelijk.

Anijs knikte dat hij het begreep, drukte zijn hoed op het hoofd met een aandacht alsof het 't laatste was dat hij in zijn leven zou doen, en duwde de deur open. Op datzelfde moment werd die echter van de andere kant geopend, en bij gebrek aan weerstand struikelde Anijs zo onverhoeds de kade op, dat het voor de drie vrouwen op de brug wel leek alsof hij met een heupzwaai naar buiten was gegooid. Voor de apotheek stond een glanzende landauer; de zwarte gestalte waar hij langs was geschoten moest Amshoff zijn.

47

HOOFDSTUK II

Vedder Violen

Van oudsher woonde Vedder aan de Texelschekaai, daar waar Amsterdam zich heerlijk opende aan het Y. Vanuit zijn huis had hij altijd vrij op de haven uit kunnen zien, de wemel van komende en gaande vissersschepen, de steigers in het water met daarop de Nieuwe Stadsherberg en kantoor het Zeerecht, de talloze masten, molens en kranen, die als één onontwarbaar want omhoogstaken in de lucht. Het was een smal en hoog huis, met de vioolwerkplaats dadelijk aan de straat, en daarbovenop de overige vertrekken, elk slechts één raam breed. Als fervent visliefhebber, zo'n man die er nog een eer in stelde om zelf het verse zeevlees kundig te keuren en te kiezen, bezag hij het aanbrengen het liefst vanuit zijn keuken op de bovenste verdieping, daar juist ingericht opdat de traanlucht goed door het luik in het platte dak kon wegtrekken. Leunend in de vensterbank genoot hij dan van het weidse overzicht, ook 's nachts, wanneer in de drukste tijd het Y over de gehele breedte vol lag met de kwakken uit Volendam, de botters van Marken, en zelfs de garnalenvissers uit Harderwijk. Tussen die laatste door krioelden dan de vletjes van de Jordaners, die als wederverkopers in het gele licht van de lantaarns hun biedprijzen schreeuwden. Bij akkoord trokken ze dan de stop uit de bodem en lieten ze de vlet half vollopen met het zoute Y-water, waarin de overgestorte garnaal levend bleef mits het maar in beweging werd gehouden. Dat was het werk van de schommeljongens, die wijdbeens op een dwarse plank de vletten aan het wiebelen hielden terwijl die terugvoeren naar de Jordaan, en soms kon Vedder hun schommelliedjes dan nog even horen aan het open raam.

Maar dat was allemaal niet meer. Waren eerst de Harderwijkers al weggebleven, vanwege de Oranjesluizen en het brak, daarna zoet worden van het water, vervolgens moest ook het havenfront zelf verdwijnen, omdat juist daar, na oneindige deliberaties van de hoge overheid, het nieuwe spoorstation was geprojecteerd. Onder een stroom van protesten werd heel die wankele, houten wereld op palen afgebroken, in de ondiepe Y-bocht kwamen drie aangeplempte kunsteilanden te liggen, waarna de bouw een aanvang nam. Wanneer Vedder nu uit zijn raam keek zag hij geen water, boten of steigers meer, alleen maar het Centraal Station, het hoofdgebouw schuin rechts aan de overkant van het uitgestrekte voorplein, links daarvan de immense overkapping, en nog verder naar links de verhoogde spoordijk, waar alleen de masten en schoorstenen van de grote zeeschepen aan de nieuwe kade nog boven uitstaken. Het hoofdgebouw was vier jaar geleden al opgeleverd, in 1884, maar aan het interieur werd nog aldoor gewerkt, terwijl men bovendien de overkapping wegens verzakken opnieuw had moeten aanbesteden. Na deze en alle eerdere vertraging wist niemand meer wanneer het station open zou gaan. Intussen had de gemeenteraad wel van de gelegenheid gebruikgemaakt om de naam van de Texelschekaai te veranderen in Prins Hendrikkade, zulks ter ere van de man die zich tot voordeel van de stad zo buitengewoon verdienstelijk had gemaakt voor de scheepvaart.

De zaak die Vedder daar dreef was overigens niet altijd een lutherie geweest. Vroeger, getrouwd nog, bouwde hij er kasten, maar toen het huwelijk kinderloos bleef, zijn vrouw hem verliet en hem voor een tweede huwelijk diskwalificeerde door van een ander wel zwanger te raken, bevond hij zich zonder privé-leven meer zo gewichtloos in zijn bewezen onvruchtbaarheid, dat de opwaartse druk hem vanzelf omhoogstuwde, met een afwijking naar het openbare leven: hij verlangde naar een hoger doel, richtte zijn handwerk op de edele vioolbouw, en na lange leerjaren was hij zover dat hij 'Vedder Violen' op de etalageruit kon schilderen. Tegelijk begon hij, in navolging van pseudonimisten als Vitruvius en E. Nigma, de publieke zaak te bekritiseren in allerhande ingezonden stukken, eerst nog ondertekend met 'een welmenende stadgenoot', later onder een eigen pseudoniem, Veritas.

Zijn onderwerpen zocht hij in het verlengde van zijn hang naar het openbare. Zo graag als hij door de stad liep, langs de nieuwe luxe-hotels, waar het hoogst particuliere leven van de rijken in zekere zin publiek werd, langs een door afbraak van de belending blootgevallen binnenmuur, met allerlei vlakken verschillend behang, de tegels boven een verdwenen aanrecht en de zigzaglijn van een trap, waar hij peinzend naar kon staren, of zo graag als hij zich in een menigte drukte, zo graag ook zou hij tegen de stedenbouw en de hotels willen schrijven. Maar wat zou hij aan een hotel kunnen afdoen? Hij ontbeerde de bouwkundige kennis van een man als E. Nigma, zoals hij op zijn vakgebied de in Cremona opgeleide Smolenaars boven zich wist. Maar waarom zou hij eigenlijk ook tegen de gebouwen als ontwerp moeten schrijven, veel belangrijker was toch waar zij stonden, een stad was immers geen statische verzameling van bouwwerken, maar een dynamisch organisme, een werkende machine waarvan het begrip en de beoordeling wezenlijk tekortschoten wanneer die gegrond bleven op het aanschijn van de losse onderdelen? Zijn kritiek zou zich niet op de architectuur van de gebou wen richten, maar op hun locaties, c.q. de verkeerscirculatie en de stadsontwikkeling in het algemeen!

Denkend over zijn specialisme begreep Vedder opeens ook de opkomst van het luxe-hotel in samenhang met die van het spoorwegwezen, waardoor er immers een voorheen niet-bestaand publiek van welgestelde plezierreizigers was ontstaan: daarom lag het Amstel Hotel zo ver buiten de binnenstad, vlakbij het Rhijnspoorstation immers! Om diezelfde verkeerskundige reden ook was het American Hotel aan het Leidseplein gebouwd – omdat men toen nog verwachtte dat het Centraal Station dáár terecht zou komen! De stukken volgden elkaar nu in steeds hoger tempo op: Veritas haalde fel uit naar de bouw van het Centraal Station in het open havenfront; het American Hotel, dat op de verkeerde locatie had gegokt, kreeg een zware toekomst voorspeld; nu nog lag het Amstel Hotel op een gunstige plaats, maar vanaf de opening van het Centraal Station zou dat geheel anders zijn, dreigde Veritas. Met betrekking tot het volksvervoer tussen de westelijke stadsuitbreiding en het werk in de binnenstad, een afstand te groot om nog te lopen, bepleitte Veritas een geheel nieuwe verkeersader over de daartoe te dempen Rozengracht. De aansluiting van deze westradiaal op de Dam zou helaas ten koste van enige bestaande bebouwing gaan, maar ook wat betreft die onvermijdelijke sloop en navenante kosten wees Veritas de weg: *De Amsterdamsche Omnibus Maatschappij kan concessie verleend worden om haar tramrails in de westradiaal te leggen, met welke opbrengst dan tevens voorzien is in de financiering van de noodzakelijke en zo nodig bij wet afdwingbare onteigeningen.* Het was zijn meest succesvolle stuk, een paar jaar later kwam de westradiaal daadwerkelijk in de gemeenteraad, maar niemand die toen nog wist dat Veritas er als eerste over geschreven had.

Zijn ontwikkeling in de muziek hield intussen gelijke tred met die als pseudonimist. Hij was begonnen als kleine ambachtsman, vanaf de hoogte van Smolenaars nauwelijks te ontwaren, maar hij studeerde in de catalogi, nam een abonnement op het muziektijdschrift *Caecilia*, en leerde sarcastisch te grijnzen bij de naam Wagner. Eenmaal in staat violen te herkennen naar land en leeftijd, begaf hij zich ook in de instrumentenhandel, waarbij hij zelfs eens, op een veiling, voor honderd gulden een zeventiende-eeuwse Syde-viool wist te bemachtigen – het instrument had geen etiket, maar droeg alle onderscheidende kenmerken. Maar nu bleek hoe vast hij zat aan het lage beginniveau dat hij in wezen allang was ontgroeid: zijn klanten, nog steeds meest dansleraren en speellui uit zalen als Tivoli en de Geelvinck, betaalden nooit meer dan honderd gulden voor een viool, terwijl het oude instrument misschien wel drieduizend gulden waard was. Uiteindelijk kon hij het alleen nog maar bij Smolenaars aanbieden, maar deze ontkende lachend dat het een Syde was, zodat hij de viool tenslotte voor honderd gulden weer had moeten verkopen. Op dezelfde manier als in de handel werd overigens ook zijn verdere vooruitgang in de nieuwbouw gefnuikt, hoeveel hij nu ook wist van mensuur en inclinatie: een goede instrumentalist maakt een goed instrument, maar zijn violen werden slecht bespeeld en kregen in de handen van zijn klanten nooit de klank die zij in aanleg wellicht bezaten.

Zo bleef hij de autodidact met dito klandizie, terwijl Smolenaars het debiet van de opgeleide musici bediende en in Vedder geenszins een concurrent, misschien niet eens een collega zag. In groter verband verdiepte deze kloof zich nog naarmate de toonkunst zich verder professionaliseerde. Voorlopig hoogtepunt van deze recente ontwikkeling was de stichting van het gloednieuwe Concertgebouw, gelegen nog achter het Rijksmuseum, buiten de stad tussen de weilanden, alsmede de oprichting van het Concertgebouworkest. Vedder was er nog niet binnen geweest, maar wat hij over het nieuwe orkest hoorde knaagde aan hem: het zou uitsluitend uit geschoolde beroepsmusici bestaan, dagelijks repeteren, en het kon niet anders of het muziekleven zou door die nieuwe maatstaf in twee helften breken, langs de barst die al veroorzaakt was door de stichting van de Wagner-vereniging en het conservatorium. Met lede ogen zag Vedder het betere deel zich steeds meer door verheffing van hem afscheiden, terwijl hij aan de andere kant achterbleef in het restant waar hij zich al die jaren juist uit had trachten op te werken – hij was als een aandeel, dat na langzame, moeizame koersstijging door een veel grotere inflatie toch in waarde was gedaald. Bitter had hij de feestelijke opening van het Concertgebouw het afgelopen voorjaar gemeden. De dag erna, 12 april 1888, hekelde E. Nigma het neoclassicistische ontwerp; Veritas laakte de excentrische locatie als de dood in de pot bij voorbaat.

Zo dan, al schrijvend, strijdend en strevend, stond zijn leven in het teken van het uitroepteken, wat volkomen overeenstemde met zijn vurige temperament en voorkomen. Hij zweette vlug, was zwaar behaard, ook op zijn handen, en had een stevig, gedrongen postuur. Ondanks zijn zestig jaar was zijn baard nog pikzwart, glansden zijn lippen vochtig onder zijn snor, en fonkelden zijn groene ogen ongebroken fel in zijn rood gelaat.

Overigens was er toch nog een kind in zijn bestaan gekomen: een klant uit het Diaconieweeshuis vertelde hem eens over een vondeling; Vedder wist wel een pleegadres, en zo kwam het kind bij de brave kelner Rossaert, die met zijn vrouw een kinderloze huishouding had in de Hasselaerssteeg vlakbij. Tot de zestiende verjaardag zou de diaconie het kostgeld betalen; even lang zou men Theo laten geloven dat de Rossaerts zijn werkelijke ouders waren. Niettemin was het Vedder die zich ten nauwste met de opvoeding bezighield, de opgroeiende jongen overal mee naartoe nam, en zich ten laatste als een vader voor hem voelde. De knaap was bijna zestien nu. Hij zou vanavond komen eten.

***

Door de vislucht leek het nog warmer en voller binnen. Boven het kabaal uit ging de gong van sluiten. Het was afgelopen, plotseling gehaast drong iedereen naar een kraam, Vedder ook.

'Schoonmaken?' vroeg de man toen hij een vette, verse makreel aanwees.

Hij knikte, met dit beding: 'Lever laten zitten.'

Met de stille glimlach waarmee de ene kenner de andere herkent begon de man te snijden; om hem niet op de vingers te kijken draaide Vedder zich om. Van achteren voelde hij de rand van de visbank, van voren de lichamen die langs hem heen veegden, en volkomen voldaan keek hij filosofisch omhoog naar de rondcirkelende ooievaars onder de houten zoldering.

Het leken er wel meer dan anders te zijn, misschien doordat de vis in de hitte al zolang had kunnen uitwasemen door de open bovenramen. Aangetrokken door die lucht streken de vogels in de dakgoot neer, ze staken hun koppen naar binnen, wenden aan de herrie—en stieten af, het paradijs in. Maar de vissen waren door de drukte onbereikbaar, de ramen te smal om op de wieken nog door naar buiten te kunnen, en bij gebrek aan veilige rustplaatsen konden zij alleen nog maar in de hoogte rond blijven vliegen, in grote kringen langs de ramen waarin alweer andere ooievaars zaten, net zolang tot zij tenslotte van uitputting, kramp, of al dood neervielen tussen de vis en de mensen.

Zoals zij dicht opeengepakt stonden moesten hun bruine petten van bovenaf wel lijken op de schubben van één reusachtige rog, die heel de vishal vulde in roerloze zweving vlak boven de bodem, alleen aan de uiterste, reeds doorschijnende rand met fijne vinnen beweeglijk voelend langs de muren — het was kortom een heerlijk gedrang, en zuchtend liet Vedder zijn blik over de hoofden heen gaan. Overal gooide men lachend stukken vis omhoog, als aas; ginds aan de overkant raakte een ooievaar met zijn vleugel een pilaar en viel tollend neer; een andere verkrampte zomaar in de lucht en kwam in de vorm van een kapotte paraplu naar beneden. Overigens zag Vedder geen enkel verschil tussen de vogels die nog maar pas binnen waren gekomen en die al bijna moesten neervallen, maar uiteindelijk maakte het ook niet uit of zij nu naar aas zochten, naar een plaats om te rusten of naar de uitgang — tenslotte was het immers allemaal even vergeefs, en leken de ooievaars ook wel helemaal niet meer te willen eten, rusten of vluchten. Zo gelijkmatig wiekten zij rond onder de kap dat het was of zij alleen nog maar, als levende, veren waaiers, tot hun laatste val toe de vislucht wilden verdrijven die hun zo fataal had aangetrokken. Vreemd: wanneer er een omhoog gegooide vis bij een ooievaar in de buurt kwam stiet die in de cirkelvlucht toch toe, hoewel die eigenlijk al doodsstrijd was — het had iets menselijks, vond Vedder.

'Alstublieft.'

Hij nam de in een krant gewikkelde vis aan, drong ermee naar buiten en was even verblind door de lage zon. Toen hij weer kon zien stond een van de keurmeesters vlak voor hem, een oude klant, een vinger dubbelzinnig en vol verstandhouding op het jukbeen.

'Nog altijd alleen maar vis?'

Vedder begreep de toespeling niet maar lachte al, en door het tegenlicht bleef hij zijn gezicht vertrekken terwijl hij de straat uit liep. Om het vet er niet uit te knijpen hield hij de vis op twee handen voor de borst, als een geschenk.

De kantoren gingen uit, Theo kon er al zijn. Hevig transpirerend haastte hij zich over het Damrak in de richting van het enorme station in aanbouw. Achteraan, bij het Huis met het Torentje op de hoek, sloeg hij linksaf de Prins Hendrikkade op. Ondanks de schaduw zag hij op slag dat Theo niet voor zijn deur stond. Misschien was hij al binnen, hij had een sleutel.

Het eerste huis na de hoek was een logement, gedreven door een waard met wie hij onmin had, daarna kwam de kleermakerij van buurman Carstens, een laag huisje met maar een verdieping, dan zijn eigen huis met hoge, blinde zijmuur, dan de tapperij van zijn andere buurman, met wie hij ook onmin had. Zonder een blik opzij passeerde hij het logement, maar voor de open deur van de kleermakerij hield hij de pas in.

De oude Carstens zat op de tafel vlak achter het raam, als altijd omringd door scharen, krijtjes en brillen, met een meetlint om de hals en de mond vol spelden. Hij kon daar ook mee praten, wat een indruk gaf van een onmetelijk, zij het ook vergeefs vakmanschap: de confectie kwam op, zijn gezichtsvermogen liep terug. Achter hem glansden de Singer-naaimachine, de rollen stof die, boven elkaar hangend, wel leken op de zee in de schouwburg, en de mansfiguur van ijzerdraad. Wanneer een klant twijfelde over de stof werd die ervoor gehouden, zodat het bestelde pak al enigszins in de vorm zichtbaar werd – maar nieuwe kleding kocht men thans op maat in de winkel, en men moest zeggen dat Carstens in hoofdzaak alleen nog maar jassen keerde, kragen verving en ander verstelwerk deed. Zijn vrouw lag boven in bed met een ziek been.

'Ik kan niet blijven praten, Theo komt!' riep Vedder de donkere ruimte in. 'Hoe is het met je vrouw?'

Carstens glimlachte wee, dat hij de belangstelling waardeerde, het been echter niet verbeterde.

Vedder trok in onmacht zijn schouders op en liep met een paar passen langs de ruit van zijn werkplaats door naar zijn eigen deur. In de etalage, eigenlijk gezegd vensterbank lagen wat gutsen, een schuifmaat en een vioolhals, terwijl er voor de versiering ook nog twee als degens gekruiste strijkstokken stonden. Voorts hing er naast de deur een smeedijzeren uithangbord in de vorm van een f-gat, waarmee juist het onstoffelijke deel van de gesymboliseerde viool tot stof was gemaakt, en alle omringende stof weggelaten—een materiaalnegatief, nog het meest lijkend op het dollarteken. Scheel van de zon nog boog hij zich zoekend naar de deurknop, en op dat moment werd hij van achteren aangesproken door een luide mannenstem.

'Are you Mister Vedder?'

Zonder nog kleuren te kunnen onderscheiden zag hij een heer met een vreemd model hoed op, alles in zwart en wit, en de schittering van wat een brokaten vest moest zijn.

'Are you Mister Vedder?' klonk het opnieuw, en om te verduidelijken wat hij bedoelde, zijn veronderstelling althans te rechtvaardigen, wees de ongeveer veertigjarige vreemdeling enige malen afwisselend naar hem en de letters op de etalageruit: Vedder Violen.

De man sprak Engels, maar op een manier alsof hij een oester in zijn mond had gegoten; Vedder herkende de taal zonder die zelf te beheersen, maar onder de druk van de dansende hand verstoutte hij zich toch erin te antwoorden.

'Yes, I am Vedder...'

'I am Vedder too...!' deelde de heer daarop mede, waarna hij tot Vedders verbazing geweldig begon te lachen, joyeus de hoed optilde, en hem bijna opnieuw verblindde met zijn blinkend gebit.

'Oh yes, I am Vedder too!' bevestigde de heer nog eens, hem stralend aanziend, en plotseling in het Nederlands, terwijl hij ook zijn hand uitstak, preciseerde hij: 'Al Vedder, jouw neef uit Amerika!'

Na de onverhoedse kennismaking, volgend op dat al even onverwachte, en ontwapenend kinderlijke 'jouw', liet Vedder verbluft zijn arm terugvallen. Zijn hand raakte de klink, hij draaide die om en voelde, achterwaarts duwend, dat de deur op slot zat: Theo was er nog niet. Een doffe kalmte viel over hem, zijn onrust maakte plaats voor nieuwsgierigheid, maar nu bleek de heer in grote haast: hij moest naar zijn hotel; zijn bagage was al vooruitgestuurd; hij was nog geen uur geleden achter het station aangekomen met de oceaanstomer uit New York; iemand had hem verteld dat een familielid hier ergens een zaak had, en hij had zich alleen maar even willen voorstellen — maar om redenen van werk zou hij minstens enige maanden, mogelijk langer dan een jaar in Nederland moeten verblijven.

'Dus ik kom jou zeker nog opzoeken!' besloot hij quasidreigend, en na nog even met zijn beweeglijke hand tellend op de borst van Vedder te hebben gewezen brak hij andermaal in gebulder uit, lichtte hij gelijktijdig de hoed ten afscheid en deed hij een stap achteruit.

'Wacht, één vraag nog voor u vertrekt!' smeekte Vedder, hem met klem onderbrekend in de lach. 'Waar logeert u?'

'Waar ik logeer?' herhaalde Al de vraag, plotseling zeer ernstig, hogelijk verbaasd zelfs. 'Waar ik logeer? Well, I am American... so I stay in the American Hotel! Ha, ha!'

Als een vuurpijl ging alle kritiek op de locatie van het American Hotel in Vedder af, ontploffend met een veelheid van argumenten die hij allemaal tegelijk naar buiten wilde persen—nooit zou er nog een station aan het Leidseplein komen, men had verkeerd gegokt!—maar neef Al, opnieuw in gebulder uitgebarsten, had zich al omgedraaid en drukte de hoed achterop het hoofd. Beduusd zag Vedder hem met wapperende jaspanden om de hoek verdwijnen, en hij hoorde hem nog lachen toen hij de sleutel al in het slot stak.

Het was koeler binnen, en donkerder. Het smalle vertrek lag op het noorden, en omwille van het licht had Vedder zijn werktafel net als Carstens pal achter de vensterbank. Links tegen de muur stond een oude canapé, daarboven hingen de violen, met de krul aan een waslijn gehangen, schouder aan schouder weg ijlend naar de schemer achteraan, de meeste zonder kam, snaren en staartstuk, veel ook nog ongelakt, kaal en wit als de geplukte kippen bij de poelier. Aan de muur rechts hingen achtereenvolgens het wandbord met de gereedschappen alsmede het aanzetstaal, waarmee hij elke ochtend, de schort al om, de beitels en gutsen wette als een slager de messen, dan een paar paardenstaarten, benodigd voor het verharen van de stokken, en tenslotte, bijna bij de trap naar boven al, een stadsplattegrond waarop in rode inkt de nog altijd niet gerealiseerde westradiaal getrokken stond. Dat donkere achterdeel gebruikte Vedder als kantoor: aan een salontafel met een paar stoelen erom kon hij met klanten zitten; hij had er zijn boekenkast, kassa en kluis, voor de aardigheid lag daar ook het kwartviooltje dat hij ooit voor Theo had gemaakt, en in de winter was het er aangenaam dankzij de zwarte kolomkachel. Aan de achterwand hing een wastafel met aanrecht, waarop hij zijn lijmen en lakken verwarmde, en de ruimte tussen het kantoor en de werkbank tenslotte was gevuld met stapelingen en dosse en kwartiers gezaagd hout.

Hij sloot de deur achter zich en hoorde onmiddellijk de vliegen zoemen in de vliegenvallen. Hij maakte die zelf en zette ze overal neer in zijn telken jare vanaf juli oplaaiende strijd tegen de vliegen, die een onvoorstelbare schade konden aanrichten in de natte lak wanneer zij zich daarin vast vlogen. Vroeger had hij Theo daar wel bij laten helpen; dan bedachten ze allerlei verschillende systemen, sommige van papier, andere met glazen en schotels, en suikerwater of stroop als lokaas. Hij hing zijn pet aan de kapstok, waarop ook nog een geruite reispet en een opvouwbare hoed lagen, en kloste over de houten vloer naar achteren. Na nog een korte blik op het witte vierkant van de etalage klom hij de trap op.

Eerst kwam de deur van de zelden gebruikte zitkamer, daarboven die van de slaapkamer, daarboven die van de keuken op de hoogste verdieping. Het was lichter hier dan beneden, temeer nog nadat hij het dakluik boven het fornuis had opengezet met de pikhaak. Hij maakte olie heet, legde de makreel erin, en ging aan het raam staan. Recht tegenover hem, juist boven de westelijke vleugel van het station uit, stak de reusachtige schoorsteen van een oceaanstomer omhoog; dat was stellig het schip van neef Al, dat daar aan de nieuwe kade lag afgemeerd; hij had hem niet meer naar zijn werk kunnen vragen, maar het moest behoorlijk verdienen, want anders zou hij niet in het American Hotel logeren, dat met zijn gasmotorlift, belvédère en nieuwe biljartzaal beslist tot de eerste grands hôtels van Amsterdam behoorde—alleen de locatie was verkeerd!

De vis was aan beide zijden gebakken nu. Om die warm te houden dekte Vedder de pan af met een deksel en daarop nog een handdoek, toen trad hij opnieuw aan het raam. De onzichtbare, inwendige werkzaamheden aan het station achteraan werkten hem op de zenuwen; het gebouw van verse, roze baksteen was klaar maar toch onvoltooid, soms stond het ook ineens weer in de steigers. Wat hij vroeger allemaal wel niet van hieraf kon zien, de boten, het water, de steigers — getergd liet hij zijn blik omlaag zakken en dichterbij glijden, over het stationsplein naar het nieuwe plantsoen schuin onder hem, aan de overkant van de kade. Er stond een limonadeloket, en een paar jaar geleden, kort na de aanplemping, had de Dienst Publieke Werken er een borstbeeld van prins Hendrik geplaatst, met het gezicht naar het Y en het dankbaar vlagsaluut van de door hem zo bevorderde scheepvaart — maar tegenwoordig waren de schepen vanuit het plantsoen helemaal niet meer te zien, het station stond ervoor, de spoordijk belemmerde het uitzicht, straks zou de prins lijken op een kind dat zich aan de treinen vergaapt — ongeacht de kwaliteiten van de buste als zodanig, wederom had de locatie hier het beslissende woord; waarom wilde men toch niet beter luisteren?

'Publieke Werken...!' hijgde hij, terwijl de hemel rood werd, en het was alsof alles wat er in de stad fout ging in die twee woorden besloten lag.

Later zat hij aan de keukentafel. Het begon te schemeren, Theo was er nog niet, misschien zou hij wel helemaal niet komen, of net als de vorige keer maar heel even, veel te laat, alleen maar om geld te lenen. Toch schoten de herinneringen aan vroeger tijd weer weldadig toe, als de melk in de moederborst reeds bij de gedachte aan het kind:

— de tekeningen van zaagsel en krullen die Theo als kleuter op de vloer van de werkplaats had gelegd;

— hun eindeloze zwerftochten door de rietlanden, waar zij salamanders vingen die ze op het eind van de middag, in de vishal, omhoog gooiden voor de ooievaars;

— de muntenverzameling waar hij Theo bij geholpen

had, door hem in ruil voor een penning de knapzak van een buitenlandse matroos te laten dragen;

— en zoals ze zich later ook verkneukeld hadden boven de krant, toen Theo kon lezen en hij hem over Veritas had verteld, die juist een hekeldicht had op de pedante, door stadsarchitect W. H. Springer getekende sierzuilen op de nieuwe Hogesluis: 'Niet elke naald wijst als een vinger / naar d'onsterflijkheid van Springer';

— ze hadden Sarah Bernhardt gezien op het balkon van het Doelen Hotel, en als er bij het Amstel Hotel een industriemagnaat als Rockefeller aankwam, de sjah van Perzië of een Russische prinses die zich door de befaamde masseur Mezger wilde laten behandelen, dan stonden ze in de kijkende menigte om die heerlijke sensatie van de rijkdom en roem te ervaren, die buiten alle zintuigen om direct op het zenuwstelsel werkte, als zuivere opwinding;

— en dan, hun wandelingen op donderdagavonden langs het American Hotel, wanneer Architectura daar bijeenkwam, het genootschap van bouwmeesters van wie Vedder er al verschillende van gezicht kende, en die omgekeerd stellig ook wel van Veritas hadden gehoord;

— of ook, tot slot, hun incognito handelsmissies naar de betere muziekzalen als Felix Meritis en de Parkzaal, die zij vermomd als musici door de artiesteningang binnendrongen zonder dat hun een strobreed in de weg werd gelegd, hijzelf in rokkostuum en met drie, vier vioolkisten onder de arm, Theo als zijn assistent ook in het zwart en met een opgevouwen muziekstandaard bij zich — eenmaal in de kleedkamer, terwijl Theo de standaard opzette, opende hij dan de kisten en begon hij, zonder dat iemand nog in de gaten had dat hij niet tot het orkest behoorde, de instrumenten voor te spelen. Pas wanneer hij zijn viool iemand anders in handen duwde, de klank roemend, de prijs veel te laag verklarend, dan bleek het bedrog, en wat een plezier hadden zij op zulke ogenblikken niet gehad, onderling maar ook met de heren musici, want in deze zalen en orkesten, anders dan nu in het Concertgebouw ongetwijfeld, waren dat nog echte grappenmakers, vaak bekenden ook, die lachend de kaartjes aannamen die hij Theo vervolgens liet uitdelen – vreemd dat de jongen de laatste keer toen naar het privaat verdwenen was, en eigenlijk thuis de standaard al niet had willen aannemen: hij werd verlegen, het was de leeftijd, hij moest hem vlug weer eens meenemen, misschien wilde hij wel naar het Concertgebouw, kijken of je daar ook op deze manier kon binnenkomen...

Weg starend naar het raam dacht hij er nog aan hoe hij Theo vorig jaar voor zijn verjaardag mee had genomen naar de Wild West Show. Volgende maand werd hij zestien en zou Rossaert hem de waarheid over zijn afkomst vertellen; dan pas zou Theo zijn bemoeiingen om zijnentwil ten volle kunnen waarderen – zonder zijn tussenkomst zou hij als stadsbestedeling nu misschien wel in een veenkolonie in Drenthe zitten. Ach ja, hij was toch altijd als een vader voor hem geweest, zelfs had hij zich voor zijn schoolopleiding ingespannen, maar op de hbs had de jongen geen ijver getoond zodat hij nu als kantoorloper bij een handelsfirma werkte.

Een koude avondlucht streek uit het dakluik over zijn rug, hij huiverde, en na de weemoed over het verdwenen uitzicht, daarna zijn opwinding omtrent de locaties, begaf hem nu ook, zomaar, alsof ze ineens op was, de ontroering der herinneringen. Zijn glimlach verstrakte, hij voelde niets meer, de tocht niet, alleen de eenzaamheid nog van tegen beter weten op iemand wachten met het eten. Hij kromde zich over de tafel, schoof de van vet verzadigde krant waar de vis in gezeten had naar zich toe, en begon in het laatste licht te lezen, wezenloos, afgesloten voor de tijd en het feit dat Theo niet meer komen zou. Hij sloeg een bladzijde om, boog zich over weer een andere kolom, maar toen veranderde er iets aan hem, schoot zijn kromme lichaam vol spanning. Zonder nog te bewegen bleef hij zo zitten, tot zijn hoofd begon te schudden en hij zich schoksgewijs iets oprichtte – hij leek op een dode die tot leven komt.

Het was de krant van vandaag, het artikel stond linksonder op de stadspagina en meldde de aanstaande bouw van een nieuw grand hôtel tegenover het Centraal Station, hoek Damrak-Prins Hendrikkade. *De* NV *Hotelonderneming Victoria Hotel, opgericht anno 1883 met een maatschappelijk kapitaal groot een miljoen gulden, zal daartoe op aanwijzing van initiator, architect en thans directeur Johann F. Henkenhaf vijf huizen aan het Damrak, en vijf huizen aan de Prins Hendrikkade aankopen, inzonderheid het hoekhuis, bekend als het Huis met het Torentje.*

Terwijl er een macht in hem tot ontwikkeling kwam waarvan hij de grondslag nog niet kende opende Vedder zijn hand, niet om zijn bonzende hoofd te ondersteunen, alleen maar om te tellen, met gestrekte vingers: vijf huizen vanaf de hoek inzonderheid het Huis met het Torentje, dat waren er van daaraf nog vier – de eerste was het logement, dan kwam Carstens, daarna hijzelf, en zelfs de tapperij aan zijn andere kant zou nog aangekocht worden... ja werkelijk, heel de hoek moest plat en hij zat erin... hij zat in het project als een steentje in een schoen... de voortijlende atleet moest wel stoppen en zijn machtige, titanische lichaam vooroverbuigen naar hem, een nietig kiezeltje slechts, terwijl de kostbare, allesbeslissende tijd verstreek... vijf jaar waren al voorbij...

Buiten werd het donker, maar in zijn geest begon een fel licht te schijnen, en ineens herinnerde hij zich weer de woorden van de keurmeester: 'Nog altijd alleen maar vis?' Het was een toespeling geweest op de uitkoopsom, op alle

weelde en biefstuk die hij zich zou kunnen gaan veroorloven—maar nu begreep hij het zelf ook! Zou Carstens het al
weten? Hij moest met Carstens spreken!

Zoveel haast kwam er in hem vrij dat hij zich even niet
bewegen kon, toen schudde hij alle bevangenheid van zich
af en sprong hij, met de opgerolde krant als een fakkel in
de hand, de keuken uit en de trap weer af. Hij ijlde door
de werkplaats naar voren, greep naar de deur maar zag
toen een brief op de mat. Hij raapte hem op, hield hem
tegen het licht, en kreeg geen adem meer: de enveloppe
droeg geen postzegel maar wel een afzender, moest zojuist
door een particuliere bode besteld zijn... van de NV *Hotelonderneming Victoria Hotel*...! Zijn hoofd bonsde en gloeide, hij kon niet meer met het nieuws alleen zijn, en zonder
de brief nog te openen stapte hij ermee naar buiten.

Carstens zat niet meer beneden, maar de deur stond nog
open. Ook hier lag een brief op de mat. Hij griste die mee
terwijl hij naar binnen ging, de donkere kleermakerij in
en de trap op. Boven zat Carstens bij een kaars aan de rand
van de bedstee. Roerloos staarde hij naar het geweld uit
het trapgat, zijn vrouw naast hem in de kussens ook.

'We staan in de krant!' riep Vedder. 'Weten jullie het
al?'

De twee oude lieden verademden dat hij het was, keken
elkaar een ogenblik aan, en schudden het hoofd,

'Alles gaat tegen de grond hier, het wordt één groot hotel!' legde Vedder hijgend uit. Hij vouwde de krant open
op de deken, drukte Carstens diens brief in de hand en
scheurde de zijne open. 'Kijk maar, het staat daar in de
hoek! Ik heb trouwens al post van de onderneming gekregen, ik denk jullie ook... even lezen!'

Hij boog zich met de brief naar de kaars en las in zeer
regelmatig handschrift:

Hooggeachte Heer W. Vedder,

wij betreuren de ontijdige publiciteit met betrekking tot ons project ten zeerste, daar wij U graag persoonlijk op de hoogte hadden gesteld van de toekomstige veranderingen aangaande uw buurt, die U nu wellicht uit bedoeld artikel hebt vernomen. Om een en ander nader te kunnen toelichten vraagt voor hedenavond half negen beleefd belet, en onderteken ik,

Friedrich Ebert, associé van de Heer J.F. Henkenhaf, directeur NV *Hotelonderneming Victoria Hotel.*

Het was kwart voor acht; over drie kwartier kwam Ebert! Overweldigd bleef Vedder op het papier kijken: die mensen gingen geen hotel bouwen, die gingen een buurt veranderen. De brief van Carstens bleek letterlijk hetzelfde, behoudens de aanhef en de dag van belet: bij hem wilde Ebert morgen om half negen langskomen.

'Dus wij moeten hier weg?' klonk eindelijk de stem van Carstens.

Langzaam voelde Vedder zijn tegensprakige kracht in zich terugkeren. 'Moeten? Moeten?' sprak hij beschermend, ook al dacht hij nu pas voor het eerst werkelijk over die gevolgtrekking na, en wist hij nog niet of hij verheugd moest zijn om wat er te gebeuren stond, verontrust, of verontwaardigd. 'Geen zorg vrienden, wij moeten niets! Wanneer wij dat verkiezen blijven wij toch gewoon in onze eigen huizen wonen?'

'Maar... maar...'

'Wat maar? Dacht je dat ze ons zomaar kunnen onteigenen? Allerminst! Op de Wet Onteigening ten Algemenen Nutte kan alleen maar een beroep gedaan worden wanneer het publieke belang dat vergt, maar dit is een particuliere onderneming, hoe groot ook, met niets dan een particulier belang...'

Met wijd opengesperde ogen keek het bejaarde echtpaar naar hem op, ze begrepen niets, niet wat er gebeuren ging, de Wet Onteigening niet, en nog het minst hoe hij daarvan op de hoogte kon zijn – nooit had hij hun verteld dat hij Veritas was, alleen Theo wist het.

'Maar ik moet terug nu, anders komt Ebert zo dadelijk nog voor een gesloten deur!' riep hij, te opgewonden om het nog langer in de bedompte kamer te kunnen uithouden. 'Alhoewel, wat zou dat eigenlijk? Ik ben toch niet verplicht om straks thuis te zijn? Hij wil mij spreken, ik niet hem – zo is het toch? Waarom vraagt zo iemand niet voor over een paar dagen belet aan, daar zou ik nog rekening mee kunnen houden... Dat is weer helemaal de arrogantie van die geldmannen... Die denken: ach, die kleine ambachtslui, die hebben we zo, dat doen we op het laatst wel even – daarom hebben wij al die tijd nog niets gehoord, terwijl de NV al vijf jaar bestaat! Nu, des te beter voor ons: wij hebben geen haast, zij kennelijk wel! Ik kan mij zelfs voorstellen dat zij al met de anderen gesproken hebben, die tapper naast mij zal mij dat heus niet vertellen, en die waard hier naast jullie ook niet... Misschien hebben zij zelfs al wel toegehapt, en denken ze dat ze slim zijn geweest... Maar in zaken gaat het er niet om wie als eerste instemt, maar wie als laatste instemt: die heeft de beste prijs!'

Met het uitspreken van het laatste woord voer er een plotselinge huiver door hem. Aan welke prijs moest hij eigenlijk denken? Het was geenszins nodig om, zoals de buren in hun gretige onervarenheid misschien al wel hadden gedaan, dadelijk de eerstgenoemde prijs te accepteren, hoe groot het bedrag misschien ook; die prijs was alleen nog maar een bod, een voorstel, een openingszet, een beurt in de wedstrijd, waarin het oude echtpaar overigens nauwelijks partij zou kunnen bieden.

Alsof Carstens dat nu zelf ook besefte, maar zijn vrouw toch houvast wilde geven, zo greep hij haar hand beet, maar zij had zich voor steun al geheel op Vedder verlaten, en terwijl zij haar blik heen en weer liet gaan tussen hem en haar man zei ze: 'Laat de buurman anders ook spreken namens ons...'

Carstens knikte dat het goed was.

'Uitstekend!' riep Vedder. 'Dan kunnen ze ons ook niet tegen elkaar uitspelen...! Weet je wat, Carstens, kom er straks anders dadelijk bij zitten! Dan hoeft Ebert hier morgen helemaal niet meer te komen! Zie je wel, zo trek je het initiatief naar je toe! En nogmaals: ze kunnen ons niet onteigenen, alleen maar uitkopen, door een prijs te bieden die wij willen accepteren... Wij hoeven toch niet weg? Wij wonen hier toch goed? Ha, ha! En juist voor jullie is een goede prijs belangrijk, Carstens: de confectie! Je slechte ogen! Dat been...! Jullie toekomst is verzekerd!'

Vrouw Carstens legde haar vrije hand op die van haar man, en zonder nog te kunnen spreken keken de twee elkaar aan. Juist toen Vedder zijn hand nog weer op die van hen wilde leggen begon de klok achten te slaan en hield hij het niet meer.

'Ik ga vast, alles klaarzetten... Ebert is onderweg, het spel gaat beginnen!'

HOOFDSTUK III

Nieuwe voeten

Verbroosd, op brieke benen, wankelde Anijs terug over de kade – hoezeer leek hij met al zijn waardigheid en corpulentie, maar zonder bul, niet op de kolos der aloudheid: de glans was goud, maar de voeten waren leem. Maar tegenover de gestudeerde Halink zou hij zelfs deze vergelijking niet meer durven maken; met elke stap galmde zijn roekeloze Latijn hol en honend in hem na.

Hij wierp een blik achterom; de koets van Amshoff stond nog vlakbij; hij kwam nauwelijks vooruit door het witte licht; nooit was de afstand tussen De Eenhoorn en zijn eigen apotheek zo oneindig lang geweest. Verblind, zonder de mensen aan de kant nog terug te groeten of zelfs maar te zien, bewoog hij zich weer voort, verblind door de zilveren glimlach van Halink, die hem maar tegen bleef schitteren als een spiegel, de spiegel waarmee alle aangeboden voorspraak, vriendschap, kortingen en recepten hooghartig naar hem waren teruggekaatst; en dan, zoals hij Halink ook nog met betrekking tot de wetenschap gerust had gesteld, door van alle getitelden ter plaatse vooral Amshoff omlaag te halen, dezelfde Amshoff die daar nu op visite zat en zich uitgebreid liet vertellen hoe hij zich naar de bul had gebogen – tegen de tijd dat hij bij De Twaalf Apostelen aankwam was zijn eigen diploma verschrompeld tot een brevet, minder nog, een vergunning, nee, zelfs dat niet: naar de huidige maatstaven bezat hij geen enkele bevoegdheid meer, men moest tegenwoordig een bul hebben.

Hij stapte zijn apotheek niet binnen, hij werd erin uit-gestort, door de vloedgolf van veranderingen die hem had ingehaald, opgetild, en waarop hij het laatste stuk ge-wichtloos was meegedreven. Daas richtte hij zich op uit het schuim; in de deuropening naar de zijkamer stond Martha; zij zag hem aan waar hij geweest was en trok vra-gend de wenkbrauwen op. Het rook naar bloemkool.

'Een heel vriendelijke, gewone jongeman,' vermande hij zich. 'Geen hoogvlieger misschien, want alles in De Eenhoorn is nog hetzelfde, maar hij heeft in ieder geval zijn bul van promotie, al hebben ze dat sinds de wet van 1865 natuurlijk allemaal. Nu goed, iets meer ambitie zou zo'n jonge collega niet misstaan, maar dat kan nog komen, hij zal zich nog wel ontwikkelen... ooit zal hij de fakkel hier toch van mij moeten overnemen... Ik heb hem uitge-nodigd om eens samen met zijn echtgenote te komen eten, je zult hem wel leren kennen...'

De meid kwam met de schalen uit de keuken; na de maaltijd bleef Martha in de zijkamer, terwijl Anijs nog wat doen wilde in de apotheek. Hij sloot de tussendeur achter zich en onmiddellijk beving hem een gevoel van eenzaamheid, ofschoon zijn omstandigheden in het minst niet veranderd waren – maar op een andere plaats vonden andere mensen elkaar in een nieuw verband. Zou Halink ook al omgang hebben met burgemeester Pottinga, met dominee Festenhout? Die cercle zou wel blij zijn met de aanwinst. En Amshoff, stond die nu in vaderlijk-filosofi-sche betrekking met Halink, zou hij bij hem zijn blijven dineren, en noemden zij elkaar op dit moment misschien 'commilito' op de wijze van studenten, terwijl zij discus-sieerden over een artikel uit dat farmacietijdschrift, over het spel der moleculen? Maar dan moesten ze eerst uitge-lachen zijn over zijn kwaadspraak van vanmiddag, en de manier waarop hij zich naar de bul had gebogen...

Met een rilling verbrak hij het koude vlies dat om hem heen was geslagen. Het begon te schemeren, uit de zijkamer klonken heel zacht de breipennen van Martha, donker glansde zijn diploma aan de muur. Dat diploma kon daar niet blijven hangen, het was niet goed meer, hoezeer alle diploma's ook op elkaar leken — Hoogeveen was eenvoudig te klein voor twee onderscheiden diploma's voor één capaciteit, daar kon alleen maar verwarring over ontstaan bij het publiek, en dan zou het nieuwe, moderne en hogere document toch de voorrang krijgen. Maar een lege plaats aan de muur was nog opvallender dan zijn afwijkende diploma, hij moest er iets anders voor in de plaats hangen, een ander diploma, zijn brandmeestersdiploma, dat ook achter glas was ingelijst en nu nog ergens in het laboratorium stond. Hij wist al wat hij zeggen zou wanneer iemand er verbaasd naar zou wijzen: 'Ach ja, bij de meeste apothekers pronkt het farmaciediploma aan de wand, maar ik wilde zo eens aan de spuitgasten laten zien dat ook de apotheker nog wel trots is op zijn brandmeestersdiploma!'

Hij keek door het hoge roederaam naar buiten. De kade was verlaten. Plotseling gehaast trad hij voor zijn diploma, tilde hij de lijst van de spijker en verdween hij ermee het laboratorium in. Het volgende moment kwam hij weer tevoorschijn met een andere lijst, en juist toen hij die op de spijker hing schelde de bel oorverdovend door de stilte. Met een ruk draaide hij zich om. Op de stoep stond Pet Bennemin met zijn zoontje Klein Pet. Zelfs in de schemer was het haar van de jongen nog wit als melk. Zijn eerste schrik liet af, maakte plaats voor vreugde om deze visite uit het veld, maar toen hij naar de deur liep om open te doen verdween ook die: de twee zwaaiden niet; Bennemin had zijn viool bij zich; er was iets aan de hand. Hoe toevallig bovendien dat dochter Johanna vanmiddag nog om vruchtbaarheidsmedicijn was geweest, maar in naam van Hippocrates diende hij over dat bezoek te zwijgen.

'U hebt toch een neef die in violen doet?' vroeg Bennemin dadelijk vanaf de drempel. Hij liep zonder groeten door en zwaaide de vioolkist met een harde klap op de toonbank. 'Welnu, deze viool is te koop.'

Onthutst kwam Anijs achter hem aan. Als alle veldelingen was Bennemin van het schrale voedsel ook schraal van postuur. Van achteren zag hij eruit als een knaap, maar toen hij zich omdraaide leek hij met zijn diepe trekken ineens weer veel ouder dan zijn veertig jaren.

'Ik dacht dat uw neef deze viool misschien wel zou kunnen verkopen,' ging de man bitter door, 'maar als dat niet zo is dan gaan wij maar weer...'

Zo verwilderd als zijn ogen stonden, en zo plompverloren als hij zich geliet, in niets herkende Anijs de bedaarde, zelfs beschaafde schrijfleraar van het Veld—hoe kwam hij er eigenlijk bij zijn geliefde viool te willen verkopen? Hij had hem van zijn grootvader geërfd, met nog een besnijdeniskistje, daarmee waren zij indertijd onder het vuur en rook houden aangekomen—hij kende het verhaal, zoals hij zijnerzijds ook wel eens over zijn neef in Amsterdam had verteld.

'Wacht nu eens even, Bennemin!' trachtte Anijs hem met stemverheffing te kalmeren. 'Over mijn neef Vedder zullen wij het zo wel hebben, maar eerst ga jij eens rustig zitten, je bent helemaal van slag! En niet zo gebeten op mij, hoor, ik ben je goedgezind, dat weet je wel!'

Hij legde zijn handen op de schouders van Bennemin, en terwijl hij hem op een krukje liet plaatsnemen voelde hij heel dat schonkige lichaam beven door de vilten bonker heen. Wat was er in de man gevaren dat hij het liefst zijn viool op de toonbank aan stukken zou slaan?

'Kijk eens aan, dat is beter,' ging hij geruststellend door

toen Bennemin zich gezeglijk had laten neerzetten, en even wist hij niet hoe nu verder met Klein Pet, want Martha zou na al het gehoorde wel niet meer uit de zijkamer komen, terwijl de knaap zo onverbrekelijk naast zijn vader stond, de handen op de rug, het hoofd voorover, dat hij hem ook niet goed naar haar kon sturen. 'Zo, en nu nog even licht maken, en een zoete mond natuurlijk voor de jongeheer...'

Hij stak een pit aan, gaf Klein Pet een paar stroopballetjes van de snoeptafel, en ging toen eindelijk ook zelf zitten, op de wachtbank vlak tegenover Bennemin. 'Zo, en nu moet je mij eens precies vertellen waarom je die viool wilt verkopen.'

Bennemin zoog zich vol lucht, schudde het hoofd en kon even niets zeggen. 'Johanna!' stiet hij toen uit, waarna hij aan zijn verhaal begon.

Het was een rauw, gebrokkeld en verre van volledig relaas; Anijs vulde het aan met de volkskunde van burgemeester Pottinga; beide stoffen reageerden heftig op elkaar, en na een weinig schudden en roeren boven de vlam van zijn verbeelding was dit de neerslag die zich uiteindelijk als begrip in hem vastzette:

— ruim twee jaar al verkeerde dochter Johanna, met instemming van haar ouders, met een twintigjarige jongeman van het Veld. Naar aloud volksgebruik, om op voorhand de vruchtbaarheid van het beoogde huwelijk te beproeven en vast te stellen, mocht deze Sieger, wederom sinds geruime tijd en met ouderlijk goedvinden, eenmaal 's weeks komen venstervrijen. Alle zaterdagavonden als het gezin te bed was klom hij door het raam van de opkamer om daar tot de dageraad bij Johanna te liggen;

— toen dat kweesten echter zonder gevolg bleef en Johanna maar niet zwanger raakte, verloor Sieger zijn achting voor haar en begon hij zich te misdragen. Om niet zelf door zijn vrienden uitgelachen te worden maakte hij Johanna tot mikpunt van spot, steeds openlijker, waarbij hij het spotten eerst aan zichzelf voorbehield maar later ook zijn vrienden toestond en, erger nog, de padjongens, jongere knapen die al wel de opwinding rond de geslachtelijkheid kenden maar zonder er nog deel aan te hebben;

—een volgende fase van vernedering trad in toen Sieger vanaf zeker moment niet meer door het venster klom maar vroeger op de avond domweg kwam binnenlopen, als het gezin nog zat te avonden bij de lamp. Vrijwel zonder de pas in te houden, ongevoelig voor het protest der ouders of de aanwezigheid van Klein Pet, trok hij Johanna dan mee naar achteren. Ondraaglijk was de dreiging vooraf, wanneer hij niet dadelijk aanklopte maar eerst een uur onder het afdak naast het huis bleef staan lachen en drinken met zijn vrienden, voor wie hij straks het gordijn zou openschuiven zodat zij door het raampje konden zien hoe Johanna hem ontving in de opkamer, in haar schoot;

—de allerlaatste keer waren zij op klaarlichte dag gekomen. Dat was gisteren. Langer dan anders hadden zij naast het huis gestaan. Bennemin hoorde dat zij dronken waren, en om geweld te voorkomen moest hij wel opendoen toen er eindelijk dan toch werd geklopt. Waar Sieger zich anders altijd nog eenmaal grijnzend naar zijn vrienden omdraaide alvorens de deur voor hun neus dicht te slaan, daar nam hij ze nu mee naar binnen. Om de sluimerende onlust nog af te wentelen vroeg de moeder wat de heren gebruiken wilden, maar reeds boog Sieger zich over de tafel waar Johanna en Klein Pet in ontzetting achter zaten. Nadat hij haar zo enige ogenblikken van nabij had opgenomen, de handen steunend op het blad, het hoofd tussen de schouders, richtte hij zich weer op om luid in het rond te verklaren dat een schot in dorre schoot toch eigenlijk geen geslachtelijkheid meer mocht heten, en de verborgenheid van het bed er niet langer aan toekwam. De vrienden klapten en juichten, vanbuiten kwamen er van alle kanten kinderen op het kabaal af, de moeder ging in wanhopige vriendelijkheid rond met de jenever, iemand trok een mes, een ander duwde Bennemin zijn viool in handen. Nu reikte Sieger Johanna de hand, schijnbaar heel hoffelijk, alsof hij haar ten dans vroeg, maar niet zodra nam zij die aan of hij trok haar met kracht overeind, schortte haar rokken op, en zo dan, onder suizelende hilariteit, besloeg hij haar staand tegen de muur – terwijl de hoofden van de voor het raam opspringende kinderen telkens even als stuiterende ballen te zien kwamen boven de vensterbank; terwijl Klein Pet op zijn vuist beet; terwijl de moeder de glazen bleef bijschenken en Bennemin, gedwongen om bij dat alles muziek te spelen, verdwaasd zat te strijken, steeds harder en vlugger, om het gekreun en gekerm niet meer te horen, de tijd te versnellen, en niets meer te voelen. Na het afdrukken had Sieger ook zelf een glaasje genomen, en na één slok ledig teruggezet op het dienblad. 'Nu hebt u zelf gezien dat ik er echt alles aan doe, mevrouw!'

Bennemin was klaar en wrong zijn handen om zijn pet alsof hij er alle tranen van zijn ziel uit wilde knijpen. Anijs kon niets uitbrengen dan een ongecontroleerde ademstoot van aandoening. Klein Pet staarde nog steeds naar zijn schoenen – uitgesloten dat hij voor deze tocht was meegevraagd, hij moest eigener beweging zijn meegegaan, om zijn vader van wanhoopsdaden te weerhouden, steeds achterop rakend met zijn korte beentjes, dan weer een stukje hollend, maar volkomen vergeefs toch, zonder zelfs ook maar te worden opgemerkt... En dan, wat Johanna niet had moeten gestaan: hoe gaarne zou hij haar nu alsnog een vruchtbaarheidsmedicijn willen verstrekken, maar het bestond niet, Halink kon het ook niet geven...

'U mag wel lachen, hoor!' verbrak Bennemin opeens met schorre stem de stilte.

Verward schrok Anijs op uit zijn medelijden: 'Wat zeg je nou, Bennemin?'

'U kent het gezegde toch wel? Als een jood huilt lachen de anderen.'

'Maar Bennemin... aan jou is dat toch helemaal niet te merken?' zei hij op sedatieve toon. 'Ik bedoel, je grootvader, maar jij... jij bent toch van dat geloof afgevallen? Nu, ik ben ook van mijn geloof afgevallen! Wij zijn precies hetzelfde, Bennemin, zaak is alleen dat jullie daar helemaal verkeerd in dat veen zitten... Mijn god, dat de volkskracht al zo vervallen is... jullie kwamen al onder dat slechte gesternte van het vuur en rook houden aan, er was niet betaald, en nu... en nu...'

Bennemin liet zijn mond open zakken, Klein Pet tilde het hoofd iets op om te kijken, maar Anijs merkte het niet meer, met een vurige gloed in de ogen staarde hij naar buiten. Het leed van weerlozen zo nabij, het beroep dat op hem was gedaan, dat alles gemoedde hem tot erbarmen, en verweesd, alsof hij het tegen niemand nog had, sprak hij: 'Ja, jullie moeten daar weg, en als niemand zich om jullie bekommert, dan zal ik het zijn...'

Een vastberaden kracht stroomde in hem uit, iets groots wilde hij bestaan, het was of zijn werk een andere grondslag had gekregen; hij stond op nieuwe voeten.

Iets later, hij had nog beloofd om onmiddellijk naar zijn neef te schrijven, liet hij de twee uit. Ze verdwenen dadelijk tussen de huizen naar het pad achterlangs, daarna was de donkere kade helemaal leeg. Hij sloot de deur, en kon de viool nauwelijks nog naar het laboratorium tillen, zo zwaar was die van het relaas geworden. Toen hij daar het volgende moment weer uit kwam stond Martha kaarsrecht in de verlichte rechthoek van de zijdeur, het gezicht vertrokken, hij wist niet om Johanna, om Klein Pet, of om wat zij uit zijn mond had gehoord.

'Ik heb Bennemin mijn hulp aangeboden,' verklaarde hij zich, 'en om die te bieden, daarin ligt nu mijn eer; in tijden van nood gaat de filantropie nog boven de farmacie, dat is althans mijn filosofie!'

Met de armen voor de borst gevouwen kwam Martha de apotheek in. 'Chris, je hebt die man geen hulp geboden, je hebt een bepaalde verwachting bij hem gewekt... terwijl ons eigen leven zonder polis niet eens verzekerd is!'

Snuivend wierp zij nog een blik op het brandmeesters-diploma, daarna liep zij de gang in en hoorde Anijs haar de trap opgaan naar de slaapkamer boven. Het was pas half tien.

'Ik moet nog even een brief schrijven!' riep hij haar na. 'Naar mijn neef in Amsterdam... ik ga hem uitnodigen voor de viool!'

HOOFDSTUK IV

Hotel Victoria

Duizelig van haast kwam Vedder bij Carstens naar buiten; ergens klonk nog de laatste slag van achten; zwetend opende hij zijn deur naastaan. Een halfuur nog voor Ebert zou komen: wat te doen, en waar hem te ontvangen?

Hij stak de gaslamp in de etalage aan, liep door de werkplaats naar achteren, maakte ook licht in het kantoor. Hij zette zijn zilveren likeurstel op de salontafel, schoof er vier stoelen omheen, omdat Theo nog kon komen, en begon blindelings af te stoffen, de kassa, de kolomkachel, het komfoor waarop hij koffie kookte, het zilveren likeurstel en de salontafel — maar hij moest zich ook nog verkleden, en iets eten! Boven in de keuken had hij een vis!

Toen hij wat later weer beneden kwam kon hij nog maar aan een ding denken: hij ging *onderhandelen*. Zijn huisjasje was verwisseld voor een vest, hij had een schoon boord om en zijn lippen glommen van het vet. Hij zette de glaasjes en de kopjes klaar, begon ook die af te stoffen, en hoorde toen Carstens op de ruit tikken. Onmiddellijk schoot hij hem tegemoet; hij moest hem geruststellen, zou hem straks in de onderhandelingen ook vertegenwoordigen, te bedeesd zelfs om eigener beweging binnen te komen was Carstens werkelijk geen portuur voor de wederpartij. Op hetzelfde moment dat hij de deur opentrok keek hij op zijn horloge: vijf voor half negen.

'Toe maar, vlug, naar achteren, we nemen het kantoor,' dreef hij de oude kleermaker gejaagd voor zich uit. 'We gaan toch zakendoen? Zaken doet men in het kantoor!'

Carstens liet zich zuchtend op een stoel zakken; Vedder sloeg de stofdoek naast zich uit en ging aan de andere kant van de salontafel zitten.

'Niet zo benauwd, geen zorg, Carstens!' ging hij op luide toon door. 'Natuurlijk weet ik ook niet wat er vanavond gaat gebeuren, maar we kunnen er alleen maar beter van worden... anders gaan we er toch niet op in? We hebben niet met een probleem, maar met een mogelijkheid te maken, dus verheug je maar: je oude dag is verzekerd, je zult je in een proveniershuis kunnen inkopen, en laat Mezger eens naar het been van je vrouw kijken! Overigens verbaast het mij niets dat er hier een hotel gebouwd gaat worden... eigenlijk kon je erop wachten... Waarom? Het nieuwe station! Daar komen de gasten straks uit: wat ligt er dus meer voor de hand dan hier een hotel te bouwen? De locatie, Carstens, de locatie met betrekking tot...!'

Vedder onderbrak zich; er kwam een rijtuig aan; met open mond onderging hij het aanzwellende geluid; het was een huurkoets die heel bedaard voorbijreed.

'...de locatie met betrekking tot het verkeer, dat is ook hier weer de doorslaggevende factor geweest, en ik zal mij niet ontzien om de heer Ebert in dezen te complimenteren... we hoeven toch niet als vijanden om de tafel te zitten? Voorlopig wil Ebert ons alleen maar van de plannen op de hoogte komen brengen—nu, we zullen er met belangstelling naar luisteren!'

Terwijl Vedder in dezer voege verder sprak keek hij opnieuw op zijn horloge. Het was vijf over half negen. De lantaarnopsteker kwam voorbij, een paar jongens groepten samen rond het limonadeloket in het plantsoen aan de overkant. Juist toen hij begon te zeggen dat hij niet de hele avond zou blijven wachten klonk er opnieuw geratel op en onderbrak hij zich andermaal. Weer zwol het geluid als een roffel aan, maar nu hield het op het hoogtepunt ook plotseling op. Voor de etalage stond een cabriolet met open kap. Een portier sloeg dicht, even bleef het volkomen stil, toen rinkelde de bel oorverdovend door de werkplaats. Vedder huiverde als onder een ijzige windvlaag, en kreeg geen adem meer.

'Keurig op tijd,' brak hij eindelijk uit zijn verstijving. Hij stond op, zag dat Carstens hetzelfde wilde doen en wapperde hem driftig met zijn arm terug: 'Nee, nee, blijf zitten... jij hoeft niets te doen...!'

Met stramme benen liep hij naar voren. Achter de ruit van de deur stond een slanke, rijzige gestalte, die steeds langer werd naarmate hij dichterbij kwam, ten leste nog langer dan hijzelf. Hij kuchte, keek de laatste passen recht omlaag en deed open.

'Mijnheer Ebert?' veronderstelde hij, de onwillekeurige glimlach van de kennismaking met kracht onderdrukkend.

De bezoeker ontblootte het hoofd en knikte. Ook nu zijn gezicht niet meer schuilging onder de schaduw van zijn hoed bleven zijn ogen nog op een bepaalde manier onzichtbaar, alsof ze zelf niet keken en van glas waren. 'Mijnheer Vedder, u hebt mijn briefje gevonden? U kunt mij ontvangen?'

Overrompeld door zowel de uiterst beleefde, bijna nerveuze toon van Ebert, alsook door het rokkostuum dat deze zich verwaardigd had aan te trekken, maakte Vedder een uitnodigend gebaar, waarop de jongeheer, die niet ouder dan dertig kon zijn, zich nog even omdraaide naar zijn schitterende aanspanning, waarvan het schimmelpaard gemend werd door een geüniformeerde koetsier die stellig in dienst was van de nv Hotelonderneming Victoria Hotel. 'Een uurtje hooguit.'

Het rokkostuum was niet voor hem, begreep Vedder nu,

Ebert moest hierna nog ergens heen, naar een souper, of naar het Concertgebouw – maar het gaf niet, de beleefdheid hield maar aan, ook weer zoals Ebert nu buigend binnenkwam, de hoed achter de rug, een leren map onder de arm. Vedder rook een frisse, zurige lotion; klikkend op zijn hakken ging hij voor naar achteren, langs het gereedschapsbord, de paardenstaarten en de stadsplattegrond met de westradiaal, aangelicht al door de lamp boven de salontafel. Half overeind gekomen uit zijn stoel zag Carstens hen naderen.

'Dit is de heer Carstens van nummer 47,' stelde Vedder hem voor. 'U hebt voor morgen bij hem belet aangevraagd, maar dat is nu niet meer nodig, aangezien hij er vanavond al bij zal blijven, en ik bovendien de eer heb hem in de onderhandelingen te mogen vertegenwoordigen.'

Terwijl de twee elkaar de hand schudden besefte hij opeens dat hij dat zelf nog niet had gedaan, en ook dat het daar nu te laat voor was. En dan: was hij niet te snel over de onderhandelingen begonnen?

'Neemt u plaats, gaat u zitten,' hernam hij zich, wijzend op een van de stoelen. 'Koffie? Een glaasje ernaast? Uitstekend! En dan gaan we kennismaken... eerst maar eens rustig kennismaken!'

Ze zaten, er was ingeschonken, en Vedder dwong zich niet alleen tot kalmte, maar ook om te zwijgen: Ebert moest maar de spits afbijten! De koffiedamp kringelde omhoog, en in de stilte klonk plotseling het gezoem van de vliegen in de vallen. Hoorde Ebert het ook?

Besmuikt nam Vedder hem nader op. De jongeman had een smal, bleek gezicht met dunne lippen, was gladgeschoren, en oogde wel wat als een dandy: zijn zwarte, in het midden gescheiden haar glansde van de pommade; zijn handen, zelden zonder glacés aan de buitenlucht blootgesteld zeker, waren wit, glad en slank als zeelt; een brede, gebrocheerde das vulde de driehoek boven zijn vest. In afwijking van de gewone dandy maakte Ebert echter een bepaald bescheiden indruk, terwijl hij nu juist daadwerkelijk over de macht en middelen beschikte die andere dandy's slechts trachtten te suggereren. Hij had zijn hoge hoed schuin achter zich op de kassa gelegd; die hoed was een adjudant; het leek wel of zij met hun tweeën waren.

Carstens schoof zijn voeten over de grond, buiten joeg de koetsier de toegestroomde jeugd weg bij de coupé, met de armen over elkaar geslagen bleef Vedder wachten tot Ebert als eerste iets zou zeggen. Zoals deze nu, kaarsrecht op zijn stoel, verholen om zich heen keek, scheen hij inderdaad op zoek naar conversatie; de beleefdheid vergde eenvoudig dat hij zijn mond opendeed, dezelfde beleefdheid evenwel die het hem tegelijk ook belette—het leed geen enkele twijfel meer of hij had een voortreffelijke opvoeding genoten en beschikte over de meest verfijnde manieren... maar dat was nóg geen reden om hem te onderschatten!

Eindelijk dan verbrak Ebert het stilzwijgen. 'De westradiaal waar nu in de gemeenteraad over gesproken wordt?' vroeg hij met een hoofdbeweging naar de plattegrond aan de muur.

Vedder glimlachte, noemde het de belangstelling van een leek, en sloeg beschroomd de ogen neer, zonder nog te vertellen dat hij als eerste over die radiaal geschreven had, dat hij Veritas was—kon Theo hem nu maar zien!

Enige tijd bleef Ebert knikkend naar de plattegrond kijken, toen nam hij zijn leren map op schoot, schraapte hij zijn keel, en scheen hij van de kennismaking op een ander onderwerp te willen overgaan.

'Met uw toestemming, heren, zou ik dan nu graag terzake willen komen,' begon hij, en plotseling versnellend,

met de volle inzet en het verbluffende gemak van zijn ge-
oefende manieren, zette hij zich tot een korte alleen-
spraak, waarin hij achtereenvolgens de ontijdige publica-
tie van hedenochtend betreurde, de hoop uitsprak dat men
er niet al te erg door overvallen was, repte van kadastraal
onderzoek, en de beide heren als wettige en enige eigenaren van de nummers 46 en 47 betitelde als de eerst betrok-
kenen bij de voorgenomen hotelbouw. 'Het is dus niet
meer dan vanzelfsprekend dat de heer directeur Henkenhaf mij heeft opgedragen om met u in contact te treden,
om u van zijn hoogachting te verzekeren en uiteraard de
ontwerptekening aan te bieden, opdat u althans daar kennis van kunt nemen voordat ze eerdaags in een vakblad
wordt gepubliceerd. Wij staan aan het begin van een belangrijke zakelijke relatie, waarvan wij stellig verwachten
dat de uitkomst voor u even bevredigend zal zijn als voor
ons.'

Pas nu Ebert langer achtereen gesproken had hoorde
Vedder in zijn stem een zweem van Duits, die eerder naar
zuur neigde dan naar zout of zoet – de associé klonk zoals
hij bij binnenkomst geroken had, en nu ook bewoog, want
met precieuze verfijning overhandigde hij nu de tekeningen uit zijn map. Vooroverbuigend lei Vedder zijn vel op
de salontafel, en onmiddellijk joeg de afgebeelde grandeur
hem een rilling over de rug.

Als natuurgetrouwe tekening bood het ontwerp als het
ware een blik in de toekomst. Het gebouw dat nu nog niet
bestond werd van schuin vooraf weergegeven, waardoor
niet alleen de volmaakte symmetrie nog benadrukt scheen
te worden, maar ook de imposante omvang, die ieder feitelijk formaat verre ontsteeg en eerder gedachten opriep aan
een nieuwe schaal, dimensie of orde. Het hotel bestond
kort gezegd uit een monumentale hoektoren, gelegen op
het scharnierpunt waar nu nog het Huis met het Torentje

stond, van waaruit twee identieke vleugels ontsprongen, een langs het Damrak, en de andere langs de Prins Hendrikkade, inderdaad tot en met de tapperij van de buurman. Het huis daarnaast, hoe nietig nu ook, herkende Vedder onmiddellijk, zoals ook het plantsoen, de kade en al het andere — ja, het was ontegenzeggelijk de plaats waar hij woonde, maar dan zonder zijn huis; even duizelde het hem, alsof hij in een spiegel keek die wel de kamer rondom terugkaatste, maar niet zijn gezicht, toen boog hij zich nog dieper voorover. Hij had geen idee of het hotel nu barok of klassiek was, dat lag buiten zijn competentie, maar het had werkelijk alles, pilaren en kapitelen, consoles en timpanen, hoe het ook mocht heten, wat men zich maar kon wensen — het zou zelfs een man als E. Nigma nog niet meevallen om ertegen te schrijven...

'Bevalt het ontwerp u?' trok Ebert hem met dunne, scherpe stem terug in de tegenwoordigheid.

Langzaam maakte Vedder zich los van de tekening; net als Carstens hief hij het van opwinding gloeiende hoofd naar Ebert op.

'In de figuur bovenop de hoektoren heeft u Atlas herkend,' ging deze onverstoorbaar door. 'Ik kan daar nog aan toevoegen dat de hemelbol op zijn schouders 's avonds elektrisch zal zijn verlicht — u moet kortom denken aan een zeer exclusief hotel, zéér exclusief...'

'Zeer exclusief...' herhaalde Vedder, terwijl er een gelukzalige lach doorbrak op zijn gezicht en hij onhoorbaar hijgde, 'maar... maar daarom toch nog wel openbaar?'

'Uiteraard, het blijft een hotel...'

Een ogenblik bleef Vedder de ander gloedvol aanzien, niet meer in staat tot spreken, verstikt door verstandhouding en een te groot woord in zijn keel. 'Een luxehotel... op de juiste locatie!' perste hij het naar buiten, en terwijl Veritas hem uitbrak als een zweet legde hij zonder omslag uit dat de gasten immers uit het nieuwe station zouden komen, dat het American Hotel verkeerd had gegokt op het Leidseplein, en dat zelfs het Amstel Hotel, nu gunstig gelegen aan het Rhijnspoorstation, het nog zwaar te verantwoorden zou kunnen krijgen tegenover het Victoria Hotel. 'Mijnheer Carstens, wat dunkt u?'

'Een voortreffelijke locatie,' zei Carstens.

Vedder spreidde de handen en draaide zich terug naar Ebert; hij kon aan het vanzelfsprekende niets meer toevoegen, het alleen nog maar afsluiten: 'Feitelijk kon je erop wachten dat er hier een hotel gebouwd zou worden, het is niet meer dan logisch—en ook al staan wij straks in de onderhandelingen tegenover elkaar, toch meende ik u dit compliment niet te mogen onthouden.'

Ernstig antwoordde Ebert met een wedercompliment: 'U hebt dieper over het moderne vraagstuk van het grand hôtel nagedacht dan velen in onze sector werkzaam.'

'Ach, beschouwt u het maar weer als de belangstelling van een leek...'

'Toch moet ik het volledig met u eens zijn,' hield Ebert aan. 'Het verband tussen de opkomst van het spoorwegwezen en die van het grand hôtel is onmiskenbaar, en daarmee is dan eigenlijk ook al aangegeven aan welke termijn van bouwen wij denken: wij streven ernaar om ongeveer in dezelfde tijd te kunnen openen als het Centraal Station —dat lijkt onmogelijk, aangezien het hoofdgebouw al vier jaar geleden is opgeleverd, waar wij nog moeten beginnen, maar volgens onze inlichtingen zal men nog wel een jaar bezig zijn met de perrons, de wissels, de telegraafinrichting, de tunnels, de afwerking van de binnenruimtes inzonderheid de koninklijke wachtkamer, het uitgebreide beeldenprogramma enzovoorts en zo verder—terwijl de heer Henkenhaf met het Kurhaus Hotel al bewezen heeft zeer snel te kunnen bouwen...'

Het Kurhaus, Henkenhaf had het beroemde Kurhaus gebouwd! Schuimend stortte het begrip zich in Vedder uit, beide namen verbonden zich tot een titel, een kroon, een aureool waar niet alleen Henkenhaf hoger uit opsteeg, maar ook zijn gezant Ebert, met wie hij nu doodgemoedereerd aan tafel zat — nooit tevoren trok het aroma van de macht en de roem zo diep door hem heen; had hij dat parfum vanuit de menigte voor het Amstel Hotel alleen maar kunnen opsnuiven, nu leek hij er wel een slok van te hebben genomen, en het was of zijn zenuwgestel niet meer door opwinding werd geprikkeld, maar door pure vreugde. Hij opende zijn mond, zocht een zin waar hij eigenlijk wilde zingen — en hoorde toen de winkeldeur rinkelend dichtvallen: er was iemand binnengekomen. Terwijl het geluid van naderende voetstappen opklonk keek hij ademloos over zijn schouder. Reeds herkende hij de tengere figuur die uit het donker naar voren kwam; het was Theo; aan de rand van de lichtkring bleef hij stilstaan.

'Kijk eens aan, nog meer bezoek!' riep hij uit, vervuld van weer een nieuwe blijdschap. 'Jongen, geef mijnheer Ebert maar een hand en kom erbij zitten, ik heb al een stoel voor je klaargezet...!'

Als een zwart silhouet tekende Theo zich af tegen het schijnsel voorin de zaak. Hij was langschedelig, net als Ebert, had diepliggende ogen en donker, sluik haar, en nog net viel te zien dat hij zijn kantooruniform aanhad. Van al zijn kleren droeg hij dat uniform het liefst; hij was erg op kleding gericht de laatste tijd, strakke, donkere, deftige kleding, kleding die hij niet kon kopen maar waar zijn uniform nog het meest op leek. Zuinigheidshalve had men hem evenwel verboden dat buiten werktijd te dragen — Vedder begreep dat hij nog niet was thuis geweest, dat hij nog moest eten, maar ook, uit zijn roerloosheid, dat hij niet in het gezelschap wilde komen.

'Mijnheer Ebert, dit is Theo Rossaert uit de steeg hier pal achter,' stelde hij hem over afstand voor, waarbij hij zijn arm naar Theo uitstrekte, de blik echter weer op Ebert richtte. 'Hij komt eten, bijna elke week eet hij hier... Ach ja, ik ben als een vader voor die jongen... maar nu is hij verlegen...'

'Het geeft niets, ik wilde juist weggaan!' haastte Ebert zich de ongemakkelijkheid weg te nemen, en om zijn woorden kracht bij te zetten nam hij zijn hoed van de kassa. 'Ik heb al meer dan genoeg van uw tijd gevraagd; met uw welnemen zullen wij de kennismaking binnenkort een meer zakelijk vervolg geven, ik gaf daarnet al aan dat de tijd voor ons begint te dringen...'

Zo rigoureus als Ebert aanstalten maakte, het speet Vedder om te zien, en tegelijk voelde hij de ogen van Theo zijdelings op zijn wang branden. Goed, het metterdaad onderhandelen zou dus later gebeuren, maar dat belette hem toch niet om nu al een vriendschappelijk plaagstootje uit te delen? Het zou een eerste uitwisseling van kracht zijn, te vergelijken met de verzuimde handdruk...

'Natuurlijk, de tijd dringt voor u,' zei hij, 'niemand heeft immers meer haast dan een wedkamp-atleet op weg naar de meet—maar dat neemt niet weg dat hij toch even zal moeten stoppen en bukken als hij een steentje in zijn schoen heeft gekregen, ik bedoel: de NV Hotelonderneming is in 1883 al opgericht, en nu komt u ons vijf jaar later vertellen dat u haast heeft? Welnu, wij hebben helemaal geen haast, wij hebben juist alle tijd van de wereld... wij wonen hier tenslotte tot volle tevredenheid, is het niet, mijnheer Carstens?'

Alleen het gezoem van de vliegen klonk nog. Carstens durfde geen woord meer uit te brengen, Theo hield ook de adem in, en in de suizende stilte klepperde opeens de brievenbus. Onaangedaan glimlachend streelde Ebert intussen zijn hoed, zonder nog iets te zeggen, het leek wel of hij wachtte tot Carstens' beurt voorbij was.

'Wat tijd behoeft, zal tijd krijgen, daarin ben ik het geheel met u eens,' boog hij toen moeiteloos met de druk mee, soepel als de stof van zijn rok, 'maar begrijpt u dan ook dat ik onmogelijk eerder bij u kon komen. Eerst moest er zekerheid zijn over het feitelijk kunnen doorgaan van de bouw, en verre van niets te doen is de directie van stond af bezig geweest om voor alle mogelijke problemen een oplossing te zoeken, financiële problemen, technische problemen...'

'Mogelijk zelfs politieke problemen, in ieder geval juridische problemen,' deed Vedder er prompt bovenop. 'Misschien is mijnheer wel zelf jurist? Ik ben dat niet, al heb ik wel een neef die farmaceut is in Hoogeveen, en ook nog een Amerikaanse neef die momenteel in het American Hotel logeert, hoe dan ook een vooraanstaande accommodatie, zodat het mij niet zou verbazen... maar dat doet nu niet terzake, ik wil maar zeggen dat er toch nog één juridisch probleem voor u ligt, en wel dat het nog steeds verboden is om zomaar huizen van anderen af te breken. U zult onze huizen dus eerst moeten verwerven, in vrije onderhandeling!'

Ebert nam nu zijn map weer op schoot, glimlachte bijna melancholiek en zei: 'Ons bod zal u bevallen.'

'Uw bod?' deed Vedder hogelijk verbaasd – om een zo vreedzaam en voornaam heerschap zo vrijmoedig te tergen, het wond hem op, deed hem duizelen, hij kon er al niet meer mee ophouden, en een nieuwe woede steeg hem naar het hoofd. 'U heeft het over uw bod? Dacht u dat wij over uw bod gaan praten? Mij dunkt dat onze prijs heel wat belangrijker is!' Hij sloeg de armen strak over elkaar, leunde achteruit en knipoogde naar Theo; die jongen begreep natuurlijk niet dat het maar spel was, geen duel maar een duet, die hield zijn hart vast, net als de arme Carstens!

Pas nu scheen Ebert iets te voelen door het gouden pantser van zijn manieren heen, de toon was te onbeschaamd geworden, zonder nog te glimlachen keek hij op van de map. 'Wat u wilt, maar het allerbelangrijkste blijft natuurlijk het bedrag dat wij uiteindelijk overeenkomen,' zei hij, terwijl hij de ander mat met vorsende blik.

Stralend keek Vedder terug, hij stond in lichterlaaie. 'Maar neemt u mij nu niet kwalijk, wat zou het verschil kunnen zijn tussen dat bedrag en onze vraagprijs?' deed hij nog veel verbaasder. 'Ik zie werkelijk niet in hoe u ons zoudt kunnen dwingen die te verlaten, want u hebt geen enkel beroep op de Wet Onteigening ten Algemenen Nutte... hoe openbaar uw hotel ook is! Hoe ik dat weet? Beschouwt u het maar weer als de belangstelling van een leek!'

Ebert antwoordde niet meer, richtte zich in volle lengte op – en onmiddellijk, in een totale omslag, keerde alles terug tot de gewone verhoudingen van het begin, alsof al dat dartele tarten in het geheel niet was gebeurd; met zijn hernomen overwicht had Ebert het in één klap weggevaagd, met zijn rijzige gestalte en gewichtige eigenschappen, met name dat hij van Henkenhaf kwam en het hotelkapitaal vertegenwoordigde.

Iedereen stond, Ebert nam afscheid van Carstens, vergewiste zich er nog eens van dat hij morgen niet terug hoefde te komen, en draaide zich toen met uitgestoken hand naar Vedder, hem dankend voor de kennismaking. 'Binnenkort zullen wij die een zakelijk vervolg geven. Ik kan nu niet meer zeggen, maar verheugt u zich, uw huizen hebben door de ontwikkelingen een hogere dan louter materieel bepaalde waarde gekregen: u kunt ze zien als papiergeld, gedekt door onze interesse – ik wil dat niet verhelen; ik feliciteer u ermee.'

Alle schuim was in Vedder neergeslagen, beduusd nog van zijn eigen nuchterheid feliciteerde hij omgekeerd Ebert met het hotel. 'En dan denk ik niet aan de standaard van luxe, hoe hoog ook, want daarin zult u het Amstel Hotel altijd naast u vinden, maar aan de locatie...'

Het volgende moment liep hij achter Ebert aan naar voren. Toen ook Theo nog een hand van hem kreeg bemerkte hij opeens een zekere overeenkomst tussen hen, een overeenkomst in tegenstelling: beiden waren van slank postuur, bleek en met zorg gekleed, maar de mode waarin Ebert rondging was voor Theo een koets die hij alleen maar langs zag rijden, en waar hij wel achteraan liep maar zonder er ooit in te zitten – zij verhielden zich tot elkaar als hun respectieve rokkostuum en kantooruniform.

'Ga maar vast naar boven, er is nog wel wat vis,' fluisterde hij de jongen in het voorbijgaan toe, en dadelijk verhief hij weer zijn stem dat Ebert hem kon horen, roemde hij de koppelwerking van hotel en station, maakte hij zich vrolijk over de concurrentie. 'Ik zie de rijtuigen van het Amstel en American al voor de uitgang staan, maar welke reiziger, vermoeid van het sporen, zal van die dienst gebruikmaken, als hij iets verderop de imposante gevel ontwaart van het nieuwe Victoria Hotel?'

Als een butler met een zilveren dienblad volgde hij Ebert al argumenterend naar de deur, maar die scheen de aangeprezen heerlijkheden niet meer te blieven en liep onverstoorbaar door tot aan de werkbank vooraan. 'Wat interessant overigens dat u vioolbouwer bent,' keerde hij zich ten laatste naar hem toe. 'Dat wisten wij niet, de Kamer van Koophandel heeft u als kastenmaker geregistreerd. Ik zag het bij binnenkomst al, maar wilde er niet dadelijk iets over zeggen... Ja ziet u, ik speel zelf ook...'

Zinspeelde Ebert op zijn afkomst uit het schrijnwerkersberoep, en het feit dat hij niet als Smolenaars in Cremona was opgeleid? Als een vlam sloeg de achterdocht in Vedder op, maar onmiddellijk doofde die ook weer onder de nu ronduit weemoedige glimlach van de jongeman, alsof hij niet meer kon spelen – er was trouwens ook geen tijd meer om nog ergens aan te denken, want Ebert opende de deur en opeens kwam alles in een versnelling.

Het was gaan motregenen, de koetsier had de kap gesloten en zonder nog een woord dook Ebert in de coupé. Op datzelfde moment schoot er van achteren een donkere schim langs Vedder naar buiten, het was Theo, hij zag hem nog net achterom de bak verdwijnen. De veren kraakten, de zweep knalde, en onder het geluid van schrapende hoefijzers zette de aanspanning zich in beweging. Theo kwam er niet meer achter vandaan, hij moest erin zitten, en onthutst keek Vedder het wegrijdende rijtuig na, dat in volle vaart en met een zwiepende lantaarn aan het lamoen de hoek omsloeg. Er liep niemand op straat, het limonadeloket aan de overkant was gesloten, en langzaam, terwijl hij nog roerloos in de deuropening stond, daalde de leegte van de natte, stille kade over hem neer, daarna die van het ijlingse vertrek, zonder Ebert meer voelde hij ook de leegte in zijn hart: Theo was niet gekomen om te eten, hij had alleen maar weer geld willen lenen.

Pas na enige ogenblikken wist Vedder zich los te scheuren uit het ijzige vlies van de verwezing. Heel zacht sloot hij de deur, zo afgemat nog dat hij als vanzelf naar beneden keek, en nu pas zag hij de brief die met de avondpost gekomen was. Hij las hem in het licht van de etalage; het was een schrijven uit Hoogeveen; zijn neef Anijs had een mogelijk waardevolle viool in huis, bood die in consignatie aan, en nodigde hem voor een taxatie uit – morgen zou hij hem dadelijk terugschrijven, wellicht al volgende week

derwaarts reizen: het vooruitzicht zijn neef te spreken verheugde hem uitermate, ook al had hij hem van kindsbeen
af nooit meer gezien, en kon hij zich zijner nauwelijks iets
herinneren—het zou hoe dan ook een gesprek zijn, en wat
had hij al niet te vertellen!

Zijn kracht stroomde bruisend in hem terug, alle teleurstelling van daarnet loste erin op, want wat was er norma-
ler dan een jongen van bijna zestien die zich een ritje in
een sportcoupé liet aanbieden? Van vreugde zoog hij zich
vol lucht, zo vreemd: hij was een ander mens geworden,
iemand die meer geld vertegenwoordigde; en dan, dat
naast het Victoria Hotel nu ook allebei zijn neven zich bij
hem hadden aangediend—maar het vreemdst van alles
was nog wel, dat al deze gebeurtenissen zich op één enkele
dag hadden voorgedaan...

Lachend draaide hij zich om van de deur. Achteraan in
het licht stond Carstens te wachten naast zijn stoel.

HOOFDSTUK V

Amsterdam-Hoogeveen

Behalve op turfstrooiselfabriek De Nijverheid, rozenkwe-kerij Gratama of ook stoommolen Robaard kon de bedrij-vigheid van Hoogeveen bogen op de bloeiende biggenteelt van Van Velzel, gelegen in het houtbos tussen de plaats en het station. Sedert en dankzij de aansluiting op het spoor exporteerde de firma ook naar Londen, iets waar Anijs onder gewone omstandigheden bepaald groot op ging, maar hoe anders was het hem nu te moede: straks moest hij met neef Vedder door de mestlucht.

Wijdbeens, met één hand op de rug en in de andere een sigaar, stond hij aan de rand van het perron. Hoogeveen was van hieraf niet meer te zien, alleen de rokende schoor-steen van De Nijverheid stak nog op uit de half kale bos-kant. Voor hem boog, begeleid door telegraafpalen, het spoor weg het landschap in, achter hem veegde de stati-onsmeester het dorre blad van het verhoog—verder was er niemand, klonk er geen enkel geluid dan soms het geknor van de biggen uit de plantage. Het was een witte, wind-stille herfstdag.

Al wachtend dacht hij afwisselend aan Halinks bul, die hem als een dolk in het hart stak, aan de pijn die Johanna had moeten doorstaan, en aan de belofte die hij na het relaas van Bennemin aan hem gedaan zou hebben, al her-innerde hij zich daar eigenlijk alleen maar de schaduw van in de vorm van Martha's navolgende verwijt: 'Je hebt geen hulp geboden, maar verwachtingen gewekt, terwijl wijzelf niet eens een polis hebben.' Als Vedder nu ten minste maar die viool in consignatie wilde nemen, en dan verkopen kon, dat zou toch al iets zijn voor die mensen...

Een zacht gesis wekte hem op uit zijn gepeins. Heel in de verte naderde de trein onder een witte rookpluim. Het was al over enen, en nog steeds stond de stationsmeester daar bij de trap het blad weg te vegen. Waarom keek die man zo?

Geïrriteerd schoot Anijs zijn peuk weg, verlegen met de situatie opeens: hoe moest hij zijn neef zo aanstonds ook begroeten? Hij wist niet eens meer hoe die eruitzag, ontbeerde elk gegeven om bij aan te sluiten, was hoe dan ook niet meer in staat tot een aanspraak; geen enkel welkomstwoord welde hem naar de lippen, het onwankelbare zelfvertrouwen van de geboren feestredenaar, de man die indertijd, bij de opening van ditzelfde station, als voorzitter van het ontvangstcomité, eregast prins Hendrik met verve zou hebben toegesproken, als Zijne Koninklijke Hoogheid zich op het laatste moment maar niet had hoeven excuseren – hij had het niet meer, de bul van Halink had het ondermijnd, en het kon niet anders of Amshoff wist het ook.

Onder luid geraas, terwijl de rook die zich in de hoogte zo sneeuwwit ontvouwde van onderen nu dik en donkerbruin uit de pijp kwam, schoof de locomotief voorbij, om iets verderop, piepend en omhuld door afgewerkte stoom, tot stilstand te komen. Anijs vond het een zonderling gezicht, zoals er na al die verspilde kracht maar één enkele reiziger naar buiten kwam, een man van ongeveer zijn eigen leeftijd met een geruite reispet op, en ook zonder enig beeld vooraf herkende hij zijn neef op slag. Zelf bleef hij nog onopgemerkt, want dadelijk na het uitstappen draaide Vedder zich weer terug naar de trein en stak hij zijn vrije hand op, zeker naar iemand met wie hij tijdens de reis kennis had gemaakt. Ten koste van evenveel kracht als er bij het stoppen al verloren was gegaan zette de trein zich weer in beweging, een zwarte roetwolk sloeg neer op het perron en na korte, maar volledige verduistering kwam Vedder ten tweede male tevoorschijn, niet uit de trein nu maar uit de optrekkende wolk; niet meer met geraas maar juist terwijl de stilte inviel. Pas nu nam hij de nieuwe omgeving in ogenschouw; hij zag de enige persoon die op het perron stond te wachten, bemerkte tevens dat hijzelf de enige uitgestapte reiziger was – en kwam lachend toelopen...

Met elke pas zag Anijs zijn neef groter worden, op het allerlaatst nog iets groter dan hijzelf; met elke pas ook sprongen diens uiterlijke kenmerken meer in het oog: de pikzwarte baard, de rode wangen en felle, groene ogen. Zonder nog na te denken weerspiegelde hij hem in alles: hij liep hem tegemoet, begon te lachen en spreidde zijn armen. Na de omhelzing keek Vedder hem glunder aan, alsof hij de wereld geweldig had beetgenomen door hier nu doodleuk uit te stappen, terwijl hij toch in Amsterdam was ingestapt! Nagenietend nog vertelde hij zich heel de reis zeer wel gediverteerd te hebben met een medereiziger, een landmeter die nog verder moest, naar Groningen...

'Ach Groningen, prachtige stad... de schouwburg!' barstte Anijs eindelijk los, maar dadelijk onderbrak Vedder hem door een vinger op te steken, luisterend, of meer alsof hem iets te binnen schoot dat hij eerst moest doen. Hij nam zijn reispet af, haalde een zwarte schijf uit zijn binnenzak die hij met een enkele stomp in het midden uitbolde als een lampion, en ineens was het een bolhoed.

'De opvouwbare hoed van Gibus!' riep Vedder. 'Zo'n geruite pet, dat is een reispet, dat is alleen voor onderweg, ik bedoel: eenmaal te bestemder plaatse aangekomen ben je toch niet meer op reis? Je bent niet op reis, maar je bent ook niet thuis—vraag me niet hoe het wel zit, maar in ieder geval heb ik nu geen enkele reden meer om geen hoed te dragen!'

'Bene bene,' prees Anijs overrompeld, en om zijn neef nogmaals, maar nu als heer te begroeten, tikte hij even tegen de rand van zijn eigen bolhoed, waarna hij een breed gebaar maakte en zij zich in de richting van de trap begaven. 'Mijn neef uit Amsterdam,' voegde hij de stationsmeester in het voorbijgaan achteloos toe, en het was of hij zich alleen al door het noemen van die ontzaglijke naam volledig revancheerde voor het al die tijd weerloos wachtend waargenomen worden.

Vanaf het verlaten wagenpleintje beneden voor het station was zelfs ook de schoorsteen van De Nijverheid niet meer te zien, alleen maar de natte stammen van het jonge, toch al deprimerende houtbos, dun, recht en regelmatig. De totale onaanzienlijkheid van alles bedrukte Anijs opeens uitermate, en nog maar juist uit zijn verlegenheid met de situatie geraakt voelde hij zich nu, veel beklemmender nog, verlegen met zichzelf, ook al was hij dan apotheker en zijn neef, als vioolbouwer, een handwerksman— het veen trok hem omlaag, hij zakte weg in de achterlijke armoede van de turfgravers, die Vedder alleen maar uit de krant kende, zoals turf voor hem ook alleen maar iets was om in de kachel te stoppen. Was hij hem ten minste maar met de koets van Hotel Thomas gaan ophalen!

Recht vooruit lag de steenweg naar Hoogeveen, maar Anijs had zich voorgenomen het wandelpad door het houtbos te nemen, aangezien iemand uit Amsterdam de natuur wel zou weten te waarderen—en als verdoofd, niet meer in staat om nog van zijn oorspronkelijke plan af te wijken, wees hij schuins het pleintje over naar het begin van het pad, te verdoofd van schaamte om zich nog met volle scherpte voor te kunnen stellen welke indruk al deze bomen, en straks als ze er langskwamen de mestlucht van de biggenteelt, en daarna dan nog de alomtegenwoordige turf wel niet maken moesten op het gemoed van iemand uit het Amsterdamse muziekleven, hoezeer hij dat ook probeerde. 'Daarheen.'

Onvoorziens bleek het wandelpad net te smal voor hen beiden om naast elkaar te kunnen lopen; na een scheve lach ging Anijs manmoedig voor, als een kleuter die een groter kind mee naar zijn huis heeft gevraagd. Omkijken of hij ook werkelijk gevolgd werd hoefde al niet meer, want vlak achter hem klonk nu de zuigende voetstap op van Vedder in het zompige veen, onmogelijk te zeggen bij het neerzetten van de schoen of juist bij het lostrekken ervan. Dof grijnzend liep hij door, bewogen nog slechts door het oprechte verlangen om dit uit te lokken, dat hij achter zijn rug uitgelachen werd – dat was toch onontkoombaar? Dat gebeurde toch al overal, door een Halink, door een Amshoff?

'Het is niet ver,' suste hij met blijmoedig fatalisme. 'Het station staat gewoon verkeerd.'

'Hier ook al? In Amsterdam is het niet anders!'

Na een paar bochten begon de mestlucht merkbaar te worden, eerst licht, daarna sterk, en op het laatst kromde Anijs zich alsof hij tegen een stormwind moest optornen. Opzij schimmerden de stallen van Van Velzel tussen de stammen door, veel dichterbij dan wanneer zij de steenweg hadden genomen.

'Een bloeiende biggenteelt,' verklaarde Anijs monter en vlak tegelijk. 'Export naar Londen.'

'Dat verbaast mij niets! Een voortreffelijke locatie, zo dichtbij het station! In Amsterdam wordt om zulke locaties gevochten!'

Nog een bocht, de opstand van bomen hield op en achteraan, voorbij een vrije strekking van weilanden, vertoonde zich eindelijk dan de plaats, zij het ook op zijn onaanzienlijkst, met de achterzijde van de lange, lage huizenrij naar hun toegekeerd. Hoger dan al het andere, maar veel minder ongenaakbaar toch dan het vanaf het perron geleken had, stak de schoorsteen van de bolsterfabriek aan het linker uiteinde naar boven, als de omgevouwen rand van de bebouwing.

'Turf.' Het woord schoot uit zijn keel als een prop uit een verstopte pijp, gevolgd door een stroom van troebel bezinksel; hard en plompverloren had Anijs het uitgestoten, maar nu de definitieve bekentenis begon te lopen kon hij er ook niet meer mee ophouden. 'Turf!' herhaalde hij, harder nog, terwijl hij met schuddende arm maar naar de schoorsteen in de verte bleef wijzen, 'turfstrooiselfabriek De Nijverheid, met drie persen, een zeef, en een elevator!'

'Turfstrooisel... zeer goed! Als je als haardbrand wordt achterhaald moet je je anderszins rationaliseren!'

Door de nagalm van zijn eigen stem in de holle ruimte van de schaamte had hij geen enkele repliek zelfs ook maar gehoord, alleen Vedders laatste woord drong door de wetenschappelijke scherpte dan nu toch tot hem door. Luisterend hield hij de pas in, de voetstap achter hem verstomde eveneens en in die stilte kreeg hij alsnog de beschikking óók over Vedders eerdere woorden, die als een ijle damp neersloegen tegen zijn koele begrip en condenseerden tot helder water. Hij dronk het op; het smaakte zoet, niet bitter; het was bijval geweest, geen hoon: tot driemaal toe had hij op zijn achterlijke omstandigheden gewezen; even vaak was Vedder gekomen met een ontlastende verklaring, had hij zijn zelfbeschuldigingen weerlegd – volledig vrijgepleit, als een ander mens, draaide Anijs zich langzaam naar hem om.

Vedder had de veronderstelde rustpauze al aangegrepen om zich met een grote, rode zakdoek het hevig zwetende gelaat af te wissen. Om ook onder zijn boord te kunnen bewoog hij zijn hoofd in alle richtingen, naar links en naar rechts, voorover en achterover, zodat Anijs hem ongestoord opnieuw kon opnemen. Hoe anders leek ook hij nu zo opeens, geen laatdunkende stedeling meer maar een neef; geen vreemde familie meer, maar een oude kennis. Na eerst te hoog te hebben gericht en daarna te laag, had hij Vedder nu vol in het vizier en zag hij hem voor het eerst zoals hij werkelijk was: een goedhartige, ofschoon ook temperamentvolle en sterke man, die misschien wel met zijn handen werkte maar wie een bepaalde ontwikkeling zeker niet ontzegd kon worden, ook al maakten de klassieke talen daar dan stellig geen onderdeel van uit — zowel zijn opmerking over de ligging van de biggenteelt alsook die over de rationalisering van de turf was volkomen juist geweest!

Vedder borg zijn zakdoek op en keek hem lachend aan. Op dat moment, zonder de vriendschap vooraf te hebben gekend, herkende Anijs haar, ongeveer op dezelfde wijze en even ongerijmd als hij Vedder dadelijk op het station herkend had zonder herinnering vooraf. Een intense warmte stortte zich in hem uit, hij huiverde, en besefte tegelijkertijd dat hij iets doen moest, dat het nu zijn beurt was, dat hij zo niet kon blijven staan. Onvast, maar tevens vanuit een diepgevoelde, leidende aandrift, als een jonge vogel die voor het eerst met zijn vleugels wappert, begon hij de handelingen van de vriendschap te verrichten: zonder nadenken presenteerde hij een sigaar en gaf hij vuur, dat Vedder opzoog uit de kom van zijn handen.

'Martha wil je graag leren kennen,' zei hij eenvoudig.

Zij traden uit de bosrand en onmiddellijk was het lichter; schouder aan schouder liepen zij verder over het tot een karrenspoor verdubbelde pad tussen de weilanden door, en zich steeds meer herstellend verbaasde Anijs zich erover hoe vanzelfsprekend het tussen twee vrienden toeging wanneer de een op visite kwam en de ander hem had afgehaald. Ongedwongen vertelde hij over de opschuivende veengrens, vervolgens ook iets over de afgegeven viool, de directe reden toch van Vedders overkomst, en weer plakte zijn stille deernis met de Bennemins een pleister juist op die pijnlijke plaats in hemzelf waar Halinks bul hem had getroffen als een kogel, precies over het gat van de inslag, de lege plek van zijn eigen gedeclasseerde en verwijderde diploma.

De weilanden gingen over in achtertuinen; ze liepen tussen twee huizen door; ze stonden in Hoogeveen. Glorieus rees De Nijverheid op uit de teleurstellende indruk halfweegs, want van vlakbij bezien nu leek de zwartgeblakerde schoorsteen zelfs nog hoger dan eerder vanaf het perron. Niet zonder trots wierp Anijs een steile blik omhoog langs de in volle omvang herstelde, zij het door het verkort nu wigvormige pijp, die machtig rokend Hoogeveens moderne toekomst belichaamde, en een innig besef van verwantschap vlaagde door hem heen: bezat ook hij geen wigvormig figuur, was ook hij niet geheel in het zwart, stond ook hij hier niet stevig te roken, en had ook hij niet altijd die toekomst van techniek en wetenschap belichaamd? Zichzelf meer en meer hervindend verloor Anijs de laatste gêne voor zijn leven ten plattelande, waarvan hij de aardsheid integendeel alleen nog maar bekennen en benadrukken wilde, en terwijl hij een oude drang in zich voelde opwellen wees hij Vedder op rozenkwekerij Gratama aan de overkant van de vaart. Het beeld naast de poort was beplakt met dorre bladeren.

'Diana, de godin van de jacht... Ik geef daar mestadviezen! De ene keer schrijf ik kippenpoep voor, de andere keer paardenstront... *Natura naturata*!'

Ze sloegen rechtsom en in gelijke pas ging het verder

langs het rimpelloze water, klikkend nu met hun hakken op de keitjes van de kade, Anijs met de buik, Vedder met de borst naar voren, twee rokende heren met bolhoeden op, de ketels van één machine, één koppel, op weg naar een gemeenschappelijk doel. Waar zij passeerden bewoog het achter de ramen; zonder één blik opzij liet Anijs zich het bekijks welgevallen, iedereen mocht zien dat hij een vriend had afgehaald; hoe zouden twee mannen die rokend naast elkaar lopen ook geen vrienden kunnen zijn? Oude mannen waren zij, pas bevriend, maar deze werkelijkheid draaide zich onder de omstandigheden spoedig om: steeds jonger voelde Anijs zich, alsof zijn jaren geabsorbeerd werden door de vriendschap, die daardoor evenredig ouder werd en waarin al het vreemde al heel gewoon leek, ofschoon juist dat gewone nog wel het vreemdst van alles was! Anijs blies een grote rookwolk uit en hoopte dat Martha voor het raam zou zitten als zij eraan kwamen.

Aan de overkant schoof de apotheek langzaam te voorschijn vanachter het veel grotere Hotel Thomas. Bij het voetbrugje er recht tegenover bleven zij stilstaan. Martha had hen al gezien en zwaaide; Anijs zwaaide terug en bleef zwaaien, maar zonder over te steken nog, zijn zwaaien werd een manen tot geduld, een verzoek om uitstel, een stopteken: eerst moest het huis beoordeeld worden, hij had zich eerder toch ook zelf laten beoordelen? Het volgende moment stonden zij naast elkaar als twee kunstminnaars voor een schilderij, licht achterovergeleund, de armen over elkaar, één been los naar voren. Zonder de blik van het huis af te nemen neigde Anijs het hoofd zijdelings wat naar Vedder, alsof hij zich er persoonlijk van vergewissen wilde dat er ook vanuit diens gezichtspunt niets viel aan te merken op het fronton dat de dakkapel sierde, de koperen buitenlantaarn naast de deur, of de twee leilindes op de stoep, die de deftige toets van het geheel nog versterkten.

Het witte bolletje van Martha's kornetmuts was niet meer te zien.

'Apotheek De Twaalf Apostelen,' zei hij, en na zijn beproefde opmerking over de verstoring van het strenge evenwicht aan de voorzijde door de uitbouw aan de achterkant, bleek hij alweer voldoende tot zichzelf gekomen om uit te barsten in het vaste repertoire-nummer waartoe die uitleg de opmaat was: 'Van voren symmetrisch, van achteren niet, een romantische inborst met een klassiek voorkomen: dat huis is een zelfportret!' Onmiddellijk zag hij echter ook hoe klein het toch eigenlijk was, met wel een flinke dakkapel maar zonder verdieping, waardoor de ruzelende acacia in de achtertuin hoog boven de kap uitstak, en om Vedder dat kwetsbare punt in de hand te leggen alsof het een ei was voegde hij er met aan overgave grenzend vertrouwen aan toe, met een fijne glundering op het gezicht en genotvol opzij kijkend: 'Als dat hotel er niet naast stond, zou het natuurlijk wel wat groter lijken...'

'Er zijn meer huizen die door een hotel verdrongen worden, dat komt in Amsterdam ook voor!'

In weerwil van het krachtige, kortbondige antwoord had Vedder niets stukgemaakt! Pas nu bemerkte Anijs de opwinding waarin deze verkeerde, heel de tijd al: zijn volle, al te gerede instemming met alles kon niet louter het gevolg zijn van de opgewektheid rond een kennismaking of de nieuwsgierigheid naar een viool, ze ging die spanning verre te buiten, hij liep zelf ergens van over, daarom ook had hij op geen van de aangeboden onderwerpen willen toesteken, er brandde hem een eigen onderwerp op de tong, dat hij evenwel verkozen had te bewaren tot het goede moment zo aanstonds, als ook Martha erbij was — natuurlijk, hij had gelijk!

Ze liepen het brugje op, maar al na een paar passen bleef Vedder weer stilstaan, met een bruuske ruk uitkijkend naar rechts. Rimpelloos spiegelde het water zonder verdere overbruggingen meer voort naar het Kruis in de verte. Het gestel van de bruggen daar was nog juist wel zichtbaar, het uithangbord van De Eenhoorn net niet meer. 'Waarom zo'n lang stuk zonder bruggen?' brak hij uit in een verontwaardiging die niet tegengesteld was aan zijn geestdrift maar daar juist een uiting en onderdeel van vormde, en daar ook dadelijk in overging: 'Ik zou er een brug bij eisen! Kijk eens hoever iedereen nu moet omlopen, terwijl ik daar achteraan wel vier bruggen bij elkaar zie!'

Welstaanshalve keek Anijs een ogenblik nadenkend met Vedder mee over het lange, lege kanaal: het was al te laat in het jaar dan dat er nog turf werd afgevoerd; te vroeg echter nog voor de schippers om al te komen overwinteren—er lagen nauwelijks schepen voor de kade. 'Inderdaad, vier bruggen,' telde hij met milde glimlach. 'Nu, laten we er maar tevreden mee zijn, want vooraleer er hier...'

'Openbare Werken! Ha! Ik hoor het al! Het is ook overal hetzelfde!'

Zo zoet smaakte deze barse, bijna bittere bijval hem weer, Anijs kon alleen nog maar vergoelijken: 'Jawel, jawel, al moeten we dat viertal daar wel toegeven, dat ze aan een kruising van kanalen staan.—Overigens bevindt zich daar ook de tweede apotheek van Hoogeveen, kortgeleden heropend door een jonge collega...'

'Juist! Zo'n jonge snuiter die alles beter weet!'

Zomaar ineens was het onderwerp hem uit de vingers gevallen, brekelijk natinkelend in de getrokken stilte als een naald op één nacht ijs, maar wederom was Vedder hem prompt en zonder bedenking tegemoetgekomen, waardoor zijn vergoelijkende gemoed zich nog verruimde tot vergevingsgezindheid. 'Kom kom, hij zal het wel leren, wij zijn zelf ook jong geweest,' overtrof hij zichzelf, en het was alsof hij zich zonder pijn, alleen maar met een aangename jeuk, over de borst wreef daar waar hij eerder de minste aanraking nog niet kon velen, zo dicht bij zijn gewonde hart. Bevreemd ging hij door met krabben, steeds harder, om te zien of het toch weer zeer zou doen: 'Eens zal een jonge, goed opgeleide farmaceut mijn plaats hier als eerste apotheker toch moeten overnemen, en of dat nu deze of misschien een andere, meer geschikte collega wordt, zeker is dat er tegen die tijd veel zal veranderen – denk aan de fotografie, de allopathie, de homeopathie, de chemie van de vluchtige stoffen! De wetenschap ontwikkelt zich zo snel...'

'De vioolbouw helemaal! Mooi hoor, zo'n oud viooltje, prachtige klank – maar als die volledig wordt overstemd door de tuba's van Wagner, de steeds grotere ensembles, de moderne vleugel, wat heb je er dan nog aan, in het Concertgebouw? De mensuur is te klein!'

De peuken werden in het water gegooid en flink stampend in de pas legden zij de laatste meters over het brugje af. Even gewillig als zij zich eerder had laten wegwuiven was Martha weer in de deuropening verschenen, in het geheel niet ontstemd of beroofd van haar natuurlijke trots maar zo stralend integendeel dat Anijs zijn eigen hervonden jeugd in haar weerspiegeld zag.

Alsof hij Vedder aan haar onthulde, zo stapte hij tijdens het voorstellen opzij, maar vervolgens gedroeg deze zich als een oud bijouteriedoosje waar na het openen het stof van eeuwen her onverhoeds uit opwarrelt: Vedder nam zijn hoed af, sloeg er een wild, ingewikkeld manuaal mee door de lucht, een soort van sierhandtekening, en bleef toen in diepe buiging roerloos stilstaan op de stoep. Terwijl het bloed hem aan de wangen gloeide zocht Anijs de ogen van Martha, maar zonder een zweem van spot of zelfs ook maar verbazing in haar glimlach bleef zij vanaf de drempel op Vedder neerzien, en pas toen zij hem met een elegante revérence uit zijn houding ontsloeg begreep Anijs haar fijngevoeligheid en ervoer hij weer de kracht van haar voortreffelijke opvoeding: Vedders potsierlijke buiging was geen moedwillige overdrijving geweest, ze kwam voort uit deprivatie—hij had immers geen vrouw, de omgang met die kunne was hem vreemd geworden, zijn hoffelijkheid hoekig. Toen hij met een vuurrood hoofd overeind kwam voelde Anijs hoe de vriendschap zich nog verdiepen kon wanneer die zich mengde met deernis.

'Vooruit maar, ze doet niks!' spoorde hij hem aan om binnen te stappen, en met een geruststellende bulderlach volgde hij hem de apotheek in, waar de geur van wildbraad die van de medicijnen had verdrongen. Met het ophangen van hun hoeden legden zij de laatste formaliteit af en noemden zij elkaar vertrouwelijk bij de voornaam.

'Chris, als jullie voor de maaltijd die viool nog willen taxeren moet je snel zijn,' zei Martha.

'Laat Walter nou eerst even rustig rondkijken,' glunderde Anijs.

Vedder toonde zich ten zeerste onder de indruk van de hoge opstand en het skelet, maar wees vragend naar het brandmeestersdiploma aan de muur. Onder de uitleg die Anijs al wel de vorige week had geprepareerd maar nu voor de eerste keer daadwerkelijk beproefde, sloeg zijn verbazing spoedig om in bijval, waarna Martha toezicht ging houden op de meid in de keuken, Vedder dienstwillig naar de viool vroeg en Anijs hem, nalachend nog, voorging het laboratorium in, waar de kist in dezelfde hoek was opgeborgen als zijn apothekersdiploma.

Het was kouder en stiller hier dan in de apotheek, en door het dorre blad van de acacia op de bovenlichten ook iets donkerder. Niet zodra had Anijs de deur achter zich dichtgetrokken of een diepe ernst viel alsnog over hem heen, want wat, indien bijvoorbeeld de mensuur verkeerd was en Vedder weigerde om de viool in consignatie te nemen? Hij had zich tegenover Bennemin voor de verkoop garant gesteld, en bij de gedachte dat die belofte hem al in verlegenheid zou kunnen brengen ging die andere, oneindig ruimere belofte aan Bennemin als een afgrond voor hem open. Hij legde de vioolkist huiverend op de recepteertafel en deed een stap terug; eveneens verstrakt nam Vedder zijn plaats in, te doordrongen van zijn taak om nog oog te hebben voor de komforen, de chemicaliën of de koperen vijzels: nu was het zijn beurt. Er klonk een droge klik, het deksel sprong open.

De taxatie verliep langzamer dan Anijs had verwacht, van fase naar fase. Vedder was met de viool aan het venster gaan staan. Gedurig mompelde hij een technische term, ongetwijfeld om zijn vakmanschap te bewijzen, maar tevens om zich zo zijnerzijds de vriendschap waardig te tonen – al had hij zich, een verre, in zichzelf besloten silhouet in het tegenlicht nog maar, niet radicaler aan diezelfde, prille vriendschap kunnen onttrekken dan door nu zo danig zijn beroep te gaan uitoefenen. Zonder een geluid te maken bleef Anijs hem vanachter de grote tafel gadeslaan, waarbij hij zijn zwijgen steeds meer als een uiting van respect trachtte uit te dragen, zozeer waren de rollen inmiddels al omgedraaid, zo eenzaam en onbereikbaar was Vedder daar aan het werk, strijdend voor zijn eer, in een entourage van wetenschap evenwel die deze eer al bij voorbaat leek te overschaduwen, ingebed bovendien in de voor hem al even gesloten wereld van het huwelijk met als buitenste schil tenslotte ook nog eens de nimbus van Martha's betere afkomst. Intussen viel aan zijn deskundigheid, c.q. de uitslag straks niet meer te twijfelen, en kon Anijs alleen nog maar hopen op een zo exceptionele prijs, dat zijn belofte aan de Bennemins, wat die nu ook precies mocht inhouden, er in zekere zin door werd nietig gemaakt, uitgewist, of, zijn bemiddeling in aanmerking genomen, zelfs gestand gedaan... Dat hoorde je toch wel vaker, van een Stradivarius bij joden gevonden?

'...model Stradivarius, rode, weke lak, zwakke inclinatie, signatuur afwezig...'

Nu eens leek Vedder al mompelend de vragen van een determineertabel af te werken, op zoek nog naar soort en herkomst, dan weer was het of hij al de tekst van de veilingcatalogus dicteerde, intussen steeds maar de viool ronddraaiend terwijl hij voortdurend ook de dikte en buigzaamheid van het bovenblad beproefde door er krachtig de duimen op te drukken, tot hij tenslotte de snaren op spanning draaide, de strijkstok uit het deksel haalde en de fase van het klankonderzoek aanbrak. Waar Anijs verwachtte dat die de meeste zorg en nauwkeurigheid zou vergen, leek die in werkelijkheid slechts te dienen als bevestiging van reeds verkregen indrukken en bevindingen, mogelijk zelfs van het al gevormde oordeel, want zonder de viool werkelijk te stemmen streek Vedder zomaar wat noten aan, waarna hij de stok al vlug weer weglegde. Handenwringend zag Anijs hoe hij de viool nog een paar keer routineus liet rondtollen en zich toen zuchtend van het raam afdraaide voor het definitieve bescheid: de krul had een heel andere stijl dan de f-gaten of de inleg, ieder onderdeel was vervaardigd door iemand anders, en dan niet door vioolbouwers maar door boeren, '...bij wijze van winterwerk, als het land bevroren ligt en nog weer een andere boer een klomp gutst... Kortom: een manufactuurtje uit Bohemen, ongeveer honderd jaar oud.'

Terwijl alle hoop op een buitengewone of zelfs ook maar gemiddelde uitslag hem begaf vroeg Anijs, beschaamd alsof de ontmaskering niet enkel de viool maar ook hemzelf betrof : 'Jawel, goed, maar heb je er iets aan, is de mensuur niet te klein, ik bedoel: neem je hem in consignatie, en aan welke prijs denk je dan?'

'Proberen maar, toch? Honderd gulden zou ik zeggen, honderd gulden om mee te beginnen – al kun je voor datzelfde geld natuurlijk veel beter een nieuw instrument aanschaffen – mits het tegenwoordige snobisme dat nog maar toestond!'

Anijs luisterde al niet meer. Nog steeds wrong hij zijn handen, maar nu van opluchting. 'Honderd gulden!' lachte hij. 'Honderd gulden! Goed, het is natuurlijk geen Stradivarius, maar honderd gulden toch, voor díé mensen, in díé omstandigheden... Wie ben ik, dat ik ze dat mag gaan vertellen?' Opeens scheen hij iets te bedenken, want terwijl Vedder de viool terug in de kist lei ging hij vlak naast hem staan en verzocht hij op gedempte toon om een krabbeltje, een paar woorden op papier, iets dat als reçu zou kunnen dienen, het liefst eigenlijk een officiële firmabon, ook al zou die dan over de post moeten worden opgestuurd. 'Begrijp me nou niet verkeerd, Walter!' brak hij bij Vedders eerste knikje al weer vrolijk uit in allerlei verzekeringen dat zijn vraag niets met gebrek aan vertrouwen te maken had. 'Het is maar dat ik daar straks niet met louter een belofte kom aanzetten, maar die mensen ook iets tastbaars kan geven!'

Alles was goed en klaar, en in het plotselinge besef van hun afzondering keken zij elkaar aan: nog maar een uur geleden hadden zij als jongemannen rokend naast elkaar gelopen, nu waren zij jongens, en toen Martha het volgende moment op de deur bonsde zelfs kinderen. Vlak voor zij het laboratorium verlieten wees Anijs nog naar de spiegelende glasplaat die met het weghalen van de vioolkist was vrijgekomen in de hoek: 'Kijk, mijn apothekersdiploma, zie je wel?'

Hij had Vedder de weg naar achteren gewezen, liep terug de apotheek in en zag Martha juist tevoorschijn komen vanuit de salon naastaan.

'Honderd gulden!' deelde hij haar met luider stem mede, opdat Vedder zich op het privaat nog eens van de oprechtheid zijner voldoening kon overtuigen, maar onmiddellijk fluisterde hij haar ook razendsnel zijn eerste, voorlopige diagnose in het oor: aard en complexie van Vedder waren zuiver sanguinisch; aanleg voor hoge bloeddruk derhalve; meer een doener dan een denker kortom. 'Maar het hart heeft hij op de goede plaats,' voegde hij er met medische precisie nog aan toe, toen klonken de zware schoenen van Vedder in de gang en liep Martha kuchend door naar de keuken — hoe vlug en moeiteloos ging hun dat alles niet af, hoewel zij toch bijna nooit visite kregen! 'Honderd gulden, Martha!' riep hij haar na, terwijl Vedder alweer om de hoek verscheen. 'Honderd gulden, voor dié mensen, in dié omstandigheden!'

Hoofdschuddend nog ging hij Vedder voor de salon in, welk nooit gebruikt vertrek hem te vreemder voorkwam toen hij zag hoe het was aangekleed: er knapte een vers vuur in de haard, de kaarsen waren aangestoken en de tafel was gedekt met wit damast, als mijters gevouwen servetten en het oude servies. De abstract ogende, kristallen waterfilter in het midden verhield zich tot een normale karaf als H_2O tot water, maar flonkerde al even feestelijk als de gewreven wijnglazen, het zilverwerk en de reeds gastvrij geopende fles op de schoorsteen. Dat de meid in deze stijl weinig ervaring had en nog wel enige leiding behoefde bleek uit de hoge stem die zich ver weg verhief; niettemin voegde de gastvrouw zich even later breed lachend bij de twee heren, die de welvoeglijkheid in acht hadden genomen om staand op haar te wachten. Men nam plaats; Martha rinkelde met het belletje; toen de soep was gebracht vroeg zij Vedder of hij prettig woonde, daar in Amsterdam.

'Of ik prettig woon? Of ik prettig woon?'

Tot tweemaal toe, getergd, herhaalde Vedder de vraag waarmee Martha het gesprek op gang had gebracht, waarna hij even de adem inhield, stampend op de plaats, een locomotief onder stoom, en prompt begreep Anijs dat het eerste schot al raak was, vol in het onderwerp waar Vedder inderdaad, zoals buiten al voorvoeld, van overliep; daarom was hij tot nog toe ook nergens anders over begonnen, al zijn kracht was nodig geweest om die ene, prangende kwestie op te schorten naar nu, het goede moment waarop hij vanaf aankomst al popelend moest hebben gewacht, steeds benauwder, alsof hij er onder water naartoe had moeten zwemmen; berstend bovenkomend had hij zich met zijn dubbel herhaalde vraag berstensvoller nog met lucht gezogen, maar nu was eindelijk dan het peilloos diepe, welzalige uitademen begonnen, het heerlijk laten leeglopen van het overvolle gemoed: 'Ik woon uitstekend – dat wil zeggen, nu nog wel...'

Tot in bijzonderheden zette Vedder zijn wedervaren met de nv Hotelonderneming Victoria Hotel uiteen, niet in staat om ook maar één detail over te slaan, zo kortgeleden was alles nog maar gebeurd, zo ingrijpend waren mogelijk de gevolgen. Hoe verontwaardigd hij zijn stem bij vlagen ook liet rollen, schimpend op de arrogantie van de geldmannen, het was duidelijk dat hij de buitengewone mogelijkheden van zijn positie ten volle besefte. Nu eens leunde hij zwaar achteruit, alsof hij door zijn aanraking met het consortium ook zelf een geldman was geworden, dan weer boog hij diep voorover onder zijn ongewisse lot en leek hij op een tragische held die een even ondoorgrondelijke als oppermachtige vijand tegemoet gaat. Regelmatig viel de naam Ebert, en ook die van een weesjongen uit de buurt, de vijftienjarige Theo, wiens opvoeding hem zeer ter harte scheen te gaan: 'Je had dat gezicht van die Ebert moeten zien, toen ik hem vertelde dat het straks niet om zijn bod gaat, maar om mijn prijs...! Ha, ha, dat had hij van een eenvoudige ambachtsman zoals ik niet verwacht! Theo vond het natuurlijk prachtig zoals die fijne meneer op zijn nummer werd gezet! Ja zeker, die was er ook bij... Het belangrijkste is dat hij straks wat van de onderhandelingen leert!'

Innig moe, nu hij niets meer hoefde dan zich te verheugen in al het goede dat hem vandaag was toegevallen, de vriendschap, de valorisatie van de viool en nu weer het zichtbare plezier van Martha in de visite en het verhaal, had Anijs geen enkele behoefte meer zich te doen gelden en bepaalde hij zich gaarne tot luisteren, waarbij hij het geschenk van de onbevattelijke aanwezigheid naast hem dankbaar nader diagnosticeerde: Vedder at goed, transpireerde makkelijk en had een scherpe blik tot ver over de grenzen van zijn beroep heen.

De borden waren leeg, Martha schelde opnieuw maar kort en driftig nu, om zomin mogelijk te storen. De meid kwam met het vlees, daarna met de schalen, en zo stug en stuurs als haar gewone doen ook was, vooral na een uitbrander, nu maakte zij het ene dienstertje na het andere, telkens als zij Vedder bediende of hij ook maar even naar haar keek – het verbaasde Anijs al niet meer, en terwijl Martha de meid tot spoed maande schonk hij de glazen vol voor de eerste heildronk: 'Victoria!'

Hoe uitvoerig het relaas ook, er kwam toch een eind aan, maar in wijde bochten bleef Vedder om de zaak heen cirkelen – zo zou hij in het uiterste geval, wanneer men ten enenmale bleef weigeren hem volledige genoegdoening te verschaffen, niet aarzelen om als Veritas de openbare mening aan zijn kant te trekken. 'Jullie wisten nog niet van mijn pseudoniem af?'

Had de nakende strijd Martha al doen blozen van opwinding, nu wilde zij weer alles weten over het pseudonimisme en deszelfs deelnemers in de hoofdstad, van 'een welmenende stadgenoot' tot een man als E. Nigma aan toe, in welk spectrum Vedder zichzelf een bescheiden plaats toekende aangezien hij uiteraard bij lange na niet de architectonische kennis van een E. Nigma bezat—maar diende men de gebouwen en publieke werken ook niet in de eerste plaats vanuit verkeerskundig principe aan de kaak te stellen? De nieuwe pseudoniemen die Martha geestdriftig verzon achtte hij stuk voor stuk bruikbaar, Ad Fundum, D. Profundis, A. Propos en J. Accuse, er werd gelachen en Anijs voelde het weemoedige geluk van iemand die geen aandeel meer heeft in de door hemzelf tot stand gebrachte gezelligheid, ongeveer zoals die keer dat hij met de vvv een concours hippique had doen plaatsvinden en het plezier zo groot was dat niemand nog notitie nam van de stil toekijkende apotheker op de tribune...

'Die Ebert is trouwens een fraai heerschap, hoor, daar heb je geen idee van! Hij vergeleek mijn huis met papiergeld, gedekt door de toekomstige verkoop!'

Ja waarlijk was het Anijs nu te moede alsof zich een paardenspel voor zijn ogen afspeelde, want na de vrije rengalop daarnet over het rechte stuk van de vrolijkheid trok Martha ineens de teugels aan, Vedder kortbondig tot staan brengend door enkel even haar hand op zijn onderarm te leggen, en voltigeerde zij haaks naar de hindernis van de verontrusting. Op slag was de draverij dressuur geworden, en geboeid zag Anijs haar aansnijden voor de sprong, heel traag, ten uiterste verzameld, tijd winnend voor het ontstellende begrip om voluit in haar baan te breken.

'Walter, die man, dat is Mefisto...' fluisterde zij op de toon waarbij men gewoonlijk bleek wegtrekt, 'Mefisto vond het papiergeld uit, gedekt door in de toekomst nog op te delven bodemschatten... Je weet wel, Goethe, *Faust*, neem me niet kwalijk dat ik daar ineens aan moet denken, mijn vader zaliger zat altijd maar in dat boek te lezen, maar beloof me één ding: wees voorzichtig met die man, want als de duivel op een ziel aast, doet hij zich voor als een engel des lichts...'

Vedder zwol nog verder op nu hij een vrouw zag huiveren om de kracht van zijn tegenstander: hij snoof door zijn neus en schudde het hoofd als een steigerend paard. 'Ze willen alles hebben, ook het huis van de buurman, met wie ik in de onderhandelingen één lijn zal moeten trekken,' deed hij er nog bovenop. 'Het belangrijkste is dat ze ons niet tegen elkaar gaan uitspelen... '

'En dat Theo er iets van leert,' zwenkte Martha alweer naar de volgende hindernis, Vedder dadelijk de vrije teugel gevend om te versnellen: 'Vijftien jaar – dat wordt zeker al een hele meneer?'

Het was warmer geworden, de wijn bloeide in de glazen en behaaglijk liet Anijs zich wiegen op de wisselingen van toon en thema. Nog steeds hield hij Vedder voor een uitgesproken daadman, niet gezaligd maar bezeten door zijn sterk gevoelde doelen en driften, iemand die zelfs in zijn denken nog een doener was, zijn gedachten vergravend als aarde op een schop, te verblind door het nabije om zijn meer verwijderde oogmerken nog te zien, een man kortom die wel kon doen maar niet nalaten – maar wat vreugde nu, welk een rijk gevoel gaf het niet om te bemerken dat er achter al die explosieve kracht ook nog een vermogen tot melancholie schuilging, want na eerst nog een felle beaming ('wat heet! wat heet!') dempte Vedder ingevolge de hulp van Martha's stille glimlach zijn stem en verbaasde hij zich erover hoe kort het nog maar geleden leek dat hij aan de werkbank zat en Theo met de krullen tekeningen legde op de vloer; overal gingen zij samen heen, naar het panorama van Constantinopel, naar diorama's, georama's, kosmorama's en pleorama's, later ook naar allerlei muziekzalen, maar tegenwoordig moest het allemaal Amerika wezen en wilde hij, 'ja ja, een echte jongen hoor, als het maar wild, druk of opzichtig is – die coupé van Ebert vond hij natuurlijk ook prachtig!', alleen nog maar mee naar de Wild West Shows van Tom Mix en Buffalo Bill. Ineens zweeg hij, op zijn lip bijtend alsof hij besefte dat ook dat alweer tot het verleden behoorde. 'Nu is hij natuurlijk nog weer iets ouder...'

'En misschien ook wel iets stiller,' voegde Martha er op tastende toon onverhoeds stellig aan toe. 'Hij zoekt nu meer de omgang met vrienden dan met iemand die als een vader voor hem is, dat is de leeftijd...'

Op slag tot staan gebracht keek Vedder haar verbluft aan, hij kon niet begrijpen hoe zij dat wist. Was het aandoenlijk zo hulpeloos hij op een nieuwe wende wachtte, bijna aangrijpend vond Anijs het dat Martha, wie de kinderzegen nooit beschoren was geweest, evengoed voor Vedder een zo voortreffelijke proeve van jeugdkunde wist op te brengen.

'Maar straks,' vervolgde zij, hem stevig op de plaats houdend nog, 'straks is hij nog weer ouder, en dan zal hij beseffen wie altijd als een vader voor hem was, en ook al doet hij dan iets heel anders in de maatschappij dan jij, in zekere zin zal hij dan toch in jouw voetsporen willen treden – en een eigen pseudoniem aannemen...!'

Alsof hij werd opgepompt, zo kwam Vedder slag na slag overeind, met glimmend gezicht al waren zijn ogen nog nat. 'Maar zo is het precies, hij wordt ook steeds ouder, volgende week wordt hij zestien!' riep hij uit wegdraaiend nu hij die ruimte kreeg. 'En als hij dan de waarheid omtrent zijn afkomst te horen krijgt, wat er toch eens van zal moeten komen, dan zal hij niet alleen begrijpen dat zijn pleegvader niet zijn echte vader is, maar eindelijk ook hoeveel hij aan mij te danken heeft! Zonder mijn tussenkomst zou hij als stadsbestedeling misschien wel hier ergens in een veenkolonie terechtgekomen zijn!'

Zomin als zij zich door Vedders tranen van de wijs had laten brengen liet Martha zich nu door zijn geestdrift meenemen, en op kunstiger wijze nog dan tevoren, zonder dat zij de teugels aantrok maar enkel door zwaar door te zitten, ernstig en met diepe zuchten het hoofd schuddend, haalde zij hem uit de wilde galop en zette zij hem terug tegen de balk: 'Nu nog niet, Walter, wacht daar nog een jaar mee... Mijn God, om zoiets te horen te krijgen... Arme jongen!'

Wat later had Martha het vraagstuk van de levensverzekering opgeworpen. De roffelende hoefslag waarmee Vedder erop afstoof drong nog slechts als regengedruis tot Anijs door, zozeer bedwelmde hem het heerlijke samenzijn, waarvan de eenmaligheid hem plotseling echter ook pijnlijk door de ziel sneed. Zoals Martha genoot, dartel ronddravend van onderwerp naar onderwerp, in het heerlijke bezit van de hervonden vaardigheden harer jeugd: wat was het toch jammer dat zij niet vaker visite kregen. Was het werkelijk uitgesloten dat Halink nog kwam? De uitnodiging was toch pas een week geleden gedaan, en toen vriendelijk opgevat? Ach, wandelde hij nu maar eens toevallig met zijn jonge echtgenote langs het raam, dan kon hij zelf zien hoe de gasten hier ontvangen werden en wat voor dame Martha was — maar dat had hij hem toch ook gezegd? Ja, dat had hij hem gezegd, vorige week in De Eenhoorn, nadat hij hem eerst op zijn gemak had gesteld door eens flink te schamperen op iedereen ter plaatse met een bul; natuurlijk had Halink vervolgens juist in die kring, te beginnen bij Amshoff, gevraagd naar de achtergrond van dat ongehoorde gedrag, waarop de eensgezinde verontwaardiging over de gemelde laster hartverwarmend was geweest, er smakelijk om de onmogelijk geworden uitnodiging gelachen werd en het voorstel om de kennismaking nog eens op een avond van de gehele cercle voort te zetten niet lang uitbleef—maar de gevraagde uitleg kon niemand geven, want had de oude apotheker dan niet zelf ook...

'Maar wat zit je nog beduusd te kijken, Chris, ik had je onderweg toch al verteld dat er om zulke locaties gevochten werd, en dat er meer huizen door een hotel werden verdrongen? Ik had het je allemaal al verteld, maar zonder dat je het nog begreep! Ha, ha!'

Geheel vrijgelaten had Vedder zich voluit naar hem toegedraaid. Anijs schrok ervan op maar zonder iets te kunnen zeggen; zijn keel zat nog dicht, Vedder was ook alweer verder.

'Wat zo'n Ebert nou precies gestudeerd heeft, daar kom je niet achter, maar ik denk dat hij jurist is. Nou, prachtig toch? Als het straks beleggen wordt kan ik wel een advocaat gebruiken! Zelf denk ik aan olie, een degelijke speculatie want die opmars is niet meer te stuiten, wat overigens niet alleen te danken is aan de ontdekking van de olie op zichzelf, maar evenzeer aan de moderne schroefstoomschepen, want hoe zouden al die blikken Sumatra Petroleum of vaten Standard Oil hier anders zijn gekomen? Kijk, daar heb je die verkeersfactor weer! Hoe dan ook, de beurs blijft een wisselvallig spel, zeker is slechts dat de turf er helemaal uit gaat, in Amsterdam stookt al bijna niemand het meer, ik ook niet! Die mensen van die viool zitten werkelijk verkeerd daar in dat veen, en dan echt niet alleen vanwege die opschuivende graafgrens, want ook al was er nog turf te over, men heeft nu eenmaal veel liever olie uit Amerika! Maar wacht eens, nu schiet me iets te binnen dat ik heel de tijd al had moeten vertellen: vorige week kreeg ik bezoek van onze Amerikaanse neef... Al Vedder! Voor zijn werk moet hij ten minste enige maanden in Nederland blijven!'

Onmiddellijk na de stikkensbenauwde herinneringen omtrent Halink voelde Anijs zijn hart opnieuw samentrekken, nu weer onder de dreigende voorspellingen over de teloorgang van de turf, waarvan de gevolgen desastreus zouden zijn, allereerst voor de Bennemins en de andere Veldegaansen natuurlijk maar bij uitbreiding evengoed ook voor hemzelf en zelfs voor de plaats als zodanig, want waarom zou Hoogeveen, opgekomen met het veen, er niet ook weer mee ten onder gaan; zei wijlen zijn schoonvader niet altijd al 'denn alles was entsteht Ist wert daß es zu Grunde geht'; en waar zich dan nog te plaatsen, als apotheker, op zijn leeftijd, met zijn diploma? Snakkend naar adem trok hij zijn boord los, hij wiste zich met zijn servet het voorhoofd af en keerde toen, ontnuchterd door de pijn van zijn gedachten waaronder hij niet langer lijdelijk kon blijven, volstrekt helder en daadvaardig terug in de tegenwoordigheid, waar Martha, bemerkend dat hij er weer bij was, hem met een vriendelijk knikje begroette en Vedders laatste opmerking nog onbeantwoord op hem lag te wachten – maar hoeveel beurten in het samenzijn had hij inmiddels al niet verzuimd? Wat waande hij zich een vriend te zijn wanneer hij zich niet eens vriendschapshalve wist te vermannen, en de zaal van zijn ziel te onopgeruimd liet om zijn vriend erin te kunnen ontvangen; wat gaf hij, als hij zichzelf niet gaf, geen blik zelfs op zijn eigenschappen noch een blijk van zijn kunnen – maar was er nog tijd, kon hij Vedder nog iets laten zien dat zijn genegenheid waard was, zich althans liet herinneren als indruk van een man die toch immer strevend verder poogde?

'Nee maar, bezoek van onze Amerikaanse neef,' werkte hij zich machtig op uit zijn weemoed, de warmte en het waas van de wijn, '...en wat voor werk is dat dan, waarvoor deze Al zolang in Nederland moet blijven?'

Vedder wist het niet, was vergeten het te vragen, '...maar hij verdient er goed mee! Hoe ik dat weet? Hij logeert in het American Hotel, dat een van de meest vooraanstaande hotels van Amsterdam is, al kun je je natuurlijk afvragen hoe lang nog, waarmee ik allerminst doel op het niveau van de luxe maar enkel op de ligging ten opzichte van het nieuwe station... Maar dat is weer die verkeerskundige factor!'

Zo geduldig als Anijs wachtte tot Vedder helemaal was uitgesproken, niet uit afzijn meer maar aandachtig juist, met kalm overwicht: reeds was de leiding van het gesprek in zijn hand overgegaan, en terugkerend tot het onderwerp van de neef begon hij, op de toon van hoofdrekenen, hun onderlinge verwantschap vast te stellen: wanneer neef Al een jaar of veertig was, zoals Vedder schatte, een generatie jonger derhalve dan zijzelf, dan kon hij niet de zoon, maar moest hij al de kleinzoon zijn van hun oom die, juist weer een generatie ouder dan zij, in het jaar 1846 als assistent van dominee Van Raalte naar Amerika was vertrokken, aan het hoofd van de eerste groep streng gereformeerde landverhuizers die deze indertijd spraakmakende dominee vanuit Rotterdam had uitgeleid naar het nieuwe land, om daar Zion te herbouwen – alles in de tijd dus dat zij krap twintig waren, en als vanzelf begonnen zij nog meer bijzonderheden op te halen uit deze kwestie van hun jeugd, Anijs het ijverigst, als man van de geest toch, maar spoedig kwamen ook de herinneringen van Vedder goed los en was het alsof zij, jongens weer, ieder met één hand in een modderplas aan het graaien waren naar een erin gevallen cent, waarbij de waarde van dat zalig samen zoeken allang die van de cent ontsteeg...

'The Southerner heette dat schip, ineens weet ik het weer...' zei Anijs, de ogen half dichtknijpend alsof een zee of zilveren mist hem verblindde.

'Die vader van Al schijnt in Amerika ook al goed geboerd te hebben, dus het kan wel, dat een Vedder een grote slag maakt, de geschiedenis sluit het niet uit.'

Niemand at meer, het tikken met het bestek op de borden was opgehouden en terwijl Martha hem stralender nog dan tevoren aankeek, alsof hij zich met Vedder als vriend en nu ook nog de Amerikaanse neef *vermeerderd* had, en zij zich daarover verheugde, bleef Anijs scherp uitspieden over het spiegelende oppervlak van het verleden, uit welke diepten het ene na het andere wrakstuk kwam bovendrijven en zich met de andere verbond tot een beeld van de driemastbark, zoals die na een barre zeereis van zeven weken en meerdere sterfgevallen aan boord onder daverend psalmgezang behouden te New York aankwam, waarna de ontberingen eerst goed begonnen; staarde hij scherp uit naar de flarden van vroeger, geen mistflarden maar omgekeerd juist gaten in de mist, waardoor zich nog allerlei taferelen en gestalten meer opdeden, hij wist niet uit de krant of de familieoverlevering. 'In het zicht van de haven overleed, blijmoedig in de Heer, de vrouw van de jonge timmerman Jan Kolvoord, waarop deze zich zingend op het dek terneer wierp om de Here te prijzen, zulke dingen, dat soort mensen...'

'De Afgescheidenen toch? Ja ja, die arme keuterboertjes die geen water in wijn, maar wel hun materiële minderheid in geestelijke meerderheid wisten te veranderen, uiteraard door terugkeer naar de meest strenge orthodoxie, zoals altijd in zulke gevallen!'

'Ach, wat kun je zeggen? Het Woord werd volgens hen

niet recht gesneden, waardoor de gemeente stenen kreeg voor brood – een in hoge mate Drentse aangelegenheid overigens, zoals wij nu weer de Doleantie beleven, die zich in niets van de aloude Afscheiding onderscheidt en zich daar heel wel bij had kunnen aansluiten – maar het liefste begint men kennelijk toch voor zichzelf...'

Vedder lachte hard, Martha sloeg haar hand in vrolijke verbijstering voor de mond en buiten liep er iemand voorbij, maar niets van dat alles drong nog tot Anijs door: ineens had de ernst weer de overhand over hem gekregen; hij voelde hoe de bewogenheid van heel de middag en heel de week al zich opnieuw in hem uitstortte en hernam zich, zijn voor zijn doen ongewone ironie in de eerste plaats: 'Toch verdient zo'n Van Raalte meer dan onze spot, want wat, wanneer de sociale kwestie in die tijd al net zo neep als nu, en hij de enige was die zich der armen ontfermde?'

Nu het gesprek er eenmaal over liep ging het ook ten einde door: Anijs vroeg naar de verpaupering van het fabrieksproletariaat in de steden; Vedder had gelezen over het wanhopige protest van de turfstekers tegen de gedwongen winkelnering en hun mensonwaardige bestaan in de plaggenhutten: 'Hebben die mensen echt petten van hout? En dan te bedenken dat Theo zonder mijn tussenkomst waarschijnlijk ook in het veen terecht was gekomen...'

'Op de achtergrond speelt natuurlijk de landbouwcrisis,' filosofeerde Anijs vertrouwelijk, en achter zijn hand voegde hij eraan toe: 'Het Amerikaanse graan...!'

'Wat is er met het Amerikaanse graan? Dat was er toch altijd al? Alleen komt het nu per schroefstoomboot deze kant op, dat is het enige verschil: de verkeersfactor – ook hier weer!'

Naar de diepste oorzaken en in haar schrijnendste uitvloeisels beschouwd bleef de sociale kwestie een even moeilijk als pijnlijk onderwerp, zodat Martha al vlug liet afruimen en, om zelf koffie te kunnen zetten, met de meid mee terug naar de keuken liep, waarna de heren het onderwerp nog spitser stelden en ronduit overgingen op het socialisme: overal in Amsterdam gistte het, terwijl omgekeerd de arbeiders in het veen nog vaak verstoken bleven van de meest elementaire propaganda, ook al rukte de beweging ook hier op en heette het zelfs dat sommige dominees al niet meer te vertrouwen waren. – Niet meer te vertrouwen? Nu ja, niet alles viel toch goed te praten, hoe belangrijk het ook was dat bepaalde misstanden... maar om nu direct de politieke macht te willen veroveren tot onteigening der productiemiddelen...

Terwijl zij zo voortspraken, heel bedaard, voor de eerste keer op de toon van de oudere, wereldwijze heren die zij waren, niet meer als jongemannen, jongens of kinderen, betrok Anijs de diagnose ook op het vrijkomende terrein van het maatschappelijk gevoelen: in zijn afkeer van de bestaande orde stond Vedder dichtbij het socialisme, maar aangezien hij zich als zelfstandig ambachter nog maar juist boven de massa's verheven had, zou het in zijn geval wat al te jammer zijn deze voorsprong op te geven door die volksrichting daadwerkelijk bij te treden – dat was, benevens uiteraard voor het volk zelf, meer iets voor hen die zich wat dat onderscheid betreft hoe dan ook geen zorgen meer hoefden te maken, de aristocratie kortom, die deswege, ten bewijze van die zorgeloosheid, graag zo grof in de mond was – ja, precies zoals Amshoff!

'De utopisten kunnen het bloed van de anarchosyndicalisten wel drinken,' deelde Vedder mede.

'Toch zal niet elke possibilist tegelijk ook een parlementarist zijn,' relativeerde Anijs. 'Sigaartje?' Een felle scheut hoofdpijn had hem bij de gedachte aan Amshoff even in elkaar doen krimpen, maar hij presenteerde alweer met een glimlach, bleef volop meepraten en middelerwijl ried hij Vedder nog om van de buurman een onderhandelingsvolmacht te vragen, opdat het kapitaal hun niet uit elkaar zou kunnen spelen en gedwongen was om met eenzelfde bod te komen; zeker, de prijs was belangrijker, zoals al opgemerkt, maar een willekeurig bedrag viel moeilijk te verdedigen zodat het beste nog wel zou zijn wanneer hij beide verbond, en zijn prijs vaststelde door het bod met bijvoorbeeld een factor anderhalf te vermenigvuldigen: liet die anderen maar beginnen, zij hadden toch een probleem, zij wilden toch zo nodig onderhandelen?

Vedder knikte, gretig, overweldigd, maar beducht ineens ook voor wat hij op zich af zag komen. 'Jawel, jawel... maar hoe weet jij dat?'

Ter verklaring van zijn geverseerdheid in zaken begon Anijs zijn vele bestuurswerkzaamheden op te noemen; het zou ook niet eerlijk zijn wanneer hij zijn licht onder de korenmaat bleef stellen, Vedder had het recht om hem in al zijn hoedanigheden te leren kennen, te lang al had hij zich aan de kennismaking onttrokken: daarom was hij hem toch ook alsnog, achteraf haast, in allerijl met zijn volle raad tevoren gekomen? 'Maar gemeenteraadslid ben ik niet,' wees hij aan het einde van de opsomming een mogelijk opgekomen gedachte met besliste bescheidenheid van de hand, 'dat wil zeggen: sinds mijn zestigste *niet meer* —eens moeten wij de fakkel toch overgeven...'

'De gemeenteraad...!' stamelde Vedder, en het was hem aan te zien dat hij het zich bij lange na niet zelf had kunnen voorstellen. 'Maar dan had je die brug hier voor het huis zo kunnen laten bouwen; al die tijd had je Publieke Werken in je hand...'

Ze hadden hun servetten afgedaan, rookten, en in een doorgaande beweging rond de volière van het socialisme

bleven zij elkaar maar vreemde soorten aanwijzen, revisio-
nisten, tribunalisten en praxisten, tot er voetstappen op-
klonken en Martha met de koffie binnenkwam. Zo plotseling brak Anijs zijn zin af, betrapt, dat een nieuwe pijn-
scheut hem door het hoofd bliksemde, hem bijlichtend
terwijl hij koortsachtig terugzocht naar het laatste onderwerp dat Martha nog behaagd had.

'Goed, je kan van zo'n Van Raalte zeggen wat je wil, op
puur theologische gronden, maar hij heeft in ieder geval
sociaal gevoel getoond!' riep hij uit, en met zachtere, bijna
brekende stem vervolgde hij: 'Voor mij geldt in zekere zin
hetzelfde: ook in mijn vak, in een gemeente als deze, is
sociaal gevoel misschien nog wel belangrijker dan de zuivere chemie of het juiste diploma... Het gaat toch om de
ware mensenmin...'

'Maar die heeft Chris genoeg!' klonk Martha's stem
krachtig vanaf de drempel. 'Heel wat meer dan onze armdokter Amshoff, met wie hij dan ook geregeld in onmin
verkeert.'

Als een hoog, donker scherm zag Anijs haar in zijn ooghoek dichterbij komen, schuin van boven; het was of een
enorme roofvogel op hem neerdaalde maar hij verzette
zich er niet tegen, gaf zich er integendeel welzalig aan
over, andermaal volschietend met het hete water van zijn
bewogenheid, dat van binnenuit tegen zijn ogen golfde en
zijn oren liet suizen.

Nog dieper boog Martha zich over hem heen, ze zette de
koffiekan neer en terwijl Anijs het gevoel kreeg dat hij
werd geklokt, gestempeld en afgevlagd besloot zij: 'Als je
alleen al ziet wat hij die mensen heeft beloofd, terwijl ons
eigen leven niet eens verzekerd is...'

Anijs knikte, kon alleen nog maar knikken, steeds dieper knikte hij zodat het klotsende water langzaam langs
zijn oogkassen naar buiten lekte, maar morsen deed hij

niet, het bleef voor zijn irissen staan als lenzen, waardoor hij Bennemin, Johanna en heel het Veld plotseling met een nieuwe helderheid gewaarwerd, in een vurige gloed die dra ook in hemzelf oplaaide en hem gemoedde tot een groot werk. 'O ja, zeker trek ik mij die mensen aan,' zei hij, 'daarom zal ik ook naar hen toe gaan, met medicijn voor iedereen, ook al is een openlijke confrontatie met Amshoff dan niet meer te vermijden...' Een ogenblik keek hij peinzend weg naar het raam, alsof de woorden aan zijn begrip vooraf waren gegaan en hij ze nog eens overlas in zijn geest, toen verklaarde hij op plechtige toon: 'Een algemene behandeling, voor alle bewoners van het Veld, daartoe heb ik mij nu als secretaris van de Gezondheidscommissie verplicht.'

HOOFDSTUK VI

Bod en prijs

Daags na terugkeer uit Hoogeveen had Vedder het verlangde reçu naar zijn neef opgestuurd; daarna begon het
wachten op Ebert. Het duurde maar een paar dagen, toen,
toch nog ruim twee weken na de eerste kennismaking, liet
deze het volgende briefje bezorgen: *verzoeke belet voor
hedenavond om negenen.* Had Vedder zich in het verlammende afwachten niet eens aan de door Anijs geadviseerde
volmacht kunnen zetten, nu stroomde hij plotseling over
van daadkracht en met pen en papier in de hand viel hij
het volgende moment binnen bij buurman Carstens. Wat
later die middag, maar nog steeds voor het avondeten,
bonsde hij op de deur bij Rossaert in de Hasselaerssteeg,
vlakbij hem achter: 'Stuur Theo dadelijk als hij van kantoor komt naar mij, zeg maar dat Ebert ook komt!'

***

Om half negen werd het donker; om tien voor negen had
Vedder de koffie klaar; vijf minuten later kwam Carstens,
die vanmiddag wel graag de volmacht had willen tekenen
maar toch nog bij de eerste daadwerkelijke onderhandeling aanwezig wenste te zijn. De Bennemin-viool lag te
pronken in de gasverlichte etalage; helemaal achterin de
zaak stonden vier stoelen rond de salontafel; de volmacht
lag er in duplo op: alles was klaar voor het onderhandelen,
alleen Theo ontbrak nog.

'Toe maar, we nemen het kantoor weer,' dreef Vedder de oude kleermaker gejaagd voor zich uit. 'Ebert is geen vijand, maar we hoeven toch ook niet als vrienden in de salon te zitten?'

Hijgend liet Carstens zich in een van de stoelen zakken, waarbij hij zich een hoopvolle, bijna schalkse opmerking permitteerde over de korte spanne tijds, knap twee weken, die er sinds het eerste bezoek van Ebert nog maar verstreken was: 'Mijn vrouw leidt daar een spoed uit af, die de positie van de wederpartij alleen maar kan verzwakken...'

'Zeker, zeker, zij heeft gelijk, zo is het Carstens, vooral als je bedenkt dat wij nu juist alle tijd hebben!' beaamde Vedder, met een opgewektheid die grensde aan een geprikkelde maar zinledige gesteldheid van de zenuwen zonder meer, los van iedere oorzaak, ongeveer zoals overkokende melk al meer gemeen heeft met de onstoffelijke lucht dan met de vloeistof waaraan ze zojuist ontsteeg. 'Maar denk eraan, Carstens jij hoeft niets te zeggen, ik doe het woord, of nee, eerst laten we Ebert praten, hij moet iets, wij hebben toch geen probleem, met ons gaat het toch goed?'

Ook al was het afgesproken uur nog niet daar, toch animeerde Vedder zich bij het wachten meer en meer: had Ebert eigenlijk gezegd wel belet gevraagd, was zijn komst niet veeleer op het allerlaatste moment domweg aangezegd? En waarom moest het ook steeds in de avond, had Ebert overdag belangrijker dingen te doen? Van opwinding sprak Vedder ononderbroken door, nu eens op verongelijkte, dan weer strijdlustige, maar steeds luider toon: 'Hij mag blij zijn dat hij ons straks thuis treft, wij hadden toch ook, bijvoorbeeld — ja, we hadden heel goed op reis kunnen zijn! Waarom zouden mensen zoals wij nooit eens op reis mogen? Een paar dagen geleden zat ik voor zaken nog in de trein!'

Ineens sloeg de klok negen uur; de twee mannen keken elkaar onbeweeglijk aan en staarden toen door de half donkere werkplaats naar voren, tot Vedder besefte dat er veel minder tijd verstreken was dan het geleken had en uitbrak in een kalmerende lach: Ebert zou nog vrijwel op tijd kunnen komen. 'Rustig maar, Carstens, ons kan niets gebeuren, voor ons loopt het altijd goed af, welk voorstel zij ons ook gaan doen, want anders accepteren wij het toch gewoon niet?' praatte hij weer verder, al zijn vooraf geprepareerde overwegingen herhalend als gymnastiekoefeningen vlak voor de kür, zonder nog te weten welke van Anijs afkomstig waren en welke van hemzelf. 'Wat zij nodig hebben kunnen zij alleen van ons krijgen, dus wij bepalen de spelregels, wat zeg ik: de prijs... Ha, ha! Hoe is het met het been van je vrouw? Alleen de beste artsen inschakelen, Carstens! Laat Mezger er eens naar kijken, je bent een vermogend man nu, vergeet dat niet, of dacht je dat het hotel nog zou terugdeinzen voor een paar mannetjes zoals wij?'

Hoe snel Vedder ook sprak, een doorklinkende toon werd het niet, door de afgemeten woorden bleef het veel meer lijken op het getik van de klok dan op een zingende orgelpijp. In die ledigheid kon Vedder al haast niet anders meer dan maar vast hun beider kopjes inschenken, ook al zou het straks dan net lijken of zij hier al heel de tijd dociel zaten te wachten—of werd die indruk nog veel sterker gewekt wanneer Ebert hun hier aanstonds op een droogje zou aantreffen?

'Koffie, Carstens?' vroeg hij eindelijk, na een hese kuch —maar op dat moment klonk er hoefgetrappel op, gevolgd door het ratelen van een koets over de keien, steeds luider, tot het oorverdovende geraas ineens ophield en er een rijtuig voor de etalage stond.

Als verlamd wachtte Vedder op het rinkelen van de bel, toen stond hij op, ijzig kalm nu. 'Tot zo...' zei hij tegen

Carstens, zonder zijn blik nog af te nemen van de slanke, rijzige gestalte die voor de etalage was verschenen; bevangen door het steeds hogere beeld van de heer met hoed liep hij erheen, willoos als een konijn in een lichtbundel, door de schemer warend alsof die vol spinrag hing, met de handen voor zijn gezicht; hij opende de deur, stak zijn hand uit, maar plotseling stond daar ook Theo, schuin opzij, en zo ontspannen door zijn heup gezakt, zo onverschillig en vanzelfsprekend dat het wel leek of hij niet uit de Hasselaerssteeg maar ook uit de, wegens de herfst nu gesloten, coupé was gekomen—Vedder slaakte een verblufte lach, deed bevrijd mee aan de begroetingen over en weer en merkte dat de ban gebroken was.

'Komt binnen heren komt toch verder!' ging hij de twee voor naar achteren; zelfs een lichte scherts vermocht hij al te presteren, zich immers ook tot Theo richtend, en vergenoegd de handen wrijvend sloeg hij nu weer de beleefdheden tegenover Carstens gade. Ebert droeg geen rok zoals de vorige keer maar een lichtgrijs kostuum, hoefde dus nergens anders meer naartoe en had heel de avond voor de onderhandelingen bestemd—maar de lederen map onder zijn arm en algehele voorkomendheid verschilden niet van de vorige keer. 'Neemt plaats, heren—koffie?'

Ieder zat op dezelfde stoel als de vorige keer, Theo op die welke toen al voor hem was klaargezet, recht tegenover Vedder. Carstens was de laatste die zijn uitgedronken kopje terug op de salontafel zette. In de stilte schraapte Ebert zijn keel, hij klopte op de map die hij, ook weer gelijk aan de vorige keer, op zijn schoot hield en haalde daar twee vellen papier uit.

'Hier heb ik enige cijfers, wellicht te gebruiken zo aanstonds bij het bepalen van de prijs,' verklaarde hij, in die lichtelijk naar het Duits zwemende tongval weer die aan een frisse, zurige geur deed denken.

Het papier behelsde een taxatie van de woningen Prins Hendrikkade nummer 46 en 47 onderscheiden naar de waarde voorafgaand aan de vaststelling van de nieuwe stationslocatie en dezelfde nadien, zijnde respectievelijk tienduizend en vijftienduizend gulden, ondertekend door een beëdigd makelaar. Ter fundering van dat laatste bedrag was een advertentie van een paar jaar geleden aangehecht, waarin een der te slopen huizen om de hoek aan het Damrak voor die som te koop werd aangeboden. Ebert stelde de prijsopdrijvende werking die de komst van het station had gehad gelijk aan het verschil van vijfduizend gulden, en bekende in alle openhartigheid dat aan de hotelplannen een vergelijkbaar effect moest worden toegekend, wat ook wel gebleken was uit de handelwijze en drijfveren van de nieuwe eigenaar, die het pand niet ten gebruike maar enkel als speculatie had aangekocht, met geen ander oogmerk dan om te zijner tijd aan de Hotelonderneming Victoria Hotel door te verkopen, met het genoemde effect als winst: die tijd was nu gekomen, en de vraagprijs die deze persoon hanteerde lag rond de twintigduizend gulden. De reden waarom de heer Henkenhaf gemeend had de bewoners eigener beweging met deze gegevens te moeten dienen, lag in zijn besef dat zij niet om de komende verwikkelingen hadden gevraagd en mogelijkerwijs op het onderhavige gebied ook niet allen in dezelfde mate deskundig waren — 'Hij laat u groeten.'

Hoe volstrekt neutraal de uiteenzetting ook, bij het eerstgenoemde bedrag van tienduizend gulden moest Vedder al slikken, bij vijftienduizend duizelde het hem een ogenblik, en bij de twintigduizend begon er een heet geluksgevoel door zijn hoofd te bruisen: in al zijn voorstellingen was het tot nu toe gegaan om niets anders dan de bitter te bevechten toeslag op de onveranderlijke, aloude basis van tienduizend — wat een onnozelheid, nu al zaten zij, als hij het goed begreep, op het dubbele! Terwijl Carstens, zoals vooraf afgesproken, geen krimp gaf bij het horen van de bedragen, en ook Theo strak naar zijn schoenen bleef staren, bedwong Vedder zelf zich ternauwernood: er liep een rilling over zijn rug, hij schokschouderde en besefte eerst daarna de verregaande hoffelijkheid van de wederpartij, alsook het ingevallen zwijgen.

'Brengt u de heer Henkenhaf onze dank over voor deze zeer gewaardeerde inlichtingen, waaruit ik afleid dat ook onze vraagprijs zo rond de twintigduizend zou moeten liggen,' sprak hij, toen hij het papier op de tafel had gelegd en weer achteruit in zijn stoel leunde. 'Maar mag ik nu vragen of u dat bedrag ook daadwerkelijk aan die speculant geboden hebt?'

Om al die hoffelijkheden van de andere kant zo vlakweg te beantwoorden met een impertinente vraag, het wond Vedder op: had hij Ebert kwaad gemaakt, de beer tussen de tralies door met een stok in de vacht gestoken? Maar wat kon hem ook gebeuren, waar Ebert toch veilig opgesloten zat in de kooi van zijn commissie, namelijk om de eigenaren van 46 en 47 tot verkoop te bewegen? Daarbij werd hijzelf ook gestoken, door de verwachtingsvolle blikken van Theo en Carstens, die van links en rechts als schijnwerpers op hem inwerkten: de vrouw van Carstens had vanaf het eerste begin al hun lot in zijn handen willen leggen, terwijl Theo wist dat hij Veritas was en derhalve op minstens zoveel tegenspraak, verzet en redenaties rekende als anders omtrent de locaties.

Met afgeslagen ogen begon Ebert inderdaad het hoofd te schudden, heel licht, om aan te geven hoe verlegen hij met de vraag was, te verlegen zelfs om het antwoord hardop te weigeren.

'Wat hebt u die speculant geboden?' herhaalde Vedder, luider nog, ronduit grof nu — het spel liep! Ze waren begonnen! Op slag voelde hij de eenzaamheid van de strijder wanneer de secondanten zich hadden teruggetrokken achter het hek en hij alleen met zijn tegenstander overbleef in de arena, elkaar aftastend nog, heel kalm en respectvol maar onder het vege teken van de onvermijdelijke strijd, de nederlaag en het bloed een hunner toch.

Met pijnlijke glimlach bleef Ebert het hoofd schudden, hij kon de vraag niet beantwoorden, wilde ook geen onwellevendheid begaan en smeekte om verschoning.

'Was het inderdaad twintigduizend?' vervolgde Vedder onbarmhartig. 'Of bent u nog niet zover, en is twintigduizend het eindbod waarmee u tot het laatste moet wachten? Waarom zegt u niets, mijnheer Ebert? Ik probeer alleen maar te begrijpen waarom u dat hele verhaal verteld hebt, of was het alleen maar om ons zand in de ogen te strooien? Het gaat u goed af, zoete broodjes bakken, maar ik dacht dat u wilde onderhandelen...'

Alsof hij een rotsblok naar boven had moeten rollen, zo zwaar viel het hem om van zijn onbetamelijkheden tot een ronde belediging te komen, maar nu was de eerste slag dan uitgedeeld. Terwijl hij niet wist hoe hard die was aangekomen, alleen maar dat het stil bleef en Ebert niet meer bewoog, boog Vedder zich bezorgd over hem heen, blozend, terwijl zijn huid als een rusting goud opgloeide onder de nog verhevigde blikken van Theo en Carstens. Op dat moment sloeg Ebert de ogen op.

'Neemt u mij niet kwalijk,' zei hij, 'maar de vertrouwelijkheid waarmee onzerzijds ook dit gesprek is gewaarborgd, verbiedt mij mededelingen te doen over onze onderhandelingen met derden.'

De blikwisseling duurde zo kort, Vedder had zich er zo snel van losgemaakt, als een hand van een gloeiende kachel: reeds herstelde hij zich, hervond hij zijn hatelijkheid en begon hij overdreven te knikken, eerst peinzend, daarna begrijpend en tenslotte met volle instemming. 'Juist ja, natuurlijk, de vertrouwelijkheid... dus u mag straks ook niet tegen mij zeggen wat u met de heer Carstens overeen bent gekomen of omgekeerd, tegen hem, wat u met mij hebt besproken...'

Met trage hoofdbewegingen in alle richtingen, als een loom wapperende vlag, bevestigde Ebert dat goede begrip, nam hij het aan en gaf hij het weer terug als een vredespijp: 'Ja, nee, inderdaad niet...'

'Maar u zou dat ook helemaal niet kunnen, mijnheer...' Vedder wachtte even tot zijn lage, dreigende stem Ebert deed opkijken, toen liet hij zijn glimlach als een schouwspel voor hem vergruizelen tot een grimas en vervolgde hij: 'Zet u die grappen maar liever dadelijk uit uw hoofd, ik heb hier namelijk op mijn beurt ook een stuk voor u, het is een volmacht, opgesteld op advies en aanwijzing van mijn neef, niet die uit Amerika, die in het American Hotel logeert, maar de farmaceut... Ja hoor, deze is voor u, neemt u maar gerust mee, het is een kopie...'

Het papier werd overhandigd, Ebert las het en onderwijl bleef Vedder hem maar aankijken, schuin van onderen, met de ellebogen op de knieën, terwijl zijn gelaat de beweging van glimlach tot grimas voltooide door open te breken in weer een nieuwe glimlach, zo sterk bevond hij zich in de plotsklaps dankbaar gevoelde steun van Anijs, want waar Ebert gedekt werd door de grote Henkenhaf, daar wist hij nu ook iemand achter zich, een onzichtbare verwant die hij vertrouwelijk bij de voornaam gedacht, de enige ook die hem ooit Walter noemde.

'Nou, wat vindt u ervan?' vroeg hij, met stralender lach nog voldaan achteruit leunend toen Ebert de volmacht als het ware erkende en goedkeurde door die zonder nog een woord in zijn portefeuille te sluiten. 'Mijnheer Carstens hier stelt de waarde van zijn huis gelijk aan die van het mijne, draagt zijn belangen met betrekking tot de onderhandelingen aan mij op en laat zich daarin uitsluitend nog door mij vertegenwoordigen... U hoeft dus niet meer te proberen ons nog tegen elkaar uit te spelen! Begrijp jij dat ook, Theo? Omdat mijnheer Ebert vanaf nu alleen nog maar met mij te maken heeft, kan hij het wel vergeten om Carstens het een te vertellen en mij weer iets anders... alles dankzij deze volmacht hier! Mijnheer Ebert, u neemt mij toch niet kwalijk dat ik Theo wat uitleg geef? Zo leert hij er nog wat van, daarom heb ik hem ook laten komen, ik ben als een vader voor die jongen! Maar wat bent u stil ineens, ziet u ertegen op om de heer Henkenhaf de volmacht onder ogen te moeten brengen? Maar daar kunt u toch niets aan doen? Ha, ha, ha! Nog koffie? Carstens, jij ook?'

Met een onverholen frons op het voorhoofd zocht Ebert de ogen van Carstens, als om zich ervan te vergewissen dat deze nog steeds instemde met de volmacht, maar de oude kleermaker schoof ongemakkelijk met zijn voeten over de vloer en dorst onder de openlijke vijandigheden al niet meer opkijken. Theo had een sigaret opgestoken en hield zich verder ook maar liever afzijdig; wat jammer toch dat hij niet iets eerder was gekomen, wanneer hij hem vooraf de tactiek had kunnen uitleggen zou de jongen nu ook zelf kunnen meedenken – dat was toch heel iets anders dan naar een schaakpartij zitten kijken zonder het spel te begrijpen! Terwijl hij met de koffiepot rondging boven de tafel knipoogde Vedder hem geruststellend toe, toen richtte hij zich voor alweer een nieuwe aanval tot Ebert.

'Weet u trouwens wat mij deerlijk begint te ergeren? U hebt nog helemaal niet gevraagd of wij überhaupt wel willen verkopen! U schijnt niet te begrijpen dat heel uw hotelplan, als wij er niet aan meewerken, zo in de prullenbak kan... Wat zou mijnheer Henkenhaf daarvan vinden, om van de aandeelhouders maar te zwijgen? En zoals u hier steeds plompverloren komt binnenvallen, zonder dat wij hebben kunnen laten weten of het ons schikt, zonder een fatsoenlijke afspraak te maken, zonder u te legitimeren of ons zelfs maar een adres te geven: mijnheer, weet u wat het is met u? U doet maar wat!'

Hoe heerlijk, welk een vervoering, wat een onwezenlijk genot was het om zo uit te varen, juist tegen de meest welgemanierde persoon die hij ooit had ontmoet: ja, hij begon echt goed los te komen nu, de twistredenen stegen hem de een na de ander naar het hoofd en tuimelden over elkaar heen als op zijn beste ogenblikken bij het pseudonimiseren —maar hij mocht zijn tegenstander niet onderschatten, hij moest uitkijken, zichzelf tot stilstand brengen om niet in het mes te lopen, want ook al geliet Ebert zich als een stier, die met tien speren in de rug nog goeiig staat te wachten op de elfde, en de felheid van de mensen niet begrijpt, in werkelijkheid was hij scherp als de vouw in zijn broek, spits als zijn schoenneuzen...

'Neemt u mij niet kwalijk... ik wilde u niet nodeloos lang laten wachten...'

Met die ongehoorde uitbraak zo-even was de eerste ronde ook onmiddellijk afgelopen, Eberts gemompelde excuses hoorden er al niet meer bij. Men dronk koffie, en kaarsrecht, met de armen over elkaar, wachtte Vedder op de hervatting, afgemat opeens, al moesten de feitelijke onderhandelingen nog beginnen, maar opgewonden ook omdat die nu niet lang meer konden uitblijven. Nochtans dwong hij zich tot zwijgen, hij hoefde toch niets te doen? Het was precies zoals Anijs had voorspeld: hij had alle tijd, Ebert moest maar met een bod komen, dan zou hij daarna wel middels Anijs' formule zijn prijs berekenen...

Zo snel als de eerste ronde voorbij was gegaan, zo tergend lang duurde het eer de tweede begon. Carstens, door

Ebert desgevraagd, was uitgebreid het uitzicht van voor de stationsaanbouw gaan beschrijven, maar hield daar ineens mee op, zonder andere aanwijsbare oorzaak dan dat Ebert zijn lege kopje terug op de tafel zette en zijn keel schraapte. Zijn verlegenheid leek oprecht toen hij eindelijk dan verzocht terzake te mogen komen en, toch nog onverhoeds, vlakweg naar de prijs vroeg.

'Er is geen prijs, doet u eerst een bod.'

'Heel graag, maar staat u mij toe dat ik mij vooraf nader verklaar: een laag beginbod vergt een langdurig spel van loven en bieden om tot een prijs te komen die grenst aan de reële waarde; zou ik dus maar niet beter dadelijk dat bedrag noemen, ook al omdat wij, gezien de taxatie, eigenlijk toch al weten in welke orde de uiteindelijke prijs zal moeten liggen?'

De reële waarde en de uiteindelijke prijs, om daar vanuit stilstand nu zo over te spreken: Vedder voelde het bloed door de versnelling uit zijn hoofd trekken, en om zijn evenwicht niet te verliezen sloeg hij zijn handen om de zitting. Doelde Ebert nu op die twintigduizend, of was dat toch slechts de vraagprijs van die speculant geweest? Maar moest hij dan van meer of juist van minder uitgaan? Koortsachtig probeerde hij de berekening van Anijs te maken, maar hij wist niet welk bedrag met anderhalf te vermenigvuldigen—er was ook nog geen bod!

'Een bod,' herhaalde hij onbewogen.

'Twintig,' zei Ebert.

'Vijftig.'

Er kwam geen antwoord, het was al afgelopen. De stilte strekte zich ademloos uit als de spanne tijds tussen de schreeuw en de uitblijvende echo. Biedprijs en laatprijs waren op elkaar gestoten zonder terug te stuiteren voor een nieuwe, lichtere botsing; de plotseling ingetreden bewegingloosheid was die van een op de grond gevallen ei, alleen ontstond er nu wel een verwijdering tussen het verwachte en het feitelijke verloop; beeld en schaduw weken uiteen, verdubbelden zich, waren niet langer de innig versmolten weerszijden van één enkel mes; het moment ging open als een schaar en wegglijdend viel Vedder in de gapende kloof...

'Dus om exact dezelfde reden waarom ik u de taxatie ter hand heb gesteld, meende ik u ook niet te mogen dwingen tot lange onderhandelingen en u dadelijk en zonder omhaal een reëel bod te moeten doen: de vennootschap wenst beslist geen voordeel te behalen uit enige zakelijke onervarenheid bij de eigenaren: de heer Henkenhaf heeft mij uitdrukkelijk opgedragen om volledig open kaart te spelen!'

De duizeling had maar even geduurd, alles was nog hetzelfde op de houding van Ebert na, die in een kennelijke poging de ontstane afstand te verkleinen nu op zijn beurt vertrouwelijk voorover leunde om zijn bod andermaal nader toe te lichten. Weer bij zinnen komend besefte Vedder dadelijk zijn vergissing: volgens de formule van Anijs had hij geen vijftig, maar zoiets als dertig moeten vragen—hij zat twintig te hoog! Het uitblijven van iedere sanctie of zelfs maar correctie deed de prompt in hem opgelaaide schaamte echter snel neerslaan. Een nieuwe uitgelatenheid kwam ervoor in de plaats, door de zorgzame uitleg spoedig aangeblazen tot een roekeloze gloed, ja zelfs een gevoel van vrijheid: waarom zou hij ook niet mogen vragen wat hij wilde, het was toch zijn eigen huis?

'Uiteindelijk is het dus ook in ons belang wanneer de bewoners volledig tevredengesteld worden en de publieke opinie zich snel met het hotel zal vergenoegen,' besloot Ebert, '...en daarbij leggen wij op deze wijze ook geen onnodig beslag op uw tijd.'

'O, maar wij hebben tijd genoeg, hoor!' riep Vedder na

een korte, geluidloze lach. 'Hoe komt u erbij dat wij haast hebben? De enige die hier haast heeft bent uzelf! Natuurlijk, er is ook al zoveel tijd verloren gegaan aan al die juridische en financiële problemen die eerst opgelost moesten worden, zoals u de vorige keer al vertelde, wij begrijpen dat heel goed – en ach, die mannetjes in die huizen, dat kwam wel, die zouden bij het eerste het beste bedrag boven de tienduizend gulden al bezwijmen, die waren al blij dat ze voor zo'n prachtig hotel plaats mochten maken, dan dachten ze dat ze eraan meewerkten! Ja, weet u nog hoe buitengewoon verheugd u ons de ontwerptekening liet zien, en ons durfde vragen of wij het mooi vonden? Mijnheer, gelooft u mij, het maakt ons niets uit of het mooi wordt of niet, want die ontwerptekening van u behelst voor ons niet de opbouw van een hotel, maar de afbraak van ons huis! Maar voor het zover komt zult u toch eerst met ons moeten onderhandelen, want anders worden ook wij nog een financieel en juridisch probleem...'

Om niet meer de ander uit eigen mond, maar zichzelf namens de ander te beledigen: het was een nog onbestaanbaarder onbeschaamdheid, een schijnbeweging waarop Ebert niet anders wist te doen dan afwerend de handen te heffen, smekend het hoofd te schudden en de onschuldige handpalmen te tonen: 'Ik wilde alleen maar snel tot overeenstemming komen...'

'Snel? Snel? Begint u daar nou alweer over?' sloeg Vedder dwars door die dekking heen; de ronde ging nog door, maar plots waande hij zich ook elders, in een nieuwe versnelling, alsof de teugels van zijn zelfbeheersing door zijn zwetende handen glipten en hij in galop raakte. 'Misschien heeft de heer Henkenhaf wel haast, maar wij hebben helemaal geen haast! Carstens, hebben wij haast? U ziet het, mijnheer Carstens heeft ook geen haast! Wij hebben alle tijd! Wij staan toch aan het begin van een belang-

rijke zakelijke relatie? Dat heeft u de vorige keer zelf gezegd! Ik begrijp echt niet waarom u zoveel haast heeft! En
wat u de hele tijd met reële prijs bedoelt begrijp ik ook
niet! Mijnheer, er is maar één reële prijs, en dat is mijn
prijs... of weet u nog een ander adres, waar u terechtkunt
voor datgene wat de heer Henkenhaf u heeft opgedragen
te kopen? Ha, ha! Een prijs, mijnheer Ebert, dat is de som
die een koper moet accepteren omdat hij het begeerde
goed niet elders kan krijgen... Maar in dit geval is er helemaal geen elders, door de locatie! Carstens, wat zucht je
diep? Je denkt toch niet dat heel die hotelonderneming nu
wordt afgeblazen omdat wij niet dadelijk zijn gezwicht?
Theo! Theo! Zie je dat mijnheer Ebert geen kant uit kan?
Dat komt omdat ik niet zomaar iets roep, maar werk vanuit kennis en kracht, wat precies ook het verschil is tussen
een beginnend pseudonimist, zeg "een welmenende stadgenoot", en een man als E. Nigma! Maar misschien ziet
mijnheer Ebert in mij ook wel zo'n mannetje dat nooit
Latijns heeft geleerd maar toch onder een Latijnse naam
opereert; hij weet dat wij nooit over een bedrag als twintigduizend gulden konden beschikken, en nu lacht hij omdat wij het weigeren, maar het lachen zal hem nog wel
vergaan...'

De galop was een jacht geworden, een drijven en een
storm, en toen het stil werd leek Ebert volkomen murw
gebeukt. Zonder verweer zat hij op zijn stoel, afgemat en
ontmoedigd, met weer die frons op het voorhoofd of hij
alles wel goed had verstaan.

Kletsnat van het zweet, ook zelf uitgeput en daas, keek
Vedder hem vanuit de andere hoek gnuivend aan: elke
slag was echt uitgedeeld, iedere zin echt zo gezegd, sterker
nog: om zo over Ebert te praten, domweg in diens aanzijn,
het leek wel of hij hem had *uitgekleed*, bij welke opwinding ook nog het besef kwam dat hij, verwijzend naar het

pseudonimisme, wezenlijk reeds aan het pseudonimiseren wás, niet door onder pseudoniem te opereren met geheimhouding van de ware naam, zoals gewoonlijk, maar omgekeerd juist door als Vedder te verzwijgen dat hij Veritas was, een gegeven waarmee Ebert beslist zijn voordeel had kunnen doen, al was het maar door hem niet te onderschatten—wat jammer dat Theo het niet gedurfd had zijn rakelingse glijvlucht langs de waarheid, zijn drieste toespelingen op hun gedeelde geheim, te beantwoorden met enig blijk van verstandhouding, en zelfs toen hij hem bij de naam riep nog strak naar het tafelblad was blijven staren!

Niemand zei meer iets, en terwijl de kamer heerlijk leek na te deinen op de daarnet nog zo verbolgen zee, liet Vedder zich achteruit zakken om het behaalde overwicht beter te kunnen verteren, eerst nog in volle vervoering, later kalm voldaan van vreugde en woede beide; zoals hij zijn duimen in de zakken van zijn vest had gehaakt en met zijn vingers wat op zijn buik tokkelde leek hij wel op de borstige Oberon uit de komedie, en toen hij Ebert naar zijn hoed zag grijpen verheugde hij zich zelfs in diens vlucht, tot zijn triomf omsloeg in schrik, toen spijt, toen haast: hoe bestond hij het om zich nu al zo verzaad aan rust over te geven! En had hij zich niet te veel laten gaan? Ze moesten verder onderhandelen, elkaar beter leren kennen!

'Nog koffie?' riep hij. 'Een likeurtje misschien? Kom, laat ons nog wat onderhandelen, doet u nog een bod!'

Half overeind gekomen al keek Ebert hem blank aan.

'Twintig.'

'Vijftig... We hoeven er toch niet in een keer uit te komen?'

Ebert drong niet meer aan. In zijn volle lengte opgericht maakte hij een lichte buiging in het rond, waarna hij

Carstens, die hij voorlopig wel niet meer terug zou zien, ook nog de hand drukte. Vergenoegd met deze erkenning toch van de volmacht volgde Vedder hem op de voet naar voren, langs de stadsplattegrond met de westradiaal, de paardenstaarten en het gereedschapsbord tot bij de deur, waar Ebert zich, map en hoed onder de arm, nog eenmaal naar hem omdraaide.

'Uw overwegingen over de prijs hebben mij geïnteresseerd, staat u mij toe dat ik erop antwoord in de vorm van een parabel.'

Zo dicht stonden zij bij elkaar in het gaslicht van de etalage, dat Vedder zijn lippen zag glanzen, zijn mondwater kon ruiken, zijn adem voelde waaien langs zijn gezicht. Buiten was het gaan regenen, de koetsier zat in elkaar gedoken te slapen op de bok en door het gedruis merkte Vedder bijna niet dat Theo ook naar voren was gekomen en vlak achter hem stond mee te luisteren.

Het verhaal handelde over een gestorven grootvader, die door zijn familie was opgebaard in de achtertuin van zijn huis. Hij lag daar nog maar kort, toen de rivier die langs de tuin stroomde onverwacht buiten zijn bedding trad, het lichaam meenam en een eind verder weer neerlegde in een andere achtertuin. Het ontstellende verlies wekte opschudding alom, de lugubere vondst een eindweegs stroomaf evenzeer en zo duurde het niet lang of de rouwende familie stelde zich in verbinding met de vinder van het lichaam. Doordrongen van de waarde van zijn vondst wilde deze het echter niet zonder genoegdoening afstaan. De verontwaardiging bij de nabestaanden was groot, het lijk begon te ontbinden maar tot overeenstemming over de prijs kwam men niet.

Nu verbleef er juist een wijze op doorreis in de stad, en onafhankelijk van elkaar besloten beide partijen om raad in te winnen. De vinder van het lijk kreeg als eerste belet.

De wijze liet zich het geval uiteenzetten, hoorde van rechtmatige eigendom en billijke prijs, en verzonk in diep gepeins. Tenslotte sprak hij: 'U hoeft uw prijs niet te laten zakken, want wat de kopers willen, kunnen zij nergens anders krijgen dan bij u. Zij zullen uw prijs betalen.'

Daarna kreeg de rouwende familie een onderhoud. Opnieuw werd het geval uiteengezet, men verklaarde dat de dode hun eeuwig toebehoorde en sprak schande van de bedongen prijs; opnieuw verzonk de wijze in diep gepeins. Tenslotte sprak hij: 'U behoeft voor het lichaam niet meer te betalen dan wat u ervoor wilt geven, want de huidige bezitter kan het aan niemand anders verkopen dan aan u, aangezien er buiten u niemand is die het wil hebben: hij zal uw prijs moeten accepteren.'

Het gorgelen in de regenpijp leek ineens wel harder te klinken. Zonder nog een woord knikte Ebert ten afscheid, hij greep naar de klink maar scheen zich ineens iets te herinneren. 'Ach ja, een ogenblik nog alstublieft,' zei hij, waarop hij, zeer snel opeens, naar buiten stapte, iets uit de koets nam en daar weer mee binnentrad. Het was een vioolkist, en met schuchtere glimlach bekende hij ook zelf te spelen, als liefhebber, maar de laatste tijd hoorde hij steeds een zacht geritsel, mogelijk een minuscuul, gekristalliseerd lijmdeeltje dat meetrilde in een holte, heel zacht, maar onmiskenbaar toch, en buitengewoon hinderlijk. 'En toen ik de vorige keer uw werkplaats zag hoopte ik al dat u mij zou willen helpen. Volgens het etiket aan de binnenzijde is hij gebouwd door ene Willem van der Syde in het jaar 1692, wacht, misschien wilt u hem wel even zien...'

Overrompeld door de onverwachte wending, verbluft ook door de hem welbekende naam van de bouwer, zag Vedder hoe Ebert de kist op de werkbank legde, en toen hij die opende was het net of hij niet alleen de hoog opgezweepte baren met zijn parabel tot kalmte had gebracht, maar op het roerloos spiegelende oppervlak nu ook nog eens iets liet drijven, veel delicater nog dan een papieren hoed...

Alsof de kist vol met licht had gezeten, zo gloeide Vedders gezicht op bij het zien van het antieke instrument, veruit het meest waardevolle dat hij ooit in de zaak had gehad. De authenticiteit viel niet te betwijfelen, de karakteristieken van de Syde-viool die hij vroeger ooit op een veiling had gekocht, maar bij ontstentenis van een bijpassende klant naar Smolenaars had moeten brengen, herkende hij in een oogopslag.

'Probeert u maar...' moedigde Ebert hem aan.

Zoals Carstens daarginds nog in het verlichte kantoor zat, voorbij de donkere werkplaats: hoe oneindig ver weg leek dat opeens niet, nu hij weer als vioolbouwer werd aangesproken. Met een rilling over zijn rug schoot Vedder terug in zijn oude vorm; met de serviele ijver van de neringdoende, gemengd met de ernst van de vakman, nam hij viool en strijkstok, draaide hij de snaren op en bracht hij een klank voort. De toon was diep en donker, het duurde enige tijd voor hij in dat floers het geritsel gewaarwerd waarover Ebert had gesproken, maar toen hoorde hij het ook zeer duidelijk, de resonantie die klonk als een ruis, en knikkend op de manier van een arts, die inderdaad iets gevoeld heeft op de plaats van de pijn, legde hij instrument en stok eerbiedig terug. Niet zodra echter zag hij Ebert naar hem buigen en andermaal zonder nog een woord naar de deur grijpen, of een plotselinge ontreddering brak in hem baan.

'Wacht, niet zo snel, u krijgt nog een reçu!' riep hij, zich driftig bekloppend om pen en papier. 'Zonder reçu geen verhaal! Ik waardeer uw vertrouwen, maar sta erop dat u een reçu van mij aanneemt! Wij staan in zakelijke betrekking tot elkaar! Ebert met een t zeker? Mag ik ook vragen waar u woont?'

Ebert wuifde alles weg wat gezegd was, maar de laatste vraag was te direct om onbeantwoord te kunnen laten: 'Bij een vriend.'

Het antwoord was persoonlijker, tevens nietszeggender dan een adres zou zijn geweest, maar Vedder had geen tijd meer om nog verbouwereerd te zijn, hij durfde ook geen stiltes meer te laten vallen. 'Uitstekend, één ogenblikje dan, alstublieft, het kwitantieboek ligt bij de kassa...' smeekte hij, achteruitlopend al terwijl hij de handen bezwerend naar Ebert uitgestrekt hield. Hij botste tegen Theo aan, draaide zich om en ijlde verder naar achteren, maar nog voor hij bij Carstens was viel de winkeldeur rinkelend dicht en stond er daar niemand meer. Terug ijlend naar voren leek hij nauwelijks nog vooruit te komen. Er klonk hoefgetrappel op, en het kraken van een wegrijdende koets. Op het moment dat hij naar buiten struikelde klonk het geluid nog harder, maar toen hield het ineens ook op en hoorde hij enkel nog de regen. Nergens liepen mensen, alleen de buste van prins Hendrik stond iets verderop te glinsteren in het plantsoen; onmogelijk te zeggen of Theo in de koets verdwenen was of in de steeg.

HOOFDSTUK VII

De kolden vrijer

Tegen vijven eerst kon hij afsluiten. Hij stuurde de meid uit met de recepten, riep tegen Martha in de zijkamer dat hij patiënten ging lopen en stapte naar buiten.

Het reçu was vanmiddag aangekomen, nog geen week na Vedders bezoek, ongeveer drie weken na het relaas van Bennemin. In zijn ongeduld had het wachten lang geduurd, maar nu hij zich met de wikkel in de binnenzak over de kade haastte was het of hij Vedder nog maar net naar het station had gebracht en hij daarvandaan nu dadelijk doorging naar het Veld, ja zelfs of hij Bennemin en Klein Pet *achternaliep.*

Het regende niet meer, maar de lucht bleef buiachtig en het woei hard. Met de hand aan de hoed liep hij kromgebogen en zonder iets te zien door in de richting van de brug achteraan, tot hij zich instinctief ter hoogte van De Eenhoorn daar iets vóór wist. Sinds zijn bezoek aan Halink, drie weken geleden, had hij deze plek angstvallig gemeden, maar nu bedwong hij zich niet en draaide hij zich onwillekeurig naar de ruit. Net als toen stonden er ook nu weer drie vrouwen op de brug, arm in arm toeziend hoe de oude apotheker bij de nieuwe in de etalage keek.

Niets leek er veranderd. Anijs haalde opgelucht adem, maar zag toen het oude, houten kistje op de fluwelen lap, verzonken eerst nog in het overwegende bruin van de verdere uitstalling, maar eenmaal opgemerkt daar als een bokshandschoen uit naar voren springend: het was een camera. Naduizelend van de klap duwde hij de hoed dieper over de ogen en spiedde hij over de halfhoge, melkglazen afscheiding van de etalage heen in de donkere ruimte daarachter. Er was niemand, Halink niet en ook geen enkele klant. Zacht schitterde de bul in het weinige licht aan de muur. Juist wilde hij doorlopen of er bewoog iets, helemaal achteraan. Een deur ging open, een oude, rijzige heer kwam tevoorschijn uit de bijkeuken: dokter Amshoff, gevolgd door Halink.

Als getroffen door een nieuwe kaakslag draaide zijn hoofd een halve slag rond op zijn hals, in de richting van het Kruis. Op dat moment werd er vanaf de andere kant een hand op zijn schouder gelegd. Naast hem stond burgemeester Pottinga, die al geraden had wat zijn belangstelling had opgewekt en lachend naar het oude kistje in de etalage knikte, de wenkbrauwen vol bevestiging opgetrokken.

'Authentiek hoor! De fameuze camera obscura van Bayard, door onze Halink gekocht op een veiling te Parijs!' Pottinga hield op met knikken, keek hem eerst nu aan en gezicht en stem dempend voegde hij er nog aan toe, vertrouwelijker, al bijna achter de hand: 'Een aardigheidje natuurlijk maar – binnen heeft hij een Kodak uit Amerika!'

Opnieuw werd hij op de schouder geklopt, ten afscheid nu, zo al niet ter bemoediging, en terwijl hij Pottinga achter zich langs zag wegdraaien hoorde hij hem nog zeggen: 'Ja, nee, onderschat hem niet hoor, onze Halink, en zeker niet aan de bridgetafel! Ha, ha! Goedemiddag!' Nog voor hij over zijn andere schouder kon kijken viel daar de deur van De Eenhoorn rinkelend dicht en was Pottinga al binnen.

Krommer nog dan voorheen legde Anijs de laatste passen af tot het Kruis, waar hij zonder een blik naar de vrouwen op de brug linksom de hoek omsloeg; de gedachte dat Pottinga op ditzelfde ogenblik de beide andere heren omstandig aan het vertellen moest zijn hoe hij hem voor de etalage had aangetroffen, met de neus tegen de ruit naar de camera gebogen, drukte hem terneer als een bijna niet te torsen bepakking – 'heus, ik zweer het, twee seconden geleden stond hij er nog, ik weet ook niet waar hij gebleven is!'

Het karrenspoor stond vol plassen, spiegelzwart in de vroege schemering. De wind kwam pal van achteren nu, en met het oosten recht vooruit leek het ineens wel donkerder. Rechts liep de vaart, links druppelde de bebouwing na met blaffende kettinghonden erf na erf. Het achterland gaf een afwisseling te zien van kleine kavels hakbos en groenland, gescheiden steeds door de oude wijken en zwetsloten met daarover vonders. Alles was al sinds jaren her verveend, turfgravers woonden hier niet meer, ook in de buitenbuurt niet, alleen nog maar op het Veld nog weer verder, deerlijk verstoken van zorg. Dankbaar voor het voorrecht er honderd gulden in het vooruitzicht te mogen stellen drukte Anijs het reçu tegen zijn borst. Zeker, hij kwam er ook niet vaak, zomin als de predikant of de politie, maar toch nog altijd wel veel vaker dan dokter Amshoff, hoewel die een gemeentetraktement genoot als armdokter, juist ook voor de buitenarmen! Hooguit zou Amshoff zich over een Veldeling buigen wanneer die wegens epidemiegevaar in het Korremorre was opgenomen, maar sinds de oprichting van de ziekenzaal krachtens de Wet Besmettelijke Ziekten was er geen enkele besmettelijke ziekte meer uitgebroken, zodat zelfs ook die moeite hem bespaard was gebleven en hij er alleen zijn witte doktersjas nog maar had hoeven ophangen!

Er stond een flinke golfslag, soms bonkte er een praam

tegen de steiger en onder iedere vlaag boog het riet zich sissend neer. Met de wind als een hand in de rug liet Anijs de laatste huizen achter zich. Hoe zwak daarnet ook nog, eerst aangeslagen door de camera, daarna verschrompeld onder Pottinga's schouderklop en vervolgens nog verder verbroosd door de buitensluiting, in het besef van eigen doen en streven voelde hij geleidelijk aan zijn krachten weerkeren, eerst nog als een bittere bal in zijn maag, maar al lopende, draailings tussen de plassen door en in ononderbroken deining op en neer, loste die langzaam op en raakte hij in een milder gemoed. Zo merkwaardig was het toch niet, wanneer een burgemeester zich oprecht verheugde in de eerste fotografie te zijner gemeente? Ook het kwelbeeld van de drie buldragers nu bijeen in De Eenhoorn vervaagde langzaam onder het heen en weer van zijn voetstap. Wat konden zij ook méér doen dan elkaar *commilito* noemen, op de manier van studenten, terwijl de één een kiekje maakte van de ander? Als zij daar ook overdag voor bij elkaar wilden komen, nog buiten de bridgetafel om: uitstekend, *soit*, des te beter, *similia similibus curantur*! Alleen hoefde de jonge collega nu niet meer met zijn bestellijst bij hem aan te komen, hij had lang genoeg gewacht, morgen zou hij Brocades & Stheeman zijn eigen bestelling sturen...

Bij het Wolfsbos ruimde het kanaal met een flauwe knik naar het zuidoosten, waarna het in rechte lijn verderging naar de buitenbuurt. Na een halfuur begon de kerktoren zich af te tekenen tegen de donkere hemel. De vergulde veenschop, die er bij wijze van windvaan bovenop stond, wees trillend als een vinger uit in de richting van het Veld, nog weer een halfuur voorbij de buurt. De aanblik was een vermaning, en zo sterk onderging Anijs nu zijn uiteindelijke opdracht en bestemming dat alle andere muizenissen hem begaven en hij alleen nog maar kon denken aan het afgeven straks van het reçu. *Mensuur, manufactuur, vraagprijs honderd gulden, eigenaar de heer P. Bennemin, uit de consignatie volgt geen enkele garantie met betrekking tot de verkoop* – al wat erop geschreven stond kwam hem in de zin, vooral ook de laatste bepaling: *provisieloon 0% (zegge nul ten honderd).* Zonder dat zij erover gesproken hadden had de goede Walter het zo opgenomen, en daarna niets meer, geen groet, geen bijgesloten briefje, alleen maar de naam, tevens firmanaam Vedder, zo zakelijk, zo mannelijk, met alle ernst van de vakman op wie een beroep is gedaan. Zijn eigen naam werd in het geheel niet genoemd, feitelijk bleef hij er ook helemaal buiten. Toch vormde het reçu het enige tastbare bewijs van zijn bemiddeling, weshalve hij het goede bericht van de aangenomen consignatie en de honderd gulden ook niet eerder had willen overbrengen, hoe zwaar het wachten hem ook gevallen was: opdat niemand hem van loze beloften kon beschuldigen. Toen hij zijn pas nog versnelde was het niet alleen meer alsof hij Klein Pet en Bennemin achternaging, maar ook of hij hen *inhaalde, ter zijde kwam.*

De eerste huizen haakten zich aarzelend aaneen, even druppelsgewijs als de kom was opgehouden. De weg bleef onverhard en vol kuilen, ook nadat de druppelende bebouwing al een doorgaande straal was geworden. Het enige plaveisel lag rond de kerk in het midden, alwaar ook de twee laatst overgebleven veenschappen hun winkel hadden en de vaart een vertakking kreeg naar rechts. Hoewel achter de meeste ramen licht brandde, maakte de buurt een dermate uitgestorven indruk, dat Anijs niet wist of hij nu extra opviel of misschien juist wel geheel onopgemerkt bleef. Hij stak de brug over, zag vroedvrouw Kiestra nog staan praten met winkelbaas Ochies van de Groningse, en voelde de grond weer zacht worden onder zijn voeten. Zo druppelend als de bebouwing begonnen was, zo abrupt hield ze aan deze kant van de kerk op, alsof zelfs ook zij zich maar liever verre hield van het Veld, en er met de rug naartoe stond terwijl zij de kom haar hand reikte. Al na drie, vier blaffende honden passeerde hij het allerlaatste gebouw, de loods van de NV Hoogeveensche Fabriek voor Houtproducten. Er werd nog gewerkt binnen, het geluid van stemmen en zagen deed hem een ogenblik peinzend stilstaan: zou iets dergelijks niet ook in het Veld mogelijk zijn? Hij moest oprichter Wessels Boer er eens over aanspreken! Wellicht konden de Veldelingen zo uit de turf gehaald worden en in het hout tewerkgesteld – wie beschuldigde hem van loze beloften?

In zuidelijke richting boog het karrenspoor de buurt uit. De vaart lag er nu ter linkerzijde naast, met donker ribbenland daarachter, terwijl rechts de ondergaande zon nog eenmaal onstuimig door de wolken brak. De brenger van goed nieuws is een gelukkig man, maar zonder enige bewoning nu meer tussen hem en het Veld voelde Anijs zijn aangenomen zorg als een helm om het hoofd klemmen. Van de ene na de andere wijk blonk het water op tussen de smalle, zwarte stroken zetveld, en ineens herinnerde hij zich weer wat Pottinga hem verteld had over wat er gebeuren kon wanneer het venstervrijen niet tot zwangerschap leidde: wat zou hij zo aanstonds te zien krijgen? Had hij zijn vruchtbaarheidsmedicijn misschien toch moeten verstrekken? Wat had Johanna eigenlijk al wel niet moeten gestaan, dat Bennemin geen viool meer in huis wilde? Als een vlam laaide de immer smeulende voorstelling die hij zich daarvan gevormd had weer in hem op – maar welke elementen waren waarachtig, welke mogelijk uit eigen verbeelding aan Bennemins relaas toegevoegd?

Met de vuist tegen de borst geklemd balanceerde hij voort over het pad tussen het licht en het donker door, tot het eerste lichtje vanuit de ribben door het wilgenbos drong. Pas na een ogenblik van verslapping hervond hij zijn stap, geschrokken toch nog van de onverhoedse nabijheid, beter al aanwezigheid van de Veldelingen, hoe goed hij ook wist dat ze zelfs daar zaten waar geen burgergezin het zou uithouden, op de drassige droogstroken tussen de tochten. Nog meer lichtjes pinkelden nu op, ze knipoogden naar hem, maar telkens als hij terugkeek verdwenen ze ook dadelijk weer achter een stam – was hij opgemerkt, hadden ze hem al gezien?

Was de omgeving hem goed bekend geweest tot aan de buitenbuurt, van daaraf had hij de wijken moeten tellen om te weten hoever hij was. De twaalfde was de laatste, en heette Elim; aan het einde daarvan woonde Bennemin. Na nog een laatste blik op de zon, die van onderaf met witte, wilde tongen gulzig aan de paarse wolken likte, stak Anijs linksom de brug over en liep hij het donker in, langzamer en met een lichte schroom, alsof hij zich niet meer op de openbare weg bevond maar ergens was binnengestapt, zonder dat iemand hem nog had gezien.

Het karrenspoor was een enkel spoor geworden; hier gebruikte men vooral kruiwagens. Terwijl links langs de wijk het achterste zetveld zich naar achteren uitstrekte, had het terrein aan de andere kant van het pad een volkomen ander karakter gekregen. Het veen lag er nog onafgegraven, en juist de rand van dat glooiende, hoger gelegen, drogere heideveld, toch dicht bij het water, was van oudsher voor bewoning uitgekozen. Later was men ook de afgewerkte vervening ertegenover gaan bewonen, heel die gestrekte, bijna gestreepte doolhof van droogstroken waarvan Anijs al enige lichtjes had gezien, onderling verbonden door talloze vonders over de tochten en aan het pad vastgehecht door weer van diezelfde vonders hier over het Elim, op elke vijftig meter een kram. Die gehele gemeenschap van hutten bijeengenomen heette thans het Veld.

Spoedig zag Anijs de eerste hut zich aftekenen, hoog op de ruige rand van de woeste grond. Waarom die nooit vergraven was wist niemand; nu loonde het niet meer.

'Psst! Er komt iemand aan! Er komt iemand aan!'

Zo ging het gewoonlijk; zo zelden kwam hier bezoek vanbuiten dat de kinderen elkaar het nieuws opgewonden toeriepen, terwijl zij onzichtbaar een eindweegs mee renden door het hoge buntgras in de berm; zo ook herinnerde Anijs het zich van de vorige keer: heel de eindeloze wijk lang had de roep hem om het hoofd gehangen, steeds dezelfde roep maar telkens uit andere mond, zoals het geblaf van waakhonden erf na erf, of ook als een muggenzwerm op een zomeravond bij de wandeling, voortdurend andere muggen maar steeds dezelfde zwerm toch — maar nu bleef het stil. Waren de kinderen binnen, hield Bennemin misschien juist schrijfschool?

Op onregelmatige afstand van elkaar en van het pad regen de hutten zich in slingerlijn aaneen over de heiderand. De meeste waren inmiddels wel voorzien van een raamkozijn en achter sommige ramen zat een man te breien boven een pit, maar niemand zwaaide terug. Allengs kreeg Anijs de gewaarwording dat hij niet alleen ergens naar binnen was gestapt, maar dat het gebouw waar hij doorheen dwaalde ook nog eens verlaten was, op een enkele schim na die hem negeerde. De geluiden vanbuiten drongen nauwelijks meer tot hem door, hij bevond zich al zo diep in het Veld dat de wind alleen nog maar hoog boven hem door de lucht loeide, niet meer om zijn hoofd, en nergens blafte een hond, het bestaan was te schraal hier voor honden. Het was in deze stilte nu dat de veenlucht hem voor het eerst opviel; hij snoof opnieuw, en heel duidelijk rook hij het onmiskenbare moeraszweet, de zure zweem die van onderen uit de grond dampte en vervolgens van bovenaf werd samengeperst door de, eveneens eerst nu opgemerkte, drukkende ban van het vuur en rook houden: voor niemand hier was ooit betaald, nog altijd zag men nergens stenen huizen of ook maar een gemetselde put – benauwd opeens haakte hij een vinger achter zijn boord: had hij de volkskracht hier al wel eerder steeds zien afnemen, nu leek het wel alsof de uiterlijke omstandigheden naar binnen waren geslagen, en de nooit opgeheven voorlopigheid van het afwachten en geduld worden een karaktereigenschap was geworden, een wilsverweking, de verstikkende onverschilligheid die als een deken over iedereen heen lag en waaronder de onkracht tenslotte vrij spel zou krijgen.

In gedachten verzonken zag hij ze pas op het allerlaatst, de twee kleuters die in de berm zwijgend zaten te zoeken naar wormen en slakken voor de kip – maar zij zagen hem nog later, terwijl hij zich al vriendelijk en met een cent in de hand over hen heen boog, steeds dieper, tot hij het hoofd stootte tegen de volstrekt onbewogen, glazen blik waarmee de eerste kleuter hem plotseling aanstaarde. De ziekelijk bolle ogen van de tweede deden hem terugdeinzen, en terwijl zijn glimlach nog verder verstarde tot een pijnlijke grimas wist hij pas na een korte verwarring de cent toe te steken – maar de kleuters keken al weer naar de grond. Was de volkskracht nu dan al zo verkwijnd, dat zelfs ook de kinderen zich al niet meer konden verbazen of opwinden?

'Ik kom terug,' sprak hij, zich van het afgestompte tweetal losscheurend alsof hij een pleister was en zij de wonde, en met een bevangen blik in het rond wist hij weer: dit was het Veld, hier leefden de turfgravers op alle dagen rogge, verdaan zonder zorg of medicijn – Amshoff zat bij Halink! Bevend van woede en erbarmen vervolgde hij zijn weg, terwijl de ruige rand op schouderhoogte langs schoof met daarop de silhouetten van de hutten, hier en daar een vliegden en soms een eenzame geit aan de tuier.

Het huis van Bennemin, het enige steenhuis hier, kwam pas te zien nadat hij het voorlaatste huis al voorbij was. Het lag nog weer iets hoger dan de andere, op de zandkop vlak voor het einde van de wijk, en tekende zich tegen de lucht af met een aardappelschuur ernaast en de oude den van het achtererf. Een helder licht scheen door het zijraam, en in de volle zekerheid nu dat ze in elk geval thuis waren drukte Anijs zijn hand op zijn binnenzak, als om zich andermaal te vergewissen van zijn voorrecht honderd gulden in het vooruitzicht te mogen stellen. Juist wilde hij zijn pas nog versnellen of een merkwaardig gezelschap kwam hem vanaf de andere kant van het huis tegemoet. Er klonk onderdrukt gelach, iemand sloeg een roffel op een blikken trommel en onwillekeurig verborg Anijs zich achter een boom van het berkenbosje iets opzij. Hadden ze hem al gezien?

Moeizaam kwam de troep naderbij, men voerde iets zwaars met zich mee, een in het wit gehuld lichaam, een liggende figuur die zelf niet leek te kunnen lopen en af en toe rechtop werd gezet: dan werd er iets aan zijn uitdossing verschikt en klonk er weer dat onderdrukte gelach, niet zozeer vrolijk als wel opgewonden, waarna het weer verderging, nu al bijna voorbij het huis.

Waar kwamen deze luidruchtige lieden vandaan, terwijl er verderop niets dan leegte was? En al kwamen zij uit de ribben, waarom dan deze omweg rond de kop van de wijk en niet een eerdere vonder en het pad langs de hutten genomen? Het was duidelijk dat zij iets heimelijks in hun schild voerden, maar ook dat zij, onaantastbaar kennelijk, daarbij de dekking van de heimelijkheid eigenlijk al niet meer nodig hadden, en tijdens hun heimelijk bedrijf zelfs op de trommel konden slaan zonder dat iemand dorst ingrijpen, ongeveer zoals Sieger vanaf zeker moment plompverloren door de voordeur was komen kweesten.

Dichter nog drukte Anijs zich tegen de stam aan. Vlak voor het huis nu werd de witte figuur opnieuw rechtop gezet en uitgebreid gesoigneerd, waarna men echter niet meer verder ging maar met de vuist op de deur sloeg—hij hoefde ze helemaal niet te laten passeren, ze moesten bij Bennemin zijn, natuurlijk: ze moesten al een jaar lang bij Bennemin zijn! Aangejaagd door een jeukende drang voorwaarts kwam hij uit zijn schuil en schoot hij zonder nog na te denken van boom tot boom toe door het donkere berkenbosje; reeds betrad hij zijdelings het erf, en met de wegdraaiende aardappelschuur in zijn ooghoek bracht hij, uiterst behoedzaam opeens, zijn gezicht bij het zijraam. Het bonzen moest binnen verschrikkelijk zijn geweest.

Een heel gewoon huisgezin bijeen in de avond, ieder in eigen bezigheid verdiept, vader Bennemin en Johanna breiend bij de haard terwijl moeder het eten klaarmaakte en Klein Pet haar hielp—maar het beeld was verwrongen; niemand bewoog; iedereen zat met het gezicht naar de deur gedraaid. Hel maar flikkerachtig trilde het licht van brandend kienhout in de kleine ruimte; de geblakerde rookvang erboven leek enorm; de dwaas Lubber was er ook.

Er werd opnieuw aangeklopt. In de ontzetting keek men nu naar elkaar. Oneindig traag knikte vrouw Bennemin naar Bennemin dat hij open moest doen, maar nu zwaaide de deur al vanzelf open. Om niet alsnog gezien te worden trok Anijs werktuiglijk zijn gezicht iets weg van het raam en het walmende pitje op de vensterbank, de blik vastgeslagen op de zes, zeven jongkerels rond de witte figuur in de deuropening—maar nu eiste Johanna zijn aandacht op.

Zwevend overeind gekomen, het wassen gezicht naar de deur gekeerd en haar vader, moeder, Klein Pet en Lubber in een halve cirkel achter zich, leek zij wel op een beeld in een nis. Als onmiskenbaar doelwit van wat er gebeuren ging was zij ineens het absolute middelpunt gaan vormen, en weerloos staarde zij naar het bonkend binnenkomen van de huisbrekers, de beeldenstormers die op hun beurt weer een eigen personage als middelpunt bij zich hadden, de witte gestalte die nu een pop bleek te zijn, een dikke wilgenstam met een doktersjas aan en een gevulde kussensloop als kop, met twee zwarte kraalogen, een strohoedje op en een pijpje in de mond—het was de kolden vrijer.

Krom van deernis onderging Anijs alle volkskunde terzake, die als een vuurpijl in hem was afgegaan. Dus Sieger had zich ten leste dan toch van Johanna losgemaakt, wegens de gebleken onvruchtbaarheid, en nu moest zij met de pop gaan trouwen, die hem verving; er ging een spotbruiloft plaatsvinden, vanavond werd Johanna voorgoed als vrouw afgeschreven en veroordeeld tot levenslang ongehuwd blijven; het feest was een vonnis.

Een nieuwe roffel op de blikken trommel klonk zeer duidelijk door het dunne glas heen. Vier knapen waren doende de voet van het zoorholt over de drempel te tillen, waarna anderen het tot vlak voor Johanna wrikten en rechtop lieten kantelen. De kolden vrijer was iets langer dan zij. Een van de knapen streek nog een plooi uit de doktersjas, zonder enige twijfel die van Amshoff, gestolen uit het Korremorre, en kroop achterwaarts terug naar de rest, waar hij opstond en met zijn lichaamslengte verried dat hij niet ouder dan tien, twaalf jaar kon zijn: het was een padjongen, er waren ook padjongens bij, ineens stonden er overal padjongens in de troep, en meer nog dan de jongkerels op de achtergrond glommen ze van opwinding, hunkerend naar toestemming om iets te doen.

Een weeë misselijkheid deed Anijs het gelaat afwenden, en in een poging zich een ogenblik te verliezen in onbeladen kleinigheden staarde hij tussen het huis en de aardappelschuur door weg in de open avond. De zwarte bol die aan de hoek van het uitstek hing moest de bijenkorf zijn, teruggehaald al van het veld voor de winter — hij had er wel eens was uit gekocht voor zijn pleisters, maar toch ook al om te helpen; iets dichterbij in de zijmuur stond een raam op een kier — dat moest het vrijvenstertje van Sieger zijn geweest, tot hij de voordeur verkoos. Wie van de jongkerels was Sieger eigenlijk? Willoos draaide Anijs zich terug naar het raam.

De kamer leek leger nu, alleen Johanna en de kolden vrijer stonden nog tegenover elkaar in het midden, een bruidspaar omringd door de beide families, die van hem spiegelbeeldig opgesteld nu tegenover die van haar. Anijs herkende Sieger onmiddellijk, niet alleen aan dezelfde pijp die uit de mond van de pop hing maar ook aan de voldane grijns waarmee hij zich koesterde in zijn voorname rol van afwijzer en de centrale plaats tussen zijn vrienden, die vanavond alles aan hem te danken hadden.

Het roffelen hield op.

'Gedicht! Gedicht!'

Vier padjongens traden uit de grote kring naar voren. Roerloos luisterde Johanna naar wat de knapen met schelle stem begonnen op te zeggen. Zelfs schuin van achteren, aan haar opbollende wang, zag Anijs dat zij er in opperste zelfbeheersing bij glimlachte. Vader Bennemin, terug in zijn stoel gevallen, kon alleen nog maar met open mond toekijken, net als zijn vrouw, Klein Pet en Lubber.

> *Wilt dit beeltenis aanschouwen*
> *Want het zal u wel berouwen*
> *Sieger gaat een ander trouwen*
> *Voortaan zult gij achter staan.*

Hamerend als een aftelvers was het eruit gekomen, onder vierslagbegeleiding van de blikken trommel en met een felheid alsof iedere lettergreep een beet was. Maar nog ging het verder, de ceremonie kon, gelijk het drijfwerk van een automaat, slechts op één manier aflopen, namelijk met ook de allerlaatste slagen van het tandrad, welke inhielden dat de afgewerkte jongvrouw de heren bedankte voor de bewezen attentie, en vervolgens vroeg of zij misschien iets wilden gebruiken — en als een automaat verrichtte Johanna het dankzeggen ook, met de handen tegen elkaar gedrukt en lichte hoofdbuigingen in het rond. Hoe scherp Anijs het alles ook zag, verstaan kon hij Johanna niet, maar toen de ordelijke cirkelopstelling uiteenspatte in chaos en rumoer, plotseling alsof iemand met een stok op een bijenkorf sloeg, wist hij dat nu ook de drank was aangeboden.

Zo hittig als het binnen toeging, zo ijzingwekkend was de koude hand waarmee de onstuitbaarheid van dat al hem nu om het hart greep. Nee, dit gebruik verdroeg geen inmenging meer, laat staan verzet, en zo verwezen als Bennemin in zijn stoel zat, peilloos diep weggezakt in de kloof tussen wat hij moest en wat hij niet mocht, van hen niet die hij nog had leren lezen, pro Deo meest — bij die aanblik werd het ook hem slap in de benen, en moest hij zich steunen aan de muur.

Soms kwam Johanna op korte afstand voorbij met balletjes, terwijl een grapjas, fluitend tussen zijn tanden, het zoorholt liet meedraaien in het midden en haar moeder bijschonk uit de kruik. Zonder zelfs maar opzij te kijken stak Sieger zijn lege glas uit, heel achteloos, maar toen Anijs het zag kon hij zijn blik er niet meer van losmaken: hij kende dit beeld al, hij had het eerder gezien, in een ander medium, in zijn droomgezicht naar aanleiding van Bennemins relaas — altijd had hij dit element aan zijn fantasie toegeschreven, daar er in dit huis immers geen jenever te verwachten viel, maar nu het reëel bleek, zou dat andere, nog veel onwaarschijnlijker element van de openlijke paring, in de gezinsboezem staand tegen de muur, dan niet ook werkelijk gebeurd kunnen zijn?

Weer een roffel, een raadsverordening.

'Muziek! Muziek! De viool! De viool!'

Wanneer Bennemin de viool niet had weggedaan zou hij er nu op hebben moeten spelen. Het duurde enige tijd alvorens de afwezigheid van het instrument tot het beroesde begrip doordrong. Men had Bennemin al uit zijn stoel omhooggetrokken, toen liet men hem weer terugvallen en klapte men ter vervanging in de handen, terwijl ook de trommelaar weer lustig mee roffelde op de maat.

'Dansen! Dansen!'

Het bal ging beginnen, en Johanna moest het openen. In schuchtere omhelzing stond zij met de kolden vrijer in het midden van de nieuwgevormde kring. Onder gierend gelach duwde een van de jongkerels haar dichter tegen het zoorholt aan, een ander voorkwam dat het omviel en bleef de stam van de andere kant tegen haar aan duwen en zo dan, van voren en van achteren ingeklemd tussen twee verharde lichamen, draaide Johanna onwezenlijk vertraagd rond, ontzaglijk in haar schande, terwijl een padjongen, meekruipend over de grond, onder haar rokken omhoogkeek en Lubber slechts met moeite door de andere padjongens in bedwang gehouden werd aan de zijkant.

Anijs kon niet meer blijven kijken, maar ook niet weggaan; uit piëteit hield hij de ogen afgeslagen en onderwijl frommelde hij nerveus aan het reçu, handenwringend van onmacht: hoe kwijnend lag hier niet het zout en het zaad in de zonde gestrooid — iedereen was ziek, maar Amshoff zat bij Halink; de ziel verstierf, ál zwakker zonder zede — en nergens medicijn! Zijn hoofd begon te bonzen, en als

bloed steeg de formule hem naar het hoofd die hij tegenover Vedder nog had uitgesproken en doen verwaaien in
de lucht, maar die hij nu, bindend en onuitwisbaar, neer-
schreef op zijn hart: 'Er zal een algemene medicatie zijn...'

Een stoel viel om, gelach, gestommel. Zwaar hijgend
bracht Anijs zijn gezicht terug naar het raam, duizendmaal sterker aangetrokken door het licht dan dat het ont-
dekkingsgevaar hem nog afstootte. Zijn adem besloeg tegen het glas, hij veegde de wasem weg en zag Johanna,
nog aldoor dansend, deinend in dubbele omhelzing, oneindig langzaam uit de draai naar hem toe wentelen. Haar
gezicht glom glad als ijzer, veel te hard en te hol om nog
te huilen, met de ogen half geloken. Anijs kon zich er niet
meer van losmaken, en ineens keek zij hem recht aan.

Alles stond stil, haperde, sloeg suizend een slag over—tot
de stilte herademde, het tumult weer naar buiten brak en
Johanna verder draaide, terwijl Lubber kronkelde onder
de padjongens en vrouw Bennemin maar daas doorging
met bijschenken, zo de ontucht flamberend die zij blussen
wilde.

'Honderd gulden!'

Terwijl Johanna hem al niet meer aankeek leunde Anijs
nog steeds met zijn voorhoofd tegen het glas, zonder enig
besef van hoe hij er vanuit de kamer uit moest hebben
gezien, met het reçu in een onwillekeurig gebaar opgeheven tot vlak naast zijn hoofd.

Zo ijl en stil was haar blik over hem heen gegleden,
zonder enige verbazing maar ook zonder herkenning, als
een schaduw, dat hij niet meer wist of hij het bedrag nu
gefluisterd had of alleen maar gedacht, en toen hij nog
juist zag hoe zij hemelend met haar ogen rolde, bijna voorbij gedraaid nu, was het of hij het geluid kon horen: twee
ronde kogels in een weegschaal.

HOOFDSTUK VIII

Een man als E. Nigma

Hoezeer overheerste het hotel hem niet sedert het eerste krantenbericht, hij kon zich het leven voordien al niet meer voorstellen.

Vijftigduizend gulden, hij bezat vijftigduizend gulden, nu al, in papiergeld, zijn huis belichaamde vijfhonderd biljetten van honderd gulden, waarvan de nominale waarde bankvast gedekt werd door de behoefte van Victoria aan de kadastrale ruimte die het innam, de intrinsieke waarde evenwel die van vijftig blaadjes papier niet meer overtrof: het ging gesloopt worden; de intrinsieke waarde lag in het verleden, de nominale in de toekomst — kortom, het vooruitzicht op een bestaan als rustend burger hield hem in een rusteloze staat van opwinding. Waar bleef Ebert?

***

Wat weelde, de Bennemin-viool in de zaak en nu ook de Syde-viool, voor reparatie: dadelijk de volgende ochtend werd hij ermee werkzaam. Hij draaide de snaren los, liet de kam op de werkbank glijden en nam het staartstuk af. Naarmate de welving in bovenblad en onderblad met het wegvallen van de druk toenam, kwam de ertussen geklemde stapel losser te staan. Wetend dat het gebeuren zou wachtte hij tot hij die hoorde omvallen, toen was de ontklede viool klaar voor de ingreep. Buiten liep een schoorsteenveger voorbij; vanaf het station klonk heel zacht het geroep van werklui.

De romp moest droog worden opengemaakt. Hij perste de kaken op elkaar, stak een bot mes tussen zijkant en bovenblad, daar waar de lijm het dunst was, en beet nog harder op zijn kiezen voor het vervolg: hoe sneller hij sneed, hoe minder de schade, tenzij hij haken bleef in het hout. Een hard, schrapend geluid, de brosse beenderlijm brokkelde weg; opnieuw insteken en weer een haal – in vier keer was hij rond, zonder een schram, de zijkant moest volmaakt recht gesneden zijn. Hevig zwetend opeens, met het losse bovenblad in zijn ene hand en de stapel in de andere, boog hij zich het volgende moment voorover naar het inwendige van de eeuwenoude viool op zijn schoot.

Ook de fameuze Van der Syde had zich niet aan de gewone combinatie van vuren voor het bovenblad en ahorn voor het achterblad kunnen onttrekken, maar zijn ahorn was wel ongewoon fraai gevlamd. Gevrijwaard van lak en licht was het oude hout nooit verkleurd, en blank gebleven als billen in de broek. Het etiket vermeldde in bleekbruine inkt *Syde fecit t'Amsterdam* A.D. *1692.* Ofschoon nu al geruime tijd niet meer, getuige de verdroogde lijm, was de viool reeds vele malen open geweest, want overal waren de sporen te zien van vroegere reparaties, grotere en kleinere, eerdere en latere, zoolplaatjes, voeringen en verzinksels, altegaar weer even alledaags als het vuren en ahorn; ja waarlijk was het gewone van deze bijzondere viool nog wel het meest bijzonder – maar waar bevond zich de ritsel, de rammel, de ruis?

Met zijn knokkel tikte hij een aantal malen tegen het bovenblad: niets. Vervolgens blies hij het stof uit de romp en tikte hij van alle kanten ook daartegenaan: weer niets. De resonantie trad kennelijk uitsluitend op bij het aanstrijken van een snaar; telkenmale na het wegnemen van een mogelijke oorzaak zou hij eerst de viool weer in elkaar moeten zetten en bespannen om de proef op de som te kunnen nemen.

Als kompressen lagen de natte, katoenen doeken op het hechtvlak van bovenblad en zijkant. Na een paar uur weken veegde hij de laatste lijmresten weg. Mogelijk had zich daarin ergens, ooit, bij het uitharden mettertijd, een holte gevormd met een minuscuul lijmkristal erin; wanneer hij de viool nu met nieuwe, warme lijm in elkaar zette, zou het probleem misschien al verholpen blijken – maar misschien ook niet. Misschien was het ook al wel opgelost toen hij het stof wegblies, of bij het tikken tegen het hout – een onweerstaanbare aandrang om het bovenblad weer vast te lijmen teneinde zekerheid te verkrijgen maakte zich van hem meester, maar tegelijk besefte hij ook dat het trillichaam overal elders verborgen kon zijn, onzichtbaar ergens onder de inleg, in een barstje of onder een van de vele zoolplaatjes, en dat hij het derhalve ook overal verwijderen kon, zonder dat evenwel terstond te weten; daarvoor moest hij eerst de viool weer in elkaar zetten, maar hij moest óók eerst verder zoeken: hij kon niet na ieder kleinigheidje de viool dichtmaken, aanstrijken en dan, wanneer het toch ergens anders zat, weer openen; dat ging veel te lang duren – maar moest hij nu werkelijk voort speuren naar iets dat er mogelijk al helemaal niet meer was?

Wegstarend naar buiten fronste hij het voorhoofd, eerst met een gevoel alsof hem iets begon te dagen, toen alsof hij het juist niet meer begreep, ongeveer als iemand die een sterrenbeeld aan de hemel ontdekt en dan tussen de sterren door kijkt.

* * *

Wat later, maar nog op dezelfde dag, belde hij aan in de Hasselaerssteeg. Juist op dat moment kwam Rossaert naar buiten, gekleed in zijn zwarte kelnerskostuum en met zijn enorme, rode snor opgedraaid, zodat het leek of hij twee pijpen onder de neus had, waarvan de mahoniehouten koppen aan weerszijden los in de lucht staken.

'Rossaert, goed dat ik je nog tref, het gaat over Theo! Straks is hij jarig, en dan zou jij hem inlichten omtrent zijn ware achtergrond als vondeling, stadsbestedeling en pleegkind, weet je nog dat we het daarover hadden? Maar laat ons liever nog een jaar wachten, hij wordt pas zestien en om dan zoiets te horen te krijgen... arme jongen! Wat denk je? Of heb je het al gezegd? Je vrouw ook niet?'

Theo wist nog niets; Rossaert vond het goed; Vedder herademde.

'Fijn, Rossaert, we doen het voor de jongen. Soms is hij zo stil tegenwoordig dat ik wel eens denk... je weet het toch wel zeker, ook van je vrouw? O gelukkig, kijk aan... misschien zagen jullie er zelf ook wel tegen op... ik ben ervan overtuigd dat het voor iedereen... nu goed dan Rossaert, ik wil je niet langer... voorlopig weten we... je moet naar je werk...'

Hoe ongewoon een handdruk tussen goede buren ook, na dit onderwerp wilde Vedder niet zonder afscheid nemen, maar nu stak Rossaert een vinger op: er was toch een probleem, vanaf de zestiende verjaardag betaalde het fonds geen pleeggeld meer, dan werden de bestedelingen geacht om zelf hun kost en inwoning te betalen, als de gewone commensalen die zij tenslotte immers waren — maar wanneer zij die waarheid nog een jaar opschortten zou het wel erg vervelend zijn om Theo nu al het volle pond te vragen — zoveel betaalde geen enkele jongen aan zijn ouders, zijn loon was ook nauwlijks hoger dan het pleeggeld, hij zou bijna niets overhouden; tegelijkertijd stond het kelnersloon hun helaas geen liefdadigheid toe, ook al legden zij nu al vaak genoeg erbij...

'Ho maar Rossaert, ik begrijp het,' zei Vedder, heel de

tijd al vergeefs met zijn handen zwaaiend om de klacht af te breken; vlakaf informeerde hij naar het bedrag, even vlakaf verklaarde hij de volle som op zich te willen nemen en weigerde iedere uitleg zijnerzijds, elke dank van Rossaert. 'Geen woord hier meer over, ik ben alleen maar blij om ook iets te kunnen doen, dat is veel belangrijker, vooral ook nu ik merk hoe moeilijk Theo het soms heeft. Ja Rossaert, ik zie het wel, hij wendt zich van ons af, hij sluit zich op, en zoekt liever het gezelschap van vrienden dan van iemand die als een vader voor hem is...'

Ergens kakelde een kip, verder was het stil in de steeg. Rossaert haalde zijn neus op en wreef met zijn schoen over het plankier, verlegen als een schooljongen nu iemand hem in zijn verdriet doorgrondde, en zo aandoenlijk om te zien dat Vedder hem opbeurend en vol begrip toelachte: tegenover Martha een paar dagen geleden had hij zich niet anders gevoeld!

'Maar dat is de leeftijd ook, Rossaert, de leeftijd, dat trekt later weer bij, en dan zal hij op de een of andere manier toch in je voetsporen willen treden... En nog weer later, als hij de waarheid niet alleen heeft leren kennen maar ook aanvaarden, misschien dat hij alle van jullie ondervonden zorg en liefde dan nog wel hoger zal waarderen dan nu, want de ouderliefde is een natuurlijk gegeven, een vanzelfsprekendheid, een reflex en een instinct, terwijl jullie hem in alle vrijheid hebt geholpen en liefgehad... Ooit zal het zo zijn, Rossaert, maar verwacht het niet te snel, en laten we hem toch eerst nog maar een jaar jong laten zijn... Goedemiddag!'

Zonder Rossaert nog te zien stak hij hem andermaal zijn hand toe, volgeschoten opeens, en pas toen hij zich bruusk had omgedraaid en de steeg uit liep ervoer hij hoe sterk Martha's jeugdkunde hem steunde, hoe sterk de algemeenheid van Theo's afstandelijkheid hem troostte.

In de namiddag zat hij weer met de viool aan de werkbank. Hij wilde die toch niet sluiten zonder iets meer te
doen dan blazen en kloppen alleen. Een oude barst in het
bovenblad, onkundig hersteld met beenderlijm, kwam als
eerste voor onderzoek in aanmerking. Uiterst voorzichtig
verwijderde hij het zoolplaatje, dat na de verlijming indertijd ter versteviging op de barst was aangebracht om de
weerszijden bijeen te houden, waarna hij de barst opnieuw
kon openbreken: hij kneep de ogen half dicht, een korte,
klinische beweging met de handen, een krakend geluid—
en afgemat ineens staarde hij filosofisch fronsend naar
buiten. Wanneer er ergens in of onder de weg brokkelende
lijmresten een trilholte had gezeten, zou het nu al onmogelijk zijn om ooit nog te zeggen waar, en daarbij, zoals
reeds eerder beseft: wanneer de resonantie straks verdwenen bleek, zou het ook van het kloppen of blazen kunnen zijn. Andermaal gewerd hem een gevoel van dagend
inzicht, en weer sloeg het om in onbegrip en benauwdheid
zodra hij het werkelijk trachtte te begrijpen, met een nog
grotere duisternis tot gevolg dan voor het dagen.

Het uitwassen van de spleet verliep vervolgens in alle
rust, en op de meest zorgvuldige wijze werd de barst weer
dichtgemaakt, nu uiteraard met taaie huidenlijm, en
voorts door aan beide kanten provisionele houtblokjes te
lijmen, die gedurende het drogen met een speciaal klemmetje naar elkaar toe werden getrokken. Intussen sneed
Vedder voor na het drogen alvast een nieuw zoolplaatje
uit, in de vorm van een parallellogram.

De derde dag om negen uur 's avonds was hij zover dat
de viool weer dichtgemaakt kon worden. Hij maakte zijn
lijm warm in mariabad, verhitte boven een spiritusvlam
ook het hout van het hechtvlak, opdat de lijm langer

warm zou blijven, en drukte toen, zonder nog te ademen, het bovenblad vast op de romp, waarna hij het geheel koortsachtig fixeerde met twintig spanhaken in het rond. Hij hoorde een kerkklok slaan, besefte dat hij nog een nacht geduld moest hebben alvorens er zekerheid kwam, aangezien de lijm pas morgenochtend voldoende droog was om de stapel te kunnen zetten en de snaren op te spannen—en hield het ineens niet meer in huis uit.

**

Hoe lang leek het al wel niet geleden dat Ebert geweest was, door het deerlijk wachten—maar nu hij hem daadwerkelijk zocht was het of hij nog maar net om de hoek verdwenen was en hij hem *achternaliep.* Zou Theo bij hem zijn?

Het was al volkomen donker, maar bij het licht van booglampen werd er nog doorgewerkt aan het station. Hij sloeg de hoek om, sprong zonder nadenken op de paardentram en merkte nu pas, bij het eraan toegeven, hoe sterk heel de dag al zijn drang naar het American Hotel was geweest, en ook hoezeer hij zich gehaast had om vandaag nog de viool te kunnen sluiten, opdat hij het Ebert vertellen kon mocht hij hem straks wellicht tegen het lijf lopen: het was donderdagavond, de bouwmeesters van Architectura hielden hun wekelijkse bijeenkomst in de nieuwe biljartzaal, mogelijk was Henkenhaf zelf wel aanwezig!

Om niet op te vallen stapte hij een halte eerder uit. Het was druk in de Marnixstraat, maar met gedempte, afzonderlijke geluiden, zonder doorgaand geraas, als in een binnenruimte. Bij de kaarsenfabriek kwam er juist een groep waspitten de poort uit, ze zwaaiden met hun rokken naar een nachtploeg van de naburige suikerraffinaderij, daarna was het even helemaal stil. Draailings op de stroom liet hij zich mee naar achteren voeren, langs walmende asfaltketels, door flarden van gesprekken, zoete zwemen in de lucht of de stank van de beenzwartbranderij. Verderop deinde een ruiter hoog boven alle hoofden uit, en er liepen ook heren in rok mee, op weg naar het Concertgebouw misschien, of naar de Stadsschouwburg links achteraan, of misschien ook wel naar het American Hotel op de overliggende hoek – reeds tekende het licht zijner bestemming zich als een triglief van gloeiende uitroeptekens af in de donkere gevelwand, steeds breder naarmate hij dichterbij kwam, en op het laatst ook steeds hoger, te hoog om vanaf de stoep onderlangs nog naar binnen te kunnen kijken. Werktuiglijk posteerde Vedder zich aan de overkant, ruggelings tegen de schouwburg gedrukt.

De biljartzaal had drie grote boogramen, zoals thans overal in zwang, en lag anderhalve meter boven straatniveau, op een basement met blinden. Wanneer er nu een heer aan het venster kwam, zou hij hem bijna vanaf gelijke hoogte aan kunnen zien. Van de heren die binnen waren kende hij er genoeg, van naam en gezicht, zoals een aantal van hen omgekeerd ook hem moest kennen, maar dan alleen bij zijn pseudoniem: hij kon iedereen recht aankijken zonder herkend te worden; als hij straks bij het uiteengaan misschien met zijn schouder tegen een van die heren aan stootte, zou die niet weten dat hij Veritas was – ook Ebert niet, al zou die hem uiteraard wel herkennen en begroeten! En wanneer er een andere heer naast hem liep kon dat heel wel Henkenhaf zijn, te ontmaskeren met een even vrijpostige als eenvoudige opmerking: 'Goedenavond... ik ben Vedder... van 46!'

Om vanaf hier zo naar binnen te kijken, terwijl hijzelf volstrekt anoniem buiten stond en het passerende publiek langs hem heen streek – allengs verloor hij zich in het staren, heerlijk verstijvend tot een roerloze schildwacht.

Machtig verhief het hotel zich tegen de zwarte hemel, en bij de gedachte dat zijn Amerikaanse neef achter een van die ramen in de hoogte verblijf hield voelde hij zichzelf ook verheven worden; wat voor beroep zou Al eigenlijk hebben, dat hij zich deze accomodatie permitteren kon?

Verzaligd boog hij zijn blik weer omlaag naar de biljartzaal, de ramen waren zo schoon, het licht binnen zo helder, en toen er een heer aan het venster trad leek alles aan hem even scherp, het wit van zijn plastron, de glans van zijn pommade, de tekening van zijn snor in zijn gezicht. Vervolgens verschenen er twee heren tegelijk, verdiept in onderling gesprek, daarna weer een eenling – maar nog had hij niemand gezien die hij kende: moest hij overgaan tot het onmogelijke, en trachten de portier om de hoek te vermurwen met een drinkgeld? Zou hij als een verlate invité van het genootschap niet domweg door durven lopen, zonder de pas in te houden, slechts zijn visitekaartje door de lucht zwaaiend als een universeel visum?

Hij huiverde, wrong zijn handen en sloot heel even zijn ogen. Toen hij weer voor zich keek bleef er juist iemand met een handkar pal onder het middelste raam stilstaan, een oude man die de wielen nog iets verreed, vervolgens doodgemoedereerd op de bak klom en zich steunend aan de muur verder overeind werkte. Willoos als in een droom stak Vedder de straat over, prompt en zonder bedenking, en nog voor de grijsaard de vensterbank vastgreep om zich helemaal rechtop te trekken stond hij al naast hem. Een indringende, nasale stem weerkaatste tegen het glas tot in het donker onderaan de muur.

'Juist ja, daar zitten ze weer, de heertjes, nu drinken ze nog, maar straks komt er een souper...'

Omhoogkijkend zag Vedder niets dan de onderkant van de enorme vensterbank, voor hem boven reikhoogte, maar de oude kon er vermoedelijk juist zijn kin op laten rusten.

Praatte hij eigenlijk in zichzelf of tegen hem?

'En na het eten... jawel... dan gaan ze weer drinken... Dat eist de symmetrie! De heertjes erkennen dat basisbeginsel van de architectuur niet alleen in hun werk, zij leven er ook naar! Zij zijn klassiek, en tegelijk ook romantisch, net als Goethe, of de gotiek! Hun drinken evenaart de zijbeuken van een kathedraal... Wat? Nog hoger bouwvorm is de brug? Neemt u mij niet kwalijk heren, natuurlijk, zoals u wilt – maar wat is een brug zonder twee oevers? Proost!'

De oude ging zo op in zijn geveinsde dialoog, dat zowel de indruk van het in zichzelf praten erdoor versterkt werd alsook die van een opvoering voor derden – Vedder wist het nog steeds niet, zeker was slechts dat geen woord van het gesprokene kon doordringen tot hen van Architectura binnen.

'Kijk aan, jawel, daar komt de eerste schaal! Zei ik het niet? Ach ja, ik ken u toch, ik ken u al zo lang, en u kent mij ook, al weet u niet wie ik ben... Nigma, E punt Nigma, E. Nigma.. aangenaam!'

Vedder verstijfde met het hoofd in de nek: het was E. Nigma, hij stond hier naast E. Nigma, de grote E. Nigma had zich daarnet aan hem voorgesteld – of niet, en viel ook dat voorstellen nog binnen de gespeelde dialoog met Architectura? Maar dan nog werd die uitsluitend voor zijn oren opgevoerd, waardoor de laatste woorden hoe dan ook tot hem gericht bleven – of waande E. Nigma zich soms werkelijk in gesprek met binnen? Niets wees erop dat hij hem zelfs ook nog maar had opgemerkt – maar toch – in de heroverweging was er geen enkele twijfel meer mogelijk – kon die laatste zin niet anders dan tot hem gericht zijn: 'U kent mij, al weet u niet wie ik ben... Nigma, E punt Nigma, E. Nigma... aangenaam!' – kon het nog duidelijker?

'Ritas!' haastte hij zich eindelijk terug te roepen. 'V

punt Ritas... Veritas... u kent mij ook, al weet u evenmin wie ik ben! Aangenaam!'

Zelfs vanuit de diepte, schuin van achteren, viel nog te zien hoe E. Nigma's wang even opbolde onder wat een glimlach van herkenning moest zijn, maar nog keurde hij hem geen blik waardig. Het deerde Vedder niet, die kennelijk gekoesterde afstandelijkheid tussen hen werd meer dan goedgemaakt door het feit dat hij zomaar, onbedenkens, overweldigd en ontwapend door de roem van de ander, tegenover dezelve zijn eigen pseudoniem had bekend...

'Ik ken u niet, maar weet wel wie u bent...'

Bevangen bleef Vedder omhoogkijken: had E. Nigma nu zijn zin gecorrigeerd door die om te draaien, of was hij, zonder ook maar in het minst op hem te reageren, eenvoudig doorgegaan waar hij was opgehouden, met het definitief bepalen van de onderlinge verhouding tussen hem en Architectura? Zo effen en onverstoorbaar klonk zijn stem, dat hij inderdaad wel een enkele gedachtegang leek te hebben uitgesproken, in dat geval dus nog steeds tegen de heren binnen: 'U kent mij, al weet u niet wie ik ben; ik daarentegen ken u niet, maar weet wel wie u bent,'—maar zo was het immers ook! Iedereen van Architectura moest E. Nigma wel kennen, maar toch wist niemand wie hij werkelijk was; omgekeerd wist E. Nigma heel goed wie die heren binnen waren, ook al kende hij hen misschien niet persoonlijk—maar wanneer E. Nigma zich nu eens tóch tot hem had gericht, dan waren zijn woorden al even waar, dus dat kon óók: E. Nigma kende hem inderdaad niet, maar wist wel degelijk wie hij was... Veritas namelijk, dat had hij hem daarnet zelf verteld—wat was er eigenlijk zo vreemd aan, om te denken dat E. Nigma heel gewoon op de onthulling van zijn pseudoniem had gereageerd? Alhoewel: wat stelde die onthulling voor, zolang hij er niet ook zijn ware identiteit aan toevoegde? E. Nigma wist nu wel dat hij Veritas was, maar vooralsnog hield die kennis niet meer in dan dat Veritas een man was—maar dat wist hij van tevoren ook al wel! Viel nog aan te nemen dat een man als E. Nigma op zoiets zou reageren?

Vedder moest zijn hoofd laten zakken, zijn nek deed pijn en wankelend op zijn benen ineens greep hij zich vast aan de kar. Had eerst de immense vertrouwelijkheid van zijn onthulling hem al het bloed naar het hoofd gestuwd, nu deed de volslagen futiliteit ervan hetzelfde; hij kon rustig tegen iedereen vertellen dat hij Veritas was, zolang het maar vreemden waren; hij had zich daarnet wel bekendgemaakt, maar tegelijk toch ook weer niet! Ineens werden al E. Nigma's raadsels over hem vaardig, de man scheen ze nog wel groter te willen maken in plaats van ze op te lossen, en in een pijnlijke grimas kneep Vedder zijn ogen toe, duizelig van wat hij heel even allemaal had begrepen en nu al niet meer...

'Ja hoor, daar gaan we weer, architect Springer brengt een heildronk uit op Krasnapolsky naast hem, heel goed, en daar komt de directeur van het American Hotel zelf ook binnenwandelen, onze goede August Volmer, natuurlijk—August is in de horeca immers begonnen als kelner bij Krasnapolsky? Ach, hoe lang is dat nu al niet geleden, Springer had er toen nog geen vermoeden van dat hij ooit nog eens voor Krasnapolsky een bodega in Londen mocht tekenen...'

De stem alleen reeds trok hem terug in de tegenwoordigheid. Vlak voor zijn gezicht zag hij twee gestrekte voeten, alsmede een ijzeren ketting in de bak, maar onmiddellijk stuwde hij zijn blik ook weer omhoog. Nu E. Nigma op zijn tenen stond was zijn hoofd bijna niet meer te zien en leek hij wel naar binnen te willen klimmen—hoe ontnuchterend, maar tegelijk ook juist beroezend en opwindend was het niet om hem al die illustere namen te horen opnoemen; nauwelijks bedwong Vedder zich nog om hem aan zijn broekspijp te trekken, en gulzig, gretig, vol verstandhouding vroeg hij: 'Is Ebert er ook bij?'

Zo onzichtbaar hoog als E. Nigma zich ook in het venster boog, toch was zijn honende gesnuif nog beneden aan de straat te horen. 'Merkwaardig overigens dat Henkenhaf niet aan de andere kant van Krasnapolsky zit,' vervolgde hij, ingekeerd alweer alsof hij hardop nadacht en de vraag in het geheel niet gehoord had, 'want hij heeft toch ook voor Krasnapolsky gewerkt: de grote hoteluitbreiding voor de Wereldtentoonstelling van 1883, veel te laat aanbesteed, toch nog op tijd gereedgekomen, wat niemand voor mogelijk hield – een zeer snelle bouwer, Henkenhaf, een machtige bouwer dus ook, een gigant, een intrigant, absoluut iemand uit de categorie van een Mezger, een Agostini, ja een Winsor, en net zoals dat bij die mannen het geval is zijn er maar weinigen die hem kennen. Nee, ook vanavond is hij er weer niet bij, en zijn jonge associé zie ik ook niet... of moeten wij Ebert maar liever zijn adjudant noemen? Van alles wat hem in zaken wedervaart dient hij voor Henkenhaf proces-verbaal op te maken, opdat deze hem nieuwe instructies kan geven... Wie naar Ebert vraagt zonder Henkenhaf te zoeken, is een leverancier die op de keukendeur klopt maar nooit de salon zal zien...!'

Ebert was er niet, Theo dus ook niet – het was Vedder te moede of het feit hem had lek geprikt, en terwijl de ergste spanning van hem afliet verschoof zijn aandacht van wat E. Nigma binnen zag naar de man zelve, die opnieuw honend door zijn neus snoof. Spijts het volgehouden spel viel niet meer te betwijfelen dat hij hem wel degelijk had opgemerkt, daarenboven kon horen en zelfs op hem reageerde: de hoon, ook de eerste keer al, gold immers niet Ebert of Henkenhaf, maar zijn vraag, of misschien zelfs wel zijn persoon...!

'Neemt u mij niet kwalijk,' begon hij zich te revancheren, 'maar ik hoef Henkenhaf helemaal niet te zoeken, want hij zoekt mij, hij wil iets van mij, maar ik heb niks van hem nodig—ja verdraaid, ik zit in die salon van u, terwijl Henkenhaf aanklopt op de keukendeur! Hoe goed ik hem ken? Ach, laat ik alleen dit zeggen: hij kent mij beter dan ik hem, hij heeft mij kadastraal onderzocht...'

Weer snoof E. Nigma door zijn neus, nu niet honend meer maar vermoeid, het was een zucht. 'Naar drinkende mensen kijken gaat nog, maar als ze gaan eten is mijn tijd gekomen,' zei hij, en het volgende moment boog hij door zijn knieën, liet hij de vensterbank los en klom hij van de kar.

De man was kleiner dan gedacht, Vedder deinsde even voor hem terug maar kwam onmiddellijk ook weer naar voren, ten uiterste gehaast opeens, want E. Nigma pakte de bomen beet en ineens was het weer of hij hem in het geheel nog niet had opgemerkt.

'E. Nigma, één ogenblik nog, alstublieft! Henkenhaf gaat een nieuw hotel bouwen, op de hoek Prins Hendrikkade-Damrak! Bijzonderheden kan ik op dit moment niet geven, de onderhandelingen zijn nog gaande, maar ik denk dat ik genoeg heb gezegd!'

'Oud nieuws, Veritas, met respect—de eerste gepubliceerde ontwerptekening dateert van vorig jaar, terwijl de nv Victoria Hotel reeds in 1883 statutair is opgericht.'

Zo bevreemdend het was geweest om durend genegeerd te worden, nu E. Nigma zich plotseling rechtstreeks tot hem richtte, met fonkelende ogen schuin van onderen, bevreemdde Vedder dat nog meer.

'U begrijpt het niet!' riep hij vertwijfeld uit, 'ik ben Veritas, maar ook Vedder, van Prins Hendrikkade 46... ziet u nu welke aangelegenheid ik met Henkenhaf heb? Misschien kunt u er te gelegener tijd over schrijven, u zou zelfs gewoon bij Architectura naar binnen kunnen lopen om de zaak met Henkenhaf te bespreken, ik weet zeker dat ze u zullen ontvangen – waarom bent u vanavond al niet naar binnen gegaan?'

E. Nigma had de blik alweer afgeslagen, hij keerde de kar, en terwijl hij als een kruier langsliep zei hij, zonder nog een blik opzij: 'Dat is nu precies wat die heren het liefste zouden hebben – een pseudonimist die zichzelf bekendmaakt... ha, ha, ha!'

De man sloeg de hoek om, even nog klonk het gelach door, toen was het of hij er nooit geweest was. Schichtig keek Vedder om zich heen, de slagschaduw die hen tot nu toe verborgen had gehouden, afvallend van het hotel, leek wel op te lossen nu E. Nigma er niet meer door verhuld hoefde te worden, en naakt in het licht, opgemerkt door de mensen, kon hij hier niet langer blijven staan.

HOOFDSTUK IX

Algemene behandeling

Toen het onmogelijk bleek de algemene behandeling nog voor de winter te laten plaatsvinden, was die aangehouden tot het volgende voorjaar, en uiteindelijk vastgesteld op 11 maart, de dag voorafgaand aan de nieuwe campagne, opdat men met vernieuwde kracht aan het twaalfweekse graven kon beginnen. Vanaf de grosleverantie twee weken van tevoren genoot het initiatief met name ook in de kom algemene bekendheid en instemming.

Boordevol officinalia was de wagen van Brocades & Stheeman vanuit Meppel aan komen schommelen, voller zelfs dan in de tijd dat De Twaalf Apostelen en De Eenhoorn nog gezamenlijk inkochten, met een grote, rood-wit bedrukte doos Holloway-pastilles op het imperiaal gebonden en het achterkrat uitpuilend van zeep. Het merendeel van de lading bestond evenwel uit ingrediënten die nog tot geneesmiddelen moesten worden samengesteld, en zo zag men Anijs dan avond aan avond bij open deur staan recepteren in het laboratorium, niet zoals vroeger op de manier waarop hij bijvoorbeeld ook toneelspeelde of toespraken hield, het liefst twee kolven tegelijk naast zijn hoofd schuddend in het felle licht van de carbidlamp, maar heel ernstig en ingetogen juist, zonder het zelfs nog maar te merken wanneer een avondwandelaar voor de ruit bleef stilstaan en een duim naar hem opstak.

Het was de laatste avond, Anijs draaide juist een stop op weer een volgende fles theriac toen voorin de apotheek de deur rinkelde. Het was Johanna Bennemin, en op brieke benen schoot hij vanuit het laboratorium toe, de fles nog in zijn hand. Had zij hem gezien, toen zij met de kolden vrijer danste en hij toekeek vanuit het donker?

'Johanna... Waarmee kan ik je van dienst zijn?'

'Zevenboom.'

Met afgeslagen blik en hangend hoofd stond het meisje voor hem. Lubber bonsde vanbuiten met zijn hoofd tegen de ruit, verder klonk er geen enkel geluid, zelfs was het of Martha in de zijkamer de adem inhield.

'Zevenboom?'

'Het is voor de geit.'

In de benauwende verlegenheid dacht Anijs even dat zij weer om vruchtbaarheidsmedicijn vroeg, net als de eerste keer, maar bij het gebruikelijke voorwendsel schoot hem ineens juist de vruchtafdrijvende werking van zevenboom te binnen – maar dan moest zij, hoewel verstoten, alsnog bezwangerd zijn! Naarmate een en ander hem duidelijk werd begon hij dieper te blozen, en ook over het gezicht van Johanna toog een donkere vleug van schaamte, onmogelijk te zeggen voor de bedreven geslachtelijkheid, de wens de vrucht te doen afdrijven of voor het leugentje over de geit... Maar wat deed dat alles er op dit moment nog toe?

'Je bent dus toch in verwachting geraakt!' bracht hij eindelijk uit, oprecht blij voor Johanna, maar tegelijk ook zo ingehouden dat Martha het niet horen zou. 'Wat heerlijk voor je, mijn gelukwensen! Hoe lang al?'

'Ik kan het niet houden.'

Vanuit de zijkamer klonk een schrapend gekuch. Met dempende bewegingen maande Anijs tot zachter praten, waarop hij fluisterend verklaarde het gevraagde niet te mogen geven: 'Boven het leven is geen mens gesteld, mijn beste kind, maar praat nu toch ook geen onzin! Sieger wil het niet erkennen, is het dat? Geen zorg, ik zal wel met hem praten! Morgen al! Dan kom ik immers naar het Veld!'

Johanna zei niets, bewoog niet, toch was het of zij haar verzoek herhaalde, misschien alleen doordat zij staan bleef en niet wegging. Heel haar lichaam vroeg nu om zevenboom, zo koppig dapper, zo weerloos tegelijk ook (hij zou haar zo kunnen heenzenden) of was het wellicht juist uit wraakzucht, om Sieger op deze wanhopige wijze te treffen? Maar dat veronderstelde dan toch, althans naar Johanna's inzicht, dat de jongeman wel degelijk iets aan zijn ongeboren kind gelegen was...

'Wees nu maar gerust, lief kind, Sieger zal wel komen,' trachtte hij de verstikkende spanning te doorbreken, en werktuiglijk schonk hij wat van de theriac op een lepel. 'Zo, kijk eens hier, dit zal je kalmeren,' vervolgde hij op vaderlijke toon, terwijl hij de lepel met een glimlach ophief, 'verheug je nu maar, ik ga met Sieger praten... maar dan moet jij straks ook van jouw kant niet meer volharden in gramschap hoor... geen bitterheid meer, ook al heeft Sieger je inderdaad slecht behandeld, vooral die keer met de kolden vrijer... Ja, en nu vraag jij je zeker af hoe ik dat allemaal weet? Ha, ha...mond open... je vader heeft het me verteld... hap, toe dan...!'

Even nog bleef Johanna wezenloos heen en weer staan wiegen, doorzichtig nu haast, toen sloeg zij onverhoeds haar blik naar hem op, en onmiddellijk was het of hij haar ijzeren ogen weer als kogels hoorde rollen in de weegschaal.

'U hebt het zelf gezien. U stond buiten voor het raam.'

***

Het was nog zo vroeg in de ochtend dat het een helder-
blauwe dag leek te zullen worden. Nergens liepen mensen
buiten, alleen voor De Twaalf Apostelen heerste een nerveuze bedrijvigheid. Buurman Thomas klom op de treeplank en trok ten laatste nog een riem strak over de doos
Holloway-pastilles op het dak; Anijs zat al binnen in de
overhellende koets.

De goede Thomas had twee weken geleden reeds het
vervoer aangeboden en stond er eenvoudig op dat Anijs
daar in de beschutting zou plaatsnemen en niet naast hem
op de bok: het was veel te guur, de dag zou daarbij nog
zwaar genoeg voor hem worden; een algemene behandeling! Hoe de man eraan gekomen was wilde hij niet vertellen, maar op beide portieren had hij een plakkaat geplakt zoals ze op het Veld waren aangehangen:

ALGEMENE BEHANDELING
11 maart a.s. kosteloze medicatie
voor alle Veldelingen jong en oud,
ten huize van Bennemin, einde Elim,
aanvang negen uur.

'Ja, rijden maar! Allons-y, on y va!'
'Hu, vort!'

De zweep knalde, het tuig kraakte, en terwijl de wagen
zich al in beweging zette stak Martha nog snel een handvol snoep door het raampje voor Klein Pet. Diep weggedoken in zijn kraag en door een waas van liefdadigheid zag
Anijs eerst hoe hij door haar en de meid werd uitgewuifd,
daarna ook de openschuivende gordijnen en zwaaiende
handen in de andere huizen, terwijl de koets onder luid
geraas passeerde over de uitgestorven kade en alles om
hem heen rammelde. Traag en afwezig bewoog hij zijn
hand voor nu eens het linker raampje, dan weer voor het

rechter, De Eenhoorn schoot voorbij zonder dat iemand daar al wakker was en het volgende moment sloegen ze linksom. Door het raampje aan de andere kant kwam de worp van drie wegdraaiende vrouwen op de brug te zien.

Zover de kom strekte bleef de weg verhard, daarna begon het karrenspoor met de kuilen en ging het rammelen over in schommelen. Het rijtuig, gewoonlijk in gebruik voor het vervoer van de hotelgasten van en naar het station, had een luxueuze bekleding van paars velours met gouden spijkers, het werd snel warmer binnen en op en neer deinend op de zachte kussens was het of Anijs, na al het voorgaande schudden, oplossen en inpakken van de medicijnen, nu zelf door de hem omringende medicijnen werd heen geschud, en langzaam oploste dan wel emulgeerde in de dranken, gecarboliseerde watten en zakken vol zalfstokjes naast, onder en boven hem – nooit eerder had hij zich zo één gevoeld met zijn geneesmiddelen, ze omhulden hem als hun bezielende kern, hij werd erdoor *verpakt.*

Het riet langs de vaart was in de winter gesneden; de eerste groene scheuten staken juist uit de stoppels omhoog. Stapvoets schoven de keuterijen ter overzijde voorbij, soms begeleid door een slaperige waakhond, soms ook alleen maar door de kavels grasland en hakbos. De nacht was kort geweest, Anijs rilde van de gelijktijdige warmte en koude in de koets en loom van de deining sloot hij zijn ogen. Zo bruusk als Johanna gisteravond zonder een woord was weggelopen zodra hij de lepel met theriac naar haar ophief: wat was er eigenlijk met haar aan de hand? Hoe had zij het bestaan om, buiten elk aanvaard verband van venstervrijen om, toch nog het kweesten voort te zetten, en dan: hoe nu wel met gevolg, en eerder niet? Was zij een halfjaar geleden, toen zij bij hem geen gehoor had gevonden, dan toch naar Halink doorgelopen, en had zij van hem een vruchtbaarheidsmedicijn gekregen dat zo goed hielp? Had zij zich wellicht ook wegens dat overlopen heel de tijd zo beschaamd tegenover hem gedragen? Maar waarom was zij dan niet dadelijk naar Halink teruggegaan, hij zou haar stellig ook de zevenboom niet weigeren!

Tegen de tijd dat ze de buitenbuurt bereikten was het volledig licht geworden; het zou een grijze dag blijven. Thomas versnelde bij wijze van aanloop, de koets helde over door de scherpe draai en ineens ratelden de wielen over de hoge, houten brug. Rondom de kerk was het dagelijkse leven inmiddels begonnen, kinderen schreeuwden en er stonden wat mensen in de winkels van de Groningse en de Hollandse. Ook voor deze campagne was het veldvolk zich er weer komen inschrijven, en ook nu weer, een paar dagen geleden nog maar, hadden zich daarbij enige onlusten voorgedaan, om beter loon en tegen de gedwongen winkelnering, maar het zou veel minder fel zijn toegegaan dan in vorige jaren, alsof de Veldelingen zelf de zinloosheid van dat alles al inzagen; dit jaar zou er weer minder veen aan snee komen dan het vorige, neef Walter had beslist gelijk: de turf ging er helemaal uit, die mensen zaten daar verkeerd. Omkijkend zag Anijs nog juist de vergulde veenschop op de kerktoren, en voor het eerst begreep hij waarom windvanen gewoonlijk de vorm van een haan hadden: zoals die het licht verkondigde en opwekte uit de slaap, zo wekte Christus toch ook op tot het licht van een nieuwe dag en een nieuw geloof...

De weg werd weer zacht, spoedig zag hij het eerste plakkaat aan een boom en zo bekend als het landschap hem tot aan de buitenbuurt geweest was, door zijn contacten met vroedvrouw Kiestra, de festiviteiten daar ook soms van de vvv en zijn geregelde toespraken tot de brandweerploeg, zo vreemd deed de nakomende vervening zich weer op aan zijn ogen, te vreemder nu nog bij daglicht. De koets golfde en deinde voort alsof zij dwars over de ribben reden, in zijn jaszak met het nog altijd niet overhandigde reçu rammelden een paar lepels en handenwringend telde hij de wijken. Bij Elim werden zij opgewacht door een man met een blikken trommel voor zijn buik, en met hem voorop nu ging het na de hoek verder.

'Me-di-ca-tie! Me-di-ca-tie!'

Op elke slag een lettergreep, zo werd het volk opgeslagen, en terwijl de mensen toestroomden vanuit de hutten en over de vonders en in steeds groter drom aansloten achter de koets vocht Anijs binnen tegen zijn tranen, hevig ontroerd door het vorstelijke eerbewijs van een voorloper en hij wist niet wat nog meer, de neergang van de turf, de zak waarin het volk hier gevangen zat en dan ook nog de plakkaten overal...

Weer een kuil, daarna steil omhoog, toen kwam de koets met een laatste schommeling tot stilstand en hield ineens ook de bedwelmende trommelslag op. Vanbuiten werd het portier geopend; stram en verblind door het licht klom Anijs de treeplank af naar Bennemin op de grond; toch hield hij hem dadelijk het reçu voor, opgetogen, ook al had hij al bijna een halfjaar niets meer van Vedder gehoord, was de viool in al die tijd kennelijk nog steeds niet verkocht, gaf het papier ook voor de toekomst geen enkele garantie wat verkoop betreft en had hij het op het laatst ook helemaal niet meer willen geven.

'Uit Amsterdam, van mijn neef! Bennemin, je viool is in consignatie aangenomen, lees maar, honderd gulden!'

Lezend, althans met het gezicht achter het papier verborgen, boog Bennemin zich vooorover. Achter hem kwamen nu vrouw Bennemin en Klein Pet met een zeer grote, witte hond te zien, als een ontvangstcomité voor de deur. Geheel gescheiden van hen, meer rechts naast het huis rond de aardappelschuur, stond reeds een grote groep Veldelingen te wachten. Zij die achter de koets aan hadden gelopen stroomden er traag en zonder begroeting of zelfs maar blijk van herkenning in uit, tot één gelaten meute, waarvan de haveloze kledij en doffe afwachting Anijs een ogenblik op de keel sloeg. Er waren ook jongkerels en padjongens bij, maar niemand die iets zei, niemand die meer bewoog, niemand ook die nog ergens anders naar keek dan naar hem. Hoe erbarmelijk het beeld van hun laatstelijke protest tegen de gedwongen winkelnering, de gedachte ook dat zij morgen gingen graven, zo verzwakt – het leek wel of zij heel de winter hooi hadden gegeten.

'Maar komt u toch verder!' herstelde Bennemin zich eindelijk van het reçu. 'Vooruit, eerst een boterham, de vrouw heeft gedekt... Nee, nee, zij daar kunnen best nog wat wachten, tenslotte wachten wij al jaren op iemand die zich onzer ontfermen zou...'

Met zijn hoofd al gebogen voor de lage deur stak hij nog even zijn hand op in het rond. Achter hem begon Thomas de koets uit te laden; op het moment van binnentreden, vlak langs Klein Pet heen, sloeg deze zijn armen om de hals van de grote hond. Anijs had die hond nog nooit gezien, het dier was even wit als het haar van Klein Pet en ongetwijfeld aangeschaft ter bescherming, hetgeen bevestigde dat de ontuchtige terreur ook na de bruiloft met de kolden vrijer nog was doorgegaan – natuurlijk, hoe zou Johanna anders ook zwanger zijn geraakt? Hij moest niet vergeten om haar straks bij Sieger ten beste te spreken!

Zo dankbaar keken Bennemin en zijn vrouw toe, dat hij slechts met moeite het brood kreeg doorgeslikt. Het was schemerig in de kamer, vier Veldelingen drukten hun gezicht tegen het zijraam zoals hij dat zelf de vorige keer ook had gedaan. Klein Pet en de witte hond waren mee naar binnen gegaan, Johanna liet zich nog niet zien.

'Een heel geschikte dag, geen regen!' wist Bennemin eindelijk enige conversatie te maken. 'De plakkaten heeft u zeker wel overal zien hangen? Maar drinkt u toch rustig uw koffie op... We zijn zo verheugd, iedereen hier, en het lijkt mij het beste om maar buiten een tafel neer te zetten, misschien voor de aardappelschuur, wat had u gedacht? Dan zit u beschut en is er toch voldoende ruimte... Maar verdraaid, ben jij ook hier?' richtte hij zich plotseling tot zijn zoon, ieder bars woord een volle hoosbeker uit zijn overstromende gemoed. 'Ga jij eens vlug helpen uitladen! Alles moet naar de aardappelschuur! En die hond hoort buiten!'

Pas nu Klein Pet langs hem heen schoot dacht Anijs aan het snoepgoed dat Martha voor hem had meegegeven. 'Kijk eens even hier,' stak hij hem nog juist zijn hand toe, 'vier stroopballetjes van... van de vrouw van de apothe-ker... voor jou! Maar wat een grote, sterke hond heb jij daar... hoe heet hij? Hoe heet die hond?'

Met afgeslagen ogen, misschien wel omdat hij het woord 'apotheker' niet kende, nam Klein Pet de balletjes aan. Het antwoord klonk vervolgens zó verlegen, broos bevend op de blos die bijna ook vanboven door het spier-witte haar heen schimmerde, dat Anijs wel wilde dat hij de moeilijke naam van zijn beroep nooit genoemd had.

'Joop.'

'Ah juist... JOSEPHUS!' Goedkeurend knikte Anijs eerst naar Klein Pet, daarna naar de hond. 'Aangenaam!'

De twee glipten weg, niemand zei meer iets en in die stilte was het nauwelijks nog voorstelbaar dat er buiten honderd mensen stonden te wachten. Plotseling herinner-de Anijs zich ook iets voor Bennemin te hebben meegeno-men, een heel klein flesje uit zijn jaszak, dat evenwel een fontein van erkentelijkheden veroorzaakte.

'Maar kijk nu toch eens vrouw, een flesje Sint-Jansolie,

voor de bijenkorf... voor om het vlieggat! Maar dat is goed-
gekozen... dra bloeit de boekweit, en dan gaat dat volkje
weer naar buiten...!'

Anijs hield het in de verstikkende dankbaarheid niet
meer uit, ineens moest hij ook nodig plassen. Slurpend
dronk hij zijn koffie uit, met een klap en een diepe zucht
zette hij de mok terug op de tafel, en afgemat van alle opgebrachte vrolijkheid wist hij slechts met moeite nog een
laatste, montere zin van zich te verkrijgen, half overeind
gekomen al om de gang in te vluchten: 'Zo, nog even naar
achteren en dan gaat het beginnen... *hora est!*'

Naar het lichaam ontledigd, maar overvol van harte nog
kwam hij eindelijk de aangetimmerde plee uit. Pas nu,
door zijn kalmte, viel hem het trapje naar de opkamer op,
volkskundig het slaapvertrek van de huwbare dochter, en
in een trage reflex opende hij de deur. Johanna was ook
niet hier. Het vrijvenstertje stond op een kier, het vers be-
slapen bed eronder was nog onopgemaakt, een lauwe li-
chaamsgeur mengde zich met het matte gemompel van
buiten. Zonder nog na te denken boog Anijs zich voorover,
hij rook aan het laken en liet zich nog verder omlaag zakken, tot hij vol van eerbied op zijn knieën neerlag voor
Johanna's sponde en het daarop geleden leed, snikkend,
snuivend als een zwemmer, met zijn gezicht in de strozak
gedrukt terwijl zijn handen maar bleven rondmalen in
schoolslag; onder het kussen vond hij een nachthemd, achter het bed grepen zijn vingers zich vast in weer een ander
kledingstuk, een prop stof die, uit de spleet getrokken,
echter geen ondergoed bleek te zijn maar een jas, een onthutsend witte, katoenen jas, een doktersjas, met in de
kraag het merkje Korremorre. Inderdaad was de jas van
Amshoff dus voor de kolden vrijer uit de ziekenzaal gestolen, en zelfs na alles wat er gebeurd was had Johanna die
nog niet durven weggooien...

Het was een ernstige gestalte die iets later vanuit het huis het erf betrad, de zwarte wintermantel tot de kin toe dichtgeknoopt. Bij de aardappelschuur was alles al in gereedheid gebracht, in de deuropening stond een witgedekte tafel met een keukenstoel erachter en nog iets verder naar binnen de lading uit de koets, terwijl Klein Pet en Thomas aan weerszijden de wacht hielden. In rechte lijn, op de voet gevolgd door Bennemin, schreed Anijs door de uiteenwijkende menigte naar voren. Alles hier was even bruinachtig grijs, de jassen en de baarden leken wel van half verroeste ijzerwol, en in die algehele groezigheid herkende hij Sieger pas toen hij hem al bijna voorbij was, van zo dichtbij een opvallende figuur in zijn ooghoek niettemin, niet groot maar stevig van postuur, met vurige ogen, gladgeschoren kaken en een rode halsdoek om, overduidelijk de pikhaan in de kring zijner vrienden, de enige die ijdel was. Hij passeerde hem sereen en zonder ook maar een wenkbrauw te vertrekken, wel bleef hij iets verderop bij een kleumende grijsaard zomaar even stilstaan, voor een praatje. 'Maart guur, volle schuur,' zei hij eenvoudig, in de tale en voege van het volk—maar insgelijks had hij daarnet toch ook al slurpend zijn koffie uitgedronken, en de mok met een klap neergezet, om zich te verdeemoedigen, opdat niemand zich tegenover hem de mindere zou voelen, ter geruststelling van de anderen? Verlegen ineens liep hij door, sneller, hij schoof achter de tafel en dadelijk begon hij die vol te zetten met eerste benodigdheden, voorovergebogen en afgewend alweer, gravend in de voorraad alsof hij een kuil wilde maken om in weg te kruipen —tot hij langzaam overeind kwam, zich in postuur bracht en zich eindelijk dan op zijn hakken omdraaide. Alsof er een wind ging liggen, zo daalde een diepe stilte over het erf neer.

Niet eerder had Anijs de mensen zo frontaal aangekeken, tegelijkertijd was het echter ook de eerste keer dat hij zichzelf, omgekeerd, zo voluit den volke toonde, en met open mond staarde men terug, keek men toe hoe de apotheker, afgetekend tegen het donker en ingelijst door de zijposten en de bovendorpel van de deuropening, heel langzaam, knoop voor knoop en zonder naar zijn vingers te kijken, de blik nog steeds recht vooruit, zijn mantel begon te openen. Toen hij zich het volgende moment daadwerkelijk neerzette, spleet het zwart van de langs zijn dijen weggglijdende voorpanden open en kwam de doktersjas eronder te zien als een sjerp van zuiver licht, zo heerlijk wit dat het meer was dan men op deze plaats bevatten kon: sommigen slikten iets weg, anderen knipperden met hun ogen of schudden ongelovig het hoofd – een lelie ging bloeiend open in het veen. Uiterst geconcentreerd verschikte Anijs nog iets op de tafel, verschoof hij nog wat met zijn stoel, tot hij plotsklaps opkeek alsof hij hier al heel de tijd zo zat en eerst nu de Veldelingen tegenover zich opmerkte, waarbij zijn strakke trekken prompt ontlieten, hij vriendelijk en geruststellend begon te knikken, en ook zijn gezicht nu opbloeide als een bloem.

'Eerste patiënt... Vooruit maar mensen, er is betaald!'

Zelfs nu het hek was opengezet moesten de dorstige schapen nog naar de drenkplaats gedreven worden vooraleer zij eraan dachten te drinken: slechts onder Bennemins aanwijzingen vormde zich langzaam een rij, even nog haperde de voortgang toen de kleumende grijsaard als eerste naar voren kwam en Anijs niet goed bij hem kon, maar weer bracht Bennemin uitkomst, nu met een armvol turven, die hij als knielbank voor de tafel op de grond stapelde. In volle overgave zeeg de ene na de andere Veldeling daar nu op neer, waarbij spoedig deze routine ontstond dat na inspectie van de hoofdhuid eenieder in de mond en onder de oogleden werd gekeken, gevolgd door de vraag of er nog bijzondere klachten waren. Wie gekloofde vingers had mocht een handvol slurpjes uit een broodmand nemen, voor elke jichtlijder was er een flesje colchicine-extract en de reumatici kregen spiekolie mee. Uitslag en huidjeukte werden ter plekke ingesmeerd met ruiterzalf, druipende en ontstoken ogen gebet met ogenklaar enzovoorts. Tot besluit kreeg iedereen een Holloway-pastille, alle kinderen daarenboven nog een lepel dropwater, voor een lekkere zoete mond, en verder was er nog tandtinctuur, theriac, een pot met bloedzuigers en voorts alles wat de hygiëne eiste, kraakheldere servetten om de lepels mee af te vegen, een pul vol witte zalfstaafjes en steeds meer plukken en dotten gecarboliseerde watten, spierwit ook weer op dat spierwitte tafellaken – ja werkelijk, het was een klein hospitaal.

'Knielen... pet af... hoofd omlaag... bene bene. Mond open... tong omhoog... goed zo! Klachten?'

Allengs raakte Anijs in het juiste ritme, de routine kreeg cadans en langzaamaan leek de algehele stemming wel iets losser, lichter en luchtiger te worden, alsof hij die met zijn gedurig herhaalde handelingen kneedde als deeg, waar hij dan vervolgens nog eens de gist van de theriac aan toevoegde. De goedmoedig-barse herhaling van steeds ook dezelfde aanwijzingen had bijna een even vertrouwenwekkende en verdovende uitwerking als de theriac, op den duur ook op Anijs zelf. Om niet te verslappen liet hij zijn blik tussen twee patiënten door telkens even vrij over het erf waren, waarboven een sluier van gedempt gonzen zich had samengepakt: de mensen die al behandeld waren gingen niet weg maar bleven overal verspreid staan wachten; Thomas, niet meer nodig als oppasser, was ginds op de bok gaan zitten en ook Klein Pet stond niet meer naast de tafel.

'Tong omhoog!' gebood hij weer, voorover leunend over

de tafel, en opnieuw, hij wist niet voor de hoeveelste keer, keek hij in de paarse vleesholte naar de dikke, stijf recht-opstaande tong; het waren trage tongen, door geen kennis of wijsheid tot spreken bewogen, luie tongen zonder doel, onvrije tongen met strakke tomen, door de dunne pees aan de onderkaak gebonden. Zag het wit, dan liet hij een lepel met medicinale stroop afzuigen; zat er wolf in het gebit, dan liet hij spoelen met tandtinctuur.

'Knielen... pet af... hoofd omlaag... bene bene. Omhoog-kijken maar weer... Omhoogkijken...!'

Er stagneerde iets. Pas na de tweede aansporing, en dan nog heel langzaam, tilde de als in gebed voor de tafel neer-geknielde jongeman zijn hoofd op. Het was Sieger. Aller-brutaalst sloeg hij zijn fonkelende blik prompt op Anijs vast, met een onderdrukte grijns leek het wel, in elk geval had hij het hoofd zeker niet uit vervoering zo traag opge-heven maar juist uit verzet, bij wijze van spot misschien ook wel, om een weddenschap met zijn vrienden, die nu toekeken of de beloofde fratsen inderdaad werden ver-toond. Vervuld van oprechte verontwaardiging namens Johanna, had Anijs hem al vanaf de vierde plaats in de rij dichterbij zien komen, maar nu hij hier zo neergeknield lag, de provocerende onbeschaamdheden ten spijt, voelde hij eigenlijk vooral nog deernis met hem: als eerste pik-haan belichaamde hij de toekomst van het Veld, moest hij aller ogen op zich gericht weten, niet alleen die van zijn vrienden zoals nu, maar ook die van de ouderen, en de kinderen, vol verwachting, vragend om bescherming, een richting en een wenk: daar naartoe. Maar waarheen kon hij wijzen, over welke wapens beschikte hij nog meer dan dat armzalige wangedrag, wat miste hij allemaal wel niet in vergelijking met bijvoorbeeld zo'n Theo, die jongen van Walter? Goed, stellig droomde ook hij van Amerika, maar van de stuiversromans van Ned Buntline over Lucky Luke had hij nog nooit gehoord, hij wist niet eens wat whisky was...

'Mond open,' ging Anijs schijnbaar onverstoorbaar verder.

Tergend traag weer gehoorzaamde Sieger, waarbij hij zijn grimmig vertrokken mondhoeken echter eerst vrijelijk omhoog liet krullen, zodat het even was alsof hij de ander vol en recht in het gezicht ging uitlachen.

'Heel goed... en nu nog even de tong omhoog.'

Zo gezond als zijn hoofdhuid en gebit, zo kerngezond was Sieger ook onder de tong. 'Bene bene, alles goed,' zei Anijs, terwijl hij zijn wijsvinger loshaakte vanachter de onderlip en met een van de servetten begon af te drogen. 'Nog klachten?'

'Geen klachten!' antwoordde Sieger razendsnel en overdreven luid, en grijnzend om zijn eigen balorigheid wierp hij een triomfantelijke blik om zich heen. Toen hij weer voor zich keek bestierf de grimas hem echter op het gezicht.

'Er is wel een klacht over jou,' sprak Anijs, dreigend naar voren gekomen opeens, en op afgemeten toon verklaarde hij volledig geïnformeerd te zijn met betrekking tot het venstervrijen, de huisvredebreuk, de kolden vrijer en ten laatste nu ook Johanna's toestand, waarop hij Sieger vlakweg gelastte zijn betrekkingen met haar zo spoedig mogelijk legitiem te maken, en een tijdig huwelijk van hem eiste. Zo dwingend was de handbeweging waarmee hij hem vervolgens wegzond dat de volkomen overdonderde jongeman zich al omdraaide nog voor hij een antwoord of zelfs maar een blijk van instemming of begrip had kunnen geven, en ineens betwijfelde Anijs of hij eigenlijk wel van de zwangerschap op de hoogte was geweest. Hoofdschuddend bleef hij hem nakijken, hoe hij in de kring zijner vrienden verdween en ook daarna nog, tot een dierlijk

gebrul vanuit het huis hem uit zijn gepeins deed opschrikken.

Het was Lubber. Op het moment dat Anijs met wapperende jaspanden binnenkwam lag hij nog loeiend als een
kalf op de drempel naar de gang, hij had zijn duim tussen
de deur gekregen. Vrouw en man Bennemin trokken hem
overeind, in een flits zag Anijs dat Johanna er nu ook was,
en terwijl het ras donkerder werd in de kamer door alle
gezichten die vanbuiten weer tegen de ruit werden gedrukt gaf hij snel en beslist zijn bevelen: 'Een kaars, vuur,
een naald... een stopnaald!'

Lubbers duimnagel was vuurrood, de druk van het losse
bloed uit de gesprongen aderen moest ondraaglijk zijn,
grommend en krom stond de dwaas naar zijn vinger te
kijken.

'Meer licht! Stuur die mensen daar weg!' riep Anijs, en
reeds wist hij hoe te handelen, reeds verhitte hij het stom-
pe uiteinde van de naald boven de vlam, reeds liet hij zich
wijdbeens op een keukenstoel zakken.

Juist op het ogenblik dat men Lubber voor hem bracht
dreef Johanna buiten de mensen van het raam; heel even
nog besefte hij dat zij nu vanuit hetzelfde standpunt zijn
doen met Lubber gadesloeg als hij eerder haar doen met
de kolden vrijer, toen drong er niets meer tot hem door
dan de nabijheid in het verhevigde licht.

'Kom, kniel maar neer, geef me je hand...' glimlachte
hij tegen Lubber.

Bevend van pijn hurkte de dwaas tussen zijn benen
neer. Anijs nam de wonde hand in de zijne, zag de duim
als vloeibaar vlees over de nu nog rode, straks blauwe en
dan zwarte nagel zwellen, en drukte de naald in zijn andere hand er toen heel beheerst met het roodgloeiende oog
tegenaan. Bij de eerste aanraking al smolt het hoorn onmiddellijk, moeiteloos drong het ijzer door tot op het vlees

en ja: tegelijk met het terugtrekken welde er al een grote, rode druppel bloed door het gat omhoog...

Lubber, bij het binnendringen van de gloeiende, bolle kop in zijn lichaam vanzelfsprekend doodsbang voor nóg meer pijn, voelde de pijn omgekeerd juist drastisch afnemen met het nu vrijuit stromende bloed en het navenant minder worden van de druk. Sprakeloos staarde hij naar zijn kletsnatte, glinsterende duim, toen sloeg hij eindelijk dan zijn ogen op, al niet meer verbaasd maar blij nu, stom lachend terwijl hij zijn dikke, stijve tong dwaas naar buiten stak. Op dat moment was het Anijs te moede alsof hij uit de tijd werd gedrukt en in een ander continuüm viel.

'Kun je niet spreken?' fluisterde hij hees in het lege gelaat. 'Staat je tong te stijf, vol met bloed?'

Hij liet de hand los, trok de wang verder opzij en draaide de naald in zijn andere hand met de punt naar voren— een schielijke prik: zó snel trok Lubber zijn tong terug dat de naald er nog in stond, en onmiddellijk begon zijn hele gezicht te malen en te kauwen, nu eens met dichtgeperste lippen, dan weer met wijdopen mond en rollende ogen, almaar gretiger en gulziger, hongerig als iemand die nooit waarlijk heeft kunnen spreken maar nu dan, voor het eerst, de smaak proeft van een woord, klotsend in het bloed als een open oester: ja, vanuit het diepst zijner ziel welde er een klank op, en in het zalige genot van zijn bevrijde en eindelijk gaande gemaakte tong kon hij niet anders meer dan hem uit te stoten, vol geestverrukking en het verstaanbare al verre voorbij; terug lachend keek Anijs naar zijn steeds stralender gezicht, waarin soms, als de mond zich weer even opende, heel helder de in het vlees en bloed rondwentelende naald te zien kwam, en ook zelf brak hij nu in talen uit, zacht en blij, duizendmaal gelukkiger nog dan de ander: hij had een mens geopend, twee nieuwe openingen in hem gemaakt, en alle pijn en verstijving vloeiden daar nu als bloed door weg...

'Wat wonder, ineens was het over! Wat heeft u toch gedaan?'

Het was de stem van Bennemin die hem terug in de werkelijkheid trok. Er hing een koele stilte in de kamer, en de snel uitdovende nagloed van een verrukking, die even kortstondig als onstuimig in hem gewoed moest hebben, deed hem rillen van kou. Hij had de naald nog in zijn hand, maar Lubber was er niet meer.

'Wat was het precies?' vroeg Bennemin verder.

Te beduusd nog om te kunnen antwoorden kwam Anijs met afwerende armgebaren overeind. Zo vermetel als hij van medicatie tot operatie was gegaan, zo dienstwillig wenste hij nu slechts nog die eerste bediening te hervatten, en op de voet gevolgd weer door Bennemin, maar duizendmaal ernstiger nog dan vanochtend vroeg, trad hij ten tweede male vandaag naar buiten, zonder spoor van triomf maar integendeel, alsof die diep in hem tot het omgekeerde geïmplodeerd was, krom van bescheidenheid, gebogen onder het volle besef van de eigen onmacht ten opzichte van nog zovele aandoeningen waarvoor geen enkel medicijn, geen enkele behandeling voorhanden was.

Op zijn verschijning draaide men zich als één man naar hem toe, berstensvol nieuwsgierigheid maar tegelijk ook veel te verlegen om zich direct tot hem te richten, en zo gebeurde het dat de lucht zich sissend vulde met onpersoonlijk ten hemel gerichte vragen, dezelfde weer als eerder die van Bennemin en zo onschuldig-menselijk, dat het hooghartig zou zijn te blijven zwijgen: 'Wat was het? Wat is er gebeurd?'

'Het was een hematoom... een bloeduitstorting,' verklaarde Anijs, zich onmiddellijk in zijn taal verdeemoedigend terwijl hij zonder iemand aan te kijken doorliep naar de tafel om de hoek. 'Een simpele punctie volstond... een kleine operatie...'

De rij herstelde zich, het ritme werd weer een cadans, een roes bijna van gedreven weldoen en kalme geruststelling, en steeds makkelijker vond Anijs wat hij nodig had in de veelheid om hem heen, steeds beter benutte hij de gehele breedte van het meegebrachte assortiment, hij werkte steeds tweehandiger ook, al meer simultaan dan serieel, vlug en zeker als een tapper achter de toog: blindelings greep hij in de Holloway-doos achter zich, en terwijl de een nog aan de strooplepel zoog legde hij een ander de pastille op de tong of controleerde hij nog weer een ander die, op duizelingen gediagnosticeerd, met aan iedere slaap een bloedzuiger ter zijde stond te wachten—ze glansden al, hij nam ze af, kneep ze leeg boven de grond en stopte ze terug in de fles met water en turfmolm, klaar voor de volgende, bij wie hij intussen al wat room op de slapen had gestreken, dan hapten de beestjes beter los! Tot besluit kreeg iedereen nu ook een stukje arnicazeep toegeschoven: 'Hier, neem maar... er is betaald'—nooit vergat hij om dat laatste erbij te zeggen, ter geruststelling, zoals ook de theriac geruststelde, en wanneer soms een vrouw of een padjongen even terugdeinsde voor de bittere geur, dan nam hijzelf als eerste een heel klein, demonstratief opgeslurpt slokje, om ze gerust te stellen...

'Ja hoor, de volgende... komt u maar... knielen...'

Een donkere gestalte, groter dan de gemiddelde Veldeling, trad naar voren en bleef roerloos voor de tafel stilstaan. Anijs had hem nog niet opgemerkt, zat aandachtig en routineus zijn handen af te vegen—tot die bewegingen opeens vertraagden, hij zijn blik over de zwarte jas omhoogstuwde en recht in het gezicht van Amshoff keek. Achter hem stond Halink. Er klonk geen enkel geluid meer. Zo gedwee als de Veldelingen de hoge heren bezoekers hadden laten voorgaan, zonder een kik te durven geven, zo gedwee weken de voorsten nu weg van de tafel.

'Hoeven deze mensen niet onderzocht?' verbrak de oude jonker zonder complimenten de stilte.

Opzij op het pad, vlak achter de koets van Thomas, zag Anijs nu ook de dokterslandauer waarmee de twee gekomen waren; van aanvang af had hij geweten dat ze zouden komen, en nu het dan daadwerkelijk zover was vervulde het hem niet met schrik maar met een onwankelbare kalmte. Glimlachend bracht hij zijn blik terug op Amshoff.

'Omdat het arme mensen zijn, is er geen diagnose of doktersvoorschrift meer nodig?' ging deze verder, nauwelijks nog in staat zijn woede te bedwingen.

Nu kon Anijs de slag niet langer mijden, de confrontatie was begonnen, de Veldelingen zelf hadden de halve cirkel rond de tafel vrijgemaakt als strijdtoneel. 'Omdat het arme mensen zijn, heeft de dokter nooit voorschriften geschreven,' riposteerde hij, heel rustig en onaandoenlijk, op dezelfde wijze als hij achteruit in zijn stoel bleef zitten en niet opstond, bezonken in eigen gewicht, en Amshoff zo het voordeel van diens meerdere lengte niet gunnend.

Alsof de verontwaardiging zijn keel verstopte, zo probeerde Amshoff te slikken, en heel snel, vertwijfeld het hoofd schuddend, wierp hij Halink een blik toe die zoveel betekende als: nu zie je het zelf. Vervolgens keek hij Anijs diep in de ogen en begon hij zwaar en begrijpend te knikken, op de manier van iemand die een ernstig vermoeden bevestigd ziet. 'Wel alle donders, u zit hier dus werkelijk op eigen gezag medicijnen op recept uit te delen en niet alleen maar drogisterijen, zoals ik aanvankelijk nog geliefde aan te nemen... Wat is dit hier, theriac? Is daar geen diagnose voor nodig? En dat zijn Holloway-pastilles? Mijnheer, u doet maar wat!'

'Inderdaad, ik ben maar wat gaan doen, precies zoals u zegt — omdat u al jaren niets doet,' gaf Anijs grif toe, juist om vanuit die meegaande, dan omgebogen judobeweging zijn aanvaller alsnog uit evenwicht te trekken. 'Maar waarom vraagt u deze mensen niet zelf wat ze verkiezen, uw diagnose of mijn medicijn? Morgen gaan ze graven...'

Getergd, radeloos kwam Amshoff voorover leunen, alsof hij hem wilde vastgrijpen, toen dwong hij zich met een uiterste wilsinspanning tot kalmte, zelfs vriendelijkheid, in ieder geval beschaving. 'Mijnheer, alle lof voor dit, uw menslievende initiatief... maar verdraaid nog aan toe, wat u doet is toch in feite... Waarom hebt u mij er ook helemaal buiten gelaten, ik zit toch ook in de Gezondheidscommissie? In wezen zou ik nu... Maar laten wij als homines medici nu niet dadelijk in het openbaar...'

Het wegslikken van de al te ernstige beschuldigingen en gevolgtrekkingen had Amshoff zichtbaar uitgeput, hij transpireerde hevig en had eenvoudig geen kracht meer om nog langer beleefd te blijven, wenste echter ook geen openlijke twist, zodat hem niets anders restte dan te zwijgen — maar zelfs daarvoor schoot zijn zelfbeheersing nu te kort. Dreigend begon hij met zijn vinger te zwaaien, hij scheen nog iets te willen zeggen maar nu ging de kring van toeschouwers open en betrad Sieger met zijn kameraden het strijdperk, heel kalm, sloom bijna, maar reeds werd Amshoff van achteren vastgegrepen. Zonder zijn blik van Anijs af te nemen, zonder enige vrees of zelfs ook maar aandacht voor de jongkerels liet de oude dokter zich een paar passen wegtrekken, tot hij zich met een uiterste krachtsinspanning ineens losrukte, weer naar voren kwam en, over Anijs heen gebogen al, snel en krachtig de boord van de doktersjas omhoogtrok uit de stugge, zwarte pelerinekraag.

'Korremorre...!' stiet hij uit, vuurrood aangelopen nu. Het was eerst of hij een vogel nadeed, maar toen schudde hij er zo meewarig en vol minachting het hoofd bij dat het meer op een vervloeking leek: 'Korremorre!'

Het moment dat Amshoff voor de tweede keer gepakt zou worden was onontkoombaar nu, maar toch brak het slechts met uiterste moeite door de dikke lucht aan. In eindeloze vertraging zag Anijs de handen zich uitstrekken, de lippen vaneen wijken, de schittering op de tanden, hij zag de ontreddering bij Halink, die in zijn angst geen stap van de oude dokter durfde wijken maar tegelijk ook wel voelde dat het gevaar juist daar het grootst was, en toen pas, ruimschoots op tijd nog, strekte hij, zelf geprotegeerd door het geweld van Sieger, zijn protectie over het tweetal uit en verleende hij Amshoff met bezwerend opgeheven arm immuniteit voor datzelfde geweld, dat in eerste instantie immers aan hem en de medicatie aangeboden was zodat het beheer erover nu toch in zijn hand moest liggen – of golden zulke wetten hier niet, en bleef het geweld even onvervreemdbaar aan de jongkerels als een prooi aan de honden? Bij de eerste doffe klap sloot Anijs gelaten zijn ogen, bij elke kreun zakte zijn hoofd een slag dieper omlaag, en hij keek pas weer toen hij niets meer hoorde. Thomas was de koets aan het keren. De landauer had er nooit gestaan.

De medicatie liep ten einde, er stonden bijna geen mensen meer voor de tafel, het was alsof Anijs heel de rij had *opgegeten*. De Bennemins kwamen helemaal achteraan, eerst Klein Pet, daarna man en vrouw Bennemin tegelijk, als bij een huwelijk, en tenslotte kwam Johanna als allerlaatste aan de beurt. Niemand had zo vaak de gang van zaken aan de tafel kunnen waarnemen als zij, maar eigener beweging neerknielen deed zij niet.

Anijs kuchte, wachtte discreet tot de beide ouders zich buiten gehoorsafstand verwijderd hadden en wierp intussen een besmuikte blik omhoog. Kaarsrecht en met afgeslagen ogen stond Johanna voor hem, fier in haar schande, veel te verheven om het hoofd te buigen, onaanraakbaar.

'Klachten?' vroeg hij zacht.

Johanna schudde het hoofd. Zij had geen klachten. Toch was zij zwanger onder haar rokken. Misschien was hij wel de enige die het wist, behoudens Sieger sinds vandaag dan — of was zij nog om zevenboom naar Halink gegaan en wist die het ook, wist die wellicht als enige dat zij niet meer zwanger was?

'Heb je het nog?'

Johanna knikte; reeds legde Anijs zijn hand met de binnenzijde onderzoekend tegen haar buik, schijnbaar werktuiglijk, maar het was een indalen in een wereld die hij niet kende, een wolk waar hij welzalig doorheen zweefde terwijl hij het onaanraakbare maar bleef beroeren en Johanna de buik bezette... nooit eerder had hij iets zo weerloos gevoeld, nooit eerder was hij zo dicht bij een volle vrouw geweest, hijzelf voller man... was zij daarom blijven staan, om hem in opperste verstandhouding haar buik te geven? Hij drukte iets harder, en even was het alsof hij in zijn hand een nieuw leven voor heel het Veld voelde kloppen, een toekomst en een bevrijding...

'Het is goed,' fluisterde hij, 'kniel nu maar neer...'

'Het is niet goed,' zei Johanna.

'Sieger zal je wel aannemen, ik heb met hem gesproken...' glimlachte hij op kalmerende toon, en andermaal hief hij het gelaat naar haar op—maar nu had Johanna de ogen niet meer gesloten, zij keek hem onbewogen en wetend aan, en terwijl Anijs ontkennend en met wijd opengesperde mond het hoofd begon te schudden draaide zij zich al om en liep zij zonder nog een woord weg, zo abrupt dat het leek alsof het haar om iets heel anders te doen was, alsof zij inderdaad meer wist, misschien bepaalde verwachtingen had gekoesterd en zich daarin nu teleurgesteld zag—was zij op de hoogte van wat hij haar vader indertijd had gezegd en beloofd, leed zij er nog het meest onder dat het volk in de zak zat, waartegen uiteindelijk geen enkel medicijn iets vermocht, was het daarom, dat zij de welzalige intimiteit tussen hen beiden met één ruk van zijn ziel had losgetrokken?

Alsof er een gordijn was opengegaan, zo drong de omgeving zich op met het verdwijnen van de rij. Overal stond men nog in kleine groepen bijeen, door niets anders meer van de tafel gescheiden dan een half ronde leegte. Het wachten werd nadrukkelijker nu, het doffe gemompel luider, de allesoverheersende grauwheid nog beklemmender. De deernis waarmee Anijs het alles aanzag verbond zich met zijn naschrijnende zielenpijn, hij voelde een machtig appèl over zich vaardig worden en bewogen door een nieuwe kracht stond hij op en kwam hij snuivend achter de tafel vandaan.

'Mijnheer, gaat u nu niet zomaar weg...' schoot Bennemin onmiddellijk smekend toe, 'de mensen zijn u ten diepste dankbaar, al weten zij het moeilijk te tonen... spreekt u nog een enkel woord van afscheid, van bemoediging... zie, zij wachten erop!'

Geen bede had overbodiger kunnen zijn: reeds duwde Anijs de goede man opzij; reeds stond hij op de voormalige knielbank voor de tafel en keek hij over de mensen uit. De stilte die prompt inviel deed hem slikken, en glimlachend door zijn tranen heen liet hij zijn blik nogmaals over de hoofden gaan, van het pad helemaal links langzaam naar rechts, langs het huis en de sluimerende bijenkorf tot aan de moestuin aan de achterkant. Maar hoe nu, eerst nam hier iemand zijn pet af, toen daar, en vervolgens zag hij dat iedereen het hoofd ontblootte, alsof zij binnen waren...

'Vrienden Veldelingen...!' begon hij eindelijk, en nooit had hij op een mooiere katheder gestaan dan nu op de turven, nooit had een heerlijker gewelf hem bij het spreken overhuifd dan nu Gods eigen hemel, '...vrienden Veldelingen, vandaag bediende ik u naar het lichaam, maar bent u dan lichaam alleen?'

Een heer die sprak, een gehoor van turfvolk, een worp van woorden in de lucht, de lijn die zich erin aftekende, de beweging die omhelzing werd, een lasso in de lucht, kringelend als rook boven de mensen, ongrijpbaar maar toch fysiek feitelijk: de onbegrepen, pijnlijk intense verontschuldigingen eerst, voor het mogelijk onbedoeld opgeroepen beeld van de arbeider als kapitaalgoed, levende machine, die onderhoud c.q. medicatie behoeft; daarna de vooropstelling van de geest in ieder mens, een belijdenis van eerbied voor het geestwezen mens, de tot cultuur gevorderde mens derhalve, zijnde cultuur niets anders dan geestoefening, zonder dewelke de geest wel verkwijnen moet als een ongebruikte spier; vervolgens, vanuit de oproep tot cultuur, het aanbod, de afroeping van een kunstavond, een Spectacle Coupé, als jaarlijks door de Vereniging Voor Volksvermaak georganiseerd in de kom maar nu dan te velde, in een gehuurde circustent, met tableaux vivants, algemene deelname, gymnastiekdemonstraties door de padjongens en wat al niet, alles onder de naam Cabaret du Champ en afgesloten met een vuurwerk zoals zelfs nog nooit vertoond in de kom – toen stemdemping, einde geestdriftige aankondiging, slotoverweging: de zak, met dat al zat men nog steeds in de zak, en dan de ziel, want wat na het lichaam en de geest over de ziel?

'Vrienden Veldegaansen, het moment van afscheid nemen is gekomen, maar ook ginds zal ik mij uwer blijven erbarmen, uw nood voordragen aan verantwoordelijke lieden, ondernemers die hier wellicht mogelijkheden zien voor nieuwe industrie, nieuw werk en nieuwe welvaart; want ik heb op u neergezien. Maar zorgt u intussen dan voor uw ziel, ja, laat dat het verbond zijn tussen u en mij:

ik ga mij nu in de wereld om uwentwil breed maken, om werk naar hier te krijgen, en intussen sterkt u uw ziel... Maar hoe dan, wilt u weten, en: wat ís de ziel? Vrienden Veldelingen, ik ben slechts een leek op dit gebied, kan er alleen maar in heel eenvoudige woorden over spreken... "Héb ik eigenlijk wel een ziel?" vraagt ginds iemand zich af. "Als ik naar mijn ziel luister, hoor ik niets..." Hoort nu naar mijn woorden, vrienden, want dit is de ziel: een leegte slechts, een holle pijp... Maar wat, is dat alles? Wacht dan, ik ga door: ja, een lege, holle buis is de ziel, en iedereen bezit die pijp, maar toch heeft de één een ziel, en draagt een ander niets dan leegte op die plaats... Wat is het verschil? Een ongerijmdheid, zegt u, een raadseltje? Niet te snel vrienden, want nu komt het: iedereen beschikt over diezelfde, holle pijp, maar dat zegt nog niets, het verschil tussen een orgelpijp en een rioolbuis zit immers niet in de pijp of buis zelve, maar in dat wat erdoorheen stroomt... Zo wordt de ziel pas waarlijk ziel: na openstelling voor iets hogers, een ideaal, of God, want onder die beademing Gods, in de hitte van dat ideaal is die buis opeens een heerlijke trompet geworden, het machtig trekkende rookgat van een brandend vuur, daar klinkt de vonkende, knetterende tromslag van de toekomst, daar zingen de snaren van beroering, spreekt de klaroen met klare keel... Onderzoek dus uzelve: is het stil in uw borst, veeg dan uit die verstopte buis, het is een schalmei, laat Jezus een liedje pijpen op uw fluit, speel mee in dat grote orkest van de hoop... herstel dus uw godsdienst, uw ideaal, zonder welke geen fluit kan klinken... dan ligt de ziel aan het stof gekluisterd!'

***

Zoals Vedder ooit, op het perron, uit een optrekkende roetwolk was verschenen, zo kwam Anijs nu tevoorschijn uit
zijn toespraak. Volledig uitgeput moest hij zich door Bennemin naar de koets laten ondersteunen, beduusd, zonder
nog te weten wat hij gezegd had, al was het of er nog flarden van boven het erf hingen. Langzaam drong de omgeving weer tot hem door, hij stak een hand op naar links en
rechts en bracht zich een glimlach om de lippen.

Alle restanten waren al ingeladen. Thomas zat op de
bok, Klein Pet stond met zijn armen om de grote, witte
hond geslagen naast het geopende portier. Om de al te
verheven stemming iets te ontladen boog Anijs zich min-
nelijk naar hem toe, en in de zekerheid dat zijn getoonde
verbintenis met het huis Bennemin het voortaan van
verdere inbreuk zou vrijwaren zei hij: 'Jullie hoeven nu
niet meer bang te zijn voor de jongens... die hond kan nu
wel weg!'

Klein Pet sperde zijn mond open, kon van ontzetting
echter geen woord uitbrengen. Anijs lachte, eerst naar de
jongen, dat het een grapje was, toen naar de vader, als om
hem geluk te wensen met zo een zoon. Bennemin zelf echter kreeg op dit laatste ogenblik ook geen klank meer over
de lippen, niet in de richting van Anijs althans, alsof de
dankbaarheid hem de keel snoerde, maar via Klein Pet
wist hij zijn gevoelens toch duidelijk te maken.

'Vooruit jongen,' sprak hij schor, 'zeg maar: dank u wel,
apotheker.'

Weer was het woord te moeilijk, de knaap stond opnieuw met open mond maar reeds wierp Anijs de jaspanden opzij, reeds knielde hij deemoedig voor de jongen neer
en zei hij het hem helpend, verbeterend, vergemakkelij-
kend voor: 'Dank u wel, dokter...'

HOOFDSTUK X

Concert

Op donderdagavond, vlak voor zijn ontmoeting met E.
Nigma, had Vedder de Syde-viool dichtgelijmd; dadelijk
de volgende ochtend beproefde hij of de ruis verdwenen
was. Hij zette de stapel, spande de snaren, nam de strijkstok: de ruis zat er nog in. Zonder enige onderbreking
draaide hij de snaren weer los en stak hij het mes in de
verse lijmnaad, toen pas vertraagden zijn bewegingen,
verdikte de gedachte die hij bij de eerste keer openmaken
al had gehad zich tot een stroperig besef waarin zijn handelen tenslotte geheel tot stilstand kwam: de resonantie
kon in iedere minuscule holte schuilen, in elke oude reparatie of onschuldige barst, op veel te veel plaatsen dan dat
hij die alle tegelijk schonen kon – na elke ingreep zou hij
de viool moeten dichtmaken zonder te weten of het euvel
inderdaad verholpen was; zo niet, zoals nu, dan restte hem
niets anders dan het zorgvuldig vastgelijmde bovenblad
weer los te snijden enzovoorts, net zolang tot het toeval
hem kwam verlossen en het moeizaam naar boven gewen-
telde steenblok op de bergtop bleef liggen zonder terug
naar beneden te rollen.

***

Theo's verjaardag was zonder bijzonderheden voorbijgegaan. Zoals afgesproken had Rossaert hem de waarheid
omtrent zijn afkomst dit jaar nog willen besparen; Vedder

had de jongen tijdens diens gebruikelijke bezoek de avond tevoren een tekendoos gegeven en betaalde nu in stilte kostgeld.

Die winter vertrok Mezger voorgoed uit het Amstel Hotel om zijn praktijk in Wiesbaden voort te zetten. Het weer bleef zacht, de bouw van het Centraal Station vorderde gestaag, en tegen het voorjaar trad er een bevreemdende stilte in. De stampende stoomlocomobielen verdwenen, de arbeidersmassa's eveneens: er werd nu alleen nog maar aan de decoratie van het gebouw gewerkt, inwendig zo goed als uitwendig, wat evenwel gepaard ging met nog meer reclameborden aan de hekken dan voordien, ge-emailleerde platen van aannemers en onderaannemers, van leveranciers en expediteurs, fabrieken en trafieken, verzekeraars en herverzekeraars met de namen van alle provincies. Hoe ondraaglijk scherp contrasteerde al deze, deels zelfs onzichtbare bedrijvigheid intussen niet met de volstrekte lijdzaamheid van de nv Hotelonderneming Victoria Hotel: uiteraard was Ebert spoedig na de eerste onderhandelingspoging teruggekomen om alsnog een vergelijk te bereiken, en vlak voor de jaarwisseling nog een keer, maar doordat Vedder strak vasthield aan zijn vraagprijs van vijftigduizend gulden, krachtens de volmacht ook voor Carstens, kwamen zij niet dichter tot elkaar en bleef de afstand tot de geboden twintigduizend veel te groot dan dat het nog zin had die zelfs ook maar te willen verkleinen door een verhoging van het bod.

Toch had Ebert iets nieuws toen hij in februari van het volgende jaar opnieuw zijn opwachting maakte: de heer Henkenhaf had hem uitdrukkelijk verzocht om de geëerde eigenaren van de te verwerven panden alle hulp, deskundigheid en connecties aan te bieden die in de hotelmaatschappij aanwezig waren terzake eventuele gewenste beleggingen van de opbrengst, daar toch niet iedereen op dat gebied even geverseerd zou zijn, immers: een belegging in olie, voortreffelijk, maar hoe dan verder, want ook al genoot de sensationele olievondst op Sumatra, 15 juni 1885, Put 1, Telaga Toengal nog vrij brede bekendheid, vermoedelijk wisten maar weinigen dat die concessie, nu nog eigendom van de Voorlopige Sumatra Petroleum Maatschappij, waarschijnlijk volgend jaar reeds zou worden ingebracht in een nieuw op te richten oliemaatschappij, terwijl het nu al mondeling geuite voornemen van Zijne Majesteit Willem iii daar het predikaat 'Koninklijke' aan te verlenen, hoogst uitzonderlijk overigens daar de onderneming haar soliditeit nog moest bewijzen zonder enige twijfel tot de meest exclusieve informatie dienaangaande gerekend diende te worden, hoe belangrijk voor de verdere koersvorming ook. Evengoed stond nu al vast dat de inschrijving zwaar overtekend zou worden, maar wat zou mijnheer ervan zeggen wanneer de heer Henkenhaf mogelijkheden bezat om voor hem een portie aandelen van elke gewenste omvang te reserveren tegen uitgiftekoers?

'Laat ons toch ook eens over zulke kwesties spreken, en niet over de vraagprijs alleen,' verzuchtte Ebert tenslotte, 'want wat is er voor een belegger nu uiteindelijk belangrijker, de omvang van zijn kapitaal op zichzelf, of het rendement dat het afwerpt? Overigens laat de heer Henkenhaf u groeten...'

Nooit eerder had Ebert zolang achtereen en met zoveel verve gesproken, het had iets vertwijfelds, en Vedder beloonde het met een brede glimlach. 'Mijn beleefde groeten terug,' zei hij, tot blozens toe doorgloeid van alles wat hem tegelijkertijd geworden was, de deerlijk verwachte wederkeer van Ebert en de rechtstreekse boodschap van Henkenhaf, 'en zeker, zeer gaarne zal ik eens met de heer Henkenhaf over de beurs spreken... maar dat neemt toch niet weg dat wij eerst moeten onderhandelen? Kom, doet u eens een bod!'

Alsof het op geheimzinnige wijze craqueleerde en ineens oud was geworden, zo verloor Eberts gezicht op slag alle glans. Gelaten boog hij het hoofd, hij schudde het zuchtend heen en weer op een manier die aan de nietigheid van de menselijke invloed op de loop der dingen geen enkele twijfel meer liet bestaan, en verliet nog aldoor hoofdschuddend de zaak, echter niet zonder Vedder innig de hand te hebben gedrukt – maar terugkomen deed hij niet meer, ook niet voor zijn viool, waar de ruis nog steeds in zat.

***

Vanaf het plaatsen van de overkapping had Vedder vanuit zijn huis de wind niet meer over het Y kunnen zien strijken, maar sinds kort kon hij de windrichting aflezen van een wijzerplaat die aan de westelijke toren van het stationsgebouw was aangebracht. Zonder ophouden verschenen er intussen de meest welsprekende decoraties aan de gevels, in allerhande publicaties verklaard en omschreven als de Staat der Nederlanden, vertegenwoordigd door het Rijkswapen in de topgevel; daaronder prijkte het wapen van Amsterdam omkranst door de wapens van de veertien steden waarmee het station in verbinding zou staan; in de boogtrommels boven de drie vensters van de vergaderzaal brachten verschillende volkeren met hun producten hulde aan de Amsterdamse stedenmaagd, tronend in het middelste timpaan tussen de personificaties van het Y en de Amstel; in de reliëfs aan de voet van de oostelijke toren werden van links naar rechts 'Landbouw', 'Veeteelt' en 'Handel' voorgesteld, met daaronder ook nog, in de gedaante van een gevleugelde vrouw met kind, 'Electriciteit' – terwijl de elektriciteitsmaatschappij Electra juist in die tijd begon met het leggen van de eerste kabels in de straten;

terwijl Carstens onder verwijzing naar het verslechterende been van zijn vrouw begon aan te dringen op een spoedige overeenkomst; terwijl het lente werd en de eerste bot uit de Gouwzee kwam.

***

Zo veranderde alles met het verstrijken van de tijd, alleen Vedders aangelegenheid met Victoria bleef steken. Waar bleef Ebert? Van de vier bezoeken herinnerde hij zich alleen het tweede nog, toen zij voor het eerst daadwerkelijk hadden onderhandeld over de prijs, en elkaar op het laatst daas als afgematte, murw geslagen boksers hadden aangestaard: had hij zich bij die gelegenheid wellicht te veel laten gaan, en was Ebert nog boos? Zo pijnlijk als deze gedachte hem in het hart stak, zo resoluut verwierp hij haar het volgende moment ook weer, ten gunste van het tegenovergestelde denkbeeld dat Ebert zich juist verheugd moest hebben over zijn zelfbewuste opstanding uit zijn allereerste nederigheid, waardoor zij elkaar immers alleen maar nader waren gekomen, de ongelijkheid tussen hen was verkleind en de kracht van de een werd beantwoord met die van de ander – maar natuurlijk, wanneer zijn vrijmoedige optreden Ebert werkelijk misnoegd had, zou deze hem bij het afscheid toch nooit die parabel hebben verteld? Hij had hem daarenboven zelfs nog een viool in reparatie gegeven... de Syde-viool!

Bij het voortduren van de stilte veranderde de herinnering aan de sportief afgesloten slagenwisseling echter van lieverlede in het beeld van een voortvarend begonnen, nog immer doorgaande maar vooralsnog dadelijk na de opening onderbroken schaakpartij, waarin beide kleuren de stukken nog maar juist naar buiten hadden gebracht, zodanig dat ieder stuk en elk schootsveld gericht was op die twee centrale velden waar alles om draaide: Prins Hendrikkade 46 en 47. Tussen beide, spiegelbeeldig betrokken stellingen bevond zich een ledig glacis zonder enige dekking, waarop het levensgevaarlijk was zich te wagen, men maakte zich op voor een langdurige krachtmeting van vooral ballistieke aard – maar wat strijds er ook gestreden werd, het ging volledig langs Vedder om, zoals hij ook nauwelijks nog merkte hoe er aan het station werd gebouwd of wat de NV Victoria deed, het maakte hem schichtig en onzeker, zijn geprikkelde zenuwen deden hem overlopen van energie ofschoon hij bijna nergens meer toe kwam, en zo gebeurde het dan dat de man die het altijd druk had zich nu verveelde in een onafzienbare hoeveelheid tijd, die hij niet besteden kon aan het enige dat hij wilde doen, namelijk onderhandelen – Vedder bevond zich kortom in een toestand van wachten, geen verveeld wachten maar een nerveus, behoeftig wachten; hij wachtte op Ebert, hij wachtte op Theo, maar vreemd: de gedachte dat zij tegelijk zouden verschijnen vervulde hem niet met vreugde maar met vrees.

***

Het werd vroeg warm dat jaar, overal in de lutherie had Vedder weer zijn zelfontworpen en van vloeipapier vervaardigde vliegenvallen neergezet. De Syde-viool was nu vier of vijf keer open geweest, en even vaak had hij een oude reparatie ongedaan gemaakt en opnieuw uitgevoerd, wat tot nog toe steeds neerkwam op het vervangen van een zoolplaatje. Weliswaar waren al deze inspanningen nog vruchteloos gebleven, maar daartegenover stond dat de viool onder al dat geweld ook nog geen schade had opgelopen, wat te allen tijde toch, ook bij de meest eenvoudige ingrepen, tot de mogelijkheden behoorde. De kans op een ongeluk leek bij elke keer echter weer iets groter te worden, tot Vedder zich opeens een ooit bij de meesterbouwer Smolenaars geziene techniek herinnerde die hij ter verkleining van ieder risico prompt zelf wenste toe te passen. Het begon ermee dat hij twee ondiepe bekistingen timmerde, iets groter dan de viool; vervolgens dekte hij die waterdicht af met zeildoek en schonk hij ze halfvol met kalk; nadat hij vervolgens ook de kalk met zeildoek had afgedekt drukte hij het bovenblad met de bolle buitenkant omlaag in de ene bak en het onderblad op dezelfde wijze in de andere. Na uitharding van de kalk beschikte hij nu over twee volmaakt passende ondergronden waarop bovenblad en onderblad voortaan maximale stabiliteit en steun genoten tijdens de volgende werkzaamheden.

Gaven deze gewulfde vioolafdrukken op de werkbank reeds een toets van verhoogd vakmanschap aan de lutherie, ook Vedder zelf leek wel door de omgang met de Syde-viool aan verfijning, smaak en zelfbewustheid te winnen. Tijdens de momenten dat hij zich ondanks zijn durende opwinding toch wist te concentreren richtte hij zich niet alleen op de verborgen resonantie, hij was ook weer aan een nieuwbouw begonnen. Ooit had hij, ook weer bij Smolenaars, op het algemeen bekende adagium 'werk van grof naar fijn', in casu van de guts naar de beitel naar de schaaf, deze veel minder bekende toevoeging gehoord 'blijf zolang mogelijk met het grovere gereedschap doorwerken', en het was eerst nu dat hij deze stelregel ten volle naar waarde wist te schatten: waar hij vroeger al de beitel zou hebben genomen volhardde hij nu nog bij de guts; wanneer hij ten laatste de schaaf nam was het werk al haast met de beitel gedaan. Nooit eerder had hij een zo markante, karaktervolle krul gesneden; met de trefzekere hand van een kunstenaar bracht hij de groeve voor de inleg aan met de guts in plaats van een fijne beitel, hij zette voluit kracht terwijl hij het blad met zijn knie op de plaats hield. Deze ontwaking van kunstzin, veroorzaakt door de Syde-viool, bleef zich in een doorgaande kettingreactie ook op dezelve betrekken, hij gevoelde een diepe eerbied voor het oude etiket met de paraaf van de meester, en starend naar het authentieke craquelé, ontstaan mettertijd, en niet door kunstgrepen nagemaakt, zoals hij dat zelf ook vaak genoeg in zijn lakken had gedaan, begreep hij dat niets het tegenwoordige tijdsgewricht zo duidelijk tekende als de opkomst van de imitatie, de maskerade van de alom gangbaar geworden materiaaltravestie, het zilverdoublé, het talmigoud, het fineer, albast van gips, rozenhout van papier-maché, marmer van hout, gekalkte baksteenmuren met voegen in de vorm van natuursteen.

In die algehele smaakverfijning leerde hij ook de Bennemin-viool steeds meer waarderen: hoe eenvoudig van afkomst ook, het instrument bezat een diep-rijke, romige klank, zij het ook te zwak voor de huidige muziekpraktijk. Aangezien Vedder geen commissieloon in rekening zou brengen had hij geen enkel geldelijk belang bij een verkoop tegen welke prijs dan ook, maar toch, uit zuivere vakliefde derhalve, kon hij het niet nalaten de viool voor een nieuw leven geschikt te maken. Allereerst sneed hij wat hout uit de kam, waarmee de klank al dadelijk iets openging, en vervolgens verstelde hij de hals zodanig ten opzichte van de romp dat de snaarspanning onder de nieuwe hoek aanmerkelijk toenam en daarmee, inderdaad, ook het toonvolume. De viool zou dankzij de gewijzigde mensuur nu in iedere zaal en elk orkest een voortreffelijke vertoning maken en was in feite nog wel meer geld waard dan de uitgangsprijs van honderd gulden, alleen kwamen er in zijn zaak nooit klanten die meer dan dat bedrag te besteden hadden, bij hem was het de hoogste prijs—eigenlijk moest hij er eens mee naar het Concertgebouworkest.

Vedder kon het nauwelijks meer verdragen, zo weinig er nog te merken viel van de werkzaamheden aan het station, terwijl de tijd drong en het werk ongetwijfeld toch in volle gang was achter de muren en schuttingen; maar was het met de aangelegenheid tussen hemzelf en Victoria eigenlijk niet hetzelfde gesteld? Ook hier drong de tijd, ook hier moest het achter de schermen gonzen van bedrijvigheid, maar in niets werd hij nog gekend — waar bleef Ebert, hij was toch aan zet? Gevangen in machteloos afwachten hield Vedder het er aanvankelijk voor dat men op deze wijze zijn zenuwen wilde afmatten en zijn verzet breken, later schoot steeds vaker de panische vraag door hem heen of hij wellicht niet zelf ergens een fout had gemaakt, waardoor de partij voortijdig tot stilstand was gekomen — kon hij niet gewoon een zet doen, was dat niet hetgeen waar Henkenhaf en Ebert op zaten te wachten? Een felle vreugde joeg op zulke ogenblikken zijn adem op, tot hij zich realiseerde dat hij zich helemaal niet eigener beweging met Victoria in verbinding kon stellen, want op zijn vraag waar Ebert woonde was het antwoord een ontwijkend 'ik logeer bij een vriend' geweest, en trouwens, hoe beter hij erover nadacht, hoe duidelijker het hem werd dat het hierin niet kon steken: Ebert had geopend met 'twintig', daarna had hij 'vijftig' gespeeld, ontegenzeggelijk was nu Ebert weer aan de beurt — of was die parabel over dat betwiste lijk diens volgende zet geweest, een uiterst bedekte zet in dat geval, afgegeven onder couvert om zo te zeggen?

Het eindeloze open en dicht van de Syde-viool, de Bennemin-viool verkoopgereed in de etalage zonder dat er een koper kwam, het nieuwbouwinstrument onder handen terwijl er nog verscheidene onverkochte exemplaren aan de lijn hingen: het werkte Vedder allengs op de zenuwen, als een benauwenis, een stilte, een impasse die op 10 juni plotseling verbroken werd door een krantenbericht in de *Amsterdamsche Courant*: de hotelmaatschappij Victoria had vijf huizen aan het Damrak en drie aan de Prins Hendrikkade aangekocht; met twee eigenaren gingen de besprekingen nog door.

Oneindig traag, alsof het bericht hem had ingesponnen als een cocon, brak hij uit zijn verstijving, toen bedwong hij zich niet meer en haastte hij zich met de krant naar de buurman van nummer 45, de waard met wie hij sinds heugenis in onmin leefde: maar nu kon het niet anders, zonder bevestiging van het bericht en kennis van de prijs kreeg hij eenvoudig geen adem meer.

Er zaten nauwelijks mensen aan de schemerige toog, toch kwam de buurman pas na enige tijd op hem toe. Was diens hoogst verbaasde frons al buitengewoon irritant, het werd nog erger toen de kerel het op de krachtig gefluisterde vraag bestond om eerst eens geamuseerd in het rond te kijken alvorens hij eindelijk de hand naar de mond bracht en zich met superieure geheimzinnigheid vooroverboog: 'Twintig...!'

Vedder slikte, niet eens in de eerste plaats om de bijna bizarre vertrouwdheid van het evengoed formidabele bedrag, maar meer nog omdat het exact overeenkwam met wat Ebert als eindprijs had voorzien: de prijsopdrijvende werking van het station, gesteld op vijfduizend, de speculant die voor vijftien een van de Damrak-huisjes had gekocht, Vedder herinnerde zich heel Eberts referaat ineens weer glashelder, hij twijfelde ook niet of de andere, thans uitgekochte eigenaren hadden van de onkreukbare en zonder onderscheid optredende Ebert eenzelfde prijs van twintig gekregen, vijftien plus vijf—de precisie van Eberts calculatie deed hem huiveren, nietig onder de kracht van de nu uitgekomen, maar al meer dan acht maanden oude voorspelling, die zich als een hand om hem sloot...

Het volgende moment had hij zich volkomen hernomen, en opgewonden stapte hij bij de buurman aan de andere kant binnen. 'Carstens we staan in de krant!' riep hij tegen de oude kleermaker op de tafel, terwijl hij de krant met felle tikken onder diens gezicht opensloeg. 'Kijk maar, die twee eigenaren met wie de besprekingen nog doorgaan, dat zijn wij! Maar duizendmaal belangrijker is het bericht dat de andere acht panden al verkocht zijn, voor twintigduizend elk, zoals ik daarnet heb ontdekt... Carstens, begrijp je niet wat dat betekent?'

Alsof zijn gezichtsvermogen nog weer verder was teruggelopen, zo moeizaam vond Carstens de enige afstand voor de krant waarbij hij die nog kon lezen. De naalden en spelden in zijn mond leken net ijzeren haren die op zijn lippen groeiden; toen hij weer opkeek spiegelden zijn brillenglazen en glimlachte hij vriendelijk en vragend als een blinde – nee, hij had het nog niet begrepen.

'Dat betekent,' ging Vedder hamerend door, '...dat betekent, dat de maatschappij nu voor honderd zestigduizend gulden in het spel zit... ze kunnen niet meer terug, ze kunnen niet meer om ons heen... Snap je het nu? De verkoop van onze huizen kan niet meer afketsen, die gaat nu absoluut door! Ha, ha!'

Als Carstens daarnet al iets begrepen meende te hebben, dan was hij dat weinige begrip nu ook kwijt: 'Maar... maar dat was toch al zo? Dat wisten we toch al?'

Heel even verstarde de lach op Vedders gezicht, heel even was het geheel stil in de kleermakerij, alleen klonk vanboven nu het krakende geluid van iemand die zich omdraaide in bed: dat was vrouw Carstens, die ieder woord had kunnen horen en ademloos wachtte op het vervolg – vrouw Carstens met dat been, dat nu nog verzorgd, maar

aanstonds verpleegd en uiteindelijk behandeld moest worden.

'Jawel, Carstens, zeker wel... maar nu weten we het helemaal zeker! Verheug je toch, ook voor je vrouw... Waarom consulteert zij dokter Mezger niet eens? Goed, die
praktiseert nu in Wiesbaden, maar wat is er tegen een
heerlijk treinreisje langs de Rijn? Dat behoort nu allemaal
tot de mogelijkheden!'

***

De opwinding liet niet meer af, werd een kwelling; de
eerstvolgende donderdagavond begaf Vedder zich naar het
American Hotel; de behoefte om Ebert te ontmoeten was
onbedwingbaar geworden, een verlangen, maar ook zijn
Amerikaanse neef zou hij graag nog eens spreken, of E.
Nigma, en Chris Anijs uit Hoogeveen bovenal natuurlijk—
bij al zijn kennissen en klanten was er geen met wie hij op
voet van gelijkheid stond; verkocht hij de Bennemin-viool
toch eens, hij zou met het geld naar Hoogeveen kunnen...

Was hij te vroeg? Het schemerde nog nauwelijks toen
hij zich ruggelings tegen de Stadsschouwburg aan drukte,
toch brandde er al wel overvloedig licht achter de boogramen van de biljartzaal. Er liep weer een stil publiek door
de Marnixstraat, net als de vorige keer, toen hij Ebert hier
ook niet was tegengekomen—was hij daarnet, bij het uitstappen van de omnibus, al even door zijn knieën gezakt
van schaamte dat hij Ebert nu openlijk was gaan zoeken,
nu verslapte hij nog meer door de kansloosheid van die
zoektocht—en ineens, heel even slechts, schoot hij vol bij
het besef van eigen eenzaamheid zoals hij, bijna zestig jaar
oud, hier nu stond, gelijk een versmade avondvrijer: ook
hij hing hier ongenood rond voor een verlicht venster,
daar onweerstaanbaar toe aangetrokken, ook voor hem

hing alles af van wie zich daarbinnen bevond, maar ook hij kon niet meer zien dan dat er licht brandde: was de geliefde er eigenlijk wel, en wanneer zij zijn hinderlijke aanwezigheid gewaarwerd, wat lette haar dan om, zoals overal gebeurde, zich daar met één ruk aan het gordijn, één stap weg van het raam van te vrijwaren? Hij zou in de duisternis net zo doelloos overblijven als een mot na het uitdoen van de lamp.

Hij haalde zijn neus op, het waas voor zijn ogen verdween en tegelijk zag hij achter het overigens ledige raam van de biljartzaal een paar dikke rookslierten omhoog kringelen naar de luchters—maar dan waren er dus toch al wel enkele leden aanwezig! Wat, als hij nu eens even wat naar voren liep? Hij maakte zich los van de muur, wilde nog juist voor twee aanwandelende heren de straat overschieten maar bleef toen als verlamd stilstaan: in een flits had hij Ebert herkend, hij was in rok, net als het gedistingeerde, wat oudere heerschap naast hem. Traag en willoos draaide hij zich naar het tweetal toe, en pas toen Ebert op het allerlaatste moment iets voor hem uitweek werd hij omgekeerd ook door hem herkend.

'Ach, mijnheer Vedder, goedenavond!...'

Door de overweldiging hoorde Vedder even niets meer, ook niet of Ebert erin geslaagd was een beleefdheidsvraagje te presteren; evengoed peinsde hij zich ogenblikkelijk af op een antwoord, een verklaring voor zijn aanwezigheid hier: het treffen zelf was één grote vraag om rekenschap, een peilloos gat waar hij suizelend in omlaag zakte...

'Ik ben net bij mijn Amerikaanse neef geweest... hij logeert hier in het American Hotel...'

Ebert glimlachte vriendelijk.

'En nu wilde ik juist naar het Concertgebouw gaan,' ging hij door, omdat de geloofwaardigheid van een verhaal toch een vervolg op het voorafgaande vergde. 'Gaat u ook naar het Concertgebouw?'

'Vanavond helaas niet,' zei Ebert.

'Zo spreekt de ware muziekliefhebber!' riep Vedder goedkeurend; na de eerste schok raakte hij nu snel op zijn gemak, hij voelde zich nu in feite al beter dan in lange tijd en met genoegen zag hij de wellevende glimlach van Ebert een ongemakkelijke uitdrukking krijgen: de beleefdheidsbegroeting was al een praatje geworden, Ebert kon niet zomaar meer doorlopen, mogelijk zelfs dat zijn voortreffelijke manieren hem aanstonds zouden nopen zijn gezelschap voor te stellen. 'Maar natuurlijk, u speelt immers zelf, de Syde-viool, een werkelijk schitterend instrument overigens, ook al is de toon iets te klein voor gebruik in het Concertgebouw. Als u wilt kan ik de hals wel wat verstellen...'

'O nee, ik ben maar een amateur!'

'Maar dat zijn nu juist vaak de grootste liefhebbers!' hield hij op lovend-vasthoudende toon aan. 'En weet u wat het is? De ware liefhebbers zoeken elkaar op, zodat het mij niets zou verbazen wanneer ook mijnheer daar...'

De introductie was nu onafwendbaar geworden, voldaan zag Vedder hoe Ebert zich er zuchtend voor opmaakte, en daarbij dat de vreemde heer niet meer ontveinzen kon dat hij zich aangesproken voelde en langzaam zijn gezicht naar hem toe draaide; een koude, heldere vreugde steeg schuimend in hem op, als champagne.

'Bent u Henkenhaf?' vroeg hij vlakweg op het moment dat hun beider blikken tegen elkaar aan sloegen; hij viseerde de onbekende aandachtig, zag hem een wenkbrauw optrekken en begreep niet alleen ogenblikkelijk dat het Henkenhaf niet was maar tegelijk ook, dronken, de ongelofelijke onbeschaamdheid van zijn vraag: heen en weer geschud door beide inzichten verbond de luchtwijn van zijn gevoel zich met razendsnelle scheuten verwachting, teleurstelling en opluchting tot één vluchtige cocktail...

Maar er gebeurde niets, de vraag werd niet beantwoord, en leek even later zelfs ook nooit gesteld te zijn. 'Ach, neemt u mij niet kwalijk dat ik u nog niet aan elkaar heb voorgesteld,' deed Ebert onverstoorbaar, alsof hij zich doodeenvoudig aansloot bij een paar seconden eerder, en de vraag al verdwenen was in een plooi van de gesmokte tijd, 'dit is mijnheer Vedder, vioolbouwer... en deze heer... deze heer is een vriend van mij...'

Op een zonderlinge wijze deed het Vedder een intens genoegen, dat Ebert hem kennelijk te onbeduidend achtte om hem zijn vriend bij de naam voor te stellen. Handen schudden was nu onmogelijk gemaakt, maar in plaats daarvan maakte Vedder een diepe buiging, waarna hij glimmend als een nieuwe cent weer overeind kwam: wanneer deze heer niet Henkenhaf was, kon hij toch nog wel die andere persoon zijn waar Ebert ooit over gesproken had? 'Juist, een vriend, aangenaam,' richtte hij zich andermaal direct tot de onbekende – het werd echt een gesprek zo, terwijl die twee nu juist niets liever wilden dan afstand bewaren en doorlopen! – 'en mag ik ook vragen of de heer Ebert bij u logeert?'

De onbekende snoof verbluft door zijn neus, zocht Eberts blik maar Vedder ging alweer door, roekeloos en uitgelaten, zonder nog te weten waar hij heen wilde, als het maar naar beneden was, de diepte in, net zolang tot hij zich helemaal omlaag had gehaald en de anderen alleen nog maar op hem neer konden kijken – dat vond iedereen fijn, en voor hem gaf het niet, hij kon het hebben! 'Nee, zegt u maar niets, het gaat mij niet aan en misschien logeert de heer Ebert ook wel bij een andere vriend, ik bedoelde alleen maar te zeggen dat u beslist de indruk wekt van een oprecht muziekliefhebber...'

Waar Ebert steeds ongemakkelijk glimlachte, daar vertoonde de vreemde heer nu een ronduit spottende grijns. Hij mompelde iets over heel vriendelijk en te veel eer, draaide zich met ingehouden adem naar zijn vriend en scheen nu ieder ogenblik in schateren te moeten uitbarsten – maar voor het zover was gaf Ebert hem permissie, misschien ook wel last zich alvast te verwijderen, waarop de man zich met nog een laatste mompeling minzaam buigend afwendde.

'Wanneer mijnheer nog een mooie viool wil kopen,' riep Vedder hem uitgelaten na, 'ik heb nog een heel bijzonder manufactuurtje in de zaak, al helemaal geschikt gemaakt voor het nieuwste repertoire, de grootste zalen, het Concertgebouworkest... honderd gulden!'

Na deze ouverture bleef het stil, het eigenlijke thema moest nog beginnen maar nu Vedder zich alleen met Ebert overgebleven zag wist hij opeens niet meer hoe verder en begaf hem alle flair: wat hem daarnet nog als champagne naar het hoofd steeg sloeg nu in hem neer als bier in een vet glas. 'Waarom bent u niet meer teruggekomen?' vroeg hij tenslotte heel bedeesd. 'Ik heb u overal gezocht, om te onderhandelen... waarom onderhandelde u wel met de buren en niet met mij? Ik las het in de krant...'

Ebert keek hem ernstig aan, zonder misnoegen over zijn wangedrag maar veeleer bezorgd. 'U onderhandelt niet, u vraagt steeds vijftig, terwijl twintig reëel is, zoals ik u al bij de eerste bespreking heb geadstrueerd met het geval van de speculant, die voor vijftienduizend een van de huizen aan het Damrak kocht met het oog op een verwachte prijsstijging van vijfduizend door de hotelplannen, ik heb kortom vanaf het eerste begin volledig open kaart met u gespeeld en u dadelijk een goede prijs geboden, dezelfde prijs die door al uw buren inmiddels is aanvaard, inclusief de speculant. Om die reden ben ik niet meer bij u geweest, het leek mij beter te wachten tot u zich van de redelijkheid van ons bod overtuigd zou kunnen hebben dan het heilloze pad van de twintig-vijftig-tegenstelling nog dieper in te lopen.'

De neutrale, zakelijke stem van Ebert had deze ontnuchterende uitwerking op Vedder dat hij zich gevoelde als een kind dat na het huilen tot rust komt, maar nog steeds wat onvast van lijf en stem blijft. 'Maar waarom hebt u niet eerst vijftienduizend geboden... dan hadden we kunnen onderhandelen!'

'Ik was bang dat u het accepteren zou – want zomin als wij een absurd hoge prijs wensen te betalen is het onze wens om van eventuele onervarenheid bij de wederpartij te profiteren door onder de prijs aan te kopen, zoals ik u overigens ook al in het begin heb medegedeeld.'

Nog kinderlijker voelde Vedder zich door dit antwoord, dat hem meer trof als een oorvijg dan als een kaakslag. Van schaamte kon hij geen woord meer uitbrengen.

'Dat zou niet alleen de eer van de heer Henkenhaf te na zijn,' ging Ebert onbewogen verder, 'wij kunnen het ons als publiek bedrijf ook niet veroorloven op een dergelijke wijze de openbare mening tegen ons in te nemen.'

'Dus... dus de heer Henkenhaf heeft wel respect voor de openbare mening?' wist Vedder slechts nog stamelend uit te brengen, bij alle gêne nu ook nog ten uiterste beschroomd om zo vrijmoedig over een persoon uit de categorie van een Agostini, een Mezger te praten – maar reeds schiftte die schroom ook tot opwinding, juist om datzelfde onderwerp!

'Uiteraard! De beste vriend van ieder hotel is de openbare mening! Wanneer zijn goede smaak het niet belet had zou de heer Henkenhaf het krantenbericht van de aangekochte huizen ook ongetwijfeld voorzien hebben van de feitelijk betaalde bedragen – opdat niet alleen u, maar ook de Amsterdamse burger in zijn algemeenheid zich van

onze volstrekt fatsoenlijke handelwijze had kunnen vergewissen.'

'Maar... beheerst Henkenhaf dan de pers?'

Ebert haalde zijn schouders op, vergeleek de journalistiek met een paard dat, hoe edel ook, toch zeer wel te bestu-
ren viel wanneer men maar goed in het zadel zat, een
beetje poëet moest de teugels van Pegasus toch kunnen
bedienen en bij een onderneming op de schaal van een
Victoria hoorde nu eenmaal dat men over bepaalde connecties beschikte – maar bij dat alles klonk nu een zekere
onwilligheid mee, alsof hij bang was te snoeven, misschien ook om de al te gretige gerichtheid op zijn heer
Henkenhaf iets te temperen.

'Ik begrijp het! Ik begrijp het!' riep Vedder opgewonden
uit. 'Geen woord meer over Henkenhaf, alleen dit nog: ik
twijfel er niet meer aan of hij staat in contact met E. Nigma...!' Terwijl hem een rilling over de rug liep keek hij
weg naar het hotel aan de overkant van de straat. De
avond viel in met zwarte muren; de beide boogramen tekenden zich er nog heller in af en in een van die medail-
lons was de vriend van Ebert verschenen, met in de ene
hand een glas champagne en in de andere een biljartkeu.

'E. Nigma?'

Langzaam draaide Vedder het hoofd terug, en in het
besef meer over E. Nigma te weten dan Ebert, wiens trekken opeens wel verstrakt leken, hervond hij achter de huiver zijn opwinding van daarnet, die spoedig doorgistte
naar een gevoel van vreugde en onkwetsbaarheid.

'Ja, E. Nigma,' zei hij, terwijl zijn ogen begonnen te
glinsteren, '...zoals die tegen de nieuwe gebouwen schrijft,
fel en deskundig, ze zouden hem bij Architectura maar
wat graag binnen zien wandelen, maar hij verkiest de ano-
nimiteit... de ongrijpbaarheid! Hoe ik dat weet? Ach, laat
ik dit zeggen: misschien bent u niet de enige die over be-

paalde connecties beschikt... maar dat neemt allemaal niet weg dat wij toch weer verder zullen moeten onderhandelen, de tijd dringt...'

'Zeker, heel graag... maar misschien zijn wij na alles wat gezegd is ook wel zover dat we kunnen proberen om nu onmiddellijk tot overeenstemming te komen?'

'Uitstekend... laat u uw bod maar horen!'

'Twintig.'

'...Vijftig!'

***

Intussen werkte men steeds koortsachtiger voort aan de decoratie van het gloednieuwe, blakend roze stationsgebouw; vanuit alle ateliers te lande arriveerden er nu reliëfs met onderwerpen als 'Stoom' en 'Welvaart', 'De Verbroedering der Volken' of ook 'De Beschaving', allemaal per spoor uiteraard, daar ook de rails en de perrons zich allang in gereedheid bevonden; vanaf 20 mei was de kunstgrond voor het gebouw officieel 'Stationsplein' gaan heten – maar toch moest de vastgestelde openingsdatum weer worden uitgesteld.

Een paar dagen na het voorval in de Marnixstraat meldde de krant de aankomst van de sjah van Perzië bij het Amstel Hotel en hoe de hekken zich in diepe eerbied voorover hadden gebogen onder de drang van het toegestroomde publiek. Vol weemoed en verlangen bedacht Vedder dat hij vroeger met Theo zou zijn gaan kijken, ze waren toch ook samen bij de serenade voor Sarah Bernhardt in het Doelen Hotel geweest, in dezelfde tijd dat hij de jongen nog zielsblij kon maken met een oud schellinkje voor zijn penningenverzameling – maar nu verlangde hij alleen nog maar courante munt, de weinige keren dat hij nog langskwam was het om geld te lenen, zo nors en stug dat Vedder niet dorst vragen waartoe.

De zomer brak aan met haring en een overvloed aan vette paling, eind augustus kwam ook de harde schier goed los, maar Vedder zei het niets meer, hij leefde in de nabijheid van het geld als een chiliast in de nabijheid van het Oordeel en at nooit meer vis, alleen nog maar vlees, in een van de twee hotels waar men hem om de andere dag om zes uur aan de table d'hôte zag aanschuiven bij andere, hem onbekende heren — tot zijn eigen buitensporigheid hem plotseling beangstigde en hij zich wekenlang aan de kost van eierhuis Spekman in de Kalverstraat onderwierp, waar alleen eieren met zuur en een vierduitsbroodje werden geserveerd, naast een flesje bier. Voortdurend voelde hij nu hoe het kapitaal hem van achteren besloop, zo dichtbij en tastbaar al alsof hij het zou kunnen grijpen en uitgeven, een lening of een schuld aangaan, maar wanneer hij omkeek zag hij niets. Het matte zijn zenuwen af, wanneer hij 's nachts wakker schrok van de in steeds groteren getale langs denderende goederentreinen kon hij niet meer in slaap komen, en uiteindelijk weerspiegelden zijn holle ogen niets anders dan een onbestemde leegte in zijn innerlijk: waar hij vroeger altijd een man uit één stuk was geweest, in de zekerheid meer te weten, meer te kunnen dan men van een tot vioolbouwer opgeklommen schrijnwerker vergen kon, daar stemde zijn aanraking met de betere kringen hem nu juist onzeker: zijn eerdere overschot was een tekort geworden, hij vond zijn persoon ofwel te groot ofwel te klein voor zijn positie, leed kortom aan standsverwarring en zag intussen met machteloze verbittering de ene na de andere vrouwenfiguur aan de gevel van het stationsgebouw verschijnen, al naar wat zij symboliseerden met een wiel, een fakkel of een ketting, één ook handenschuddend met een mansfiguur: 'De Verbroedering der Volken'! — maar wat vermocht al die opsmuk tegen het wezenlijk valse ontwerp, laat staan de locatie van het gebouw, dat een station was maar op een klooster leek? Ook deze onechtheid weer was hem onverdraaglijk, hij wrong zijn handen dat ze wit zagen maar hoe vreemd: allengs gingen zijn aanvallen van razernij steeds korter duren, onmiddellijk daarna voelde hij zich terneergeslagen en uitgeput, en dacht hij met bevreemding aan de kwijnend-zieke Veritas diep in hem.

Op een dag stopte er een verhuiswagen voor de deur bij een van de buren. Gezien het voorafgaande kon niets onvermijdelijker en voorspelbaarder zijn geweest dan dat, evengoed ontstak Vedder bij de aanblik van die lege wagen in een onbedwingbare opwinding, het was of al dat voorafgaande eerst nu een onloochenbaar-stoffelijke echtheid had gekregen, waardoor opeens ook het vervolg volstrekt voorspelbaar en onvermijdelijk was geworden: uit de donkerbruine, stikkens benauwde zomerhemel was eindelijk dan de eerste, dikke druppel omlaag gevallen, de onzichtbare damp was onder de dreigende druk ten leste dan gecondenseerd en drinkbaar geworden, god wat had hij een dorst maar aanstonds zou alles drijfnat zijn en de hele boel vollopen en blank staan, niets zo onvermijdelijk wanneer zo'n bui tenslotte dan tot ontlading kwam, en wie twijfelde bij al dat water nog aan de echtheid van de damp?

Geleidelijk aan trokken ook de andere buren weg, sommige naar de nieuwe Weesperzijde-buurt, een enkeling had zelfs iets in het Gooi gekocht, en aan het einde van de zomer kwam Ebert vertellen dat de grote sloopwerkzaamheden niet voor de laatste twee huizen zouden worden uitgesteld: de officiële opening van het Centraal Station was nu vastgesteld voor 15 oktober, en zo spoedig mogelijk na de feestbedrijven zou de bouwput voor het Victoria metterdaad in gereedheid worden gebracht. Vedder was

gedurende de mededeling steeds gelukzaliger gaan glimlachen. 'Ik weet dat u een heer bent en zal het niet als een
dreigement opvatten!' antwoordde hij stralend, '...gelieve
dat ook aan de heer Henkenhaf over te brengen, dat hij
zich van mijn hoogachting verzekerd blijft weten en zich
dienaangaande geen zorgen gaat maken: een waarschuwing, allicht, maar zeker geen dreigement, zo zie ik het!
Overigens, als u wilt onderhandelen...?'

***

Het werd oktober, Vedder sloeg de kalender om en zag de
voornaamste gebeurtenissen van het vorig jaar er in een
bestek van maar enkele weken op samengedromd, allereerst het krantenbericht over de hotelplannen uiteraard,
kort daarna de reis naar Hoogeveen en nog weer een paar
dagen later, op de vijftiende, Theo's verjaardag, die toen
nog zonder veel bijzonderheden voorbijgegaan was. Dat
zou nu heel anders zijn, met de uitgestelde verschieting
van vader Rossaert tot pleegvader—maar eerst zou de jongen, ouder gewoonte en onwetens nog van zijn vondelingschap, de vooravond van zijn verjaardag in de lutherie passeren. Vedder had zijn baard gekamd, een luxe-enveloppe
lag klaar op de salontafel achterin de zaak, op de kolomkachel pruttelde de koffie.

Theo belde pas om negen uur aan, en wat nog meer af-
week van voorgaande keren: vervolgens bleef hij als een
vreemde voor de deur staan wachten, hoewel die uiteraard
niet op slot zat en hij bovendien nog eens, als enige, daar
zelf een sleutel van had. Haastig begaf Vedder zich naar
voren.

'Kom binnen, loop door en mijn hartelijke gelukwens
vast met je zeventiende verjaardag morgen!' riep hij, terwijl hij Theo tegelijk de hand schudde en op de schouder

klopte. Weliswaar regende het buiten, maar niet hard; Theo's jas was veel natter dan wanneer hij nu dadelijk uit de Hasselaerssteeg zou zijn gekomen. Iets later zaten zij aan de salontafel.

'Zo, daar zitten we dan, aan de koffie, ha, ha!' lachte Vedder, vrolijk vanwege de opluchting dat Theo toch nog gekomen was, maar tegelijk ook lichtelijk bezorgd, want hij wist niet waar vandaan. 'Misschien verbaast dat je wel, en denk je: boven heeft hij een vis, waarom gaan we niet naar boven? Maar ik eet alleen nog maar vlees, beste jongen, meest buitenshuis ook, en weet je wat ik nu voor vanavond had bedacht? Om samen uit eten te gaan, jij en ik... daar ben je nu oud genoeg voor! Wat zeg je ervan? Eens even op mijn horloge kijken... negen uur... nee, een table d'hôte redden we nu niet meer... Maar dan nemen we toch een tafeltje voor ons twee, in een restaurant? Dan eten we toch à la carte? Je wordt maar één keer zeventien! En daarna misschien nog ergens een biertje drinken... Maar wat kijk je nu beteuterd, een cadeautje krijg je ook, hoor! Ik heb dit jaar iets heel bijzonders, iets dat echt bij je leeftijd past, want zeventien jaar, dat is niet niks, daarom dacht ik ook, kom, we gaan uit eten, gewoon, als twee heren, twee vrienden, dat kan nu zo langzamerhand wel! Natuurlijk heeft de aanstaande uitkoop hier ook mee te maken, maar mogen wij misschien ook eens een keertje uit de band springen?'

Hoe uitvoerig toegesproken ook, Theo had nog niet eenmaal geknikt, gelachen of zelfs maar opgekeken, hij ging volledig op in het herstel van zijn enigszins nat geworden voorkomen en zat zich nog steeds te soigneren. Eerst had hij zich met een witte zakdoek de regen van het gezicht gewist, vervolgens was hij met een poetslap zijn schoenen gaan opwrijven, daarna had hij, tegen het uitlubberen, zijn zeer smalle, bijna spitse broekspijpen zorgvuldig opgetrokken bij de knieën, en nu zat hij met beide handen zijn zwarte haar te modelleren. Zonder met praten te durven ophouden, temeer niet nu het na de sluiting van de herberg naastaan 's avonds dodelijk stil was in de werkplaats, zo stil dat Theo er wellicht door verdreven zou worden – terwijl hij dus ononderbroken doorpraatte zag Vedder met een schok hoezeer de jongen was gaan lijken op Ebert, die hij nu zo vaak gezien had dat zijn beeld voor de vergelijking beschikbaar was – maar het was een gelijkenis door tegenstelling: beiden lieten aan hun kapsel een bepaalde vrijheid, maar waar Ebert, wanneer de wind met zijn haar gespeeld had, ongetwijfeld iets van een dichter of een artiest zou krijgen, daar leek Theo met zijn lok op het voorhoofd toch vooral op een dansleraar; beiden droegen strakke kleding, maar waar de scherpe snit van Ebert de slankheid van zijn lichaam benadrukte, daar waren de kledingstukken van Theo gewoon een maat te klein en hadden ze, meest tweedehands, maar met eindeloze zorg gekozen, vooral dit effect dat zijn lichaam er juist in zijn geheel door werd gemaskeerd, kortom zij verhielden zich tot elkaar als een belofte en derzelver vervulling, als het negatief en de foto, het kleimodel en het brons: Ebert was blank, Theo veeleer bleek; kwam Eberts teint voort uit een teveel aan verfijnd kunstgenot, die van Theo was duidelijk de uitslag van juist een tekort aan vreugde en genot, een huiduitslag – plotseling zag Vedder het leed op Theo's gezicht, maar het was een leed dat niet deed medelijden, wat het nog aangrijpender maakte, want welke knaap wilde met zo iemand bevriend zijn, welk meisje wilde tegenover hem bedenken dat er een spijsverterend lichaam in dat nauwe jasje zat, en een kont met billen in die broek? Maar als hij inderdaad geen vrienden had, waar kwam hij nu dan vandaan, en waar leende hij dan altijd dat geld voor? Vedder slikte, zijn liefde had bij het denken en begrijpen een ogenblik gehaperd maar hernam zich alweer, versterkt juist door dat begrip dat hem door het hart sneed.

'Trouwens, je vader heeft morgen ook iets heel bijzonders voor je,' ging hij door, 'vorig jaar was je er nog te jong voor, daarom krijg je het pas nu... Ik wil heel graag weten wat je ervan vindt... Kom morgen anders even langs, een uurtje maar! Als je er zin in hebt lopen we daarna nog even naar het cs; je weet toch wel dat dat morgen officieel geopend wordt, en me dunkt dat wij daar genoeg mee te maken hebben, ik bedoel, zonder het cs ook geen Victoria, alles is locatie! Vroeger zouden we bij zo'n gelegenheid een spandoek met een berijmd protest hebben meegenomen, ach ja, weet je nog? "Niet elke naald wijst als een vinger/ naar d'onsterflijkheid van Springer"... De Hogesluis! Maar ik praat te veel, nu eerst je cadeau!'

Pas toen Vedder de enveloppe van de tafel nam hield Theo op het straatvuil van zijn broekspijp te krabben en sloeg hij de ogen naar hem op. Heel even leek het of hij blind geworden was, toen begreep Vedder dat de jongen het vermogen ontwikkeld had om iemands blik te ontwijken ook nog wanneer hij hem aankeek.

'Alsjeblieft,' overhandigde hij het papier met een smartelijke glimlach, 'en zoals ik al zei, het is iets heel anders dan andere jaren, geen tekendoos of atlas maar iets wat nu zo echt bij je leeftijd past, zoals het daar ook bij past dat je wat later bent gekomen — je goed recht, op de vooravond van je verjaardag, zou ik ook doen, misschien ben je bij vrienden geweest, groot gelijk, wat moet je ook met een oude man als ik — nee, beschouw mij óók als een vriend... een biertje, vast? Hier, maak open...'

Theo scheurde de wikkel open, haalde er een fraai gekalligrafeerd vel velijn uit en draaide het zo dat hij het kon lezen — maar zijn stem verheffen deed hij niet.

'Over de buste van prins Hendrik de Zeevaarder', las

Vedder luidop voor; hij leunde met zijn ellebogen op de knieën zover naar voren dat ook hij op het papier kon kijken, 'door J. Accuse...' Stralend keek hij Theo aan. 'Snap je het?'

Theo schudde het hoofd.

'Het is een titel!' legde Vedder glunderend uit. 'Stel je voor, een krant, dadelijk al bij de inhoudsopgave, "J. Accuse, 'Over de buste van prins Hendrik de Zeevaarder'" – ik heb je een pseudoniem gegeven, en een eerste onderwerp om over te schrijven! Begrijp je het nu? Je bent zeventien jaar, oud genoeg om onder een eigen pseudoniem iets aan de kaak te stellen! Maar waarom nu juist die buste van prins Hendrik hier voor de deur, vraag je je af, wat weet je eigenlijk van beeldhouwkunst, en wat is er niet goed aan? Welnu, kijk hem daar maar eens in het plantsoentje staan... Waarom heeft Publieke Werken hem die plaats gegeven? Opdat hij, wiens hand zoveel goeds en groots tot stand heeft gebracht voor de Amsterdamse handel en zeevaart, inzonderheid de stichting van de Maatschappij "Nederland", tot in lengte van dagen haar stoomschepen zou kunnen zien, zoals die vanuit het Y hun stichter gedurig het vlagsaluut toewuiven – maar ziet hij die ook? Nee, driewerf nee, het Centraal Station staat ervoor, hij ziet alleen nog maar de overkapping... Begrijp je waar ik heen wil? De locatie is verkeerd! Je stuk heeft misschien nog niet zozeer op de verkeerscirculatie betrekking, maar al wel op de locatie! Je zult direct tegen Publieke Werken schrijven...! Zie je ertegen op, de eerste keer? Ik zal je wel helpen! We hebben al zoveel samen gedaan, vroeger, toen ik als een vader voor je was... Ik dacht, jij bent de enige die weet dat ik Veritas ben, misschien wil je wel in mijn voetsporen treden...'

Roerloos staarde Theo naar het papier op zijn schoot; opgetogen reikhalzend las Vedder met hem mee: J. Accuse,

'Over de buste van prins Hendrik de Zeevaarder'.

'De teugels van de openbare mening liggen in je hand...' vervolgde hij hees, 'laat de zweep maar knallen... Henkenhaf zal je erom respecteren... Hoe ik dat weet? Ebert heeft het me zelf verteld: Henkenhaf respecteert de openbare mening...'

Eindelijk brak Theo dan uit zijn verstijving en stilzwijgen en begon hij begrijpend te knikken. 'Een pseudoniem,' zei hij, eerst nog meer in zichzelf dan tegen de ander, maar toen keek hij Vedder aan met achtereenvolgens een verbaasde, een afkeurende, en tenslotte een ronduit geamuseerde uitdrukking op het gezicht. 'Een schuilnaam... maar waarom zou ik me achter een pseudoniem verschuilen als ook mijn eigen naam mij volmaakte dekking biedt? Als ik onderteken met Theo Rossaert, dan is er toch niemand die zegt: verdraaid, dit stuk is door Theo Rossaert geschreven? Een anonymus blijft toch ook onder zijn eigen naam nog wel anoniem? Dat zou toch werkelijk al te mooi zijn, een krantenlezer die tegen zijn vrouw zegt: kijk nou toch eens hier, Miep, die Theo Rossaert, dat is Theo Rossaert!'

Het was langgeleden dat Theo zoveel woorden achter elkaar tegen hem gezegd had, en dan nog op schertsende toon, maar toch verschoot er iets in Vedder, alsof een zeil was losgesprongen en wild in de wind begon te klapperen. 'Jawel, de eerste keer natuurlijk wel...' trachtte hij de schoot weer in te halen, 'maar op den duur... ik bedoel, als ik elke keer onder mijn eigen naam zou hebben gepubliceerd, dan...' Even haperde hij, Theo had het papier op de tafel laten vallen. 'Maar kom, ik overval je ermee, we praten er onder het diner nog wel over!' ging hij plotseling gehaast verder. 'Dat onderdeel van mijn verjaarscadeau blijft onverlet, en let wel: à la carte! Wat zeg je van Hotel Polen?'

Theo beantwoordde zijn lach niet, bleef ook nog zitten waar Vedder al overeind gekomen was, en keek door de werkplaats heen naar voren, alsof hij op een manier zon om bij de deur te komen zonder op te staan. Niet zodra bemerkte Vedder de onwilligheid om mee te gaan of het geklapper in zijn hoofd kwam op slag tot rust, het zeil stond in enen zo strak dat het wel niet meer van doek leek maar van ijzer, een driekantig stuk flonkerend staal, een mes; was Theo's loutere aanwezigheid hem tot hiertoe geweest als een stralende, blauwe hemel, waar hij slechts met knipperogen naar op kon kijken, bij het zien van de zwarte schittering in de hoogte viel alle moeizaam opgebrachte vrolijkheid, waarmee Theo's komst beloond had moeten worden, zijn voortijdige vertrek belet, net zo snel van Vedder af als de gelijkzijdige valbijl van achterdocht, drift en jaloezie nu op hem neerdaalde.

'Is het niet goed?' vroeg hij met dunne stem. 'Moet het Ebert zijn? Maar dan gaan we toch naar Ebert? In het Concertgebouw...! Toevallig weet ik dat hij daar zeer regelmatig vertoeft, dat heeft hij mij zelf verteld. Verbaast je dat? Zijn vriend is ook een oprecht muziekliefhebber!'

De omslag was volledig symmetrisch. Waar Vedder, al vleiend, tot nu toe niets dan Theo's genoegen had nagestreefd, daar begon hij zich nu in allerijl vertrekkens klaar te maken; omgekeerd toonde Theo niets meer van zijn eerdere weerspannigheid zoals hij afwerend en onderdanig de handen hief — maar Vedder zag het niet meer, zonder nog enige acht op de jongen te slaan maakte hij met veel misbaar toilet aan het kraantje naast de trap.

'Nee, ik wil juist heel graag naar Hotel Polen... Ik ben niet in rok!'

'Kinderen hoeven niet in rok!' Door een gordijn heen klonk het geluid van lege knaapjes die tegen elkaar aan kletterden; het volgende moment kwam Vedder er met een nat hoofd en gekleed in een wit gewafeld hemd achter vandaan, in zijn ene hand zijn fladderende rokjas terwijl hij met zijn andere hand Theo bij de nek uit zijn stoel omhoogtrok en voor zich uit duwde naar de deur. Eenmaal buiten grabbelde hij naar zijn sleutels om af te sluiten, maar ineens scheen hij zich iets te herinneren en verdween hij weer naar binnen. Toen hij andermaal naar buiten kwam had hij een vioolkist met daarin de Benneminviool in de hand, en zonder de pas in te houden beende hij naar het Damrak, Theo als vanzelf meezuigend in het kielzog van zijn razernij en zo ijlings dat hij de woest opengezwaaide winkeldeur pas achter zich hoorde dichtslaan toen hij al bijna bij de hoek was.

'Maar waarom neemt u een viool mee?' kwam Theo hem het volgende moment benauwd ter zijde.

'Waarom ik een viool meeneem? Omdat de zaal allang is gesloten denk ik dat we de artiesteningang zullen moeten nemen, lijkt je niet? Of heb jij soms twee abonnementen op zak?'

In strakke pas ging het voort door de donkere straten en het avondpubliek; even strak staarde Vedder voor zich uit terwijl Theo hem maar nauwelijks kon bijhouden – maar zijn bitterheid, sterker nog dan al die verstrakking, blies hem als een winterse wind van voren tegen, zodat zijn hart er gedurig van klapperde, rilde en kilde en hij domweg niet kon zwijgen. In afgemeten zinnen wees hij Theo op alles wat hij tot diens ontwikkeling had bijgedragen, de bezoeken aan de wereldtentoonstelling van 1883, het gezamenlijk lezen en becommentariëren van de krant, het uitsluitend door zijn aandringen mogelijk gemaakte halve schooljaar op de hbs, waar de jongen echter geen voldoening had gegeven, de inwijding in de muziek, met nu weer deze gang naar het Concertgebouw, waar een jongen als hij normaliter nooit ofte nimmer binnen zou komen enzovoorts en zo verder – maar wat had het uiteindelijk uitgehaald? 'Er is niets waar je nog enig belang in stelt, zelfs je eigen toekomst niet! Hoe denk je op kantoor vooruit te komen zonder avondstudie, zonder aktes, zonder kennis van de handelswetenschappen, vreemde talen en correspondentie? Maar jou interesseert het allemaal niks! Waarom eigenlijk niet? Het leven is zo belangrijk!'

In dezer voege sprak Vedder maar voort, telkens losse zinnen met stiltes ertussen, zonder dat hij gelegenheid gaf tot antwoorden, soms ook zonder dat Theo, wanneer die ergens voor moest uitwijken, nog naast hem liep, zodat het wel leek alsof hij luidop voor zichzelf uit praatte, hoewel hij het over niets anders had dan de jongen – maar ter hoogte van het Spui boog hij af naar een ander onderwerp: 'Misschien denk je wel: wie is die vent, die mij daar de les loopt te lezen, wat stelt hij in de wereld voor bij een man als E. Nigma, of sterker nog: een Ebert? Maar dan verkijk je je toch op de uiterlijkheden! Neem nu alleen de lopende onderhandelingen: ik treed daarin op met vol mandaat, ook namens Carstens, maar dat kun je van Ebert niet zeggen! Dat is een boodschappenjongen, een bode met een briefje, van alles wat er tussen mij en hem voorvalt moet hij proces-verbaal opmaken, voor Henkenhaf, de enige met wie ik in wezen te maken heb, de enige ook die vanaf de andere kant tot mij spreekt, want al beweegt Ebert zijn mondje nog zo natuurgetrouw, we horen toch echt niets anders dan de woorden van de grote buikspreker bij wie hij als een pop op schoot zit, ik bedoel: wie naar Ebert vraagt zonder Henkenhaf te zoeken, is een leverancier die op de keukendeur klopt maar nooit de salon zal zien! Hoe ik aan deze kennis gekomen ben? Van E. Nigma zelf...!'

Ze doorstaken de Jordaan langs de Looiersgracht, sloegen linksom de Marnixstraat in en bevonden zich na de volksbuurt weer mede omringd door koetsen en hoge hoeden. Het was een kille avond, Vedder had onder het lopen zijn jas aangetrokken en negeerde Theo nu vrijwel volledig, slechts wees hij in het voorbijgaan schuin omhoog naar de donkere kamerstapeling van het American Hotel, niet met een uitgestoken vinger maar met de vlakke hand, zoals men over een uitgestrekt terrein wijst, of naar de toekomst. 'Het American Hotel,' zei hij, zonder de pas in te houden of ook maar een enkele blik opzij, zonder een antwoord te vragen of dat zelfs maar toe te staan, 'daar logeert mijn neef uit Amerika.'

Eenmaal voorbij het Leidseplein werd het snel stiller op straat, de stad begon te rafelen aan haar zoom en na de onderdoorgang van het ook nog maar vier jaar oude Rijksmuseum, evenals het Centraal Station gebouwd door Cuypers met het voorkomen weer van een klooster, kwam toch nog onverwachts het overrompelend witte, gloednieuwe Concertgebouw te zien, al niet meer binnen de bebouwing, oprijzend als een eiland, een ongenaakbare krijttrots uit de enorme lege vlakte ervoor, het glacis van de nieuwste kunstveste, het proscenium van een hoger podium, alles omlijst door de nacht en de peilloze diepte van het boerenland erachter. Over deze locatie was uiteraard veel te doen geweest, Veritas had dreigend voorspeld dat het muziekminnende publiek het afgelegen gebouw zou mijden, maar vooralsnog was ieder concert uitverkocht geweest. Ze liepen niet meer over een stoep maar over een pad. Ergens vlakbij snaterde een eend.

Het laatste stuk leek opeens wel zwaarder gaans, alsof het bergop ging – maar zo was het immers ook, zij klommen toch omhoog naar ijlere sferen? Met elke stap naar het Concertgebouw wentelden zij de achterliggende, aloude muziekpraktijk waar zij thuis waren geweest, maar die door het Concertgebouw ontluisterd, ontkracht en geridiculiseerd was, toch verder van zich af, vooreerst de gezellige Parkzaal in de Plantage natuurlijk, afgebroken reeds, het orkest ontbonden, maar ook de variétés in de Amstelstraat, de liedertafels met vioolbegeleiding of een zaal als de goede, oude Geelvinck? Na het vertrek van een deel der musici naar het Concertgebouworkest was de Amsterdamse Orkestvereniging een kwijnend gezelschap geworden, Maatschappij Felix Meritis had de muzen al vaarwel gezegd – grimmig zwijgend ging Vedder voorop, alsof hem de adem werd afgesneden door de gedurige tegenwind, die nu wel rechtstreeks vanaf gindse poolkap leek te waaien, het ijsblauwe dak van de muzikale wereld, waarop de expeditie geen vlag had geplant maar waar plotseling een stenen lier op zichtbaar werd, van onderen aangelicht als de Atlas die het Victoria Hotel zou gaan bekronen, of ook als de Faam op het Paleis voor Volksvlijt, nog zo'n concertfaciliteit die thans tweederangs moest heten...

Talloos waren de rijtuigen die naast het immense gebouw al stonden te wachten. Als verwacht was het voorportaal afgesloten, maar de artiesteningang opzij ging moeiteloos open. In de portiersloge zat een man te gapen onder een koperbeslagen pet, Vedder tilde de viool als een achteloze groet naar hem op en sloeg de eerste de beste hoek om: ze waren binnen! De koffer bekloppend keek hij glunder naar Theo, die schuw in het rond blikte. 'Mijn onfeilbare abonnement!' lachte hij – maar onmiddellijk verstrakte ook weer zijn gezicht. 'Ik denk dat hij beneden in de zaal zit, lijkt je niet? Maar wij gaan naar boven, vanaf de trans zullen we het publiek eens goed bekijken!'

Nooit eerder was Vedder daadwerkelijk in dit bolwerk binnen geweest, na de tweede hoek had hij geen flauw benul meer van richting maar dat deed er al niet meer toe, er was te veel te zien om zich ook nog maar te willen oriënteren, portretten overal en tientallen oudere en nieuwe affiches aan de wanden, en na nog weer een hoek klonk er ineens muziek! Linksom en rechtsom ging het verder door de gangen, dwars door groepen druk converserende heren en dan weer over hele stukken lege loper, terwijl het orkest kiekeboe speelde door nu eens van vlakbij machtig aan te zwellen om vervolgens weer weg te zakken tot onder het gesuis van de gasbollen. Zonder nog te weten of hij ze al eerder gezien had of dat het weer nieuwe waren bleef Vedder zich maar vergapen aan alle balkons en salons waar ze langskwamen, de rookkamers en corridors, tot een ingelijst affiche van voorleden 5 juni hem opeens deed stilstaan: in weelderige sibons werd een uitvoering van het Concertgebouworkest onder leiding van Willem Kes aangekondigd in het Kurhaus te Scheveningen.

'Het Kurhaus...' mompelde hij, met zijn wijsvinger tegen het glas gedrukt, '...het Kurhaus van Henkenhaf... Henkenhaf die tegenover het Centraal Station van Cuypers gaat bouwen... Cuypers van het Rijksmuseum... waar dit Concertgebouw weer tegenover is gebouwd... het Concertgebouw met het Concertgebouworkest... dat Henkenhaf van de zomer dus al in het Kurhaus heeft gehad!' Draaierig staarde hij naar het begrip dat zich heel even als een cirkelvormig visioen aan hem openbaarde – het was een doorschijnend, duizelingwekkend panorama dat om hem heen draaide, een verblindend diorama, een cyclorama met één onomstotelijke as: het kon niet anders of Henkenhaf zat ook in de zaal...

Vanuit de verte klonk applaus op, dof maar tegelijk ook klaterend als een lopende kraan. Theo stond schuin naast hem en knikte naar een trap in de hoek, waar hij zou kunnen zitten, maar niet zodra maakte hij zich los van de muur of hij had zijn evenwicht en kracht weer ten volle hervonden.

'Ja, naar boven nu, vlug... aan het werk!'

IJlings beende hij naar de voet van de trap, hij sprong

de treden op, opende een deur en deinsde even terug, zo luid sloeg het applaus hem opeens in het gezicht, als water waar de zaal tot de nok mee vol zat en dat zich nu met onweerstaanbare kracht door het lek van de deuropening naar buiten de gang op perste. Theo met zich mee wenkend drong hij naar binnen, nog zag hij niets van de eigenlijke zaal doordat iedereen stond, maar met krachtig duwen werkte hij zich door het gedrang van zwartgerokte ruggen en blote damesschouders heen tot helemaal vooraan aan de balustrade.

Het punt van uitkomst bleek halfweegs de galerij aan een van de gestrekte zijden te zijn; het podium bevond zich links schuin beneden hem, recht onder hem lag de eigenlijke zaal. Overweldigd door zoveel flonkering wist hij even niet waar te kijken, toen begon hij het uitzicht gretig af te grazen alsof het een buffet was, en hijzelf uitgehongerd, lukraak tot zich nemend wat hem maar voor het oog kwam, dan ook weer gericht grijpend naar een delicatesse achteraan, de enorme draperie die vanaf de zoldering in stromende plooien paars fluweel afhing achter het podium, daar waar te zijner tijd het nu nog ontbrekende orgel moest komen, het publiek dat beneden nog deftiger was dan hierboven, maar evengoed ook een staande ovatie uitbracht, het bordeauxrode pluche van de opgeklapte zetels, de schittering van de vleugelpiano, en onder de galerij aan de overkant weer overal die kringen van heren met sigaren en glazen vol champagne. Ter hoogte van het podium bogen de wanden in vloeiende ronding af naar de draperie in het midden, als de boeg van een schip, maar ook die gewulfde wangen waren nog bezet met volle tribunes, pokdalig van de alleen daar van vooraf geziene gezichten, bleke schedels, gladde knoppen als evenzovele klinknagels...

Er bewoog daar iets, over een brede trap in die massa

uitgespaard klom een druk, zwart figuurtje in rok omhoog om na een korte verdwijning en onder een nieuwe golf van applaus weer tevoorschijn te komen en af te dalen naar het orkest. Reeds had Vedder zijn ogen voldoende scherp ingesteld om in deze persoon dirigent Kes te herkennen, van een foto, maar nu werd hij te midden van een groepje drinkende heren ook zijn vooraanstaande collega Smolenaars gewaar... natuurlijk, die hoorde hier helemaal thuis!

Het applaus was bedaard, Kes bleef beneden aan de bok staan maar nu verdween een deel van het orkest zelf over de dirigententrap naar boven. Vedder begreep dat daar ergens, op gelijk niveau met de galerij, de kleedkamer moest zijn, en ook dat de avond nu afgesloten ging worden met nog een laatste musette in kleine bezetting, overeenkomstig de geliefde gewoonte indertijd bij het Park. Reeds hief Kes zijn stokje, maar op dat moment meende hij een glimp van Ebert gezien te hebben, een zwart geplakt kapsel niet ver bij Smolenaars vandaan, hij wilde Theo aanstoten en merkte eerst nu dat de jongen niet meer naast hem stond...

Terwijl het orkest uitbrak in een dol rondtollende wals wrong hij zich misselijk terug naar de gang, hij zag de smalle rug van Theo die op nog geen tien meter afstand van hem wegliep en kromp ineen, eerst van opluchting, toen onder een razende scheut hartzeer. Zwaaiend met de vioolkoffer haalde hij hem in, hijgend zette hij hem vast tegen de muur.

'Wou jij hem smeren? Wilde jij stiekem alleen naar Ebert? Niks daarvan, eerst werken...'

'Werken?'

'Ja, werken! Weet je nog? Ik begrijp best dat jij beneden met Ebert een glaasje champagne wilt drinken, maar begrijp jij dan ook dat jij zonder mij nooit zo iemand zou

hebben leren kennen, en ook nooit hier verzeild zou zijn...
Ook al ben je door Ebert aangeraakt, dat verandert je
niets... en daarbij... Ebert... het zou mij niets verbazen als
Henkenhaf zelf hier ook is! Maar dacht je dat ik hem ging
zoeken? Ha, ha... Werken!'

Zonder te weten of hij Theo nog bij de pols meetrok of
niet bewoog hij zich door de dikke lucht naar het einde
van de gang, hij sloeg de hoek om en zag juist hoe de afge-
zwaaide orkestleden vanaf de andere kant in opgewekte
stemming kwamen aangeslenterd en al pratende, zonder
hem op te merken, in een zijvertrek verdwenen. Het leek
een eindeloze tijd te duren vooraleer hij er was aangekomen, maar de deur stond nog open.

De meeste musici zaten al, op de lage, houten médecin-
banken langs de muren. Sommigen hadden hun concert-
schoenen al uitgeschopt, anderen wisten zich het gelaat af
met hun van de haak getrokken daagse hemd, er heerste
zo'n echt gemoedelijke sfeer als van na een wedstrijd, met
de benen vermoeid vooruit gestrekt en gelach alom – tot
de laatste binnenkomer dan eindelijk was opgemerkt en
de een de ander met steelse blikken waarschuwde.

Als bedwelmd door de verstoring van zijn eigen binnendringen stond Vedder massief in het midden van het
kleedlokaal, zwartgerokt en met de vioolkist losjes in de
hand, net als zo-even de musici maar toch volstrekt anders; gulzig snoof hij de penetrante zweetlucht op die hij
als enige die er geen deel aan had kon ruiken, en toen het
geroezemoes even verzwakte was dat genoeg voor hem om
aan te springen. Verschillende van de musici had hij al
herkend, een Houbraken uit het ensemble van het Paleis
voor Volksvlijt, Adolf Dopper van het voormalige Park, de
oude heer Freyer en nog anderen.

'Heren, heren, uitmuntend! Voortreffelijke muzikantici,
dat bent u allemaal!' riep hij de mannen lachend toe, toen

bleef zijn blik aan een hunner haken en scheen hij even geen woord meer te kunnen uitbrengen. 'Maar nee... jawel! Houbraken, dus jij ook, een der gebenedijden, opgestoten in de vaart der vooruitgang, gefeliciteerd! Je kent me toch nog wel? Je hebt vroeger wel eens een viooltje bij me gekocht... Vedder, Vedder Violen... Nee, natuurlijk, je bent me nu compleet boven het hoofd gegroeid, maar dan moet je nu toch eens even kijken wat ik bij me heb... een inruilertje, prachtige klank, een forse inclinatie... wacht...'

Hij hurkte neer waar hij stond, te midden van de vellen bladmuziek, de verlakte schoenen en open vioolkisten waar de vloer mee bezaaid was, en klikte de zijne open. Liefdevol nam hij de Bennemin-viool uit het fluweel, en voor de grap wiegde hij er even mee of het een baby was, schalks over zijn schouder blikkend of men wel keek, te stralender omdat hij wist dat iedereen deze oude grap van hem wel kende en er niet anders dan opgelaten om zou kunnen lachen.

'En wie hebben we daar, Dopper, Adolf Dopper... dat is langgeleden... Viool kopen? Mooie viool hoor... honderd gulden!'

Vanuit de verte drong de verdwaasde vrolijkheid van de wals tot hierbinnen, maar nog veel verrukkelijker klonk Vedder het weer op gewone sterkte hervatte gepraat om hem heen in de oren. Om zo genegeerd te worden, uit desinteresse of gêne, dat was hem om het even, terwijl hij toch uit alle macht in het rond bleef boniseren en om aandacht vroeg, het wond hem steeds meer op, hij kon er niet meer mee ophouden, wilde het gevoel van zalig wegzakken alleen nog maar versterken, hij kende de roes van het nakende eindpunt, de uiteindelijke ontlediging van zichzelf te goed: als je jezelf maar snel genoeg omlaaghaalde werd je vanzelf gewichtloos, dan begon je te zweven, ging je vliegen... de valwet!

'Ach meneer Freyer ook... Meneer Freyer! Even proberen? Akkoord, een Syde-viool is het niet, die heb ik in de
zaak, maar die is niet te koop... een reparatie, begrijpt u
wel? Maar niet verder vertellen, als ik u verzoeken mag,
want met een waarde van zeker drieduizend gulden, en
dat dan zonder verzekering, open en bloot in de etalage...
Gelukkig heeft niet iedereen verstand van violen! Maar
wat ik zei, dit hier is een heel aardig manufactuurtje...
Theo, geef meneer Freyer eens een stok aan!'

Toen er niets gebeurde keek hij eerst over zijn linker-
schouder, daarna over de rechter. Theo was weg. Verkrampt van ontnuchtering klapte hij heel langzaam zijn
koffer dicht en kwam hij overeind. Op dat moment, na
nog een climactische slotmaat, hield de verre wals op en
begon er een zachte branding van bevrijdend applaus te
klinken, fris en verkoelend. Als bevangen door een al te
grote aandrijvingskracht bleef hij nog even roerloos naar
de lege deur staren, toen, terwijl iemand hem goedmoedig
op de rug klopte, stiet hij af, onstuitbaar voorwaarts: de
jongen kon nog niet ver zijn.

Ditmaal was de smalle rug nergens meer te zien. Zonder nog na te denken rende Vedder terug door de lege
gang, maar eenmaal om de hoek zag hij het eerste galerij-
publiek al naar buiten stulpen. Werktuiglijk ijlde hij voort
naar die uitgang, waaruit zij daarnet zelf gekomen waren;
uit alle macht werkte hij zich tegen de stroom in naar binnen, wrikkend met zijn koffer, in wilde borstslag dwars
door de vloed heen tot helemaal vooraan weer aan de balustrade. Theo was er niet—maar waarom zou hij ook?

Het applaus verstierf al, een kleine aanvulling slechts
op de reeds gegeven ovatie, zoals ook de musette niet meer
had willen zijn dan een lichte toespijs op het serieuze programma, een amuse achteraf, waarna het alleen nog maar
zaak was om snel, voor de grote massa uit, bij de vestiaire

te raken—ook beneden, kortom, was de drang naar buiten begonnen, al gingen er overal volle dienbladen rond en stonden de heren aan de overzijde nog heel bedaard te confereren—maar waar Vedder eerder Ebert gezien meende te hebben zag hij hem niet meer—toch kon Theo nu ieder moment heel goed op die plaats verschijnen, mits ook hij Ebert daar maar gezien had... en wat moest hij dan nog, vanaf deze onmachtige bovenplaats? Het was een gekmakende tweestrijd tussen twee even sterke impulsen, enerzijds het lichtende brandpunt angstvallig in het oog blijven houden, anderzijds zich onverwijld derwaarts haasten, en telkens wanneer hij naar het ene neigde leek er uit de metalen buis waar hij zijn knokkels op wit kneep wel een elektrische stoot te komen die hem de andere kant op dwong, tot hij eindelijk zijn vastgeschroeide hand wist los te scheuren en zich opnieuw een weg naar buiten baande.

De overvolle corridor, de trap omlaag, de ziedende haast, het koortsachtige denken: onmogelijk Theo nog in te halen, hem in het gedrang beneden terug te vinden; het enige dat overbleef was hem de pas afsnijden, en daar opwachten waar iedereen langs moest, de uitgang—maar dat was hoe dan ook het beste... als hij nog maar op tijd kwam! De blindelingse zoektocht naar de artiesteningang... hij moest buitenom, de drukte mijden...

De eerste concertbezoekers kwamen juist naar buiten, de jas over de arm, verhit nog van kunstgenot, de dames wuifden zich koelte toe met het programmaboekje, de koetsen stonden in een lange rij gereed. Ook Vedder had de hoofduitgang bereikt, maar dan vanaf de andere kant, door de koude lucht. Dadelijk van opzij, geposteerd tussen de paarden en de voorgevel, pal achter een livreier, zag hij de haute volée van de burgerij, de fine fleur van de jeugd de lage treden afdalen en onder de gestreepte pergola opgeslokt worden door de schoksgewijs verspringende reeks van koetsen: niemand kon hem ontgaan zo, hij stond vlakbij, onbeweeglijk, met bonzend hoofd en de vioolkoffer in de hand, zwetend nog als een solist, tot een herhaalde roep hem opzij deed kijken.

'Bravo! Il maestro! Bravo!'

Een heer bij de voorstaande koets klapte, stak joviaal de duim naar hem op en klapte weer verder; op de trap draaide iedereen het gezicht naar hem toe, sommigen begonnen mee te klappen, er klonk een schuchter, open applaus op, wezenloos verlegen in de buitenlucht, en toen het volgende moment twee kleine meisjes aan de koets kwamen liet de joviale heer ze niet dadelijk instappen maar wees hij ze eerst op de gewaande artiest. 'Bravo!'

Dreef het publiek een spel met hem of was er sprake van een oprecht misverstand? Vedder had de kracht niet meer er nog over na te denken, kon nauwelijks zijn eigen gewicht meer dragen, maar toen hij de gezichtjes zag van de ernstig meeklappende meisjes overwon hij om hunnentwil voor een ogenblik zijn eigen ernst. Hij boog, sloeg een ouderwets sierlijk manuaal in de lucht, en toen hij zich na nog een korte opleving van het applaus weer rechtte zwaaide er een ijl, wit handje naar hem vanuit de krakend wegrijdende koets. Op dat moment daalde een heel andere hand zwaar op zijn schouder neer.

'Bravo, il maestro...!'

Op minder dan handbreedte afstand lachte het gezicht van Houbraken hem scheef toe, de man sloeg nog eens stevig op zijn rug en draaide zich om.

De kwartieren verstreken, het was gaan regenen en de mensen die nu nog op de trap stonden hoorden eerder bij het personeel dan bij het publiek. Smolenaars was voorbijgekomen, iedereen was voorbijgekomen, maar niet Theo, niet Ebert. Toen er bijna niemand meer naar buiten kwam begon hij achter de stroom aan te lopen in de richting van de stad—toch nog te vroeg? Een lichtvoetig hoefgetrappel kwam snel naderbij, Vedder sprong aan de kant en terwijl zijn hart oversloeg schoot een cabriolet met gesloten kap hem onder luid geraas en op fonkende wielen voorbij, reeds zag hij het eenzame, rode lichtje van de achterlantaarn wazig worden, hij wist niet van zijn tranen of de regen. Zeer wel mogelijk dat Ebert in die wagen zat, met Theo—maar misschien ook niet.

***

Het was ver na middernacht toen Vedder doorweekt en zwaar bij drank thuiskwam. Hij was op tril geweest ergens in een bierhuis met kelnerinnenbediening, de dameskapel walste nog voort in zijn hoofd, geleund tegen de grote kroegruit had hij urenlang naar de dirigerend violiste staan staren, en onderwijl van een eigen doorbraak gedroomd. Met de opbrengst van zijn huis had hij twee overliggende, met de achtertuinen aan elkaar grenzende huizen aangekocht en doen slopen, tussen de beide doorgaande wegen was een nieuwe verbinding ontstaan, een straat, niet meer dan een steegje, de Veddersteeg, maar wat een overheveling toch vanuit het particuliere naar het openbare, de uiterste gift van een persoon aan het hoge publiek, waar hij zich meer dan ooit tevoren huiverend in verloor— het was of de mensen nu werkelijk door hem heen liepen, een tintelend getrippel heel diep vanbinnen, en dat terwijl de een na de ander op weg naar toog of plee al van voren langs hem heen streek en hij ook nog eens van achteren gezien kon worden, door de mensen buiten...

Mompelend bracht hij zijn sleutel op, hij keek ernaar en bleef toen als verstijfd stilstaan: met een onthutsende helderheid hoorde hij weer hoe de deur bij vertrek achter hem was dichtgeslagen, als in een nagezicht zag hij zich op dat moment al met Theo voorbij Carstens razen – hij had niet afgesloten, de deur zat helemaal niet op slot, ten behoeve van de klanten waren winkeldeuren juist zo ingericht dat ze nooit uit zichzelf in het slot vielen. Zijn schedel jeukte, zijn lamme spieren tintelden van angst dat de Syde-viool gestolen was, toen steeg een dierlijke kracht in hem op, steeds dichter naar het oppervlak van zijn uiterlijke rust.

Hij draaide de klink om en gaf met zijn andere hand een duw: niets. Heel nauwkeurig probeerde hij het met trekken, weer zonder resultaat. Maar dat was toch... ze zouden het toch niet bestaan hebben om, enkel om hem te treiteren...? Uit alle macht duwend en trekkend tegelijk nu begon hij de deur woest heen en weer te rammelen in de sponning – tot hij ineens zijn kalmte hervond, de sleutel toch in het slot stak, en de deur moeiteloos opende. De Syde-viool lag nog op haar gewone plaats zacht te glanzen in het licht van de straatlantaarn.

Verdwaasd keek Vedder om zich heen. Iemand had hem willen behoeden en alsnog voor hem afgesloten, iemand die wist dat hij op dat punt nalatig was geweest, en die hoe dan ook een eigen sleutel bezat... Maar dat kon alleen Theo zijn! Maar betekende dat dan niet tegelijk, dat hij na het concert gewoon naar huis was gegaan, en niet nu nog ergens zat te souperen?

Lachend, huilend zakte Vedder neer op de oude canapé, hij kon niet meer, alleen nog maar op morgen wachten, de opening van het Centraal Station, de verjaardag van Theo, die alles te horen ging krijgen van zoon en wees, vader en pleegvader, maar ook van de bemiddeling van zekere buurman, waardoor hij als wees toch ouders had gehad... Morgen zou hij terugkomen, na de waarheid – en weten wat hij voor hem gedaan had, belangeloos; hij was toch als een vader voor hem...

HOOFDSTUK XI

Cabaret du Champ

Uiteindelijk was het dan toch gebeurd: Halink had in zijn bijkeuken een fotostudio ingericht. Anijs hoorde het van burgemeester Pottinga, toen hij hem op een zomerse dag om gemeentelijke steun aan het voorgenomen volksfeest te velde was komen verzoeken. Het nieuws trof hem onverhoeds, want hij had daarnet nog met opzet een omweg langs De Eenhoorn gemaakt en niets van dien aard in de etalage gezien, geen reclame voor portretten, geen prijslijst, alleen lag er nu wel een gipskop op het fluweel naast de antieke camera obscura.

'Dus u wist het nog niet?' vroeg Pottinga nog een keer, glunder, terwijl Anijs met bonzend hoofd zijn tas inpakte. De gevraagde bijdrage was grif toegestemd, de zon scheen naar binnen, door het open raam klonk het geluid van spelende kinderen—maar ineens leek het wel donkerder in de burgemeesterskamer, het stemmengeklater doffer, alsof er een gordijn was dichtgeschoven.

Glimlachend, deels uit dweepzucht met Halink, anderdeels uit leedvermaak om degeen die zo jammerlijk door hem verpletterd werd, kortom: met een gelukzalige glimlach om de lippen bracht Pottinga verslag uit van Halinks onverschrokken fotografie. 'Als ik u nu toch alleen al vertel dat hij chemisch versterkte platen gebruikt! De laatste keer was hij trouwens weer met iets heel anders in de weer, met nitraatfilm geloof ik... maar die negatieven versterkt hij ook! Even in het chloorkwik, hooguit twee minuten, dan dadelijk eruit... klaar! En alles vergroten natuurlijk...'

Die lach, voelde Pottinga die ook vanbinnen jeuken wanneer hij alleen al dacht aan Halinks artsenij tegenover de zijne, die meewarige lach van iemand die zich bij de sterken heeft geschaard en een proeve van hun kunnen voorhoudt aan een lidmaat van de zwakke kant?

'Maar hij doet geen portretten, onze Halink,' ging Pottinga op besliste toon verder, 'hij maakt alleen wetenschappelijke opnames, fotogrammen, series van de bewegingsfasen van een ontluikende bloem... En dan de analyse natuurlijk, de mathematische analyse... is het een eenparige beweging? Dat soort vragen... Het fijne weet ik er natuurlijk ook niet van, ik ben maar jurist, maar ik geloof dat louter kijken in de tegenwoordige wetenschap niet meer volstaat, het gaat erom de waarneming te systematiseren, dan te kwantificeren, en dan te analyseren... Zoiets... O ja, want zonder getallen kun je niet rekenen, zegt hij! Nu inderdaad, dat snappen wij ook nog wel!'

Even had Anijs zijn waarachtige bewondering nog kunnen maskeren achter een gezichtsuitdrukking van overdreven bewondering, maar de lofzang op Halink was een te pijnlijke miskenning van zijn eigen kunst geworden. 'Ik begin zelfs langzaam te begrijpen dat alle wetenschap van een Aristoteles, een Hippocrates, een Avicenna waardeloos is geworden omdat Halink in zijn bijkeuken foto's maakt...' hoonde hij.

Er toog een donkere vleug over Pottinga's glimlach, alsof het elegische besef eroverheen woei hoe vergeefs het was om over dit alles te spreken met een ander dan Halink, op dromerig-afwezige toon verzocht hij zich als burgemeester te mogen verheugen in alle, ook de nieuwste wetenschap ter plaatse, en nam zelfs niet de moeite zijn afwezige vriend te beschermen tegen de even onmachtige als onmiskenbare, hoe dan ook onfatsoenlijke poging tot kwaadspreken – Anijs kon er niet meer mee ophouden. Terwijl zijn van hogerhand afgewezen hart fel en eenzaam begon te kloppen voor de laagst geplaatsten wilde hij zich, om hunnentwil, alleen nog maar dieper onderdompelen in die draaierig makende, neerwaartse maalstroom.

'Uiteraard, verheugt u zich als burgemeester wat u wilt, maar staat u mij dan toe dat ik het, als mens, buitengewoon betreur dat die hoogst exclusieve fotografie van Halink nu toch weer ten koste gaat van de gewone man, de werkende stand waarvoor een geschilderd portret van een dierbare altijd onbereikbaar was, maar die tegenwoordig, in steden als Groningen, Amsterdam of Parijs, waar men op elke straathoek een fotoportret kan laten maken, ook een konterfeitsel van een dierbare in huis kan hebben... Drogistenwerk, zal Halink zeggen, hij heeft die nering niet nodig en kijkt erop neer, maar mag men ook neerkijken op al die eenvoudige huisgezinnen in genoemde steden, wanneer die zich 's avonds, voor het slapengaan, nog een ogenblik biddend verzamelen voor het ingelijste fotoportretje van een afwezig familielid, een zoon op zee, een overleden vader? Zelf ben ik te oud van jaren om nog in deze algemeen menselijke behoefte te voorzien, eens moet men de fakkel overgeven, maar hoe jammer toch dat Halink zich boven de eenvoudige portretterij verheven acht – zijn studio zou naast de wetenschappelijke ook een sociale waarde hebben gehad... Of keurt u het soms af, wanneer ook de laagst geplaatsten tot geestelijk leven worden opgeleid, acht u dat misschien een bedreiging van de maatschappelijke orde?'

Met een lichte verstrooidheid keerde Pottinga in de tegenwoordigheid terug. 'Kom, kom, wat zegt u daar nu toch allemaal... maatschappelijke orde? Exclusieve fotografie?

Terwijl iedereen bij onze jonge vriend welkom is om zich de fotografie te laten demonstreren! De kinderen lopen er in en uit, die van mij ook... Als je onze jongste er soms over hoort... Wist u trouwens, dat Halink nu ook bezig is met een Bunsen-batterij, ergens in Duitsland? Stel je voor dat het lukt: het eerste elektrische licht in Hoogeveen!'

Anijs voelde zijn huid tintelen, niet alleen van gêne om zijn eigen onbeschaamde aanvallen op een afwezige, maar ten uiterste gegeneerd ook omdat Pottinga er zo moeiteloos aan voorbijging, mogelijk uit hoffelijkheid, deels misschien ook uit medelijden, in ieder geval ook uit pure gêne zijnerzijds. 'Ach ja, natuurlijk, elektrisch licht!' wierp hij zich opnieuw willoos, met doffe overtuiging, in dezelfde draaikolk. 'Niets is makkelijker dan door allerlei geheimzinnige nieuwigheden het onwetend publiek voor je te winnen, en *a fortiori* geldt dat uiteraard voor de kinderen... Maar nu begrijp ik ineens ook die bleke schedel in de etalage, die draagt daar vanzelf nog eens het nodige aan bij... Van der Wal had een opgezet aapje, nu zien we Aesculapius ter ere weer een doodskop in de farmacie...!'

Met nog groter gemak, ronduit vrolijk, ontweek Pottinga ook nu weer de honende onderstroom. 'U bedoelt die pleister in de etalage van De Eenhoorn? Maar dat is Minerva! Wist u dat niet? Als student hadden we er allemaal een, ik hang er nog steeds mijn dassen over... Ha, ha! Maar nu genoeg hierover, alleen nog even dit, iets geheel anders...'

Als door een waas zag Anijs het gezicht van Pottinga betrekken; als door watten hoorde hij hem een ernstiger toon aanslaan; draaierig verdiept in eigen vragen voelde hij diens uiteenzetting als een wind over zich heen strijken. Er was een gevecht geweest, hij herinnerde zich zijn onmachtige uithalen en falend verweer, en een aai over de rug: werd hij te oud voor de strijd? Een verstoten wolf –

had hij ergens een beslissende slag verloren? En dan, wat betekende het, dat Halink fotografeerde op de plaats waar de goede Van der Wal een volière had gehad? Murw en afgemat zat hij neer op zijn stoel, naar het scheen in een afgesloten, doodstille ziekenkamer, maar toen Pottinga, al pratend nog, tegenover hem opstond, leek er wel een raam open te gaan en hoorde hij ineens ook weer die kinderstemmen.

'Dus kort en goed,' besloot Pottinga, 'ik ondersteun uw sociale actie van harte, en het is de gemeente een genoegen om eraan bij te mogen dragen, zoals wij overigens ook uw algemene medicatie dit voorjaar van harte hebben toegejuicht, al moet ik daaraan toevoegen dat de verantwoordelijkheden van dokter Amshoff te allen tijde gerespecteerd dienen te blijven. Maar nogmaals, hoe bewonderenswaardig u zich ook nu weer, als voorzitter van de vvv, wilt inzetten voor het Veld, en hoe belabberd die mensen daar inderdaad ook zitten, wanneer er daar een zekere verwachting van uitleiding gaat leven, zoals sommige berichten willen, dan is dat ontoelaatbaar. Als burgemeester ben ik ook over het welbevinden van die ingezetenen gesteld, en misleiding is voor niemand goed. Ik bedoel: zonder Pluto's hulp, wie zou zoiets kunnen financieren, en waarheen ook, en wat dan? Nu, ik geloof dat ik duidelijk ben geweest, en wens u bij de verdere voorbereidingen alle succes toe!'

***

De eerstvolgende zondag na kerk had dominee Festenhout zich weer schielijk bij de deur opgesteld, om naar goed gebruik eenieder bij het verlaten van het godshuis persoonlijk een hand te kunnen geven.

'Een goede zondag nog, Beurskens.'

'Dank u, insgelijks, dominee.'

'Een goede zondag, vrouw Seinen – de kinderen komen?'
'Ik hoop het, dank u, een fijne preek.'

Het was nog steeds prachtig zonweer. Anijs stond al buiten, met Martha aan zijn arm. Terwijl achter hem de uitwisseling van goede wensen kalm voortging, vulde nu ook het kerkplein zich allengs met stemgeluid. Rozenkweker Gratama was er, Van Velzel van de biggenteelt en Thomas, iedereen toefde nog wat, ook de meest notabele plaatsgenoten, een burgemeester Pottinga en vrederechter Wessels Boer de jongere, het was echt zo'n dag waarop iemand iets zou kunnen voorstellen.

Besmuikt probeerde Martha hem mee te trekken, na zijn verslag van zijn bezoek aan de burgemeester scheen zij zich in het nog immer groeiende gezelschap niet meer geheel op haar gemak te voelen – maar een onbestemd verlangen hield hem op de plaats. Het zonlicht was wit en heet, sommige dames klapten een parasol open terwijl een enkele heer met de hoed onder de arm een sigaar opstak. Bij uitblijvende aanspraak nog trommelde Anijs wat met zijn vingers op zijn buik, afwezig glimlachend, verzonken in corpulentie en schijnbaar doodgemoedereerd, hoewel niets hem ontging en Martha steeds ongeduriger werd...

Het gegons van goede wensen achter hem was opgehouden, er kwam niemand meer naar buiten. Ook Amshoff liep nu rond tussen de groepjes, maar Halink en zijn jonge echtgenote, die Anijs nog tijdens de dienst gezien had, leken nu wel te zijn verdwenen. Een gevoel van grote onrust brak in hem baan, hij blikte spril in het rond en zag dat men hier en daar ook al afscheid van elkaar begon te nemen. Op dat moment werd hij van achteren op zijn schouder getikt.

'Goed dat ik u nog tref,' zei dominee Festenhout, die een beweging maakte alsof hij hem apart wilde nemen, wat in de drukte evenwel uitgesloten was. 'Het gaat over uw bekommernissen met het Veld...'

Boven de ronde domineeshoed wulfde de lege kerkdeur
met eenzelfde ronding en even zwart omhoog. In zijn
ooghoeken zag Anijs dat Amshoff en Pottinga elkaar aan-
stootten en het terzijde al hadden opgemerkt, Martha
kneep nu nog veel harder in zijn arm en ondertussen sprak
Festenhout maar door. Zijn lof voor de grote medicatie in
het vroege voorjaar had hij indertijd niet onder stoelen of
banken gestoken, en nog steeds beschouwde hij die actie
op zichzelf als een toonbeeld van zuivere medemenselijk-
heid – maar hoe nu, wanneer hem de laatste tijd toch
steeds meer berichten bereikten over allerlei bevindelijk-
heid die daarginds de kop op zou steken? Zoiets begon met
een onschuldig handjeklap halleluja, maar voor je het wist
zat je middenin de glossolalie, en om dan de geest nog terug in de fles te krijgen...

'Glossolalie?' vroeg Anijs werktuiglijk. De hoge, lege
deur gaapte hem onverstoorbaar aan. Wat hadden Halink
en zijn vrouw te bidden, dat zij nog steeds binnen zaten, of
waren zij misschien allang door een zijuitgang...?

'Ja, glossolalie! Het in tongen spreken, in navolging van
de apostelen, Handelingen 2:4, toen de Geest Gods zich
over hen uitstortte, maar dan op z'n boerenfluitjes, zomaar
voor de vuist weg! De geestelijke verrukking is dan niets
anders meer dan collectieve zelfbedwelming, het profete-
ren is raaskallen geworden, lollen, elkaar gek maken. De
pinkstergave was altijd het patent van de quakers, maar de
apostoolsen kunnen er ook wat van, en dan de baptisten
natuurlijk, of de dopers, in Schotland is er zelfs een speciale pinkstergemeente voor opgericht!'

Juist keerde Festenhout terug tot de toestand op het
Veld of in de hoge deuropening verscheen het echtpaar
Halink, eerst nog diep beschaduwd, daarna ál scherper,
alsof zij vanuit zwart water langzaam naar de oppervlakte

stegen. Eenmaal in het volle zonlicht daalden zij met afgewend gezicht heel behoedzaam de lage treden af en schreden zij in dezelfder voege om de verzameling heen, zonder
zich er nog in te mengen.

'Uiteraard wil ik u nergens van beschuldigen, maar
waar de aarde lang braak heeft gelegen schiet een eerste
zaadje allicht wat al te driest op, nietwaar... Begrijpt u wat
ik bedoel? Nu goed, ik vertel het u maar zoals het mij ter
ore is gekomen, als toegewijd dienstknecht van het Woord
heb ook ik mijn herderlijke zorg uit te strekken over de
afgedwaalde kudde, uw liefdadige medicatie van dit voorjaar is mij in dezen een lichtend voorbeeld geweest, en
wanneer daarbij een oproep tot geestelijk leven is uitgegaan kan ik dat alleen maar toejuichen – maar waarom
dan nu al die dweperijen, waarom kerken die mensen niet
gewoon in de buitenbuurt, waar zij welkom zijn als alle
anderen?'

Opeens had Amshoff zich bij de twee gevoegd, heel onopvallend, maar daardoor juist alsof het afgesproken was,
en even traag als daarvoor met zijn twee ging het nu gedrieën verder langs de vaart, ruim voorbij alle drukte al,
de jonge vrouw in het midden, zorgzaam onder de elle-
boog gesteund door Halink, terwijl Amshoff aan haar andere zijde gedurig een soort van armgebaar maakte alsof
hij haar wilde laten voorgaan. Pas nu, met een schok,
drong de wezenlijke betekenis van hetgeen hij zag tot
Anijs door. Dat stille gaan, die overdaad aan flankerende
egards, het kon niet anders of mevrouw Halink was zwanger... Martha had het ook gezien, hij voelde haar verstijven aan zijn arm, en terwijl zijn blik langzaam troebel
werd bleef hij maar kijken hoe de drie zich verder verwij-
derden over de kade, in de richting van De Eenhoorn, van
daaraf, met de koets van Amshoff, misschien ook verder
naar Dalwijk.

'Natuurlijk, ook hier in de Kom hebben wij in het verleden allerlei opwekkingsbewegingen gehad, de afscheiding van Van Raalte natuurlijk, daarna de collegianten, toen remonstranten en nu weer de doleanten – maar die stonden toch altijd onder bevoegd gezag, van een oefenaar, een vermaner of gezant... Maar die mensen dáár... de een heeft ooit eens dit opgevangen, een ander weer dat... lekenprediking... voetwassing... mijnheer, die mensen doen maar wat!'

***

De campagne was voorbij, sommige Veldegaansen hadden nog een bijverdienste gehad aan het eekschillen, andere waren naar de Duitse peel getrokken, het werd augustus. Anijs had nog geen onderhoud met de oude vervener Wessels Boer kunnen hebben; de man die indertijd het initiatief voor de houtwarenfabriek op de buitenbuurt had genomen zou tot half september op reis blijven. Wel verkeerde het Cabaret du Champ nu in volle voorbereiding. Anijs verwachtte Bennemin deze namiddag voor nader overleg; hij kwam met Klein Pet, nam plaats op de wachtbank en boog het hoofd bij de vraag hoe alles ginds nu stond.

'Laat ik in dankbaarheid eerst dit zeggen: sinds uw grote medicatie is er bij ons sprake van een onmiskenbare geestelijke opleving,' antwoordde hij bedachtzaam.

'Zoiets had ik al begrepen, en het verbaast mij ook niets, want zoals de ouden al zeiden: *mens sana in corpore sano*, een gezonde geest in een gezond lichaam! Maar let erop dat het niet te dol wordt, goede vriend, nu al heb ik de dominee in mijn rug...'

Bennemin glimlachte beleefd, verklaarde vervolgens dat het om niet meer handelde dan een paar bijbelclubjes, een zangkoor van vrome liederen en een oude turfsteker

die op telkens wisselende plaatsen, ergens in een aardappelschuur of zomaar achter de struiken, uit kon breken in
de zwaarste boeteprediking maar dan ook weer gelukzalig
de behouden ziel verkondigde. 'Het is alles onschuldig,
slechts een uitvloeisel nog van onze vreugde dat u toen op
ons hebt neergezien, en om gevolg te geven aan uw meer
dan terechte opwekking tot geloof... Wat het voorstelt
weet ik niet, maar in elk geval, en dat zal uw bedoeling
zijn geweest, is er naast de verstomping nu ook blijdschap
op het Veld gekomen, en de hoop op een ander leven, niet
langer in de zak...'

'Jawel, heel goed, maar geen overdreven verwachtingen
alsjeblieft!' sprak Anijs goedmoedig-bars, terwijl Martha
uit de zijkamer kwam en Klein Pet meetrok naar de
snoeptafel. 'Ik heb voor zo spoedig mogelijk een onderhoud aangevraagd met de oude Wessels Boer, de man die
bijvoorbeeld de houtwarenfabriek naar de buitenbuurt
heeft gebracht, maar mondje dicht nog, laat mij in stilte
werken, en als ik ooit al gezegd heb dat jullie uit die zak
weg moeten, dan had ik daarmee niet meer op het oog dan
een beter bestaan op dezelfde plek, ik bedoel, als dat zou
lukken, als wij daar een begin mee konden maken, een
nieuw perspectief bieden, in de houtbewerking, het
turfstrooisel, een turfbrikettenfabriek misschien—dan zitten jullie toch eigenlijk gezegd niet meer in de zak?'

Bennemin boog het hoofd. 'Ik weet het wel, maar sommigen...'

Het was stil in de apotheek, heel de dag al, soms ver-
beeldde Anijs zich dat men tegenwoordig makkelijker
naar De Eenhoorn liep, waar Halink inmiddels wel degelijk zijn moderne Kodak naast de antieke camera obscura
in de etalage had gelegd. Martha vond in die winkelstilte
aanleiding om opnieuw voor een polis te pleiten, bij de
huidige inkomsten was hun toekomst immers nog niet

verzekerd, maar juist wegens diezelfde lage inkomsten vond Anijs de premie nu een nog groter bezwaar. Anders dan vroeger leidde dit geschil laatstelijk vaker tot onmin en durende bitterheid in de stemming, en het was hem een zoete bevreemding dat de oude, meisjesachtige lach die hij niet meer op haar gezicht kon toveren, nu in volle luister straalde voor Klein Pet. De knaap zat met zijn mond vol lekkers bij haar op schoot en even was zijn gesmak het enige geluid dat nog klonk.

'En hier?' verbrak Bennemin opeens heel beschroomd het stilzwijgen. 'Is er hier nog nieuws?'

Vol van harte nog schrok Anijs op uit zijn weemoedige overpeinzing, en toen Bennemins vraag tot hem was doorgedrongen schoot hij nog voller: de goede man wilde weten hoe het met hem ging, had na alle ontvangen aandacht een wedervraag gesteld, zoals vrienden dat gewoon zijn — vrienden die hij niet bezat, behalve de brave Bennemin dan, die uit eerbied voor het standsverschil zich de wedervraag echter nauwelijks durfde permitteren en evenredig zacht had uitgesproken, fluisterend haast, nog aldoor met gebogen hoofd, al veeleer beschaamd dan beschroomd.

'Weet je het nog niet?' vermande hij zich, uitstijgend boven zijn melancholie, ja boven zichzelf. 'Halink heeft een fotostudio ingericht!' — en teneinde alle verlegenheid van Bennemin af te nemen en hem opnieuw op zijn gemak te stellen vertrouwde hij hem toe dat hij de nieuwe collega al bij de eerste kennismaking een dergelijk toekomstbeeld had voorgehouden, niet omwille van portretfoto's, die men thans overal kon laten maken, maar ten behoeve van bewegingsstudies op de manier van de Amerikaan Muybridge, precies datgene waarmee Halink nu ook daadwerkelijk begonnen was, al viel toen onmogelijk te voorzien dat die voorspelling al zo snel bewaarheid zou worden. 'Nu, ik ben vereerd, al moet zo'n jonge apotheker ooit ook op eigen kompas leren varen, want eerlang zal ik de fakkel toch overgeven... Ha, ha! Maar vooruit nu, eerst een glaasje vino en dan verder over zaken... De vvv heeft al een mooie circustent besproken; wat zeg je van half oktober? Voor de kleintjes mag het natuurlijk niet al te laat worden, maar die echte theatersfeer vereist toch dat het goed donker is buiten, en dan komt het aansluitende vuurwerk natuurlijk ook het meest tot zijn recht...!'

Ze dronken, klonken, en namen het programma door waaraan Bennemin al menig uur besteed bleek te hebben. Om de deelname zo algemeen mogelijk te kunnen laten zijn dacht hij aan tableaux vivants als 'Hannibal over de Alpen', 'De uittocht uit Egypte' of 'De overgave van Breda', naar het beroemde schilderij van Velázquez, didactische taferelen kortom waar telkens veel soldaten en volkstypes aan mee konden doen. De oudere jeugd zou ongetwijfeld iets in de richting van Buffalo Bill en gymnastiekdemonstraties willen doen, terwijl er voor de hele kleintjes wellicht gedacht kon worden aan een afzonderlijk boottochtje, gewoon overdag nog, in een versierde praam naar de buitenbuurt, alwaar dan enige ingestudeerde liedjes ten gehore gebracht zouden kunnen worden...

'Uitstekend, bene bene,' sprak Anijs, toch weer onder de indruk van Bennemins ontwikkeling, 'en die vaartocht, die zal heten... die zal heten...' – hij smakte even als een wijnkenner bij een blinde proeverij, twijfelend, zoekend, met plukkende handgebaren naast zijn hoofd – 'die zal heten... Tour de Chant!'

Een paar glazen later was alles bij provisie afgehandeld en stond Bennemin op. Anijs had hem, in weerwil van zijn eigen ervarenheid bij toneelvereniging Mimesis, de algehele regie opgedragen, en voor de vervaardiging van de kostuums zou het vvv-bestuur een liefdadige inzameling van oude kleren en lompen in de kom doen plaatsvinden. Klein Pet liet zich bij het eerste teken van vertrek van Martha's schoot glijden en al pratend nog, steeds gemoedelijker, sloot Anijs de korte rij naar de deur, waarachter een paar nieuwsgierige gezichten zich schielijk terugtrokken.

'Trouwens, hoe is het thuis?' vroeg hij ten afscheid, op die echt vlotte, bijna achteloze toon van vrienden onderling. 'Nog last gehad?'

Vreemd: alsof het ontstane gemak ineens in zijn tegendeel verkeerde, zo liet Bennemin weer het hoofd hangen. Ook Klein Pet keek omlaag, terwijl hij de hand vastgreep van zijn vader, die ontkennend zijn kruin linksom en rechtsom liet rollen.

'Nee, geen last meer...' mompelde hij eindelijk, 'alleen nu weer wel strohaksel voor het huis... maar ze komen niet meer binnen... wie het ook zijn, ze komen in elk geval niet meer binnen...'

'Door Joop!' verklaarde Klein Pet luid en stellig.

'Door de hond, maar veel meer nog door uw protectie...' vulde Bennemin aan, en heel langzaam begon hij zijn aangezicht naar Anijs op te heffen. 'Want als u indertijd uw komst niet aan ons verbonden had, dan weet ik niet of wij... want ziet u, onze dochter... Johanna is zwanger!'

Op hetzelfde moment dat die laatste woorden naar voren sprongen, als een prop haren uit een pijp, op hetzelfde moment ook dat Bennemin hem met paars gevlekt gelaat vol aankeek, op precies datzelfde moment vond Anijs, koortsachtig zoekend in zijn geest, wat Pottinga hem ooit volkskundig had medegedeeld over strohaksel: 's nachts voor een huis gelegd betekent het dat daarin een ongetrouwde vrouw zwanger is, haar verstoting uit de gemeenschap. Ontsteld greep hij zich vast aan de deurpost, niet alleen van alle gelijktijdigheden maar oneindig meer nog om zijn eigen tekortschieten: natuurlijk, Johanna was zwanger, hij wist het al van pal voor de algemene behandeling in maart, zij moest nu in haar zesde of zevende maand zijn, voor iedereen zichtbaar—maar het was volledig door hem heen geschoten! Een golf van schaamte vleugde over zijn wangen, toen, even plotseling en ongewild, schoot zijn kritische vernuft hem reddend tegemoet: hoe beschamend was het nu eigenlijk, niet dadelijk aan iets te denken waarvan men al vijf maanden op de hoogte is?

Bennemin had nog niets vreemds aan hem ontdekt, heel zijn sprakeloze verwarring, zijn schaamblos incluis, sloot immers volmaakt aan bij het zojuist ontvangen nieuws, als hij dat nu voor het eerst gehoord zou hebben? Zijn opluchting hierover duurde maar kort, want toen hij zag hoe Bennemin andermaal de kin tegen de borst liet zakken, met malende, nerveus kauwende kaken, bedrukte de erbarmelijke aanblik van de kleine man hem zwaarder dan al het andere, hij kon het nauwelijks nog tillen, maar het moest, hij wilde, hij was toch zijn vriend!

'Rustig nu, Bennemin!' riep hij met overslaande stem, terwijl de schouder van Bennemin zonderling opbolde, als een bochel, een pulserend zwellichaam dat voor niemands oog bestemd was, laat staan dat hij erop zou durven kloppen, hoewel dat het enige was dat hij nog wilde, nu, terwijl buiten de gezichten weer terugkwamen achter het glas en hij in onmacht zijn handen wrong, met dezelfde vertwijfelde kracht waarmee Klein Pet zijn handje wit kneep om de vuist van zijn almaar krommer staande, nu geluidloos schokkende vader—alleen hielp die knul met dat knijpen zijn vader om zich te blijven beheersen, terwijl hij, met zijn handenwringen, niets dan zijn eigen, bijna bezwijkende decorum diende. 'Voor den drommel, Bennemin, luister nou eens even, die verwekker, die vin-

den we wel... Toe nou toch, niet huilen... alsjeblieft, lieve
vriend... ik smeek het je... voor die jongen, Klein Pet staat
naast je!'

***

De zomer ging voorbij, de turf was gedroogd in de ringen
en goeddeels afgescheept naar Holland; het werd herfst.
De woeste gronden, vurig opgegloeid met rode en roze
vegen koekoeksbloem en wilgenroosje, die als windvlagen
van kleur over de vertes streken, doofden langzaam uit,
het purper van de bloeiende dophei werd ros en roestig en
ook de plaats zelf lag na de samengebalde drukte van de
turfschepen afgemat neer onder het verkleurende loof van
de linden op de ka. Het was in die alom ingedaalde stilte
dat het in De Twaalf Apostelen gonsde van nerveuze bedrijvigheid in de avond. Door de open deur van het laboratorium zag men regelmatig het voltallige vvv-bestuur
vergaderd zitten rond de carbidlamp op de grote recepteertafel; langs de wanden glommen de buikige vaten waarin
Anijs een speciale feestcider bereidde; de gewone chemica-
liënlucht was verdrongen door de penetrante, rinse geur
van nog niet geheel rijpe, toch gistende paradijsappels, die
heel de apotheek doortrok.

Eind september wist iedereen in de kom van de aanstaande actie, en ondanks de nu openlijke brouille met
Amshoff was er weer menig avondwandelaar die, net als
eerder bij de algemene behandeling, zijn schreden richtte
naar dat eerbiedwaardige pand aan de Noord, alwaar men
de oude apotheker soms tot middernacht kon zien chemistreren voor het algemeen, eenzaam in het gaslicht, onwetens van wie toekeken, soms minuten achtereen roerloos
gebogen over de vuurwerkrecepten, de komforen en de
flesjes. Het was in deze tijd dat hij onder de toenemende

druk last kreeg van slapeloosheid en chloraal begon te gebruiken. Bij al het andere moest hij ook werkzaam worden
Sieger tot Johanna te brengen, maar hoe kon hij deze
nieuwste belofte aan Bennemin in godsnaam gestand
doen?

Op een middag begaf hij zich naar de dominee van de
buitenbuurt, met een verzoek om kerkenspraak; de man
zegde het openlijke beroep op de verwekker van Johanna's
vrucht geredelijk toe voor de eerstvolgende zondag na
dienst, maar verwachtte niet dat de bijgaande dreiging
met verwijdering uit de geloofsgemeenschap veel indruk
zou maken op de gezochte onverlaat, wanneer die van het
Veld was: 'Die mensen, met permissie, die hebben zichzelf
al sinds jaar en dag uit onze gemeenschap verwijderd.'
Anijs begreep het, zag echter geen ander middel en nam
met dank voor de toezegging afscheid.

Onverwachter was de negatieve reactie van Wessels
Boer, bij wie hij een paar dagen later belet kreeg.

'Een houtwarenfabriek op het Veld? Mijnheer! Het zou
al een mooi ding zijn als die van de buitenbuurt kon blijven draaien... Met die bosplantages overal, op al de ver-
veende dalgronden: de markt wordt overvoerd met bezem-
stelen! Niks meer mee te verdienen! Voorbij!'

'Misschien dan toch iets met turf?' blies hij nog tegen de
bulderende stormwind van de zongebruinde ondernemer
in. 'Een turfstrooiselfabriek... om de turf in de geest van de
moderne tijd verder te rationaliseren?'

'Mijnheer! Hetzelfde verhaal! Omdat de haardbrand
een aflopende zaak is probeert men het nu overal met
turfstrooisel! Wat denkt u dat dat betekent voor de mar-
ges? Ik hou mijn hart al vast voor De Nijverheid! Nee nee,
er is maar één rationele houding tegenover de turf in deze
inderdaad hoogst moderne tijd, en dat is er ver bij vandaan blijven, en als je er al in zit, er dan koste wat het kost
uit kruipen!'

Het was donker toen hij thuiskwam, Martha sliep al. Onstilbaar donderde de stem van Wessels Boer nog door hem heen, daverend als de zwaarste doempreek van de Afscheiding, *Broeders en Zusters, het Woord des Heren voor deze morgen is Jesaja 33 vers 11: 'Gijlieden gaat van stro zwanger, gij zult stoppelen baren'* – hij nam een dubbele portie chloraal, besteeg de trap en legde zich zonder nog licht te maken naast zijn vrouw te rusten.

***

Bennemin en Klein Pet waren in de apotheek gekomen. Ze lieten de deur open; buiten stonden Pottinga, Amshoff, Festenhout en Halink, allen in het zwart en met hoeden op.

Bennemin begon met Anijs zeer te prijzen. Hij noemde hem een sieraad van de plaatselijke gezondheidszorg, een onnavolgbaar voorbeeld voor het jongere geslacht, een onmisbaar verenigingsman, zeer gewaardeerd brandmeester. Dat alles was heel mooi; was Bennemin daar maar opgehouden! Maar hij sprak verder. Als nu desondanks de heren op de stoep (hij knikte even naar het raam), deze voortreffelijke mannen, ieder op eigen wijze aangesteld over de gezondheidszorg, besloten hadden om Anijs te verzoeken zijn praktijk te sluiten, dan moest hij toch de ernst inzien van de motieven die hun daartoe dwongen.

Het was de heren buiten op de stoep bekend geworden, dat er hier geen apothekersdiploma meer aan de muur hing maar dat van brandmeester. Misschien zou het zonder de bijzondere en hoogloffelijke inspanningen van Anijs voor het Veld niet eens zover hebben hoeven komen, maar juist die inspanningen hadden de aandacht van de heren alsmede de ambtelijke instanties speciaal op hem gevestigd; hij stond nu in het volle licht, en moest nog meer bedacht zijn op zijn zuiverheid dan vroeger. En nu had deze verwisseling van diploma's plaatsgevonden, waardoor de heren geen andere uitweg meer zagen, en hij, Bennemin, had als vriend de zware taak op zich genomen het over te brengen. Anijs moest het hem niet nog moeilijker maken.

Wat was Bennemin blij dat er uitgebracht te hebben; door de zekerheid die hij daaraan ontleende was hij niet eens meer overdreven scrupuleus, hij wees naar het diploma dat aan de wand hing en wenkte met de vinger. Anijs knikte en ging het halen, hij kon het echter met zijn trillende handen niet van de haak krijgen; Klein Pet klom op een stoel en hielp hem. Daarna wees Bennemin naar de deur van het laboratorium. Weer toonde Klein Pet zich behulpzaam, nu om in het halfdonker het andere diploma te vinden. En van dat ogenblik af was alles afgelopen; Anijs nam de diploma's niet eens meer uit de lijst, maar gaf Bennemin alles, zoals het was. Toen ging hij in een hoek zitten, bewoog zich niet en sprak met niemand meer.

Zwetend schoot hij overeind. Het eerste daglicht vaalde aan de gordijnen, naast hem klonk Martha's regelmatige ademhaling, in de vertrouwdheid even bevreemdend als de langzaam wegebbende droom. Met een slok water bluste hij de vurige chloraalgloed in zijn keel, hij durfde zijn ogen niet meer dicht te doen en begon nauwgezet het half afgewende gezicht van Martha te bestuderen. Wat waren haar trekken voornaam, overwoog hij, terwijl hij zich het snel afgekoelde zweet afwiste, haar betere komaf viel haar zelfs als zij sliep nog aan te zien... Zij liet er niets van merken, stond immer aan zijn zijde, als het erop aankwam veel trotser en standvastiger dan hijzelf — maar in hoeverre betreurde zij de teloorgang van de voorheen onbetwist leidende rol die de apotheek onder haar vader nog gespeeld had? In zekere zin was zij met die neergang mee

gedaald, sociaal; waar haar moeder nog op voet van gelijkheid had verkeerd met de dames der notabelen, daar zonk
zij steeds dieper weg in de kloof tussen die en de volks-
vrouwen, in isolement, zonder dat de jonge echtgenote van
Halink nog de moeite had genomen te komen kennismaken, laat staan dat zij straks die kleine voor een enkel, gelukkig moment op haar oude, dorre schoot zou laten spartelen... Volgeschoten boog hij zich naar haar over, heel
voorzichtig, om haar niet te wekken, geluidloos huilend en
lachend tuitte hij zijn lippen voor de kus en nog dieper
boog hij, tot hij plotseling verstijfde: zoals Martha daar
lag, haar gezicht zo strak, haar ademhaling zo onhoorbaar,
de oogleden zo onbeweeglijk op een kier, ineens voelde hij
de immense, broeiende wilsinspanning en zelfbeheersing
die al die schijnbare verstilling vergde als een hitte van
haar afslaan, voelde hij dat zij niet sliep maar *deed alsof*,
en hem dwars door haar wimpers aankeek...

***

Anijs zond een brief naar de steenfabriek van Noordsche
Schut, daags daarna brak de vastgestelde feestdatum voor
het Veld aan met windstilte en een witte zon achter de
nevels; het zou een prachtige herfstdag worden.

In alle vroegte waren er drie wagens beladen met banken en schragen vanuit de loods van de vvv naar het Veld
vertrokken; de gehuurde tent moest vanaf de andere kant,
uit Coevorden, onderweg zijn; tegen elven kwam Thomas
voorrijden met een open bagagekar, die werd beladen met
de vaten cider, het spalier voor het vuurwerk en het vuurwerk zelf. Nog juist op tijd bedacht Anijs dat hij iets vergat: hij haastte zich het laboratorium in, kwam terug met
de carbidlamp en klom daarmee naast Thomas op de bok:
'Ja... vooruit maar!'

Tot aan de buitenbuurt reed hij mee, voor de Tour de Chant, en toen hij daarna te voet naar de plaats reverteerde prikten zijn ogen nog van aandoening, zo fier en vol bravoure hadden de kindertjes van het Veld de gloednieuwe gelegenheidsliederen ten gehore gebracht, als lijsters, glimmend van trots in de rijkelijk met vaandels en kransen versierde praam, met één oog naar de kinderen uit de steenhuizen op de kade, die zij voor een keer nu eens de loef afstaken, en het andere strak op de dirigerend componist, Bennemin, die de melodieën bovendien nog ondersteunde op een geleende viool. Het contact tussen beide mannen was maar kort geweest, ook Bennemin moest snel terug naar huis, voor de generale repetitie, de eerste in de tent voor de voorstelling van vanavond. Anijs had hem inderhaast nog een schriftelijke instructie overhandigd met betrekking tot afsteken van het vuurwerk na afloop; zelf zou hij tegen die tijd reeds in alle stilte vertrokken zijn, zoals hij, omgekeerd, ook pas op het allerlaatste moment binnen zou komen, alles om dezelfde reden waarom hij Bennemin andermaal bezwoer om toch vooral af te willen zien, straks, als spreekstalmeester, van een speciaal tot hem gericht welkom bij aanvang, een dankwoord aan het einde, geschenken, gedichten of wat dies meer zij: hij wilde op geen enkele manier voeding geven aan een eventueel sluimerende persoonsverheerlijking, zou zich het liefst zelfs in het geheel niet in het toch uitsluitend voor het Veld bedoelde evenement mengen, wanneer dat maar niet onvermijdelijk een indruk zou wekken als zou hij er weinig waarde aan hechten of zelfs boven staan, en zag er om die reden ook van af om zelf het vuurwerk af te steken.

'Goed, tot vanavond dan...' besloot hij, terwijl hij Bennemin in de drukte ernstig zijn hand toestak. 'En je wilt de burgemeester er nog steeds niet bij hebben, of de veldwachter, in feestelijk grootuniform, met sjerp en kolbak, puur voor het cachet? Ik zou het nu nog kunnen vragen...'

Glimlachend maar beslist schudde Bennemin het hoofd: 'Nee, nee, ik weet het zeker, het liefst vieren wij deze avond alleen met u onder elkaar...'

Het liep tegen vijven toen Anijs voor de tweede maal die middag van zijn vrouw afscheid nam. Nu zou hij zowel heen als terug lopen; het vooruitzicht om de laatste ogenblikken voor de grote actie te moeten doorbrengen in het rijtuig met het vvv-bestuur, dat de avond uiteraard wel zou bijwonen, stond hem onuitsprekelijk tegen, hij had behoefte aan rust, overpeinzing, en mogelijk zou hij de benauwdheid van de nu bijna pijnlijk geworden spanning zo nog kunnen weglopen uit zijn lichaam, dat helemaal bol en strak stond en vol lucht leek te zitten. In zijn jaszak zat een handvol theriac-pillen, in allerijl nog in deze draagbare vorm vervaardigd voor als hij het niet meer uithield.

'Het is jammer dat ik niet meekan, maar veel plezier toegewenst en wees voorzichtig,' zei Martha, terwijl zij nog een denkbeeldig pluisje van zijn schouder sloeg. Zij scheen bezorgd, keek ook nog eens afkeurend naar zijn doktersjas, die hij, tot aan de kin toe dichtgeknoopt, bij wijze van bef onder zijn wintermantel droeg, maar zei er niets meer van – hij deed het toch voor die mensen, moest hij dan in jacquet?

Er stond een ladderwagen voor De Eenhoorn, het scheen binnen een drukte van belang te zijn maar zonder ook maar één blik opzij, of ook naar de drie oude vrouwen op de brug, sloeg hij de hoek om. Er was geen verkeer op het karrenspoor langs de vaart. Vanaf het Wolfsbos scheen de zon niet meer, hij passeerde de buitenbuurt bij het eerste schemeren en toen hij aan het eind van het Zuideropgaande bij de laatste dwarstocht kwam was het half donker. Op dat moment hoorde hij achter zich een vrolijk gezang dichterbij komen, en onmiddellijk drukte hij zich weg in de struiken.

Krakend met kar en tuig, maar zonder hoefgetrappel of ratelende wielen draaide het tweespan van het vvv-bestuur vlak langs hem heen linksom het eigenlijke Veld op, en deinend als een schip ging het over de zachte grasbodem verder langs het Elim. Penningmeester slager Van Os hield zelfs de hand aan de hoed, er waren ook dames bij en men lachte werkelijk als bij een boottochtje.

Terwijl de brik voor hem langzaam oploste in de deemster vervolgde Anijs zijn weg in dezelfde richting, tot hij opeens twee kleine kleutertjes zag neerhurken op het midden van het pad. Waren het dezelfde die toen, met de kolden vrijer, naar slakken en wormen hadden zitten woelen voor de kip? Ze hoorden hem niet dichterbij komen over de zompe grond, en zelfs toen hij zich vriendelijk over hen heen boog keken zij nog niet op.

'Mooi gezongen vanmiddag hoor, luitjes!'

De linker kleuter sloeg een ziekelijk bolle, glazige blik naar hem op, stak iets kleins, een pit of zaadje in zijn mond, en wroette weer verder. Ja, het waren diezelfde twee, maar waren zij dan zo afgestompt dat zij hem niet meer herkenden? Of waren zij zelfs nog afgestompter, en herkenden zij hem wel degelijk maar zonder dat hun dat nog iets deed? Zoekend naar een cent om te geven voelde hij alleen de theriac-pillen, hij fluisterde dat hij snel terug zou komen en zag toen pas, op geleide van een sterke mestlucht, de glanzend verse hoop paardenvijgen, deels al uitgelegd, tussen de twee in, en bevangen in begrip bleef hij nog een ogenblik melancholiek glimlachend stilstaan— wat die linker daarnet in zijn mond gestopt had was een onverteerde haverkorrel geweest, natuurlijk, wat weelde, het moest langgeleden zijn dat er hier zoveel paarden voorbij waren gekomen, daarnet die twee voor de bestuurswagen, vanmiddag al het vervoer in drievoud van de banken en de schragen, alsmede de bagagekar van Thomas, en dan nog de wagen met de circustent!

Met een theriac-pil onder de tong haastte hij zich verder langs het Elim. Alle hutten waren donker en verlaten, alleen in het laatste huis, dat van Bennemin, brandde licht. Er lag inderdaad strohaksel voor de deur, in de valavond niet meer te zien oud of vers. Johanna binnen moest hoogzwanger, bijna voldragen zijn, misschien al op negen maanden – zonder opzij te durven kijken liep hij door, het circus zou plaatsvinden achter de verveling op de woeste grond, en ineens, alsof de zon weer scheen, zag hij tegen de turkooizen hemel de top van de circustent, het helder rood-wit gestreepte doek in twee punten opgehangen aan beide standpalen, van waaraf de vaderlandse driekleur loom bewoog op de avondwind. Het volgende moment deed de alreeds verzamelde drukte daar zich als een schok aan hem op, maar tegelijk ook werd hij in zijn ooghoek een witte schim gewaar die heen en weer zwaaide tussen twee takken, en hernam hij zich. Eerst leek het of hij alleen maar wees naar Sieger, die gekleed in een turntuniek zijn gymnastiekdemonstratie aan het oefenen was, maar toen draaide zijn handpalm naar boven en richtte zijn wijsvinger zich op, wenkend...

Zo gespierd en vurig de jongeman eruitzag, zo gehoorzaam liet hij de takken los en kwam hij naderbij – maar niet gedwee, eerder zelfbewust, uitdagender bij elke stap.

Kortbondig verklaarde Anijs hem het volksgebruik volledig te respecteren, zelfs wanneer dat inhield dat een vruchteloos blijvend meisje door de venstervrijer met zijn makkers getreiterd en vernederd diende te worden, maar nu het meisje alsnog zwanger was geraakt moest men zijn plicht kennen.

'De kerkenspraak was een waarschuwing,' besloot hij zakelijk. 'Vergis je niet, als je in gebreke blijft zal ik niet aarzelen een procedure in te stellen...' Nog had de menigte hem niet gezien, maar uit voorzorg, het hoofd nog naar de tent gedraaid, zette hij een paar passen vooruit, dieper het bosschage in, net alsof Sieger, die met gelijke tred terugweek, er in het geheel niet meer was. Toen hij hem weer aankeek verwachtte hij slechts een eenvoudig knikje van hem, dat het goed was, dat hij moeder en kind zou aannemen, maar in plaats daarvan staarde Sieger hem onbewogen aan.

'Ik heb schuld aan Johanna's zwangerschap, maar heb haar niet zwanger gemaakt — haar sinds de kolden vrijer niet meer aangeraakt,' verklaarde hij ernstig en afgemeten.

Die verbluffend compacte formulering, zonder zweem van schuldbesef of zelfs maar onzekerheid, kennelijk al vele malen geprepareerd, even was Anijs er door van zijn stuk gebracht. De kolden vrijer, dat was nu al zeker een jaar geleden, terwijl Johanna toch hooguit negen maanden — koortsachtig stond hij zo te rekenen en te tellen, toen ergerde hij zich alleen nog maar aan de zelfingenomen, voorgebakken paradox; en waarom zou Sieger ook niet liegen? 'Eén week geef ik je... één week!'

Zonder nog een woord was hij doorgelopen, tot het gevaar om voortijdig opgemerkt te worden te groot werd en hij zich opnieuw verborg in het struikgewas. Van hieraf kon hij de stemmen rond de tent al duidelijk horen, en wachtend tot iedereen binnen zou zijn voldeed hij zich met toenemende ontroering aan de aanblik van het publiek. Men zag er op zijn paasbest uit, niet meer grauw maar de vrouwen met kraakheldere schorten en de mannen in donker pak met dito pet, alles in het sobere, degelijke zwart-wit van een schaal vol plakken roggebrood met room, met de fleurig versierde, deels al gekostumeerde kinderen er als feestelijk snoepgoed tussendoor gestrooid. Er hing een verwachtingsvolle spanning boven het terrein, de tover van het theater was nu al tastbaar aan de her en der verspreide wagens, waarmee al het benodigde was aangevoerd, en plotseling zag hij ook, wat meer opzij, het grote vuurwerk, zoals het in vol ornaat was opgesteld en beschermd werd door een flinke ridder met gekruiste speren – met al die volkomen evenwijdig aan het spalier gehangen vuurpijlen, ook nog eens naar grootte gerangschikt, deed het wel denken aan een orgel, of afweergeschut, dat zelfs de duivel nog zou tegenhouden wanneer hij in de gedaante van de braakvogel op dit arme, blije volk zou willen neerdalen. Heel aarzelend begon er nu, ten teken dat men naar binnen mocht, naast de ingang een kapel te blazen, eerst nog schor en onwennig op de lang vergeten instrumenten, maar allengs krachtiger en zuiverder van toon, een klare, trotse mars op het laatst, de hymne van de volkskracht, *een lied dat wakker werd en opstond* – pas toen het helemaal in zijn getroffen ziel was uitgeklonken, en ook de muzikanten en de Romeinse soldaat nergens meer op het verlaten terrein te zien waren, glipte Anijs als allerlaatste de tent in.

***

Op een tafeltje in het midden van de piste straalde de carbidlamp. Samen met de flakkerende teertoortsen rondom gaf dat een feeëriek schijnsel, dat vanaf de banken door het vervoerde publiek met honderd glimmende gezichten werd weerkaatst naar de bron. Het rook sterk naar boomschors; het tentdoek moest pas getaand zijn, toch zag het er in al dat licht ook zelf licht uit, blank als een huid.

Met ieder nummer werd het warmer in de veilige tent.

Het was de echte trommelslager van het Veld die op elke aankondiging van stalmeester Bennemin een geduchte roffel sloeg, en ook dat volgende nummer kreeg dan weer een klaterend applaus. Ter wille van het publiek, maar ook om het gevoel van belangrijkheid voor de deelnemers te vergroten, was er zelfs voor een gedrukt programma gezorgd, dat als laatste onderdeel vermeldde: *Foyer – gratis limonade en appelcider*. Achter dat velletje verscholen op de achterste rij zat Anijs, afgemat ineens nu het circus daadwerkelijk aan de loop was, en zonder verweer meer tegen de zalig sedatieve uitwerking van de theriac. Terwijl de gestage afwisseling van de geluiden hem steeds meer als een verre branding in de oren klonk, volgden de historische taferelen, de uitbeelding van gezegdes en de gymnastiekoefeningen elkaar in snel tempo op, er waren cowboys, indianen, lasso's die boven een argeloze geit in de lucht kringelden, en aldus bedwelmd zag hij soms even niets anders meer dan het licht van zijn eigen lamp, het sterkste dat hier ooit geschenen had.

'Holle vaten klinken het hardst!'

Bennemin had zijn hoge hoed afgenomen en wees met zijn wandelstok naar de split in het achterdoek, waar de vorige groep net door was afgegaan. Onder de dreigende roffel van de trommelslager werd er een groot biervat door een tiental knapen met stokken de piste in gerold en rechtop gezet. Er was een gezicht op geschilderd met een uitgezaagd gat als open mond, de kop kreeg nog een grote dominéeshoed op van papier-maché en toen brak er een heel ander, duizendmaal krachtiger getrommel los; tot aan het stopteken sloegen de jongens hun stokken kapot tegen de duigen, aangemoedigd door Bennemin, die nu eens zijn vuisten balde, dan weer deed of hij niets hoorde. Anijs, opgeschrokken uit zijn sluimer, zag het met instemmende glimlach aan: de goede man stelde het plezier voor de kinderen boven een al te strakke gerichtheid op het eindresultaat, het spel had altijd vooropgestaan en nu was er ook ruimte voor maatschappijkritiek, precies zoals die hier ook leefde—nu, mocht het een keer?

'Hannibal over de Alpen!'

Weer die roffel, toen stilte. Dit zou het laatste nummer worden, las Anijs, maar er scheen achter de coulissen iets te haperen zodat hij een wat aandachtiger blik in het rond wierp. Door de warmte was men zich overal met het programma koelte gaan toewuiven. Allerwegen was hij intussen opgemerkt, in het donker herkend toch aan de witte kraag van zijn doktersjas, en zoals men hem van links en rechts aankeek over de rand van het papier, terwijl de rest van het gezicht verborgen bleef als achter een waaier, gevoelde hij zich even als op een historisch feest... ja, een *bal masqué...* in Venetië!

Een plotselinge, krachtige windvlaag voer als een huivering door de tent heen, gevolgd door opnieuw die roffel, waarna er, heel brekelijk, anders dan al het andere, een meisje in verpleegstersuniform opkwam uit de split in het achterdoek. Aan een leidsel hield zij een heuphoog huisdier, mogelijk een schaap of een geit, dat met een slurf aan de bek en een ruim afhangend zadelkleed als olifant was verkleed. Er liep een klein, gehelmd Romeins soldaatje naast, dat wel half over zijn rug hing maar er toch niet op dorst gaan zitten. Onmiddellijk in een ander gemoed geschoten kon Anijs het nauwelijks van zich verkrijgen te klappen, heel het welkomstapplaus scheen wel gedempt in schroom, maar evengoed trok het dier de twee kinderen bij het eerste geklater mee terug in de coulissen. Er klonk een bevrijde lach op, daarna werd de openstelling van de foyer aangekondigd en was het afgelopen. Anijs stond als eerste op en blind maaiend in de plooien van de uitgang wankelde hij naar buiten.

Het was koud, en volkomen donker nu. Zonder nog een hand voor ogen te zien greep hij zich vast aan de eerste de beste kar waar hij tegen aan botste, hevig aangedaan, met het rode kruis nog op het netvlies gebrand, zoals het op het allerlaatst nog op het witte ruggetje te zien was geweest: dat dit meisje het kennelijk zo vast in haar hoofd gezet had om vanavond verpleegster te zijn, misschien omdat ze ooit iets over Florence Nightingale had opgevangen, en dat de brave Bennemin ook dit weer had goedgevonden, ook al was er eigenlijk in geen enkel nummer ruimte voor die rol en moest het dan zomaar, in het laatste, hoe schrijnend was dat alles niet, te schrijnender nog daar het kind waarschijnlijk nog niet wist dat zij nooit voor verpleegster of welk ander vak dan ook zou kunnen leren, en 't schrijnendst misschien nog wel voor de ouders, om haar in die onbereikbare droom zo gelukkig te hebben moeten zien.

De tent rilde onder een nieuwe, felle rukwind. De hoge tuiten aan de palen tekenden zich nu als zwarte minaretten af tegen een vreemde, dieppaarse hemel zonder sterren, en opkijkend van de houten rand ontwaarde Anijs langzamerhand ook andere contouren om zich heen. Hij nam een nieuwe theriac-pil, maakte zich van de wagen los om naar huis te gaan en op dat moment stond er een enorme, witte hond voor hem. Hij schrok, en zag toen pas het blonde haar van Klein Pet achter de hond.

'Wat een sterke hond heb jij,' zei hij, vriendelijk van opluchting.

'Vanmiddag bij de generale deed Joop het nog goed!'

De hoge, toch bittere jongensstem zat vol van verweer; op slag begreep Anijs niet alleen dat Joop de olifant van daarnet was en Klein Pet de Romeinse soldaat, maar ook dat de jongen nog zo overliep van het ontijdig afgebroken optreden dat de louter vriendelijk bedoelde opmerking hem wel als een zinspeling daarop in de oren moest klinken—hoe jammer, hoe duldeloos spijtig na zo'n avond...

'Hij is het nog niet gewend, al die mensen...' ging de jongen dapper door om, zijn eigen teleurstelling ten spijt, de hond tegen de vermeende spot te verdedigen. 'Joop is soms heel verlegen!'

Doorzaligd van intense mildheid, terwijl de theriac nu ook de avondlucht om hem heen ophitte en trillend dik maakte als vlees, schraapte Anijs zijn keel. 'Nu ja, verlegen is beter dan brutaal,' sprak hij oneindig vergoelijkend. 'Je hebt ook van die brutale honden—die kan het allemaal niets schelen...'

De jongen knikte, snoof, en om hem nog verder op zijn gemak te stellen liet Anijs hem van allerlei meer vertellen: zijn moeder had de slurf gemaakt van een gestopte broekspijp, het zadeldek was hun eigen trijpen tafelkleed; het was niet goed om voluit op de rug van een hond te gaan zitten. Intussen schudde Joop een dikke tak heen en weer om te spelen.

Terwijl de kinderstem zo maar verder sprak wulfde het donker zich over hen uit als een koepel; Anijs zag slechts nog de jongen en de hond, beiden blond als bier, en nog aldoor lichter bevond hij zich, zij waren ook zó ernstig samen, echte mannen, het ventje ook: als een kerel stond hij met zijn klompen naar buiten gedraaid in het zand. Toen alles verteld was knoopte Anijs zijn wintermantel los en hurkte hij neer om de tak bij een uiteinde vast te pakken. Het was alsof hij in het tweetal indaalde en zo de jongen nóg nader kwam. Wild trok Joop aan het andere uiteinde.

'Zo'n grote sterke hond, en toch zo verlegen,' zei hij vertederd.

'Hij was voor de voorstelling al zenuwachtig,' viel Klein Pet bij.

'Zenuwachtiger dan anders?' informeerde Anijs nauwkeurig.

'O, véél!' klonk het stellig.

Even nog deed hij alsof hij nadacht. 'Plankenkoorts,' sprak hij toen op de toon van een arts die genoeg weet. Hij kon de tak niet meer houden, liet los en stond hijgend op. Onmiddellijk kwam de hond met de tak nog in de bek recht tegen hem opstaan; hij was even groot. 'De meeste artiesten hebben plankenkoorts,' vervolgde hij, 'maar om een olifant te spelen, dat is ook helemaal niet zo gemakkelijk, voor een hond.'

'Joop kan het anders heel goed!' bezwoer Klein Pet hem trots. 'Vanmiddag bij de generale zwaaide hij zijn slurf nog heen en weer!'

'Ach werkelijk, net als een echte olifant!' riep Anijs verrast, en tegen de hond, terwijl hij die met lange arm van zich afduwde: 'Echte olifanten zwaaien ook met hun slurf, hè Joop? In Afrika!'

Weer een windvlaag, toen de eerste bliksem. In het weerlicht keek Klein Pet lachend omlaag naar de hond, die weer op de grond was gaan liggen. Anijs verheugde zich, maar bij de volgende bevende blikkering, terwijl de donder door de lucht rolde, leek er iets te kantelen en zag hij dat de knaap niet zozeer om zijn grapje lachte maar veeleer vóór hem, als om hem ervoor te bedanken, of zelfs om hem de opgelatenheid van een grapje zonder lach te besparen—ja waarlijk, zoals die jongen nog steeds met die glimlach op het gezicht nu wegkeek in het donker, hij lachte als een volwassene, ouwelijk, minzaam, uit pure beleefdheid, om niet te zeggen gêne...

De koepel scheurde open, heel even verloor Anijs zijn evenwicht en van schaamte kneep hij een pil tot poeder in zijn jaszak, maar reeds hervond hij zich, reeds spiedde hij met sprille blik in het rond. Onveranderlijk klonk het geroezemoes uit de tent, maar niemand was nog naar buiten gekomen. Kwispelend lag de hond aan de tak te knagen.

'Joop is vrolijk,' merkte hij met een knikkende hoofd-beweging op. 'Voor iemand die net voor publiek is onder-uitgegaan is hij erg vrolijk, maar de verpleegster zit nu te huilen omdat zij haar nummer niet kon doen... iedereen lachte haar uit toen Joop haar van de piste trok! Jij be-weert dat hij verlegen is, maar hij lijkt veel meer op zo'n brutale hond, wie het allemaal niks kan schelen... Wat voor medicijn geef je hem eigenlijk?'

De jongen lachte niet meer. 'Medicijn?'

'Ja, medicijn!' articuleerde Anijs scherp, terwijl hij zijn machtige, spierwitte buik met beide handen in de zij naar voren stuwde tussen de panden van zijn jas door. 'Hij moet toch beter worden?'

Het onbekommerde avondpratertje van daarnet had weinig kapsones meer over, was op slag teruggevallen tot zijn eigenlijke hoedanigheid van de eenling, met wie geen van de andere kinderen had willen meedoen dan alleen een meisje, en die alleen al met zijn opkomst, dwars door helm en schild heen, die vreemde verstilling teweeg had gebracht. Bijna huilend nu zei hij dat Joop niet ziek was.

'Niet ziek?' herhaalde Anijs hogelijk verbaasd. 'Maar als Joop niet ziek is, waarom komt hij dan met een verpleeg-ster het toneel op? Hij heeft toch plankenkoorts? Wie koorts heeft moet medicijn hebben. Medicijnen zijn ge-zond! Kijk eens hier, zelf gebruik ik theriac...'

Haastig haalde hij de laatste pillen uit zijn zak. Het wa-ren er nog drie. Hij nam er een zelf in, en legde een ande-re op de onwillekeurig uitgestoken hand van Klein Pet.

'Die is voor Joop, die verkruimel je morgen door zijn eten,' zei hij, waarna hij de laatste pil tussen duim en wijs-vinger voor de ogen van de jongen hield. 'En deze is voor jou... die moet je nu gelijk doorslikken, net als ik deed... daar word je beter van, een betere jongen... Kom, je ge-looft de dokter toch wel? Vooruit, steek je tong eens uit...

laat me je tong eens zien...'

Hij boog zich voorover, maar op dat moment kwam de hond overeind, diep grommend, met trillende lip, plotseling een glimlicht op de tanden. Anijs deinsde terug, nam de jongen weer in het oog en ontstelde nog meer: onherkenbaar veranderd keek Klein Pet stralend opzij, alsof hij er helemaal niet meer was. Werktuiglijk zijn blik volgend zag Anijs tussen twee wagens door een man komen aanlopen, een zwarte silhouet in een schijf licht, Bennemin. Op dat moment riep de jongen zijn vader aan: 'Hier pa, hier!'

Bennemin versnelde zijn pas en zwaaide; hardop lachend zwaaide Anijs terug, de andere kant uit lopend al, eerst nog achterwaarts, daarna zo snel hij kon vooruit: zo was het immers ook afgesproken, dat hij in stilte vertrekken zou en het vuurwerk aan Bennemin overliet? Hij wist zich al dadelijk na het omkeren onzichtbaar, zonder het wit van zijn gezicht en doktersjas meer, maar toch bleef hij zich door het donker voort reppen tot aan de rand van de woeste grond. Terwijl de eerste, vette regendroppel op zijn gezicht viel draaide hij zich nog eenmaal ten afscheid terug.

Op het voorterrein van de tent werd druk heen en weer gelopen met fakkels. Als kleine stipjes dromde het volk naar buiten, nietig in het waailicht, nietig door de afstand, nietiger nog door de immense duisternis over alles heen. Door de dreigende onweersbui scheen er grote consternatie te heersen, het vuurwerk moest vervroegd worden aangestoken, en tegelijk met de eerste raket die de lucht in schoot ging er daarboven weer een volgend flitslicht af, bliksemend als oogwit, een knipoog ter verwelkoming van het menselijke vuur aan het zwerk. In steeds snellere opeenvolging verhief de ene gloeiende pluim zich na de andere, de brandende girandole tolde waanzinnig in het rond terwijl heel het terrein nu in de laaie gloed stond van de

Bengaalse potten, en intussen bleef de kronkelende, sissende en lispelende bliksem er maar op neerkijken, als een vigilerende vrouw—ja, hemel en chemie herkenden elkaar in geslachtelijke tegenstelling, het was een flirt, een verzot om elkaar heen draaien, een godvergeten ogenspel zo vals, een loeren, loensen en lonken, met steeds wisselende sluitertijd: dan vielen de oogleden weer toe, de nachthemel zwart als één gigantische, valse wimper...

Anijs huiverde: om de maker te zijn van iets dat dartel, geil en als gelijke met het hemellicht speelde, was het niet te veel? Werd hij niet begoocheld door zijn eigen vuurwerk, als Faust verblind door een belofte van hoger heil? Hoe had hij het eigenlijk kunnen denken... de hoogmoed, angstaanjagende, verwarde hoogmoed! Hij moest huistoe nu, slapen gaan, zijn benen tintelden. Afgemat staarde hij nog heel even uit naar het gewemel in de verte, dat nu baadde in de rode en blauwe gloed van het Bengaalse vuur, toen keerde hij het de rug toe en begon hij te lopen.

Met snelle fluisteringen joeg de wind door de dorre kruinen, maar tussen de vlagen door was het nog steeds bladstil, zodat het leek of er nu eens iemand hier, dan weer daar aan een boom schudde. In een van die stiltes, aan het begin van het verlaten Elim, drong een zwak gerucht tot hem door. Het was een aanspanning die langzaam dichterbij kwam, en onzichtbaar weggedoken achter een struik zag hij het volgende moment een ladderwagen met een klein paardje ervoor langs zich heen rijden; het was de wagen die hij eerder in de avond voor De Eenhoorn had zien staan, Halink zelf zat op de bok, hij had een paar jongens bij zich, en heel die eenvoudige aanspanning was gehuld in een wolk van vrolijke, toch kalme stemmen...

'Het pad gaat niet verder meer!'

'Jawel, daar, de hei op!'

'Kijk, ik zie al iets, een gloed daar achteraan!'

'En daar... in de lucht... een vuurpijl!'

'We zitten goed!'

Weer een bliksemschicht, de oplichtende jongensgezichten straalden van de verrassing die zij in petto hadden. De bak van de wagen was niet leeg, en terwijl het alweer donker werd zag Anijs er nog net een ijzeren driepoot in naglanzen... een statief! Maar dan moesten die twee cilinders de lang verwachte Bunsen-batterijen uit Duitsland zijn, met bijbehorende booglamp... De apparatuur was net op tijd gearriveerd, en nu ging Halink een foto maken, bij elektrisch licht, van het volk... zomaar, als zijn bijdrage aan het feest, zíjn feest... Hij voelde zijn hart opspringen: eindelijk dan was Halink naar hem toe gekomen, om met hem mee te spelen het spel van het licht – of wilde hij hem alleen maar overtroeven, het vuurwerk in de schaduw stellen van zijn fotografie, zoals de carbidlamp aanstonds onvermijdelijk verbleken zou bij de Bunsen-lamp?

Eindelijk dan was de bui voluit losgebarsten. Verweesd stond Anijs de wagen nog na te kijken, waarop een dekkleed werd uitgespreid, en hij wist niet meer of het plotselinge gesis om hem heen nu kwam van de wind over het riet of de regen op de bladeren. Later, thuis, onder chloraal, werd hij een beeldsnijder. De kerk van het volgende dorp wilde een beeld laten verbeteren. Met al zijn messen ging hij op pad, maar onderweg begon het te sneeuwen. Alles werd wit; hij verdwaalde; bij een boerderij moest hij de weg vragen.

Bang voor de hond betrad hij het erf. Er was geen hond, alleen maar stilte. Met zijn scherpste mes in de handpalm liep hij verder. Alle deuren waren op slot, behalve die van de varkensstal aan de achterkant. Hij stak zijn hoofd in de lauwe, schemerige stank en onmiddellijk zag hij de jongen zitten, vuil en verwilderd in een kruiwagen vol stro. Opge-

lucht geen indringer meer te zijn vroeg hij hem de weg,
maar het antwoord, ook het herhaalde antwoord, was te
dierlijk om te verstaan, dierlijk als het geknor rondom:
was de jongen achterlijk? Maar zijn ogen stonden zo klaar!

Hij nam hem mee naar buiten; nog steeds slaakte hij
enkel keelgeluiden; hij keek hem in de mond. Reeds zag
hij zijn gebrek, het veel te strakke, veel te korte toompje
onder zijn tong, waardoor hij niet praten kon; reeds zette
hij zijn mes aan: een snelle haal—van pijn beet de jongen
in zijn vingers! Lachend keek hij naar zijn rode hand, hij
wist niet van zijn eigen bloed of dat van hem.

Wat later, terug aan de weg, liet hij zich in de sneeuw
uittekenen hoe hij gaan moest. De jongen lachte nu ook,
hij had hem verteld dat hij zou leren spreken, dat zijn tong
bevrijd was, dat men merken zou dat hij niet achterlijk
was, dat hij in huis mocht. Nu al leek hij volwassener, het
bloed op zijn kin een rode baard! Dankbaar vervolgde hij
zijn weg: straks zou hij een beeld verbeteren, nu al verbeterde hij een jongen!

HOOFDSTUK XII

Als een vader

Van de 14000 beschikbaar gestelde perronkaartjes was er vanaf halverwege de ochtend al geen enkele meer te verkrijgen. Om exact 8.15 uur, op het fluitsignaal van burgemeester Van Tienhoven, vertrok de eerste trein met genodigden naar Rotterdam. Aankomst aldaar: 9.32 uur – de telegram, voorgelezen door spoorwegdirecteur Munzebrock, veroorzaakte een stormachtig gejuich op de Amsterdamse perrons, terwijl de eerste tegenstanders op het Stationsplein juist hun spandoek ontvouwden.

Zo ging de officiële opening van het cs voorbij, precies op de dag van Theo's zeventiende verjaardag, de dag bovenal waarop hij zou vernemen dat Rossaert en vrouw niet zijn ouders, maar zijn pleegouders waren. Om die reden had Vedder hem daags tevoren gevraagd om toch vooral nog even aan te komen. Vanaf het middaguur echter voorvoelde hij al dat hij niet meer komen zou – was hij gisteravond te ver gegaan, in het Concertgebouw? Lag het aan het pseudoniem, dat verkeerd was opgevat? Was het zijn vlagende woede geweest? Maar later, afgelopen nacht, toen hij zich vergat in een bierhuis, had Theo nog voor hem de zaak afgesloten! Verward, opgewonden en bezorgd sloeg hij vanuit zijn slaapkamerraam de drukte op het Stationsplein gade, ternauwernood nog in staat om alleen thuis te blijven, maar Theo zou toch nog kunnen komen. De drank van gisteravond deed hem zwaar transpireren, hij had hoofdpijn en schoof rusteloos het gordijn dicht.

De dag daarna kwam Theo ook niet. Vedder hield het niet meer uit binnen, belde aan bij Rossaert, waar niet werd opengedaan, en stond iets later aan de receptie van het American Hotel. De heer Al Vedder uit Amerika bleek daar niet meer te logeren. Zo onwezenlijk scheen het korte bezoek van vorig jaar in de lutherie hem opeens toe, dat hij verzocht het gastenregister uit die tijd te mogen inzien. Ook daarin kwam de naam van zijn neef niet voor. Weer thuis wilde hij een brief aan Anijs schrijven – maar die viool was nog niet verkocht!

En toen was Theo er ineens toch, de volgende avond al. Zonder een woord kwam hij door de donkere werkplaats op Vedder toe, die zich achterin het kantoor met twee handen op het kasboek werktuiglijk omhoog duwde.

'Jongen, daar ben je dan... eindelijk... nogmaals mijn gelukwensen met je verjaardag... eerst te vroeg, nu weer te laat... maar gemiddeld goed... Ha! Ga zitten! Een biertje?'

Theo leek hem in het geheel niet te horen en bleef aan de rand van het licht stilstaan. Hij had geld nodig.

Onveranderd bleef Vedder naar hem glimlachen, maar reeds had zijn eerste vreugde zich gemengd met medelijden, want nog voor er iets gezegd was voelde hij de holte die de waarheid van het wees-zijn in Theo's hart uitgegutst moest hebben. Nauwkeurig gekloft en gedoft als altijd droeg de jongen nu voor het eerst ook glacés – hoe ouder hij werd, hoe meer zijn lichaam oploste in dezelfde mode waarmee anderen het juist tegenwoordig stelden, hoe meer het verdween, hij het door zijn kleding verving, het verdonkeremaande met zijn benen strak tegen of over elkaar, en altijd die angstvallige hygiëne, waarmee hij zijn lichaam niet verzorgde maar bestreed – hij had ook weer mondwater gebruikt.

'Natuurlijk, je hebt geld nodig, wie niet?' trachtte hij, zodra het verzoek tot hem was doorgedrongen, te volharden in zijn aanvankelijke opgetogenheid, de verwachting van een dankbaarheid die hij niet eens verlangde, hij had slechts zijn plicht gedaan. 'Maar zo vaak... je hebt toch geen schulden, hoop ik?'

'Nee, nee, een afspraak... en haast.' Voor het eerst glimlachte Theo nu, maar om zichzelf, wegkijkend naar voren.

'Nu goed dan, met vrienden, dat is altijd schik... Hoeveel?'

'Doe maar vijf gulden, of nee, zes, voor de zekerheid... 't is vervelend te moeten lenen...!'

Vedder zag Theo's glimlach nog breder worden, maar nog steeds zonder dat hij hem aankeek, als een kloof tussen hen beiden. 'Toe maar, zes gulden... goedendag!' verborg hij zijn verbazing over de hoogte van het bedrag in scherts. Hij liet de kassa openspringen, nam hardop tellend de munten uit de lade en overhandigde ze. 'Veel plezier dan... jammer trouwens van eergisteren, het was een heel gedoe op het station, ze hadden ons best kunnen gebruiken, maar ik begrijp dat je niet kon komen, je verjaardag...' Met het noemen van de dag van eergisteren was het grote onderwerp nog niet eens aangeraakt, hij had er alleen maar naar gewezen, maar onmiddellijk was het levend geworden en kroop het uit de gebroken eierschaal van het woord naar buiten, waar het in bijna stoffelijke hoedanigheid in de lucht bleef hangen, almaar uitzettend, als een reukloos gas, zo hittig en verstikkend dat Vedder er als vanzelf voor terugdeinsde. 'Heb je trouwens nog nagedacht over de buste van prins Hendrik?'

'Prins Hendrik?'

Verbluft door de onverwacht afwezige toon keek Vedder de jongen opnieuw in het gezicht, en toen pas zag hij hoe volledig Theo veranderd was, nu geen kind meer bij Rossaert maar commensaal, en dwars door de gespeelde nonchalance heen werd hij nu ook zijn verstijving gewaar,

zoals hij het geld in zijn hand hield maar toch niet wegging, niet weg wílde, hoezeer hij ook deed alsof: hij stond
integendeel op iets te *wachten*, innerlijk ziedend, en opeens, geschrokken, voelde Vedder de gloed – wat daar
broeide was geen dankbaarheid; *schaamde* Theo zich niet
bovenal, dat hij als zoon was afgedaan door wie hem zestien jaar lang als zodanig hadden verzorgd; *verweet* Theo
hem soms zijn tussenkomst, dankzij welke hij, wees van
geboorte, toch al die tijd ouders had gehad; *haatte* hij hem
erom, dat hij die nu alsnog verloor? Maar zijn goede opvoeding mocht hij toch houden, en al wat hijzelf er, geheel
belangeloos, zonder vaderplicht, bovenop had gelegd toch
ook? Zijn hart kromp samen, zijn keel werd dik, en uit
piëteit met Theo's pijn en schaamte, onthutsend zichtbaar
opeens aan zijn verstijfde gestalte, sloeg hij even de ogen
af.

'De búste van prins Hendrik?' vroeg Theo weer, op z'n
onnozelst.

'Je verjaardagscadeau!' hielp Vedder hem met vertwijfelde lach herinneren. 'Ik heb je toch een pseudoniem gegeven, en een onderwerp? Het hoeft niet moeilijk hoor,
niks verkeersfactor nog, hou je maar bij de locatie, gewoon... dat de prins de schepen niet meer kan zien, door
het station, dat de locatie verkeerd is... dat is toch ook zo?'

'Ja, ja, o ja... Nee, het onderwerp is goed...'

'Bevalt het pseudoniem je dan niet? Ik kan je ook een
andere naam geven... D. Profundis? Ad Fundum!'

Theo, nog niet helemaal tevreden, trok met zijn gezicht.
'Waarom niet... Vedder?'

'Vedder... Als pseudoniem?'

'Waarom als pseudoniem? Ik leef al mijn hele leven
onder pseudoniem... ik wil nu wel eens mijn echte naam...'

Het bleef stil, Vedder sperde zijn mond open maar kon
geen woord uitbrengen. Langzaam begon er iets in hem te

suizelen en nam de druk op zijn oren toe, alsof hij door een wak in de stilte was heen gezakt en hij zich in de diepte daaronder bevond. Hulpeloos trachtte hij zich vast te grijpen aan de onbereikbare gestalte aan de andere kant van het glas, zonder begrip nog van wat er gesuggereerd was, tot het ontzaglijke misverstand eindelijk dan krakend en in steeds meer facetten in hem baan brak: Theo dacht dat hij zijn ware vader was; zijn vondelingschap, de overplaatsing van weeshuis naar pleeggezin, de belangeloze tussenkomst hierin van een derde en nu de ontbinding van het pleeggezin, waarop hij bij die derde ontboden was, diezelfde derde die altijd als een vader voor hem was geweest, die wenste dat hij in zijn voetsporen zou treden en hem daartoe een andere naam had geschonken – al die losse elementen, op de vleugels van de goedheid uit elkaar voortgekomen: in Theo's waanbeeld kregen zij een sterker verband dan zij in de werkelijkheid bezaten, sloegen zij als karabijnhaken in elkaar, vormden zij niet meer een kralensnoertje van toevallige weldoenerij maar een onbreekbare ketting van logica en opportunisme: hij zou Theo ergens in oneer hebben verwekt, zich als alleenstaand man toch aan de bastaard hebben willen hechten, hem derhalve van zondig moederbed naar weeshuis naar pleeggezin hebben overgeheveld om vervolgens, bekroning van de snode toeleg, van heel nabij als een vader voor hem te kunnen zijn...

'Nee... nee...' Hij schudde traag het hoofd, wist niet zeker of er wel geluid uit zijn keel kwam, en voor het eerst keek hij Theo nu recht aan. Het was of hij twee koude, harde kiezels in zijn ogen gegooid kreeg, van pijn sprongen ze vol tranen en pas na herhaald knipperen werd zijn blik weer helder.

Theo's glimlach was nog strakker geworden, een blinkend ijsvlies op een poel vol schaamte, en zo, wezenloos grijnzend, staarde hij hem aan, nee: staarde hij door zíjn ogen naar zichzelf, een weesjongen, eergisteren door zijn pleegouders afgedaan, en nu door zijn ware vader opgeroepen, aangezien... en eveneens versmaad: het 'nee, nee' stond als nieuwe, nog verhevigde schaamte in zijn ogen te lezen, in overtuigde zelfhaat weerspiegelde hij nu, even langzaam, het hoofdschudden waarmee hij daarnet toch was afgewezen, en vanuit de meest oprechte instemming daarmee, zich al geheel vereenzelvigend met wie hem verwierpen, met geen ander verlangen meer dan voor hun plezier nog verwerpelijker te zijn, stak hij, zijn koperen gezicht vertrekkend in een laatste grimas, als dank en ten afscheid, de munten omhoog en draaide hij zich om.

De deur was allang rinkelend dichtgevallen toen Vedder zich eindelijk weer bewegen kon. Hoe was hij eraantoe? Uit zijn verlamming ontwakend werd hij allengs een schrijnend medelijden in zijn ziel gewaar, want hij begreep nu pas ten volle dat Theo zich met zijn komst als zoon aan hem was komen aanbieden, dat hij daarom niet eerder was gekomen en het uiteindelijk alleen maar had aangedurfd onder dekking van die wanvoeglijke geldvragerij, dat zelf opgezette mombakkes, die erbarmelijke poging om, in het geval van afwijzing, zich althans nog wijs te kunnen maken dat niet hijzelf, maar zijn afstotelijk masker was afgewezen, en hij de eer aan zichzelf gehouden had. Het volgende moment drong ook die zeer oude, door Theo's waangedachte echter weer opgehaalde wondpijn van zijn onvruchtbaarheid tot hem door, schrijnend aan zijn ziel ook, net zo schrijnend als ze indertijd door zijn vrouw was aangetoond door van een ander wel zwanger te raken.

Nee, hij voelde zich bepaald niet goed, alles wat hij zich aantrok was waar... maar toch... een warme golf stortte zich uit in zijn verkleumd, eenzaam gemoed... een zwe-

mende lach streek over zijn mond als een lentebriesje...
maar toch, iets anders was ook waar... ja, hij was toch ook
altijd als een vader voor Theo geweest? En was het dan zo
vreemd, als die gewaande bloedband hem nu reëler leek,
nu die althans vanaf één kant werkelijk werd veronder-
steld?

***

De volgende dag stond in de krant dat de Rozengracht bij
raadsbesluit van 16 oktober jl. zou worden gedempt omwille van een nieuwe verkeersbaan vanuit het centrum naar
de nieuwe stadsuitleg. Het zou precies die westradiaal
worden waar Veritas als eerste voor gepleit had, mits men
nu ook maar wilde overgaan tot demping van de Warmoesgracht in het verlengde van de Rozengracht alsmede,
tenslotte, de onteigening en afbraak van die huizen die
nog een laatste hindernis vormden, met welke doorbraak
de aansluiting op de Dam en de optimale verkeerscirculatie eerst een feit zou zijn.

Onverwijld begaf Vedder zich naar de Rozengracht. De
zon scheen; overal had men de vlag uitgestoken; de vreugde der bewoners over het nieuwe belang van hun kade was
groot – en niemand die wist dat hij Veritas was! Zich in
stilte vermeiend dwaalde hij verder door de stad, liet hij
zich willoos aantrekken door een magnetische kracht. Nog
een straat, nog een hoek, toen kwam hij aan de kern: het
was paardenmarkt. Een tumult van gelach en geschreeuw
benevelde de wemel en ook Vedder, staand aan de rand
nog, onderging de invloed: ijlhoofdig trad hij in de drukte;
net als iedereen kocht hij een zakje rozijnen.

Wat later leunde hij tegen het hek van het ponykamp.
De paardjes liepen hier los, in de hoek stond een drinkbak,
het plaveisel was bestrooid met stro... niet met turfstrooi-

sel! Ach, om daarover met neef Anijs te praten, dat er in Amsterdam op dat gebied nog heel wat voor hem te winnen viel, of om met Theo te praten... Even zakte hij weg in de wonne van zijn vermeende vaderschap en vruchtbaarheid, toen keerde hij met verscherpte aandacht weer terug in de tegenwoordigheid.

Behalve voor de handel diende het ponykamp ook tot kindervermaak. Overal rond het hek zag hij de lachende gezichten van jong en oud; lachend liet hij een rozijn van zijn hand eten. Plotseling zwol het gelach nog aan, vetter, men wees naar het midden, waar een hit besprongen was door een andere—ze *paarden*, en niemand die het belette...

'Wat doen ze?' klonk een hoge, heldere stem van vlakbij.

Omkijkend zag Vedder eerst twee fijne handen, die de schouders vastgrepen van het kleine jongetje pal naast hem, toen, zijn nek nog iets meer verdraaiend, keek hij recht in de ogen van de jonge vrouw achter het kind. Zij droeg een hoed met brede rand, maar haar blos scheen dwars door de schaduw heen.

'Wat doen ze nou?' riep het kind weer. Intussen zette de paring goed door.

Zo opgelaten als de jonge vrouw het jongetje bij de schouders heen en weer schudde, zonder dat een man het terechtwees: zij had stellig geen begeleiding bij zich, en was waarschijnlijk weduwe. Vedder keek weer voor zich, maar naarmate het rijen versnelde voelde hij haar nabijheid scherper, heter aan zijn huid al dan de lage herfstzon aan de overkant. Het glundere gelach om de paarden gold nu stellig ook het vragende kind, maar oneindig meer nog de jonge vrouw in haar verlegenheid: iedereen zag dat zij vol begrip naar de dekking keek, iedereen wist waar zij op dit moment aan dacht, welke handelingen, ooit door haar in dwaze verrukking uitgevoerd, haar weer scherp voor ogen stonden en wat zij daar nu bij ervoer, zomaar op de markt, in het openbaar, terwijl iedereen het kon zien, opdat eenieder het zou zien — ja waarachtig was het een schouwspel, eenzaam en onwillekeurig door haar geboden, een vrouw, verzonken in eigen geslachtelijkheid, haar werkzame geslachtelijkheid, ten bewijze waarvan zij het kind voor zich vasthield als een diploma, ja zelfs een voorstelling was het, nu zij immers staan bleef en niet wegging, gevangen al in het licht uit aller ogen, zich daarmee strelend als een schun met veren, zo peilloos obsceen, allang niet meer om te lachen: het verborgen, eigenwettige lichaam brak deze vrouw uit als een zweet; de geest doofde, het lichaam ging aan, eerst als een lamp, toen als een machine — bewoog zij al, biezend onder haar rokken, tochtig als een koe? — beierde haar pruim al rond onder haar heupen als een klepel in een klok?

Het duizelde hem, hij kon niet meer slikken. Ook het gelach rondom smoorde nu tot een ingehouden afwachten, en in die stilte stelde het kind nogmaals zijn vraag over de paardjes, bijna huilend nu: 'Wat dóén ze nou?'

Het was de onschuld in de stem waardoor Vedder zichzelf hervond, en terwijl de benauwende vervoering al van hem afliet knielde hij heel bedaard naast het jongetje neer: niemand had het nog de bekende uitleg gegeven die men in zo'n geval geven moet, de mensen niet omdat zij niet wilden, de jonge vrouw niet omdat zij, met al die aandacht, niet meer durfde: de grappen zouden te grof zijn, de hilariteit verzengend...

'Wat ze doen?' herhaalde hij vriendelijk. 'Nu kijk, dat onderste paardje is blind geworden, en nu duwt die bovenste hem naar de drinkbak daar in de hoek.'

Zo zacht had hij gesproken, dat het kereltje niet schrikken zou, echter hard genoeg toch voor de vrouw om het te horen — en terwijl het stil bleef en hij zich in vol postuur nu tegenover haar oprichtte, wist hij dat hij beiden bevrijd had, het jongetje uit zijn vraag en de vrouw uit haar schaamte, en om haar vervolgens ook nog uit haar dankbaarheid te ontzetten keek hij haar goedmoedig bulderend aan—die ruwe ridderlijkheid bezat hij immers ook?

'Mijnheer, namens mijn zoontje dank ik u voor uw deskundige uitleg,' sprak de jonge vrouw eindelijk, met een schuchtere glimlach vanonder haar hoed.

'Wanneer het naar tevredenheid was... zeer graag zal ik u en uw zoon nog wat verder rondleiden!'

Met een nauw zichtbaar nijgen van het hoofd stemde de jonge moeder toe; reeds leidde Vedder haar en het kind uit het gedrang naar achteren; reeds stelde hij zich voor bij zijn naam en beroep, en terwijl hij haar zijn arm al aanbood, zich openend als een venster, vroeg hij: 'En u?'

Opnieuw boog de vrouw het hoofd, dieper nu, beschroomd—maar zo stralend ook! 'Weduwe,' fluisterde zij, '...twee jaar al haast...'

***

Alles was veranderd, en zo plotseling en volledig, hij was zelf ook veranderd. De late zon op zijn gezicht: zo rustig! De tijd: veel later... De hand van de weduwe op zijn onderarm: zo licht bevond hij zich, het was of hij danste, en daarbij, terwijl het pad tussen de paarden aan de repels door hem wel een wandellaan toescheen, voelde hij niet alleen de jonge moeder aan zijn arm, maar ook het kind dat zij aan haar andere hand meevoerde. Het was een immens, mannelijk gaan, en vol eerbied, geheel vanzelfsprekend weken de mensen uiteen: hij was een gezin geworden.

HOOFDSTUK XIII

Van medicatie tot operatie

Het was volkomen donker. Slaapdronken veerde Anijs rechtop in bed. Had een paard van Thomas hem doen opschrikken, stampend in de stal? Hij luisterde: niets, alleen maar het gedruis van de regen op het dak, heel zacht, het nadruilen van de eerdere wolkbreuk die avond. Hij rilde, merkte nog de verkleuming binnenin zijn doorweekte lichaam, de smaak van water in zijn mond. Juist wilde hij zich weer onder de dekens schuiven of hij zag Martha's wijdopen ogen glanzen in het licht van de straatlantaarn door het gordijn heen.

'Er is gebeld...' zei ze effen.

Op dat moment schalde de deurbel opnieuw door het huis, aanhoudend, met driftige rukken, in nood. Onbedenkens stond Anijs op en ging hij tastend door het donker de trap af. Beneden in de apotheek zag hij een kleine gestalte voor de deur heen en weer waggelen onder de buitenlamp: het was Klein Pet. In een vlaag van kou viel de jongen binnen, hij hief het verdwaasde gelaat naar hem op en stiet slechts twee woorden uit, de enige woorden die hij nog had, die hij heel de weg had bewaard en herhaald: 'Dokter... Johanna!' Met een laatste zucht zakte hij vervolgens in elkaar waar hij stond.

Binnen de kortste keren stond het huis in rep en roer. Martha en de meid, in nachtgoed naar beneden gestommeld, barstten bij de eerste aanblik van de uitgeputte jongen uit in ontdane geluiden; er werd licht gemaakt; Anijs zag dat het drie uur was.

'Laat een paard zadelen... stuur de meid naar Thomas!' riep hij, al even ontdaan, maar er was niemand meer in de apotheek, reeds hadden de vrouwen Klein Pet mee naar de keuken genomen, waar het fornuis driftig werd opgerakeld. Bevangen in besluiteloosheid wist hij even niet hoe verder, toen stormde hij terug naar boven, om zich aan te kleden: hij moest naar het Veld!

De stortbuien na het Cabaret waren zelfs door zijn wintermantel heen geslagen: nauwelijks kreeg hij zijn klamme lijfgoed over zijn huid getrokken, de doktersjas leek wel gekrompen, zijn schoenen, sokken en broekspijpen waren nog doornat, maar er was geen tijd om in het donker iets anders te zoeken.

'Is de meid al bij Thomas geweest?' vroeg hij bars, terwijl hij, zijn kraag dichtknopend, andermaal beneden in de hal kwam. Zwaar van tred, vol onstuitbare bedrijvigheid liep hij door naar de keuken, maar het tafereel binnen deed hem haperen op de drempel.

Geheel naakt lag Klein Pet op de met een handdoek bedekte tafel. Ruggelings naar de deur gekeerd stonden de vrouwen over hem heen gebogen, de meid met een in heet water gedrenkte doek waar de damp van afsloeg, Martha met beide handen aan het lichaam, dat blank en slap was als beslag. Uit de neergelaten fornuisklep stroomde de warmte en rode gloed van een goed vuur; op de kookplaat stond een melkpannetje; de geluiden van de vrouwen klonken niet ontdaan meer maar troostend, kalmerend, met milde buigingen omhoog en omlaag.

'Zijn zus moet bevallen,' verklaarde Anijs zacht. 'Vanaf het Veld heeft hij de hele weg hardgelopen, hij is uitgeput...'

'Ik maak zijn bloed weer vlug,' zei Martha zonder omkijken.

Een vreemde ontroering kneep Anijs de keel toe, hij kon niets meer zeggen, alleen nog maar knikken, diep en goed- keurend, onzichtbaar voor Martha, maar zij had zijn aan- wezigheid daarnet toch ook al gevoeld zonder om te kij- ken? Geluidloos naderbij tredend keek hij langs haar witte slaaphemd naar haar handen op Klein Pet: het was of zij deeg kneedde, een nog aldoor zo wit deeg, dat het wel uit haarzelf leek, een langzaam rijzend en tot leven komend beeld, het onbesneden piemeltje ook, toen Martha het even tussen haar vingers nam was het of zij een deegsliert uit de massa trok – een levend evenbeeld, veel groter al dan een brood, of een baby – maar zij was immers ook veel ouder dan een moeder? Toch ging zij hem zo melk geven, warme melk...

Even nog stond Anijs roerloos aan de rand van de innig- heid, die hem in gelijke mate binnentrok als buitensloot, toen brak hij uit de ban en werd de algehele nood weer over hem vaardig.

'Wrijf hem droog, kleed hem aan!' riep hij, wijzend naar Klein Pets kleren aan het rekje voor het fornuis. 'Ik pak de medicijnen!'

Terug in de apotheek wilde hij onverwijld het laborato- rium in schieten toen een volgende figuur voor de deur hem deed stilstaan, een volwassen man nu, slaapmuts op het hoofd, een strook nachtrok onder zijn jas uit, en de hand boven de ogen tegen het raam om naar binnen te kijken. Met een ruk deed Anijs open; het was Thomas; zonder enige verklaring van het gerucht in de nacht ge- lastte hij hem vlakaf een paard te zadelen.

'Spoedgeval!' zweepte hij de ontredderde man nog meer op.

Alles liep nu gelijktijdig door elkaar: terwijl Klein Pet met ruwe doeken werd drooggewreven was het in het la- boratorium een jachtig zoeken naar watten, tangen, naveldoekjes en navelbanden, een thermometer, koortspoeder, pleisters, trychnine en kinine; toen Anijs eindelijk met de volle tas terug in de keuken kwam vond hij de knaap aangekleed, maar nog zeer zwak. Hij liet hem suikerwater drinken, aan alkalizout ruiken, hij maakte zijn slapen nat met azijn—op dat moment klonk buiten een helder geklater op: Thomas had het paard getuigd en leidde het voor aan de teugel; ze stonden er al omheen: briesend beet het op het bit; een stijgbeugel en een duw: Anijs zat in het zadel; terwijl achter hem de tas met geneesmiddelen werd vastgesjord reikte Martha hem Klein Pet aan: een ledenpop, gewikkeld in een deken; een klap nog op de bil van het paard: een schok vooruit, hij reed!

Met het geluid van zware, ijzeren regendruppels kletterden de hoeven op de kade, onwezenlijk hard in de stilte van de nacht. Hoogeveen sliep, maar waar hij voorbij draafde lag men wakker. Eenmaal de hoek om bij De Eenhoorn liet hij de straatverlichting achter zich en was het of er een zwart gordijn voor hem neerviel. Onmogelijk om hier van draf in galop over te gaan, ook al was de grond nu zacht: hij moest terug naar stap. Als in diepe slaap was Klein Pet voor hem in het zadel tegen zijn borst gezakt; hij kromde zich beschermend om hem heen, liet zijn neus tot op het kinderhoofdje dalen en snoof een geur uit het haar, veel pittiger dan iemand zich bij zo blond en zo jong zou voorstellen.

Soms sloeg er in de verte een hond aan, verder klonk er niets meer dan de zacht zuigende hoefslag tegen het karrenspoor. Van de zenuwen gaapte hij voortdurend, het gapen maakte werkelijk slaperig maar dan kreeg hij van vlakbij weer een natte tak in het gezicht en schrok hij op. Zijn ogen waren nu voldoende aan het duister gewend om een enkel stuk weer te kunnen draven door de berm; als grote guldens lagen de plassen te glimmen in de kuilen van de weg.

In regelmatige deining ging het voorbij het Wolfsbos, door de buitenbuurt en verder langs het Zuideropgaande. De lucht rook naar ozon, alle miasmatische dampen die door de eerdere slagregen uit de moerasgrond geranseld moesten zijn waren verdreven door een sterke antiseptische zweem die de nacht doortintelde. Angstvallig telde Anijs de wijken, en juist toen hij bij de twaalfde links afsloeg, het Veld in, brak de maan even door de wolken.

Als een blikkerend zwaard wees het Elim naar achteren, en nog eenmaal zette hij aan tot draf. Rechts op de rand van het bovenveen tekenden de hutten zich even zwart en blind af als de enkele, nog niet afgescheepte turfbulten ertussenin, maar opeens zag hij een verlicht venster, en nog een, de laatste tien, vijftien hutten waren allemaal verlicht en toen hij eindelijk dan halt hield voor het huis van Bennemin leken al die bewoners daar wel op het erf te drommen. Hoe zwaar moest Johanna niet in barensnood zijn, dat niet alleen de naaste buren waren wakker geworden en toegeschoten, maar ook die daarnaast en zo verder?

'De dokter!' schreeuwde iemand.

'Daar in die deken... dat is Klein Pet!' zag een ander.

Het geroep moest binnen duidelijk hoorbaar zijn, maar toch kwam Bennemin hem niet begroeten. In hoge mate verontrust nu liet Anijs de jongen langs het zadel omlaag zakken in de uitgestoken handen, hij steeg af en kreeg slechts met moeite zijn tas los. Op benen even krachteloos als daarnet zijn nerveuze vingers ging hij het overvolle huis binnen, waar iedereen door elkaar heen praatte, vrouwen, mannen, uit bed geglipte kleine kinderen op blote voeten, padjongens en jongkerels – alleen Sieger scheen ook in deze ure nog niet gekomen. Dankbaar vond hij een allerlaatste theriac-pil in zijn jaszak.

Reeds zijn binnenkomst deed het rumoer verstommen,

men week uiteen en aan het einde van de smalle doorgang kwam het ledikant te zien dat als kraambed in de kamer was gezet. Naderbij schrijdend zag Anijs eerst man en vrouw Bennemin aan weerszijden van het hoofdeinde, daarna de dwaas Lubber erachter, en toen alleen nog maar het ontzaglijke verdwijnpunt in het midden.

Omringd door een krans van kaarsen en oliepitten lag Johanna op het hoge bed, gekleed in een wit hemd, gestut door witte kussens en toegedekt onder een wit laken, onwezenlijk sereen, alsof zij was opgebaard. De indruk van volkomen verstilling duurde maar een bedrieglijk ogenblik, toen drong de eerste pijnkreet tot Anijs door, zag hij de krampen onder het laken, de kletsnatte haren in slierten langs het gezicht, de wild hemelende ogen die niets meer schenen te zien. Zich hernemend veegde hij de voorste mensen opzij, hij maakte een driftig, wegsturend handgebaar naar de glundere gezichten achter het zijraam, en trad aan het vrijgemaakte voeteinde.

Bennemin had hem al gezien maar gaf geen enkel teken van herkenning, bleef Johanna maar het zweet van het gelaat wissen. 'Acht maanden...!' deelde hij zonder opzij kijken mee.

Afkeurend schudde Anijs het hoofd. 'Acht maanden... niet goed!' sprak hij. 'Het moeten er negen zijn!'

Een nieuwe wee golfde door Johanna heen, Anijs moest zich aan de bedrand vastgrijpen om zich staande te houden in het wrede geweld, en onderwijl siste een oude bes hem iets in het oor van ontsluiting en dat het zo al doorging uur na uur – maar hij kreeg geen gelegenheid meer zich daar nog over te beraden.

Onverhoeds had Johanna beide handen om de spijlen achter haar hoofd geslagen. Aldus verankerd, terwijl haar kermen een lagere toon kreeg, scheen zij een ogenblik kalmte gevonden te hebben, toen begon zij over heel haar lichaam te sidderen en duwde zij haar heupen omhoog, zich spannend alsof zij een geschut was en zich in stelling bracht om eindelijk dan die gloeiende kogel af te vuren die al die tijd al martelend door haar heen rolde. Op dat moment werd het laken weggetrokken en grepen moeder Bennemin en de oude bes haar ieder bij een been.

Een ijle flauwte daalde over Anijs neer als een luchtdichte stolp. De uierblanke buik, nooit eerder door hem zo gezien, zwol wellustig naar hem op, leek hem vervolgens omlaag te willen zuigen naar de zoete, deegzachte diepten van het verzwelgende vlees, en veranderde toen, plagerig, voor zijn begoochelde ogen in een sloep op volle zee, rollend en slingerend over de woeste baren, nauwelijks nog in bedwang te houden door de twee vrouwen aan de riemen, die naar elkaar schreeuwden als echte zeelui in een storm, met wijd opengesperde monden waar geen geluid uit kwam — hij hoorde niets meer, de lucht was te dik, hij kon zich bijna niet meer bewegen, en alleen nog maar heel langzaam denken...

'Och arme...!'

'Ze sterft...!'

Steeds meer vulde de ruimte zich met jammer, de weeklachten werden wanhoopskreten, en wie net nog de handen biddend ineensloeg stak ze nu smekend uit naar Anijs.

Maar hij merkte het niet. De boot was weer een buik geworden voor zijn ogen en roerloos bleef hij er maar op neerkijken. Hij wist nog maar één ding, dat die buik veel te groot was, en terwijl er rondom hem nu luidop gesmeekt werd om ingrijpen, zochten zijn verdoofde hersens tergend traag naar een oplossing. Wat kon hij doen? Medicijnen hielpen niet meer, de buik zwol al nog maar hoger op, kon nu ieder ogenblik uit elkaar springen; hij zou weer van medicatie tot operatie moeten gaan, net als die keer met die gezwollen duim van Lubber...

'Een mes!' bracht hij eindelijk uit, de open handpalm vragend naar boven gekeerd, maar zonder de blik nog van de onverdraaglijke bolling te kunnen afnemen.

Bennemin schoot weg de gang in en keerde het volgende moment terug met een antiek, mahoniehouten kistje. Onbeweeglijk bleef Anijs in dezelfde houding staan wachten tot hem iets in de hand werd gedrukt. Het was een klein, fraai bewerkt vlijm, en op slag begreep hij het 't mohélmesje van wijlen de grootvader te zijn, een waarachtig operatiemes derhalve. Zijn vingers om het hecht sluitend hief hij de vuist, hij fixeerde zijn blik andermaal op de blauwachtige vleestrommel onder zich en stak toen toe...

In droomachtige vertraging daalde het mes neer, vredig als een duif, en gedurende die onwezenlijk lange glijvlucht vroeg hij zich van allerlei in alle kalmte af. Deed hij er wel goed aan te steken, snijden kon immers ook? Een keizersnede zou ongetwijfeld vergen dat hij sneed, maar hij wist werkelijk niet op welke plaats en trouwens, in het geval van Lubber had een eenvoudige punctie toch ook volstaan om de druk weg te nemen? Hij glimlachte, bracht het lichtelijk afgedreven mes weer terug in de juiste baan en sloeg zijn blik nog even geruststellend naar de patiënte op, juist lang genoeg om te zien dat Johanna hem in extase lag aan te kijken, deinend, pennend als een schaap, terwijl alles aan haar zich nu nog meer opende, haar mond, haar ogen – toen smoorde zijn beweging en keek hij weer omlaag.

Zonder enig geluid of enige rimpeling te veroorzaken zakte het lemmet in het vlees, zacht als een lepel in de pap. Zo vertraagd als het neerdalen van het mes, zo vergroot toonde zich nu ook het resultaat: er was een nieuwe opening in Johanna aangebracht, een snede die zich onmiddellijk sloot met het terugtrekken van het mes, zonder te lekken naar het scheen, op een enkele druppel bloed na die er nu toch uit opwelde. Op dat moment, lager, ging Johanna opnieuw open...

De bevalling geschiedde in de beslotenheid van vrouwen. De oude bes, kennelijk de dienende vroedvrouw van het Veld, was aan het voeteneinde neergehurkt, een ander bracht een emmer warm water en drenkte er een handdoek in. Anijs merkte het niet meer, een stap teruggetreden voelde hij alleen nog maar duizelingen en een drukkende stilte, alsof hij zich in een losgeslagen en op de kust geworpen duikerklok bevond, die wel heen en weer rolde in de branding van de geboorte, maar zonder er ook maar iets van toe te laten—tot eindelijk dan de vroedvrouw opstond met de boreling op de arm. Een laatste duizeling nog, toen was het of er ergens in de diepte een patrijspoort werd ingedrukt en stroomde de werkelijkheid als een kolkende zee naar binnen in het ontledigde ruim van zijn zinnen en begrip.

Een klaaglijke kreet, overal rondom gloeiende gezichten, toen de indringende lucht van verse ontlasting. Terwijl een van de vrouwen Johanna verschoonde tikte de oude bes de boreling op de billen, en net als iedereen wachtte Anijs met ingehouden adem op het eerste, bevrijdende schreien. Langzaam gewerd hem dat er iets niet goed was, de beentjes bleven roerloos en waren zo mager dat de huid er als broek in plooien omheen hing. Nog een paar tikken, ronduit hard nu in de benauwde stilte, maar het kind bewoog niet—het was dood. De oude gaf het over aan Bennemin, die ermee naar buiten ging.

Men vouwde de handen, liet de kin prevelend op de borst zakken, maar Anijs hield zijn half toegeknepen ogen strak gericht op het laatste punt waar hij de boreling gezien had, heel even maar, in een flits, vlak boven de spijlen waaraan Johanna zich bij het baren had vastgehouden;

als een al te sterk licht brandde het beeld van het kopje nog na op zijn netvlies, zoals hij ook nog het gezicht zag van Lubber die er pal naast had gestaan, achter het hoofd-einde: die twee gezichten vertoonden een onthutsende gelijkenis, het kindje was niet alleen uitgeteerd ter wereld gekomen, het was ook niet in orde geweest: Lubber was de vader...

Het besef was te groot om in een enkele keer te bevat-ten, maar tegelijk zette het zich met de ene na de andere kram van bevestiging in hem vast, sloegen er aldoor maar nieuwe inzichten van af die als verblindende bliksem-schichten opflitsten tegen het zwart van zijn voormalige onbegrip, en hem onder evenzovele pijnscheuten het hoofd deden buigen. Pas nu begreep hij waarlijk waarom Johanna in den beginne om zevenboom was gekomen; natúúrlijk was Sieger verstard bij het bericht van haar zwangerschap, waarmee hij zelf immers de drager was geworden van de onvruchtbaarheid die hij haar zo zwaar had laten boeten; ja, zelfs de paradox waarmee hij zijn va-derschap had ontkend was nu opgelost, maar bovenal be-greep Anijs nu ook dat Johanna zelf hem het geheim van haar ongeluk al vertrouwelijk had meegedeeld, toen die keer dat hij tijdens de algemene behandeling zijn hand op haar buik legde en zij zijn geruststelling zo ernstig weer-sprak: 'Nee, het is niet goed...'

Maar er waren er meer die nog een blik op het ver-vormde kopje hadden kunnen werpen. Reeds ging het woord van mond tot mond, er klonk een gefluister op dat zich sissend als een gas door de ruimte verspreidde: het kind was niet goed geweest... Maar hoe gezegend dan nu deze uitkomst, dat de moeder behouden was en het ge-drocht dood... De handen die daarnet nog in gebed gevou-wen waren, werden nu in verering naar Anijs uitgestoken, iemand slaakte de korte lach van na een ontzetting, een ander haalde zijn neus op en schraapte de keel.

'Halleluja!'

'Prijst de Heer!'

Verward schrok Anijs op; in de kortstondige stilte klonk buiten een zacht graven; als een koude schaduw viel de tegenwoordigheid andermaal over hem neer.

'Ere zij de dokter!'

'Was hem de voeten!'

'Laten we in tongen spreken!'

Zonder nog een woord te kunnen uitbrengen keek Anijs in het rond. Van links en rechts straalden de verrukte gezichten hem tegen, dorstend, blij, en vol overgave, terwijl er een kind begraven werd in de nacht, de winter naakte en er ook voor daarna geen enkel verschiet was dan heel misschien een nieuwe vestiging van de steenfabriek Noordsche Schut. Maar wat als ook die niet thuis gaf, net als Wessels Boer? Wat verwachtte men eigenlijk van hem? Hij kreeg het benauwd, als in een verstikkende omhelzing, en opeens schenen al die rollende ogen en open monden hem de zuignappen toe van een fabeldier, dat zich lachend aan hem vasthechtte terwijl hij zich nog maar nauwelijks staande hield in het wassende water...

'Rustig! Zwijg!' verhief hij zich met een breed gebaar machtig boven allen uit.

Het gerucht verstomde onmiddellijk; niemand dorst nog pal tegenover die toorn staan blijven; geslagen en gedwee week het volk naar links en rechts weg, als de Rode Zee toen Mozes er zijn hand over uitstrekte.

'Hoe nu, deze grote vreugde opeens?' ging hij op dreigende, beschuldigende toon verder. 'Was er dan angst daarnet? Twijfel? Wanneer ik nu uw opwinding bezie, dan denk ik bij mijzelf: zo zouden de Farizeeën en schriftgeleerden hebben gekeken, wanneer de Here Jezus hun daadwerkelijk het teken had gewrocht, waarom zij Hem in hun ongeloof hadden durven vragen... maar neen! zegt Matthéüs 12:39, *het boos en overspelig geslacht verlangt een teken; maar geen teken zal hun worden gegeven*! En daar staat u nu: de medicatie was niet genoeg, u geloofde mij niet; het cabaret met het vuurwerk was niet genoeg, u liet u fotograferen—en wederom behoefde u vannacht dus een teken...'

Het bleef stil, de zweepslag van de hoon had het volk terug in de hoek gedreven. Hevig zwetend opeens wendde Anijs zich af, zijn jas losknopend wierp hij een blik op Johanna, die weer toegedekt lag onder het laken, en pas toen hij weer voor zich keek zag hij de onbedoeld sterke uitwerking van zijn woorden. Zoals men beschaamd voor hem stond, met de schuwheid van een mishandelde en verwaarloosde hond, die in elkaar krimpt onder de eerste stemverheffing van hem die zich over hem ontfermd heeft, alsof een geheven hand gelijkstond aan slaag, een afwerend gebaar aan wegzenden: zijn woede week, zijn hart vulde zich met teder medelijden, zo eenzaam en verdaan kwam het kinderlijke volk hem ineens voor... Nu goed, ook al verliet men zich dan wel erg makkelijk op hem, op wie anders konden zij ook betrouwen? En ook al viel het dragen hem zwaar, de goede Christoffel kon het kindje Jezus toch ook maar ternauwernood houden, toen hij het de rivier over wilde helpen?

'Maar wat wonderteken zou ik nu voor uw ogen hebben verricht?' vervolgde hij, milder, terwijl zijn doktersjas als een blank blazoen naar voren bolde over zijn buik. 'Het was maar een punctie, een eenvoudige punctie om de druk te verminderen, en het zou mij zelfs niet verbazen wanneer het eerder de schrikreactie op de pijn dan de punctie zelf was die de geboorte zo heilzaam heeft ingezet, het lijden bekort. Maar praat er met niemand over, zij van buiten zullen mij erom vervolgen! Nu al haten ze mij, omdat ik op u heb neergezien... de burgemeester! De armdokter! De dominee! Zie dus af van dweperijen als glossolalie en voetwassing, dank en zoek de Heer liever op die eenvoudige wijze die Hem 't meest welgevallig is, door eerlijke bijbellezing en psalmgezang, en weet intussen dat ik mijn lot onder u heb geworpen...'

De stilte werd een wijding, verdiepte zich toen nog meer.

Bennemin was weer binnengekomen. Johanna lag stil onder het laken. Zonder opkijken voegde de vader zich bij zijn vrouw en zoon aan het ledikant, Anijs volgde met kalme, zware tred. Vreemd: nog steeds had hij het besnijdenismesje in de hand.

'Het was maar een punctie,' herhaalde hij speciaal voor Bennemin, terwijl hij hem het mesje overgaf. Het volgende moment had hij pleisters en gecarboliseerde watten uit zijn tas genomen en sloeg hij het laken terug van de voeten tot over de buik. 'Eigenlijk meer nog een prik,' zei hij, en nadat hij met de watten het wondje had schoongeveegd drukte hij er met twee handen een pleister op.

Het was afgelopen; dof klosten de klompen over de vloer; men ging naar huis. Wit als een schoongelikt bord bleef Johanna achter, wezenlozer naarmate de kamer leegliep: een boek van losse vellen was zij, en bij het weggaan nam iedereen een blaadje van haar mee. Toen ook de laatste naar buiten stapte was alleen het lege omslag nog van haar over, zelf was zij tot in haar intiemste wezen uitgedeeld, verwaaid over aller oren, opgezogen door aller ogen, *publiek bezit geworden*, een beeld in het algemene geheugen—zoals zij nu gezien was, zou men in de toekomst aan haar denken, en daarmee behoorde zij op dit ogenblik in zekere zin al tot het verleden...

Alleen Anijs was nog gebleven. Samen met de familie stond hij tussen Bennemin en Klein Pet in aan de rand van het bed.

'De jongen heeft geweldig hard gelopen, om maar geen onnodige tijd te verliezen,' sprak hij lovend tegen de vader, terwijl hij de jongen over de bol streek, en met dat hij het zei wist hij niet meer of Klein Pet nu eigener beweging naar hem toe was gekomen, door zijn vader gestuurd was, of misschien wel dokter Amshoff had moeten halen.

HOOFDSTUK XIV

Het begin van de afbraak

Op Carstens na waren alle buren verhuisd. Het was stil en kil in de werkplaats, vroege ochtend nog. Gekleed in zijn vilten huisjasje en met een kalotje op het hoofd hield Vedder het achterblad van de Syde-viool recht overeind op zijn knieën, het holle naar zich toegekeerd. Hij lachte.

Zo vaak was het instrument inmiddels open en dicht geweest, dat hij, als bij het aanstrijken weer dat onuitroeibare bijgeluid klonk, wel eens vreesde dat het niet meer de oude ruis was, maar een nieuwe, door hemzelf veroorzaakt tijdens een van zijn inmiddels ontelbare ingrepen—catastrofe! want wat volmaaktere schuilplaats voor dat nieuwe trilkorreltje dan daar waar hij al geweest was en nooit meer zoeken zou, een wormgang opgevuld met warme hars, een uitgeborsteld barstje in het oude, open hout? Alles zou weer over moeten, hij was nog niets opgeschoten, kreeg integendeel het gevoel alleen maar verder van zijn doel verwijderd te raken, want nog steeds kon de ruis zich overal bevinden, door zijn eigen toedoen nu zelfs ook al verdeeld over verschillende plaatsen—maar daar was vanmorgen iets in veranderd.

De allereerste keer dat hij de viool uit elkaar had gehaald, de ochtend na Eberts tweede verschijning, had hij aandachtig op alle losse delen geklopt. Wanneer in een daarvan de ruis zich zou hebben verraden, had hij al dadelijk de overige, aldus vrijgepleite onderdelen buiten beschouwing kunnen laten. Helaas bleek het geluid alleen op te treden wanneer er een snaar werd aangestreken, waardoor hij niet alleen veroordeeld werd tot het telkens na elke schoonmaakverrichting weer in elkaar zetten van de viool alvorens de proef op de som te kunnen nemen, maar het zoekterrein ook oningeperkt bleef. Niettemin, al snel veel te bezeten van het speuren om het na te laten, was hij ook nadien doorgegaan om iedere keer na het uit-eenhalen de losse onderdelen te bekloppen, koortsachtig luisterend tegen beter weten in—en vanochtend vroeg nu, tikkend met zijn knokkels in de stilte, had hij iets in het achterblad gehoord wat niet in het voorblad klonk wan-neer hij het evenzo beklopte, vlak naast zijn oor, de adem ingehouden, noch ook in de rand...

Met de ogen half toegeknepen bestudeerde hij de blan-ke binnenzijde van het plotseling in staat van beschuldi-ging gestelde achterblad. Ruggelings naar de etalage geze-ten liet hij het daglicht er nu eens vol op vallen, dan weer schier langs strijken, verzameld als een kater op sprong boog hij zich nog verder naar voren, naar wat daarnet ge-ritseld had maar zich nu angstvallig stilhield. De barstjes in de witte, ongelakte binnenzijde van het blad waren fijn en veel als haren, evenwel zonder dat een ervan zijn ver-denking verder gaande maakte. Als vanzelf vergrootte hij de druk van zijn vingers aan de achterzijde iets, het buig-zame blad liet zich van die kant makkelijk wat indrukken, waarmee de naden en nerven aan deze zijde zich navenant verwijdden in het licht, hij blies, tuurde—niets. Heel even, terugbuigend, ontspande hij, toen joeg de opwinding over zijn eerste succes in de jacht naar het trillichaam weer verhevigd door hem heen, want als hij daarnet inderdaad de ruis gehoord had, dan was daarmee de mogelijke schuil-oppervlakte zomaar ineens met meer dan de helft terug-gebracht—maar hoe eenvoudig om die nu nog eens te hal-veren; het achterblad bestond immers uit twee aan elkaar gelijmde helften; wanneer hij die losbrak, dan moest de ruis daarna immers noodzakelijk in een van de twee stukken zitten? En dan was hij toch net zo klaar met het andere stuk als nu al met het voorblad en de rand, en had hij de ruis toch nog meer in de hoek gedreven, om niet te zeggen *gelocaliseerd*? Het etiket, het authentieke Syde-etiket zat linksonder geplakt en vormde geen enkel beletsel...

Achteroverleunend nu, de armen gestrekt, voerde hij de druk steeds verder op. Zijn grijns werd een grimas, heel zijn zwetende gezicht vertrok alsof hij iemand pijn toebracht, en onderwijl staroogde hij maar naar het staande blad op zijn knieën, terwijl hij met zijn vingertoppen het bolle midden van de achterzijde aldoor verder naar zich toe drukte en zijn duimen om de rand juist een tegengestelde beweging maakten; het was of hij iets *opende*. Het was verbazingwekkend hoe ver het blad kon buigen, maar toen brak het toch, heel mooi op de voeg, in twee stukken uiteen en hield hij in iedere hand een helft. Korrels kurkdroge beenderlijm vielen op de grond, maar het hout zelf was onverlet gebleven, natuurlijk, een man als Syde gebruikte uitsluitend oud hout dat niet meer werkte na de bouw, hij zou de beide delen straks zonder te hoeven schaven weer kunnen verlijmen, met nieuwe lijm – maar nu eerst de proef...

Hij klopte op de linkerhelft, luisterde, en hoorde niets. Daarna klopte hij op de rechterhelft: weer niets. Verbluft staarde hij naar de brokkelige lijmresten. Had de ruis zich precies daar ergens op het breukvlak schuilgehouden, in een holte van de ingedroogde lijm, en lag zijn prooi nu eindelijk dan met leger en al tussen zijn voeten op de vloer? Of waren de afzonderlijke helften van het achterblad, anders dan het geheel, eenvoudig te klein om onder zijn kloppen nog zo krachtig te trillen, met voldoende uitslag, dat het trilkorreltje erop mee kon resoneren? Hij zou de viool eerst weer in elkaar moeten zetten...

***

In de namiddag van diezelfde dag nog, bij schemer, legde hij de dichtgemaakte Syde-viool, gespalkt door al zijn spanhaken, naast de Bennemin-viool neer in de etalage. Om het drogen te versnellen ontstak hij de gaslamp erboven; de lijm zou niet vóór tien uur vanavond hard genoeg zijn om de snaren te kunnen opspannen. Afgemat opeens raapte hij de krant van de mat en liep hij ermee door het halfdonker naar het kantoor achterin. Na een poosje maakte hij ook daar licht en boog hij zich over de voorpagina op de salontafel. Het hoofdartikel behelsde een verslag van de lopende wereldtentoonstelling te Parijs, geïllustreerd met de Eiffeltoren als hoogtepunt, en weemoedig verbaasde hij zich erover hoe kortgeleden het nog maar scheen, dat hij met Theo naar de opening van de Amsterdamse wereldtentoonstelling in 1883 was geweest...

Wat zij toen allemaal niet gezien hadden! Het eerst hadden zij natuurlijk de koninklijke tribune in ogenschouw genomen, met het corps diplomatique in gala, Kamerleden, de geheimzinnige Chinese delegatie en om een uur dan ook Hunne Majesteiten koning Willem III en koningin Emma, doodgemoedereerd naar hun plaatsen begeleid door de grote aanlegger van heel de Exposition Universelle Coloniale et d'Exportation Générale: Edouard Agostini, een naam die E. Nigma nog vergelijkenderwijs in de mond had genomen om er het formaat van Henkenhaf mee aan te duiden. Later waren zij als iedereen gaan ronddwalen over het propvolle tentoonstellingsterrein, dadelijk achter het pas voltooide Rijksmuseum, op de overgang van stad en polder derhalve, daar het Concertgebouw toen nog niet bestond. Als Veritas had hij de keuze voor die afgelegen en onbeschutte locatie ten strengste bekritiseerd, en toen ze eenmaal vaststond ook wel veroordeeld, maar wat voor gewicht had dat nog, nu hij zag hoe verrukt Theo, tien jaar oud, aan alles zijn opgewonden jongenshart ophaalde? Zij bezochten de machinegalerij, waar een rotatiepers op volle snelheid de eerste editie van de tentoonstellingskrant uitschoot; ze kwamen langs het perspaviljoen; in het gebouw van de Bell-Telefoon-maatschappij hoorde Theo voor het eerst in zijn leven geluid uit een telefoonhoorn; ze bewonderden de Belgische kantklosserij, verbaasden zich over de foto's die de Franse fotograaf Nadar vanuit zijn luchtballon van de aarde genomen had, en nog later liepen zij door de mysterieuze kampong, waar zij, vermoeid van al die verbluffende inrichtingen en verlustigingen, een glas klappermelk dronken, terwijl in de verte de gamelan van de Javaanse danseressen klonk...

Het loeien van een krachtige, maar verwijderde scheepstoeter deed Vedder opzien uit de krant. Achter het station stak de enorme schoorsteen van een oceaanstomer boven de overkapping uit; hij herkende de kleuren van de Nederlands-Amerikaanse Stoomvaart-Maatschappij; het schip moest juist uit New York zijn gearriveerd. Het zou wel aardig zijn om even naar het afmeren te gaan kijken, maar ineens herinnerde hij zich nu ook weer de koppigheid waarmee Theo, bij wijze van eigen inzending, zijn onafscheidelijke meikever mee naar de tentoonstelling had genomen, en tegelijk voelde hij zijn weemoed om het verleden nog zwaarder worden, van ontroering. Toen hij het volgende moment aan Theo's waanbeeld dacht sprongen zijn ogen vol.

O, was het maar waar, wat Theo dacht... had het maar waar kunnen zijn... om zijn vader te zijn, om waarlijk zijn vader te kunnen zijn, of ook maar: te hébben kunnen zijn... Maar zijn vaderlijke gevoelens waren toch wel waarachtig, ook al viel er bij hem slechts droog kruim op de grond als hij de pijp uitklopte? Ach Theo, arme jongen, dolende ziel... kon hij hem niet iets bijzonders geven, een teken of voorwerp, ten bewijze van zijn oprecht vaderlijke liefde? Maar wat viel er nog toe te voegen aan al wat hij Theo aan vaderlijkheid reeds bewezen had, de draad die hij door het lijfje van de meikever had geregen, het hele zomermiddagen lang samen salamanders zoeken in de Rietlanden, de inspecties van de openbare werken, de eerste keer dat zij gezamenlijk zijn protest in de krant gepubliceerd zagen... *Niet elke naald wijst als een vinger/naar d'onsterflijkheid van Springer...*

Steeds dieper zonk Vedder omlaag in de maalstroom van het voorbije goede, de ene na de andere voorstelling uit die tijd van vanzelfsprekendheid schoot hem in de zin, tot een plotselinge gedachte hem pijnlijk tot de tegenwoordigheid terugbracht: hij zat zich nu wel in die zoete wonne te verliezen, maar wat, als hij daarin nu helemaal alleen stond; wat, als dat alles voor Theo nu eens niets meer waard zou zijn; wat, als alles wat hij voor hem gedaan had in zijn vertroebelde waarneming volkomen nietig was geworden, en wegviel tegenover dat ene dat hij níét gedaan had, daadwerkelijk en ten volle een vader voor hem zijn?

Er was een steen in de vijver van zijn mijmeren gevallen, het besef dat al het goede van vroeger verzwolgen was in het gat van Theo's waanbeeld stond als een lange man in hem op, wierp een ijzige schaduw over hem en koortsachtig zocht hij naar een plan, een gedachte die hij als een deken om zich heen zou kunnen slaan, een gave of gebaar zo groot, dat het eenvoudig niet door de put omlaag kon vallen maar er als een deksel op zou blijven liggen. Hij rilde, met koude vingers bekroop hem het verlies van hetgeen hij daarnet nog in dankbaarheid had herdacht...

Hij had geen rust meer, sloeg driftig de bladzijde om, en de volgende, steeds ongeduldiger, tot zijn blik bleef haken aan dezelfde naam die hem zo-even nog in de zin was gekomen: alsof de duvel ermee speelde, uitgerekend nu had E. Nigma een stuk in de krant! Waar ging het over? Terwijl hij zich nog vooroverboog zag hij al dat het de kardinale kwestie betrof...

Geëerde Stadsbestuurderen!

aanstonds neemt de bouw van het nieuwe Victoria-hotel, hoek Damrak-Prins Hendrikkade, een aanvang. Zeker handelt het hier om een particulier gebouw, maar is er, bij een dergelijke omvang, op een zo prominente plaats in onze stad niet ook een publiek belang in het geding waar het de gevelarchitectuur betreft? Wanneer een verdacht figuur, posterend pal tegenover het nieuwe station, de reizigers onaangenaam zou bejegenen, dan vergt het publieke belang immers ook dat de overheid tegen die particuliere persoon optreedt, hem aan een onderzoek onderwerpt en bij gebleken onfatsoen tot correctie dan wel verwijdering overgaat? Heren Stadsbestuurderen, werpt dus een blik op de ontwerptekening en vraagt u zich af of de kolos die zich opmaakt voortaan het Stationsplein te domineren uw gedogen verdient.

Volgde een karakterisering van het ontwerp; met versnelde adem las Vedder 'Duitse renaissancestijl' en 'renaissancemotieven in barokstijl', bouwkundige termen die hem onbekend waren maar waarvan de honende ondertoon maar al te duidelijk was. De overdadige gevelversiering werd gehekeld, het classicisme van de symmetrische vleugels onecht genoemd, de elektrisch te verlichten Atlas op de hoektoren bespot, maar het bloed steeg Vedder pas echt naar het hoofd toen hij aankwam bij de meest vermetele, ondermijnende beschuldiging die een nieuw ontwerp maar zou kunnen treffen: op de laconieke toon van de ware kenner onthulde E. Nigma dat het bijaldien ook nog eens ging om niets anders dan een kopie van een bestaand hotel te Koblenz, waarna hij, terugkerend tot zijn vertrekpunt, de personificatie van het gebouw meesterlijk volvoerde, met een striemende oproep aan de stadsbestuurderen tot besluit:

En waar de bezoeker van onze stad, of deze nu per schip of trein aankomt, zich thans nog verwelkoomd ziet door een rij van charmante, historische huisjes dadelijk aan de overzijde van het Stationsplein, een groep van eerlijke handwerkslieden als het ware, gekleed naar de typische trant van de Hollandse traditie, daar zal hij over afzienbare tijd opgewacht worden door een zelfgenoegzaam grijnzende, ongeschoren circusdirecteur, elektrieke bolhoed op, in brokaten vest naar de Italiaanse smaak en met zwarte stoppels op de tronie, want zoals de vernieuwing van het Krasnapolsky geleerd heeft is één ding zeker: op geen enkel ander materiaal zal het roet van trein en zeeschip zich zo spoedig vastzetten en als een baard verder groeien als op het gekozen zachte, roomkleurige en landvreemde tufsteen. En nog steeds blijft gij lijdelijk toezien, heren bestuurderen? Ik weet wel, de zaak van de architectuur is u onverschillig — maar de openbare orde! Nog is er tijd, of zal straks elke bezoeker van onze stad, binnen gewenkt door die hand met gouden ringen, beschaamd de ogen moeten afslaan, de pas versnellen, en met spijt terugdenken aan die thans bedreigde, aardige huisjes, die hem eens verblijdden met hun eenvoud en historie? Overigens, twee dier eigenaren hebben nog niet gecapituleerd.

E. Nigma

Met bonzend hart bleef Vedder naar het artikel staren. Ten langen leste had E. Nigma zich dan in de strijd gemengd, en nadrukkelijk, welbewust zijn kant gekozen: hij wist immers alles, hoe hij heette, hij kende zijn pseudoniem, was op de hoogte van zijn aangelegenheid met Victoria, hij had het hem allemaal zelf meegedeeld; en zo stug en onwillig de man toen, onder het raam van het American Hotel, van dat al kennis had genomen, zo royaal diende hij hem nu van antwoord en trad hij hem ter zijde — *in het openbaar!* Zijn gemoed liep over, hij kon niets anders meer dan zuchten en het hoofd schudden, momenten van volmaakt inzicht en totaal onbegrip wisselden elkaar in snelle opeenvolging af, tot er opeens werd aangebeld. Met een ruk keek hij naar voren, hij herkende de lange, elegante heer die buiten voor het raam stond onmiddellijk en wenkte hem binnen.

De deur viel rinkelend dicht, uit het wegstervende geluid steeg eerst het getik op van hakken op de vloer, daarna doemde Ebert zelf op uit het halfdonker van de werkplaats. Hevig opgewonden zag Vedder hem dichterbij komen, hij stond wel op, wilde de bezoeker ook gaarne verwelkomen maar kon het niet van zich verkrijgen bij de krant weg te lopen.

'Hebt u E. Nigma gelezen?' riep hij hem al van afstand tegemoet; de aanwezigheid van de aangevallen partij gaf nog meer gewicht aan het overweldigende artikel en joeg zijn opwinding navenant verder op.

Zwijgend nog trad Ebert in het licht. Hij gaf een hand, nam plaats op de hem toegewezen stoel aan de andere kant van de salontafel, en glimlachte ernstig.

'En, wat vindt u ervan?' ging Vedder glunderend door. Zover zat hij met zijn armen op de knieën voorovergebogen dat de krant nu recht onder zijn kin lag.

Ebert haalde zijn schouders op, zei nog aldoor niets.

'U hebt geen mening?' deed Vedder hogelijk verbaasd. Zijn stem sprak door zijn overvolle gemoed even krachtig aan als een orgelpijp door een blaasbalg. 'De vorige keer geliefde u de journalistiek met een mak paard te vergelijken; Henkenhaf zou de teugels stevig in handen hebben en de pers volledig beheersen, maar zie nu: Pegasus heeft gesteigerd en Henkenhaf ligt in het stof — en u hebt geen mening? Maar u respecteert de openbare opinie toch wel? De vorige keer zei u dat Henkenhaf de openbare opinie wel degelijk respecteert!'

'Zeker wel, uiteraard...'

'Maar mijnheer Ebert, dit hier... *Geëerde Stadsbestuurderen...* dit ís de openbare opinie!' riep Vedder, terwijl hij triomfantelijk met zijn wijsvinger op het artikel priemde. 'Zo is het ook tegen het station begonnen, ik weet niet meer wie de eerste was, maar daarna kwam Vitruvius, Flavius, Taciturne, ga maar door — de publieke mening keerde zich tegen het station, en nu vraag ik u alleen maar: wat zou u ervan vinden wanneer zich iets dergelijks gaat voordoen ten aanzien van Victoria, en E. Nigma bijval krijgt van... ik noem maar wat... van een Veritas, of J. Accuse? Dan zou men toch tegen het hotel zijn, of niet soms? Zeer gaarne zou ik nu uw mening daarover vernemen!'

Vertwijfeld hief Ebert de handen, alsof hij alles wel wilde toegeven maar niet meer wist of dat nu met ja of nee moest. 'Natuurlijk... natuurlijk... in dat geval zou men tegen het hotel zijn... Maar uiteindelijk betekent dat toch alleen maar, dat men tegen het hotel is? Overigens, met permissie, zou ik graag iets anders met u willen bespreken...'

Zo gulzig als Vedder zijn begeerde gelijk tot zich had genomen, fel knikkend, met opgetrokken wenkbrauwen, zo hard trof hem de prompt navolgende kleinering van hetzelve; verbluft nog van de klap hoorde hij Ebert niet meer verder praten, alleen nog maar het uit elkaar spatten van de luchtbellen in zijn eigen geest, die er maar uit bleven opborrelen als uit een moeras waaruit men een pas ingeslagen paal zuigend weer heeft omhooggetrokken, met nalating van niets dan een klein, vochtig veestend gaatje, iedere scheet een woord: 'Nu goed, als Pegasus steigert, dan hoort daar toch ook wat gehinnik bij? En ach, de radicaliteit van die mannetjes... als het erop aankomt houden ze toch het meest van een kleinburgerlijke siergevel vol halfzuilen, friezen en een fronton'—steeds dieper zakte hij in elkaar, bedwelmd door het gas dat in zijn schedel was vrijgekomen...

'Mijnheer Vedder? U hebt mij begrepen? De sloop gaat beginnen!'

Eindelijk drong de stem van Ebert weer tot hem door; met uiterste inspanning bracht hij zijn blik terug naar de heer tegenover zich, die hem bezorgd aankeek, smartelijk glimlachte als iemand die een ander geweld heeft moeten aandoen zonder het te willen, en toen, om de eigen onmacht en spijt dienaangaande te benadrukken, nog eens alles uiteenzette wat al gezegd was: de sloop van de reeds aangekochte belendingen kon nu ieder ogenblik beginnen; het verblijf hier zou ondraaglijk zijn; zij móésten het nu eenvoudig eens worden over de prijs.

'Vijfentwintig mag ik u bieden,' besloot Ebert, 'vijf meer dan het bedrag dat uw buren hebben gekregen, en dat in onze ogen nog steeds een uitermate redelijke prijs is. Mijnheer Vedder, accepteert u het, ook voor uw oude buurman, en neemt u vandaag nog uw intrek elders, in een hotel of pension, ik smeek het u, om uwentwil.'

'Dus... de sloop gaat beginnen?' herhaalde Vedder, enigszins verdoofd nog, en zonder iets anders te voelen dan het begin van een ijle, onbegrepen blijdschap.

'Eerst de waterleidingen en gaspijpen, dat werk is per morgenochtend gegund aan een voorsloperij, dan volgt de feitelijke afbraak, en binnen twee weken begint de bouw.

Over een paar dagen staat alles achter een schutting, dan kan men hier niet meer leven. De heer Henkenhaf heeft altijd snel gebouwd, maar ditmaal, genoopt door alle vertragingen, zal er sprake zijn van een ware overvloed aan werklui, machines, kranen, heistellingen. Daarenboven zal het werk ook 's nachts doorgaan, bij elektrisch licht.'

De onbewogen schets van de nabije toekomst, zo onverwacht concreet uit de diplomatieke mond van Ebert, die normaal gesproken alle eventuele gevoeligheden angstvallig ontzag maar die nu juist opzettelijk scheen te willen prikkelen, alsof hij de beoogde overeenstemming alleen nog maar met de kracht der feiten dacht te kunnen forceren — Vedder voelde zijn ruggenmerg tintelen onder die hamerslag van bijzonderheden, en huiverend bij elke klap onderging hij nu voor het eerst de ontzaglijke macht van Victoria, dat ten leste dan werkzaam ging worden en de arm naar hem uitstrekte, voelde hij met het wijken van de laatste verdoving zijn smeulende blijdschap oplaaien tot een warme gloed, die iets in hem deed smelten dat tot nu toe hard was geweest; een vreemde ontroering deed hem rillen, hij was een klein kind geworden en kon wel huilen.

'Maar... wanneer moet het hotel dan klaar zijn?' vroeg hij met geknepen stem.

Ebert glimlachte even, weer op die verontschuldigende wijze, als vreesde hij dat het antwoord te pijnlijk, of misschien ook wel ronduit ongeloofwaardig zou zijn. Toen het tenslotte kwam had het echter toch weer die dwingende, door niets verzachte hardheid: 'Eind volgende zomer, binnen een jaar dus, over tien maanden.'

'Minder dan een jaar...' fluisterde Vedder, te verbijsterd om nog een vraag te kunnen stellen, '...tien maanden, voor een grand hôtel...'

'De heer Henkenhaf gaat een geheel nieuwe bouwwijze toepassen. Sneller nog dan het Kurhaus zal het Victoria uit het niets oprijzen, alhoewel, uit het niets? Feitelijk is de bouw al geruime tijd aan de gang, in zekere zin bestaat het hotel zelfs al.'

'Het hotel... bestaat al?'

'Inderdaad, maar dan verspreid over tientallen fabriekshallen en loodsen in binnen- en buitenland. Om een paar voorbeelden te geven: de geelmarmeren zuilen in de eetzaal, de zes meter brede, granieten traptreden, de Belloque-marmeren muren van de restauratiezaal, de hydraulische lift, alle kozijnen, deuren en ramen, het dak, complete kleedkamers, de mahoniehouten hoeksalon—dit alles is reeds vorig jaar aanbesteed. In zekere zin is het nu meer een kwestie van het hotel hiernaartoe brengen, per schip maar uiteraard ook per trein, dan het van vooraf aan bouwen. Met deze revolutionaire assemblagebouw wordt de specifieke ligging aan water en spoor ten volle benut—maar hebt u mij immers niet zelf ooit op het eminente belang van de locatie gewezen?'

Vedder zei niets meer, ervoer alleen nog maar de kracht van Henkenhaf, die hem als een enorme hand omvatte, optilde en al strelend zijn zenuwen tegelijk overprikkelde en tot langverbeide rust bracht. Weer voer er een rilling over zijn rug, hij was al zolang niet meer gestreeld dat hij nu werkelijk bijna moest huilen, en sterker nog toen hij zich afvroeg of Theo wel eens gestreeld was. Het begon te gieren in zijn hoofd, het was een wind die het vuur van zijn vreugde deed overslaan naar een nieuw veld, naar de jongen van wie hij hield, en opeens schoot hem te binnen wat hij hem gestaan kon dat groot genoeg was om van zijn vaderlijke gevoel te getuigen—mits hij het nu maar niet liet verkleinen!

'Mijnheer Vedder! Hoort u mij? Ik heb u een verbeterd bod gedaan en ik smeek u: wijst u het niet af, want ik kan werkelijk niet hoger gaan. Mijn mandaat is strikt beperkt, ik heb mijn uiterste best voor u tegenover de heer Henkenhaf gedaan, maar blijf slechts zijn vertegenwoordiger...'

Opnieuw bij zinnen komend zag Vedder de bezoeker met verhevigde helderheid kaarsrecht in zijn stoel zitten, het was alleen diens zurige, Duitse tongval die de bede voldoende scherpte had gegeven om door zijn vervoering heen te dringen, en zonder de ogen nog van hem af te slaan begon hij verwezen het hoofd te schudden.

'Ook ik vertegenwoordig iemand, nog buiten mijn volmacht om...' verklaarde hij dromerig, 'ik ben niet alleen...'

Zonder de verontrusting op het gezicht van Ebert nog te zien staarde hij in zijn ziel uit naar Theo, die zich gloeiend opdeed aan het einde van een heerlijk verschiet, een heerbaan die beefde onder de hete zonnestralen van een nieuw verbond: ja, om hem te laten erven, een ongedeeld kindsdeel, en dan de volle vijftig, dat was het grote goed waarmee hij hem terug kon winnen, gave en gebaar ineen, en wat viel er niet te winnen na al het verloren verleden, veel meer dan dat; en hoeveel sterker stond hij nu al niet, nu hij niet meer alleen voor zichzelf streed maar ook voor Theo, om hem voor de toekomst te bestendigen; voor hemzelf zou het gedane bod voldoende zijn geweest... Na het eerdere verlies stond nu de hope op herstel in hem op, een lange man ook weer, die evenwel geen koude verspreidde maar hem daar juist tegen beschutte, een rustige, rijzige man, die een vlag met daarop een getal plantte op een pas ontdekt eiland ergens in de oceaan van zijn ziel...

'Vijfentwintig, mijnheer Vedder! U moet nu iets zeggen!'

Hemelend bracht Vedder zijn blik terug naar Ebert, die kaarsrecht in zijn stoel zat. 'Vijftig,' zei hij eenvoudig, en het was alsof hij het bedrag niet vroeg maar aanbood, als het jawoord aan de bruid.

Ebert had zich met een diepe zucht terug tegen de rugleuning laten zakken en drong niet meer aan. Na enige ogenblikken haalde hij een enveloppe uit zijn binnenzak, waarmee hij zich ver naar voren over de tafel boog. 'Mijnheer Vedder,' sprak hij zakelijk en vertrouwelijk tegelijk, 'hier heb ik een wissel, groot een paar duizend gulden en betaalbaar per heden bij elke bank. Hoe u ook over mij denkt, ik heb een geweten, en de gedachte om u achter te laten in het geweld van de sloop en de bouw is mij onverdraaglijk – omdat ik weet hoe het zal zijn. Aanvaardt u nu dus ten minste dit papier, ziet u het als een voorschot op de koopsom, waarover wij later nog wel overeenstemming zullen bereiken, en neemt u uw intrek elders, in een hotel of pension: gelooft u mij, er is geen tijd meer!'

Maar Vedder bevond zich nu veel te sterk om nog iets aan te kunnen nemen. De afgebroken schaakpartij tussen hem en Ebert, die na de hervatting bijna remise door herhaling van zetten was geworden, had een geheel nieuwe wending gekregen, ook al was er geen stuk verschoven: er was een andere speler aan het bord gekomen, een die speelde om een andere inzet!

'Geen voorschot,' weerde hij blijmoedig af, 'wie zegt immers dat ik ga verkopen?'

Zonder nog een woord was Ebert opgestaan. Vedder volgde hem naar de deur, wilde die openen maar kreeg toen, voor het eerst in al die tijd, een visitekaartje toegestoken. Onder de naam las hij, in het licht van de etalagelamp: *per adres notaris Mr. J.L.H. Biederlack, Herengracht 58, kantoorhoudende aldaar.* Met klem verzocht Ebert hem om, mochten zijn gedachten omtrent hetzij de wissel, hetzij de koopsom zich nog wijzigen, via deze vriend dan ten spoedigste contact op te nemen, maar nog voor hij was uitgesproken schudde Vedder alweer glimlachend het hoofd.

'Dat zal niet gebeuren,' weerde hij ook dit weer af, 'ik verwacht de heer Henkenhaf hier binnenkort in eigen persoon te zien... Overigens, gaat u nu weer proces-verbaal voor hem opmaken, zodat hij precies kan volgen wat wij besproken hebben? U maakt toch van al onze besprekingen proces-verbaal voor hem op? E. Nigma heeft het mij verteld... Eigenlijk is Henkenhaf er voortdurend bij geweest, maar dan achteraf, bij het lezen... en ook nu is hij er weer bij, want alles wat ik tegen u zeg, komt hem ter ore... Ja, neemt u vooral ook op: met Vedder gaat het uitstekend... het is niet alleen voor hemzelf dat hij vasthoudt aan de vijftig...'

Er viel niets meer te zeggen, toch bleef Ebert nog staan, aarzelend, alsof hij niet weg wilde. Met glanzende ogen staarde Vedder langs hem heen naar buiten. Het was vrijwel donker. Er liep een haastige kantoorklerk voorbij, verderop baadde de schoorsteen van de oceaanstomer nu als een reusachtige reclamezuil in een zee van licht.

'Ik zie dat u nog met mijn viool bezig bent?' vroeg Ebert opeens, vreemd opgewekt, met een hoofdbeweging opzij naar de etalage. 'Het lijkt wel, met al die beugels, alsof u hem helemaal open hebt gehad... Wanneer ik u, onbedoeld, met een al te lastig karwei heb opgezadeld, kan ik hem nu ook dadelijk meenemen... Uw declaratie stuurt u naar Biederlack...'

Na een kort moment van verstrooiing weerde Vedder ook dit voorstel weer af, op nog veel royalere wijze dan alle voorgaande: 'Nee, nee, dat zou zonde zijn! Misschien is de ruis nu al wel verholpen, dat moet straks blijken, als de klemmen eraf kunnen, maar in ieder geval hoef ik er nu niet meer in het blinde weg naar te zoeken.... Vanochtend heb ik vastgesteld dat het in het achterblad zit... Jawel, ook hier begint alles met de juiste localisering!'

Ebert knikte aanhoudend, alsof hij het begreep, en stak

toen ten laatste zijn hand toe. 'Het spijt mij... ik kan niets meer voor u doen.'

***

De avond kroop in stilte voorbij. Kwam er van Carstens al nooit enig geluid, sinds de verhuizing van de overige buren kwam er ook uit de gesloten tapperij aan de andere kant geen enkel gerucht meer. Met de handen om een mok thee gevouwen wachtte Vedder op het verstrijken van de tijd, inwendig sidderend van nervositeit over alles wat gebeurd was, en zijn verlangen om het met iemand te delen: Theo, als die hem maar niet bleef mijden; neef Chris in Hoogeveen, als hij tenminste maar eens die manufactuur-viool verkocht en het geld kon gaan brengen.

Het werd tien uur. In de warmte van de etalagelamp moest de lijm van de Syde-viool nu voldoende zijn gedroogd om de snaarspanning te kunnen velen. Vedder liep naar voren, nam het instrument op en wilde de eerste spanhaak afnemen. Op dat moment klonk er een daverende klap vanuit de voormalige tapperij, gevolgd door klossende hakken de kale trap op en toen, ergens boven, het dichtslaan van een deur, zo hard, dat zijn eigen deur ervan narammelde in het kozijn. Daarna was het even weer helemaal stil.

Zo langzaam als zijn eerste schrik ontliet, zo snel ging het vervolg. Een korte visitatie leerde dat het niet om inbrekers ging maar om een groepje van de voorslopers, baldadige jongelui die hun maten die morgen zouden beginnen de kaas van het brood wilden eten. Ze hadden breekijzers bij zich, bier en een paar branders met gloeikousen. Wat later was buurman Carstens binnengekomen, in alle staten: 'Gaan ze onze huizen ook slopen? Hebt u dan eindelijk overeenstemming bereikt? Maar waarom weten wij dan van niets?' De oude liet zich slechts met de grootste moeite bedaren, en het was alleen uit ongerustheid om zijn vrouw dat hij tenslotte toch weer verdween. Opnieuw alleen in de lutherie hoorde Vedder hoe er aan de andere kant van de muur nu daadwerkelijk en doelgericht iets met kracht werd losgewrikt, en hoewel hij er niet meer van schrok had het een nog verlammender uitwerking op zijn zenuwen dan de allereerste klap: er werd daar heel gericht iets kapotgemaakt, onherstelbaar, onomkeerbaar, onbevattelijk. Zonder zich nog te kunnen bewegen, los in de ruimte, bleef hij maar naar de afbraak luisteren, volkomen bevangen, tot het besef dat het de mannen van Henkenhaf waren zijn verlammende opwinding deed omslaan in een felle vreugde: ja, alles wat daar gebeurde was de wil van Henkenhaf, als nooit tevoren voelde hij nu de nabijheid van Henkenhaf, het was alsof Henkenhaf zelf hem nu in den lijve genaderd was, en met zijn handen aan de buitenkant van zijn huis zat. Weer voer er een doffe trilling door de muur, krachtiger nog, en huiverend onderging hij de aanraking...

Tegen kwart voor elf scheen het geraas te bedaren en nam Vedder de gespalkte Syde-viool opnieuw ter hand voor de finale proef. Zou het werkelijk waar zijn, dat de ruis nu verdwenen was? Niet alleen had hij de oude voeg van het achterblad schoongewassen en daarna de beide helften weer zorgvuldig verlijmd, om zijn kansen verder te vergroten had hij, alvorens de viool weer in elkaar te zetten, ook nog enige minuscule wormgangetjes gevuld met warme hars...

De ene na de andere spanhaak belandde in de plotselinge stilte met een droge tik op de werkbank, met al zijn routine wist hij ook bij het schijnsel van de etalagelamp de stapel te plaatsen, toen kon hij de snaren opspannen. Met de viool onder de kin en een strijkstok in de hand haalde hij diep adem — maar nu zwol het geweld in de lege tapperij toch weer aan en moest hij wachten op herstel van de stilte: ook in volkomen stilte was de ruis telkens maar nauwelijks hoorbaar geweest, en het zou nog moeilijker zijn om te horen dat die nu verdwenen was, hetzij door de nieuwe verlijming, hetzij door de gevulde wormgangetjes...

Aan de beurtelings piepende en krakende geluiden te horen werd er nu een plank uit de vloer gebroken, daarna liepen de mannen lachend weg naar een ander vertrek en klonk er geen enkel geluid meer. Hevig zwetend, ademloos en met bevende hand liet Vedder de strijkstok dalen, hij streek een snaar aan, hoorde een diepe, zuivere toon, en toen ook de ruis. Op dat moment werd er aangebeld.

Traag, versuft nog van ontgoocheling keek Vedder door het etalageraam naar buiten. Er stond een man met een merkwaardig model hoed en een gestreept vest op de stoep. Hij was al gezien, de bezoeker zwaaide lachend naar hem: het was zijn Amerikaanse neef Al.

De deur viel dicht, Al kwam nog aldoor lachend op hem toe en ontredderd zocht Vedder een plaats voor de viool om zijn handen vrij te maken. De werkbank kon niet, met al die spanhaken, het moest weer naast de Bennemin-viool in de etalage. Toen hij zich daarop naar zijn neef toewendde stroomde er een warme blijdschap door hem heen: hij was niet meer alleen.

Langdurig en met ononderbroken bulderlach schudde Al hem de hand, waarbij de zijden banen van zijn vest rood en wit opgloeiden in het licht van de etalagelamp.

'Ha, ha! Nou, dat had ik jou toch gezegd, dat ik jou nog een keer bezoeken zou?' begon hij eindelijk te spreken. 'En kijk nu... beloofd is beloofd!'

Die Hollandse zegswijze, met een zo zwaar accent, het was ontwapenend, en weer, net als bij de eerste visite vorig jaar, kreeg Vedder het gevoel of Al iets vloeibaars in zijn mond bewaarde, een oester. De tegenstelling met het eerdere bezoek van vandaag was volledig: zo zuur, zuinig, en scherp de stem van Ebert uit het koude oosten, zo gul, zout en warm klonk nu deze man uit het westen. Reeds had het gezelschap een weldadige uitwerking op zijn afgematte zenuwen; een prikkelende bedrijvigheid werd over hem vaardig; hij verzocht om door te lopen naar achteren, bracht een lach op zijn gezicht, bood iets te drinken aan.

Al hief afwerend een hand op, wilde het uitleggen maar nu werd er aan de andere kant van de muur weer met kracht een stuk pijp losgetrokken. 'Muizen?' vroeg hij toen. 'My God, big mice... Ha, ha!'

De woorden stegen in Vedder omhoog dat zijn keel ervan verstopt raakte, hij wilde over de sloop en zijn aangelegenheid met het Victoria vertellen maar kon van opwinding geen geluid meer uitbrengen. Heen en weer geslingerd tussen het willen voortzetten van de conversatie en de onweerstaanbare aandrang om Al het artikel van E. Nigma te laten zien, aan te wijzen waar hij er onder *twee dier eigenaren* in voorkwam, en hem aan de hand daarvan alles uit te leggen, wiebelde hij besluiteloos van het ene been op het andere, toen liep hij plotseling weg naar achteren, maar merkend dat hij niet gevolgd werd keerde hij halfweegs de werkplaats weer naar Al terug.

'Een schielijk biertje misschien toch?' drong hij aan. 'Kom, laten we in het kantoor gaan zitten... ik wil je iets laten zien!'

Maar Al had geen tijd, zijn vertrek naar Amerika was aanstaande, hij kwam alleen even afscheid nemen. 'Kijk, dat is mijn schip!' wees hij naar de verlichte scheepsschoorsteen aan de andere kant van het station. Hij moest voor elf uur aan boord zijn, morgenochtend om zes uur was de afvaart met bestemming New York.

'Dan al? Maar die boot is vanmiddag pas aangekomen! Dat kan toch niet, er moet steenkool ingenomen worden, leeftocht in onvoorstelbare hoeveelheden... hoe zou dat allemaal zo snel kunnen?'

'Door de trein!' riep Al glunderend uit. 'De hele avond zijn er pal naast de boot lange goederentreinen gestopt, vol met steenkool uit Duitsland, voedsel uit heel Europa, linnen, kaarsen en wat al niet... En dat gaat de hele nacht nog door, het hoeft alleen maar op de kade neergezet te worden, de kranen tillen het verder wel het ruim in... Eén avond, één nacht, één ploeg van honderd sjouwers, en een goede voorbereiding uiteraard – meer heb je niet meer nodig... dankzij het nieuwe station! Excellent location: als je bedenkt wat het kost om zo'n schip werkeloos in de haven te laten liggen...'

Verbluft schudde Vedder het hoofd: deze volstrekt aan zijn eigen denkbeelden tegengestelde opvatting was te eenvoudig om niet waar te zijn, en onwillekeurig slaakte hij een korte lach. 'Verdraaid, zo is het... maar daar gaat het immers altijd om, de juiste locatie? Hoe spijtig overigens dat we niet nog wat praten kunnen... Je werk hier in Nederland zit erop? Wat voor werk doe je eigenlijk?'

'Immigrations, emigrations... het is maar net vanaf welke kant je het bekijkt: als ik het hier doe is het emigrations, in New York is het weer immigrations... maar het is hetzelfde! Ha, ha! Maar nu moet ik gaan, mijn bagage is al aan boord!'

De achteloosheid waarmee Al sprak, of het nu over het station ging of over zijn werk, het volstrekt ontbreken van elke behoefte om zich tot gelding te brengen of ook maar te laten kennen, het gemak waarmee hij hem op zijn eigen terrein had overtroefd: steeds meer raakte Vedder onder de indruk van de ongrijpbare figuur, die bij het binnenkomen al afscheid nam. Het moest bijna elf uur zijn, de gedachte dat hij over een paar minuten alleen zou zijn beangstigde hem opeens uitermate, en gejaagd trachtte hij het gesprek tegen de tijd in gaande te houden: 'Maar wat houdt je werk dan precies in? Waarom moest je in Nederland zijn?'

Al opende zijn mond, maar moest even wachten omdat er een nieuwe dreun door het huis voer, verder weg en doffer nu, onmogelijk te zeggen waarvandaan, misschien wel van de andere kant van Carstens nog. In de korte stilte daarna klonk heel even, vlakbij, *binnen*, het ritselende geluid van een straaltje kalk op de vloer. 'Wat wij precies doen?' kwam nu het onverstoorbare antwoord. 'Wel, wij helpen mensen om naar Amerika te komen, als zij dat graag willen... De juiste locatie, ook hier weer... ha, ha! Maar nu moet ik echt gaan... Supper at eleven!'

In de tapperij werd het openbreken van de vloer met verdubbelde kracht hervat. Toch wist Vedder met koortsachtig doorvragen Al nog tot enige inlichtingen te verleiden aangaande het Amerikaanse factorsbedrijf dat hem had uitgezonden, een soort van makelaardij voor landverhuizers naar het scheen: die meestal berooide lieden beschikten niet over eigen middelen om de oversteek mee te bekostigen, maar zouden, gesteld dat zij die met behulp van een ander toch konden maken, eenmaal in Amerika voldoende kunnen verdienen om die ander met goede rente het voorgeschoten bedrag af te betalen, zo'n vijfhonderd gulden per huisgezin.

'Om die twee partijen te zoeken en tot elkaar te brengen, dat nu is mijn werk,' besloot Al, '...iedereen blij! Ha, ha! Kijk, mijn kaartje! Hebben? Niet meer nodig!'

Voor de tweede keer deze dag nam Vedder een visitekaartje aan, en tot zijn verbijstering las hij dat ook Al het kantoor van notaris Biederlack aan de Herengracht onder zijn naam had staan. Slikkend, terwijl zijn hoofd begon te gloeien, wilde hij er iets over zeggen, maar reeds werd hem een hand toegestoken.

'Vaarwel,' zei Al, bijna bedroefd nu. Toen, terwijl het kabaal aan de andere kant van de muur nog oorverdovend toenam, brak er een nieuwe, meer ingehouden lach door op zijn gezicht en begon hij beschuldigend met zijn wijsvinger langs zijn hoofd te zwaaien. 'Maar dat van die muizen geloof ik niet meer, hoor... volgens mij heb jij kinderen... Ha! Ha!'

Vedder lachte werktuiglijk mee, wist eindelijk uit te brengen dat het slopers waren en wilde in allerijl nog het artikel van E. Nigma laten zien, maar nu draaide Al zich onverhoeds naar de etalage, volkomen ernstig ineens, alsof hij iets vergeten was.

'Een viool graag,' zei hij. Zijn hand ging twijfelend heen en weer, toen wees hij naar de Syde-viool.

'Die is niet goed,' zei Vedder.

'Dan neem ik deze,' besliste Al, terwijl hij de Bennemin-viool bij de hals opnam. 'Wat kost hij?'

'Honderd gulden...'

'Ik heb alleen nog dollars, hier... honderd dollar... ook goed? Dat zou ik denken! Ha, ha!'

Verbouwereerd staarde Vedder naar het pakje bankbiljetten in zijn hand, waarvan de waarde de vraagprijs zeker driemaal overtrof. Hij werd op zijn schouder geklopt, keek weer op en zag nog juist hoe Al, zwaaiend, achterwaarts de winkel uitstapte en zich toen omkeerde. Op dat moment brak een laatste vraag in hem baan.

'Wacht, Al, nog één ding!' riep hij hem vanaf de drempel ontredderd na. 'Waarom zei je tegen mij dat je in het American Hotel logeerde? Ik heb je daar gezocht, maar je stond niet ingeschreven...!'

Aan de overkant van de weg al draaide Al zich nog eenmaal naar hem terug. 'Jawel hoor!' riep hij lachend, '...alleen niet onder mijn eigen naam!'

'Dus... dus jij bent ook pseudonimist?'

Vedder wist niet of hij de vraag nog geroepen had of alleen maar gedacht, in opperste verwarring zag hij Al nog even de viool ten afscheid naar hem in de lucht steken, onbevattelijk laconiek, zonder kist of stok, toen draaide hij zich andermaal om, definitief nu; met wapperende jaspanden verdween hij achter het limonadeloket in het donker, en onmiddellijk was het of hij er nooit geweest was. Toch stak de schoorsteenpijp van de oceaanstomer nog felverlicht boven het station uit.

Ergens begon een kerkklok te slaan. Roerloos stond Vedder nog in de deuropening. Met elke slag zonk hij dieper weg in eenzaamheid, hoe hij zich ook vasthield aan de dollars en het visitekaartje. Eindelijk dan kon hij huilen, alles werd al troebel van oude en nieuwe tranen, maar toen zijn mond bevend openging hield het gieren plotseling op en herkregen de bankbiljetten hun heldere, groene kleur: de Bennemin-viool was verkocht, hij kon Anijs een brief gaan schrijven, het bedrag brengen, hem alles vertellen...

HOOFDSTUK XV

Die kunnen wij verlossen

Er was een brief uit Amsterdam gekomen; de Bennemin-viool was voor honderd dollar aan de Amerikaanse neef verkocht; Vedder zou de eerstvolgende zondag het geld komen brengen.

Inmiddels was er anderhalve week verstreken sedert de wonderbare verlossing. Niemand had Anijs er nog naar gevraagd, niets ervan was nog tot in de kom uitgelekt, de verzochte geheimhouding werd stipt geëerbiedigd, in de eerste plaats door de Veldelingen die erbij geweest waren, vervolgens door anderen die de toedracht uit de getuigenissen vernamen, en tenslotte ook door hemzelf, want toen hij Martha verslag deed weerhield iets hem ervan haar ook van zijn punctie op Johanna te vertellen.

Zo dan verdiepte het stilzwijgen zich metterdag, verbreidde het zich over heel het Veld zonder zich op te heffen, en werd het allengs een omgekeerd parool, een verbondsteken tussen hem en het volk — maar stoelde niet ieder verbond op een belofte, de belofte van wederzijdse toewijding, overgave en hulp? Hetzelfde stilzwijgen waarin hij zich al tien dagen vermeide beklemde hem opeens uitermate, het stille parool was een nog stiller appèl geworden, het volk zweeg niet, het wachtte... Waarop? Hij had toch niet werkelijk van uitleiding gesproken en onvervulbare beloftes gedaan, zoals Pottinga hem eerder al verweten had?

Rusteloos overdacht hij zijn toespraak na de algemene

medicatie, evenwel zonder zich enige concrete toezegging
te kunnen herinneren, alleen maar zijn goede wil om de
mensen uit de zak te halen, niet door ze weg te voeren
maar eenvoudig door hun omstandigheden te verbeteren
middels nieuwe bedrijvigheid ter plaatse – dan zat men
eigenlijk gezegd toch ook niet meer in de zak, en zo had
hij het Bennemin toch ook duidelijk verklaard? Of was hij
na de verlossing van Johanna toch weer verdergegaan?
Zijn voorhoofd zwol op, met gesloten ogen daalde hij af in
de kraamnacht, maar die was hem al tot een diep en donker droomgezicht geworden, waaruit niets meer opklonk
dan een nagalm, woordeloos, niet meer tot de zegging te
herleiden maar als echo daarvan toch van een onloochen-
bare realiteit – nee, hoe meer hij zijn hersens afpijnigde,
hoe minder hij zich de belofte nog ontveinzen kon die
voor de Veldelingen onwillekeurig aan zijn naam verbonden was geraakt, of die nu uitgesproken was of niet. Heel
helder zag hij nu ook weer de aanblik van Johanna voor
zich, zoals zij na de doodgeboorte achterbleef terwijl de
een na de ander zich met haar beeltenis uit de voeten
maakte. Zo stil, zo volledig afgewerkt lag zij onder het
laken, ze leek wel gelukkig, dat zij nooit meer iets hoefde
te zeggen...

***

De foto van het volk prijkte intussen vergroot en versterkt
in de etalage van De Eenhoorn. Anijs hoorde het van een
patiënt, op een ogenblik dat heel de wachtbank vol zat.
Hij voelde een steek door zijn hart gaan, wist evengoed
een glimlach te presteren en permitteerde zich toen, luid
genoeg voor iedereen om te horen, de opmerking dat het
niet de apotheker was die zich het sterkst voor het Cabaret
had ingezet die nu dan kennelijk met de veren liep. Hij

bedwong zich uit alle macht om te gaan kijken, maar na een paar dagen hoefde dat niet meer: een jongen van het Kruis kwam een in papier gewikkeld voorwerp brengen; Anijs pakte het uit; het was de vergrote foto, met bijgesloten de complimenten van Halink: *voor hem, die het heeft mogelijk gemaakt.*

Toen de knaap met een stroopballetje was weggezonden waren er verder geen mensen meer in de apotheek, klonk er geen enkel geluid meer dan het breien van Martha in de zijkamer. Zonder haar nog te verwittigen ging Anijs met de foto op schoot zitten, een hete vloed stortte zich in hem uit en volledig van Halink vervuld bleef hij maar naar het volk staren zoals het poseerde in de grote tent terwijl buiten zijn vuurwerk doofde in de slagregens. Iedereen keek strak naar de camera, om gedurende de gehele sluitertijd maar niet te bewegen, maar de omlaag getrokken mondhoeken verrieden de algehele opwinding duidelijk genoeg. Alleen Klein Pet naast Bennemin in het midden had geen mond, die zei iets—even nog verloor hij zich in de foto, toen trof hem ook hoe welverzorgd Halink hem die had doen toekomen, in een rond uitgesneden passe-partout gevat, om de onscherpe uitloop in de hoeken aan het oog te onttrekken, met een kartonnen ondergrond en vier latjes rondom, zodat het geheel wel leek *ingelijst...*

Met het woord schoot Anijs in een ander gemoed. Snel en schichtig opeens blikte hij om zich heen; ook buiten was niemand: wat, als hij nu eens, zeg de liefdadigheid ter ere, deze foto aan de muur zou hangen, op de plaats van zijn brandmeestersdiploma dat daar toch helemaal niet hoorde, en als het ware voortdurend de vraag opriep waar zijn apothekersdiploma eigenlijk was? Geen mens die het zou zien, of later het verschil zou bemerken, de vorige keer had hij het toch ook zo gedaan?

Hij zette de foto naast zich neer, stond geruisloos op en

strekte zijn handen naar het gewraakte diploma omhoog. Op dat moment rinkelde de deurbel en kwam burgemeester Pottinga met veel misbaar binnen; zonder nog te kunnen bewegen keek Anijs hem over zijn schouder aan.

'Waarde Anijs, ik moet u nog feliciteren met het vvv-feest op het Veld, ik vernam dat het een groot succes is geweest!' begon Pottinga opgeruimd, maar toen zag hij de foto van Halink op de grond staan en rimpelde hij zijn voorhoofd. 'Maar wat toeval, daar staat de foto die onze goede Halink er ter verhoging van de vreugde van heeft gemaakt... Begrijp ik het goed dat u die nu net wilt ophangen, en daarvoor uw eigen apothekersdiploma plaats laat maken? Bravo! Maar wacht eens... dat is geen apothekersdiploma... dat is een brandweerdiploma! Ha! Nu, wat maakt het uit? De spuitgasten zullen het zeker met plezier hier aan de muur hebben zien hangen, en nu zijn de Veldelingen weer aan de beurt, zo is het toch? Maar overdrijft u uw zorg te hunnen opzichte intussen niet... Ik hoor dat u onlangs op een nacht derwaarts bent gegaan.... Wat er toen precies gebeurd is weet ik niet, maar het schijnt dat u de jas van Amshoff droeg en iets gezegd hebt in de trant van "zeg niemand iets" en "in stilte werk ik voor u verder"... Dat zijn toch eigenaardige berichten, mijnheer Anijs! Hoedt u zich er toch voor valse verwachtingen te wekken, dan blijven wij ook goede vrienden!'

Anijs voelde zijn hoofd gloeien, maar nog voordat hij kon antwoorden lichtte Pottinga zijn hoed en viel de deur weer rinkelend dicht. Dus er was toch gelekt... maar niet veel! Erger was het dat Pottinga hem met zijn brandmeestersdiploma bezig had gezien! Bevend van beschaming nam hij het alsnog van de haak, hij zette het tegen de muur, greep naar de foto daarnaast en voelde toen dat hij werd waargenomen. Met zijn handen om de houten rand geklemd richtte hij zich langzaam op. In de deuropening van de zijkamer stond Martha, zwijgend, groot en gestreng, met de armen over elkaar.

'Kijk... van Halink gekregen!' giechelde hij, terwijl hij de foto met de afbeelding naar haar toekeerde.

Heel even liet Martha haar blik zakken, toen keek zij hem weer onbewogen aan.

'Halink heeft hem mij opgestuurd, ingelijst en wel... hij doet erg zijn best, misschien wil hij wel op visite komen... nou ja, en dan zou het natuurlijk wel aardig zijn... dus daarom dacht ik...'

Martha kneep haar ogen een weinig dicht en schudde nauwelijks zichtbaar het hoofd. 'Chris, wat is er aan de hand?' vroeg zij eindelijk.

Feller blozend nog brak Anijs uit over het Veld, de ellendige omstandigheden aldaar en de steeds verdere teruggang van de turf, ook volgend jaar weer...

'Jawel, heel goed, maar daar heb ik het niet over,' onderbrak Martha hem vlakaf. 'Ik zou graag willen weten wat die zinnen van Pottinga te betekenen hebben: "In stilte werk ik voor u verder", en: "Zeg niemand iets"... Heb je dat werkelijk tegen die mensen gezegd, Chris? En waar werk je dan aan?'

Zijn keel zat dicht, zijn stem druppelde er dun en beverig uit als een waterstraaltje uit een verstopte kraan. 'Nou, ik heb de Noordsche Schut toch geschreven, over een nieuwe steenfabriek op het Veld?'

'Maar waarom mag niemand daarover praten?'

Even kon hij helemaal niets meer zeggen, toen werd de druk vanbinnen te groot en schoot de prop los op een golf van woorden: 'Ze willen niet dat ik me hunner ontferm... Pottinga, Amshoff, dominee Festenhout!'

'Maar in feite kun je toch ook niets voor die mensen doen?' zei Martha. 'We hebben zelf niet eens een levensverzekering! Zorgzaamheid is goed, maar overdrijf je het niet, met nu weer die foto? Wek je zo inderdaad geen valse verwachtingen? Of heb je die mensen soms al iets beloofd? En dan die doktersjas van Amshoff, hoe kom je daar eigenlijk aan?'

'Uit het Korremorre... Amshoff komt daar nooit!'

'Nu, hoe dan ook, ik wil niet dat je die nog draagt, ook niet voor die mensen! Het is bespottelijk, een apotheker in een doktersjas...'

'Maar ik heb Johanna toch helpen bevallen?' verweerde Anijs zich op de verongelijkte toon van iemand die bijna huilt.

'Ach wat... een pilletje gegeven misschien, een drankje voorgeschreven...'

Anijs bedwong zich niet meer; zo krachtig als de tranen in hem opwelden, zo onstuitbaar werd zijn verlangen om alles te bekennen wat hij tot nu toe verzwegen had. 'Nee, meer... meer...'

Martha ging niet dadelijk verder; onderzoekend keek zij hem recht in de ogen. 'Meer?' herhaalde zij eindelijk. 'Chris, wat is er die nacht precies gebeurd? Wat heb jij dan nog meer gedaan?'

'Een punctie...'

Nog langer was de stilte alvorens opnieuw de hamerslag van de herhaling viel: 'Een punctie. En waarmee heb jij die punctie dan uitgevoerd?'

'Met een operatiemes... het besnijdenismesje van Bennemin!'

Het was het detail dat overtuigde, de hoon smoorde, Martha's gezicht deed verstrakken en haar nu geheel tot zwijgen bracht.

'Het was maar een kleine punctie... om de druk te verminderen!' ging Anijs gejaagd verder. 'Ik móést iets doen, anders was ze er misschien wel in gebleven... Die buik! Die weeën...!'

'Chris... heb jij Johanna in de buik gestoken?' Langzaam, terwijl het ongelooflijke tot haar doordrong, schudde Martha het hoofd, toen sloeg zij de handen om de neus en begon zij luid te snuiven. 'Mijn God, 't is waar, hè?' bracht zij hijgend uit. 'Je hebt haar in de buik gestoken... daarop is het kind dood ter wereld gekomen... en dat is toen maar dadelijk begraven... zonder lijkschouwing, zonder dat er een dokter bij is geweest... of nee: die mensen denken dat jij dat bent, het was het eerste woord dat Klein Pet uitstootte toen hij hier in die nacht binnenviel! Maar nu begrijp ik ook waarom ze niks van jou mogen zeggen... Als dit Amshoff ter ore komt... dat wordt autopsie, obductie, wat zeg ik: de tuchtraad... Wat denk je dat er met je bevoegdheid gebeurt als ze het litteken op de buik van Johanna hebben gevonden? Chris, wat heb jij in 's hemelsnaam gedaan?'

Anijs kon niets meer zeggen, niet meer slikken, en terwijl zijn ogen vol sprongen zag hij nog juist hoe Martha zich smalend omdraaide en de deur met kracht achter zich dichttrok.

Er klonk geen enkel geluid meer in de apotheek. Nog altijd hield hij de foto in zijn handen, de vingers om de houten rand geklemd alsof hij alleen met dit schild zich nog tegen verdere mokerslagen zou kunnen verweren, alleen met deze spiegel het opgeroepen doembeeld nog kon terugkaatsen.

**

Ook de navolgende dagen bleef Martha zich van hem afzonderen. Elke avond las zij in het lievelingsboek van wijlen haar geadoreerde vader, terwijl Anijs, wel voelend dat zij hem nauwelijks nog velen kon, zich recepterend terugtrok in het laboratorium. Eens dat hij zo bezig was wrangolie te bereiden meende hij dat zij deftiger was gaan praten: trachtte zij zo weer aansluiting te vinden bij haar betere achtergrond en verleden, toen alle chemie ter plaatse nog bij De Twaalf Apostelen rustte en de apotheker tot de eerste burgers behoorde? Het mengsel stond te roken op het komfoor, en routineus voegde hij ten laatste nog wat zinksulfaat toe — maar waarom eigenlijk, anders dan omdat het moest? Hij wist het niet meer; zijn kennis was kunde geworden, zijn kunst een vaardigheid.

Roerloos luisterde hij naar de regen. Hij rilde, drukte zijn kalotje vaster op het hoofd en vroeg zich af of Halink nog antwoorden zou op zijn bedankbriefje voor de foto, met daarin een hernieuwde uitnodiging om eens op visite te komen. Martha zou het heerlijk vinden en ervan opleven, maar de kans leek hem al niet erg groot meer. Even nog staarde hij weg naar de duisternis achter het raam, toen sloot hij de ogen. Dof druisten de druppels op het bladerdek dat de acacia op het platte dak had laten vallen, het was diepe herfst. Juist echter wilde hij zich overgeven aan weemoed of een traag aanzwellende gedachte blies het licht in zijn brein weer aan: dat geschenk van Halink... dat uitgelaten binnenkomen van Pottinga, net toen hij ermee bezig was... kon het niet zijn dat die twee heel goed wisten dat hij vorig jaar zijn apothekersdiploma had weggewerkt door er stilletjes zijn brandmeestersdiploma voor in de plaats te hangen... dat zij zich daar geregeld ongelooflijk vrolijk om maakten... en nu voor de grap eens hadden willen beproeven of hij die quasi-ingelijste foto aangrijpen zou om nu weer van dat toch wel erg misplaatste brandmeestersdiploma af te komen... met diezelfde wisseltruc kortom waarmee hij eerder zijn apothekersdiploma had verdonkeremaand? Maar dan was de komst van Pottinga geen toeval geweest!

Terwijl zijn hart oversloeg stelde Anijs zich voor hoe de

man zich vervolgens over de kade naar Halink had gespoed, kromgebogen, zonder op of om te kijken, af en toe proestend, nauwelijks in staat het inwendig woedende gebulder te bewaren tot in de fotostudio... *Ja, hij heeft het gedaan... het hangt!* Het gelach van de heren moest oorverdovend zijn geweest, maar de foto weghalen kon niet meer... niet nu Pottinga hem ermee bezig had gezien!

Bitter en verbeten passeerde Anijs ook de volgende avond weer recepterend in het laboratorium. Heel de middag had hij patiënten gelopen; in de stille apotheek hield hij het niet meer uit; hij was zelf ook stil geworden, zonder kwinkslagen meer, zonder nog te latineren—zijn gewone, gemakkelijke verve: hij had het niet meer. Het was de vooravond van Vedders bezoek, maar hoe moest dat gaan? Hoezeer hij juist nu ook naar vriendschap verlangde, in zijn toestand voelde hij zich er niet meer toe bekwaam. Opeens werd er geklopt; schuchter overhandigde de meid hem een brief.

'Nu nog... zo laat?' vroeg hij.

'Hij kwam vanmiddag al... maar ik was hem vergeten!'

Weer alleen scheurde hij de wikkel open. Het was het antwoord van de Noordsche Schut. Zonder omhaal deelde de directeur mede dat de fabriek in last was en er van het voorstel geen sprake kon zijn: *Onze baksteen, gemaakt van leem in plaats van klei, was altijd al van inferieure kwaliteit; en nu wilt u dat wij veen gaan bakken?*

Slikkend keek hij naar het spiegelende zwart van het raam. Morgen kwam Vedder. Hij zag er als een berg tegen op, maar duizendmaal meer nog bedrukte hem het idee dat hij daarna naar het Veld moest, met de dollars, maar verder niets...

***

Vedder had geschreven dat hij niet van het station afgehaald hoefde te worden. Vriendschapshalve wilde Anijs dat toch doen, maar het humeur waarmee Martha was opgestaan benam hem zijn laatste kracht: gisteravond nog had zij naar de brief gevraagd die de meid ineens gevonden had; op zijn bescheid had zij niet meer geantwoord, alleen nog maar snuivend een bladzijde omgeslagen.

Bij de gewone stilte die over de apotheek was neergedaald kwam nu nog die van de zondag. Wijdbeens stond hij achter de voordeur, terwijl Martha bits haar aanwijzingen gaf in de keuken en de meid af en toe met een schaal achter hem langsliep naar de eetkamer.

Klokke half twee zag hij hem komen, bolhoed op, sigaar in de mond, helemaal in het zwart, net als de eerste keer. Vanaf de overkant van het water zwaaide Vedder hem al toe, lachend zwenkte hij het brugje op, maar in het midden bleef hij eensklaps stilstaan, linksuit wegwijzend naar het Kruis, toen met een gebaar alsof hij over een bol streek, de wenkbrauwen vragend opgetrokken, waarna hij zich met nog bredere lach weer in beweging zette, de tanden wit in de donkere baard, de ogen fonkelend in het vuurrode gezicht.

Deed het terug lachen Anijs al pijn, het raden naar de bedoeling van al die gestiek leek zijn schedel wel te breken. Plotseling, terwijl het geklos over de planken luid aanzwol, begreep hij het: Vedder had de plaats aangewezen waar volgens hem een extra brug moest komen, die vervolgens uitgebeeld en toen gevraagd waarom hij er nog niet was – de vorige keer hadden zij het daar immers over gehad, Vedder zinspeelde slechts op de oude vriendschap!

'Hij is er!' riep hij over zijn schouder, toen opende hij de deur en werd hij (weer, ook weer als toen!) opgenomen in een rijzend zwart. Na de omhelzing bleef Vedder hem nog met gestrekte armen bij de schouders vasthouden.

'Waar is die brug nou?' daverde hij. 'Jij hebt toch in de gemeenteraad gezeten? Je moet erbovenop zitten, hoor, bij Publieke Werken! Ha, ha!'

Als een dorre boom stond Anijs stil in de storm van Vedders uitgelaten stemming. Traag kwam de kwestie met het Victoria Hotel weer in hem boven; het kon niet anders of daar waren belangrijke vorderingen in geboekt, maar wanneer die straks ter sprake kwamen zou hij er zijnerzijds niets tegenover kunnen stellen, zijn takken waren leeg, zijn stam was hol. Toen even later ook Martha het bezoek had verwelkomd ging hij stram voor naar de eetkamer: de warmte van de aanraking had hem al begeven, hij kon de vriendschap niet meer beantwoorden.

Het was bevreemdend te zien hoe rijk de tafel bij alle huwelijkse reserves toch weer gedekt was, met een fles wijn, gewreven glazen, gevouwen servetten en de grote waterfilter in het midden. Ze namen dezelfde plaatsen in als de vorige keer; de meid bracht de aardappelen en het vlees; met groot manuaal legde Vedder een pak groene bankbiljetten op tafel.

'Honderd dollar... van onze neef Al!' glunderde hij. 'Heel geschikte vent, maar wel een type hoor... Zoals hij die viool kocht, zomaar op zijn laatste avond, zonder kist of iets... ik denk dat hij niet eens kan spelen! En dan toch honderd dollar betalen... De vraagprijs was honderd gulden, maar die had hij niet meer, hij was al op weg naar Amerika! Des te beter, want wat we nu hebben beloopt wel drie of vier keer de vraagprijs! Nee, die jongen is echt rijk, voor hem maakt het niks uit... Hij heeft een vol jaar in het American Hotel gewoond! Maar voor zijn zaken hield hij het adres aan van een notariskantoor! Wacht, kijk maar...'

Hoe opgewonden Vedder ook sprak, en hoe druk hij nu ook weer in zijn zakken zocht, het drong alles slechts dof tot Anijs door. Krom over zijn bord gebogen staarde hij naar het geld, tot het aanhoudende stilzwijgen hem opeens opviel. 'Wat voor zaken zijn dat dan?' bracht hij moeizaam uit.

Eindelijk had Vedder het kaartje van Al gevonden, hij liet het zien en drukte het toen krachtig met zijn duim op de dollars. 'Wat voor zaken dat zijn?' grijnsde hij, terwijl hij zich het zweet van het voorhoofd wiste.

Gelaten hoorde Anijs het relaas over het factorsbedrijf aan. Hij schonk in, liet zijn blik toen weer op de dollars rusten.

'Zoiets, nu ja, wat maakt het uit?' besloot Vedder zijn uitleg. 'Het belangrijkste is dat die viool verkocht is. Het heeft wel even geduurd, maar nu kun je het geld dan toch gaan brengen! Zitten die mensen overigens nog steeds daar in dat veen?'

Ook zonder haar aan te kijken voelde Anijs de kille blik van Martha, tegelijk met de hitte die van Vedder sloeg. Hij rilde, kuchte, en kon door zijn dichtgeknepen keel alleen nog maar knikken.

'Verschrikkelijk...!' Bewogen schudde Vedder het hoofd. 'Je leest steeds vaker over de erbarmelijke toestanden hier in de Drentse venen, en die ellende wordt alleen nog maar groter... de turf gaat er helemaal uit... Maar de overheid doet niets! Juist nu het liberalisme van links wordt bedreigd door het socialisme en van rechts door het conservatisme is interventionisme meer dan ooit geboden! Weet je nog dat we het daarover hadden? De sociale kwestie!'

Zo diep zat Anijs nu over zijn eten dat hij pas op het allerlaatst de zwarte schaduw bemerkte die over hem heen was gevallen. De stem die in zijn oor verder sprak klonk zachter nu, omfloerst.

'Overigens, neef, over vraagprijzen gesproken, dat was een goed advies van je... Ik heb 't opgevolgd...'

'Advies?'

Van vlakbij keek Vedder hem aan, stralend, vol zinderende verstandhouding, met wenkbrauwen die telkens veelbetekenend omhoog sprongen. 'Zelf geen bedrag noemen, wachten op een bod, het verdubbelen: ...vraagprijs! Weet je het weer? Heel simpel eigenlijk... Ze kwamen met twintig... Twee keer twintig is veertig... naar boven afgerond vijftig!'

Het duurde even tot Anijs begreep waar het over ging, dat Vedder was overgeschakeld op de verkoop van zijn huis aan het Victoria Hotel, en in duizendtallen sprak. Het was voor het eerst dat de vraagprijs werd genoemd, en de astronomische hoogte ervan verblufte hem tot schrikkens toe. 'Jezus, Walter... vijftigduizend gulden? Willen ze dat wel betalen?'

Langzaam, voldaan en zwaar leunde Vedder weer terug, terwijl de onderdrukte lach nu vrij doorbrak op zijn lippen. 'Willen weet ik niet... maar moeten wel!'

Op prompt hervonden volvolume, gejaagd maar tegelijk ook met de vlekkeloze regelmaat van een reeds talloze malen afgespeelde muziekdoos, gaf Vedder de bijzonderheden van de laatste stand van zaken weer: zijn aangelegenheid stond er gunstiger voor dan ooit; alle andere huizen waren al aangekocht en vrijwel gesloopt; het hele blok stond achter schuttingen behoudens zijn eigen huis en dat van de buurman; de bouw stond te beginnen, ze konden nu helemaal niet meer om hem heen...

'Jawel, nee, maar toch, Walter... vijftigduizend gulden!'

'Waarom niet? Het is het Victoria-project zelf dat de waarde van mijn huis onschatbaar heeft vermeerderd, dus die consequentie zullen ze moeten accepteren. Anders verkoop ik toch niet? Het is hun probleem, ze hebben al een vermogen aan de locatie uitgegeven, de losse onderdelen zijn allang aanbesteed en vervaardigd, in zekere zin bestaat het hotel al! Maar op een andere manier bestaat het ook al....in Koblenz! Wacht even!'

Terwijl Vedder andermaal zijn kleren afzocht wisselde Anijs een besmuikte blik met Martha. Ook zij scheen het bedrag niet te kunnen bevatten.

'Kijk, hier heb ik het al!' Vedder haalde een krantenpagina uit zijn binnenzak en vouwde die uit boven de tafel. Er zat nog een ander papier in. 'Dat is de volmacht... ook een advies van je dat ik heb opgevolgd... wilde ik even laten zien... maar het gaat hierom, lees maar... *imitatie hotel in Koblenz...* Ha, ha! Onechtheid, dat is de vloek onzer dagen! En hier, moet je lezen: *twee dier eigenaren houden nog stand...* dat ben ik dus! Ha! Je had het gezicht van Ebert moeten zien! Weet je trouwens dat die hetzelfde zakenadres heeft als Al? Weer die notaris Biederlack aan de Herengracht, een dure meneer ongetwijfeld... wacht, waar heb ik dat kaartje nou...'

Rusteloos, alsof hij vier wespen tegelijk van zich afsloeg, zocht hij weer door. Anijs twijfelde niet meer of alle opwinding had inderdaad, niet met de verkoop van de viool, maar uitsluitend met het Victoria van doen – en zo met recht, want ook al kon hij het bedrag nog steeds niet begrijpen, hij begreep evenmin hoe het zijn neef nog zou kunnen ontgaan.

'Hier, het kaartje van Ebert!' Terwijl hij het opbracht uit zijn broekzak kwamen er nog weer twee andere krantenartikelen mee. Het eerste was van vorig jaar en ging over de demping van de Rozengracht, het andere, veel ouder nog, was een stuk van Veritas over de noodzaak van een westradiaal. 'O ja, heb ik jullie niet verteld dat ik, als Veritas, als eerste voor de westradiaal heb gepleit? Nu kijk, ze zijn ermee begonnen... Publieke Werken! Als ze nu ook de Warmoesgracht dempen, dan hoeven er daarna nog maar een paar huizen onteigend en gesloopt te worden en is de aansluiting op de Dam een feit! Verdraaid, straks ben ik in staat om zelf die doorbraak te financieren... Een oude droom van me, ja, zo ging die: ik had twee overstaande huizen gekocht, de achtertuinen grensden aan elkaar... ik sloopte ze, en maakte er een weg van, met trottoirs en een lantaarnpaal, de "Vedderstraat"... De mensen zouden door mij heen lopen... Om wat particulier was publiek te maken... ik zou zelf publiek zijn geworden...'

Anijs nam een grote slok wijn, en wist waarlijk niet meer wat te zeggen. Glimlachend vouwde Vedder de getoonde krantenartikelen weer dicht, hij legde ze met het kaartje van Ebert bovenop de rest en nam vergenoegd een hap. De stilte zwol aan, er was een ander onderwerp nodig, maar Anijs durfde Martha er niet om aankijken. Toch was zij het die tenslotte het zwijgen verbrak.

'En de jongen?' klonk voor de eerste keer aan tafel haar stem. 'Hij is zeventien geworden?'

Anijs haalde opgelucht adem, en verbaasde zich hoe kalm en stijlvol zij, zonder merkbare inspanning, het gesprek had verlegd van het geld naar een mens. Terugkerend in de werkelijkheid volgde Vedder haar als vanzelf.

'Ja zeker Martha, en ook jouw advies is opgevolgd. Theo heeft pas dit jaar en niet vorig jaar te horen gekregen dat zijn ouders in werkelijkheid slechts pleegouders zijn... maar nu denkt hij dat ik zijn echte vader ben... zeker omdat ik altijd alles voor hem heb gedaan! Maar mijn vaderlijke gevoelens voor hem zijn ook echt! Daarom wil ik hem laten erven... tot mijn enig erfgenaam maken... Hij weet het nog niet, ik heb het nog maar kortgeleden besloten, maar binnenkort zal ik eens met hem naar de notaris gaan... Naar Biederlack! Waarom niet? Als het om zo'n vermogen gaat, vijftigduizend... of nee, veel meer nog, want ik leef nog wel even en zo'n bedrag moet je natuurlijk beleggen!'

341

Martha keek zeer bedenkelijk maar zei niets meer; werktuiglijk vroeg Anijs welke fondsen in aanmerking zouden kunnen komen; zich breed makend als een bankier vertelde Vedder wat Ebert hem had aangeboden: binnenkort zou Sumatra Petroleum opgaan in een nieuw op te richten oliemaatschappij, waaraan Zijne Majesteit Willem III nu al het predikaat 'Koninklijk' verleend zou hebben — directeur Henkenhaf zelf zou een portie effecten tegen uitgiftekoers voor hem kunnen reserveren, ook al stond nu al vast dat de emissie vele malen overtekend zou zijn. 'Interessant, maar alle opties staan nog open... Standard Oil kan ook!'

Anijs luisterde niet meer, hoorde alleen nog maar het plotselinge suizen van zijn bloed. Het eerder uitgelegde factorsbedrijf, het enorme geldbedrag, en nu weer de noodzaak tot beleggen: deze drie elementen begonnen allerheftigst in hem te reageren, waarbij het wel leek alsof er een gas vrijkwam, want naarmate zijn antwoord duurde veerde hij verder op uit zijn onderuitgezakte houding, alsof hij werd opgepompt.

'Voortreffelijk... heel goed... alleen, Walter... past zo'n belegging wel bij jouw karakter... bij jouw sociale gevoel... bij je idealen?'

'Maar wat dan? Ik moet nu als een belegger denken!'

'Natuurlijk! Maar wat je daarnet vertelde, over het factorsbedrijf van neef Al: die geldschieters, dankzij wie berooide landverhuizers toch de oversteek naar Amerika kunnen maken, die laten zich toch met rente terugbetalen? Begrijp je wat ik bedoel? Dat zijn in wezen dus ook beleggers, alleen investeren zij in mensen... in arme mensen, die nu nog verkeerd zitten, maar eenmaal in Amerika aangekomen daar een beter bestaan kunnen opbouwen, en de aflossing en rentebetalingen met dankbaarheid jegens die geldschieter zullen voldoen...'

Terwijl Vedder onwillig knikte kon Anijs zijn opwinding nauwelijks nog bedwingen: de reagerende elementen
in hem hadden een neerslag gevormd van het helderste
kristal; fotografisch scherp nu overzag hij zijn toeleg; het
leek wel of hij heel de tijd geen wijn maar ontwikkelaar
had gedronken.

'Bedoel je soms...?' vroeg Vedder zonder zijn zin af te
maken.

'Waarom niet?' zei Anijs zo achteloos als hij maar kon.
Hij greep zijn glas beet en dwong zich tot zwijgen. Massief
en krom als een bultenaar zat Vedder boven zijn bord gebogen. Onmiskenbaar was de reactie nu ook in hem begonnen, maar heel aarzelend nog—hij moest uitkijken die
niet voortijdig te blussen in te veel katalysator ineens.
Martha had hem intussen heel goed door en keek hem
strak van opzij aan; uit vrees iets te verstoren dorst hij echter niet terugkijken, nauwelijks nog ademhalen—hoezeer
het ook tegen zijn natuur inging, hij moest wachten nu,
tot Vedder zelf, eigener beweging, de hoek omsloeg. Het
getik van het bestek op de borden was opgehouden, het
was volkomen stil geworden.

'Dus je vindt dat ik ook in de landverhuizing zou kunnen investeren?' vroeg Vedder eindelijk, zonder nog op te
kijken.

Nu geen ja zeggen, hield Anijs zich voor, even niets
meer toevoegen, alleen maar roeren. 'Het zou een sociale
belegging zijn...'

'Maar het rendement?'

'Het rendement, dat bepaal je zelf,' zei Anijs terwijl hij
zijn schouders ophaalde: er zou immers aan elk huisgezin
een contract moeten worden aangeboden, waarop de voorwaarden door de geldschieter van tevoren waren vastgesteld en ingevuld, zoals de termijnen van aflossing en ook
de renteopslag? 'Stel dat je wilt uitgaan van de Sumatra

343

Petroleum, om maar een uitgangspunt te kiezen. Als die over de afgelopen jaren een rendement heeft behaald van bijvoorbeeld acht procent, aan dividenden en koersstijging, dan vul jij bij het vakje "rente" in: acht procent. Ik zie geen enkel verschil, behalve dan dat jouw rendement risicovrij is...'

Vedder knikte, worstelde, maar gaf zich nog niet gewonnen: 'Maar Al is weg... en met welke landverhuizers dan?'

Kaarsrecht overeind zittend nu keek Anijs op zijn neef neer. Zijn oude redenaarsvermogen woelde in hem om, zijn natuurlijke overwicht: hij bezat het weer! Desondanks diende hij voorzichtigheidshalve nog in zijn terloopse toon te volharden. 'Dat is niet het probleem... denk bijvoorbeeld maar aan de mensen van de viool, ongetwijfeld zouden die de oversteek dolgraag maken... en alle anderen die daar in het veen zitten evenzo... Net precies hadden we het nog over ze... Heeft Al nog gezegd hoeveel de overtocht per gezin kost?'

'Ik dacht vijfhonderd gulden...'

'Het zijn ongeveer honderd huisgezinnen daar... Honderd maal vijfhonderd... dat is vijftigduizend...'

De volmaakte uitkomst, zo perfect in overeenstemming met het te beleggen bedrag: even vreesde hij de druk te hoog te hebben opgevoerd, maar toen de ander knikkend boven zijn bord bleef zitten wist hij dat de reactie nog doorging. Voorzichtig nu, hij hoefde die alleen maar te bestendigen, tot de drie elementen onontkoombaar ook in Vedder zouden neerslaan tot een nieuwe stof, met sterkere verbindingen dan voorheen – nu, met de moleculen deed hij toch niet anders?

'Goed, wat dat betreft zou het kunnen...' zei Vedder. 'Maar feit blijft dat Al er niet meer is... ik kan die mensen toch niet op de bonnefooi naar Amerika afschepen? En wat als ze dan niet terugbetalen?'

'Volkomen gelijk!' viel Anijs hem bij. 'Je moet niets doen buiten de factor om. Sommige mensen denken: waarom nog een makelaar ingeschakeld als twee partijen elkaar toch al gevonden hebben, maar voor de maximale wederzijdse zekerheid is zulks onontbeerlijk. De factor zal voor de eerste opvang moeten zorgen, huisvesting, tewerkstelling, daarna voor de afbetalingen... dat moet allemaal per contract beschreven worden!'

'Maar hoe komen we zonder Al aan die contracten?'

'Biederlack.' Anijs sprak het woord uit met een afgemeten precisie alsof hij pipetteerde.

'Biederlack...' herhaalde Vedder dromerig, terwijl hij zich over zijn buik naar voren boog; het was hem aan te zien dat de druppel reagens die net in hem was neergevallen iets deed oplossen dat daarnet nog hard was. 'Ja, misschien moet ik wel iets doen dat mij nader aan het hart ligt...'

In plaats van een nieuw bezwaar te opperen speelde Vedder nu voor het eerst met de gedachte. Anijs had het gevoel dat hij niet meer bergop hoefde tornen maar langzaam kon gaan dalen. 'Weet je nog dat je mij over de verkeerscirculatie hebt verteld?' pipetteerde hij nauwkeurig verder. 'Je zou een eigen verkeersstroom op gang brengen... over interventionisme gesproken!'

Er verscheen een zwemende glimlach op het gezicht van Vedder. 'Het zou inderdaad een sociale belegging zijn,' overwoog hij minzaam.

Anijs wist alweer hoe te antwoorden. In zijn ooghoek zag hij dat er een rode blos van spanning op Martha's gezicht was verschenen, en toen zij, wat sedert de komst van Pottinga niet meer was gebeurd, hem beroerde door haar hand op zijn onderarm te leggen, was het of zij wilde helpen duwen. Geruststellend look hij even de ogen, daarna druppelde hij weer verder, uiterst geconcentreerd, waarbij hij het effect van zijn woorden met de scherpe blik van een experimenterend scheikundige bleef observeren.

'Een sociale belegging, maar ook een lucratieve... Honderd man die voor je werken... stel je eens voor... dat is een fabriek! Een Amerikaanse fabriek, Walter, vol in bedrijf... voor jou!'

'En voor Theo...' mengde nu ook Martha zich in het spel.

Het was een toevoeging die de reactie op slag verhevigde. Vedder perste zijn lippen op elkaar, kromde zich nog dieper naar zijn bord en zei toen, even de hals verdraaiend: 'Misschien is het helemaal niet zo'n gek idee...'

Een grote opwinding tintelde Anijs door het hart, maar juist nu moest hij zich inhouden, mocht hij de zaak niet voor gewonnen houden; juist nu zou Vedder door al te *ge-rede* bijval alsnog kunnen terugdeinzen, ware het niet uit achterdocht, dan wel om aan te tonen, dat hij zich niets had laten aanpraten. 'Om zoiets te doen, is dat niet de moderne, zakelijke liefdadigheid *in optima forma?*' vroeg hij zich filosofisch af, maar na een algemene blik in het rond richtte hij zich toch weer strelend met genot tot Vedder in het bijzonder: 'Maar het belangrijkste is, dat het helemaal bij jou past... Sprak je daarnet niet zelf van een westradiaal, droomde je niet van een eigen doorbraak? Maar dit is een doorbraak *ad extremum*, een westradiaal helemaal tot in Amerika toe!'

Vedder scheen het nauwelijks nog te horen; volkomen bewegingloos staarde hij langs Martha door het raam weg in het Atlantische verschiet van een belegging in de factor, toen begon hij heel langzaam het hoofd te schudden, niet ontkennend maar integendeel alsof hij niet meer begreep waarom hij zich nog langer zou verzetten. Hij haalde adem, leek iets te gaan zeggen—maar liet zich toen toch weer terugzakken op de afgesloten lucht in zijn romp.

Was de pressie te groot geworden, stagneerde het proces? Zijn plotselinge verontrusting bedwingend reikte Anijs naar de wijnfles, hij moest gewoon bijschenken nu, zoals hij anders ook gedaan zou hebben, even de aandacht afleiden, even niet naar Vedder kijken, en daarna kalm doorgaan, de stilte duurde nog maar kort, er was niets gebeurd. Gewichtloos zweefde zijn arm met de wijn boven de tafel, en terwijl Martha hem verkrampt in zijn andere arm kneep sprak hij weer verder, steeds verder, volkomen geposeerd weer, zalvend haast: het was al geen belezen meer maar feliciteren; geen druppelen, maar het uitgieten van al die overwegingen die daarnet nog te dwingend zouden zijn geweest...

'...Ik ken ook niemand die het belang van de juiste locatie beter doorgrondt dan jij – maar bij een landverhuizing gaat het toch om hetzelfde? Om daarin te investeren, en zoiets mogelijk te maken: dat is niets minder dan een *relocatie*... het bouwen van een brug... en dan niet hier over de vaart, waar je het de eerste keer al over had, maar over de oceaan, van continent naar continent... een brug, voor en van het Veldegaanse publiek... Hoe vaak heb jij niet strijdend tegen Publieke Werken geschreven? Die brug, Walter, dat wordt jouw eigen Publieke Werk... nog wat vinum? Een beetje aqua ernaast?'

Vedder hield het niet meer. Terwijl de glazen volstroomden en Anijs fles en filter terugzette kwam hij snuivend overeind, paars aangelopen, en na nog een paar tuitbewegingen met zijn mond verklaarde hij dan eindelijk: 'Vrienden, ik doe het.'

Er was een stop losgetrokken, de samengeperste atmosfeer zou nu kunnen uitstromen, maar nog liet de ontlading zich wachten: de druk was te groot, de lucht te dik, het moment bleef nog dichtzitten als een keel. Het enige

347

dat er gebeurde was dat Martha, zonder Anijs los te laten, over de tafel naar voren boog en met haar andere hand nu ook de onderarm van Vedder aanraakte.

Het verstikte stilzwijgen hield nog aan, maar langzaam, dwars door zijn vervoerende opluchting heen, gewerd Anijs ook een andere aandoening, een die hij lang kwijt was geweest en nu terugvond: het was zijn genegenheid voor Vedder, op wie hij nu, als het ware, door de beide handen van Martha op hun onderarm, fysisch was aangesloten. Terwijl hij hem onbeschroomd in de ogen keek voelde hij huiverend de vriendschap door zich heen stromen, elektrolytisch – ja, polen in één fluïdum waren zij, anode en kathode, verbonden nu door vrouw en volk...

Martha was de eerste die begon te spreken. Op zangerige toon prees zij de omslag in Vedders gerichtheid, van abstract financieel gewin naar de aardse, sociale daad, ten gunste van de gravers; vertelde zij dat ook Faust, na eerst het papiergeld te hebben uitgevonden, zich vervolgens de liefdadige landontginning toewijdde; verwoordde zij haar vreugde voor de Veldelingen, die toch altijd hard gewerkt hadden maar bijna verloren waren gegaan, en koppelde zij een en ander aan het in eenzame zelfzucht tot zich genomen lijfboek van haar vader, waaruit zij de citaten nu met gulle hand als bloemen door de kamer strooide.

Die immer strevend moeite doet, die kunnen wij verlossen...

'K vind op áárd mijn werk.
Hier is nog plaats voor grote daân.
Iets ontzagwekkends wil ik bestaan;
Tot stout bedrijf voel ik mij sterk.

Zulk nijver wroeten lacht mij aan,
Op vrije grond met een vrij volk te staan.

Waartoe is 't eeuwig scheppen goed,
Als 't schepsel weer in het niet verdwijnen moet?

Langzaam keerde men tot de tegenwoordigheid terug, en toen eerst brak de vreugde voluit baan en hieven zij het glas.

'Op de factor!'

'Op de Veldelingen!'

'Op Walter Vedder!' riep Anijs als laatste; nog aldoor keek hij hem van vriendschap overweldigd aan, van een vriendschap die duren zou ook na deze zoete ogenblikken: de wissel was immers om, de aansluiting tot stand gebracht, hun levens waren als twee spoorlijnen bij elkaar gekomen en verenigd; het volgende traject zouden zij samen afleggen, met één koffer, en één bestemming – zijn ogen brandden, hoe blij hij zich ook bevond...

Ze klonken en dronken, aten en praatten, en terwijl de meid afruimde boog Martha zich ineens naar Vedder toe.

'Zeg Walter, dat die viool verkocht is, voor dat bedrag... Wat heerlijk voor de Bennemins! En we hebben je er nog niet eens voor bedankt!'

'Wat denk je,' richtte nu ook Anijs zich tot Vedder, 'zullen we het geld zo dadelijk maar samen even gaan brengen? Het grote nieuws kan dan tegelijk worden afgekondigd... Daar moet je bij zijn!'

Vedder vond het goed en stak alle papieren weer terug in zijn binnenzak; de meid werd naar Thomas gestuurd om te laten inspannen; Martha trok zich terug in de zijkamer; in afwachting van de koets ging Anijs iets later voor de apotheek in.

'Kijk, om deze mensen gaat het...' wees hij Vedder op de foto aan de muur. 'Voor hen, Walter, zul je geen geldschieter zijn, maar een weldoener... Hoe dankbaar zullen ze je tijdens de maandelijkse afbetalingen met renteopslag niet

gedenken, als de man die hun een nieuw leven heeft beschoren? Werkelijk, bene, bene, het *nec plus ultra* van de
sociale belegging... En dit hier, dat zijn vader en zoon Bennemin, die zul je straks wel ontmoeten. Zie je trouwens
dat die kleine jongen op het moment van de opname zijn
mond heeft bewogen? Waar je, *normaliter*, door te praten
de aandacht op je mond vestigt, daar kun je die, als er een
foto wordt gemaakt, op diezelfde wijze juist verbergen...
Kijk maar... een vlek! Ha, ha... Sigaar?'

Hij presenteerde, rokend stonden ze naast elkaar en nu
pas besefte hij dat hij ook weer was gaan latineren, zomaar
–hoe lang was dat al niet geleden? Even slechts verheugde
hij zich in dat laatste gedeelte van zijn herwonnen esprit,
toen kreeg de ernst weer de overhand. Zwijgend, zuchtend
onder het enorme van de propositie, wachtte hij op het
voorrijden van Thomas. Er rijpte een oratie in zijn borst;
volledig toespraakbereid stapte hij tenslotte in.

HOOFDSTUK XVI

Ex cathedra

Het was wel een opzienbarend gezicht, zoals de geblindeerde koets met Thomas zelf op de bok door de zondags-
rust van Hoogeveen ratelde. Pas ruimschoots na de haakse
bocht linksom, bij De Eenhoorn, dorst Anijs het gordijntje
aan zijn kant openschuiven: niemand mocht hem voortaan
nog naar het Veld zien gaan. Volledig vervuld van wat er
te gebeuren stond kon hij zich zijn oude muizenissen al
nauwelijks meer voorstellen: wat stelde het nog voor, dat
Halink serie-opnames maakte van een ontluikende bloem?
Zelf nam hij, zonder camera, een heel volk op! Wat gaf
het, dat Halink de Veldelingen op de gevoelige plaat had
vastgelegd? Zelf ging hij ze in beweging brengen!

Buiten was het koud, maar in de kleine ruimte werd het
spoedig warm, van hun lichamen, hun zuchten, hun sigaren. Rokend zaten ze naast elkaar, allebei met de hoed op
de knieën, dooreen geschud bij elke kuil. Vedder sprak het
meest, alle woorden en overwegingen die in hem waren
ingebracht kwamen er nu weer uit, met vernieuwde bezie-
ling, maar gedurig viel er ook een stilzwijgen; volmoeds
luisterden zij dan naar het kraken van de riemen, het
knarsen van de veren, de zompe stap van het paard in het
karrenspoor, terwijl het landschap in alle schakeringen
groen voorbijgleed, hier een kampje winterrogge, daar een
weiland met een heg erom.

'Maar je kúnt zo'n belegging toch ook rustig een inter-
ventie noemen?' klonk Vedder weer. 'Door die relocatie zal

het leven van die mensen nooit meer hetzelfde zijn... alleen moet het niet al te snel gebeuren, want de verkoop aan Victoria moet nog zijn beslag krijgen, en mijn onderhandelingsruimte is nu natuurlijk niet meer zo groot!'

'Uiteraard, natuurlijk, we moeten denken aan het volgende voorjaar, rond Pasen of Pinksteren op zijn vroegst,' zei Anijs geruststellend. 'Maar misschien wil ook wel niet iedereen mee, misschien kent het contract wel een leeftijdsmaximum of gezondheidseis, en mogen sommigen niet eens mee... Dan zal de investering kleiner blijken, en kun je toch nog iets zakken met je prijs... Het zal allemaal wel blijken, we staan nog helemaal aan het begin...'

Schuddend en schommelend ging het zo verder, het Wolfsbos voorbij, en daarna met holle hoefslag over de brug van de buitenbuurt. Opnieuw verscholen achter het gordijntje wachtte Anijs tot het kletteren over het plaveisel was opgehouden, toen keek hij weer peinzend uit het raam. Nog steeds kon hij de volle betekenis van de uitleiding niet bevatten, met het rijzen en dalen van zijn borst verschoot het beeld, gevoelde hij zich dankbaar, opgetogen en bezorgd, slechts het verschil met de vorige keer dat hij zich per koets naar het Veld had laten brengen stond hem scherp voor ogen: nu had hij Vedder bij zich, toen zat hij ingeklemd tussen de dozen vol medicamenten, voor de algemene behandeling – maar hoe palliatief was dat in wezen niet geweest, zonder enig zicht op werkelijk herstel van de volkskracht, net als het Cabaret, en in laatste instantie ook de verlossing van Johanna?

Het was niet ver meer, ze bevonden zich al in de weerribben, het aftellen van de wijken was begonnen. Terwijl Vedder naar buiten keek of hij al een plaggenhut zag trachtte Anijs zich opnieuw een beeld te vormen van de uitleiding en alles wat er, benevens de investering, voor nodig zou zijn: reispassen, vervoer naar Amsterdam, telegrafie met New York en bovenal diepe geheimhouding. Zijn borst zwol weer hoog op, en beklemd opeens staarde hij naar het langs schuiven van de blinkende zijsloten, die met het vorderen van de koets als de zilveren spaken van een enorm rad van fortuin achter hem wegdraaiden...

'Ik verlang geen woekerrente, maar erop toegeven wil ik ook niet, hoe schrijnend de krantenartikelen over het turfbestaan ook zijn,' verklaarde Vedder opeens op koppige toon.

'Maar dat hoeft toch ook niet?' kalmeerde Anijs hem onmiddellijk. 'Je neemt gewoon het gemiddelde rendement van de Sumatra Petroleum over de afgelopen jaren; Biederlack zal je dat percentage wel kunnen vertellen...'

Vedder knikte, zoog zich vol lucht en zei niets meer; ook hij scheen nog van de toekomst bevangen en zo dan, zwijgend, werd het laatste stuk langs het Zuideropgaande afgelegd, ieder verzonken in eigen gedachten, maar dan ineens, als bij een schommeling hun schouders elkaar raakten, sprong het gedeelde ideaal ook weer als een vonk tussen hen over – één man in twee werkzame gedaantes waren zij, verbonden in het bloed, de vriendschap en het streven.

Na even helemaal tot stilstand te zijn gekomen zwenkte de koets linksom; daarna ging het in stap verder langs het Elim, deinend over het zachte pad. Ook hier hing de rust van de zondag, maar taaier, verzwaard nog door die van de werkloosheid en het gebrek. Toch duurde het niet lang of zij waren omringd door enige meespringende kinderen van het Veld.

'Laat iedereen naar Bennemin komen!' riep Anijs ze door het open portier toe. 'Zeg maar dat de dokter een mededeling gaat doen!'

Vedder, die net rechts op het bovenveen de eerste donkere en doodse plaggenhutten ontwaarde, liet na zich over de dokterstitel te verbazen, wilde slechts weten waarom hij nergens volwassenen zag, en op de verkregen inlichting dat die vermoedelijk achterin het kot zaten, zich warmend aan het varken en de lauwe lucht van mest, schudde hij meewarig het hoofd.

Opnieuw, ten laatste nu, haalde Thomas de teugels aan. Met hun bolhoeden weer op stegen de heren uit, en onmiddellijk verstierf het kindergeschreeuw waarmee hun komst was begeleid en aangekondigd. Bennemin en Klein Pet stonden al op het erf, de jongen met de armen om de hals van de witte hond geslagen.

'Geen zorg, we hebben goed bericht,' sprak Anijs de sprakeloze man dadelijk geruststellend toe. Hij stelde Vedder aan hem voor en herhaalde dat iedereen zich voor een belangrijke mededeling hier op het erf moest verzamelen. Prompt werd Klein Pet door zijn vader uitgezonden om de mensen van de zetvelden te halen, zijn klompen roffelden over de vonder en Anijs keek hem na tot hij aan de overkant van het water achter de kale struiken verdwenen was. Even leek het nu volkomen stil, maar juist wilde hij Bennemin volgen naar de deur of een heel ander geluid drong tot hem door, uit de richting vanwaar zij zojuist gekomen waren, het begin van Elim, uiterst zwak nog maar toch onmiskenbaar: het was de blikken trommelslag van de omroeper, kennelijk gealarmeerd dus al door de kinderen en onmiddellijk in actie gekomen...

Binnen stond vrouw Bennemin hun op te wachten, terwijl zij haar handen droogde aan haar schort. Er hingen een paar zwarte worsten in de rookvang, beroet door de smeulende turf eronder, verder was alles hetzelfde gebleven in de schemerige ruimte. Andermaal stelde Anijs zijn gezelschap voor, en bij Johanna's verstek vroeg hij naar haar toestand. De vrouw, al even overdonderd als zo-even haar man, antwoordde dat het beterop ging, maar dat zij 's middags nog moest rusten, waarop Anijs, na een schielijke blikwisseling met Vedder en een vinger op de lippen, dat hij nog niets mocht verklappen, de gang in stapte om naar haar te gaan kijken.

Het was zeer licht in de opkamer. Roerloos, ruggelings en met gesloten ogen lag Johanna te bed, de deken tot aan haar kin opgetrokken—sliep zij? Op zijn tenen, zonder enig gerucht, bewoog Anijs zich naar haar toe; om althans haar ademhaling te beluisteren boog hij zich voorover, steeds dieper, tot hij opeens verstijfde: zonder merkbare overgang had Johanna haar ijzergrijze ogen geopend en keek zij hem recht aan. Anijs kuchte, groette, en zich herstellend al liep hij naar het venster om het te openen.

'Frisse lucht, zeer belangrijk,' verordonneerde hij opgewekt, terwijl hij de spanjolet op het eerste gaatje pinde. Lachend wilde hij zich naar Johanna terugdraaien, maar toen viel zijn oog op iets dat hem opnieuw deed verstijven: buiten, naast de aardappelschuur, schuin onder de bijenkorf aan de uitstek, daar stond een houten kruis in de grond. Het kleine graf was afgebiesd met veldkeien.

Met dichte keel zat hij even later naast Johanna. Hij legde zijn hand op haar voorhoofd om de temperatuur te voelen, keek haar onder de tong, nam tellend en met de blik op zijn horloge geslagen de pols op. Vanaf het erf klonk het geroezemoes van de eerste Veldelingen.

'Vierentachtig, dat gaat de goede kant op,' sprak hij eindelijk, geruststellend knikkend, toen hield hij het niet meer uit en verliet hij ijlings het vertrekje: dat kruis—het was toch een mens geweest!

De bomme pruttelde op het fornuis; Vedder vertelde over Amsterdam; Anijs liet weten vanaf een verhoging te willen spreken en keek zonder nog iets te horen door het zijraam naar buiten.

De menigte groeide staag, Bennemin en Thomas sjor

den een grote aardappelkist de schuur uit en plaatsten een rechte stoel op het deksel voor houvast. Toen zij weer binnenkwamen hadden zij Klein Pet bij zich. De monotone hamerslag van de blikken trommel klonk nu van vlakbij, hield toen ineens op. Na zich ongemerkt het pak dollars te hebben laten toesteken zette Anijs zijn koffiemok neer en stond hij op, bevangen, sprekensgereed.

Het was een ernstig gezelschap dat uit het huis naar buiten kwam, twee in het zwart geklede heren met bolhoeden op in het midden, geflankeerd door de anderen die binnen waren geweest als door een gevolg. Statig, de blik strak vooruit, schreed Anijs door het prompt verstomde volk naar de schuur. Ondersteund door Thomas ter ene zijde en Vedder aan de andere kant liet hij zich op de kist helpen. Zich rechtend voelde hij een korte duizeling, maar eenmaal met de hand op de stoelleuning hervond hij zijn evenwicht en liet hij vrijelijk zijn blik over het verzamelde volk gaan.

In een halve cirkel stond men tegenover hem, onwetens, wachtend, de bescheiden Bennemins ook – alleen Vedder had hij nog naast zich. Zo onvoorwaardelijk en onverwijld was men toegestroomd, sommige vrouwen hadden de vaatdoek nog in de hand. Hij zag Sieger met zijn kameraden, de oude bes van de bevalling en Lubber, voorts herkende hij nog enige gezichten van padjongens en een aantal oudere mannen ook, haveloze, schrale figuren die lange armen hadden gekregen van het kruien. Iedereen zweeg, er viel niets te horen dan de stilte, een stilte evenwel die niet neerdaalde maar zich integendeel omhoog leek te plooien, en als een baldakijn, een gewelf boven het samenzijn hing – maar toen hij tenslotte dan zijn stem verhief was het toch ook of hij niet vanaf een kist sprak, maar *ex cathedra*?

'Vrienden Veldelingen! Naast mij staat iemand, die ik u

met groot genoegen wil voorstellen, mijn neef de heer Vedder, vioolbouwer te Amsterdam...!'

Het had iets onbegrijpelijks, die plaatsnaam hier in de veenlucht; onbegrijpelijk bleef ook nog waar Anijs heen wilde, en de verwarring nam nog toe toen Anijs, op een minder luide toon, alsof hij nu al op een geheel ander onderwerp overging, Bennemin naar voren riep.

Bedremmeld, met de handen op de rug, trad de man in de leegte van de halve cirkel.

'Beste Bennemin, is het waar dat jij vorig jaar jouw viool aan mij hebt afgegeven, opdat mijn neef hier die zou verkopen?'

Bennemin kon alleen maar knikken.

'En toen mijn neef goedvond die viool in consignatie te nemen, heeft hij jou toen geen reçu doen toekomen?' ging de ondervraging door.

Weer knikte Bennemin.

'Haal dat reçu!'

Bennemin schoot het huis in; hier en daar trok men nu openlijk de wenkbrauwen op; in de nochtans ongebroken stilte liet Anijs zijn ogen afdwalen naar de bijenkorf die voor de winter weer onder de uitstek aan het einde van de zijgevel hing, naar een stukje roestige hei, naar het kierende vrijvenstertje recht tegenover zich, waarachter Johanna ieder woord kon verstaan, net zolang tot Bennemin met het papier voor hem was teruggekeerd. Hij liet het zich aanreiken, controleerde het, en knikte goedkeurend.

'Dan is dit reçu nu voor u retour, geachte neef,' sprak hij plechtig. Opzij buigend overhandigde hij het papier aan Vedder, waarna hij zijn hand om de biljetten in zijn jaszak klemde en die toen met een ruk te voorschijn trok. 'En dit hier, Bennemin,' richtte hij zich weer tot de man voor hem, zwaaiend met de vuist vol dollars, 'dit hier is voor jou... honderd dollar... je viool is verkocht! voor zeker driemaal de vraagprijs... aan een Amerikaan!'

Overdonderd nam Bennemin het geld aan, hij liep er met gebogen hoofd mee terug naar zijn vrouw en liet het haar zien. Intussen nam de algemene verwondering nog weer verder toe: waarom was men zo dringend opgeslagen, als er enkel een transactie tussen twee personen afgewikkeld werd? Waar bleef de mededeling?

Even nog keek Anijs glimlachend naar de Bennemins, toen bracht hij zich in postuur en sprak hij voor het eerst het volk ten volle toe: 'Vrienden Veldelingen! U zult zich afvragen: waarom moesten wij hierbij aanwezig zijn? Wat hebben wij ermee te maken wanneer twee partijen onderling hun zaken afdoen? Welnu, ik zal het u zeggen: ook u wordt in de gelegenheid gesteld om een overeenkomst aan te gaan; ook u zult een papier kunnen ondertekenen, gelijk mijn neef met het reçu heeft gedaan, een papier dat in zekere zin een schuldbekentenis inhoudt, maar bij voldoening van de betaling geen waarde meer heeft... Zo is het toch, waarde neef?'

Nadat Vedder het bevestigd had door het reçu boven zijn hoofd te verscheuren, volvoerde Anijs de meest kunstige gelijkenis die hij ooit in zijn redenaarsleven tot stand had gebracht: van het reçu kwam hij op contracten, in heldere, zakelijke bewoordingen schetste hij het bedrijf van de factor, de wijze waarop die, ingevolge genoemde contracten en dankzij participatie van een geldschieter, minvermogende groepen in staat stelde een nieuw bestaan in Amerika op te bouwen; gaf hij aan dat ook die overeenkomst met de geldschieter, net als daarnet het reçu, zijn betekenis zou verliezen na afdoening van de laatste verplichting; benadrukte hij dat de landverhuizer vanaf dat moment een volledig vrij man in een vrij land zou zijn, en verklaarde hij tot slot dat de financier van een dergelijke landverhuizing naast hem stond: 'Ja waarlijk, vrienden, mijn neef de heer Vedder hier is bereid om met eenieder van u die dat wenst te gelegener tijd een contract te sluiten als zojuist beschreven, met andere woorden: hij doet u het voorstel, biedt u de mogelijkheid om het veen te verlaten en naar Amerika te gaan...!'

De aanvankelijke verwondering, daarna het volslagen onbegrip, blies zich nu langzaam op tot een begin van begrip, een begrip van iets zó ontzaglijks evenwel dat het prompt ook weer uit elkaar spatte en in snippers verbijstering terugviel tot onbegrip: Amerika?

Ook Anijs zelf onderging weer het enorme van de uitleiding. Om eenieder die het nog niet snapte de gelegenheid te geven zijn licht op te steken bij anderen die de strekking van het voorstel reeds overzagen, deed hij er enige tijd het zwijgen toe. Zuchtend in zijn ziel luisterde hij naar het opzwellende geroezemoes; keek hij naar Bennemin, die door een tiental Veldelingen tegelijk geraadpleegd werd; wisselde hij een dankbare blik met Vedder schuin onder zich, tot hem opeens iets te binnen schoot. Hij stak zijn vinger op, en in de onmiddellijke stilte nam hij opnieuw het woord, met nauw onderdrukte glimlach nu.

'Eén ding ben ik nog vergeten te vragen: zijn er eigenlijk wel onder u, die de oversteek naar Amerika willen maken?'

De eerste die antwoordde deed het schuchter, een tweede viel hem schor bij, maar het gemeenschappelijke 'ja' dat daarna opklonk, hoe schrapend ook, overtrof ieder 'bravo' in de schouwburg: het was het eerste gejuich dat ooit te Velde was opgestegen.

Nu alles helder was, met name dat het per gezin benodigde geld voor de oversteek niet geschonken werd maar als lening verstrekt, terug te betalen uit het in Amerika verdiende loon—nu er niets meer hoefde te worden uitgelegd kon de ware toespraak eerst beginnen, niet meer explicatief maar expressief, de vertolking van het gemeenschappelijke gevoel, waarvoor Anijs alleen maar zijn eigen gemoed hoefde te ledigen.

'Ja vrienden!' verhief hij zich weer boven het gemompel uit, en zijn woorden welden van zo diep uit zijn warme hart op, dat ze als witte wasem zichtbaar waren in de lucht. 'Onder de doem van het rook houden bent u hier indertijd aangekomen, maar als vrijgemaakten des Heren zult u eerlang de pennen uittrekken, de tent opbreken, en vertrekken: dan is er betaald! Wie had zich een dergelijke uitleiding zonder Pluto's hulp ooit kunnen dromen? Maar zie, de goden hebben op u neergezien, en als werktuig in hun handen mijn neef Vedder gezonden: naar Amerika, woelt het in ons om, naar Amerika!'

Als één zwoegende boezem stond men tegenover hem, er hing een golvende stuwing in de lucht, de stemming rees en daalde, ongeveer zoals het deinen op de plaats van een ten uiterste verzameld paard, dat met de hakken wordt aangezet en tegelijk met de teugels tegengehouden, dat niet vooruit kan maar ook niet stil kan blijven staan — rees en daalde op de afwisseling van begrip en dan toch ook weer ineens een vlaag van ongeloof, zodat Anijs maar verder sprak, de stilte als een wit en ledig doek dicht schilderend, met brede streken dekkende verf, in alle toetsen groen en bruin, rood en zwart, voorstellingen van rotsen en vlaktes, steden en bossen: het was Amerika, Amerika! en langzaam, alleen door de herhaling, kwam de boezem tot rust, kreeg het begrip definitief de overhand, werd het onbevattelijke bevattelijk, zoals eigenlijk gezegd ook niemand de stelling van Pythagoras begrijpt, maar men hooguit, door die maar vaak genoeg te horen, aan de waarheid ervan gewend kan raken...

'Hoe lang en hoe hevig hebben wij deze lotswisseling niet verhoopt? Ja vrienden, ik ook! Toen ik met de medicijnen bij u kwam zag ik uw bedrukking; toen ik uw blije gezichten bij het Cabaret zag wist ik dat het lachen u weer snel zou vergaan—u moest weg, al die tijd al zocht ik uitredding, in de kraamnacht heb ik u nog gezegd dat ik in stilte voor u verder werkte, met de uitdrukkelijke bede toen om geheimhouding... Maar een uwer heeft geklikt, burgemeester Pottinga vermoedt iets, vorige week is hij nog bij mij geweest! Past u toch op uw woorden, de kleinste onvoorzichtigheid kan voortaan fataal zijn: de farao liet het geknechte volk immers ook niet uit Egypte wegtrekken? Nu dan, maak uw reispassen in orde, en zeg er bij de secretarie bij dat het voor de Duitse mijnen is, voor de Belgische peel, en laat het stilzwijgen over uw vertrek een verbondsteken zijn tussen u en mij... Tot de dag van het vertrek zult u mij hier niet weerzien... te gevaarlijk... nu al zijn we met een geblindeerde koets gekomen... de contracten en verdere instructies krijgt u via Bennemin... Maar wanneer dan zullen wij elkaar nog eenmaal treffen, bij regen, bliksem of donder? Als het gezwoeg is afgelopen, en de strijd hier voorgoed is verloren, en gewonnen... Dat zal zijn voor de zon zijn zomerhoogte heeft bereikt, met Pasen of Pinksteren... En waar? Op het perron van het station Hoogeveen... Maar mijn neef zult u na vandaag in het geheel niet meer weerzien; misschien, als u hem nog een hand wilt geven...?'

Er blokkeerde iets in hem, reeds verdroot de voorstelling van het vertrek hem als een afscheid, en terwijl de eerste Veldelingen op Vedder toe kwamen wierp hij nog een laatste blik in het rond. Herenboerderijen waren er in de verre omtrek niet, maar toch stonden de monden wijd open als baanderdeuren, voor de oogst van zijn woorden, het gouden graan dat er op karren door was binnengedragen...

Buik aan rug drong men naar voren. De klompen schuifelden over de grond, verder heerste er de stilte van het verstikte gemoed, waaruit niets ontsnappen kon dan een enkele zucht en af en toe een ijle, vervoerde vrouwenstem in geestelijke talen, nu eens hier, dan weer daar—heel helder, hoog en kortstondig steeds, zonder ergernis te geven, een trilslag van vurige tongen maar, plotseling ten hemel stijgend als de leeuwerik in de lente.

Nadat hij zich van de kist had laten helpen was Anijs wat teruggetrokken ter zijde gaan staan, buiten de rij, niet ver van het houten kruis. Geroerd sloeg hij gade hoe de ene na de andere hand verdween in de veel grotere hand van de boven iedereen uitstekende Vedder, ritmisch en welsprekend als een gedicht—

> *witte handen en winterhanden,*
> *grauwe handen en reumahanden*
> *rimpelhanden en kinderhanden,*
> *slappe handen en beide handen*
> *vrouwenhanden werkhanden*

—een gedicht, dat nu ook in hem een vers opstuwde, hij wist niet wat of waarvandaan:

> *Vrede, vrede, geen gevaar*
> *Wij zetten onze stoel in Amerika*

Toen hij wat later zag dat Vedder onder alle dankzegging was volgeschoten sprongen ook zijn ogen vol, hij moest zijn blik van de handen afnemen, keek strak voor zich weg naar het huis en knipperde—op dat moment pas zag hij het gezicht dat achter het raam van de opkamer was verschenen. Roerloos, verhuld in spiegeling keek Johanna hem aan, hoe hij vlak naast het grafje stond en belette dat iemand het betreden zou.

HOOFDSTUK XVII

Vijftig vast, vijftig los

Herengracht 58 was een statig pand met dubbele stoeptrap en een koperen naamplaat naast de deur. Vedder toonde de conciërge zowel het visitekaartje van Al als dat van Ebert, wees op beide de naam Biederlack aan en kon dadelijk doorlopen naar het notariaat boven, waar hij op zijn eerste klop werd binnengeroepen. Afgetekend in het tegenlicht zat een oudere heer over een schrijfbureau gebogen, ruggelings naar de hoge ramen, die uitgaven op de gracht. Het tapijt was dik, de lambrisering glansde donker, achter een van de deuren die hij gezien had hield Ebert misschien wel kantoor; Biederlack keek niet op terwijl hij dichterbij kwam—maar wat zou hij zich nog laten imponeren? Het was de ochtend pal na zijn bezoek aan Hoogeveen; hij kwam om te beleggen!

'Goedemorgen mijnheer Biederlack!' sprak hij met luider stem, en opnieuw presenteerde hij de visitekaartjes, waarbij nu ook het zijne, ditmaal door ze over het lederen blad tot onder de neus van de notaris te schuiven. Toen deze, na bestudering derzelve, eindelijk het bebrilde gezicht naar hem ophief, verklaarde hij hem glunder: 'Die ene, Al Vedder, u welbekend, dat is mijn neef, en met die andere heb ik een bepaalde aangelegenheid... de heer Ebert, u eveneens welbekend... Maar daar kom ik niet voor!'

Biederlack trok een wenkbrauw op, wees naar de stoel tegenover het bureau en vroeg wat dan wel de reden van het bezoek was, waarop hij zich in roerloze luisterhouding terugtrok zolang als het antwoord duurde.

'Het komt er dus op neer, dat ik bereid ben om via de factor een groep turfgravers uit Drenthe als landverhuizers naar Amerika te helpen,' besloot Vedder zijn uiteenzetting. 'Heb ik goed begrepen, van neef Al, dat een oversteek vijfhonderd gulden per huisgezin kost?'

'Dat is juist,' beaamde Biederlack. 'En om hoeveel gezinnen gaat het?'

'Rond de honderd... het zal een investering worden van ongeveer vijftigduizend gulden...!'

Biederlack gaf geen krimp. 'Een mooie belegging,' zei hij eenvoudig.

'Een sociale belegging ook,' benadrukte Vedder zijn persoonlijke beweegredenen, 'maar dat neemt niet weg dat ik bepaalde zekerheden verlang!'

Biederlack knikte, en toen Vedder had weergegeven hoe zijn andere neef, apotheker Anijs te Hoogeveen, die contactpersoon zou zijn, zich de contractuele uitwerking voorstelde, knikte hij nog een keer. 'Bijna goed, zeer verdienstelijk voor een leek in rechte,' zei hij, 'maar ik moet één correctie maken: in de praktijk zult u geen overeenkomst met de afzonderlijke landverhuizers afsluiten, maar, per landverhuizer, met de factor, in uw geval dus ongeveer honderd contracten in totaal. Wacht, ik zal het u laten zien.'

Het was of de aanvankelijke reserve van Biederlack was afgevallen; hij zocht in de lades, legde een voorbedrukt papier op het bureaublad, deed er een kleiner naast en draaide ze naar Vedder. Het was alles gesteld in het Engels.

'Ziet u eens, een specimen van de gebruikte contracten,' vervolgde Biederlack, met een pen in de hand nu. 'Wanneer ik u deze opstelling nu punt voor punt verklaar, weet u precies hoe de gang van zaken zal zijn. Jawel, dat lukt wel vanaf deze kant... omgekeerd kunnen lezen is voor iedere notaris een eerste vereiste, en daarbij, ik heb deze contracten al zo vaak gezien...'

Zelf sprak Vedder geen woord Engels, maar de uitleg van Biederlack was zo helder dat hij, toen ook het laatste artikel met het puntje van de pen was aangewezen en verklaard, zich een volstrekt scherp beeld van de overeenkomst en te volgen procedure had gevormd: het zou bij wijze van spreken gaan om een uitvoercontract per gezin, afgesloten tussen hem en de factor,

– waarin hij, comparant 1, zich verplichtte om voor elk naar personalia en reispasnummers beschreven huisgezin een inleg van vijfhonderd gulden te storten op de bankrekening van de factor;

– waarin de factor, comparant 2, zich verplichtte tot opvang, huisvesting en tewerkstelling van het betreffende gezin, alsmede tot incasso en terugbetaling van de inleg aan comparant 1, in termijnen en met renteopslag als door deze bepaald.

Uiteraard zou alles eerst bij storting van het geld, zijn eerste verplichting, rechtsgeldig worden, de verplichtingen van de factor alsmede die, krachtens de bijlage, van de landverhuizers.

'Voor uw inleg zal ik een bewaarrekening openen,' vervolgde Biederlack, terwijl hij het behandelde contract iets ter zijde schoof en het kleinere papier ervoor in de plaats legde. 'Wanneer dat bedrag dan wordt overgemaakt naar de bank van de factor reserveert hij een overeenkomstig aantal passages bij de Nederlands-Amerikaanse Stoomvaart-Maatschappij, vertrek Amsterdam, bestemming New York, en doet hij het nodige met betrekking tot de visa... eenvoudig, nietwaar? Het is in wezen alsof u een kapitaalgoed naar Amerika verscheept en u door degeen die het gaat exploiteren de kosten met rente laat terugbetalen. Alleen hebben wij het nu niet over een machine of een stuk gereedschap, maar over vrije mensen. Daarom dient aan ieder contract een ondertekende bijlage gehecht te worden'—nu tikte Biederlack met de punt van zijn pen op het kleinere papier—'waarin de betreffende huisgezinnen zich akkoord verklaren met, leest u maar weer even mee: a de oversteek; b de aan de factor te voldoene termijnen met renteopslag, als bepaald in het contract en bestemd voor de investeerder, en c nog een opslag daarbovenop, voor de factor zelf, die immers ook iets moet verdienen en tegenwoordig een commissie rekent van vier procent, weer over vijfhonderd gulden en met dezelfde looptijd als de investering... Weet u al welk percentage rente u gaat invullen, en aan welke afbetalingstermijnen dacht u?'

Van opwinding kon Vedder even geen woord meer uitbrengen: Amerika, dat Engels, bestemming New York, de rechtsgeldigheid! 'Ik dacht aan een rendement gelijk aan dat van Sumatra Petroleum... en jaarlijkse termijnen over een looptijd van vijf jaar...' hernam hij zich. 'Ik moet het ook zakelijk blijven zien!'

'Natuurlijk, vanzelf, heel redelijk,' zei Biederlack, terwijl hij een kladpapiertje uit een leren foedraal nam. 'Sumatra Petroleum doet om en nabij de acht procent, is dat akkoord? Heel goed, dan kunnen we nu eens even zien waar een en ander voor de landverhuizer precies op uitkomt...'

Doorzaligd van gewichtigheid staarde Vedder door het hoge raam weg over de Herengracht, en even klonk er geen enkel ander geluid dan het krassen van de vulpen over het papier, begeleid toen door de kalm meerekenende stem van Biederlack.

'Investering per huisgezin vijfhonderd gulden, terug te betalen in vijf jaarlijkse termijnen maakt honderd gulden per jaar, vermeerderd met acht procent voor u en vier pro-

cent voor de factor, dat komt neer op een totaal aan afbe-
taling van honderd achtentwintig gulden per huisgezin per
jaar, voor een periode van vijf jaar... Kijk, ik vul het vast
voor u in op de bijlage, dan kunt u dat aan die mensen
laten zien en weten zij tot welke lasten zij zich verplichten
wanneer zij de bereidverklaring ondertekenen... Zeker
geen overdreven bedrag overigens, nu lijkt het voor die
mensen veel, omdat zij vermoedelijk weinig welstand gewend zijn, maar eenmaal in Amerika... Wanneer wilt u ze
eigenlijk laten vertrekken?'

'Het volgende voorjaar, rond de Pasen, misschien met
Pinksteren...'

'O, maar dan hebben wij nog alle tijd! Nu goed, ik geef
u nu deze papieren mee, bestudeert u ze thuis nog eens
aandachtig en intussen open ik voor u een bewaarrekening
en zal ik de benodigde contracten laten bijdrukken.'

Het was afgelopen, ze stonden op. Pas nu voelde Vedder
hoe Biederlack zijn onwankelbare, daadkrachtige autori-
teit als een zorg over hem uitstrekte, en plotseling ontroerd stak hij de visitekaartjes, behoudens dat van hemzelf, weer bij zich en vouwde hij de papieren erbij.

'Maakt u zich geen zorgen, mijnheer Vedder,' sprak Biederlack. 'Alles wijst zich vanzelf, en wat voor u nu allemaal nieuw is, is voor ons een routinezaak... Voor uw Amerikaanse neef heb ik vele honderden, misschien wel meer
dan duizend contracten verleden.'

'Dat dacht ik wel!' riep Vedder, lachend door zijn nog
verhevigde aandoening heen: Biederlack probeerde hem
op zijn gemak te stellen, mishield zijn verstikte gemoed
voor ongerustheid! 'Neef Al woonde in het American Hotel, maar uw kantoor was zijn zakenadres – natuurlijk was
u zijn notaris! Overigens zou ik het zeer op prijs stellen
wanneer u over dit onderhoud zou zwijgen tegenover de
heer Ebert... ik heb een bepaalde aangelegenheid met

hem, u bent daar stellig van op de hoogte...'

Niet zodra had hij zijn laatste verzoek gedaan, of hij betreurde het ook alweer: wanneer Henkenhaf te horen kreeg voor hoeveel hij zich had vastgelegd, zou hij immers wel inzien dat het geen zin meer had zich nog langer tegen de vijftig te verzetten? Maar Biederlack stak zijn hand al uit en verklaarde, kortaf en gereserveerd weer als aan het begin van het onderhoud, dat hij nooit enige mededeling over cliënten aan derden deed; zijn eed verbood het hem, net als zijn fatsoen.

'Uiteraard!' begreep Vedder, vol geestdrift alweer. 'En heeft Ebert ook een werkkamer in dit pand, of is het meer een postadres voor hem? Komt hij hier vaak? Misschien hebt u hem wel eens in het gezelschap van een zeventienjarige jongen gezien, die enigszins op hem lijkt?'

Zonder nog te antwoorden begeleidde Biederlack hem naar de deur.

'U laat zich niet uit de tent lokken!' prees Vedder, onwillekeurig meelopend. 'Heel goed, de discretie staat bij u voorop! Maar het is ook niet meer belangrijk... Binnenkort zal Henkenhaf zelf de onderhandelingen wel overnemen, want met Ebert kom ik er niet uit... U begrijpt zeker wel waar ik het over heb? Ach ja, die associé is natuurlijk ook maar gecommitteerd, en niet vrij, zoals ik... Maar alleen vrije onderhandelingen kunnen Henkenhaf nu nog uit de brand halen... Hij is al met de sloop begonnen, de bouw is aanstaande, hij kan eenvoudig niet meer om mij heen... ha, ha! U kent Henkenhaf zeker ook? Nee, nee, zegt u niets: uw eed! Eén vraag nog voor ik vertrek: doet u ook testamenten?'

***

Zoals Ebert het voorspeld had, geschiedde het ook. Op de lutherie en de kleermakerij na was heel het blok achter schuttingen gezet, en op hun beurt verdwenen die nu geleidelijk aan achter de geëmailleerde reclameborden van alle sloperijen en bouwbedrijven die een deel van het werk hadden aangenomen. Toen vervolgens ook het resterende oppervlak was volgehangen met allerhande aanplakbiljetten, had de schutting precies dat tijdloos-verweerde voorkomen alsof ze er altijd al had gestaan.

Maar zo snel als het omheinen plaats had gevonden, zo snel voltrok zich ook de sloop, zonder onderbreking, bij dag en bij nacht, precies zoals Ebert het reeds had voorzegd, alleen met nog veel grover geweld dan Vedder het zich toen had kunnen voorstellen. Binnen een week na zijn terugkomst uit Hoogeveen kon hij de voortgang vanaf de straat al niet meer zien: in adembenemend tempo verloren de belendingen hun hoogte, eerst de geveltoppen, daarna de dienstvertrekken en zo verder naar beneden, tot onder de schuttingrand al. Alleen zijn eigen, zeer smalle en hoge huis en het lagere van Carstens staken er nog boven uit, door niets meer omgeven dan leegte rondom; het was alsof ze uit het voormalige blok waren *uitgehouwen*, en eens dat hij er vanuit het plantsoen naar keek zag hij er waarlijk een beeld in, het beeld van de rijzige vader met aan zijn zijde de zoon.

Om de verdere sloop toch te kunnen volgen klom hij regelmatig, vanuit zijn keuken op de bovenste verdieping, door het vluchtluik naar buiten. Vanaf de zijrand van zijn platte dak sloeg hij de onstuitbare afbraak beneden in de diepte dan gade, huiverend, zonder weerstand meer aan zijn uitgeputte, toch rusteloze zenuwen – hij sliep niet meer, het nimmer aflatende geraas van brekend hout en neerstortend puin hield hem wakker tot de dageraad. Toen met de aantasting van zijn zenuwen ook zijn zelfbeheer-

sing afnam, begon hij steeds vaker ook 's nachts naar buiten te klimmen. Zijn huis was wel hoog, maar niet groot
van oppervlakte, en in de duisternis leek het een toren
zonder hek. Plat uitgestrekt, om er niet af te glijden, stak
hij zijn hoofd over de dakgoot, en ademloos bleef hij zo
dan neerliggen, ingeklemd tussen het immense, tintelende
zwerk van de vriesnacht boven hem en het in elektrisch
licht badende werk van Henkenhaf onder hem, oneindig
dieper weg nog dan overdag. Honderden krioelende arbeiders wrikten het laatste deel van de voormalige bebouwing los en voerden het in één doorgaande stroom van
kruiwagens en kipkarren door een opening in de schutting
het Damrak op, de kade over tot de vloot van gindse bak-
schuiten aan toe, de benedenverdiepingen al, de kelders, ja
nog dieper ging het, er werd ook grond afgevoerd, het was
al geen slopen meer maar het maken van een bouwput...
Verdwenen in eigen nietigheid, zich verliezend in de onmetelijke nacht rondom, had hij geen erg meer in de tijd
die verstreek, maar dan hervond hij zich toch weer en
kroop hij volkomen verkleumd over het teerpapier en de
kiezels terug naar de verlichte rechthoek van het open-
staande luik.

***

Op een middag dat hij in al het geweld toch weer met de
Syde-viool werkzaam was, nu doende de zangbalk los te
weken, verscheen Theo in de zaak, voor het eerst sedert de
dag na zijn verjaardag, hoe vaak hij bij Rossaert ook om
zijn komst had verzocht, teneinde hem van zijn besluit
inzake zijn erfenis op de hoogte te kunnen stellen—maar
nu, terwijl zijn hart opsprong bij het zien van de rokende
jongen en hij hem ijlings tegemoet liep, drong zich een
ander onderwerp aan hem op.

'Dag jongen, kom mee, ik wil je iets laten zien!' begroette hij hem verrukt, en onmiddellijk voerde hij hem met zich mee naar buiten, de kade over en het plantsoen in, waar hij hem met krachtige hand weer omdraaide naar waar zij vandaan kwamen. Met de vage, vlakke zwaaibewegingen van iemand in een museum wees hij hem op de beide laatst overgebleven panden boven de schutting, en terwijl Theo aan zijn sigaret zoog begon hij opgewonden aan de uitleg van de betekenis.

'Kijk nu toch eens hoe alleen mijn huis en dat van Carstens nog zijn uitgespaard, schouder aan schouder in de open ruimte, lijkt dat niet sprekend op zoals wij er hier nu naar staan te kijken? Het is een treffend beeld, vind ik, het beeld van een vader en een zoon... maar zo is het tussen ons toch ook? Niet Ebert, maar Henkenhaf heeft het zichtbaar gemaakt, hij wil het zo, hij weet het ook, hij weet alles, want van ieder woord dat ik met Ebert wissel wordt proces-verbaal opgemaakt en dat leest hij dan... Maar let op nu, neem het niet te letterlijk... Die grote, dat is natuurlijk niet echt de vader maar mijn huis, en die kleine, dat ben jij ook niet, maar het huis van Carstens... Maar dat maakt de gelijkenis eigenlijk alleen nog maar groter, want in werkelijkheid ben ik immers ook niet echt je vader, maar wel áls een vader voor je, zoals jij ook niet mijn zoon bent, maar wel áls een zoon... Begrijp je het nu? Wat na het woordje als komt, dat is een vergelijking!'

Theo hoestte, trapte zijn sigaret uit en zei: 'Ja, ja, zeer interessant, maar eigenlijk kom ik voor iets anders... Ik zou graag wat geld willen lenen, vijf gulden, meer hoeft niet...'

'Geld! Ja, daar moet ik het ook nog met je over hebben!' riep Vedder. 'Gelet op de aanstaande verkoop van mijn huis, en mijn vorderende leeftijd, en het feit dat ik geen wettige erfgenamen bezit, heb ik besloten om jou tot mijn enig erfgenaam te benoemen, per testament...'

'Enig erfgenaam?'

'Enig erfgenaam, van het ongedeelde bezit – ja, alsof je mijn enige zoon bent! Maar pas op, daar heb je dat woordje als weer...'

'Enig erfgenaam...'

'Het gaat om een erfenis van zuiver geld, als eerst het huis maar is verkocht... je zult wel merken als we tegen die tijd samen naar de notaris gaan... naar Biederlack! Misschien ben je al wel eens bij hem geweest, op de Herengracht? Ebert heeft daar zijn zakenadres... misschien wel een werkkamer!'

Theo reageerde in het geheel niet meer, staarde verweesd uit naar de twee huizen achter de schutting.

'Ja jongen, nu kun je je oren nog niet geloven, maar dat wordt straks wel anders, als we bij Biederlack zitten... ik heb onze komst al aangekondigd! Maar eerst het huis verkopen... Weet je nog om welke orde van grootte het gaat?' Nu zweeg Vedder een ogenblik en boog hij zich zijdelings naar Theo. 'Vijftigduizend...' fluisterde hij hem in het oor, waarna hij zijn stem onmiddellijk weer liet aanzwellen: 'Jawel, dat blijft de prijs, daar gaat het om, en het wordt belegd in Amerika... Bij mijn vooroverlijden zullen er daar honderd man voor je werken! Maar genoeg nu hierover, we zijn er nog lang niet uit... eerst verder onderhandelen...!'

Heel langzaam draaide Theo zich nu naar hem toe. Hij had een vuurrode kleur gekregen, zijn ogen glansden vochtig, maar in vreemde tegenstelling daarmee stond zijn mond strakker dan ooit. 'U zegt steeds hetzelfde... vijftig, vijftig, vijftig... noemt u dat onderhandelen?'

***

Het werd december, het sloopgeweld leek langzaam iets af te nemen en gedurende de kortstondige ogenblikken van volkomen stilte in de werkplaats zou het zelfs weer mogelijk zijn de viool te ausculteren. Vedder had niet alleen de zangbalk losgeweekt, maar ook vervangen door een nieuwe van eigen makelij – om die te snijden en passend te maken in de verwulving was minder werk dan het uitboren en met warme hars opvullen van alle wormgaatjes in de oude zangbalk. Dichtgemaakt en gespalkt weer met alle spanhaken lag de viool in de etalage te wachten op de uiteindelijke luistertest; wanneer het euvel nu nog niet verholpen bleek, zou het alleen nog onder het antieke etiket kunnen schuilen, andere ononderzochte plaatsen waren er niet meer.

Het was bijna vier uur, nog een paar minuten en de lijm moest hard genoeg zijn om de kale viool weer bespeelbaar te maken. Gekleed in zijn vilten huisjasje en met een wollen muts op lag Vedder op de canapé, gedurig rillend, van de zenuwen, van de kou in de werkplaats en van de ontbering gisternacht op het dak. Heel de dag al had de lamp moeten branden, maar nu buiten de duisternis viel werd het binnen toch nog donkerder. Vanuit de verte klonk het dof gerommel van de afbraak, nu en dan onderbroken door een plotselinge inslag vlakbij.

Boven begon de klok te slaan. Hij nam de klemmen af, zette de stapel en spande de snaren. Met het speelklare instrument onder de kin en een stok in de hand wachtte hij op een moment van stilte. Eindelijk dan kon hij aanstrijken, eerst bevend, toen met vaste hand, terwijl hij zijn adem inhield om nog beter te kunnen luisteren. De viool klonk onmiskenbaar anders nu, niet meer zo helder, minder krachtig vooral – alleen de ruis was nog hetzelfde.

Volkomen verslapt was hij weer terug op de canapé gevallen. Wild en war schoten zijn gedachten alle kanten op,

naar Theo, naar de laatste ingreep die hem nu nog overbleef, onder het etiket, naar de stand van zaken nu in Hoogeveen, en tenslotte ook weer, zonder er nog van los te komen, naar zijn aangelegenheid met Victoria: zou Biederlack zijn mond al voorbij hebben gepraat, zodat Ebert nu
wist dat hij zich aan een investering van vijftigduizend
verbonden had? In machteloze woede wrong hij zijn handen, tot een plotselinge gedachte hem deed uitbarsten in
gelach: wanneer dat inderdaad gebeurd was, zou Ebert nu
toch moeten begrijpen dat het geen zin meer had zich nog
langer tegen de vijftig te verzetten! Zijn lachen ging over
in een hoestbui, maar toen hij daarbovenuit de deur hoorde hernam hij zich onmiddellijk. In het narinkelen van de
bel klonken enige bedaarde voetstappen; er verscheen een
figuur middenin de zaak die zoekend om zich heen keek –
het was hem, het was Ebert...

'Hier... op de canapé...!' maakte hij zich kenbaar in het
halfdonker.

Ebert schoot toe, trok een stoel bij en keek hem van
vlakbij ernstig aan, zonder iets te zeggen.

'Respecteert u mij?' vroeg Vedder met schorre stem.

Ebert knikte, aldoor zwijgend nog.

'Ik u ook... al staan wij tegenover elkaar...' fluisterde
Vedder, en met een verzaligde glimlach liet hij zich nog
dieper in de kussens zakken. Voor het eerst in al die tijd
gevoelde hij het ook zo; opeens was het net alsof zij twee
veldheren waren, hijzelf de commandant van een zwaar
en langdurig belegerde vesting, die evenwel nog immer
standhield; Ebert de generaal van het belegerende leger,
die nu met een witte vlag was binnengekomen om over
vrede te spreken en intussen met schroom en afschuw de
ravage opnam die de bombardementen en uithongerings-
tactiek hadden aangericht – ja, tegenstrevers waren zij,
maar tegelijk ook elkaars gelijken, zo niet evenbeeldig dan

toch spiegelbeeldig, slechts door de omstandigheden tot vijandschap gedwongen maar in gemoede vrienden, want ook al kenden zij elkaar nog niet, zij herkenden elkaar al wel...

'Mijnheer Vedder, u kunt hier niet blijven,' vermande Ebert zich nu dwingend het woord te nemen tegenover de oudere, in diens huis bovendien nog. 'Nu is het rustig, maar vergist u zich niet, dat is alleen maar omdat de sloop vrijwel ten einde loopt. Straks begint de bouw, en dan zal het verblijf hier nog veel ondraaglijker zijn dan het de afgelopen periode al was... We gaan heien, mijnheer Vedder, en daarom ben ik bij u gekomen, weliswaar weer met hetzelfde bod van vijfentwintigduizend als de vorige keer, en met dezelfde wissel als voorschot daarop, maar wijst u het nu niet af, alstublieft... Er wordt met vier stellingen tegelijk geheid, uw huis wordt volledig door elkaar geschud...'

Vedders glimlach werd een zucht. Ja waarlijk wilde Ebert de vrede, maar ook al was hij generaal, hij mocht die alleen maar aanbieden op de capitulatievoorwaarden als bepaald door zijn koning Henkenhaf, en men zag hem aan hoeveel pijn het hem deed om vervolgens met de laatste en definitieve beschieting, de totale vernietiging te moeten dreigen in het geval van afwijzing—maar niettemin kon hij, Vedder, de gestelde condities niet accepteren, hij had met zijn eigen belangen en eigen mensen rekening te houden en daarenboven hoefde hij ze ook niet te accepteren, want wanneer hij straks na Eberts vertrek de brug weer ophaalde en de poort sloot, was zijn huis weer een onneembare vesting, verzekerd en verdedigd door de wet zelf, die toch bepaalde dat niemand een eigendom hoefde te verkopen zolang het algemeen belang zulks niet vorderde — de onteigeningswet van... ja, van welk jaar ook alweer?

'Mijnheer Vedder, geeft u antwoord!'

Met een zwaai van het hoofd keerde hij terug in de werkelijkheid, het intens verontruste gezicht van Ebert deed hem glimlachen en op naïeve toon vroeg hij: 'Waarom onderhandelt u niet verder met mij? Kom, biedt u eens vijftig. U weet toch wel dat ik nu niet meer zakken kan? Van Biederlack!'

De naam viel als een baksteen neer in de vijver van stilte – maar veroorzaakte geen enkele rimpeling; de donkere gestalte van Ebert bewoog niet in het halfdonker, er kwam geen antwoord of vraag, slechts werd er buiten nu een brok steen aan gruizels gehakt.

'Ja, ik ben bij Biederlack geweest,' ging Vedder in lijdelijke verrukking door, hees maar met nog stralender glimlach, terwijl hij nu bijna plat op de canapé lag, '...in verband met een zekere investering... U kijkt alsof u dat nu voor het eerst hoort! Maar natuurlijk kijkt u zo! Biederlack mag tegenover derden immers niets over zijn cliënten meedelen, en u wilt hem niet verraden... Maar ondertussen weet u heel goed waar ik mee bezig ben... Henkenhaf weet het ook...'

Ebert zuchtte, stond op en wilde zonder complimenten weglopen, maar nu werd er een plotselinge felheid over Vedder vaardig en met overslaande stem riep hij: 'Wacht... één ding nog... u krijgt nog een reçu van mij... voor uw viool!'

Met een afwerend gebaar vroeg Ebert waar dat nu voor nodig was; Vedder verklaarde dat, mocht er iets met de viool gebeuren, er zonder reçu geen enkel verhaal zou zijn; onder verwijzing naar zijn volledige vertrouwen in Vedders vakmanschap zei Ebert een dergelijk papier beslist niet te verlangen – en weer wilde hij zich verwijderen, maar weer hield Vedder hem vanaf de canapé staande.

'Vertrouwen? Vertrouwen?' vroeg hij op hoge toon. 'Ik

wil niet dat u mij vertrouwt, ik wil dat u op zakelijke wijze met mij omgaat, als gelijke, wij zijn immers beiden zakenman? – mijn eergevoel eist het... U neemt mij mijn eergevoel toch niet kwalijk,' ging hij door, 'of is dat het privilege van de heren?'

Vanaf de omslag van het verzoek in een verwijt gaf Ebert geredelijk en met verontschuldigende armgebaren aan niets van het geïnsinueerde bedoeld te hebben en bijgevolg volledig tot aanneming van een reçu bereid te zijn, maar in zijn verzwakking had Vedder de kracht niet meer om de loop van zijn woorden nog te onderbreken.

'Ik dacht dat u respect voor mij had, daarnet zei u nog dat u mij respecteerde...' ging hij amechtig door. 'Welnu, respecteert u mij dan ook, als zakenman... en laten wij een zakelijk papier ondertekenen...'

'Ja, nee, natuurlijk, zoals u wenst...!'

Ogenblikkelijk, zonder wrokken of dralen, aanvaardde Vedder de getoonde bereidwilligheid, zoals hij prompt ook weer, overeind komend nu uit de kussens, zijn blijmoedige glimlach hervond. 'Heel goed, loopt u dan nog even mee naar het kantoor?'

Ze stonden aan de hoge lessenaar naast de kassa; Vedder scheurde een bon uit het kwitantieboek, legde die in de lichtkring van de lamp op het schrijfblad en voelde hoe Ebert over zijn schouder meekeek.

'Uw viool is drieduizend gulden waard, kijk maar, dat noteer ik hier,' sprak hij, en terwijl hij geroutineerd verder schreef vervolgde hij, zachter, op vertrouwelijke toon nu: 'Henkenhaf begint nu echt last van me te krijgen, hè? Het is moeilijk slopen, als je twee huizen moet laten staan, en straks bij het bouwen, dan moeten die weer gesloopt! Heeft hij het wel eens over mij, Henkenhaf? Een harde, maar consequente wederpartij, maar dat zal hij van mij ook wel vinden... ik begrijp alleen niet waarom hij geen vijftig biedt, nu hij toch weet dat ik dat nodig heb... Zo, dit is mijn handtekening, en als u nu hier ook nog even wilt tekenen is het reçu klaar... Wanneer u later de viool komt ophalen krijg ik het van u terug... Zo gaat het bij elke viool die ik in de zaak neem.... De vorige heb ik verkocht naar Amerika!'

***

Het bleek dat Ebert inderdaad op het doodtij tussen twee periodes van oorverdovend geweld verschenen was, en niet overdreven had: daags na zijn bezoek werden er in de bouwput vier morrison-stellingen opgericht; een deel van het werkvolk werd heengezonden, de stoomlocomobiles bliezen de eerste roetwolken uit; de loodzware blokken, knarsend tussen de geleiders omhoog gehesen, vielen vanuit de top van de reusachtige treven met een doffe dreun neer op de palen—het heien was begonnen, het bombardement van inslagen ging dag en nacht door en trok toeschouwers vanuit heel de stad.

Binnen in zijn sidderende huis vreesde Vedder aanvankelijk dat het in zou storten, later waren zijn zinnen zo afgestompt door de even oneindige als oorverdovende kalander, verhevigd nog door de durende slapeloosheid, dat het niet eens meer tot hem doordrong wanneer er een straaltje kalk langs de muur liep of er een scheur bij kwam.

De derde heidag al kwam buurman Carstens met verwilderde ogen de zaak in om afscheid te nemen: ze hielden het niet meer uit, door het gebrek aan rust verslechterde het been van zijn vrouw metterdag, ze hadden in allerijl een bescheiden etagewoning in de YY-buurt gehuurd en zouden vanmiddag nog overhuizen. Tussen de slagen door wist de man nog juist duidelijk te maken dat hij geen nieuwe kleermakerij meer zou openen; de ogen werden te

slecht, en na verkoop van het huis zouden ze het best tot
het einde redden. Bij schemer, iets na drieën, verscheen de
verhuiswagen. Niet veel later zwaaide Vedder, vervuld van
een onbestemde onrust, het onafscheidelijk vergroeide
echtpaar na; het was een vreemd gezicht zoals Carstens
naast de voerman op de bok zat en vrouw Carstens, op nog
geen twee meter afstand maar toch onbegrijpelijk los van
hem, bovenop de berg huisraad in de laadbak. Vanaf nu
was hij de enig overgebleven bewoner.

***

Begin januari werd er een zware, verzegelde doos gebracht. Onder het deksel vond Vedder een schrijven van
Biederlack: *hierbij is ingesloten, veiligheidshalve uitgaande
van honderd tien landverhuizingen, driehonderd dertig ko-
pieën factorcontract (triplo, een ex. voor u, een ex. voor factor, een ex. voor landverhuizersgezin) alsmede tweehonderd
twintig landverhuizersbijlagen (duplo, ex.x. idem).* In alle
staten nam Vedder van beide documenten een exemplaar
in handen. Het was gravure op velijn, kostelijk drukwerk.
Het eerste wat hij nu moest doen was het invullen van de
rendementen en andere voorwaarden op de bijlagen en ze
opsturen naar Hoogeveen; kreeg hij ze ondertekend retour,
dan bestond de volgende stap uit het verzenden van de
evenzo ingevulde contracten in duplo, met daaraan gehecht de akkoordverklaringen, weer in duplo, naar de factor in Amerika – er was haast geboden, nu al, want eerst
met diens ondertekende retourzending kon de landverhuizing plaatsvinden, alle papieren moesten voordien nog
heen en weer de oceaan over! Hoe lang duurde die oversteek? Een maand? Dezelfde avond nog begon hij aan zijn
bevende tafel met het invullen. Hij was al zeker bij de
veertigste bijlage toen hem pas te binnen schoot dat hij

ook het door Biederlack ingevulde specimen mee naar
Hoogeveen moest sturen, opdat de landverhuizers wisten
waartoe zij zich gingen verplichten, hij zou het zo zijn vergeten... Toen hij tegen middernacht het driehonderdder-
tigste contract ondertekende en de doos voor verzending
gereedmaakte, sloot hij ten laatste nog een brief bij waarin
hij Anijs de gehele gang van zaken uiteenzette zoals hij
die van Biederlack begrepen had. *Nu weet je wat je verder
te doen staat, je Amsterdamse neef, vriend en bondgenoot,
Walter*, eindigde hij, en hij kon zich de laatste keer dat hij
een vriendschapsbrief geschreven had niet meer heugen.

***

Zomaar op een middag, na de laatste slag, was het heien
ineens opgehouden – maar het zenuwslopende geweld
hield aan, nu in de vorm van een constante aanvoer van
materialen, een verdubbeling van het aantal locomobiles
en een vertienvoudiging van het aantal werklieden: de
bouw was begonnen. Vergeleken met de daverende kalander van de morrison-stellingen was het kabaal in kracht
merkbaar afgenomen, maar het klonk veel enerverender
nu, de voortdurende bevelen, de zware bakstenen die nu
eens hier, dan weer daar grommend uit de kipkarren rolden, zo wisselvallig, onvoorspelbaar en menselijk dat Vedder zich er nog minder voor kon afsluiten dan voor het
uiteindelijk toch monotone heien.

***

Half januari reeds kwam de opgetogen reactie van Anijs:
hij was met de bijlagen en het modelcontract naar het
Veld geweest en zou de ingevulde stukken per separate
post retourneren; de vreugde was zeer groot bij de mensen,

eenieder onderzocht zijn mogelijkheden om mee te gaan, maar een definitief getal viel nog steeds niet te geven, het zou echter niet ver van de honderd uitkomen. *Ik zie een volk van onderdrukten over een hoge brug van hoop uit het diensthuis naar het Nieuwe Land wandelen, met Pasen! Hou voet bij stuk in de onderhandelingen, zo je al niet tot overeenstemming bent gekomen: perficit, qui persequitur! In diepe dankbaarheid en vriendschap, Chris.* – Pasen, het zou dus niet met Pinksteren maar met Pasen al zijn... hoewel, 'al'... het viel dit jaar pas op 21 april!

De doos met de soms door een paraaf, soms door een kruisje ondertekende akkoordverklaringen van de landverhuizers kwam een dag later. Vooralsnog waren het er achtentachtig, maar met nameldingen moest rekening gehouden worden. Bevend, bevangen door de tastbaarheid van de relocatie, hoe oneindig ver verwijderd in de tijd ook nog, liet Vedder de papieren door zijn vingers glijden: wanneer hij deze bijvoegsels nu samen met de corresponderende, door hemzelf reeds ingevulde en ondertekende contracten naar Amerika zond, weerhield niets de factor er nog van om de in triplo ontvangen contracten ook zijnerzijds te signeren en in duplo weer naar Nederland terug te sturen, waar de ene kopie voor hem was en de andere, doorgezonden weer naar Hoogeveen, voor de landverhuizers als plaatsbewijs voor de oversteek zou dienen. Ter verscheping naar Amerika sloot hij alles, met inbegrip van een briefje aan Al waarin hij om passage rond Pasen verzocht, in een gloednieuwe doos met een voering van zijdepapier—maar toen hij zich daarmee bij Biederlack meldde stuurde deze hem door naar het postkantoor...

***

Nog voor hij zijn oude buren in hun nieuwe behuizing had bezocht schreef Carstens dat zijn vrouw was opgenomen in het ziekenhuis aan de Prinsengracht.

'Dus dat been, dat eerst verzorgd, toen verpleegd werd, gaat nu eindelijk dan behandeld worden,' fluisterde hij, en hij wist niet of zijn beklemming nu het been gold of het voor de oudjes nu nog urgenter geworden onderhandelingsresultaat, in verband met de medische kosten.

***

Het bleef zacht winterweer, de lutherie bracht weinig omzet, sluik druilden de dagen aan—maar met het verstrijken van de dagen nam Vedders ongeduld toe: Henkenhaf kwam niet; waar bleef Ebert? Ze moesten onderhandelen! Straks kwamen ze toch nog in tijdnood! Het gedwongen afwachten, terwijl de contracten onderweg naar Amerika waren en alleen nog maar de handtekening van de factor behoefden, matte hem af, en dol en radeloos van de nog immer durende slapeloosheid begon hij weer geregeld door het vluchtluik zijn platte dak op te klimmen. Plat neerliggend onder de zware, drukkende nachthemel, soms ook in de motregen of natte sneeuw, staarde hij dan vol huiver over de goot omlaag naar het war gewemel in het helle schijnsel van de booglampen, luisterend naar de constante orders, het vegende geluid van de mortelmolens daartussendoor of het kraken van de vlonders onder de karrenwielen. De koppen van de heipalen, nog maar zo kortgeleden onder het heiblok verpluisd tot witte kruinen, schuimige bierkragen, waren al niet meer te zien, de kelders lagen al toegedekt onder de vloeren van de begane grond en aldoor verder rees links en rechts het metselwerk op; steeds hoger kwamen ze, op de steigers, met ladders— ze kwamen naar hem toe...

Allengs raakten ook de ramen van de verlaten kleermakerij beplakt met allerhande reclamebiljetten. Kwam het
door die verlopenheid dat het nog stiller werd in de lutherie? Radeloos van het nietsdoen nam Vedder toch weer de
viool ter hand. De antieke, paarsbleke handtekening van
Syde boezemde hem toch nog te veel ontzag in dan dat hij
onder het etiket dorst sonderen, maar in plaats daarvan
kon hij wel de mensuur iets wijzigen, om zodoende het
door de nieuwe zangbalk afgenomen volume te compense-
ren. Na een week had hij de hals echter nog niet los, uit
ongedurigheid liep hij voortdurend naar buiten en toen hij
eens langs een speelgoedwinkel kwam kocht hij in een
opwelling een soort van mombakkes, bestaande uit niet
meer dan een elastiek voor om het hoofd, bevestigd aan
een rode baard met snor en bakkebaarden en een zwaar,
zwart brilmontuur daarboven met vensterglas. Het zat
bijzonder warm, bovenop zijn eigen baard, maar zichzelf
inspecterend voor de spiegel zag hij dat hij volledig vermomd was, en toen hij de proef op de som nam en ook
niet door Rossaert herkend werd voelde hij zich bevrijd als
een gevangene... Hij kon naar Biederlack nu, onbeperkt
voor zijn kantoor posteren en zien of Ebert er binnen-
ging... mogelijkerwijs in het gezelschap van een andere,
waarschijnlijk al wat oudere heer... Henkenhaf!—en dan,
als ze weer naar buiten kwamen, rakelings langs hen heen
lopen... ze moesten onderhandelen... er waren achtentachtig contracten naar Amerika onderweg... achtentachtig
landverhuizers, vijfhonderd gulden ieder... wanneer het
daarbij bleef zou hij kunnen zakken tot vierenveertigdui-
zend gulden! Hij popelde om die onderhandelingsruimte
nu ook daadwerkelijk te gaan benutten, maar dan ook
weer dacht hij aan de nameldingen, die misschien zelfs

wel konden cumuleren tot nog iets boven de honderd...
dan zou de vijftig nog te weinig zijn...

***

De winter liep af, het vroege voorjaar botte onrustbarend
snel uit met witte en roze bloesems. De tijdsdruk werd
Vedder langzaam een benauwenis, maar kon toch niet anders dan in zijn voordeel werken, naar de onontkoombare
ontknoping van de uitkoop toe. Het hotel kreeg vorm, de
uitgaven per dag moesten enorm zijn, de reeds gedane be-
stedingen nog een veelvoud daarvan – en nu zouden die
twee overgebleven huisjes de voleinding ervan nog kunnen belemmeren? Zonder nog aan iets anders te kunnen
denken lag hij steeds vaker op de canapé: wanneer hij zich
voorstelde hoe Henkenhaf met Ebert besprak op welke
wijze zij uit de impasse konden geraken, veerde hij met
een koortsige glimlach op uit de kussens; wanneer hij het
volgende moment overwoog dat zij de zaak mogelijkerwijs
opzettelijk op zijn beloop lieten om zijn weerstand te breken, viel hij er uitgeput weer in terug.

***

De eerste keren dat hij zich voor het pand van Biederlack
ophield brak het zweet hem prompt uit, niet alleen door
de dubbele baard maar vooral ook van opwinding. Later,
toen het een dagelijkse gewoonte was geworden, werd het
bankje van waaraf hij het notariaat observeerde de enige
plek waar hij nog rust vond. Over de rand van een uit-
gevouwen krant spiedde hij ononderbroken naar de deur
en de hoge, spiegelende ruiten van nummer 58, en vanaf
zeker moment nam hij geregeld ook een hengel mee,
waardoor hij nog langer kon blijven zitten zonder argwaan

te wekken. Eenmaal had hij Ebert naar binnen zien gaan;
zijn hart sprong op, maar begrijpen wat het te beduiden
had kon hij niet. Toch versterkte het voorval zijn gewoonte om hier te zitten tot een behoefte; de angst om iets te
missen deed hem soms zomaar de lutherie uit snellen, met
in zijn ene hand de hengel of krant en in de andere het
mombakkes, los bungelend aan het elastiek tot aan de
laatste hoek.

***

Waar waren de contracten nu? Ergens op de oceaan, in
New York, alweer onderweg naar Amsterdam? Het maakte niet meer uit, de procedure viel niet meer te stoppen, de
trossen waren losgegooid en het schip gleed onverstoorbaar weg, de zeilen slap maar toch met merkbare snelheid;
het was het getij dat het zijn snelheid gaf, het voer niet op
eigen kracht, het dreef slechts weg, werd willoos door de
stroom meegevoerd en de kust, hoe dichtbij ook nog, was
daardoor nu al onbereikbaar geworden...

***

Eind maart kwam er bericht van Biederlack. Hij had een
bewaarrekening geopend, het derdengeld kon nu gestort
worden. Onthutst staarde Vedder naar het banknummer,
op de een of andere wijze joeg het zijn besef nog verder op
dat er niet meer dan drie weken waren tot aan Pasen. Hij
trok zijn jas aan, en zonder mombakkes ditmaal haastte hij
zich naar de Herengracht. Juist kwam hij de hoek om of
hij zag Ebert naar buiten komen. Met het mombakkes
dansend aan het elastiek zette hij hem na, hij hield hem
staande bij de schouder en hijgde: 'Wij moeten onderhandelen!'

Minder verbaasd dan onderzoekend keek Ebert hem aan. Het was al een zo zachte voorjaarsdag dat hij zijn glacés los in de hand droeg. 'Wat is uw prijs?' vroeg hij heel rustig.

Vedder opende enige malen achter elkaar zijn mond, stiet een hees, woordeloos geluid uit en voelde toen hoe alle kracht hem begaf.

'Ik heb een duidelijke afspraak met u gemaakt,' nam Ebert het gesprek nu kordaat over. 'U kunt via Biederlack contact opnemen wanneer u bereid bent om uw prijs te verlagen, of wanneer u wilt ingaan op ons aanbod van een voorlopige wissel... Verder hebben wij niets te bespreken, dus als u mij toestaat... goedemiddag!'

***

Een paar dagen later werd er een brief van Anijs bezorgd, die uiterst verheugd opgaf over de ernstige voorbereidingen van de landverhuizers, maar zich tegelijk ook afvroeg waar de contracten toch bleven. Werd het geen tijd om neef Al telegrafisch om een bevestiging te vragen? Vedder schreef niet terug, zomin als hij de Carstens durfde te bezoeken in het ziekenhuis, laat staan zonder storting van het geld naar Amerika zou durven telegraferen.

***

Op 6 april kreeg Vedder een factuur van de drukker. Het bedrag deed hem niet alleen schrikken, het gaf hem ook een wee gevoel van belachelijkheid, alsof hij voor zichzelf een academische bul had laten drukken, volkomen waarheidsgetrouw, maar zonder de handtekening van een professor even waardeloos als zijn contracten zonder de inleg.

Het werk aan de viool vorderde intussen nauwelijks, omdat Vedder het nauwelijks nog opbracht. Zijn handen waren onvast geworden, zijn blik onscherp, en regelmatig
gebeurde het dat hij middenin een handeling opeens verstijfde en onwetens nog van tijd of plaats naar buiten begon te staren, naar het onzichtbaar naderen van Ebert, van
Henkenhaf, van Pasen. De bedompte lucht van de werkplaats, waar hij bijna niet meer uit kwam, omringde hem
als een door de verstrijkende tijd elektrisch geladen
fluïdum, dat zijn zenuwstelsel ontregelde. Eenmaal nog
was Theo langsgekomen, en hem zo in zijn verlamming
met de viool op schoot aantreffende, ried hij hem het zoeken naar de ruis toch te staken: 'Laat Ebert zelf zijn problemen oplossen!' – de jongen zei het met een even onmiskenbaar als onvermoed erbarmen, had zijn hand op zijn
schouder gelegd en was zonder om geld te vragen weer
verdwenen.

Op de vismarkt liep de spiering ten einde en werd de eerste zalm aangebracht. Vedder, die nooit meer in hotels at,
hield het bij de laatste spiering, maar at zijn driekante
zakje niet meer leeg op de bank tegenover Biederlack. Hij
had er niets meer te zoeken, verbleef derhalve weer vaker
in de werkplaats en volbracht de wijziging van de mensuur alsnog met goed gevolg. In de leegte van zijn dagen
ging hij er vervolgens met uiterste wilsinspanning toe
over om nog eenmaal, voor de allerlaatste keer, de Syde-
viool te openen: wanneer hij inderdaad onder het etiket de
oorzaak van de ruis kon wegnemen, de enige plaats waar
die zich nog kon bevinden, zou hij toch weer een moge-

lijkheid hebben om met Ebert in contact te treden.

Geplaagd door hevige hoofdpijn bereikte hij de laatste fase van zijn laatste ingreep. De viool lag in losse onderdelen om hem heen op de canapé, alleen het achterblad met het etiket hield hij op zijn buik. Volkomen gedachteloos opeens begon hij, zomaar zonder gereedschap, wat met zijn duimnagel aan een hoekje te pulken. Op dat moment werd er aangebeld. Het was de postbode met een pakket. Het waren de contracten uit Amerika, in duplo nu, en gesigneerd door de factor, die de akkoordverklaringen niet mee terug had gestuurd. Neef Al had er een bericht bij gedaan dat alle formaliteiten nu waren afgehandeld. Er waren achtentachtig gezinspassages gereserveerd voor het stoomschip Orion, afvaart 20 april op het middaguur vanachter het Centraal Station, inschepen vanaf tien uur, met bestemming New York. De landverhuizers zouden passage hebben op het tweede tussendek, en dienden zelf voor proviand te zorgen; reisduur om en nabij een maand.

Zwaar door zijn neus snuivend keek Vedder naar de Amerikaanse zegels, naar de handtekeningen van de factor op de contracten, naar het briefje van Al met de nu dan definitief vastgestelde vertrekdatum, en tenslotte naar de kalender aan de muur. Het was 11 april, er waren nog maar negen dagen tot de afvaart — zelfs wanneer het gehele bedrag nu ter stond en ter stelle telegrafisch naar Amerika werd overgemaakt, zou het nog maar de vraag zijn of de reserveringen voor de passage nog tijdig bij de rederij bekrachtigd konden. In doffe gelatenheid begon hij van ieder contract in duplo één exemplaar af te nemen, de overige deed hij, samen met het briefje van Al, terug in de doos en zond hij dezelfde middag nog vanaf het postkantoor door naar Hoogeveen, als reisbiljet voor de landverhuizers — maar zonder geldstorting waren die niet geldig...

Er was weer een week voorbijgegaan. Vedder kon niet meer denken, alleen nog maar werken, voorzover zijn trillende lichaam het toeliet. Het etiket had de verwijdering niet overleefd, en lag in de vorm van een paar opgerolde papiersliertjes ergens op een koffieschoteltje, maar wel had hij er een wormgang onder aangetroffen die hem groter voorkwam dan andere. Na opvulling van de holte met warme lijm had hij het instrument voor de allerlaatste keer weer in elkaar gezet, en juist wilde hij de spanhaken weer aanbrengen of er viel een brief op de mat. Het was een schrijven van Anijs.

Waarde neef, goede vriend Walter,

wel allemachtig, wat hebben die Amerikanen ons laten wachten! Ben na bericht Al spoorslags naar Assen afgereisd, onderhoud met StaatsSpoorwegen, die op de grote dag aan de vroegste trein vanuit Assen twee extra veewagons zullen koppelen, die in Amersfoort worden overgenomen door de HSM *– maar terzake, terzake: de landverhuizers arriveren om 9.40 op Amsterdam Centraal, 20 april... dat is, wanneer je dit leest, beste neef... morgen! Deel je mijn zienswijze, dat de kosten onderdeel zijn van jouw investering? Dank, dank weer namens de landverhuizers! De laatste nacht zullen ze wel met hun schoenen aan slapen, net als eertijds het oude volk... Volgend jaar in Amerika! Overigens hebben zich nog vier huisgezinnen aangemeld. Behouden vaart, Orion!*

Voor hoeveel heb je uiteindelijk je huis verkocht? Geluksvogel!

hartelijke groeten, ook namens Martha, je dw Chris

Het ging gebeuren: morgen kwamen de landverhuizers, en er was niet betaald. Stikkens benauwd keek Vedder roerloos naar de brief in zijn bevende handen, tot zijn verdoofde brein tergend traag een berekening uitvoerde: vier extra gezinnen, op de achtentachtig, tweeënnegentig samen nu, maal vijfhonderd... dat maakte zesenveertig... Hij hoefde niet meer aan de vijftig vast te houden, hij kon zakken tot zesenveertig!

Aangejaagd door een flakkerend vlammetje van hoop struikelde hij naar buiten, zonder te merken dat hij links en rechts tegen mensen aan botste sloeg hij de hoek van de Herengracht om en beklom hij de stoeptrap van Biederlack, die evenwel niet aanwezig was. In uiterste vertwijfeling liet hij daarop een briefje achter bij de conciërge, voor de heer Ebert, waarin hij om zijn onmiddellijke komst verzocht—hij was bereid te zakken.

Weer thuis spande hij de klemmen om de viool, legde die in de etalage, en kon toen alleen nog maar wachten. Er gebeurde niets meer, tot er een scheepstoeter klonk en de enorme schoorsteen van een oceaanstomer te zien kwam boven het station—hij herkende de kleurbanen niet, maar betwijfelde evenmin dat het de Orion was...

Gapend van de zenuwen lag hij neer op de canapé, terwijl zijn als een dolle schroef ronddraaiende gedachten jeukten aan de binnenkant van zijn schedel. Misschien zou Ebert er wel net zijn als hij straks de allerlaatste proef op de som met de viool nam! In ieder geval moest hij vandaag nog naar de factor laten telegraferen, opdat ook de vier extra gezinnen toegang tot het schip zouden hebben, ook al waren hun contracten dan niet de oceaan over geweest en droegen ze alleen zijn handtekening, en niet die van de factor—in feite was dat het enige waar het morgen op aankwam, de toegang aan boord, daarna was er, dankzij de telegrafie, feitelijk nog tijd in overvloed, minstens een maand: als het geld er maar was bij aankomst in New York! Als er dan maar was betaald! En werkte al die tijd niet stilletjes in zijn voordeel? Het hotel kreeg nu echt contour; de uitgaven per dag moesten enorm zijn; de reeds gemaakte kosten nog een veelvoud daarvan...

Het schemerde al toen zijn koortsig malen ruw werd verstoord door de deurbel. Er ging een rilling door hem heen, Ebert kwam binnen en liep met schijnbaar steviger tred dan gewoon over de houten vloer op hem toe; zonder van de canapé op te staan drukte Vedder hem de hand, plotseling weer uiterst kalm, glimlachend, in geheimzinnig stilzwijgen, als een zieke vanuit het bed.

'Mijnheer Vedder, ik begrijp dat u bereid bent te zakken?' vroeg Ebert.

Hij knikte, voelde zijn wangen heerlijk gloeien en bleef zwijgen.

'En mag ik ook vragen tot welk bedrag u wilt zakken?'

Nog breder werd zijn glimlach, en stralend zei hij, de ander met glinsterende ogen strak aankijkend: 'Zesenveertig... dat is ook mijn huisnummer...!'

Met een volstrekt onaangedane uitdrukking op het gezicht schudde Ebert het hoofd. 'Dan kan mijn bezoek kort blijven. Over bedragen boven de dertig mag ik überhaupt niet met u spreken.'

Op dat moment werd er met een glippend geluid een brief naar binnen geduwd. Vedder lette er niet op, doortinteld van het zo langverbeide onderhandelen bleef hij Ebert stralend aanzien – was het inbeelding dat hij de laatste keren minder wellevend, minder geduldig en behulpzaam was geweest? Het scheen dat hij ook vandaag het spel nog weer harder wenste te spelen, natuurlijk: hij wilde een doorbraak forceren...

'Nee, nee... maar mag ik nu omgekeerd ook iets aan u vragen?' bracht hij hees uit, terwijl de ene rilling na de andere nog door hem heen voer en hij zich heerlijk schurkte aan de rugleuning. 'Hoeveel kost het de hotelonderneming per dag extra, nu er door de twee overgebleven huizen niet op de meest efficiënte wijze gewerkt kan worden? Ik vraag het u maar, omdat u het spel vandaag wel erg hard schijnt te willen spelen...'

Weer schudde Ebert het hoofd. 'Het spijt mij... ik ben volledig serieus... en wanneer u dat ook bent verneem ik dat graag van u... Goedemiddag!'

Nog voor het tot Vedder doordrong had Ebert zich omgedraaid en verliet hij de zaak. Pas toen het belletje was uitgerinkeld wist hij zich op de been te brengen en wankelde hij hem na. Ebert was nergens meer te zien, alleen de zojuist bestelde brief lag nog op de mat. Hij scheurde de wikkel open en liet het licht van de straatlantaarn op het papier vallen. Het was een declaratie van Biederlack. Terwijl een ijzige eenzaamheid hem omvaamde staarde hij naar het onthutsende bedrag, *waarmee ik u gaarne akkoord vertrouw.*

***

Die nacht kwam Vedder dronken de hoek om. Zonder de viool nog te toetsen was hij dadelijk na Ebert uitgegaan, eerst naar het American Hotel, daarna naar de Karseboom, toen naar Café Polen. Duchtig voortstappend op het een recht, een averecht van de machtige marsen en geweldige walsen die waren gespeeld, op het impetuoso van zijn schaamte en op het ritme waarmee hij telkens ter bijschenking met zijn pul op de toog had geslagen, bereikte hij zijn deur. Hij draaide de sleutel om, ontstak binnen het etalagelicht, en pas toen hij zijn armen naar de viool uitstrekte voor de laatste proef zag hij dat die verdwenen was – de etalage was leeg.

Met een fles jenever liet hij zich daas op de canapé vallen, maar hoe hij ook dronk, de terugkeer van zijn denkvermogen, zelfs zijn nuchterheid viel niet te stuiten. Ondraaglijk scherp zag hij de gespalkte viool nog in de etalage liggen zoals hij die had achtergelaten; zoeken had geen
zin, er was geen twijfel mogelijk, iemand had de viool ontvreemd, echter zonder braak, derhalve met gebruikmaking van een sleutel... Theo! In opdracht van Ebert! Na
topoverleg met Henkenhaf! Ze konden hem doen failleren
nu! Het reçu! Wanneer ze morgen de viool kwamen opeisen, en daarna, bij verstek daarvan, de drieduizend gulden waarop hij die zelf gesteld had, welk bedrag hij bij
lange na niet betalen kon, dan zou Ebert zijn bankroet
kunnen vorderen, met andere woorden: de openbare verkoping van zijn huis... en wie anders dan Henkenhaf zou
dan bieden? Uitgesloten dat hij dan nog zesenveertig zou
ontvangen, trouwens, dat was al niet meer genoeg, wanneer hij veroordeeld werd tot schadeloosstelling kon hij
nog maar tot negenenveertig zakken...! Maar van zakken
was dan allang geen sprake meer, de onderhandelingen
waren voorbij, ter veiling zou een derde van het benodigde
bedrag al voldoen als hoogste bod...

Een ijzeren hand dwong hem uit zijn liggende houding
overeind, hij was niet meer alleen en volschietend onderging hij de kracht. Ten laatste was Henkenhaf dan toch in
eigen persoon de strijd met hem aangegaan, en had hij
verwoestend toegeslagen vanuit volkomen onverwachte
hoek, met sublieme gebruikmaking van het reçu dat hij
Ebert, tegen diens beleefde weigering in, nota bene zelf
had opgedrongen... Of was de opzet nog veel genialer geweest, en hadden zij hem die kostbare Syde-viool al vanaf
het eerste begin in reparatie gegeven met de gedachte
hem in de uiterste nood op deze wijze tot verkoping van
zijn huis te kunnen dwingen... Hoe dan ook, geen enkel

van al die honderd contracten die hij getekend had zou nog rechtsgeldig worden, het enige door hem gesigneerde papier dat kracht van wet bezat, was het reçu, waarmee hij zijn eigen bankroet had voorbereid, en morgenochtend kwamen die mensen... om 9.40 uur... bepakt en bezakt... de landverhuizers uit Drenthe...

Hij slaakte een verwilderde giechel, nam nog een slok en staarde roerloos naar buiten. Achter het station tekende de schoorsteen van de Orion zich badend in het licht af tegen de nachtelijke hemel; de bevoorrading moest in volle gang zijn.

HOOFDSTUK XVIII

Een volk

Stil en zilver glansde de dageraad aan de hoge ramen van de apotheek. Buiten bewoog er niets, binnen trok Anijs zijn mantel aan, voor de laatste keer over de doktersjas — Martha vond het goed, mits hij die dadelijk na het afscheid terug naar het Korremorre zou brengen. Zij gaf hem hoed en stok, een kus, een allerlaatste stroopballetje voor Klein Pet, terwijl hij onwillekeurig nog een blik op de ingelijste foto aan de muur wierp. Hoe scherp Halink het volk ook had afgedrukt, mettertijd was al het wit en zwart toch vervloeid in de gewone, ál vagere toetsen sepia... zou het ook zo gaan met zijn herinneringen? Een vlaag kou, de deur die rinkelend achter hem dichtviel, daarna niets meer dan het geluid van zijn hakken op de uitgestorven kade.

Het was vijf over zes, klokke zeven vertrok de trein, het volk zou om half zeven op het perron verzameld staan: hij kon het nog steeds niet ten volle bevatten, de exacte datum was hem pas een week geleden bekend geworden, uit het schrijven van Al; in allerijl had hij op het laatste moment de extra veewagons bij de Spoorwegen moeten regelen; wat hadden de Amerikanen zijn geduld getergd! Maar nu aanstonds dan het laatste blad omgelegd zou worden daalde er een ijle kalmte over hem neer en gingen zijn gedachten als vanzelf terug naar de vorige hoofdstukken uit hetzelfde liefdewerk, zoals die keer, kort na de jaarwisseling, dat Amshoff plotseling de apotheek binnenkwam

en op hoge toon opheldering verzocht omtrent het feit dat
hij bij zijn bezoek die ochtend aan het Veld ten huize van
de Bennemins geen baby had aangetroffen, '...wat mij uitermate verbaast, waarde Anijs, aangezien dochter Johanna zowat een jaar geleden bij uw collega Halink is geweest
om zevenboom, vergeefs weliswaar, maar dat neemt niet
weg dat het meisje toen toch zwanger moet zijn geweest...
Wat is er met die zwangerschap gebeurd, waar is het
kleintje gebleven? Men wilde het mij niet zeggen, wisselde merkwaardige blikken, zweeg alsof het afgesproken
was. Ik weet alleen dat u een paar maanden geleden 's
nachts naar het Veld bent gereden...!' Zich verheugend in
het klaarblijkelijk strikt volgehouden verbond van het
stilzwijgen had hij de insinuatie moeiteloos gebroken met
de onnozele suggestie van een miskraam, waarop de oude
dokter zich nog meer scheen te animeren: 'De hemel geve
dat u gelijk hebt, maar wanneer ooit nog blijkt dat er toen
een voldragen vrucht ter wereld is gebracht, waarop u zich
de constatering van de dood hebt aangematigd... dan bent
u toch werkelijk te ver gegaan... dan zweer ik bij dezen dat
ik daarvan een tuchtzaak laat maken... De diagnose is aan
de arts, mijnheer Anijs, ook wanneer het arme mensen
betreft...'

Volmoeds, gedurig zuchtend onder het gewicht van de
voorbije en aanstaande gebeurtenissen, ging hij verder
langs de stille gevels, tot hij ter hoogte van huize Gratama
opeens staan bleef en verruimd ademhaalde: helemaal in
het begin, toen hij Vedder voor de eerste visite van het
station had opgehaald, had hij hier ook stilgestaan en verruimd ademgehaald, vervuld van een nieuwe vriendschap
—waarom zou hij, die ter ere, nu niet dezelfde route volgen
als toen, in plaats van de steenweg te volgen? Hij stak tussen twee huizen door, hoorde achter zich nog even de eerste bedrijvigheid in turfstrooiselfabriek De Nijverheid, en

liep toen tussen de weilanden door in de richting van de houtplantage achteraan.

Of die keer, nog maar pasgeleden, dat Pottinga hem in de apotheek vroeg waarom de Veldegaansen in zo groten getale ter secretarie kwamen om reispassen, en hij hem nog zoetsappiger dan eerder tegenover Amshoff in overweging gaf dat het misschien was om tijdelijk werk elders, in de Duitse peel bijvoorbeeld, of de Belgische mijnen, omdat het graven in het Veld toch afliep en niemand zich erom bekommerde. 'Jawel, alles goed, beste Anijs, maar daarbij verkopen ze ook have en goed... stoelen, tafels, alles... op alle weekmarkten hier in de buurt! En als je ze ernaar vraagt trekken ze hun wenkbrauwen op en zeggen niets... ze zwijgen, ook tegenover Amshoff, juist toen deze zijn medische zorg met vernieuwde inzet over hen wilde uitstrekken, terwijl wij vanuit de gemeente denken aan bijzondere onderstand! Er broeit daar iets, ongetwijfeld op aanstichten van iemand uit de kom, al valt dat niet te bewijzen, maar laat ik duidelijk zijn: ik zal niet toestaan dat het armste deel van onze ingezetenen onttrokken wordt aan de noodzakelijke hulp die wij voor hen in voorbereiding hebben! Begrijpt u mij? Wij houden u in de gaten, ik waarschuw u als een goede vriend: gaat u niet te ver!' Hij had niet eens meer geantwoord, alleen nog maar onwetend de schouders opgehaald, net als het volk: Pottinga was al geen portuur meer voor hem, zomin als Amshoff – het heilige vuur van de uitleiding omgloeide hem als een gouden rusting.

De nog leigrijze hemel boven de bosrand in het westen liep egaal over in een donzig wit recht omhoog en het nog lichtere violet in het oosten achter hem: het zou een stralende dag worden, maar vooralsnog was het gras kletsnat van de dauw. Met zompige geluiden vorderde hij over het karrenspoor, terwijl willekeurige voorvallen van het afge-

lopen halfjaar hem maar als flarden mist door de geest
bleven waaien, de plompverloren liquidatie van de
Noordsche Schut, het begin van de laatste campagne,
waarbij de Veldelingen op zijn aanwijzing toch weer tegen de veenbazen te hoop waren gelopen, niet omdat het
er nog veel toe deed maar integendeel om dat feit juist te
verbloemen.

Voorzichtigheidshalve was hij nog maar eenmaal naar
het Veld gegaan, met het blanco contract om het uit te
leggen, maar via Klein Pet, die elke week ongezien over
de achterwegen aan het keukenraam verscheen, was hij
met Bennemin in verbinding gebleven, had hij hem nu
eens een Engels leerboek doen toekomen, dan weer een
krantenartikel over het Vrijheidsbeeld of een afbeelding
van de Amerikaanse president, en vorige week dan, eindelijk, de deerlijk verbeide en nu ook door de factor ondertekende contracten, alsmede het verlossende schrijven van
neef Al met de vertrekdatum. Hoe blindelings had het
volk er niet al die tijd op vertrouwd dat het zover komen
zou, terwijl hijzelf in ongeduld zijn handen wrong; hoe
volledig hadden zij zich niet op hem verlaten en zonder
aarzeling hun bezittingen verkocht; hoe geduldig hadden
zij de ontberingen van de afgelopen winter niet ondergaan
in de hope op een beter leven; en bovenal, hoe getrouw
hadden zij het stilzwijgen van wat ophanden was niet volgehouden, iedere dag weer, ook onder druk, zodat het nalaten van lieverlede een doen was geworden, een daad,
zijn eigen werkzaamheden een samenwerking...

Hij liet het open veld achter zich en vervolgde zijn weg
over het wandelpad door het houtbos. Het was schemerig
onder de bomen, en als vanzelf kregen ook zijn gedachten
een donkerder toets, want hoe gelukkig het vertrek zo dadelijk ook, er zou ook verdriet zijn: alleen die families met
meerdere werkbare jongmans durfden de extra belasting

aan om de grootouders mee te nemen. De voorstelling van
de achterblijvende grijsaards die zich straks nog eenmaal
aan hun kinderen en kleinkinderen zouden klemmen bedrukte hem uitermate, hij dacht aan Lubber, de hond
Joop, en toen ook aan Martha thuis, die zich weliswaar
verheugde dat met Johanna ook het litteken van de on-
rechtmatige punctie voorgoed zou verdwijnen, maar nu
ongetwijfeld huilde om haar lieve Klein Pet, net als de
laatste keer een paar dagen geleden, toen zij hem door het
keukenraam nog op zijn hoofd probeerde te kussen terwijl
hij al met het papier met daarop de vertrektijd van de
trein wegliep en de hond om hem heen sprong. En dan
Walter, zouden zij zonder het verband van de actie nog
wel vrienden blijven, de goede Walter Vedder, tegenover
wie hij zich de eerste keer zo intens geschaamd had voor
de ook nu opeens weer merkbare mestlucht van de biggenteelt, en wiens liefdadige investering hem nu deed gloeien
van trots? Hoe graag zou hij niet meereizen naar Amsterdam, om dan samen met hem op de kade te staan, maar
iets zei hem dat hij hier moest blijven — was Mozes na de
uitleiding naar het Beloofde Land niet ook in de woestijn
achtergebleven?

Opzij, tussen de stammen door, draaiden de stallen van
Van Velzel langzaam achter hem weg; reeds gloorde het
volle licht aan het einde van het pad; kromgebogen stak
hij het plein voor het station over, klom hij de trap op naar
boven. Meer dan een zak vol medicijn, een potlood en papier en het stroopbolletje voor Klein Pet had hij niet bij
zich, maar in het aangezicht van het afscheid kon hij het
nauwelijks nog dragen.

Ze waren er al, natuurlijk, hij had ze al dadelijk in zijn
ooghoek gezien, maar eerst nu, op gelijke hoogte, bevond
hij zich werkelijk *met hen samen*. Toch lag er zeker nog
een strekking van honderd meter leegte tussen hem en de

anderen; ze waren helemaal tot aan het einde van het overigens geheel verlaten perron doorgelopen, waar de aange-
haakte veewagens tot stilstand zouden komen. Reeds had
men hem opgemerkt, nam men de pet af, en te midden
van een enorme hoeveelheid koffers en karbiezen, man-
den en balen keek men roerloos toe hoe hij onder de stationsklok door liep en nog dichterbij kwam. De Bennemins
stonden vooraan; Johanna onderscheidde hij als eerste,
rank en blank als een berk, daarna pas de anderen; maar
over haar had hij zich ook het eerst ontfermd, daarna pas
over al die anderen, die in blinde navolging van de koningin als een bijenvolk, een eenheid in veelheid, op zijn
hoofd waren neergestreken – ja, een helm van honing
droeg hij, zoet en zacht, bij elke stap die hij zette waaierde
de zwerm als een heerlijke vederbos boven hem uit en zo
dan, gekroond met hoger heil, maar tegelijk ook ten uiterste beschroomd, voegde hij zich bij het haveloze gezelschap.

'Een goedemorgen!' riep hij zo ongedwongen als hij
kon.

'Good morning, sir!'

Hij verstond het antwoord niet dadelijk, zag ook niet
wie het gegeven had, tot hij achter de Bennemins het
glundere gezicht van een padjongen ontwaarde en hij het
begreep: de brave Bennemin had niet alleen zelf het Engelse leerboek bestudeerd, hij had er ook uit lesgegeven!
Nu deed deze een stap naar voren, en na een innige handdruk en een algemene armzwaai door de lucht vroeg Anijs
hem gedempt hoe alles stond.

'Goed, uitstekend...' verklaarde de man schor, 'heel Elim
is nu verlaten... opgedoekt... het bestaat niet meer... niemand zal naar die plaats nog ooit terugkeren... De achter-
blijvers zijn er de afgelopen dagen al weggetrokken...'

'Die zijn er nu niet bij, om afscheid te nemen?'

Bennemin glimlachte weemoedig, verklaarde dat het vooral de grootouders betrof, die men bij andere familie had moeten onderbrengen, scheidingen voor het leven toch, bijzonder moeilijk. 'Maar vanochtend willen wij u onze vreugde tonen, niet ons verdriet—vandaar dat wij al eerder van onze dierbaren afscheid hebben genomen. Gisteren bijvoorbeeld is Lubber opgehaald door een verre tante van hem...'

Onwillekeurig wierp Anijs een blik op Johanna, die strak naar de grond keek. Behalve van Lubber had zij ook afstand van het grafje moeten doen...

'...en toen hebben wij maar dadelijk onze hond meegegeven...'

Anijs wist niet meer wat hem na zijn kortstondige opluchting het meest ontroerde, de fijngevoeligheid van Bennemin om hem het verdriet van het grote afscheid te willen besparen, het onmiskenbaar daarin begrepen verdriet van Johanna of anders ook dat van Klein Pet, die op het gewag van zijn hond eveneens naar zijn schoenen staarde. In zijn zak naar het stroopballetje grabbelend boog Anijs zich naar hem over. 'Hier, voor jou... van... van de vrouw van de dokter... wil je nog eens aan haar denken, later?'

Om zijn brandende ogen te verbergen wendde hij zich af, staarde hij kromgebogen naar de stationsklok. Het was precies acht over half zeven. Meer naar links, in de verte boven de boomkruinen, stiet De Nijverheid zijn eerste rookwolken uit. Enige ogenblikken gebeurde er niets meer, tot hij zich opeens herinnerde wat hem te doen stond en zich in vol postuur terugdraaide. Voor het eerst richtte hij zich nu direct tot de mensen achter Bennemin, met de onverhoedse, van aandoening zonder complimenten ingeklede vraag wie er nog schulden hadden uitstaan bij de winkels van de Groningse of Hollandse. 'Een onomwonden antwoord graag... vingers!'

Onder zijn fonkelende ogen deinsde de menigte iets terug, maar zijn gezag was te groot dan dat men het ook
maar iets kon onthouden. Aarzelend gingen de eerste handen omhoog, natuurlijk, de ontberingen waren de afgelopen winter groot geweest, en eerst op het einde van de
campagne zou men de rekeningen op de lat hebben kunnen aflossen — om daarna weer opnieuw te moeten poffen!
Anijs wist het alles heel goed, maar toch schudde hij het
hoofd.

'Wel, wel, dat moet genoteerd worden, en wel op de volgende wijze...' ging hij door, terwijl hij potlood en papier
uit zijn binnenzak haalde. 'Ik wijs telkens een opgestoken vinger aan, en dan hoor ik de familienaam en het
bedrag...'

Na enig geharrewar kwam er vaart in de opname. Bennemin was krom voor hem gaan staan, hij had aan de
smalle schouders een klein, maar toch groot genoeg
schrijfblad. Bedremmeld klonken de stemmen door de
ochtend, de lijst werd langer en langer, tot tenslotte ook de
laatste opgestoken arm verdwenen was en Anijs opnieuw
de menigte viseerde. Zo bang als men hem aankeek, vreesde men een naheffing, zelfs uitsluiting van de reis? Pas nu
bedacht hij hoe bars hij gesproken had, maar nog wilde hij
het onbedoelde effect van zijn optreden niet dadelijk wegnemen, hoezeer hij zich inwendig ook begon te verheugen
op de ontlating.

'Goed dan, dat is gedaan... maar vanwaar nu al die open
monden?' vroeg hij, onverminderd gestreng nog, terwijl
hij het papier opvouwde en in zijn zak stak. 'U kon toch
wel vermoeden dat ik deze lijst zou opmaken? Hoe anders
zou ik straks de rekeningen kunnen gaan betalen, opdat
niemand u iets kan verwijten? Of had u soms gedacht dat
ik u op deze gezegende ochtend als schuldenaren zou laten

vertrekken? Nee, nee, ondenkbaar! als waarlijk vrijgemaakten des Heren zult u het nieuwe land bereiken!'

Het duurde even voor de strekking van het gezegde
werd begrepen, voor men doorhad dat men voor de gek
gehouden was door de schijn van barsheid — maar hoe kon
een al te geladen moment ook beter verlicht worden dan
door een grapje? — als doorgewinterde redenaar wist Anijs
dat als geen ander! Na nog een kort ogenblik van strakte
brak zijn gezicht als eerste lachend open, toen pas, langzaam door het ongeloof heen, begonnen ook de gezichten
tegenover hem te stralen, waarna er plots ook een vreemd,
zacht geluid uit de meute opsteeg, een geklap van handen,
zo droog en schuchter in de buitenlucht, zo verlegen, teder
als het ruisen van rokken in de opera — maar toch klonk
deze froufrou hem luider in de oren dan het daverendste
applaus dat hem ooit ten deel was gevallen, de staande
ovatie voor zijn Falstaff...!

Weer moest hij zich van aandoening omdraaien. Het
was tien voor zeven: nog tien minuten. Als een vurige tong
likte de pijp van De Nijverheid met krachtige rookstoten
aan de nog steeds gesluierde hemel. Achter hem gonsde
het van ingehouden stemmen, ergens in het houtbos
kraaide een haan. Handenwringend trachtte hij zich in
alle geluiden te verliezen, er zijn geposeerdheid uit te her-
vinden, tot een plotselinge haast over hem vaardig werd
en al zijn zelfzuchtige geroerdheid in één veeg uitwiste.
Zijn toespraak! Hoe bestond hij het om zich deze laatste
ogenblikken afzijdig te houden van zijn mensen in de opperste spanning van hun leven? Spreken moest hij, niet uit
eigenliefde maar om hunnentwil, nog eenmaal het volk
tot zijn schoot verzamelen...

Zich volzuigend met lucht keerde hij zich op zijn hakken terug, op slag verstomde alle geroezemoes, en zoals
Venus uit de zee, de vogel Feniks uit het zonnevuur of De

Nijverheid uit de turf, zo steeg zijn bariton dan voor de allerlaatste keer op uit de verstiktheid van zijn gemoed.

'Vrienden Veldelingen...!'

Om de landverhuizers in hun besluit te staven memoreerde hij de ellendige toestanden van de laatste winter alsmede de miserabele vooruitzichten, daar er ook dit jaar weer minder aan snee was gebracht; hield hij hun voor dat zij na de oversteek weliswaar als vreemden in een vreemd land aan wal zouden gaan, maar dat deze conditie reeds na vijf jaar van arbeid en aflossing veranderd zou zijn in die van vrije mensen in een vrij land; hij roemde de Amerikaanse railways, waarvan de totale lengte reeds die van alle andere landen bijeengenomen overtrof; verklaarde de Homestead Act als een van overheidswege georganiseerde toewijzing van grond aan immigranten, soms in de vorm van een 'raid' of stormloop, waarbij huisvaders er op gegeven startsein vandoor galoppeerden om als eerste een claim op een beschikbaar stuk land te leggen; hij hield zijn gehoor prijzend voor dat zij nu al geen turfgravers meer waren maar kolonisten, ondernemers feitelijk, daar zij immers een hypotheek op hun toekomstige loon hadden genomen en zo in zekere zin hun eigen oversteek financierden; hij bedankte voor de samenwerking; sprak van de volkerenwereld, haalde opnieuw adem – en zweeg, kon opeens geen woord meer uitbrengen, alleen nog maar kijken naar de mensen zoals zij in weerloze afwachting voor hem stonden, met niet-begrijpende gezichten, de monden open, de lichamen onder het gebrek altijd klein en schraal gebleven maar met lange armen van het kruien...

Iemand kuchte, een ander schraapte met de klomp over het plaveisel, verder klonk er geen enkel geluid en bewoog er niets. Iedereen was pas geknipt, de buizen frisgewassen, de hemden wit gebleekt, maar toch was de overheersende indruk niet anders dan die van de grauwe balen rondom, de gruisafzetting in de maatschappij die zij altijd geweest waren, verworpen en verdaan. De liefde, die mettertijd tot medelijden rijpt, legde in het hart van Anijs razendsnel de omgekeerde weg af, want pas nu voelde hij dat de deernis die hem de keel had toegeknepen waarlijk uit liefde was en nu tot liefde terugkeerde, niet voor één mens in het bijzonder, maar voor allen zonder onderscheid – zij waren toch zijn volk geweest, geen gezin of familie, maar zijn eigen volk...

Een zacht sissend geluid verbrak de stilte, nauwelijks hoorbaar nog, ijl als een ontsnappend gas. Een padjongen liep naar de rand van het perron, keek opzij en schreeuw-de: 'De trein!'

De uitroep had het effect van een knallende zweep boven een span paarden. Even nog stond men als aan de grond genageld, toen voer er een huiver door de menigte en braken de gemoederen in alle richtingen uit: hier vouwde men de handen, daar boog men zich gelijk de pad-jongen over het spoor, schuin vooraan brak een vrouw uit in tongen, waarna een ander het gelol vertaalde met even vurige tong: 'Betaal de tiendplicht!' en nog weer een ander de godsdienstwaanzin smoorde door er een deken over te gooien.

Verweesd glimlachend staarde Anijs over het gedrongen volk heen, staarde hij met hen mee over de rails. Hele-maal achteraan tekende een witte rookpluim zich af, maar de locomotief zelf was nog onzichtbaar, net als die keer dat hij voor het eerst Vedder afhaalde, alleen kwam de trein nu uit tegenovergestelde richting, en ging het niet om een aankomst maar om een afscheid, een einde en geen begin. Hij zuchtte, draaide zich half om en veegde de tranen uit zijn ogen. De grote klok wees twee voor zeven aan, nog steeds stonden er geen andere reizigers te wachten, zelfs de stationsmeester was er nog niet. Daar waar de pijp van De

Nijverheid aan de hemel had gelikt brak een eerste zonnestraal door de nevel heen, zo helder dat hij zijn blik dadelijk weer afboog en over het lege perron wegkeek naar het
andere uiteinde, zonder besef meer, zichzelf vergetend, tot
Bennemin hem met een vraag terug in de tegenwoordigheid trok.

'U reist eerste klasse?'

De onjuiste veronderstelling drong eerst na een kort
moment van verwarring tot hem door. 'Nee, nee, ik blijf
hier achter, als Mozes in de woestijn!' verklaarde hij beslist. 'Eens moet men de fakkel toch overdragen... Vanaf
nu ben jij de leidsman over deze onwetende, weerloze
mensen, Bennemin, sta hen bij, nu, op zee, en later in
Amerika... wacht, ik zou het nog bijna vergeten...!' Opeens
herinnerde hij zich de medicijnen in zijn binnenzak, achter gesloten deur ten laatste nog voor het volk bereid naar
Abrahamy's receptenboek, en na zijn overjas te hebben
losgeknoopt overhandigde hij Bennemin de volle tuit.
'Hier, voor onderweg... tabletten tegen zeeziekte...!'

Werktuiglijk nam de goede man de zak aan, dankbaar,
maar tegelijk scheen hem nu ook iets te bezwaren. 'Dus u
gaat niet mee... maar ik dacht... wij wilden zo graag...
maar nu weet ik niet...'

Uit het verlegen gestamel begreep Anijs dat er te Velde
een inzameling was geweest, en men in Amsterdam een
verzilverd theelepeltje met inscriptie aan Vedder wilde
overhandigen. 'Maar dat kan zonder mij toch ook?' stelde
hij de hevig ontdane man met een goedmoedige lach gerust. 'Goed, je weet niet waar hij woont, maar dat weet ik
ook niet, hij zal immers al wel zijn verhuisd. Maar geen
zorg, beste Bennemin, denkelijk staat hij jullie straks wel
op het Centraal Station op te wachten, en anders loop je,
om het geschenk af te geven, toch gewoon even naar het
nieuwe, grote hotel in aanbouw daar pal tegenover? Tijd

genoeg! Vertrek zo aanstonds om klokslag zeven, overkop-
pelen in Amersfoort om 8.36 uur, aankomst te Amsterdam
om 9.40... inschepen op de Orion vanaf 10.00 uur... afvaart
om 12.00 uur...! En dan uitzwermen, beste Bennemin, als
een bijenvolk in het voorjaar! Maar dat weet je toch allemaal, dat heb ik je toch geschreven?'

Het gesis had een stampende cadans gekregen, maar het
was niet enkel om boven het geluid uit te komen dat Anijs
met stemverheffing was gaan spreken, het was ook om
zijn tranen terug te dringen, die bij het zo hoorbaar naderen van de trein opnieuw in hem opwelden, bij elke slag
van de drijvers hoger in hem werden opgepompt. Bennemin stond nog te knikken dat hij het begreep, maar nu
trok Klein Pet hem omlaag, liet hij zich iets in het oor zeggen, en kwam hij met een ruk weer overeind. 'De jongen...
inderdaad... de bijenkorf!' begon hij weer te stamelen.
'Aan alles hebben we gedacht, alleen niet aan de bijenkorf... in de schuur staat nog een pot stamphoning... het
volk zal te gronde gaan als...'

'Geen probleem, Bennemin!' riep Anijs, luider en opge-
ruimder nog. 'Wat moet er gebeuren? Nog een keer bij-
voeren, tot de eerste bloei? En dan later de korf uitdragen
naar het Veld? Ik wandel er straks dadelijk heen, ik moet
immers toch naar de winkels in de Buitenbuurt? De dokter
zal wel zorgen!'

Met het aanzwellende geraas nam de algehele opwinding nog toe – was het wonder? Velen hadden nog nooit in
de trein gezeten, en dan, straks, Amsterdam, de zee... Amerika!

Vertrekkens gereed zetten alle mannen de pet weer op.
Iedereen liep nu doelloos heen en weer, op het klinken
van de stoomfluit liet iemand zich zomaar in elkaar zakken, en toen de locomotief eindelijk dan machtig voorbij-
schoof wierp men zich in één beweging op de bagage. Ook

vrouw Bennemin greep naar een gonje baal, maar in plaats van die op te nemen haalde zij er iets uit, een rechthoekig voorwerp dat zij besmuikt aan haar man overgaf.

Als vanaf een onmetelijke afstand sloeg Anijs de consternatie gade, hoewel hij er middenin stond. Steeds trager rolden de wagons voorbij, steeds harder snerpten de remmen, tot het oorverdovende geknars ineens ophield en de trein stilstond. Bevangen door de vreemde rust staarde hij langs de glanzende wand naar voren. Er gebeurde niets meer, niemand stapte uit, alle deuren bleven gesloten. Hij draaide zijn hoofd terug en zag nu pas het verschil tussen de laatste twee treinstellen recht voor zich en de andere. Ze waren van hout, verveloze, planken keten, met over de volle lengte, op ooghoogte, een smalle luchtspleet – het waren de bestelde veewagens. De onthutsende realiteit sneed hem even de adem af, geen enkel geluid drong nog tot hem door, toen hoorde hij het gewoel in de bagage weer en zag hij opeens ook Bennemin voor zich staan, blootshoofds nog, die hem het zojuist opgebrachte voorwerp in de hand drukte met de woorden: 'Voor ons zult u altijd de dokter blijven, vandaar dit geschenk, in de hoop dat u het nog vele malen zult kunnen gebruiken...'

Het was het antieke, mahoniehouten mohélkistje met het zilveren besnijdenisgerei, het enige kostbare dat de Bennemins bezaten; volkomen overdonderd nam Anijs het in ontvangst, niet meer in staat om nog een woord van dank uit te brengen—maar daar was nu ook geen gelegenheid meer voor, ineens kwam alles in een stroomversnelling.

Er was toch iemand naar buiten gekomen. Een man in uniform kwam vanaf de kop van de trein aanlopen over het lege perron. De voorste veewagen werd ontgrendeld, de deur opengeschoven; Anijs moest iets ondertekenen, de conducteur liep weer terug naar voren. De zwart gapende opening was breed genoeg voor drie koeien tegelijk, binnen op het stro lag een even brede loopplank met dwarslatten.

Het instijgen geschiedde in orde en chaos ineen. Onder het doffe klossen van de klompen op het plankier klom men omhoog, beladen als pakezels, de kinderen ook, behalve het kroost dat zelf gedragen moest worden op de arm. Er klonk psalmgezang, er werd gejuicht, maar tegelijk ook waren er mannen die zich op het laatste moment huilend op de grond wierpen, de grond waarop zij gegraven en geleden, maar niettemin geleefd hadden, terwijl nog weer anderen in een toestand van totale verdoving de donkere ruimte binnengingen, de gezichten strak als maskers. Het strakste gezicht was evenwel dat van Anijs, die onderaan de loopplank stond en eenieder een hand gaf. '*Ubi bene, ibi patria,*' zei hij dan, zich uit alle macht vermannend om niet alsnog zijn zelfbeheersing te verliezen—waar het mij welgaat is mijn vaderland.

De machinist had al twee keer ongeduldig de fluit laten gaan toen de eerste wagen vol was en Anijs zich met de overgebleven helft van het volk naar de tweede daarachter begaf. Nu moest hij de deur zelf ontgrendelen en, na aanstonds de laatste landverhuizer de hand te hebben gedrukt, ook weer vergrendelen. Opnieuw klosten de klompen over de vlonder; weer waren er wenende vrouwen die door hun man naar boven moesten worden geduwd; toen kwam ook Sieger voorbij, als enige met zijn koffer niet aan de arm maar op de schouder, trots, gestreept hemd, kantig gezicht, brandende sigaret in de mond—ondenkbaar dat hij ook in Amerika onvruchtbaar zou zijn.

Het geklos op de loopplank verklonk. De Bennemins gingen als laatsten naar binnen. Anijs kuste Johanna op de wang, streek Klein Pet over de bol, vertelde de moeder hoe dol zijn vrouw Martha altijd op hem was geweest—en stond toen alleen nog met Bennemin buiten.

'Hoe is het nu?' vroeg hij.

Bennemin perste de lippen op elkaar. 'Op Amerika werp ik mijn schoen!' zei hij wilskrachtig, maar Anijs zag wel dat ook hij zich moest vermannen. Het afscheid behelsde niet meer dan deze woorden; ook Bennemin zette nu zijn hoofddeksel weer op, maar het was geen pet maar een oudmodische, hoge zwarte hoed. Toen hij als allerlaatste dan de loopplank op ging herkende Anijs hem al nauwelijks meer, was hij volkomen veranderd, een loot geworden aan de stam zijner vaderen.

De loopplank was van binnenuit ingehaald, met al zijn kracht schoof Anijs de schrapende deur dicht en haalde hij de grendel over. Helemaal vooraan hing een klein figuurtje naar buiten; hij gaf een teken, het figuurtje verdween, de locomotief stiet een zwarte rookwolk uit – maar nog voor de trein in beweging kwam zag Anijs iets anders veranderen voor zijn ogen. Eerst was het één arm die door een van de smalle luchtspleten naar buiten kronkelde, daarna, op het zien zeker van zijn achterblijven, volgden er steeds meer, vanuit beide veewagens zwaaide men hem ten afscheid toe, maar hoe nu? – al die handen hielden iets wits vast... nee, geen zakdoekjes waren het, maar vellen papier... de contracten!

Slikkend deinsde hij een stap achteruit. Ja, men wuifde naar hem met het meest waardevolle dat men ooit bezeten had, de van hem bekomen toegangsbewijzen tot een ruimer bestaan; het was het mooiste afscheid, maar tegelijk ook stortte een nieuwe golf van deernis zich in hem uit, heet als tranen: hoe belangrijk die contracten voor zijn mensen ook waren, zelf waren zij nog altijd te onbelangrijk dan dat zij ze persoonlijk hadden mogen ondertekenen – alleen de signaturen van de factor en Vedder kwamen erop voor, de namen van hen die er nu zo fier mee zwaaiden alleen in het handschrift van Bennemin; niet als partij in de overeenkomst, maar als omschrijving van de betreffende waar...

De koppelingen kraakten, de fluit loeide. Op brieke benen liep Anijs mee met de langzaam optrekkende trein, wankel maar onstuitbaar, dwars door de roetflarden heen, de blik vastgeslagen op de witte, pinkelende blaadjes voor hem; steeds sneller ging het, in looppas, onder de grote klok door, de trap voorbij, en verder langs de pilaren van de overkapping; als een bij danste hij achter de wijkende bloemenzee aan, tot de achterstand te groot werd, de inspanning te zwaar voor zijn oud gestel, en hij alleen nog maar kon uitlopen naar het einde van het perron.

Het eerst aangezwollen geraas nam met het toenemen van de afstand ook weer geleidelijk aan af, tot het sissen van een ontsnappend gas, daarna stilte. Roerloos, het mohélkistje aan de borst gedrukt, keek Anijs de trein na. Het werd een stip, verdween, en ook toen het auratische nabeeld vervloeide van een houten huisje onder een rokende schoorsteen, bleef hij nog uitstaren over het lege spoor, dat in flauwe kromming wegboog het landschap in, als een kolossale komma, het leesteken waarachter de zin altijd nog verdergaat, symbool van de voortgang – maar geborgen in dat houten huisje zou het volk immers ook van toekomst naar toekomst stijgen? Hij huiverde, zag in het begeleidende gelid van de telegraafpalen ernaast plotseling ook een notenbalk met partituur: de evenmatig verdeelde palen waren de maatstrepen, de bolvormige isolatoren bovenin de noten, hele noten allemaal, steeds van dezelfde hoogte, en onderling tot in het oneindige verbonden door de glissandi van de kabel die er in slome bogen van afhing – ja, het was de notatie van één enkele, telkens vernieuwde toon... de partituur van klokgebeier... van het grote afscheid...

Ongemerkt was de eenzaamheid over hem neergedaald, had die hem omwikkeld als een strak, nat rekverband. Verstijfd keek hij nog even uit over de rails, waarvan het loopvlak was gaan glanzen in het licht van de morgen, misschien ook door het waas voor zijn ogen, toen draaide hij zich om en liep hij met stramme pas terug naar de trap. Pas in het voorbijgaan bemerkte hij de stationsmeester naast een van de pilaren. De man grijnsde hem zo fel aan, een dikke drankkegel uitstotend, dat niet te betwijfelen viel of hij had alles nog gezien, maar wat gaf dat nu nog? Het volk viel niet meer te achterhalen...

HOOFDSTUK XIX

Lof en de afvaart

Hij moest toch nog hebben geslapen. Er hing een blauw licht voor het raam. Krom van hoofdpijn wankelde hij door de schemerige werkplaats naar voren. De lege etalage hoonde hem met de ontvreemde Syde-viool. Buiten liep nog niemand, het Stationsplein glansde van dauw, de grote klok wees zes uur aan — te vroeg voor wat dan ook. Afgemat liet hij zich terugvallen op de canapé.

Toen hij opnieuw wakker werd was het openbare leven al op gang gekomen. Plotseling gehaast schoot hij zijn jas aan, griste hij zijn masker met de rode baard en de zwarte bril mee en begaf hij zich naar de Herengracht: straks kwamen de landverhuizers, er was nog niet betaald, hij moest Ebert een ultimatum stellen: als de vijftig nu niet subiet werd geaccepteerd, zou hij zich definitief uit de onderhandelingen terugtrekken!

Driest, zonder vermomming, beklom hij de stoeptrap van het statige grachtenpand, dol van onderhandelingslust greep hij de klink beet — en vond hij de deur gesloten. Op slag begaf hem alle opgevlamde daadkracht, zag hij weer voor zich hoe Ebert zijn pressie zou pareren, volkomen moeiteloos, zonder zelfs maar antwoord te geven, eenvoudig door vriendelijk glimlachend naar de Syde-viool te informeren. Wat, was die verdwenen? Maar dan zag hij zich toch gedwongen om krachtens dit reçu hier per onmiddellijk aanspraak te maken op de ingevulde tegenwaarde van drieduizend gulden. Maar hoe nu, mijnheer moest in dezen opnieuw in gebreke blijven? Het gezicht van Ebert betrok, hij sprak van faillissement, zag nog een laatste uitwijk in de openbare verkoping van het huis—en riep toen Biederlack erbij, dat die er dadelijk mee kon beginnen...

Duizendmaal was deze voorstelling hem de afgelopen nacht door het hoofd gegaan, hoe bestond het dat hij zich er even van had kunnen vrijmaken? In wezenloze vertraging ging hij de treden weer af en begon hij terug naar huis te lopen, lichamelijk gebroken van de slapeloosheid en de drank, geestelijk murw van het woelen en malen, loodzwaar bedrukt onder de onafwendbare catastrofe op til, de landverhuizers die zo aanstonds met hun duplicaat-contracten in de hand de valreep gingen beklimmen, door-straald van een nieuwe toekomst als door een zinderende zonneschijn, steeds dichter naar de officier toe die boven aan dek stond met de onverbiddelijke passagierslijst — of zou het toch nog zo kunnen zijn dat zij daarop vermeld stonden, dat er vannacht nog een telegram voor de kapitein was binnengekomen uit Amerika, van neef Al, met de instructie om alle contracten tussen hem en de landverhuizers te erkennen als passagebiljet? Een telegram van omgekeerde strekking kon echter ook, nog later verstuurd, vanochtend pas, nadat het ten kantore van de factor definitief was vastgesteld: de contracten hadden geen enkele geldigheid, *er was niet betaald...*

Duizelig greep hij zich vast aan een lantaarnpaal, en toen hij weer verderging, krom en traag alsof hij de lange, kale staart van zijn schaamte nauwelijks nog achter zich aan kon slepen, wist hij niet meer welk van de onophoudelijk voorgestelde angstbeelden hem tot staan had gebracht, wilde hij alleen nog maar liggen op de canapé.

De tocht scheen oneindig, toch stond de stationsklok nog maar op tien uur toen hij de hoek van het Victoria

Hotel omsloeg. De zon scheen volop nu, maar in de schaduw van de schutting, waarachter de gewone bouwgeluiden klonken, leek het nog donkerder dan anders. Een paar
meter nog, hij greep naar zijn huissleutel – en verstijfde.
Een schrale gestalte met een zwarte hoed op kwam vanuit
het plantsoen de kade overgestoken, hij herkende hem
onmiddellijk: het was Bennemin, de voorman van de landverhuizers, wiens viool hij aan Al had verkocht. Instinctief
draaide hij zich af en drukte hij zich tegen de deur van
Carstens aan. Maar hoe verder? Zijn huis was een val geworden, snel weglopen kon ook niet, zijn benen waren te
slap, misschien was hij ook al wel gezien en zou de man
roepend achter hem aankomen...

Toen Bennemin opnieuw, maar nu van vlakbij, in zijn
ooghoek verscheen, haalde Vedder juist het elastiek van
zijn vermomming om zijn achterhoofd. Hij vlijde de rode
baard over zijn eigen baard, drukte het zwarte brilmontuur op zijn neus en zette zijn hoed weer op. Onopvallend
liet hij zijn handen omlaag zweven, even deed hij nog alsof hij het reclamebiljet op de ruit van Carstens bestudeerde, toen, terwijl de schel van zijn eigen deur gedempt naar
buiten drong, blikte hij langzaam opzij en zag hij hoe ook
Bennemin zich terugboog van de etalageruit, het hoofd
omdraaide – en hem recht aankeek. De adem stokte hem
in de keel, de bouwgeluiden drongen niet meer tot hem
door: hield zijn vermomming het?

'Mijnheer, mag ik u vragen, woont de heer Vedder hier
niet meer?' vroeg de tengere man uiterst beleefd.

Tintelend liet de spanning iets van hem af, maar zijn
stem laten horen dorst hij nog niet, ook al had hij die,
voorzover hij zich herinnerde, tegenover de Veldelingen in
Hoogeveen in het geheel niet gebruikt; in plaats daarvan
schudde hij het hoofd, terwijl de lege etalage, met nog wel
de gekruiste strijkstokken maar zonder de Syde-viool of de

415

manufactuur, nu zelfs ook op hem een verlaten indruk maakte.

'Dat dacht ik al, maar het is wel zijn huis, niet?' ging Bennemin door, in het minst niet gegeneerd voor zijn aanbellen zonder opengedaan te worden. 'Achterin hangen nog een paar violen, vermoedelijk is hij nog maar onlangs verhuisd... Een prachtige vioolzaak had hij hier, met klanten tot in Amerika toe! Maar een hoogstaand mens ook...'

Vedder schokschouderde, en voor hij er erg in had vroeg hij met verdraaide stem: 'Hoezo?'

Een gouden glimlach brak door op Bennemins gezicht, even nog bracht hij een discreet zwijgen op, maar dra liep zijn mond over van waar zijn hart vol van was, een liefdadige investering waardoor een hele gemeenschap van verloren turfgravers de kans kreeg op een nieuw leven in Amerika. 'Natuurlijk moeten wij de kosten van onze emigratie uiteindelijk met een redelijke interest terugbetalen, en het zal ons een eer zijn al onze verplichtingen tot op de cent te voldoen, maar dat doet niets af aan de weldaad die de heer Vedder ons bewezen heeft... hij had ook in olie kunnen beleggen!'

Het zweet brak Vedder uit, het gesprek nam een ondraaglijke wending, maar er was geen enkele mogelijkheid meer zich er nog aan te onttrekken.

'Ach, mijnheer, dit is de gelukkigste dag van ons leven, wij zijn net per trein uit Drenthe gearriveerd en zie nu, daar ligt het schip... afvaart twaalf uur... bestemming New York!' vervolgde Bennemin, stralender nog, terwijl hij over zijn schouder naar de schoorsteen van de Orion wees. 'De anderen staan al op de kade, maar ik wilde de heer Vedder nog een geschenk doen toekomen... dat moet nu zeker via de mensen van het hotel... Tenzij u natuurlijk...'

Onmogelijk die vreugdevolle, in combinatie met een dienstwillige dankbaarheid vooral ook dwingende beleefd-

heid te weerstreven; willoos, de lippen onverschillig ge-
tuit, knikte Vedder dat het goed was, dat hij wel een pakje
zou kunnen overgeven.

'Maar dan kent u de heer Vedder dus persoonlijk!' begreep Bennemin verrast. 'Wacht, u bent natuurlijk de
buurman, u wilde daarnet juist naar binnen gaan! Maar
dan geeft het helemaal geen pas dat ik zo vrijmoedig over
hem vertel... Neemt u het mij niet kwalijk, het was maar
uit dankbaarheid... U kent de heer Vedder goed?'

Weer schokschouderde Vedder, weer schudde hij het
hoofd.

'Ach, zelfs als buurman krijgt u nog weinig hoogte van
hem...' begreep Bennemin, dromerig en gretig tegelijk.
'Maar zo hebben wij hem ook leren kennen, als een man
van weinig woorden... eenmaal heeft hij ons in het veen
bezocht, en toen in het geheel niets gezegd... maar zijn
daden spreken des te krachtiger... Ach mijnheer, toen wij
eertijds in Drenthe aankwamen waren wij rechtelozen,
werden wij slechts geduld, maar straks in New York zal
dat anders zijn... dan worden wij fatsoenlijk opgevangen,
gehuisvest, tewerkgesteld... dan is er betaald!... door de
heer Vedder... Kijk, voor ieder van ons heeft hij een overeenkomst gesloten... met Amerika...!'

Welk schijnsel verlicht de donkere kelder van de zelf-
kennis heller en meedogenlozer dan dat van de onverdiende lof? Wat prikkelt de tranen sterker? Een man van weinig woorden en grote daden: hij was juist het omgekeerde!
Hoe eindeloos had hij niet al over de belegging gepraat,
zonder ook maar één gulden op de derdenrekening te storten? Of Veritas, wat was Veritas anders dan een hoeveelheid woorden? Zijn hoofd gloeide; zijn keel zat dicht; door
zijn beslagen brillenglazen zag hij hoe Bennemin het
waardeloze contract met kleine rukjes uit zijn borstzak
trok, het openvouwde, en dadelijk ook weer zorgvuldig

terugstak, als een zijden pochet in zijn bruin, versleten kamizool.

'Ja, een man van weinig woorden, maar van grote daden, en een immens vertrouwen in de medemens...' concludeerde de man met een diepe zucht. 'Ach, kende u hem maar beter, ik zou zo graag meer over hem willen horen... om aan de anderen te vertellen! Als ik u vragen mag... heeft hij kinderen?'

Van benauwdheid schudde Vedder het hoofd, als iemand die een te strakke stropdas losmaakt.

'Ach, geen kinderen...! Hoe vaak gebeurt dat niet, dat juist de mensen met het ruimste hart de kinderzegen ontzegd blijft? Maar ik praat te veel, ik zie wel dat ook u een man van weinig woorden bent en daarbij, mijn tijd begint te dringen... ik moet terug... ik mag mijn mensen niet langer laten wachten... Het inschepen is al vanaf tien uur bezig, dus u kunt zich voorstellen hoe ongeduldig... ze willen zelf ook... ze popelen, houden het niet meer uit, van opwinding, van pure vreugde... En misschien dat de heer Vedder straks toch nog even, bij de afvaart... in dat geval zou ik het geschenk zelf nog... maar daar mag ik niet van uitgaan, dat risico is te groot... Dus als u het werkelijk geen bezwaar vindt...'

Daadkrachtig opeens haalde Bennemin nu een smal, in koningsblauw gewikkeld pakje tevoorschijn. Hij gaf het aan Vedder over, en zich naar hem toebuigend onthulde hij, met de hand aan de mond, dat het een zilveren theelepel met inscriptie was—nee, niet alleen van hem, iedereen had gelapt, doodarme mensen allemaal, de kinderen ook, ze wilden niet achterblijven, smeekten een centje te mogen bijdragen, kleuters van drie, vier jaar!

'Ik hoef u dus niet uit te leggen hoe buitengewoon verheugd ik ben, dat u het persoonlijk wilt overhandigen... Maar misschien, als het niet te veel gevraagd is... dat u onze weldoener dan ook nog een laatste boodschap kunt overbrengen?'

Even nog, met de kin tegen de borst, staarde Vedder naar het doosje in zijn handen. Toen hij de ogen weer opsloeg keek de ander hem zo verwachtingsvol aan dat hij als vanzelf de keel schraapte om nu toch iets te zeggen.

'Goed...' bracht hij schor uit, '...en wat moet ik dan zeggen... tegen buurman Vedder?'

'Zegt u hem... ja, zegt u de heer Vedder, dat de tekst van de inscriptie, dat die niet alleen in de lepel, maar ook bij ieder van ons onuitwisbaar in het hart gegrift staat...'

Een handdruk, Bennemin draaide zich om en verweesd zag Vedder hem de kade oversteken. Toen hij iets later het uitgepakte lepeltje in zijn zak liet glijden was de man nog maar een stip op het Stationsplein. Wankel zette hij hem na, te zwak om zich nog te verzetten tegen de drang naar het onverdraaglijke – tot een plotselinge schrik hem om het hart sloeg: wat, als Anijs er ook was? De weemakende vrees door hem ter verantwoording te worden geroepen duurde echter maar een ogenblik: Anijs zou hem nooit kunnen herkennen, hij was immers vermomd! Hevig zwetend wankelde hij weer verder over het plein, zonder de mensen waar hij tegen aanstootte te zien of zelfs ook maar te voelen. De inscriptie luidde: *in eeuwige dank voor het vertrouwen – bewoners Elim.*

De stad hield op bij het donkere viaduct onder de spoordijk door; de smalle, beschaduwde strook land daarachter, tussen het station en het Y, behoorde tot een volkomen andere, de maritieme wereld. Opeens rook het naar vis, het wemelde van kennelijk plattelandsvolk, en boven al die drukte uit verhief zich, als een muur, de zwarte scheepswand van de Orion, zo hoog, dat de bovenste helft glansde in de zon. Vol onder stoom lag het schip aan de kade, uiterlijk volstrekt onaangedaan door alle beroering waarvan het zelf de oorzaak en bestemming was, maar inwendig bonkten en gloeiden de ketels als vurige harten, persten die een ononderbroken zucht van witte rook van- uit de zwoegende boezem door de enorme schoorsteen naar buiten. Het inschepen was in volle gang: twee valre- pen hingen van het dek af tot op de grond; over de voorste gingen dames en heren aan boord die kennelijk eerste, tweede of derde klasse reisden; de achterste boog door on- der de massa voor de tussendekken. In de drukte was Ben- nemin nergens meer te zien.

Zoekend, spiedend, maar schichtig ook alsof hij ieder moment zelf ontdekt kon worden, bewoog Vedder zich langs de rand van het gedrang. Hij zag nog steeds nieuwe groepen landverhuizers vanuit het station de kade op drommen, herkenbaar aan de haveloze uitdossing, het ge- durig wenken en wijzen van de voormannen, de opgewon- den praat in velerlei dialect, in talen ook die hij voor Pools, Duits of Jiddisch hield. Ter hoogte van de achterste valreep bleef hij staan wachten, zich vasthoudend aan een lantaarnpaal. Het meeuwengekrijs boven hem, de sissende treingeluiden verderop, het geschreeuw van de kruiers, het constante geroezemoes en het stampen van de zuigers —allengs verbonden al die geluiden zich tot één enkel, ten- slotte nauwelijks nog hoorbaar gezoem, een ijl fluïdum dat onder de blauwe hemelkoepel nu eens scheen uit te dijen, dan weer werd samengeperst, in een doorgaande golfbe- weging waar hij misselijk van werd. Om zijn evenwicht te herwinnen nam hij alles met verdubbelde aandacht in zich op, de dekkranen, de loom wapperende vlaggen, de officier in wit uniform die bovenaan de armen-valreep de reisbiljetten controleerde, de landverhuizers bij wie, een- maal die laatste doorgang voorbij, veelal iets brak: sommi- gen keken extatisch lachend nog uit over Amsterdam, de zon in het gezicht; anderen, overweldigd door emotie, sloegen juist handen voor de ogen—en intussen boog de witte officier zich alweer met het volgende biljet over de lessenaar naast zich, waarop ongetwijfeld de passagierslijst lag.

Zelfs de Orion scheen nu langzaamaan ongeduldig te worden. Vedder zag de rook uit de schoorsteen verdikken, bovenin de stuurhut werd een kaart opengeslagen, van opzij kwamen een paar stomers aanvaren die het schip van de kade zouden trekken. Waar bleef Bennemin met zijn mensen, hij zou ze toch niet over het hoofd hebben gezien? Opnieuw wilde hij zijn blik in het rond stuwen, maar op dat moment klonk er een hoog gezang op en tegelijk, terwijl zijn hart oversloeg, zag hij ze ook, vlakbij, tussen een plotselinge opening in het gedrang door: onthutsend onmiskenbaar schuifelden ze voetje voor voetje achter Bennemin aan, de vrouwen met klaphoeden op, de pas geschoren mannen met petten en grote oren, iedereen schraal en klein van gestalte, een verzonken spoor in het knollenveld van de hoofden rondom—koortsachtig spiedde hij heel de rij af, maar gelukkig, Anijs was er niet bij, die had zeker al in Hoogeveen afscheid genomen...

De menigte had zich weer gesloten, maar het duurde niet lang of het volk van Elim kwam opnieuw te zien, uitstijgend nu boven iedereen uit, deinend op de valreep: de laatste, trage opgang was begonnen, Bennemin met zwarte hoed voorop, gevolgd door zijn gezin, en daarachter een steeds langere stoet van katvis, zeulende havelozen, die zelfs hier nog heel wat bekijks trokken. Zonder de barrière van andere, grotere lichamen meer stroomde hun jubel nu nog krachtiger over de kade uit; als een bedwelmend parfum verspreidde hun kenteringsvreugde zich door de lucht.

Reeds tekende Bennemin zich af tegen de zonbeschenen bovenste baan van de scheepswand, nog maar tien anderen tussen hem en de passagierslijst, nog maar tien controles voor hij zijn contract zou presenteren – de voorstelling hoe de witte officier dat zou wraken verduisterde Vedders blik, hij zag alleen nog maar voor zich hoe het fatale begrip heel langzaam in Bennemin zou baan breken, hoe hij zich zou omdraaien naar zijn vrouw, hoe het woord van de afwijzing vervolgens van mond tot mond zou gaan, van boven naar beneden, de hele rij langs, hoe men zich tenslotte zou omdraaien en met alle bagage de valreep weer zou afdalen, geslagen, niet-begrijpend – en om dan zelf, onverhoeds, vanuit zijn dekking op hen toe te stappen, zijn rode baard en de bril af te rukken, en hen schaterlachend de verklaring toe te schreeuwen: 'Er is niet betaald!' – als een wilde giechel sloeg de voorstelling door hem heen, het verlangen zijn schande aldus publiekelijk te vervolmaken laaide als een verterende vlam in hem op.

Bennemin had zijn contract al in de hand genomen, en terwijl de laatste nederzetter voor hem aan de beurt kwam, een man in een zwart ketelpak, bracht hij het als een zonneklep boven de ogen en keek hij zoekend uit over de kade – hij zocht de weldoener, of die misschien toch nog gekomen was! Verslapt tot in het merg drukte Vedder zich weg achter de lantaarnpaal. Nog één controle: het uitslaande zweet drong door zijn baard heen tot in zijn kunstbaard, maar hij voelde de jeuk niet meer, kon ook niet meer nadenken, zonder de minste notie nog van wat waarschijnlijk of juist uitgesloten geacht moest worden, zonder zich de eindeloos herhaalde dwanggedachten van vannacht omtrent wel of niet ontvangen telegrafische reserveringsbevestigingen dan wel -annuleringen ook nog maar te kunnen herinneren wrong hij zijn handen, en zo dan, terwijl alle geest hem begaf, sloeg hij de laatste ogenblikken gade.

De man in het ketelpak was verdwenen; Bennemin stapte aan dek en overhandigde zijn contract. De officier boog zich over de lessenaar, liet zijn vinger over de passagierslijst gaan—en trad opzij. Na een kort praatje, waarbij Bennemin met een achterwaartse armbeweging scheen aan te geven wie er allemaal tot zijn gezelschap behoorde, knikte de officier en wenkte hij ook de anderen aan boord.

Zijn verstikking was totaal geweest, en zelfs toen de stoet zich weer in beweging zette en op vertoon van de contracten ongehinderd kon doorlopen, duurde het nog geruime tijd voor zijn keel weer openging en de gierende leegte in zijn hart volstroomde van opluchting: ze werden toegelaten, ze hoefden niet terug, ze gingen hoe dan ook naar Amerika... over een maand zouden ze in New York staan... als er dan maar was betaald... telegrafisch natuurlijk... als het bedrag dan maar op de rekening van de factor stond... hij had nog een maand!

Met de terugkeer van zijn denkvermogen viel niet alleen de zwaarte van daarnet van hem af, maar zelfs ook die welke hem tot vanochtend toe stikkens had beklemd, de angst voor een faillissement en de openbare verkoping van zijn huis, want ook al zou Ebert zo dadelijk de Sydeviool komen opeisen, zo flitste het in zijn verlichting razendsnel door hem heen, en bij ontstentenis daarvan de drieduizend gulden van het reçu, dan hoefde hij aangaande de betaling toch helemaal niet in gebreke te blijven, al had hij een dergelijke som niet in baar geld beschikbaar, dan kon hij toch eenvoudig dat bedrag met een hypotheek opnemen? Welke bank zou die lening niet willen verstrekken, met als onderpand een huis als het zijne, waarvan de waarde, als hij het er werkelijk op aan liet komen, juist door de interesse van Victoria zelf... Maar waarom zou hij de zaak op de spits drijven, de onderhandelingen forceren, en Ebert een ultimatum stellen? Hij hoefde nergens voor te vrezen, de tijd werkte in zijn voordeel, en hij had meer tijd dan ooit!

Bennemin was boven aan de reling verschenen en keek weer met het contract als zonneklep zoekend over de kade, de anderen links en rechts van hem deden evenzo — maar nu zou het niet vergeefs zijn! Gewichtloos van vreugde maakte hij zich los van de lantaarnpaal, stapte hij achterwaarts uit de drukte, en omgeven door niets dan open ruimte nam hij zijn hoed af en trok hij de rode baard met de zwarte bril voor zijn gezicht vandaan, wachtte hij met gespreide armen zijn herkenning af, het gelaat stralend opgeheven naar hen die voor hem gingen werken overzee... zijn personeel!

De zoon van Bennemin zag hem het eerst, wijzend stiet hij zijn vader aan en toen ging het snel.

'Vedder!' klonk het van omhoog.

Wat jammer dat Anijs er niet bij was!

'Goodbye!' riep een ander.

Eerst was het alleen maar wijzen, toen werd het een zwaaien, vanaf de reling zwaaide iedereen hem met de contracten toe. Ook zij die nog op de valreep stonden kregen hem in het oog en deden hetzelfde, en zich koesterend in al die warmte als in de zon, ofschoon de tranen hem vrijelijk over de wangen vlotten, zag Vedder niets anders meer dan twee lijnen van witte, flakkerende puntjes die, snijdend in de lessenaar met de passagierslijst, samen één pijl vormden, uitwijzend naar het westen, naar Amerika — en voluit terug zwaaiend nu, met het zilveren theelepeltje hoog heen en weer boven zijn hoofd, terwijl hij met zijn andere hand het zweet uit de kunstbaard achter zijn rug kneep, bleef hij net zolang doorzwaaien tot ook de laatste van Elim aan boord was en zij, om ruimte te maken voor anderen, door de officier naar beneden werden gestuurd, naar het tweede tussendek waar zij als lading verder de gehele reis zouden moeten blijven.

HOOFDSTUK XX

Een helm van honing

Beklemd van verlatenheid liep Anijs de perrontrap af en zette hij zich op de terugweg, al zonder herinnering meer aan de verslapen stationsmeester, vervuld nog slechts van het voorbije afscheid en wat hij verder nog doen zou vandaag, de doktersjas terughangen in Korremorre, de schulden delgen bij de veenschapswinkels in de buitenbuurt, en dan door naar het Veld voor de bijenkorf van Bennemin— het zouden de laatste zinnen zijn aan een reeds afgesloten verhaal, en hij drukte het mohélkistje aan zijn borst alsof ze daar als dure eden in zaten.

Na het houtbos ging de lucht blauw open boven de weilanden. Als een reusachtige vlag, in nieuwe grond geplant, hing de rook aan de schoorsteen van De Nijverheid. Bij huize Gratama aangekomen stak hij dwars door, om pas achter de rozenkwekerij rechts af te slaan. Zo, opnieuw in het groen, maar nu aan de andere kant van de plaats, kon niemand hem zien terwijl hij zijn weg vervolgde, zwaarmoeds, maar hooggestemd ook, ofschoon zonder andere gedachten dan die welke door het kijken in hem werden opgewekt: het was of hij las.

Nadat de kerk in een omtrekkende beweging gerond was kwam stoommolen Robaard in zicht. Daar juist achter, aan de overkant van een sloot, stond in al zijn overbodigheid het voormalige dubbele arbeidershuis van ziekenzaal Korremorre. De vonder boog door, de deur ging krakend open. Binnen was er niets dan de stilte van vier jaar onbruik en een hel licht tegen de kalkmuren. Deemoedig hing hij de doktersjas aan een haak; enkel voor het volk had hij zich verstout die een paar keer te dragen, dat zij zich die waardigheid waardig wisten, niet om zichzelf ermee te tooien—maar nu was dat alles voorbij, voortaan zou hij weer apotheker ordinaris zijn, met zijn oude diploma in ere aan de wand. Vanaf de drempel wierp hij nog een laatste blik door de kale ruimte. De jas was tegen al het wit al bijna niet meer te zien.

Verder ging het weer, over het pad achterlangs de tuinen. In sommige huizen waren de gordijnen nog dicht; ter andere zijde streek de zon laag over de glinsterende weilanden; er klonk geen enkel geluid dan af en toe wat kinderkwetter: vreemd hoe vroeg het na al het gebeurde toch nog was. Zijn eigen tuin passerend meende hij even Martha te zien bewegen achter het keukenraam, hetzelfde raam waardoor zij Klein Pet voor het laatst had gestreeld, gisteren nog maar, onvoorstelbaar: gisteren. Zij had stellig verdriet nu, maar straks, wanneer hij van het Veld terugkwam, zou zij ook met intense opluchting vernemen dat het volk definitief vertrokken was: hoe vaak had zij hem laatstelijk niet gedreigd met zijn onbevoegde punctie, de verzuimde autopsie, gerechtelijke consequenties, een alsnog uitgevoerde sectie, met als gevolg het verlies van zijn licentie ('En dan Chris? Een polis hebben wij niet! God beware, de schande alleen al!'), maar zonder Johanna, zonder het eventuele litteken op haar buik en zonder getuigen verviel elke vervolgingsgrond, restte er niets meer van de kraamnacht dan een houten kruis op het Veld, waar wel nooit iemand meer zou komen, en een lijkje dat er staag onder verging.

Zo vaak als Klein Pet de afgelopen weken als koerier hier steeds gelopen had, zo nieuw was het voor Anijs; zo door en door vertrouwd de huizenrij hem vanaf de vaart ook was, zomin herkende hij nu de achtergevels – maar reeds kreeg hij het einde van de lintbebouwing in het oog, reeds kon hij uittellen welke kap, de derde vanaf de hoek, van De Eenhoorn was. In het voorbijgaan spiedde hij achteloos door een gat in de haag, waarop hij evenwel getroffen bleef stilstaan, terugboog, en opnieuw keek. De waslijn hing over de gehele lengte vol met grote, witte lappen; mevrouw Halink moest bevallen zijn; het waren luiers!

Zijn hart sloeg over, sprong toen op: nee, de Halinks waren niet meer op visite geweest, maar wanneer zij nu een geboortekaartje kregen konden zij naar hen gaan, op kraambezoek, en daarna nog eens voor de nadere kennismaking, er viel genoeg te bepraten, de plaatselijke liefdadigheid diende onverzwakt te worden voortgezet, wellicht kon hij Halink alsnog vinden voor de Vereniging tegen Bedelarij, het armwerkhuis of Dorcas, de jaren begonnen hem te drukken, eens moest hij de fakkel toch overgeven – en dan zou de kleine niet eens op de schoot van Martha mogen spartelen, en haar op den duur gaan herkennen met een lach? Met brandende ogen kwam hij het volgende moment uit op het karrenspoor langs het opgaande. Drie vrouwtjes op de brug over de vaart stootten elkaar aan bij zijn verschijnen, maar zonder een enkele blik in de richting van het Kruis sloeg hij links de hoek om, de andere kant op naar de buitenbuurt: ja, een nieuw kindje voor Martha...

***

Pas ettelijke uren nadat de trein met het volk vertrokken was, drong het tot het katerende brein van de stationsmeester door dat wat hij met zijn ogen gezien had, door zijn mond mogelijk in een drinkgeld kon worden omgezet: wilde het gerucht niet dat dokter Amshoff en burgemeester Pottinga sterke verdenkingen koesterden aangaande bepaalde bemoeienissen van apotheker Anijs met het Veld? Hij wreef nog eens over zijn rode gezicht en begaf zich ijlings op weg.

Zonder bij de burgemeester te durven aanbellen liep hij door tot aan het Kruis, waar hij rechtsaf ging naar Dalwijk annex Maison de Santé. Een paar dames, gekleed in jute jurken, liepen juist op blote voeten heen en weer over het nog natte gras van het gazon; vanaf het grindpad sloeg Amshoff de reformoefeningen gade; op het bordes achteraan was een knecht doende de dokterslandauer in te vetten. Hoe geruisloos-nederig hij ook trachtte te naderen, bij iedere stap knersten de kiezels onder zijn zolen. Toch keurde de oude jonker hem zelfs nog geen blik waardig toen hij buigend permissie verzocht te mogen spreken – maar het relaas van het gebeurde was er niet minder kleurig om.

'Uiteraard is het verre van mij om een heer als apotheker Anijs van zaken te betichten die het daglicht niet kunnen verdragen,' wentelde de stationsmeester zich tot besluit als een volleerd verklikker in onschuld, 'maar wanneer hij niets te verbergen heeft, zal hij van zijn optreden immers gaarne rekenschap geven? Omdat Uedele zich naar verluidt in dit verband wel eens zorgen heeft gemaakt, meende ik u mijn waarnemingen niet te mogen onthouden. Amersfoort, de trein is vertrokken richting Amersfoort. Overigens, wordt de heer Anijs niet ook in de gaten gehouden door de burgemeester?'

Op dat moment, alsof de duivel ermee speelde, kwam Pottinga juist het grindpad op gelopen voor de wekelijkse koffievisite, lachend, een sigaar in de mond. Had Amshoff tot nu toe nog geen enkele reactie gegeven en slechts inwendig staan stampen als een locomotief onder stoom, bij het verschijnen van zijn vriend brak zijn gerede woede voluit baan en vertelde hij hem kortbondig wat hij zonet had vernomen.

De lach bestierf Pottinga op het gezicht: 'Wel allemachtig, het zal toch niet waar wezen...' stiet hij ontsteld uit.

'Het is toch verdomd alsof hij het erom doet... Maar deze keer pakken we hem!' gromde Amshoff grimmig, en zich omdraaiend op zijn hakken gelastte hij de knecht met bulderende stem om onverwijld in te spannen.

In zijn handen wrijvend, glimmend van dienstwilligheid boog de stationsmeester zich opnieuw naar voren, en ried hij de heren om, zo hij juist begrepen had dat zij van de heer Anijs een verklaring wensten, hem op het Veld te gaan zoeken. 'Hij wilde daar dadelijk nog iets voor iemand gaan doen, een bijenkorf verzorgen.'

Amshoff zei niets meer, en ook Pottinga stond zich sprakeloos te verbijten. Wellustig koesterde de stationsmeester zich enige ogenblikken in zijn genegeerde en geminachte positie, tot hij opnieuw uitbrak in beleefdheden die hij uit zijn kronkelende lichaam wrong als de laatste waterdruppels uit een vaatdoek.

'Om redenen die ik zo-even al uiteen heb gezet, meende ik goed te doen mijn kennis ter beschikking van verstandiger mensen dan ikzelf te stellen,' kwam de man flemend toe aan het slotbedrijf van zijn werk, vals als Jago meelevend met de door hemzelf gestichte onrust, zij het dat hij wél gezien had waarvan hij getuigde. 'Weliswaar moest ik daarvoor mijn dienst in de steek laten, en zal ik vanavond de verloren uren alsnog moeten inhalen, maar de waarde die Uheren aan mijn inlichtingen gelieft te hechten schenkt mij meer voldoening dan een beloning in geld had kunnen geven...'

De aanwijzing was even duidelijk als dwingend; Amshoff grabbelde in zijn broekzak en nog steeds zonder de man aan te kijken stak hij hem zijn zilverling toe, terwijl hij de knecht die met het paard kwam aanhollen tot grotere spoed maande en het einde van de reformoefening afkondigde.

Knarsend over het grind weer maakte de stationsmeester zich uit de voeten, hoe licht van harte hij zich in zijn vernedering ook bevond, en om zijn genot nog te volmaken bleef hij verscholen op het Kruis staan wachten, om met eigen ogen te zien hoe de landauer van Amshoff even later de brug over ratelde en spoorslags in de richting van het Veld verdween. De drie vrouwtjes drukten zich verschrikt tegen de leuning; een half opgerookte sigaar werd door het raampje naar buiten gegooid.

***

De buitenbuurt was al vol leven toen Anijs de winkel van de Groningse binnenstapte. Om een reden na aan piëteit wilde hij niet vragen of het volk al vermist werd, het niet eens weten. Zonder zich te verklaren betaalde hij de rekeningen op zijn lijst, in de winkel van de Hollandse delgde hij de schulden evenzo, en vervolgde zijn weg langs het Zuideropgaande.

Naarmate het dorp achter hem verdween drong het voorjaar zich sterker aan de zintuigen op. Het prille loof lag als een lichtgroen gaas over de bomen, de wilg bloeide al, en de weilanden rechts waren geel bespikkeld van boterbloemen. Gedurig riep de koekoek in de verte, dichterbij klonk de plons van een kikker of ritselde er opeens een snip in het afgemaaide riet—tot hij de twaalfde dwarswijk bereikte en ieder geluid, elke kleur leek te vervagen bij de aanblik van het verlaten Veld.

Als een nevel hing het vertrek van vanochtend nog zichtbaar tussen de hutten. Men moest zomaar zijn weggelopen, van sommige hutten stond de deur nog open. Maar waarom zou men zijn woning ook nog afsluiten als er toch niets in werd achtergelaten, als men er toch nooit meer terugkwam? Alles wat niet meekon was de afgelopen weken op de omringende weekmarkten aan de man gebracht, van sommige hutten zelfs ook de deur of het raam, open holtes nu, de oogkassen waardoor de bultige bouwsels op het bovenveen hem als doodskoppen aanstaarden terwijl hij verderging langs het oliezwarte water van Elim—maar waarom nu zo droef *in morte*; had hij zijn mensen niet juist een nieuw leven geschonken?

Hij passeerde de plek waar hij ooit twee kleuters had gesproken, zag achteraan het berkenbosje waarin hij zich eens moest verschuilen, herinnerde zich kortom steeds meer van zijn eerdere keren hier, de eerste keer, met de kolden vrijer in doktersjas, de keer daarna voor de algemene medicatie, toen hij die jas in het opkamertje had gevonden, de keer van het Cabaret ook, diezelfde nacht gevolgd door nog een keer te paard, met Klein Pet voorop naar de bevalling van Johanna, en bij de herinnering ook aan het bezoek samen met Vedder leken al die keren zich opeens als evenzovele episodes aaneen te rijgen tot één doorlopende geschiedenis, het verhaal van zijn hedenochtend voltooide streven—ja waarlijk hij las, hij liep door een pas gelezen boek, en overzag het vluchtig in zijn geest naar de opgave van de hoofdstuktitels. Alleen het slot moest hij nog, hij ging er nu naartoe...

Het was windstil, er klonk geen enkel geluid dan zijn voetstap op het gras, tot hij staan bleef om het kistje onder de andere arm te nemen en ook dat wegviel. Toen, omlijst door een kristallijnen stilte, begon er ergens in het onderhout een vogel te zingen, zo zuiver en verheven dat hij er onwillekeurig naar bleef luisteren. Maar hoe nu? Dat vogeltje zong niet alleen maar naar zijn natuur, heel duidelijk onderscheidde hij in alle trillers nu ook een bekende melodie, ja, het was psalm 23, het lied van de reizigers, hij kon de woorden bijna verstaan: *De Heer is mijn herder* – maar dan moest het vogeltje bij de mensen hebben gewoond; heel de winter lang, tot de vrijlating vanochtend aan toe, moest men het die woorden door de spijlen van het kooitje hebben voorgezongen, met een geduld, even groot als het geloof in de uitleiding, het vertrouwen op de dokter. Anijs rilde, onderging de vrome, blije zang eerst als een getuigenis, daarna als een gelijkenis, eerst als een schaduw, daarna als het lichaam zelf, de volmaakte belichaming – want net als dit vogeltje was toch ook het volk vanochtend vrijgemaakt, en blijmoedig in Gode uitgevlogen uit de gevangenschap?

Ter rechterzijde op het bovenveen regen de stulpjes zich aaneen terwijl hij verder liep, en zich trachtte voor te stellen hoe men elkaar daar avond aan avond, tot gisteren toe, in stil vertrouwen getrakteerd had op alle mogelijke *Americana*, de hoogte van het Vrijheidsbeeld, het aantal kogels in een revolver, de dikke siroop die zo uit de stam van de *maple* getapt kon worden, en wanneer men de melodie maar gekend had, zou al dat kortavonden stellig ook met het Amerikaanse volkslied besloten zijn. De waterkant aan de andere zijde van het pad bloeide intussen in allerlei kleuren paars en geel; gedurig bukte hij neer om een bloem te plukken; met een vol boeket in de hand passeerde hij tenslotte het zilver-zwart gestreepte berkenbosje en betrad hij schroomvallig het erf van Bennemin, slechts nog vervuld van de wens om de laatste, elegische bladzijden aan de epiloog bij te schrijven, en de dienstbaarheden waarvoor hij hier was aandachtig te vervullen, aan de bijenkorf, maar ook aan het grafje, het kind van Johanna – ook harer herinnerde hij zich nu haarscherp, hij hoorde haar ijzeren ogen over een weegschaal rollen...

Alles was hetzelfde, alleen stond het huis nu leeg. Anijs

zag het door het raam, wilde uit eerbied niet binnengaan. Hij zette het mohélkistje neer, legde de bloemen erop en kwam even later de aardappelschuur uit met een spatel en de pot stamphoning waar Bennemin over gesproken had. Langzaam liep hij ermee naar de bijenkorf onder het uitstek; in de beschaduwde doorgang tussen huis en schuur tekende die zich pikzwart af tegen het overvloedige licht daarachter; hij kon de afstand niet goed schatten, stond er opeens vlak voor en schrok – hij moest voorzichtig zijn, de laatste bijensteek die hij had opgelopen had een hevige en langdurige zwelling teweeggebracht, mogelijk was zijn bevattelijkheid voor het gif mettertijd nog weer sterker geworden.

Het vlieggat bevond zich op ooghoogte. Hij keek erin, zag niets – sliepen ze? Hij nam een lik honing op de spatel, wilde die afstrijken aan het voederbakje onder de opening, en twijfelde: om geschommel aan het ijzerdraad en navenante onrust binnen te vermijden zou hij de korf eerst stevig moeten vastpakken, maar tegelijk vreesde hij die onrust ook bij de eerste aanraking te veroorzaken. Zichzelf overwinnend zette hij de pot tussen zijn voeten en bracht hij zijn vrijgemaakte hand naar de korf, steeds dichterbij, tot er plotseling een dikke bij naar buiten kwam gekropen, traag, bijna dood al, of misschien ook nog maar pas ontwaakt. Even bleef het insect geheel stilzitten, toen vloog het naar de spatel in zijn andere hand en streek het neer op de honing. Verbluft merkte Anijs hoe deze minimale gebeurtenis hem volledig vastzette: afstrijken was niet meer mogelijk, door deze ene bij te tergen kon hij zich de woede van de hele zwerm op de hals halen – wat te doen? Het grafje, ja natuurlijk, het grafje eerst – hij legde de spatel behoedzaam neer op de pot, haalde de bloemen en het besnijdeniskistje op en kwam opnieuw bij de korf, die hij nu bukkend voorbijliep, de doorgang uit, het licht in.

Het achtererf was een moestuin. De hei daarachter golfde als een onmetelijke deken van roestige ijzerwol weg
naar de einder. Hier en daar groepten wat kromme den-
nen samen, verder was er niets dan ruimte en zonneschijn.
Het vrijvenstertje kierde in de zijgevel, maar Anijs had
zich al omgedraaid en schreed naar het houten kruis achter de schuur. Bij elke pas bewogen de berkenstammen op
en neer als bestek in de handen van mensen aan een feest-
maal.

Het graf was afgebiesd met veldkeitjes. Hij zette het
kistje op de grond en legde zijn hoed ernaast. Neerknielend vlijde hij de bloemen aan de voet van het kruis. Het
vermeldde geen naam, maar wel was er een datum in het
dwarshout gegutst. Hij slikte, wendde het gezicht af en
keek over zijn schouder omhoog in de verblindende zon,
dezelfde zon waaronder Johanna en alle anderen nu
scheep gingen in Amsterdam. Zou neef Walter hen uit-
zwaaien, en daarbij misschien ook aan hem denken? Zou
hij hem ooit nog weerzien? Hij kon hem schrijven, zou in
ieder geval naar de opening van het Victoria Hotel gaan
kijken – en dan later op de avond samen naar het theater,
als vrienden...

Hij veegde wat dorre bladeren van het graf, verschikte
nog iets aan de bloemen, en merkte hoe volkomen stil het
was, van afwezigheid, de weerloosheid van het huis. Opeens, vanuit het berkenbosje nu, klonk er weer dat vogel-
gezang, hoger en vromer nog; het vinkje was met hem
meegevlogen, maar niet om nog weer verder te getuigen,
het wilde hem leren bidden nu, *met olie zalft Gij mijn
hoofd*, een regel die alle rede van zijn filosofie, farmacie en
filantropie deed smelten tot liefde, één enkele regel maar
– en terwijl hij met gevouwen handen bleef neerknielen
was het of de stilte daarna zich nog verzwaarde: hij hoorde
er een zwijgen in, het zwijgen van Bennemin tegenover

Amshoff, toen die het graf was komen zoeken maar het niet te zien had gekregen, en ook het grote zwijgen van heel het volk, eerst lijdzaam, daarna steeds daadkrachtiger, het stilzwijgen waarmee men zijn werkzaamheden voor de buitenwereld verborgen had gehouden, de stilte die zich allengs als een ondoordringbare koepel over het Veld ontvouwen had, ja, als het verbondsteken waarom hij eens verzocht had – maar als zij dat van hun kant zolang hadden volgehouden, moest hij dan nu niet ook zijnerzijds een blijvend teken aan zich bevestigen?

Een ijle hitte doortintelde de luwte en stak hem op zijn kale schedel, hij begon te zweten en maakte zijn boord los, deed toen ook zijn broek omlaag. Duizelig, terwijl het bloed aan zijn slapen bonsde, liet hij zijn hand naar het kistje zweven, het deksel openen, weifelen boven het besnijdenisgerei. Alles was van zilver, het licht schitterde tegen het mesje, tegen een versierd doosje, een beker, een plat klemmetje en een schaar, stak brand in de fluweelrode voering. Zonder nog na te denken pakte hij zijn slappe lid beet en trok hij de voorhuid naar voren, die hij voorbij de eikel vastzette met het klemmetje. Zijn hand ging terug, nam het mesje uit het kistje, en bleef toen bewegingloos in de lucht hangen – hij was niet alleen, hij had een geluid opgevangen, een onhoorbaar doffe trilling...

Met een ruk draaide hij zijn hoofd naar het vrijvensterje achter zich, vanwaar hij ooit door Johanna was gadegeslagen – maar hij keek te ver achterom, ergens op de heide lichtte er nu een witte plek op in zijn ooghoek, niet eens zo heel ver weg, maar toen hij die kant op keek zag hij niets meer. Was het een schaap? Overeind krabbelend spiedde hij alle dennengroepen af waarachter het dier verdwenen kon zijn, toen klonk er van nog weer een andere kant, uit de richting waar hijzelf uit gekomen was, weer een nieuw geluid, onmiskenbaar nu: achter het berkenbosje brieste

een paard. Tussen de stammen door zag hij een koets stil-
houden, de portieren zwaaiden open, twee heren in het
zwart sprongen naar buiten. Het waren Amshoff en Pottinga, ze hadden hem al opgemerkt en kwamen, zonder
nog om te lopen, dwars door het bosje met wapperende
jaspanden recht op hem af.

Het zweet stroomde tappelings in zijn hals, maar zich
bewegen kon hij nauwelijks meer, de drang was te groot,
de lucht te dik, het besef te plotseling: hij moest het graf
onzichtbaar maken! Oneindig vertraagd greep hij het
kruis beet, volkomen krachteloos trachtte hij het uit de
grond te trekken, daarna heen en weer te wrikken, toen
alleen nog maar af te breken, hangend aan de stander —
maar hij had ook geen gewicht meer, zijn vlees was verze-
nuwd en schuim geworden.

Pottinga bereikte als eerst het achtererf. 'Waar is iedereen gebleven?'

Daas staarde Anijs de burgemeester aan. Hij had het
kruis losgelaten, sjorde krombeens zijn broek omhoog, en
merkte niet dat zijn piemel met het zilveren klemmetje
eraan buiten bleef hangen.

Nu kwam Amshoff tussen de stammen vandaan. Onmiddellijk wees hij Pottinga op het kruis met de bloemen.

'Dus toch... een graf!' stelde hij bitter vast.

'Maar... zo klein!' verbaasde Pottinga zich.

'Voor een pasgeboren kind... dat zei ik toch!' verklaarde
Amshoff hem, en zich voor het eerst tot Anijs richtend nu
sprak hij op afgemeten toon: 'Dat wordt autopsie. Ditmaal
zult u zich voor uw handelen moeten verantwoorden. U
probeerde daarnet het kruis uit de grond te trekken? Be-
reidt u zich voor op een tuchtzaak.'

Schouder aan schouder, als een tweekoppige aanklager,
deden de twee heren een stap vooruit.

'Een tuchtzaak... minstens!' deed Pottinga er nu bovenop. 'Ik bedoel, ik kan toch niet accepteren dat een hele groep onwetende ingezetenen zomaar ergens naartoe wordt afgevoerd... Amersfoort, is het niet? Alsjeblieft—en voor wie gaan ze daar dan werken? Is dat wel bonafide, vraag ik mij af, hoefden er geen antecedenten onderzocht? Juist voor een zo weerloze groep is de grootste zorgvuldigheid geboden, mijnheer! Goed, misschien zijn ze daar wel beter af dan ze hier waren, maar waarom moest alles in het geheim, waarom heeft u mij nergens in gekend? De gemeente had graag...'

De vergrotende trap van Amersfoort was Amsterdam, de overtreffende trap Amerika—maar de A bleef Anijs in de keel steken, zodat hij met wijd opengesperde mond de aanspraak onderging, tot die opeens werd afgebroken en zijn aandacht door de rollende ogen tegenover zich omlaag werd geleid. Met de kin tegen de borst zag hij zijn naaktheid—maar wat kon hij eraan doen? In zijn ene hand had hij het mesje, met de andere hield hij zijn broek op...

Even nog staarde Pottinga naar de pik met het klemmetje, toen, zonder nog een woord tegen Anijs, draaide hij zich terug naar de oude dokter: 'God beware, wat doet hij nou weer?'

'Hij is zich aan het besnijden,' antwoordde Amshoff, die al een blik in het mohélkistje geworpen had. 'Nu er hier niemand meer over is om te opereren, is hij maar aan zichzelf begonnen.'

Verdwaasder nog in zijn ontnuchtering dan in de vervoering van daarnet zag Anijs de twee heren dreigend dichterbij komen. Terwijl de schaamte als een zuur aan zijn gezicht begon te gloeien deinsde hij achteruit, hij wilde iets terugzeggen maar zag toen opnieuw die witte vlek in zijn ooghoek. Het was de hond Joop, vlakbij nu, met achter zich Lubber; de twee moesten vanochtend in alle vroegte zijn ontsnapt bij de verre tante; roerloos stonden zij aan de rand van het achtererf, op de drempel van hun ontdekking dat er niemand meer in het huis was.

'Altijd maar snijden...' drong de honende stem van Amshoff na een korte suizeling weer tot hem door, 'hij kan het gewoon niet laten...'

De beide opstuwende doctores voor zich, het redeloze, hijgende tweetal schuin ter zij: werktuiglijk week Anijs de beschaduwde doorgang tussen huis en schuur in, nog aldoor achterwaarts, met het mesje in de hand en het klemmetje aan zijn pik. De eerste van zijn achtervolgers verscheen in het tegenlicht, hij wilde zich omdraaien, zijn vlucht versnellen, maar stapte op iets dat wegkantelde onder zijn schoen. Vallend stootte hij met de zijkant van zijn hoofd vol tegen een zwaar voorwerp, dat toch licht meegaf. Hij lag op de grond, zag boven zich de zwarte bijenkorf wild heen en weer zwaaien tegen de blauwe lucht, en hoorde toen een diep gegons. Alsof er een kraan was opengezet, zo perste het bijenvolk zich naar buiten, eerst sproeiend met losse druppels, toen in een ononderbroken, dichte straal.

Overeind gekrabbeld holde hij verder langs het huis, maar de honingkleurige slang die hem kronkelend achtervolgde was sneller, de kop was al bij zijn hoofd, likte aan zijn jukbeen, en toen hij die wegsloeg voelde hij het bijtende gif, al niet meer alleen aan zijn wang maar overal nu – heel de zwerm zette zich op hem neer, het was of hij ineens een helm droeg, vanaf zijn kruin tot diep in zijn hals zat hij onder een dikke laag bijen, die hem staken al waar hij ze van zich af trachtte te slaan – maar dat slaan duurde maar even, toen had hij allebei zijn met bijen bedekte handen nodig om er zijn ogen mee af te schermen, en zo dan, in de houding van iemand die huilt, wankelde hij verder, terwijl het gegons nog aldoor aanzwol, terwijl hij nu ook in zijn oren gestoken werd, terwijl zijn losgelaten broek weer afzakte en zijn passen steeds kleiner werden, net zolang tot hij struikelde, misschien van zijn broek, misschien door de steile wallenkant, in ieder geval voorover het koude water van Elim in – maar hij voelde het niet, zijn hoofd bleef ondergedompeld in kokende olie, hij zwom in zoutzuur.

HOOFDSTUK XXI

Staatwisseling

De Orion was vertrokken. Zonder een zweem meer van zijn eerdere vreugde op de kade kwam Vedder terug in de werkplaats. Een aanhoudend gehamer drong door de achtermuur naar binnen, onmiddellijk viel zijn oog ook op het koffieschoteltje naast de canapé, met de restanten van het etiket, het enige dat er van de Syde-viool nog over was. Trillend van zenuwen liet hij zich in de kussens zakken, hij kon alleen nog maar wachten, maar waarop? Ebert kwam vandaag niet; hij was gisteren nog geweest, en zou pas weer komen als de prijs onder de dertig lag — maar over een maand, bij aankomst van het schip, moest er zesenveertigduizend gulden telegrafisch naar de rekening van de factor zijn overgemaakt. Hoe Ebert nog naar zich toe te halen, als hij toch niet verder dan dat bedrag kon zakken? En dat had hij gisteren al gedaan — eigenlijk, als hij dacht aan de factuur van de drukker, de declaratie van Biederlack, en het reçu waarmee Ebert drieduizend gulden voor de ontvreemde viool kon bedingen, zou hij nu juist weer met zijn prijs moeten stijgen, zelfs nog wel tot boven de vijftig...

De middag verstreek, het begon te schemeren, nog aldoor lag Vedder wachtend op de canapé — maar hij wachtte op iets dat niet gebeuren kon, op iemand die niet zou komen. Toch was het hem op zeker ogenblik te moede alsof Ebert zich in gasvormige gedaante tegenover hem bevond, en een onweerstaanbare lust om in die doorschijnende onverschilligheid binnen te dringen welde als hees gefluister in hem op.

'Waar uw viool is? Ik heb hem gerepareerd, en toen verpatst... ver onder de prijs, want echte kenners komen hier niet...'

Ebert glimlachte als een spiegel, volkomen onaangedaan, zonder een woord te geloven van wat hij zei, hij wist immers nog beter dan hijzelf dat Theo de viool had ontvreemd — maar wat gaf het? Hij zou het toch wel op prijs stellen dat hij zich zo voor hem liet gaan, dat viel toch niet meer te negeren?

'Welnu dan, het reçu... ik kan niet betalen... ik ben u schuldig... doet u met mij wat u wilt...'

De schim was verdwenen, zoals ook de dag voorbij was gegaan, de eerste dag van de maand die hij had. Morgen en overmorgen zouden evenzo verlopen, en ook wanneer het kantoor van Biederlack dinsdag na Pasen weer openging maakte dat geen enkel verschil meer: de toekomst was een ledige vlakte, een rimpelloze zee waar niets uit omhoog kon komen, zonder zelfs ook maar de oneffenheid van een mogelijk bankroet, want desgedwongen zou hij domweg op hypotheek lenen. Dof staarde Vedder voor zich uit, maar toen drong het gehamer weer tot hem door en schoot hij met vernieuwde kracht overeind, terwijl zijn hart openzwaaide op het aloude scharnier van de onomstotelijke feiten: de bouw aan het hotel ging onverdroten door, Victoria moest zijn huis hebben, ze dachten net zo aan hem als hij aan hen, de ontknoping sloop steeds dichterbij — en hij dacht dat er niets meer gebeuren kon? Hij greep zijn hoed en vervuld van dezelfde opgetogenheid als vanochtend op de kade verliet hij het huis: hij hoefde alleen maar af te wachten, ze zouden vanzelf weer naar hem toe komen, de tijd werkte in zijn voordeel, en hij had meer tijd dan ooit, een volle maand!

Rond middernacht kwam hij terug uit de kroeg, waar hij cobblers en whisky had gedronken. Er klonk geen enkel geluid in de werkplaats, de bouw moest voor Pasen zijn stilgelegd. Hij bracht lucifers op, maakte licht – en bemerkte toen eerst de viool in de etalage. Terwijl zijn hart oversloeg strekte hij zijn handen ernaar uit, maar hij wist het al: het was de Syde-viool, heel zorgvuldig teruggelegd op de plaats van de ontvreemding, net alsof die nooit gebeurd was – alleen ontbraken nu de spanhaken, en was het instrument met snaren en al speelklaar gemaakt.

Op slag ontnuchterd, maar te opgewonden ook om zich nog ergens over te verbazen, nam Vedder een strijkstok. Zou het werkelijk zo kunnen zijn dat zijn laatste ingreep succesvol was geweest, en het trillichaampje inderdaad in het wormgat onder het etiket had gezeten? Hij haalde diep adem, luisterde naar de volkomen stilte, en streek aan, steeds krachtiger, eerst op de d-snaar, toen ook op alle andere, hij drukte de vingers van zijn linkerhand neer en speelde een wals in de nacht, heen en weer bewegend op het een-twee-drie van zijn laaie vreugde: de ruis was weg! niemand had hem willen doen failleren! hij kon Ebert nu toch laten komen!

Rillend van het lachen boog hij zich even later over de salontafel achterin het kantoor. Vaststond dat Theo de sleutel had gebruikt om Ebert ter wille te zijn, maar het was maar een plaagstootje geweest! Beide heren moest hij een briefje schrijven, Ebert met een tijdstip waarop hij de gerepareerde viool kon ophalen, en Theo dat hij op datzelfde moment in de lutherie moest komen – ja, dinsdagmiddag om vijf uur, de eerste werkdag na Pasen.

***

De bittertafel was opgezet met het zilveren likeurstel, drie glazen kelkjes, en de Syde-viool in gesloten kist in het midden. Buiten scheen de zon, in het kantoor brandde de lamp, door de muur klonk nauwelijks enig gestommel. Alles was gereed voor de ontvangst, alles glansde — kwart voor vijf, nog een kwartier. Hooggestemd stofte Vedder nog wat af, de kachel en de kassa.

Hoe buitengewoon verheugend de overdracht van de viool zo aanstonds ook, welbeschouwd viel die zaak toch in het niet bij die andere aangelegenheid die hij met Ebert had, de nog steeds gestagneerde onderhandelingen, terwijl de tijd drong, en de wederpartij nu ook al naar een wel zeer vrijpostig pressiemiddel had gegrepen — wat lag er meer voor de hand dan dat Ebert, na ontvangst van de viool, toch weer zou willen praten? Eens moesten ze er toch uit komen — waarom straks niet, terwijl Theo erbij was? En om dan, aansluitend, naar Biederlack te gaan, om Theo tot erfgenaam van het vermogen te maken... Als Ebert mee-ging zou dat onverwijld gebeuren... en dan, daarna, met nog steeds Ebert en Theo erbij, naar Henkenhaf, om het heugelijke nieuws mee te delen, en kennis te maken... bij een diner voor vier, in een restaurant... *Mijn complimenten, een voortreffelijke locatie...!*

De winkelbel rinkelde. Opgeschrikt uit zijn mijmerij stak hij schielijk de stofdoek weg, hij verschikte nog iets op de tafel en liep toen met statige tred naar voren. Hij zag Theo door het raam van de deur, maar toen hij opendeed was Ebert er ook. Hij droeg een donkergrijs kostuumveston, Theo zag er bijna even gekleed uit, zij het in zijn kantooruniform.

'Heren komt binnen, loopt door!'

Men nam plaats. Vedder schonk in, verklaarde echter pas te willen klinken wanneer de viool in orde bevonden was. Plechtig opende hij de kist, hij reikte Ebert viool en strijkstok aan, die verlegen werden afgeweerd, en stond toen op om zelf het proefspel te verrichten, eerst heel nauwkeurig, snaar voor snaar tussen de stommelingen door, daarna steeds levendiger, glunderend, walsend, even beweeglijk als de eerste keer, alleen zakte hij nu ook nog af en toe als een volleerd Stehgeiger naast Ebert door de knieën, om hem nog beter te laten horen hoe schoon de toon was, zonder enig bijgeluid meer: ook bij volkomen stilte viel er geen enkele resonantie meer te bespeuren!

'De ruis is weg, maar vraag me niet waar hij gebleven is!' schertste hij, terwijl hij stok en instrument terug in de kist plaatste. Hij knipoogde naar Theo, nam zijn glas en vervolgde in opperbeste stemming tegen Ebert: 'Welnu dan, reparatie geslaagd! Maar in alle bescheidenheid, er zijn natuurlijk wel belangrijkere zaken op de wereld, dus als wij nu drinken, dan zou ik willen zeggen, met uw welnemen: op een spoedige overeenkomst! U kent mijn prijs! Proost!'

Ze klonken en dronken. Vedder zette als eerste zijn glas neer, ademde uit en richtte zich weer tot Ebert, die met een onbeweeglijke glimlach naar zijn schoenen keek.

'Maar onderhandelen, dat komt straks wel, voor mijn part met Theo erbij, ik bedoel, u bent nu hier voor de viool... Mijn God, ik heb wel gezweet toen die weg was! Ik zal eerlijk zeggen, ik vreesde een faillissement... het reçu, begrijpt u? Al zou ik een hypotheek hebben gegeven! Maar wat doet dat er nog toe? U was helemaal niet uit op mijn bankroet, ik ben te achterdochtig geweest, het was maar een plaagstootje! Ach ja, als de tijd begint te dringen grijpt men naar pressiemiddelen, nietwaar?'

Met een twinkeling in de ogen keek hij van Ebert naar Theo en weer terug, maar zij verrieden niets, wisselden slechts een steelse blik en staarden weer strak omlaag.

'Uitstekend, volkomen gelijk, de kaarten blijven in de

mouw!' riep hij vol vrolijke strijdlust, zich al evenzeer vermeiend in zijn eigen overwicht als in de bedremmeling
aan de andere kant. 'Het spel is immers nog niet uit, de
laatste slag moet nog komen! Maar hoe dan ook,' – nu
dempte hij zijn stem, boog hij voorover en legde hij zijn
hand op de vioolkist – 'dit zaakje hier kunt u zo meenemen... Anders nog iets van uw dienst? Ha, ha! O nee,
wacht!'

Plotseling scheen hij zich iets te herinneren, en zo uitmuntend als zijn humeur, zo bedrijvig liep hij de werkplaats in. Hij kwam terug met een koffieschoteltje in de
hand.

'Dit hoort er ook nog bij!' verklaarde hij, terwijl hij het
op de vioolkist zette. 'Want weet u waar het nu uiteindelijk zat? Weet u wat dit voor papiersliertjes zijn? Dit is het
etiket! Ja, toen ik op alle andere plaatsen was geweest wist
ik dat de ruis zich alleen nog maar daaronder kon bevinden, ik heb het losgeweekt en inderdaad: een wormgang
als een open graf! Ik geloof dat ik die groeve pas na drie
liter warme lijm helemaal dicht had! Wat er al die tijd in
heeft geresoneerd zullen we nooit meer weten, maar in
ieder geval is het nu voorgoed tot zwijgen gebracht! Kunt
u zich mijn opluchting voorstellen, na anderhalf jaar zoeken? Ik heb in mijn praktijk nog nooit eerder zoiets mee-
gemaakt, het lijkt wel alsof iemand heel bewust dat trillichaampje, wat het ook geweest mag zijn...'

Er verschoof iets in hem, de overdrachtelijkheid ver-
dichtte zich op het moment van uitspreken tot een feit,
een hard en rond ding, een steen die nog even liggen bleef
op de top van zijn opgewektheid en toen langzaam omlaag
begon te rollen, en elke vonk die ervan afsprong deed zijn
begrip heller oplichten.

'...sterker nog: het staat volkomen vast dat iemand die
zandkorrel of glassplinter moedwillig onder het etiket

heeft verborgen,' vervolgde hij na een korte hapering, waarin zijn mond opeens kurkdroog was geworden. 'Ik bedoel, mijnheer Ebert, als dit etiket hier,' (zijn vinger ging hamerend op en neer boven de papiersliertjes op het koffieschoteltje) 'als Syde dit etiket in de zeventiende eeuw heeft opgeplakt, hoe kan er dan zoveel later nog een glassplinter onder terechtgekomen zijn? Is die soms dwars door het papier heen gevlogen?'

Er kwam geen antwoord. Vedder mat Ebert met duistere blik, zag toen alleen nog maar hoe de omlaag rollende steen steeds meer andere stenen met zich meesleurde de diepte in.

'Goed, iemand moet geholpen hebben...' dacht hij hardop verder. 'Maar waarom zou die iemand dat splintertje juist onder het kwetsbare etiket hebben willen verbergen, met alle gevaar voor beschadiging van dien? Vermoedelijk heeft het nooit in die laatste wormgang gezeten, maar op een heel andere, nog veel vernuftiger schuilplaats, waar het door meesterhand is aangebracht, en ook weer verwijderd... ja, in het etmaal van de verdwijning!... mijn laatste ingreep was ook weer vergeefs... collega Smolenaars heeft het gedaan! U kent Smolenaars immers? Ik heb u met Smolenaars in het Concertgebouw gezien! Theo! Weet je nog die keer dat wij naar het Concertgebouw gingen en ik die viool probeerde te verkopen? Smolenaars was er toen ook! Maar ook de grote Smolenaars wilde nog even de proef op de som nemen, daarom is de viool, die kaal werd weggehaald, rondom in de spanhaken nog, besnaard en wel weer teruggebracht...'

Elke bijzonderheid die betekenis kreeg in zijn baanbrekende begrip bevestigde het en werd een gegeven; hun tal nam explosief toe, het was een lawine nu van losgeraakte feiten, die in zijn geest omlaag raasden en op de bodem liggen bleven in een nieuw verband, niet als een toevallige baaierd van gruis, maar integendeel met de onwrikbare samenhang van het waarachtige verhaal, zodanig geordend en in elkaar geschoven dat zij het kleinst mogelijke volume innamen, als goed geschudde aardappels in een mand, als perfect ingepakte en alleen daardoor passende bagage, als losse letters die eindelijk een zin vormden: ernaar kijken was lezen, lezen was begrijpen, en al lezende, alles begrijpende sprak Vedder maar door, afwisselend tegen de een en de ander, terwijl hij zich verstijfd tegen de leuning van zijn stoel drukte.

'Maar nu begrijp ik ineens ook waarom die viool eigenlijk ontvreemd moest worden: dat was geen plaagstootje, zo'n plagerij zou wel wat langer hebben geduurd, nee, het was integendeel om mij uit mijn lijden te verlossen! De viool was van stond af door Smolenaars vergiftigd met een onvindbaar trilkorreltje, toen u hem vertelde dat u de vioolbouwer van de Prins Hendrikkade moest uitkopen heeft hij u dit opzetje voorgelegd... om mijn zenuwen af te matten, mijn weerbaarheid te breken... dat was lachen! En inderdaad, in mijn ijver, en om een goede indruk te maken, ben ik als een dolleman op zoek gegaan... net zolang tot Theo het niet meer kon aanzien, en de viool naar Smolenaars heeft teruggebracht... Zo is het toch, Theo? De vorige keer dat je hier kwam, en ik ten einde raad weer met de viool op schoot zat, toen ried je mij toch om ermee te stoppen? "Laat Ebert zelf zijn probleem oplossen," zei je — en dat bedoelde hij helemaal niet onvriendelijk tegenover u, mijnheer Ebert, hij heeft ook niets verraden, hij zei dat alleen maar uit medelijden met zijn vader... ja want ziet u, hij denkt dat ik zijn vader ben, omdat ik me altijd vaderlijk over hem heb ontfermd... Nietwaar, jongen? Ja, je had medelijden met je oude vader... en daarom heb je aan mijnheer Ebert gevraagd of het mocht ophouden met de viool...'

Een voet schoof over de vloer, iemand kuchte, daarna was het volkomen stil. Bevend nam Vedder een slok, maar hij kreeg het steeds kouder, hoe fel de gêne hem ook doorgloeide, en hoe teder de glimlach ook die hij Theo toewierp. Maar de jongen zag het niet, kromgebogen bleef hij in zijn glas turen, zoals ook Ebert, hoofdschuddend, de kin tegen de borst drukte.

'Mijnheer Ebert, u ontkent?' raakte Vedder weer in vuur. 'Maar als het anders was, als die ruis inderdaad op natuurlijke wijze, mettertijd ergens in het hout was ontstaan, dan zou u uw viool toch nooit naar mij, een voormalig schrijnwerker, maar gewoon naar uw vriend Smolenaars hebben gebracht? Een Syde-viool! Een antiek instrument! Mijn God, wat was ik trots dat ik de reparatie mocht verrichten, ik wilde mij als luthier tegenover u bewijzen... en nu, en nu... Zegt u eens eerlijk, wat verwachtte Smolenaars? Dat ik de ruis zou vinden?'

Weer schudde Ebert het hoofd, maar al niet meer om te ontkennen, meer als iemand die weet dat hij doorzien is en alleen nog maar wil dat het ophoudt.

'Of verwachtte hij dat ik de viool zou mollen?' ging Vedder met een gretige grijns versneld door. 'Maar dat heb ik ook gedaan! De zangbalk is vernieuwd, de mensuur vergroot, het etiket vernietigd – in de ogen van Smolenaars is er niet veel authentieks meer over! Maar wacht eens... deze viool is nooit authentiek geweest, het is uw viool ook helemaal niet, u speelt niet eens viool... dit is een of andere imitatie, natuurlijk, het moest wel een grapje blijven, Smolenaars zou nooit een dergelijk waardevol instrument aan een kastenmaker prijsgeven... Als u hem straks vertelt hoe ik dit manufactuurtje te grazen heb genomen, dan heeft hij het niet meer! En weet u waarom u moest zeggen dat het een Syde was? Omdat Smolenaars zich herinnerde dat ik daar vroeger eens mee heb geprobeerd te handelen...

maar zulke klanten kwamen hier toen ook al niet... ik heb het instrument tenslotte aan Smolenaars moeten verkopen... Ha, ha! Wat een grap...! Maar... u moet al weg?'

Ebert was geruisloos opgestaan, de lippen op elkaar geperst, de blik afgeslagen; Theo deed hetzelfde.

'Dat wordt weer lachen zo...' gnuifde Vedder omhoog. 'U gaat naar Smolenaars?'

Ebert knikte hem ernstig toe, achter de muur viel iets om, toen klonk het geluid van hakken over de vloer. Onaangeraakt bleef de vioolkist met daarop het koffieschoteltje achter op de tafel.

'En om dat valse etiket te maken!' riep Vedder de in het donker oplossende gestalten achterna. 'Die paarse inkt, die krulletters, dat jaartal... zestien zoveel... Dat was zeker ook wel lachen... zou-die erin trappen?'

Hij begon nu zelf ook te lachen, hij kon er niet meer mee ophouden en lachte nog door toen de deur achter de twee al rinkelend was dichtgevallen.

***

De bouwwereld stond versteld. Bovenop de assemblagetechniek kwam Henkenhaf met een tweede vernieuwing van formaat. Zonder te wachten op het einde van het grove werk liet hij de even kostbare als kwetsbare krachtcentrale aanvoeren, die later de ascenseurs, de telefoon en de verlichting van stroom zou voorzien. Met alle toebehoren van accumulatoren, generatoren en elektromotoren werd die in de kelder van het hotel geïnstalleerd, niet om daar tot rustiger tijd toegedekt te blijven, maar voor de aandrijving per onmiddellijk van een bouwlift, een transportband en de torenhoge kranen.

De bouw, aldus nog verder gemechaniseerd, vorderde nu zienderogen. Het hotel was al even hoog als het huis van Vedder, stak er zelfs nog een verdieping boven uit. Hoe lang leek het al wel niet geleden dat hij 's nachts, liggend op zijn platte dak, omlaag had gestaard naar het gewemel in de diepte, de continue aanvoer van de materialen, het onvermoeibare op en neer van de oppermannen over de ladders, leren lap over de schouder, daarop een stapel stenen of een bak specie, alles badend in het licht van de booglampen – wanneer hij nu door het luik klom rezen er rondom drie gloednieuwe wanden op, in de achterste waarvan een raam was uitgespaard; er viel niet meer op het hotel neer te kijken, maar hoeveel opwindender was het niet om er vanaf zijn eigen dak in binnen te dringen, clandestien, niet door een daartoe bestemde deur maar door die andere opening, rauw nog zonder kozijn, in wat uiteindelijk een binnenmuur zou zijn – het was of hij het ingewand van Henkenhaf zelf binnendrong, vol van tocht en bouwgerommel uit de buik.

Met het verstrijken van de weken nam Vedders onrust nog verder toe: er was niet veel tijd meer vooraleer de nederzetters te New York zouden komen; even weinig tijd restte hem om ervoor te zorgen dat het geld alsdan op de rekening van de factor stond – de drang naar Ebert werd ondraaglijk, soms had hij zijn jas al aan voordat hij zich weer herinnerde dat die alleen over een bedrag onder de dertig mocht praten, terwijl zijn mensen zesenveertig nodig hadden om verder te mogen; radeloos liet hij zich dan weer terugvallen op de canapé, waarna het oneindige heen en weer tussen willen en weigeren weer opnieuw begon, onontkoombaar, wat strijds hij ook streed om uit de maalstroom te raken, uiterlijk passief als een steen in de branding, inwendig zinderend van verzet, tegen zichzelf, tegen Henkenhaf, tegen de heren van de macht: zijn weigeren was een willen, zijn wil een weigering! De reden die hem naar Ebert drong was dezelfde als die het hem verbood! Al worstelend viel hij zo ook wel eens zomaar in slaap, en wanneer hij dan verward weer wakker schrok wist hij niet meer of hij voet bij stuk had gehouden of toegegeven.

***

Geen van de rekeningen was nog betaald. Biederlack stuurde als eerste een aanmaning, die van de drukker volgde daags daarop. Toen ook de factuur van StaatsSpoorwegen kwam, voor de huur van de veewagens tot Amersfoort, gevolgd door die van de HSM voor het laatste stuk naar Amsterdam, maakte Vedder er een stapeltje van dat hij op de doos met contracten onder de kassa legde. Honderdmaal zwaarder nog dan al dat papier bijeen bedrukte hem echter het bericht dat hij kort daarna ontving: het been van de oude buurvrouw was afgezet – 'weggenomen' schreef Carstens vol eerbied, zo eerbiedig zelfs dat hij, schrijvend over het been, het niet van zich verkrijgen kon, er misschien wel in het geheel niet aan dacht, om op een spoedige overeenkomst met Victoria aan te dringen, of ook maar te informeren naar de stand der besprekingen. Wel deelde hij nog mee hoe lang het verblijf in het hospitaal nog duren zou en wanneer de bezoekuren waren.

***

Vreemd: toen er een maand sedert het vertrek van de Orion voorbij was gegaan gebeurde er niets, en ook na vijf of zes weken had Vedder nog niet het telegram gekregen dat hij zozeer vreesde: *er is niet betaald.* Had de factor de nederzetters dan toch aangenomen en tewerkgesteld? Of zaten ze nog vast in gijzeling, zodat ze niet eens een telegram konden versturen? Hij wist het niet, alles was even

ijl, ledig en onbevattelijk geworden als de bewaarrekening
die Biederlack voor hem geopend had, en waar de factor
later de termijnen van aflossing en rente naar zou overma-
ken.

***

Met het vorderen van het voorjaar kwamen de vliegen
terug in de vioolzaak, de ooievaars in de vishal. Peinzend
keek Vedder naar het rondwieken van de vogels langs de
zoldering wanneer hij een vis had uitgekozen en voor zich
liet schoonmaken; op de een of andere wijze herinnerde
het schouwspel hem aan de parabel die Ebert hem al tijdens de eerste onderhandeling verteld had, over het opge-
baarde lijk dat door de gezwollen rivier was meegenomen
en een eindweegs benedenstrooms weer was afgezet, het
geschil nadien over de prijs voor teruggave door de vinder
aan de nabestaanden, en de geraadpleegde wijze die beide
partijen volledig in het gelijk stelde. Al wachtend, de ogen
opgeslagen raakte hij steeds dichter aan de kern van het
raadsel, tot de vis hem gewikkeld in een krant werd aan-
gereikt en alle begrip als elektriciteit uit hem wegvloeide
door dat kortstondige moment van aardcontact. Natinte-
lend nog wankelde hij dan naar buiten, zonder enig idee
meer waarom het beeld van de vogels hem had doen denken aan het beeld van de parabel, zonder enig inzicht ook
nog in een van die gelijkenissen afzonderlijk – ze boden
hem geen nieuwe blik op de werkelijkheid meer maar
vervormden en versluierden die alleen nog maar meer, in
koppelwerking, zodat het hem duizelde alsof hij in een
lachspiegel de weerkaatsing van een andere lachspiegel
had gezien.

***

Toen hij op een ochtend beneden kwam was er ook bij hem een reclamebiljet aan de etalageruit geplakt, net als eerder bij Carstens, alsof hij hier al niet meer woonde. Er lag een enveloppe op de mat. Het was een schrijven van Anijs, uit het Asser Hospitaal. Aandachtig las hij het bericht van diens ongeluk, even aandachtig vouwde hij de brief weer op, stak hij die terug in de enveloppe en borg hij hem weg bij de onbetaalde nota's onder de kassa, zonder dat de gedachte aan terugschrijven ook maar in hem was opgekomen. Later die dag verscheen er een rechercheur van politie in de werkplaats, die navraag deed naar neef Al. Te verzwakt al om tegen of juist mee te werken, of die keuzemogelijkheid zelfs ook nog maar te beseffen, zei Vedder iets over een pseudoniem, waarna hij de man doorzond naar Biederlack en nooit meer iets van hem vernam.

***

Eenvormig gingen de dagen voorbij. Het reclamebiljet hing nog steeds aan de ruit, de man die voorheen de openbaarheid zo hartstochtelijk was toegedaan leek zich er nu wel achter het affiche voor te verschuilen. Hij werd steeds eenzelviger, een eenzaat, zonder belangstelling meer voor het publieke leven buiten, zelfs ook niet voor de onlangs begonnen demping van de Rozengracht, die hij als Veritas en voorstander van de westradiaal zo vurig bepleit had, en ging nauwelijks meer uit, alleen nog om vis te kopen, op donderdagavonden ook wel naar het American Hotel, in de ijdele hoop op een nieuwe ontmoeting met E. Nigma, en een heel enkele keer ook naar het Concertgebouw, waar hij zich volledig vergat in zijn ook hier niet-aflatende strijd tegen de hoge stand.

In volmaakte luisterhouding, roerloos als een kat op sprong, wachtte hij de meest delicate passage van het pro-

gramma af. Wanneer er in de zaal dan niets anders meer
klonk dan het klingelen van de vleugelpiano, begeleid
door triangel en een enkele verstikte snik, stond hij onverhoeds op, barstte hij los in applaus en vuurde hij een salvo
van krachtige bravo's over het getergde publiek naar voren; vervolgens, al klappend nog maar kalmer nu, keek hij
vol verbaasde onschuld in het rond, de wenkbrauwen hoog
opgetrokken alsof hij maar niet begrijpen kon waarom hij
de enige was die zo genoot, waarna hij zich weer even
plotseling op zijn stoel liet neerzakken in diezelfde pose
van onverstoorbare aandacht, de hand onder de kin of zelfs
ook wel aan het voorhoofd.

Daarna ging hij dansen in de Karseboom, roekelozer
nog in zijn drang naar de diepte. Het orkest zette een wals
in, aan de rand van de vloer knoopte hij zijn jasje dicht,
bracht hij zich in postuur en vouwde hij zijn armen om
een denkbeeldige dame, waarna hij afstiet en het rond-
zwieren begon. Alle hoon die hij zo wist op te wekken, met
de luchtvrouw van voren terwijl hij zich van achteren af-
veegde aan de andere paren, beantwoordde hij met glundere lach en verstolen knipogen, sidderend van genot: hij
vermaakte de mensen en ontzag zich daarbij niet: ja waarlijk, hij was een kunstenaar! Deze uitspattingen matten
zijn zenuwen totaal af; de volgende dag voelde hij zich
terneergeslagen en begon hij zich af te vragen of Henkenhaf hem niet vergeten was, betwijfelde hij ook of hij nog
wel in staat zou zijn tot een beslissend Veritas-stuk tegen
het Victoria Hotel, om aldus, via openbare druk, de onderhandelingen weer vlot te trekken—het was de laatste troef
die hij nog in de mouw had.

***

454

Rond Pinksteren bezat het hotel zijn uiterlijk volgroeide vorm. De hoektoren prijkte met een leien koepel, het enorme dakgebint was gedekt, een ritmisch reliëf van halfzuilen, consoles en timpanen sierde de zandstenen façade. Eén onvolmaaktheid nog, de inkeping om de twee oude huisjes in de noordgevel, verder niets dan blozend vlees, gekleed in het kant van de steigers, alles maagdelijk als het station aan de overzijde, en daar door de gedeelde nieuwheid, omvang en locatie ook noodzakelijk mee verbonden en op betrokken: de eerste man en de eerste vrouw, ieder zopas uit een kuil gekropen op dat schilderij van godloze genesis, precies zo waren de beide gebouwen onlangs uit hun bouwputten omhooggekomen, zo markeerden zij ook een geheel nieuw tijdperk, waarin zij nog de enigen van hun soort waren, en zo ook keken zij elkaar aan, verbaasd maar vol herkenning toch, twee kinderen van het nieuwe ras, reuzenkinderen, het rode, rechte station de jongen, het romige, ronde hotel het meisje, en talloos veel nakomelingen zouden zij krijgen.

***

Met een vis in de hand kwam Vedder de hoek om. In plaats van dadelijk naar binnen te gaan stak hij over naar het plantsoen. Het was zes uur in de namiddag, als een gletsjer gloeide het hotel oranje op in het strijklicht van de lage zon, de bekapping een kale, zwarte bergkam onder de turkooizen hemel. Geleund tegen de buste van prins Hendrik keek hij naar zijn huis en het veel lagere van Carstens, zoals die schouder aan schouder waren overgebleven in het aan alle kanten oprijzende Victoria, en weer zag hij er het beeld van de vader en de zoon in uitgedrukt, maar nog versterkt nu, omdat de man en de jongen niet meer los in de ruimte stonden maar tegen elkaar werden aan gedrukt door de stenen omhelzing van het massief rond-om, zó sterk zelfs dat hij de spiegelbeeldige gewaarwor-ding kreeg dat Theo naast hem stond en zijn arm om hem heen sloeg.

'Ja jongen, dat zijn wij... en het hotel is Henkenhaf...' zei hij, zonder opzij te kijken, 'zie je hoe hij achter ons staat, aan alle kanten buiten ons uitsteekt, en ons met onze schouders tegen elkaar drukt? Het lijkt wel of we met ons drieën voor een fotograaf staan... Henkenhaf ziet ons zeker ook als vader en zoon, hij wil het vereeuwigen... Zodra er een overeenkomst is gaan wij samen naar Biederlack, voor het testament... dan zal ik nog meer als een vader voor je zijn...'

'Als u dat werkelijk wilt, waarom houdt u dan steeds vast aan dezelfde prijs?'

'Ik kan niet anders, het is voor die mensen in Amerika... Misschien zijn ze al voor ons aan het werk... zou ik hun vertrouwen durven beschamen? Maar geen zorg, moet je kijken hoever het met het hotel al staat, die kunnen echt niet meer om mij heen... Het enige probleem met die geldheren is dat ze niet gewend zijn om toe te geven aan de kleine man, maar je ziet: deze keer hebben ze weinig keus... Eet je mee?'

Maar Theo was er niet, hij had alleen de vis bij zich, en na nog een schielijke blik in het rond stak hij de kade over naar zijn huis.

Sinds de grote schaduw van het hotel, en ook door het biljet aan de reclameruit, was het donkerder in de lutherie dan voorheen. Hij hing zijn hoed aan de kapstok en liep dadelijk door, alle trappen op tot aan de keuken helemaal boven. Hij maakte olie heet, zette met de pikhaak het dak-luik open, en bakte de vis op de huid. Even later zat hij met zijn bord aan tafel en trok hij de krant naar zich toe waar de vis in had gezeten. Het was de stadspagina van

gisteren, en nog voor hij er erg in had vloog de naam E.
Nigma hem met titel en artikel naar de keel.

Waarde Stadgenoten!

na gedegen voorbereiding verkeert het nieuwe Victoria
Hotel thans in de beslissende fase van aanbouw. Reeds
werpt het een toets van internationale grandeur over het
Stationsplein, de argeloze treinreiziger waant zich een
ogenblik in Parijs of Wenen — maar dan valt zijn oog op die
twee laatst overgebleven huisjes van weleer, en verwondert
hij zich: een tijdelijke onregelmatigheid in het bouwen, of
een blijvend litteken in de fysionomie van het gebouw?

In bondige bewoordingen gaf de schrijver weer welke kritiek er vanaf het begin op het hotel geweest was, hij stelde
daartegenover dat een eenmaal aangenomen ontwerp ook
naar behoren uitgevoerd diende te worden, verklaarde dat
geen enkele architectuur een verstoring van de gevelgele-
ding verdroeg, en hekelde tenslotte in felle bewoordingen
diegenen die voor een dergelijke schending verantwoordelijk zouden zijn:

Alleen een paar huiseigenaren aan de Prins Hendrikkade,
gedreven door woekerlust, trotseren de NV *Hotelmaatschap-*
pij nog in het geheel volvoeren harer plannen, en roepen een
misstand in het leven die zeer te betreuren is, met name
Vedder van nummer 46, zich in deze kolommen ook wel
noemende Veritas.

E. Nigma

Met elke regel sperde Vedder zijn ogen wijder open, terwijl zijn adem stokte in zijn keel. Onthutst bleef hij naar de laatste woorden staren: E. Nigma had zijn pseudoniem opgeheven... Al zijn gedachten omtrent een artikel tegen het Victoria waren nutteloos geworden; onmogelijk om nu nog als Veritas het hotel onder druk te zetten zonder dat het publiek aan eigenbelang zou denken... Waarom had E. Nigma hem verraden?

Er klonken voetstappen boven hem, hij keek op en zag de grijnzende kop van een werkman door het luik naar binnen komen, heel even maar, toen trok de man zich terug en werd het na nog wat gestommel weer stil. Werktuiglijk klom Vedder over de trapleer naar boven, maar toen hij zijn hoofd naar buiten stak zag hij niets meer dan zijn lege dak en het hotelraam dat nu met een gloednieuw venster was afgesloten: zover stond het nu dus al, dat hij niet meer het hotel in kon, maar zij wel bij hem binnen konden...

Weer aan tafel gezeten boog hij zich opnieuw over de van vet verzadigde krant. Hoe bestond het dat juist degeen die het felst het hotelontwerp gelaakt had nu alleen nog maar de tegenstrever laakte? Langzaam, terwijl de ene na de andere koude rilling hem over de rug trok, besefte hij dat zijn voormalige medestander een vijand was geworden, en er niemand meer naast hem stond. Op welke misstand doelde E. Nigma eigenlijk? Hij probeerde te denken, wreef zich over het voorhoofd, toen ging beneden de bel.

Op de manier van iemand die in een restaurant wordt weggeroepen en werktuiglijk zijn servet meeneemt, zo frommelde hij de krant in elkaar en daalde hij met de prop in de hand alle trappen weer af naar de schemerige werkplaats. Voor de deur stond Ebert.

'Ha! U bent het!' begroette hij hem hijgend. 'Hebt u E. Nigma gelezen?'

Hij ging Ebert voor naar het kantoor achterin, waar hij licht maakte en water opzette. Even later schonk hij thee aan de salontafel, waar de gesloten kist van de Syde-viool sedert de vorige visite nog onaangeraakt midden op lag.

'E. Nigma is om,' verklaarde hij, kalmer nu. Hij wiste zich met de prop papier eerst het zweet van het voorhoofd, daarna het vet van zijn lippen, en streek de pagina vervolgens plat op het tafelblad. Ineens rook het naar vis. 'U ziet het... Vitruvius, Flavius en Taciturne zullen nu snel volgen... maar het zal mijn positie niet veranderen, ik ben gewend alleen te staan... en nu weet u ook dat ik Veritas ben...'

Ebert knikte beleefd, en zei van dat laatste reeds op de hoogte te zijn, door Theo. 'En wat betreft de westradiaal heeft Veritas het gelijk aan zijn zijde gekregen, nietwaar?' vervolgde hij op ongewoon levendige toon, met een hoofdbeweging naar het ingetekende stadsplan aan de muur. 'Ik doel op de demping van de Rozengracht.'

Nooit eerder had Ebert zich zoveel moeite gegeven om conversatie te maken, het ging hem ook nu nog stroef af, maar voor Vedder was het voldoende om zich zonder een spoor van verbazing aan zijn trots over te geven.

'U wist al langer dat ik Veritas ben? Weet Henkenhaf het ook? Heeft Theo u het artikel laten lezen? Ach ja, de jongen interesseert zich ervoor, hij zal nog wel eens in mijn voetsporen treden... maar mij zegt het niets meer... het verkeer, dat rijdt wel door... Overigens heeft E. Nigma dat aspect nooit in zijn overwegingen betrokken, hij schrijft alleen maar over de afzonderlijke gebouwen, los van locatie of verkeerscirculatie... en dan nog blijkt hij wisselvallig in zijn oordeel... Suiker?'

Ebert wist aan zijn opgewektheid geen vervolg meer te geven en knikte slechts. Ook Vedder was na zijn kortstondige opleving weer weggezakt in de nevels van zijn algehele vermoeidheid. Hij schudde wat kandijklontjes uit een blik, liet er een in ieders kopje vallen en begon peinzend te roeren. Plotseling begonnen zijn ogen echter weer te gloeien en boog hij zich begerig voorover.

'Heeft Henkenhaf E. Nigma gekocht?' vroeg hij met hese stem. 'Toen ik mij na E. Nigma's eerste artikel zo vrolijk had gemaakt, te zijnen opzichte... over het paard Pegasus, dat hem steigerend uit het zadel had geworpen, over de vergelijking van het hotel met een louche circus-directeur... heeft dat Henkenhaf misnoegd? Was Henken-haf ontstemd dat hij uitgelachen werd door... door een mannetje zoals ik? En heeft hij toen besloten om mij in de publiciteit te isoleren, en mij het wapen van mijn pen uit handen te slaan, door E. Nigma aan zijn zijde te trekken en hem mijn pseudoniem te laten opheffen? Het zij zo, laat Henkenhaf de pers maar beheersen, het spijt mij al-leen dat E. Nigma zijn onafhankelijkheid verkwanseld heeft voor een handvol geld, of het lidmaatschap van Ar-chitectura, wie zal het zeggen, wie kan het schelen... E. Nigma bestaat niet meer, Veritas ook niet...'

Beurtelings schudde Ebert het hoofd, sloeg hij de han-den ineen en hapte hij naar lucht, hij deed kortom alles om de woordenstroom van Vedder te onderbreken, maar toen het zover was sloot hij zich er toch weer bij aan: 'Wel-licht dat Veritas nog eens door Theo opgevolgd zal wor-den...'

Vedder haalde de schouders op. 'Goed mogelijk, hij denkt erover, hij is ermee bezig... Maar het is ook niet uit-gesloten dat ikzelf nog een laatste stuk schrijf, niet als Ve-ritas, want dat zou lijken op een... hoe heet het... op een apologie, maar onder een nieuw pseudoniem, ja: een direc-te aanklacht van D. Profundis tegen Henkenhaf... dat hij mij nooit heeft gevraagd óf ik wel wilde verkopen, en er vanaf het begin van uit is gegaan dat de kleine neringdoenden wel op zijn voorwaarden plaats zouden maken, en ons nooit met een bezoek heeft willen verwaardigen – dat is zijn fout geweest, daarom heeft hij het nu zo moeilijk met mij... Maar hou mij ten goede, om weer helemaal opnieuw te beginnen, in de publiciteit... ik beloof niets... ik ben oud... en moe...'

'U had hier niet moeten blijven,' zei Ebert, die zijn vinger achter zijn boord haakte en het nog steeds uitermate benauwd scheen te hebben, alsof hij niet kon inademen zonder eerst uit te spreken waarvan hij vol zat.

Vedder gaf geen antwoord meer, staarde afwezig naar het zilveren theelepeltje op de tafel, *in eeuwige dank voor het vertrouwen – bewoners Elim.* Het was vrijwel stil nu, sinds het hotel een tweede muur tegen de achtergevel had opgetrokken drong nog slechts het monotone, nauwelijks merkbare geronk van de krachtcentrale door in de werkplaats, het geluid dat zijn wachten al wekenlang begeleidde en er tenslotte de klank en uitdrukking van was geworden: het horen betekende wachten, gaf vanaf de eerste gewaarwording een gevoel van eindeloze stilstand, zelfs ook nog nu de lang verwachte persoon tegenover hem zat, en toen Vedder met een plotselinge zwaai van het hoofd weer in de tegenwoordigheid terugkeerde was het of hij Ebert voor de eerste keer zag vandaag. De druk in de ruimte was enorm, al het eerder gezegde werd erdoor naar buiten geperst en bolde zich als een bal rond de volle leegte binnenin, het onderwerp dat tot nu toe zo angstvallig gemeden was.

'Waarom bent u eigenlijk hier?' vroeg hij, terwijl hij Ebert nauwgezet opnam. 'Wilt u onderhandelen?'

Ebert kuchte, maakte een grimas en schraapte de keel. 'U?'

'Altijd... u kent mijn prijs!'

'U houdt eraan vast?'

'Ik kan niet anders... Amerika...!'

Nog een keer kuchte Ebert, daarna hernam hij zich en deed hij zijn mededeling op effen, bijna achteloze toon: 'In dat geval moet u onze besprekingen als beëindigd beschouwen. Wij bouwen om u heen.'

De uitdrukking op het gezicht van Vedder, vervloeid al van gelukzalig naar verbluft, kreeg een hilarische trek, stolde toen onder de ijzige ernst van Ebert. Hij begreep het niet.

'Ik ben volkomen serieus, mijnheer Vedder, lacht u niet,' ging Ebert door. 'De heer Henkenhaf heeft al twee maanden met deze noodoplossing gerekend, en toen u ook vorige week nog geen contact met ons opnam is de knoop doorgehakt. Wij kunnen niet langer wachten, de opening is vastgesteld voor 19 augustus. Omdat E. Nigma in het openbaar op deze nieuwe situatie heeft gezinspeeld, meende ik u zo snel mogelijk persoonlijk van de genomen beslissing op de hoogte te moeten stellen, niettegenstaande het feit dat er tussen u en ons thans geen enkele relatie meer bestaat. Uw huis zal uw eigendom blijven, zij het geïncorporeerd in het hotel, zoals dat in wezen ook nu al het geval is. Voor u zal er feitelijk niets meer veranderen.'

De stilte was te dik om nog doorheen te kunnen praten. Traag en vergruizelend brak het besef van de omslag in Vedder baan, het schoof over al zijn voorstellingen van de toekomst en hemzelf heen als de ijsbreker over de bevroren Amstel, en zoals de hemel gebroken werd weerkaatst door de ijsschotsen, zo viel zijn spiegelbeeld in stukken uiteen onder de slag van de mededeling, hij was al niet meer dezelfde als voorheen, hij voelde zich leeglopen als een lekke bal, en al zijn voortreffelijke eigenschappen van rollen en stuiteren, rondheid en glans bleken met het verschrompelen niet in hemzelf te berusten, maar al die tijd slechts ontleend te zijn aan de lucht die in hem was ge-

pompt, die nu sissend uit hem wegstroomde en hem ach-
terliet als een waardeloos vod zonder vorm, in niets meer
gelijkend op een bal, behalve dan dat hun beider wezen
lucht was geweest.

'Dus Henkenhaf bouwt om mij heen?' fluisterde hij verweesd.

Ebert knikte, perste zijn lippen op elkaar en zweeg.

'En dat venster boven mijn dak, dat wordt geen loket of
balie, maar blijft een buitenraam?'

Naarmate de feiten scherper tot Vedder doordrongen
zakte hij dieper in elkaar, het was alsof hijzelf instortte nu
zijn huis zou blijven staan, en nog meer tegenstellingen
braken als scherven af van zijn oude begrip: Henkenhaf
had het contact beëindigd, maar juist daardoor zouden zij
voor altijd buren blijven; Henkenhaf liet hem los, met een
eeuwige omhelzing tot gevolg; door het huis af te stoten
sloot hij het voorgoed in; de definitieve afwijzing was een
totale acceptatie...

'Het beeld van de vader en de zoon blijft nu voor altijd
bewaard in het hotel, is het dat, wat Henkenhaf wil?' pre-
velde hij verder. 'En mijn huis, smal en hoog... een blij-
vende herinnering aan onze onderhandelingen... een ge-
denknaald! maar ook een braam in het ontwerp... is Henkenhaf niet boos?'

Ebert speelde met zijn handschoenen en zuchtte. 'Denkt
u toch liever aan uw gezondheid, en niet meer aan de heer
Henkenhaf... Uw aangelegenheid met de heer Henkenhaf
is voorbij!'

'Voorbij... voorbij...' probeerde Vedder te begrijpen, maar
zolang al die paradoxen hem voor ogen dwarrelden bezonk
er niets, verkeerde hij in een gewichtloze toestand van
instuiken, van vallen zonder neerkomen, en konden de
brokstukken nog geen beeld van een nieuw begrip vormen
op de grond.

Ebert was opgestaan. De verandering bracht Vedder terug in het heden, en tegelijk met een plotselinge vrees voor het afscheid werd een felle helderheid over hem vaardig. 'Wacht, gaat u nog niet weg!' riep hij, voorover verend in zijn stoel. 'Koopt u tenminste het huis van buurman Carstens... Wat had u geboden? Vijfentwintig, nietwaar? Aangenomen! Of nee, nog beter: maakt u het met hemzelf in orde, gaat u snel erheen, zijn vrouw heeft een ernstige operatie ondergaan, er zijn medische kosten... ik geef u het nieuwe adres!'

Smoorde Ebert zijn verzoek tijdens het uitspreken ervan al met somber hoofdschudden, vervolgens wees hij het af met de verklaring dat hij die vrijheid van handelen niet bezat, dat de geboden prijzen altijd betrekking hadden gehad op beide huizen, dat het immers geen enkele zin had om er een aan te kopen als er dan toch nog om het andere heen gebouwd moest worden—en in plaats van nog naar het adres te zoeken viel Vedder uitgeput terug tegen de rugleuning.

'Toe, laten we nog wat praten,' smeekte hij amechtig, terwijl hij een daartoe verlokkende glimlach voortbracht en zijn blik een koortsig flonkerend floers kreeg. 'Hoe vond u mij als tegenstrever? Op een bepaalde manier hadden wij allebei gelijk, maar toch ook weer niet helemaal... net als in die parabel eigenlijk... Trouwens, weet Biederlack het al? En Theo? Dat was weer lachen zeker?' Even nog zag hij een nieuw, dempend hoofdschudden tegenover zich, suja, suja, doe maar niet, toen dacht hij aan zijn onbestelde reizigers in den blinde, bevroor een vlottende zorg tot zekerheid, vervoegde het zeurende 'er is niet betaald' zich in een gestold 'er zal niet betaald worden', en zakte hij weg in een verdoving waar hij pas uit opschrok toen een zwarte schaduw op hem neerstreek.

Ebert stond over hem heen gebogen en keek hem van

vlakbij aan. Hij liet een bon zien die hij op de tafel neer-
drukte, waarna hij de vioolkist beetgreep. 'Het reçu,' zei
hij, terwijl hij zijn andere hand even op zijn rug legde. 'Ik
zie uw rekening tegemoet, mijn dank voor de reparatie.'

Het waren zijn laatste woorden. Verbluft, rillend nog
onder de aanraking, zag Vedder hem met de viool naar
voren lopen, en pas toen de deur rinkelend dichtsloeg hervond hij zijn krachten, werkte hij zich omhoog en ging hij
hem achterna, terwijl zijn ogen begonnen te branden, aangestoken door een plotselinge paniek, stommelend door de
werkplaats, de drempel over en naar buiten.

Maar er was niemand meer, slechts een enkele, verlate
klerk spoedde zich nog over de lege kade huistoe. Toch
bleef Vedder afwisselend naar de ene hoek en naar de andere staren, de armen kruiselings voor de borst gevouwen,
de handen op de schouders, zodat het van voren leek of hij
het koud had, van achteren of hij iemand omhelsde.

Later liet hij zich verkleumd neerzakken op de canapé.
Hij had de deur op het nachtslot gedraaid, hoewel het buiten nog bijna licht was, maar wie kon er nog komen, en
waar zou hij nog heen? Vreemd: ook nu hij nergens meer
op wachtte ronkte de krachtcentrale nog steeds, precies
even zacht en monotoon als voorheen.

'Ja jongen, dat bedoel ik nou met standvastigheid... we
hebben het goed gedaan... ik ben echt geen socialist, maar
waarom moet iedereen altijd maar voor die heren buigen?
Laten zij ook maar eens... Goed, uiteindelijk heb ik mijn
doel niet bereikt, maar of ik dat nou moet betreuren... Ik
hoef hier toch helemaal niet weg? Ik zit hier toch goed?
Voor hun is het veel erger, maar ja, dan hadden ze maar...'

Het schelle geluid van de winkelbel sneed door de stilte
en zijn eenzelvige gefluister heen. Buiten stond Carstens,
hij belde nog eens, probeerde of hij de deur open kon krijgen en nam toen de vrijheid om door het raam naar binnen te kijken.

Verstijfd van schrik zag Vedder hoe de oude buurman de hand boven de ogen legde, zich helemaal vooroverboog tot tegen de etalageruit aan, en ook toen hij was ontdekt en recht werd aangekeken staarde hij nog even roerloos terug. Na het vergeefse bellen had Carstens hem stellig niet meer thuis verwacht, de verrassing bracht niettegenstaande de tragedie met zijn vrouw toch een lach op zijn gezicht, maar toen er in het geheel niet op hem werd gereageerd verstierf die ook dadelijk weer, om plaats te maken voor een uitdrukking van volledige ontsteltenis. Om iets dichterbij te komen ging de arme man aan de andere kant van het reclamebiljet staan, hij boog weer voorover, zwaaide, tikte nog een paar keer tegen het glas—en verdween.

Zo volkomen stil had Vedder zich gehouden, dat het was of hij doorzichtig was geworden, alsof de lucht vrijelijk door hem heen stroomde, en toen Carstens weg was wist hij werkelijk niet meer of de man hem wel in de deemster van de werkplaats had opgemerkt.

'...dan hadden ze maar... het ging uiteindelijk niet eens om het geld... begrijp je?'

HOOFDSTUK XXII

Witte dagen

Na zijn ongeluk was Anijs overgebracht naar het ziekenhuis in Assen. Hij kreeg er een kamer voor zichzelf, aan een kapstok in de hoek werden zijn verkreukelde kleren opgehangen, zijn bolhoed bovenop, dan zijn jas aan een knaapje, daaronder uit de pijpen van zijn broek en zijn schoenen op de grond — het leek wel of hij daar zelf stond, maar dat zou hij pas later zien.

Zijn hoofd en handen waren gewikkeld in drukverband, van kruin tot borst, en vinger voor vinger. Alleen ter hoogte van zijn ogen en mond was er een smalle spleet uitgespaard. Zijn lichaam kon het bijengif niet afbreken; de reactie ging gepaard met hoge en aanhoudende koortsen; de zwellingen moesten bestreden, het bloed teruggedrongen. Zijn bandage gaf hem het aanzien van een sneeuwman, maar daaronder brandde de pijn, die elke ochtend fel oplaaide als de doorzwete zwachtels werden verschoond, de druk even wegviel, en het bloed gretig toeschoot. In het nieuwe gaas knipte de verpleegster dan openingen onder zijn neusgaten en bij zijn oren, zodat hij makkelijker kon ademen en beter luisteren, naar de geluiden buiten, soms wat stemmen op de gang, een bed dat voorbij werd gereden. Kijken kon hij nog niet, want zijn opgezwollen oogleden zaten als de twee helften van een walnoot tegen elkaar aan geperst in zijn veel te kleine oogkassen.

Het behoorde ook tot de taken van de verpleegster om hem te voeden. Zijn onderkaak was vastgebonden, onmogelijk te kauwen met de kiezen op elkaar, daarom liet zij hem drinken door een rietje, allerlei melkspijzen, zoveel zij maar variëren kon met bestellenmelk, karnemelk, zoete melk en biest. Eens na het laven las zij hem een artikel voor dat er over hem verschenen was in de *Asser Courant*. Het handelde over zijn ongeluk, repte voorts van onbevoegde medische handelingen, en besloot met de mysterieuze verdwijning van een groep armen, men wist niet waarheen, misschien naar Amersfoort, zeker was slechts dat hij er een zekere rol in had gespeeld, al werd het gebruik van een malafide tussenpersoon niet uitgesloten.

'Ik weet dus dat u die apotheker bent, daar hoeven we nu niet meer omheen te draaien... Goed dan, Amersfoort... heeft u die mensen daar werkelijk heen gestuurd?'

Nauwelijks zichtbaar, ofschoon met uiterste inspanning, rolde Anijs de witte, ronde bol van zijn hoofd heen en weer in het kussen, terwijl zijn duimdikke, paarse lippen nog voller uit de spleet stulpten, als wamende modder, en zich strekten tot een trotse, half onderdrukte glimlach. 'Amsterdam... Amerika!' fluisterde hij zo hard als hij kon, maar aan het uitblijven van enig antwoord merkte hij wel dat de verpleegster er niets van geloofde, misschien wel dacht dat hij ijlde, in ieder geval meewarig het hoofd schudde.

Op een ochtend had zij een kom ijswater meegenomen. Zij drenkte er watten in en legde die op zijn ogen. De aders krompen samen onder de kou, zijn oogleden weken wat uiteen, licht drong door de kier naar binnen. Dat was de eerste keer dat hij haar zag. Op zijn kleren na was alles wit in de kamer, verblindend wit nu hij eindelijk weer kon zien, de muren, het glasgordijn voor het open raam, zijn handen op het laken, het belletje boven zich, de melk op de tafel, die zij hem ook nu weer liet drinken. Zuigend aan het rietje keek hij eerst in het glas, daarna naar haar uniform, en toen naar haar gezicht, en alles werd nog witter. Later maakte zij ook zijn bandage nat, met even weldadig gevolg weer, en vanaf dat moment was het de gewoonte dat zij alle keren dat zij met de melk kwam ook ijswater bracht; zwijgend bette zij zijn gezwachtelde hoofd dan met een spons, dompelde zij zijn vurige handen onder in de kom.

Martha was naar haar zuster in Groningen. Hij hoorde het van de meid, die met buurman Thomas op visite kwam. Ze hadden een tas vol lijfgoed en een brief voor hem meegenomen. Heel het bezoekuur schraapte de goede Thomas zijn keel, evenwel zonder dat hij iets wist uit te brengen, en intussen keek de meid maar weg naar zijn kleren aan de kapstok – het was of zij hem in die zwarte silhouet zocht nu zij hem in zijn witte windsels niet vond. Na het afscheid lag de brief nog ongeopend op de tafel; met zijn gezwachtelde handen kreeg hij die onmogelijk uit de enveloppe; hij moest de verpleegster opschellen, die bij haar binnenkomen wel blij voor hem leek dat hij eindelijk visite had gekregen, en ook nog post, maar bij het zien van de afzender op de achterkant betrok haar gezicht. 'Van de Medische Tuchtraad,' zei ze, waarna zij de wikkel openscheurde, de brief op zijn schoot lei, en hem hoofdschuddend en zonder nog een woord alleen liet.

Zijn oogleden waren nog dik, zijn blikveld was niet breder dan een regel, maar juist voldoende om te lezen, en zijn zicht was wazig van het voortdurende tranen – het kostte hem grote moeite het van vele stempels en parafen voorziene schrijven te doorgronden, al wist hij zich onmiddellijk in officiële staat van beschuldiging gesteld: er was een kind begraven zonder overlijdensakte of autopsierapport; men sprak van ernstige nalatigheid en laakbaar handelen; nader onderzoek was geboden, mogelijk met het intrekken van zijn diploma tot gevolg. De onbevattelijkste woorden stonden echter achteraan: *In verband met uw leeftijd is de Raad evenwel bereid, de tegen u aangespannen zaak niet verder te vervolgen, wanneer u van uw kant verklaart en belooft, uw beroep van apotheker voorgoed neer te leggen.* Geluidloos hijgend bleef hij naar de slotzin staren, en toen de volle portee ervan eindelijk tot hem doordrong steeg er zoveel bloed naar zijn hoofd dat hij van pijn moest ophouden er nog verder over na te denken.

Het voorjaar ging voorbij, hij bezat zijn ziel in lijdzaamheid, kreeg allengs de kalmte van zijn kamer lief. Elke ochtend las hij nu de krant, en met hulp van de verpleegster had hij Vedder over zijn ongeluk geschreven. Een antwoord kreeg hij niet, maar wel kwam de verpleegster op een dag binnen met een telegram uit Amerika. De luttele woorden die het bevatte zag zij bij het openmaken in een oogopslag.

Er is niet betaald—brief volgt—Bennemin.

'Van die mensen?' vroeg zij, en op zijn knikken vervolgde zij, eerst bewonderend, daarna bezorgd, misschien zelfs wel verwijtend: 'Dus ze zitten toch in Amerika...! Alleen... er is iets niet goed...'

Terwijl de dagen zich eenzelvig aaneenregen bleef Anijs zich maar afvragen waarom het geld van Vedder niet op de rekening van de factor terechtgekomen was. Nu eens vreesde hij een ongeregeldheid in New York, dan weer overwoog hij of Vedder zelf wellicht een vergissing gemaakt zou hebben. Misschien kon hij helpen, het was toch een eenvoudig man; hij verlangde er hoe dan ook naar zijn neef weer te zien, om met hem te praten als vrienden, en toen hij, maanden later weer, in de krant de opening van het Victoria Hotel aangekondigd zag, trok hij op de betreffende ochtend zijn kleren aan over zijn pas verschoonde bandage, liep hij ongehinderd naar buiten, en wandelde hij in alle vroegte naar het station. Een nieuw

adres van Vedder had hij niet, maar hij zou hem ongetwijfeld wel ergens in de feestelijkheden tegenkomen, des-
noods op het banket voor de genodigden binnen—want dat
niemand hem in zijn wikkels iets in de weg zou leggen
had hij daarnet al gemerkt.

De zon scheen, zijn natte verband bleef heerlijk koel in
de wind, in een winkelruit zag hij zichzelf als een mum-
mie met een bolhoed op.

Carpe diem, schoot het door hem heen, en het was langgeleden dat hij zo vrolijk was.

HOOFDSTUK XXIII

Opening

De eerste emissie van Koninklijke Olie was tweemaal
overtekend; aan het eind van de week noteerde het aandeel acht procent boven de uitgiftekoers; voor het eind van
het jaar werd een dividend verwacht van het dubbele.
Overeenkomstig Eberts voorspelling had koning Willem
III de nieuwe petroleummaatschappij dus inderdaad het
predikaat 'Koninklijk' willen verlenen, ten bewijze van
Zijne Majesteits zedelijke steun, en aangezien dergelijke
goedgunst jegens het bedrijvig vaderland zonder onderscheid diende te zijn, zou het staatshoofd ook hebben toegestemd om op de dag van de opening het Victoria Hotel
te bedenken met een telefonische gelukwens, teneinde de
algehele feestvreugde nog te verhogen.

Zo wilden althans de kranten het, die de laatste dagen
vol stonden van het aanstaande evenement. Zes meter brede granieten traptreden, gebrandschilderde glazen uit het
atelier van E. Löhrer te Utrecht, Siemens brandsignaal,
vanwaar de terechte slagzin 'le seul hôtel incombustible en
Hollande', het spontane applaus der omstanders toen de
mahoniehouten *divan de milieu* werd binnengebracht, die
omringd door palmen in het midden van de lounge zou
prijken, het uit Berlijn betrokken meubilair, *ascenseur
hydraulique, lumière électrique dans tous les appartements*,
het tafelzilver van Begeer, de menukaart, de smyrnatapij-
ten en de vele gasten uit de hoge Europese adel die reeds
gereserveerd zouden hebben — van al deze bijzonderheden,

geruchten en aanprijzingen werd melding gemaakt op de redactionele pagina's, terwijl ook de pseudonimisten zich niet onbetuigd lieten. Vitruvius bracht een spotlijst van illustere gasten: *Victoria Hotel heet welkom* Baron von Münchhausen *met gevolg*, Graaf de Monte-Christo, Prinses de Trébizonde *en kamenier*, Sir Gulliver, Generaal Boem *met adjudant*, de anderen waren overwegend positief, ook al betreurden zij unaniem het geschonden aangezicht van de gevel en werd de door E. Nigma verantwoordelijk gestelde, in navolging van dezelve, met naam en toenaam fel gehekeld. Vedder onderging het alles gelaten, alleen toen er een schuldbekentenis annex spijtbetuiging en bede om vergeving onder zijn eigen pseudoniem Veritas werd gepubliceerd, woelde een vege angst in hem op: hij twijfelde er niet aan of E. Nigma zelf stak achter dit vermetele kunststuk; hij was vogelvrij.

Niet eerder dan een week voor de opening werd de bouwschutting verwijderd. Het was een onthulling die een monumentaal basement in rustica te zien gaf; Publieke Werken legde in allerijl nog een nieuw trottoir aan, dat het gebouw nog eens scheen te bekronen als een rosbiefkleurige lauwerkrans, daarna verkeerde al het uitwendige in opperste gereedheid en was het of het hotel er altijd was geweest. Niemand zou nog weten dat hier ooit iets anders had gestaan, als die twee gespaarde huizen er maar niet meer aan herinnerden. Zonder de gebleekte en beplakte omheining aan weerszijden meer toonden die zich nog ouder; in een drieste vlaag van welwillendheid weekte Vedder het reclamebiljet van zijn etalage en lapte hij de ramen. Koortsachtig haalde hij ook bij Carstens de dikke koek affiches weg, en pas op het laatst zag hij dat de middelste er een was van een officiële makelaar: *Te Koop*.

***

Hij schoot wakker van stemmen buiten. Tussen de gordijnen van zijn slaapkamer door zag hij beneden op straat
een aanmerkelijke menigte verzameld staan. In het plantsoen stelde een fotograaf een statief op. Het was een zon-
nige ochtend, tien uur al. Hij trok zijn kleren aan en klom
de trap op naar de keuken boven, overrompeld dat de datum van de opening toch nog zomaar was aangebroken,
want ten laatste was hij ook de dagen gaan doorwaken.

Hij had niets anders meer gedaan dan beurtelings op de
klok en naar de kalender kijken, terwijl hij zichzelf onophoudelijk aangekeken voelde door de januskop van de kapitale kwestie, nu eens huiverend voor de wrevel, wellicht
zelfs toorn die hij bij Henkenhaf gewekt moest hebben,
dan weer verzaligd van diens omvattende geste om hem
voorgoed in zijn ontwerp op te nemen; het was een heen
en weer waar zijn geest sleets van werd als een oude loper,
een voortdurend aan en uit dat zijn ziel verschroeide als de
fitting van een gloeilamp—maar uiteindelijk had hij toch
geen uitnodiging voor de opening ontvangen.

Hij zette koffie en keek weer naar buiten, behoedzaam,
zonder te dicht bij het raam te komen, want hier hingen
geen gordijnen. De menigte zwol al nog maar aan, ook
met mensen uit het station. Heel het plein was gestippeld,
en plotseling zag hij dwars door die verre drukte heen een
volbonte fanfare aanmarcheren, in grote haast achter de
driftige tamboer-maître aan, het koper onder de oksels, als
een verdwaald regiment terugkerend tot het grote leger.
Geregeld werd er nu beneden aangebeld, hij had al niet
eens meer de eerste neiging om open te doen, en wanneer
er vanuit de diepte iemand omhoog wees deinsde hij
werktuiglijk achteruit, ook al wist hij zich onzichtbaar
achter het spiegelende glas.

Later zat hij voorovergebogen aan de keukentafel. Hij drukte de handen tegen de oren en begon weer te wachten, maar nu wachtte hij niet op iets dat komen zou, maar op het voorbij zijn van wat gaande was. Even nog probeerde hij zich een voorstelling té maken van zijn leven daarna, toen verzonk hij langzaam in het verleden. Hij dacht aan de vrouw die vroeger zijn eega was geweest, verwijlde bij de oude dagen dat hij vanhier nog het Y kon zien, het aanbrengen van de vis, de talloze lichtjes van de garnalenvletten bij nacht, de Volendammer kwakken in het open havenfront... wat was er veel veranderd... verdwenen... verloren gegaan...

Het was een plotselinge verduistering van de ruimte die hem deed opschrikken. Hij zag nog juist hoe een laken vanaf de goot openviel tot halfweegs het raam, vlugge voetstappen repten zich over het dak terug naar achteren, toen werd alles overstemd door een machtig opstijgend gejoel. Pas nadat die verstijvende geluidsgolf over hem heen was gekomen begreep hij dat het laken een spandoek moest zijn; door het doek heen las hij in geplooid spiegelschrift:

Veritas = Vedder
Steden-bederver

Hij zette de ladder onder het luik en klom door het gat naar buiten.

Er was niemand meer te zien op het dak, ook niet achter het weer gesloten raam waardoor de onverlaten verdwenen waren. Langzaam draaide Vedder zich van het Victoria Hotel om naar het licht en de lucht voor zich. Een ogenblik deed de onbegrensde leegte hem duizelen, toen viel zijn blik op de twee lakenpunten die links en rechts nog boven de daklijst uitstaken en schreed hij vastberaden naar voren. Over de rand heen kwam steeds meer te zien van wat zich beneden afspeelde, eerst het plantsoen met de fotograaf, daarna, dichterbij, de drukke, door het spandoek al nog verder volstromende kade, en tenslotte de samengepakte menigte nog dichterbij, op het vleeskleurige trottoir recht onder hem. Op dat moment was hij omgekeerd ook waargenomen en steeg er een nieuwe golf van gejoel uit aller keel naar hem op. Het was een storm die hem de adem benam, die de tranen in zijn ogen sloeg en de trekken van zijn gelaat verscherpte. Met de blik van een zeeman overzag hij enige ogenblikken de woedende baren rondom zijn schip, toen herinnerde hij zich weer wat hem te doen stond en knielde hij achtereenvolgens bij de beide lakenpunten neer. Hij trok de priemen waarmee ze waren vastgestoken uit het hout van de daklijst en haalde het spandoek binnen alsof het een gestreken zeil was. Terwijl de blaaskapel uitbrak in geschetter liet hij andermaal zijn blik over de mensen gaan. Hoe langer hij staan bleef, hoe meer bekenden hij in de massa ontwaarde, en hij bleef lang zo staan, de lap wezenloos om zich heen vouwend, het hoofd in de vlagende hoon van onderen, en het was alsof hij vredig door het boek van het voorbije jaar bladerde.

Rechts beneden, voor de ingang, stond een spreekgestoelte waar burgemeester Van Tienhoven juist zijn toespraak op neerlegde.

Biederlack hield zich in diezelfde buurt op, rond de hoektoren.

Rossaert met zijn vrouw zwaaiden naar hem vanuit het plantsoen.

Hij zag de weduwe en het kind met wie hij als een gezin over de paardenmarkt had gelopen.

In een ruime bocht, om de drukte bij de hoektoren heen, kwam Carstens aangelopen, die een wielwagen voor zich uit duwde met daarin zijn vrouw onder een geruite deken.

Dirigent Kes van het Concertgebouworkest onderhield zich met de musici Dopper, Houbraken en Freyer, terwijl nu ook Smolenaars zich bij dat groepje voegde.

Ja waarlijk, iedereen was er, hij had nog nooit een zo grote en hem welbekende menigte aanschouwd, en het mooiste van al was: de menigte keek ook naar hem, wist omgekeerd ook wie hij was, Veritas en Vedder, stedenbederver, het stond voluit op het laken! Zo toegedaan als men zich zijner betoonde, met al die naar hem opgeheven gezichten, die open monden en wijzende handen, terwijl de geüniformeerde kapel uitsluitend nog voor hem concerteerde, razendsnel, en hem begeleidde terwijl hij zich liet zien: zijn gemoed stroomde over, hij had zijn podium gevonden, en in zijn vervoering sloeg hij even de ogen ten hemel, volgde hij een vogel in de vlucht—maar omdat die beweging tegen de egaal blauwe achtergrond niet te zien was leek het wel alsof hijzelf bewoog. Na een korte wankeling richtte hij zijn blik opnieuw omlaag. Onder hem hielden twee knapen schertsenderwijs een jas tussen zich uitgespannen, bij wijze van springzeil; hij lachte naar ze, viseerde toen opnieuw de menigte, en bleef zich maar dankbaar voldoen aan al wat hij zag.

Spoorwegdirecteur Munzebrock stapte uit een voorrijdende koets.

Mezger schudde handen.

Naast het borstbeeld van prins Hendrik stond zijn vroegere vrouw te kijken, in het gezelschap van een jongeman die heel wel haar zoon kon zijn.

Zonder op- of omkijken baande de E. Nigma zich een weg door de drukte naar de ingang, een witte enveloppe voor zich omhooghoudend met daarin ongetwijfeld een invitatie.

Ebert was naar buiten gekomen en stond pal naast het spreekgestoelte, samen met die vriend die ook van muziek hield en Theo in zijn kantooruniform. De jongen maakte een afwerend gebaar naar hem; hij zwaaide terug.

Verder weg kwam een zonderlinge figuur aanlopen, over het Stationsplein. Zijn gezicht was in spierwit verband gewikkeld, verder droeg hij een zwarte jas en een bolhoed. Plotseling bleef de man stilstaan, hij had hem over de massa heen gezien en stak een al even witte, poezele hand wuivend naar hem op. Eerst nu besefte Vedder dat het Anijs moest zijn. Ook naar hem zwaaide hij terug, terwijl de armbeweging van zijn neef steeds trager werd, vermoedelijk naarmate die meer begreep en zich meer verbaasde, en tenslotte geheel bevroor en tot stilstand kwam boven zijn hoofd: zijn verbijstering om zijn huis nog te zien staan moest volledig zijn...

Zijn aandacht werd weer naar voren getrokken toen de kapel beneden zomaar middenin de mars ophield met spelen. Ineens kon het massieve geroezemoes van het publiek gehoord worden, waaruit zich een scherp gescandeerd 'springen! springen!' losmaakte, steeds luider en afgemetener. Die hamerslag viel echter volkomen voor Vedder weg toen hij het volgende moment van achteren bij de naam werd aangesproken, door een mannenstem zo kalm dat hij zich er onmiddellijk door omsloten voelde, en willoos draaide hij zich op zijn hakken om. In het open hotelraam zat een heer in rok, heel gemoedereerd, met de benen naar buiten, de voeten op het platte dak, de armen over elkaar gevouwen.

'U... u bent... de heer Henkenhaf?'

De heer glimlachte. 'Wie u maar wilt, het doet er niet toe wie ik ben,' sprak hij, terwijl hij een stofje van zijn gestreepte pantalon sloeg en een enkel op zijn knie trok; het was niet alleen alsof hij daar heel de tijd al zat, hij scheen ook geen enkele haast te hebben, en drong nergens op aan.

Het was Henkenhaf! Hij herkende hem, ook al had hij hem nooit gekend, en ook al bezat zijn beschaduwde gezicht zelfs ook nu nog geen enkele herkenbare gelaatstrek —maar wie anders dan Henkenhaf zou het opbrengen zich er niet op te laten voorstaan?

'Wat wilt u?' vroeg hij.

'Voor mijzelf niets, maar ik vroeg mij af of u niet even binnen wilt komen,' klonk de omfloerste stem weer.

Henkenhaf wilde dat hij binnenkwam —maar zij waren al binnen, niets drong nog van buitenaf door tot de ruimte hierboven op het dak, geen enkel geluid meer, zelfs de lucht niet, het was een kamer met glazen wanden geworden, en pas na enige malen zijn mond open en dicht te hebben gedaan kreeg hij weer adem, werd zijn overdonderde geest weer vlug, zijn tong tot stamelend spreken vaardig.

'Naar binnen...' zei hij peinzend, en toen, gejaagd opeens: 'Is het voor verhoor? Wilt u mij verhoren?'

De heer liet een gemoedelijke lach horen, en schudde geamuseerd het hoofd. 'U hebt toch niets misdaan?'

'Dus... u bent niet boos?'

'Allerminst.'

Er verschoot iets in Vedder; zijn eerdere beklemdheid sloeg om in bevrijding, en vrijer nog werd zijn geest, zijn spreken.

'Bent u dan misschien juist op mij gesteld geraakt... en heeft u waardering gekregen voor mijn verzet? Ik bedoel, de processen-verbaal, u heeft de onderhandelingen van afstand gevolgd, u had mij kunnen uitkopen, maar in plaats daarvan heeft u mij behouden... Waarom?'

'Nogmaals, wat u maar wilt, mijnheer Vedder, verdiept u zich toch niet in mij! Ik hoorde alleen maar dat u hier stond, daarom ben ik gekomen.'

'U wilt mij beter leren kennen?'

Nog aldoor met de armen over elkaar trok de heer even zijn schouders op; het bevestigende antwoord op de vraag scheen hem te vanzelfsprekend toe om uit te spreken, hij verklaarde het slechts met een wedervraag: 'Wij zijn immers buren?'

Henkenhaf ontveinsde niet langer wie hij was, en daarbij: achter hem was niemand te zien in de holte van de hotelgang, hij was alleen gekomen, ze waren ten volle samen onder zijn beademing – al die gemeenzaamheid bracht een gloed op Vedders wangen, deed zijn ogen glanzen.

'Vindt u het ook al plezierig om nu hier zo met mij te praten?'

'Zeker, zeker – maar beneden hebben wij een receptie, als u met mij meegaat kunnen wij er daar ook een glaasje champagne bij drinken.'

'Iedereen is er, hè?' grijnsde Vedder vertrouwelijk. 'Ik zag E. Nigma daarnet ook al naar binnen schieten, ik geloof met zijn invitatie...!'

'Och ja, och ja... U zult er heel wat mensen kennen...'

'Dus alles verloopt naar wens? En... en...?'

Ineens kon hij niet meer praten, alleen nog maar smekend om antwoord met zijn wenkbrauwen golven. De hoge titel waar hij op zinspeelde was hem in de keel blijven steken, maar Henkenhaf begreep hem al en knikte, niet fier om te roemen, zelfs niet ter geruststelling, maar veeleer verontschuldigend, dat hij het succes zo onbescheidenlijk toe moest geven.

'Ja hoor... De koning heeft ook gebeld.'

Geslagen door sprakeloosheid bleef Vedder de ander maar aankijken, en enige tijd gebeurde er niets meer, tot Henkenhaf ineens de handen op zijn dijen sloeg, beraden overeind kwam—en op het dak stond.

'Kom, laten wij gaan, ik help u naar binnen.'

Nog meer samen waren zij, in verstandhouding, in gelijkheid, in de glazen kamer, die opbolde door de binnenkomst van zoveel mens, een massa op zichzelf, en rillend sloeg Vedder het spandoek strakker om zich heen. Zo mild als Henkenhaf naar hem glimlachte, alles begrijpend: ja, hij wist wel dat hij immer strevend verder had gepoogd, en was gekomen om hem te verlossen. Daadwerkelijk stak hij nu een arm naar hem uit, hij reikte naar hem, deed een stap voorwaarts, en nog een...

'Mijnheer Vedder, komt u toch... Hier, ik geef u mijn hand...'

Het gebaar, het geschenk van Henkenhaf was te overweldigend om zomaar te aanvaarden; het leek ook wel of hij al naderend een ondoordringbare luchtbel voor zich uit stuwde. Nederig, vloeibaar van dankbaarheid en overgave liet Vedder zich erdoor terugdringen, elke schrede van de ander beantwoordde hij buigend en stralend met een spiegelbeeldige stap achterwaarts, het was alsof zij man en vrouw waren geworden en dansten op het dak, waarbij Henkenhaf leidde en hij hem in elke beweging volgde, met nog weer een stap terug.

'Wacht... Nee!'

Zijn voet vond geen steun meer. Hij zag nog juist Henkenhafs gezicht vertrekken in ontzetting, toen viel hij kantelend achterover, dwars door de glazen wand heen. Onmiddellijk klonk er weer dat gejoel op, oneindig machtiger nog dan tevoren, en terwijl links en rechts van zijn lichaam het laken zich wapperend ontvouwde als twee witte vleugels, was het alsof de mensen hem met al die adem wilden terugblazen als een veertje, en zijn val ombuigen in een hemelvaart.

Amerika

Anijs had de begrafenis van Vedder niet meer kunnen bijwonen. Zoveel bloed was hem tijdens het ongeluk naar
het hoofd gestegen dat het gezwollen weefsel er weer verder door beschadigd was, de aderen en cellen gesprongen
in het beurse vlees. Blind van pijn had hij nog juist een
kruier kunnen huren om hem naar Assen te begeleiden.
Bij aankomst was het verband bruin geweest; ze konden
het bijna niet loskrijgen.

Na twee maanden lag hij nog steeds in het ziekenhuis,
gezwachteld weer als voorheen, in dezelfde witte kamer.
Het werd herfst, hij dronk melk, de apotheek stond te
koop.

Op een middag kwam de verpleegster binnen met een
brief.

'Uit Amerika,' zei ze effen. Ze hield hem de postzegel
voor en schudde het hoofd. Daarna scheurde zij de enveloppe open, vouwde zij de vellen uit op zijn schoot, en liet
zij hem zonder nog een woord alleen.

Terwijl zijn gezicht brandde onder het verband legde
hij zijn handen op de randen van het papier. Hij zoog zich
vol lucht, sloot even de ogen, en begon toen toch te lezen.

New York, 12 september 1890

Hooggeachte heer Anijs!
    het is geruime tijd geleden dat ik u een telegram zond.

Wij verkeerden toen in grote ontreddering: er was niet be-
taald, zei men ons. Sindsdien is er zeer veel veranderd. Het
zal mij zwaar vallen u volledig op de hoogte te stellen, want
waar te beginnen, en lang niet alles is ons duidelijk ge-
maakt.

Wij hadden het geluk om na voorspoedige zeereis bij
daglicht aan te komen, 's ochtends in alle vroegte, zodat het
Beloofde Land zich al dadelijk aan onze verrukte ogen op-
deed. Onbeschrijflijk, onze vreugde toen de Orion onder-
langs het Vrijheidsbeeld voer! Daarna alles volgens staande
procedure. Aanmeren op Staten Island, medisch onderzoek
aan boord (niemand van ons hoefde in quarantaine), dan
door de douane, waarna de passagiers van de eerste en
tweede klasse zich konden ontschepen, en wij, de immigran-
ten van het tussendek, voor registratie met sloepen werden
overgebracht naar Castle Garden, zijnde een oud fort enige
mijlen uit de kust, en daarmee verbonden door een dam met
een hek aan het eind. Nog steeds hadden wij het vasteland
niet bereikt!

Ingericht als opvangstation bood het fort mogelijkheden
als geld wisselen, telegrammen verzenden, het kopen van
treintickets en het samenkomen met liefdadigheidsinstellin-
gen, arbeidsagenturen of andere organisaties waarmee af-
spraken waren gemaakt, en hier zouden wij de factor heb-
ben moeten ontmoeten. Maar niemand die ons opving, de
factor was er niet, gaf ook geen antwoord op onze smeek-
brieven om voor ons ten beste te spreken tegenover de ver-
gramde autoriteiten, en zo begonnen onze moeilijkheden.

Als iedereen moesten wij een vragenlijst beantwoorden: is
de overtocht betaald, heeft u meer of minder dan dertig dol-
lar bij u, zijn er voor u afspraken gemaakt met betrekking
tot huisvesting en arbeid enz. Maar zonder de factor konden
wij niet naar tevredenheid antwoorden, wij moesten op
Castle Garden blijven. Per kabel heb ik u toen van onze toe-

stand verwittigd, en met schaamte herinner ik mij de twijfel, daarna de bitterheid die zich van ons meester maakte ten aanzien van uw neef de heer Vedder: er was toch niet voor ons betaald.

Na een maand bevonden wij ons nog steeds in entrepot. Dagelijks zagen wij honderden landverhuizers bepakt en bezakt over de dam naar Amerika lopen, naar de toekomst en de vrijheid achter het hek, maar wij konden alleen maar naar de factor verwijzen en op onze bagage zitten, omgeven door niets dan ongelofelijke drukte en kabaal. Eerst werden wij nog wel eens ondervraagd, onze papieren bestudeerd, maar dat hield uiteindelijk ook op, tot de inspecteur ineens toch weer voor ons stond. Hij kwam juist van de politie, had ten leste dan maar navraag naar de factor gedaan, en ook al begrijp ik nog niet precies wat hij ons allemaal vertelde, het voornaamste was duidelijk genoeg en sloeg ons met verbijstering: het factorsbedrijf bestond niet meer.

Er was onlangs een inval gedaan op beschuldigingen van uitbuiting, men zou in het verleden contracten hebben gebruikt met open posten, waarmee landverhuizers oneindig aan het afbetalen gehouden werden zonder dat hun schuld erdoor verminderde, eenvoudig door hun ieder jaar weer nieuwe kosten op te leggen, voor bijkomende bemiddeling, huurverhoging of wat dan ook – zoiets was het, geloof ik, maar in ieder geval, wat bleek toen men de boeken in beslag wilde nemen? Heel het kantoor was in allerijl ontruimd, de factor zelf met de noorderzon vertrokken, zo overhaast dat hij zelfs niet meer zijn bankrekening heeft kunnen leeghalen! De overheid zou al langer achter zijn Europese agenten aan zitten; misschien heeft hij dit wel geweten, zoals hij toch ook voorkennis van de inval had, en ons daarom niet durven opvangen.

Hoe het ook zij, nog altijd stonden wij onbesteld tegenover de inspecteur. Het overgemaakte kapitaal van uw neef de

heer Vedder zal mettertijd uit het tegoed van de factor geres-
titueerd worden, voor het overige dienden wij alle vorderin-
gen op, overeenkomsten met, dan wel schulden aan de factor
als vervallen te beschouwen – goed, maar wat moest hij nu
met ons? Even was er sprake van terugzenden, maar geld
voor een nieuwe overtocht hadden wij niet, en geen reder
zou het willen doen. Toen knikte de inspecteur naar de grote
deur en zei hij het heerlijkste woord dat wij maar konden
verlangen: 'wegwezen'.

Ach, als ik daar nog aan denk, zoals wij eindelijk dan met
onze bagage naar het vasteland liepen, over de lange dam,
het hoge hek door – wij waren vrij, volledig vrij! Na eerder
al door u vrijgemaakt te zijn van onze schulden aan de
veenwinkels, bevonden wij ons nu bovendien vrij van alle
verplichtingen jegens de factor: ja, als een waarlijk vrij volk
in een vrij land betraden wij New York!

Hoe wonderbaarlijk gelukkig dus de uitkomst van dit
bange avontuur, gelukkiger nog dan wij al geweest zouden
zijn onder de voorwaarden van uw neef de heer Vedder, ook
al heeft zijn bereidheid tot liefdadige investering niets aan
betekenis verloren en zullen wij die nooit vergeten, zomin
als uw bemoeienis waarmee het nog steeds onbevattelijke
sprookje van ons hervonden geluk begon.

En hoe het verder ging? Het lot bleef ons nadien maar
welgezind, zeer veel hulp ondervonden wij van een Neder-
landse dominee, die ons in contact heeft gebracht met reeds
gevestigde Nederlanders alhier, waardoor wij huisvesting
en werk kregen – want zo gaat het toch overal, men zoekt
elkaar op langs de lijnen van verwantschap en helpt elkaar,
wij hebben onze ogen uitgekeken aan de Russische en Ar-
meense, de Italiaanse en de Ierse blokken, straten, hele wij-
ken, het is net aardrijkskunde!

Toen er weer wat gespaard was zijn velen van ons dan
ook doorgereisd naar Michigan, in de hoop op een gastvrij

onthaal bij de volgelingen van dominee Van Raalte, die zich prachtige plaatsen als Groningen, Zeeland en Grand Rapids gebouwd hebben waar eerder niets dan bos was, zo dicht dat men zelfs de bijl niet kon zwaaien om de bomen te vellen – wat gemak en voorspoed is ons vergeleken bij hen uiteindelijk dan toch beschoren geweest!

Maar ook in andere richtingen is onze groep inmiddels uiteengevallen, het veen was toch het enige dat ons bond. Sommigen zijn naar Oklahoma getrokken, waar het gebied van de Cherokee-indianen uitgegeven gaat worden onder de Homestead Act; anderen hebben het brood bij de Pennsylvania Railway Cie of US Steel in Massachusetts, terwijl Sieger en zijn kameraden al dadelijk hun geluk waren gaan zoeken in de droge mijnbouw van Montana, onder verengelste namen uiteraard als John voor Jan en Greenfield voor Groeneveld.

En onszelf, tot slot? Maar weer, waar te beginnen, bij zoveel geluk? Achter welke ster heeft onze Arke des Verbonds toch aan gevaren, dat ons ook na de uiteindelijke vrijlating niets dan goeds is wedervaren?

Ik geloof dat wij nu de enigen zijn van onze groep die nog in New York zijn achtergebleven – maar zijn wij dan anders dan de anderen? Neen, geenszins, want ook wij hebben aansluiting gezocht bij onze verwanten, en ook wij hebben onze familienaam veranderd – alleen niet om die te verengelsen en te vernieuwen, maar juist om die te 'ontnieuwen'. Ooit heb ik u verteld dat onze naam oorspronkelijk anders luidde dan zoals u die kent, dat de klank als het ware mettertijd is afgesleten in de algehele onverschilligheid van het veen, net als ons geloof, onze manieren en veenschoppen. Als u nu weet dat wij onze naam hersteld hebben in Benjamin, zoals mijn grootvader die droeg toen deze nog leefde naar thora en traditie, dan raadt u zeker al bij welke verwanten wij ons hebben aangesloten. Ja, wij zijn teruggekeerd in het volk van Abraham, en eigenlijk geschiedde het voor wij er erg in hadden. Het was de dag pal na onze vrijlating, zeer heet zomerweer, onze vreugde was nog onbedaarlijk, maar hoe, in welke vorm en waar die te uiten? Toen hoorden wij gezang, wij openden een deur, en stonden binnen, in een kleine synagoge – het was sabbat! Wij keken elkaar aan, de tranen stroomden over onze wangen, wij waren thuis! Het was een overweldigend besef, door weg te gaan keerden wij terug, en onmiddellijk dacht ik aan de woorden die mijn opa uitsprak bij het vuur en rook houden eertijds op het Veld: 'Toen kwamen zij te Elim, en daar waren twaalf waterfonteinen en zeventig palmbomen; en zij legerden zich aldaar aan de wateren'.

Ja, in den vreemde hebben wij onze stamgrond gevonden, en zo leiden wij thans ons leven, opgevangen en geleid door de leden van de gemeente, waarvan wij ooit volle lidmaten hopen te worden. Klein Pet studeert voor zijn bar mitswa, Johanna heeft een betrekking als ziekenoppasster in hospitaal Bethesda, en mijn lieve vrouw, ach, laat ik het maar talmoedisch zeggen, scherp en af... zij is het Huis! Zelf werk ik bij een bevriend poelier, waar ik pluk en poers alsof ik nooit anders deed, en reeds eenmaal heb ik in sjoel de erefunctie mogen bekleden van het opheffen en vertonen van de Wetsrol. En dan heb ik u nog niet verteld dat ik een nieuwe viool heb gekocht!

Welnu, genoeg over onszelf, u begrijpt nu wel hoe goed wij het hier hebben, alleen missen wij een foto van u en uw vrouw in de apotheek, als houvast voor onze gebeden en dankbare herinnering, en om naar te wijzen als wij visite hebben: zie, de man die ons uit het diensthuis heeft uitgeleid. Ja, al ons nieuwe geluk zijn wij in laatste instantie aan u verschuldigd, en daarom teken ik nu met mijn oude naam, want voor u zal en wil ik blijven heten,

Pet Bennemin

Gezalfd door het lezen voelde Anijs geen enkele pijn meer. Het was nog stiller in de kamer. Nooit had hij begrepen waarom het huis van Vedder er nog gestaan had, nooit geweten ook of het geld nu wel of niet was overgemaakt – maar het deed er niet meer toe, van alles was zijn neef nu geschoond, hij was zelf ook schoon, en wezenloos bleef hij maar naar de laatste bladzijde staren.

In magnis voluisse sat, gedacht hij Vedder na enige tijd (het is voldoende het grote gewild te hebben), toen rinkelde hij met het belletje om de verpleegster.

Nog even nors als voorheen kwam zij binnen. Hij gebaarde haar de brief te lezen, hielp haar knikkend over haar aarzeling heen, en liet zich achterover in de kussens zakken toen zij dan toch op de kruk naast het bed kwam zitten.

Bij de eerste blaadjes kleurde haar gezicht nog donkerder, met gekreukt voorhoofd werkte zij zich door het navolgende formele gedeelte heen, toen veranderde haar houding en begon zij sneller te lezen. Volstrekt bewegingloos keek Anijs voor zich uit, maar in zijn ooghoek zag hij wel hoe zij zich steeds dieper over het papier kromde. Haar gezicht klaarde op, halverwege wierp zij een verbaasde, daarna verheugde blik op hem, toen duurde het niet lang meer of zij moest haar neus ophalen. Stralend wachtte Anijs tot zij het helemaal uit had, en naarmate zij haar ontroering minder goed kon beheersen werd zijn glimlach in de smalle spleet van het verband almaar breder. Eindelijk legde zij de brief weg en draaide zij zich naar hem om. De vreugde straalde nu zo krachtig door het gaas heen dat zijn omwikkelde hoofd gloeide als een gaslamp, en zijn lippen stonden zo strak dat hij die zelfs niet meer kon tuiten toen de verpleegster zich over hem heen boog en heel zacht op de mond kuste, dat het geen pijn deed. Een parelende druppel viel uit haar oog in het meer van zijn eigen tranen.